LA BEAUTÉ EN PLUS

DU MÊME AUTEUR

Mon illustre inconnu. Enquête sur un père de légende, Fayard, 1998.

Retrouvailles. Quand le passé se conjugue au présent, Fayard, 1995.

Tous les dragons de notre vie... Chroniques du bord du gouffre, Fayard, 1993, et Livre de Poche, n° 13582.

L'Aventure du Livre de Poche, LGF, 1983.

L'Islamisme, Seghers, 1977.

Les Françaises face au chômage, Denoël, 1974.

Guillemette de Sairigné

La beauté en plus

Fayard

À Gérard qui, tout en goûtant la beauté,
sait dépasser les apparences.

Introduction

De lui, j'ai d'abord connu un sourire. Et un visage aux beaux traits classiques. Une allure aussi, toujours le plus grand de la bande, un peu penché parfois pour ne pas forcer son interlocuteur à se démancher le cou. De mon père, mort quand je n'étais qu'un bébé, on a dû me raconter le courage hors du commun, les belles qualités de cœur et d'intelligence, l'exigence spirituelle. Mais je n'ai eu besoin de personne – rien que de photos – pour savoir à quoi il ressemblait. Son apparence physique est la seule chose qui m'ait été donnée d'emblée.

Plus tard, bien plus tard, pour les besoins d'une statue représentant ce héros de la France libre, compagnon de la Libération, jeune lieutenant-colonel de la Légion étrangère tué en Indochine à l'âge de 35 ans, il nous faudra à ma sœur et à moi guider le sculpteur dans cette tentative étrange : redonner un visage en trois dimensions à un homme que nous n'avons pas connu, Catherine pas du tout, moi neuf mois à peine. L'occasion de s'interroger, tout un automne, tout un hiver, sur ce qui fait l'identité d'un visage, sur ce qui garantit qu'il ne ressemble à aucun autre. Des détails infimes, l'écartement exact des yeux, le tombé d'une paupière, les ridules accompagnant le sourire, jusqu'à l'ourlé d'une oreille.

Le hasard voudra que, quelque temps après, je rencontre pour les besoins d'une interview le professeur Maurice Mimoun, chef du service de chirurgie plastique et reconstructrice à l'hôpital Rothschild, dans le XIIe arrondissement de Paris. Pour cet humaniste féru de psychologie, il ne suffit pas de réparer ce qui doit l'être, encore faut-il réconcilier le patient avec lui-même. Il y a parfois un tel écart entre le corps réel et le corps imaginaire, celui que chacun de nous trimbale dans sa tête, le seul qui compte après tout. Qu'est-ce que la beauté ? Qu'est-ce que la laideur ? Qu'est-ce qui motive les demandes d'intervention des gens, la pression sociale, une urgence intérieure ? On parlerait des heures avec ce grand escogriffe à la tignasse en bataille éminemment sympathique.

Et soudain, au sortir de Rothschild, l'envie de prolonger l'exploration. De tenter de cerner moins la quête universelle de beauté que le poids de l'apparence physique dans la vie. Qu'il nous plaise ou non, notre visage n'est-il pas notre première carte d'identité ? Il dit notre sexe, notre âge, notre origine géographique, parfois même notre origine sociale. Notre taille, notre corpulence, notre allure générale font aussi partie des données de base de chaque être humain. Les questions, soudain, se bousculent dans ma tête. Notre enveloppe externe est-elle révélatrice de ce que nous sommes vraiment ? En quoi le regard que nous portons sur nous-mêmes et sur autrui influence-t-il notre comportement ? A-t-on toujours une image faussée de soi-même ? La volonté d'améliorer la donne de départ est-elle forcément anecdotique, méprisable ?

Autant d'interrogations qui ont toujours été les miennes, partagée que je suis entre le paraître et l'être, diraient les philosophes, entre une sensibilité particulière à l'apparence physique – la faute de mon père, vous l'aurez compris – et le constant besoin d'aller au-delà, de privilégier le monde des idées, les valeurs, qu'elles soient morales ou spirituelles. Femme, j'ai toujours eu bonheur à l'être, attentive à réparer le matin les abandons de la nuit, ravie de me préparer les soirs de sorties, une fête pour le corps aussi. Coquette, oui, mais rien d'une obsédée du *look*, consommatrice de mode sans excès, piochant dans les échantillons glanés ici et là plutôt que de me ruiner en petits pots de crème, assez indifférente à l'idée de sortir dans la rue après la piscine avec une tête de noyée, sereine, l'âge venant, face à l'inexorable usure, quand la beauté devient chose rare et fragile, que tout se grave sur le visage, un mauvais sommeil, un léger souci. Si j'ai toujours éprouvé une attirance spontanée pour l'éclat des choses comme des êtres, cette attirance-là n'a jamais occulté pour moi les qualités de fond, l'humour, l'intelligence, la gentillesse, et surtout, surtout, le goût de la vie.

Il est de bon ton de critiquer notre société de l'apparence, ses obsessions, ses dérives, ses manques à une élémentaire charité. Et elle le mérite amplement. Mais nous ne pouvons qu'être fascinés par certains êtres de lumière, porteurs d'une beauté, d'une prestance physique si forte que, même après leur mort, ils en restent comme auréolés. D'autres sont là, heureusement, bien vivants, et l'on gagne parfois à les connaître : j'ai eu plaisir à arpenter cette « planète des beaux », l'occasion de riches rencontres, le moyen aussi de mieux cerner ce qu'est vraiment la beauté. Un atout maître dans la vie ? Sans nul doute, mais pas toujours facile à manier, générateur de tensions, de frustrations, d'agressivité : la beauté, si elle a sa grandeur, a aussi ses servitudes, et ce n'est pas vouloir consoler les moins gâtés physiquement que de proférer cette évidence. Dynamisante en revanche, l'idée que la beauté n'est pas seulement un don, qu'elle est aussi une conquête ; que la plupart des êtres humains, pour autant qu'ils parviennent à s'extraire des exigences du quotidien, ont tout loisir de grappiller leur part de beauté par une démarche volontariste, par le soin qu'ils prennent de leur corps, la façon dont ils le parent, parfois le transforment. La quête de beauté peut même être un autre nom pour le courage. Il sera toujours temps, quand l'âge ou les épreuves en décideront autrement, de prendre quelque distance d'avec ce souci-là, d'amorcer la traversée des apparences…

grave sur le visage qu'[illegible] s'y [illegible] fixer [illegible]. [illegible] éprouve une attirance qui passe pour celle des choses [illegible] la [illegible] temps [illegible] les [illegible] de [illegible] l'intelligence [illegible] le goût de la vie.

Il en [illegible] présence des observateurs [illegible] une [illegible] entre [illegible] Mais pouvons-nous [illegible] la beauté, [illegible] [illegible] après [illegible] D'autres [illegible] [illegible] les [illegible] plaît [illegible] les [illegible] aussi de [illegible] naître dans [illegible] pas [illegible] [illegible] [illegible] et [illegible] physiquement [illegible] trouve [illegible] beauté [illegible] qu'elle est [illegible] pour [illegible] du quotidien, [illegible] beauté par une [illegible] de leur [illegible] ment. La [illegible] le [illegible] avec [illegible] des [illegible].

PREMIÈRE PARTIE

La planète des beaux

CHAPITRE PREMIER

Figures de légende

Ce matin-là, mon mari n'a rien compris. Quand il a débarqué dans la cuisine pour le petit déjeuner, je pleurais à chaudes larmes : « Elle est morte », ai-je hoqueté. De quoi l'affoler : « Mais qui, qui ? » Il m'a fallu un moment pour lui expliquer que Lady Di s'était tuée dans la nuit sous le pont de l'Alma. Je n'avais pas pour cette princesse des ferveurs de midinette, appréciant peu le déballage public de ses déboires sentimentaux – une altesse royale, ça se tient, que diable ! Mais bon, elle était plutôt sympathique entre son histoire ballottée d'enfant de divorcés, l'amour évident qu'elle portait à ses propres enfants, son action envers les plus démunis. Et puis, surtout, elle était jeune, belle comme le jour. Un être de lumière disparaissait dans un fracas de tôles froissées et l'univers, en cette fin d'été 1997, apparaissait soudain bien gris. Sensiblerie ridicule ? Ou compassion naturelle à l'égard de célébrités avec lesquelles s'établit, qu'on le veuille ou non, une relation de proximité ? En tout cas, la disparue aurait été moins belle, l'émotion n'aurait à l'évidence pas été la même. Ni les bouquets de fleurs aussi nombreux sur le lieu de la tragédie.

Diana s'est éteinte *like a candle in the wind* chantera son ami Elton John. Rania de Jordanie a un peu pris le relais dans le cœur des foules. Pas tout à fait : l'icône est trop parfaite, trop contrainte par l'étiquette de la Cour, trop installée dans un bonheur conjugal apparemment sans nuage, quand les manques, les fragilités de Diana en avaient fait une personne humaine à part entière. Mais comme la princesse de Galles, la plus jeune reine du monde est une mère attentive. Comme elle, elle consacre une grande partie de son temps à l'action humanitaire. Comme Diana l'Anglaise, aussi brune qu'elle était blonde, Rania la Palestinienne est un miracle de grâce et de beauté. « Un vrai top model », disent les journaux. Beaucoup mieux que cela, pense celui qui la voit « en vrai ».

Déjeuner au dernier étage de la fondation Cartier boulevard Raspail dans le but de remettre à la reine un gros chèque à destination de la Jordan River Foundation, sa création, la première association du Moyen-Orient contre la maltraitance des enfants. Une vingtaine de convives, dont le staff de Cartier, quelques journalistes et des personnalités comme Mme Liliane Bettencourt ou la bégum Aga Khan. Retenue par une répétition de *Phèdre*, Carole Bouquet, une autre pasionaria de la cause des enfants, a déclaré forfait. La reine de beauté restera sans concurrence. Teint parfait, magnifiques yeux noirs, bouche bien dessinée, cheveux bruns tombant en boucles dans le dos, mincissime en spencer blanc drapé à la taille, jupe noire et cravate de perles artistiquement nouée autour du cou. Un sans-faute ? Si l'on veut vraiment chipoter, les jambes un peu maigres et musclées peut-être... Enfin, ce que l'on retiendra, c'est un port de tête vraiment royal, un sourire éclatant, un charme à faire fondre l'assistance quand elle fait son petit compliment en anglais pour remercier les généreux donateurs. L'incarnation d'une beauté moderne, tout à la fois naturelle et sophistiquée, ravalant soudain au rang d'antiquité la bégum, une belle femme longue et mince elle aussi, mais trop blonde, aux traits trop figés, aux lèvres trop ostensiblement collagénées.

L'archange

La beauté est l'attribut des dieux. Tous les immortels de l'Olympe – sauf Vulcain, le dieu du Feu, hideux et difforme de surcroît – l'ont reçue en partage. Beaux parmi les beaux,

Apollon, le dieu de la Lumière, et Vénus, la déesse de l'Amour et de la Beauté, la déesse irrésistible qui ôte l'esprit même aux sages : « Devant elle, écrit Homère, fuient les vents et les nuées d'orage, sous ses pas la terre devient un tapis de fleurs et les vagues se mettent à rire. » Parfois, les mortels, eux aussi, héritent de cette beauté divine. Du coup, les dieux n'ont de cesse de les rapatrier chez eux. Ganymède, jeune prince troyen d'une beauté éclatante, suscite l'amour de Zeus qui, prenant la forme d'un aigle, l'enlève et le transporte dans l'Olympe pour en faire son échanson. Jalouse de Psyché, cette trop jolie princesse qui cristallise l'adoration des foules de sorte que ses temples à elle sont négligés, ses autels recouverts de cendres froides, Vénus envoie son fils Cupidon pour la neutraliser. Las ! Il en tombe amoureux fou et devient son époux. Furieuse, la déesse tente en vain de réduire Psyché en esclavage en la confrontant à des missions impossibles dont elle sort pourtant victorieuse. Désespéré de jamais convaincre sa mère, Cupidon obtiendra de Jupiter qu'en lui faisant goûter l'ambroisie il rende Psyché immortelle. Voilà Vénus rassurée : coincée dans les cieux entre mari et enfants, sa belle-fille n'ira plus tourner la tête aux mortels et s'immiscer dans son propre culte.

Certains mortels pourtant, servis par un physique d'exception, échappent à la vigilance des dieux et restent sur notre planète. Pas très longtemps généralement, on l'a vu avec Diana. Ceux qui nous émeuvent, nous montrent la voie, sont bien sûr parés de mille vertus morales, la bonté, le courage, la droiture, ils sont parfois des génies de l'art, de la littérature. Mais ils ont la beauté en plus. Mes héros en tout cas. Des hommes pour la plupart. Rien d'original à cela m'indique une enquête[1] menée sous la houlette du sociologue François de Singly : « Le ciel des héros ne respecte pas la parité », écrit-il. Parmi ceux qui ont éclairé leur enfance, 5,5 % seulement des personnes interrogées ne désignent que des femmes, 62,5 % que des hommes, et 32 % des hommes et des femmes. Les Chiennes de garde ont encore du pain sur la planche !

Dans mon panthéon personnel, des acteurs, Cary Grant, Gary Cooper, Gregory Peck, James Stewart, Henry Fonda et son œil bleu lagon. Gérard Philipe en Prince de Hombourg. Peter Townsend en chevalier servant. Mais surtout de glorieux aventuriers, Jean Mermoz le premier. Est-ce parce qu'il est entré de plain-pied dans la légende en s'enfonçant dans l'Atlantique Sud à la veille de ses 35 ans, l'âge, à un mois près, où mon père a été tué en Indochine ? Est-ce parce que, comme lui, il avait été tôt promu commandeur de la Légion d'honneur ? Sans nul doute. Ses exploits de pionnier de l'Aéropostale, son courage hors norme, les multiples occasions qu'il a eues en plus de huit mille heures de vol de côtoyer la mort, tout cela impressionne. Mais son allure aussi. N'est-ce pas elle qui lui a valu de devenir un mythe dès l'instant de sa mort ? (À l'annonce de la disparition de son avion, *la Croix du Sud*, les cinémas parisiens interrompront leurs projections pour donner des nouvelles des recherches, la France lui fera des funérailles nationales dans la cour d'honneur des Invalides.)

On le surnommait « l'Archange ». Angélique, il ne l'était pourtant pas tant que ça avec son goût de la fête, ses innombrables conquêtes féminines. Mais fascinant, infiniment, avec sa stature d'Hercule, son appétit d'ogre, son rire parfois sauvage, sa résistance physique hors du commun : « Un homme qui se déclinait au superlatif », notent ses biographes[2], gentil avec ça, et modeste, et d'une beauté ! Il servira d'ailleurs de modèle à certains peintres de Montparnasse, Modigliani par exemple. Il y a des photos où Mermoz apparaît en Tarzan des plages, le style Monsieur Muscle, ce n'est pas trop mon truc. Mais sanglé dans un trench de cuir, mince sourire aux lèvres, là, il est irrésistible. Ce charisme physique opère sur tous, ses camarades l'appellent « le Grand » alors qu'il n'a après tout que 1 m 74. Jeune homme fauché à Paris, il cultive déjà un style raffiné, laisse pousser ses cheveux bouclés, affectionne les lavallières, les costumes bien coupés. Sur la base militaire de Thionville, engagé volontaire versé au premier régiment de chasse, une des unités les plus prestigieuses de l'aviation, « il garde les cheveux les plus longs possible, qu'il plaque sur son crâne, pour faire mine de respecter le règlement... Cette dégaine continue de lui conférer une apparence de poète[3] ». Dernier acte enfin : nommé à 26 ans chef pilote, basé à Buenos Aires pour créer les lignes aériennes argentines et préparer le franchissement des Andes vers le Chili, Mermoz se coule dans le moule d'un patron, parole brève et ferme parfois secouée par de violentes colères, costumes sur mesure et cravate – à partir de 1928, elle sera fréquemment noire, ou noire à pois blancs, en hommage à ses camarades disparus. Quand, en 1929, des avions à cabine fermée apparaissent sur la ligne, il adopte pour tenue de vol le blouson sport enfilé par-dessus le costume de ville, à la place des grosses vestes de cuir et du vieux pantalon de travail traditionnels. Élégant jusque dans sa lutte corps à corps avec les éléments. « Il était de la belle race, a dit de lui Saint-Exupéry, son ami, celle qui affronte le monde de toute sa carrure... Jean Mermoz offrait de la prise au vent, comme un arbre. »

Une étrange fascination

Certains êtres sont ainsi dotés d'un magnétisme physique qui ne peut laisser indifférent. Prenons Nicolas de Staël. Une force de la nature que ce peintre à qui son 1 m 96 vaut, lors de son premier vernissage dans une galerie de Montparnasse, cette demande souriante, prononcée par un Picasso farceur de 1,65 m qui le voit pour la première fois : « Prenez-moi dans vos bras ! » De Staël, à bien regarder, n'est pas vraiment beau, avec son visage allongé, sa longue arête nasale, « un physique de funambule » dit Laurent Greilsamer, son biographe[4], de ce « chevalier mélancolique aux rires d'enfant ». Pourtant, ce n'est pas un hasard si, dès son arrivée en France, on surnomme « le Prince » cet aristocrate russe orphelin, tantôt dandy, tantôt dépenaillé, au regard aigu et droit, doté d'une force de caractère et d'une bonne humeur inaltérables en dépit d'une vie matériellement difficile et de la voie qu'il s'est choisie : ce périlleux chemin vers l'abstraction qui débouchera sur un éblouissant retour à la figuration. De l'allure, il en a à revendre. Elle ne sera pas étrangère au coup de cœur réciproque qui liera sur le tard de Staël et René Char, le peintre et le poète, jumeaux par la taille, le rayonnement, le magnétisme, avant que, assiégé par l'angoisse, le peintre ne se débarrasse de sa « carcasse d'homme » en se jetant, à 41 ans, un jour de mars 1955, du haut des remparts d'Antibes, laissant derrière lui mille tableaux, autant de dessins, et l'énigme d'une vie menée au galop.

On ne cherchera pas à savoir ici quel fut l'impact de ce physique sur l'œuvre. Trop tôt, en ce tout début de notre enquête. On peut seulement dire qu'il a eu son poids dans la légende. Raphaël aurait-il bénéficié de cette gloire instantanée qui fut la sienne (il a 25 ans quand Jules II lui confie la décoration de son nouvel appartement au Vatican, le plus prestigieux projet de la Renaissance italienne ; dans les douze ans qui lui restent à vivre, il va cumuler les honneurs et les charges, conseiller artistique du pape, surintendant des bâtiments antiques, architecte en chef), aurait-il été adulé comme un demi-dieu si son incroyable grâce physique, attestée par ses contemporains et entrevue à travers son autoportrait en jeune homme au bonnet noir au milieu des philosophes et des savants de *L'École d'Athènes*, cet immense tableau accroché dans la chambre de la Signature au Vatican, n'était venue renforcer encore le rayonnement de son art, l'idéal de perfection esthétique qu'il a poursuivi dans toutes ses créations ? « Raphaël n'était pas seulement le plus grand des peintres : il était beau, il était bon, il était tout », s'extasie le vénérable M. Ingres. Sous l'impressionnante coupole du Panthéon à Rome, sur la tombe du peintre aménagée dans un sarcophage antique, une inscription : « Ci-gît Raphaël, à sa vue la nature craignit d'être vaincue, aujourd'hui qu'il est mort, elle craint de mourir. »

La beauté permet d'exercer une emprise sur les êtres. Une emprise redoutable quand s'allient à la grâce physique un bel esprit et du caractère. Comment ne pas penser en écrivant cette phrase à Lou Andreas-Salomé ? Née à Saint-Pétersbourg en 1861, d'une intelligence supérieure, elle est belle aussi à se damner, avec ses jambes longues, ses hanches étroites, ses immenses yeux clairs, son petit nez droit et sa bouche sensuelle, un physique très moderne qu'elle glisse dans de longues robes noires près du corps, dépouillées de tout ornement superflu. L'une des premières femmes libres d'Europe puisqu'elle vit de sa plume – elle laissera une œuvre abondante en langue allemande –, elle subjugue successivement trois des meilleurs esprits de son temps, Nietzsche qu'elle asservit d'un regard lors de leur première rencontre dans la basilique Saint-Pierre de Rome (un cliché célèbre montre Lou agitant un fouet derrière Nietzsche et son ami Paul Rée, lui aussi épris de la belle, qui tirent tous deux une charrette), puis Rilke de quinze ans son cadet qui l'aime d'amour fou, Freud enfin qui entretient avec elle, déjà âgée de 50 ans, une amitié amoureuse.

« La Beauté est une forme de génie, fait dire Oscar Wilde à l'un des admirateurs de l'éblouissant portrait de Dorian Gray[5], elle est même supérieure au génie puisqu'elle se passe d'explication. Elle est une des grandes merveilles du monde, comme l'éclat du soleil, la naissance du printemps ou le reflet dans les eaux de la nuit de cette conque d'argent que nous nommons la lune. On ne saurait la mettre en question. Elle est souveraine de droit divin. Ceux qui la possèdent sont princes. » Ou, peut-être, princesses...

NOTES

1. *Cahiers du Centre de recherche en sociologie de la famille*, août 1998.
2. Catherine Herzberg et Anne Proenza, *Mermoz*, Paris, Le Cherche-Midi, 2001.
3. Emmanuel Chadeau, *Mermoz*, Paris, Plon, 2000.
4. Laurent Greilsamer, *Le Prince foudroyé. La vie de Nicolas de Staël*, Paris, Fayard, 1998.
5. Oscar Wilde, *Le Portrait de Dorian Gray* (1891).

CHAPITRE 2

Beautiful people

Ce sont mes beaux à moi, bien vivants ceux-là. Des beaux reconnus, estampillés, même si le physique de certains me touche plus que d'autres. On trouvera parmi eux des gens connus et des anonymes ; des femmes, surtout des femmes, et quelques hommes, jamais très chauds pour s'exprimer sur ce thème ; des professionnels de l'apparence et d'autres qui ne le sont pas ; des jeunes et des moins jeunes, ces derniers mieux à même de dire en quoi leur physique aura pesé sur leur existence. Rien à l'évidence d'un échantillon représentatif. Des morceaux de vie livrés tout crus. Du subjectif à la pelle. Il sera temps de mener après l'analyse…

L'écrivain magnifique

Je ne prendrai pas de risque. Je commencerai par J.M.G. Le Clézio. Tout le monde trouve beau J.M.G. Le Clézio, l'un de nos plus grands et de nos plus mystérieux écrivains vivants. Quand il décroche en novembre 1963 le prix Renaudot pour *Le Procès-Verbal* que, de Nice, sa ville natale, il a envoyé par la poste au directeur de la NRF, manquant d'une voix le Goncourt, il a 23 ans et un physique d'acteur américain, très grand, très blond, un visage magnifique aux traits fins et aux lèvres charnues dont témoigne le portrait qui orne la couverture d'un album qui lui est consacré[1]. Beau, il l'est toujours quand je le retrouve en septembre 2000, pour les besoins d'une interview pour *Madame Figaro* dans les salons de Gallimard, déserts en cette fin d'après-midi. Visage buriné par le soleil d'Albuquerque au Nouveau-Mexique où il vit avec sa femme Jemia et ses deux dernières filles, cheveux drus parsemés de fils blancs, sourire craquant, parole contrôlée mais moins rare que je l'imaginais, spontanément sympathique. De là à croire l'affaire dans la poche… « Il faudra cinq jours pour apprivoiser ce solitaire… », notait le mois précédent un confrère parti le retrouver sur ses terres. Autant dire que l'espoir est mince de percer à jour ce timide, en une heure et demie, et dans des locaux anonymes ! Je me lance : « Votre rêve, ce serait qu'on vous laisse écrire en paix ? » Le regard est direct, la voix grave et belle : « Si c'était mon rêve, je ne serais pas là ; non, ce que vous appelez "promotion" est pour moi l'occasion de rencontrer des gens qui s'intéressent à la littérature, c'est un échange. Pour autant qu'il ne soit pas mondain… »

Il ne le sera pas. Ensemble, nous parlerons de son dernier recueil de nouvelles, où il reprend ses thèmes favoris, sa passion jamais éteinte pour l'aventure, sa défense des faibles, des sans-grade, sa traque d'une beauté originelle que notre civilisation a perdue et qu'il retrouva dans les années 70 auprès des Indiens Emberas au Panama. Plus tard, dans la nuit qui tombe déjà sur les jardins de la rue Sébastien-Bottin, il me confiera tout à coup… son impatience d'être grand-père ! « J'adore les bébés. Leur regard. Leurs éclats de rire. Leur appétit de découverte. Cette communication qui ne passe pas par les mots, c'est la seule chose qui aura vraiment compté pour moi. » On le regarde étonné. Et les livres, ça ne compte pas pour assurer sa survie ? « Mais pour moi, les livres, ce ne sont pas des enfants du tout, ça n'a rien à voir ! Je ne les aime pas comme des humains. Mes livres correspondent à des moments, ils sont une nécessité, l'expression d'un terrible besoin de communiquer. Mais ils ne sont pas, comme les enfants, une joie de vivre : les livres, c'est fatigant, enthousiasmant, désespérant, une assurance surtout contre la folie. »

Difficile de trouver moins narcissique que lui. À l'époque du Renaudot, fêté, adulé, il était si mal dans sa peau qu'il aurait aimé être invisible ! Adolescent déjà, pétri de récits fantastiques comme ceux de Lautréamont, il recouvrait de draps les miroirs : « Ils me faisaient l'effet d'une fenêtre par laquelle quelqu'un pouvait me voir. » Depuis cette date, il n'a pas dû prendre beaucoup de temps pour scruter son reflet dans la glace. Même lors de ses séjours parisiens, il ne quitte pas son uniforme, jean, baskets et parka. Le luxe ? Très peu pour lui. À 18 ans, il a voulu se faire faire un complet chez un tailleur londonien :

« Complètement raté ! Quand je suis retourné pour me plaindre, il m'a dit : "Vous avez vu comment vous êtes bâti ?" Depuis, je n'ai plus de costume. Si je vais à Cannes, j'exhume d'une malle le smoking de mon frère aîné [un linguiste vivant en Angleterre]. » Naturel, simplicité. À Paris, il prend le métro, se poste dans les cafés pour le plaisir de regarder autour de lui. Il affirme qu'on le reconnaît rarement, la seule fois dont il se souvienne, c'est ce jour où, au Panama, une jeune femme l'a abordé, grisée de reconnaître en lui un acteur d'une série télévisée dont il n'avait jamais entendu parler !

Acteur, pourtant, il l'a été dans sa jeunesse. Plus exactement figurant dans plusieurs films, élégant dandy dans *Chacun son alibi* de Mario Camerini, avec Vittorio Gassman et Silvana Mangano, canonnier de l'armée fédérale dans *La Fayette*, une superproduction américaine. C'est le moment ou jamais de lui parler de son exceptionnelle présence physique, quitte à l'énerver carrément, lui qui n'a jamais capitalisé sur ses attraits quand d'autres y auraient vu un outil efficace de médiatisation. Surprise : le sourire s'agrandit plutôt. « Mais oui, l'aspect physique, c'est important. Il y a des écrivains que j'ai lus à cause de leur physique : Albert Camus, que j'aurais tant aimé rencontrer ; Salinger surtout, dont j'admirais la prestance sur les rares photos qui existent de lui, un écrivain qui, en quelques livres, a atteint un absolu de la littérature. »

Demain, Le Clézio repartira pour l'Ouzbékistan, fasciné qu'il est depuis longtemps par la ville de Samarkand et son rénovateur, Tamerlan. Un jour, peut-être, il ira exploiter la « réserve de tendresse » qui l'attend à Maurice, l'île de ses ancêtres. Il est l'homme aux semelles de vent, celui que rien ni personne ne peuvent enchaîner. Six mois avant notre rencontre, il fêtait son soixantième anniversaire. Un cap qui l'a laissé froid : « J'ai seulement apprécié ce jour-là de marcher des kilomètres en forêt et d'escalader des rochers, avec l'une de mes filles, aussi facilement qu'il y a vingt ans. » Les déserts, les forêts, les montagnes, il les aura arpentés toute sa vie, le dos un peu voûté, fendant l'air de ses longues enjambées. Marcher pour se préparer à écrire. Marcher pour se délasser après avoir écrit. Quand il a été immobilisé en 1998 par un accident, il n'a pu écrire une ligne pendant des mois. On peut faire l'impasse sur un beau visage, mais le corps, lui, ne se laisse pas oublier.

« Une longue asperge noiraude »

On s'était connues il y a une quinzaine d'années du temps qu'elle était mannequin vedette chez Chanel. Retrouvées il y a deux ou trois ans dans les jardins du Palais-Royal aux vingt ans de *Madame Figaro*. Parmi mes *beautiful people*, elle m'apparaissait incontournable, le symbole même du charme et de l'élégance française. Lettre explicative à l'appui de ma demande d'interview, envoyée au petit bonheur la chance à l'adresse privée qu'on m'avait indiquée. Et deux jours plus tard, au téléphone : « Allô, c'est Inès ! » Inès ?

« Inès de La Fressange. On se voit quand tu veux. Si tu préfères, je passe chez toi après avoir déposé Nine à 8 h 30 à l'École alsacienne. »

Mieux vaut voir les gens dans leur cadre. Le lundi d'après, c'est moi qui débarque chez Inès, à deux pas de l'Élysée. Une gentille dame en tablier volanté m'ouvre la porte sur un appartement lumineux – sièges houssés de blanc, parquets nus, bibliothèques de bois clair. Apparaît Inès, longue, longue, bonne idée d'avoir rehaussé mon 1 m 69 avec des petits talons. Embrassades. Échange de nouvelles fraîches. Il y a quelques mois, elle a recommencé à faire le mannequin, posé dans des magazines, défilé pour Hermès ou Jean-Paul Gaultier : « Au départ, j'ai fait ça comme une blague, c'était la mode des mannequins troisième âge ou quoi ? » Joli défi deux années après s'être fait remercier par l'actionnaire majoritaire de sa maison de couture (depuis septembre 2003, la voilà directrice générale du chausseur de luxe Roger Vivier). « Aux Italiens pour qui j'ai travaillé aussi, j'ai dit que j'avais 50 ans. Comme ça, on a l'impression que je tiens bien le coup ! » lance Inès, dont les 45 ans font bon ménage avec une silhouette d'adolescente en jean, tee-shirt et Converse aux pieds, un visage lisse aux yeux soigneusement maquillés, cheveux courts ébouriffés ce qu'il faut, peau mate, dents éclatantes. Et une gaieté espiègle, non dénuée d'humour quand elle parle d'elle. Plus de dix ans déjà qu'elle a embarqué dans ce nouveau cadre, dans cette nouvelle vie, avec Luigi d'Urso, épousé en 1990 ; qu'Inès, la star des podiums, la chouchoute des médias, consacre l'essentiel de son temps à la vie de famille.

Ses quatorze années de mannequinat – sept à courir les défilés et les photos de mode, sept comme image de la maison Chanel –, elle ne les renie pas pour autant. Sans réussir toutefois à comprendre comment elle, « la grande asperge noiraude », pas sophistiquée pour un sou et au visage trop mobile, difficile à fixer pour les photographes, a fait cette percée. Ce qui a emporté le morceau, fait d'elle la reine des défilés, c'est sa distinction naturelle, son allure folle. Mais cela, elle ne le dira pas, préférant se présenter en « Miss Catastrophe », celle qui fiche en l'air le bon ordonnancement des rituels, marche ses chaussures à la main plutôt que de se tordre les pieds avec, distribue des sourires au milieu d'une armada de beautés glacées, plonge parfois hors du podium pour se poser sur une chaise libre et parler à quelqu'un qu'elle connaît. Un vrai clown : « Ça ne se faisait pas, mais pourquoi ne pas le faire ? Il n'y avait pas mort d'homme ! Et puis ainsi je noyais le poisson, moi qui n'ai jamais su marcher, tourner comme un mannequin. C'était du non-professionnalisme : on a appelé ça mon style... »

Cette indiscipline, c'est sans doute aussi le moyen de garder quelque distance d'avec un métier auquel rien ne destinait Inès, sinon le culte des apparences qui régnait en maître dans sa famille. Vision de sa mère Lita (une ravissante Argentine, âgée de 20 ans à la naissance d'Inès) quand elle venait la chercher à l'école en minijupe et cuissardes de vinyle noir, ou, en vacances à Saint-Tropez, en jupons de Jean Bouquin ou saharienne de Saint Laurent : « Elle était très belle – elle l'est toujours ! –, mes copains la regardaient avec des yeux ronds, on la considérait comme l'une des plus jolies femmes de sa génération. » Images de sa grand-mère, la très belle et très riche Mme Jacquinot, fille du banquier André Lazard, charme, humour et amour fou de la mode : « Elle avait une garde-robe monumentale avec un escalier pour accéder à l'étage supérieur, des perches pour attraper les vêtements, ses chaussures bien alignées avec leurs embauchoirs, tous ses sacs emballés dans du papier de soie. Chaque jour, elle arborait, pour sortir, un chapeau et des gants nouveaux, l'essentiel de son activité consistant à aller chez le coiffeur et à courir les collections des couturiers, Patou, Balmain, Nina Ricci. »

Seule fille de la famille, Inès est la petite chérie de sa grand-mère et de son arrière-grand-mère, qui se battent toutes les deux pour l'habiller à la Châtelaine, chez Manby rue de Passy, ou chez Dominique, chaussée de la Muette : « Je vois encore l'estrade sur laquelle on montait pour qu'on vous fasse l'ourlet. » Elle aura même droit, pour ses 4 ans, à un manteau d'hermine sur mesure, avec toque assortie : « Je ressemblais à la Lolotte de Bécassine. » Vient le jour où Lolotte se rebiffe : formée à l'élégance dès le berceau, elle a des idées très personnelles sur la question, se désole qu'on la force à porter des jupes plissées battant les mollets, des collants en laine qui pendent entre les jambes ou des chaussettes trop courtes quand elle les voudrait longues et à pompons.

Très vite, elle trouve « atroces » les parures qu'affectionne sa « Granny » bien-aimée, ses taffetas, ses soies, ses bijoux précieux, ses parfums Guerlain, ses cheveux laqués emprisonnés dans un filet, quand elle n'aime que les jeans troués, les chaussures à plate-forme en liège et le patchouli. En vacances chez elle à Biarritz ou à Deauville, Inès vient lui dire bonsoir en jupe stricte et corsage avant d'enfiler sa panoplie hippie dans les toilettes des bars branchés où elle retrouve ses copains. Un jour de pluie, dans le moulin de Mantes-la-Jolie où se sont installés ses parents – Inès a alors 15 ou 16 ans –, toute la famille décide de se déguiser. « Mon père a enfilé une djellaba, ma mère s'est transformée en femme de mauvaise vie – jamais elle n'a été aussi sublime. Moi qui venais de voir un film avec Marlène Dietrich, j'ai exhumé des affaires de mon père, un habit et un chapeau haut de forme, peint mes lèvres en rouge vif, je me sentais une star hollywoodienne. J'ai encore dans l'oreille les cris d'excitation de ma mère lorsque je suis entrée dans le salon, sur ma beauté "époustouflante", mon sens aigu de la mode. »

Belle, et alors ? Dans la famille La Fressange, la chose est plus que banale. Demandez la grand-mère paternelle, et l'impressionnante Mme Jacquinot apparaît. Demandez le grand-père maternel, et c'est un bel hidalgo qui vous enveloppe de son regard de braise, frangé de longs cils : « Les vieilles dames m'en parlent encore, et pas seulement parce qu'il jouait divinement de la guitare. » Demandez le père, et on vous renvoie l'image d'un grand type, « une sorte de James Dean au moment de son mariage, il avait alors 22 ans ». Demandez la mère, et Lita l'Argentine se profile, avec ses yeux noirs, ses longs cheveux bruns, un corps parfait, sculpté quand elle était enfant par une pratique intensive de la danse. Demandez les frères, et voilà que surgit Emmanuel, né juste neuf mois avant Inès, un brun très typé : « C'était lui, le beau de la famille avec ses airs à la Mick Jagger ; quand il entrait dans un restaurant, les gens s'arrêtaient de manger. » Pas mal non plus, Ivan, le tardillon, arrivé douze ans après sa sœur, et qui fit un temps le mannequin auprès d'elle.

Une grâce physique généralisée dont la contagion s'exerce bien au-delà du goût de la parure : « Le souci esthétique, se rappelle Inès, envahissait les moindres recoins de la vie. Tous les discours tournaient autour de ce qui était beau et de ce qui ne l'était pas. Je me souviens de longues discussions avec mon copain Patrick Besson, l'écrivain, fils, lui, d'ouvriers communistes habitant dans une HLM, de la liberté qu'il a éprouvée dans cette éducation libre de toutes références esthétiques. Pour moi, au contraire, tout a de l'importance, la manière dont je suis habillée, la décoration de l'endroit où j'habite. Si je débarque dans un hôtel vilain, je n'aurai de cesse de mettre une bougie sur la table, un paréo sur le canapé, de bouger un peu les meubles. Or, cette liberté extraordinaire dont parle Besson, je peux la comprendre, je sais par expérience que l'accumulation d'objets, de vêtements rend malheureux. Qu'on ne se sent jamais si bien que lorsque, par exemple, on perd une valise dans un aéroport. L'excuse totale. On n'a rien à se mettre puisqu'on vous a tout volé. Une vraie gaieté. Celle-là même que je ressens chaque été en Camargue quand on revient le soir de la plage, épuisés par le soleil, les cheveux pleins de sable et de sel. Tout d'un coup, on n'en a plus rien à faire d'avoir l'air de parfaits gitans. »

Est-ce le relatif abandon dans lequel l'ont fait vivre ses parents, jeunes, beaux, originaux et irresponsables (à Paris, les enfants et leur nounou polonaise vivent dans un appartement à part des parents) ? Tout en se sachant jolie, on le lui a assez répété, Inès est fondamentalement mal dans sa peau : « Mais si, bien sûr que les deux peuvent aller de pair ! » Adolescente d'une « timidité maladive », elle cultive une égale admiration pour ses deux copines de classe, Marianne la cancre, avec ses cheveux raides comme des baguettes, son mascara, ses énormes bagues afghanes et son mini-pull jacquard (« Ah ! celui-là, je pourrais le dessiner, un col roulé noir dans le dos avec des dessins colorés sur le devant ! »), et Anne l'intello, avec sa raie au milieu et ses Gauloises, une fan de Colette et de Léautaud : « À côté d'elles, j'avais l'impression d'être rien, juste d'être gentille : un genre de Bambi ayant du mal à tenir sur ses longues pattes. »

C'est presque par hasard qu'à 18 ans – elle est alors en première année à l'École du Louvre – elle dîne, entraînée par un ami, avec la propriétaire de l'agence Pauline qui lui propose de faire des photos : « J'ai accepté pour gagner un peu d'argent [dont sa famille a fini par manquer à force de mener grand train sans travailler], bien décidée à poursuivre mes études. » Le lendemain, elle pose pour *Elle* sous l'objectif d'Olivero Toscani, un photographe déjà connu. La machine est lancée, elle ne s'arrêtera plus.

Ce métier, qui n'en sera jamais tout à fait un à ses yeux, Inès va pourtant s'y donner à fond, sachant qu'elle ne pourra l'exercer qu'un temps. Consciencieuse, elle arpente Paris en métro avec son *book*, court les castings, galope de défilé en défilé, sort à peine – « Le soir, je mangeais le plus souvent des coquillettes devant la télé avec mon chien et un copain » –, ne s'autorise pas de vacances, pas d'après-midi de shopping. « Je ne savais pas ce qu'était le bien-être, j'étais comme un bourricot, sans même une carotte devant. » Sinon des revenus confortables, encore que sans rapport avec les ponts d'or que l'on fait aux top models aujourd'hui, payés jusqu'à 30 000 euros par défilé. « Mon métier, c'était cintre », dit Inès. Rien d'humiliant à se transformer au gré des fantasmes des couturiers et des stylistes : « Les Françaises ont toujours été de mauvais mannequins parce qu'elles ne se contentent pas de prêter leur physique, elles veulent montrer leur tempérament, continuer à exister en tant que personnes. Moi, je ne craignais pas de rentrer dans l'univers des autres. J'arrivais comme une feuille blanche. Dessus, les gens pouvaient mettre ce qu'ils voulaient, et ensuite me jeter comme un chiffon. C'était la règle du jeu. » Un jeu somme toute peu dangereux puisqu'il ne concerne que l'enveloppe, rien à voir avec ce qu'un réalisateur peut exiger d'une actrice, d'où le refus d'Inès de faire du cinéma comme on le lui a demandé plus d'une fois.

Mannequin, Inès aurait accepté du coup n'importe quoi ? « Que des Japonais aient pu me déguiser en rescapée d'une troisième guerre mondiale atomique avec le cheveu gras et, en guise de maquillage, des traces de plâtre sur les joues ne me gêne pas outre mesure. Mais je n'ai par exemple jamais posé nue, sinon pour Paolo Reversi [son photographe favori], parce que je savais qu'il n'y aurait aucune connotation vulgaire. Je me souviens qu'à un moment Helmut Newton faisait des photos de filles portant des espèces d'objets orthopédiques, des corsets, des minerves. C'était son droit d'artiste, mais je n'ai pas eu envie de me prêter à ça. »

Ce métier, qui consiste finalement à paraître en exploitant les dons reçus à la naissance, Inès refuse qu'on le dénigre : « Être mannequin quand j'ai commencé à la fin des années 70, ça voulait dire sotte, limite prostituée, se rappelle-t-elle. Le préjugé était tel que, devenue "le mannequin qui parle" – étant l'une des seules Françaises à exercer ce métier, les journalistes trouvaient plus facile de m'interviewer, moi, plutôt qu'une autre –, il me suffisait d'enfiler une suite de lieux communs pour qu'on célèbre mon intelligence. Or, j'estime au contraire que la plupart des mannequins sont loin d'être bêtes. Ce sont des filles qui ont plutôt plus de problèmes que les autres, certaines ont été harcelées très jeunes à cause de leur physique, leurs rapports, même avec les hommes de leur famille, en ont été modifiés : leur beauté, en les marginalisant, en fait des personnages intéressants. » Foin des autres clichés qui courent sur le métier, les coucheries (« Jamais je n'ai eu à faire face à des propositions ambiguës »), la drogue qu'elle n'a, pour sa part, « peut-être protégée par sa naïveté », pas vue circuler dans les studios ou les coulisses d'un défilé.

À partir de 1983, le contrat d'exclusivité qu'Inès signe avec Chanel lui assure, en même temps qu'une jolie rente de situation, une vie moins trépidante : rue Cambon elle n'est plus vraiment mannequin, plutôt « l'enfant gâtée de la maison », liée à Karl Lagerfeld par une vraie complicité jusque dans son travail de création. Une formation sur le tas qui lui permettra, à son départ de Chanel, d'amorcer dans le stylisme et sous son nom une seconde carrière. Côté cœur, là encore, Inès saura faire les bons choix : « En réaction peut-être au laxisme de mes parents, j'ai toujours été très conventionnelle dans l'idée que je me faisais de mon existence. Il ne fallait pas me tromper pour choisir le père de mes enfants, il le resterait à vie. »

Belle, riche, célèbre. Et heureuse par-dessus le marché ! De quoi balayer les derniers doutes qu'on peut avoir sur soi-même ? Mais non ! « Il y a plein de choses que je n'aime pas en moi. Mes mollets – en jupe ou en robe, j'ai l'air d'une petite fille qui a poussé trop vite. Mes joues trop creuses. Les coins de ma bouche qui retombent – si je ne souris pas, j'ai l'air de faire la tronche. Des cheveux abominables, trop rares, impossibles à coiffer, mais si, Katia, ma coiffeuse, te le dira ! » En règle générale, Inès, avec ses 54 kilos pour 1,81 m, se trouve beaucoup trop maigre. « J'adore pourtant les bonnes choses, enchaîne-t-elle, le boudin, la choucroute, les escargots. » Puis, consciente qu'elle va s'aliéner la quasi-totalité des femmes : « Être trop maigre, c'est comme être trop grosse, il y a des tas de vêtements qui ne te vont pas. »

D'ailleurs, si, aujourd'hui comme hier, elle est une accro de la mode, c'est que celle-ci est la plus sûre des protections. Le « rien à se mettre », Inès l'expérimente tous les jours devant ses placards bourrés à craquer : « Je n'ai jamais ce qu'il faut. » Que, sortant de chez elle, elle réalise qu'elle n'aime pas son *look*, et sa journée est bousillée : « L'autre jour encore, je devais retrouver deux copines pour aller à une présentation de mode. J'avais mis une espèce de corsage beige avec un col rond en dentelle blanche sur un pantalon de daim, ça faisait tellement *fashion victim* ! Tout d'un coup, je me suis trouvée grotesque. On était un peu en avance, j'ai convaincu mes amies d'entrer avec moi dans la première boutique pour acheter quelque chose, même si elles me disaient que j'étais parfaite ainsi. »

Être devenue l'incarnation d'un style, l'image d'une génération, ne lève en rien les doutes fondamentaux d'Inès. Et le fait de plaire aux hommes ? Elle éclate de rire : « Mais je ne suis pas du tout quelqu'un qui plaît aux hommes ! Je plairais plutôt aux femmes qui se disent : “Si j'étais comme elle, je plairais aux hommes.” » Mannequin, elle recevait bien des déclarations d'amour, des brassées de fleurs ? « Là, c'est plutôt l'effet de notoriété. Mais la chose vraiment positive, c'est que les gens me sentent proche d'eux. Le facteur, les commerçants du quartier, tous m'appellent “Inès”, ils me parlent comme à une amie. »

12 h 05 : Luigi ramène de la garderie Violette, une adorable petite blonde aux yeux clairs avec deux couettes vissées sur le haut de la tête. Devant nous, elle fait des grâces dans son nouveau short : « Dis, maman, ze suis zolie ? »

« J'accorde sûrement plus d'importance à l'habillement de mes filles qu'une autre maman, avoue Inès, ma déformation de styliste. Sentant cela, elles ont évidemment beau jeu de me faire une sorte de chantage sur les vêtements comme d'autres enfants en font sur la bouffe, elles refusent de porter certaines affaires, même Violette… à 3 ans ! »

La voilà justement qui fouine dans sa trousse de maquillage, se barbouille avec un rose à lèvres assorti à ses ongles vernis : « Je ne me bats plus, dit Inès, serrant contre elle sa réincarnation de Marilyn, j'ai même fini par accepter que Nine ait à 9 ans les oreilles percées, elle me tannait depuis des années ! » Et tant pis si ce n'est pas trop dans le style de l'École alsacienne. La frivolité, un vice héréditaire ? Après tout, qu'importe si l'on y associe comme Inès bien d'autres qualités de fond – gentillesse, intelligence, impertinence…

« C'est vous, l'attachée de presse ? »

« À 20 ans, elle aurait pu faire la couverture de *Vogue* », confie ce grand banquier qui animait jadis son groupe de préparation à l'École nationale d'administration. À 48 ans, Agnès Touraine est encore une très jolie femme. Rien chez elle d'une beauté austère : elle aurait plutôt un physique à la mode, avec son 1 m 70, sa ligne irréprochable, ses yeux bleus et son teint de pêche sous des cheveux mi-longs aux reflets dorés, sa bouche charnue volontiers rieuse. Un tout petit cheveu sur la langue rajouterait presque au charme naturel de ce « pur-sang du business », selon les mots de l'un de ses anciens patrons : en référence à son allure racée ?

Président-directeur général de Vivendi Universal Publishing (VUP) jusqu'en janvier 2003, elle était régulièrement citée parmi « les femmes les plus puissantes de France[2] ». Le couronnement d'un parcours sans faute : Sciences-Po, MBA à Columbia University, consultante chez McKinsey, directeur de la stratégie chez Hachette d'où elle part pour créer une petite *start-up* dans le multimédia, laquelle, après le rachat du leader américain des jeux vidéo, devient une société de 800 millions d'euros et entre dans le giron d'Havas. Nommée à la tête d'Havas Grand Public, qui, bientôt rebaptisé VUP, regroupe les activités d'édition et de jeux vidéo, Agnès Touraine dirigera pendant cinq ans – et avec succès – un groupe de 15 000 personnes pesant 4 milliards d'euros. Le fleuron de Vivendi Universal. La première division à être vendue lors du démantèlement de VUP pour compenser une partie de ses pertes abyssales : « Mieux vaut être au fond de la classe qu'au premier rang », ironise celle qui s'est immédiatement relancée dans une nouvelle aventure, la création d'une SARL de « conseil en gestion de croissance » avec, en tout et pour tout, deux associés.

Élément central de cette réussite, un travail forcené : « Chez McKinsey, ça s'assimilait à une sorte de service militaire, une somme de travail au-delà de ce qu'on peut imaginer, heureusement qu'à l'époque j'étais célibataire. » Même si elle ne retrouvera jamais ce rythme infernal, Agnès Touraine mène tambour battant la suite de sa carrière, bien que cette fois dûment mariée et mère de famille. Du travail donc, un peu de chance, une belle intelligence, autant d'atouts qui vont servir ses ambitions. Tout comme son gracieux physique ? « Je ne me suis jamais posé la question. Dans ma famille d'intellectuels [père professeur de médecine, mère psychanalyste, oncle célèbre sociologue, frère médecin…], il n'y avait personne, est-ouest, nord-sud, qui soit dans le monde des affaires. L'argent était une non-valeur. Comme les questions matérielles – pas question de parler cuisine, ce qu'on allait avoir pour dîner était un sujet proprement non intéressant. Comme les apparences extérieures : jamais on n'aurait évoqué à la maison le physique des gens, leur manière de s'habiller. » Hors de l'intellect, point de salut.

Est-ce la contagion de l'époque – en mai 1968, Agnès a 13 ans ? Celle-ci bénéficie d'une éducation incroyablement libérale. « Je ne crois pas qu'on m'ait jamais interdit quelque chose. Lorsque, jeune encore, je demandais à sortir le soir, on me disait seulement de ne pas faire de bruit en rentrant. Mes amis, les parents s'interdisaient absolument de les juger. » Quand on reçoit ce genre d'éducation, soit on fait n'importe quoi, soit on construit sa propre discipline, ce sera le cas d'Agnès : « J'ai bien fait quelques bêtises, mais pas plus que cela. » En classe, elle est bonne élève sans se donner trop de mal, du genre meneuse de bande plutôt que friande de pias-pias, et garde un *look* classique face au déferlement des *babas cool*.

La vie professionnelle – et sans doute le regard des hommes – va se charger d'enseigner à Agnès Touraine le poids des apparences. « L'avantage, c'est que cela crée la surprise », reconnaît-elle, tout en distinguant mal l'effet « Tiens, une femme ! » de l'effet « Tiens, une jolie femme ! », dans des métiers où elle est longtemps restée un animal étrange. Quand elle débarque en 1980 chez McKinsey, il n'y a encore que des hommes. Dans l'édition où elle travaillera ensuite, les femmes sont pléthore... sauf aux postes de commande : chez Hachette, devenu le groupe Lagardère, elle sera la première femme à entrer au comité exécutif. Une fois chez Vivendi, son arrivée à une table de négociation lui vaudra encore des remarques du genre : « C'est vous, l'attachée de presse ? », alors qu'elle est déjà directeur général. « Il est parfois dur, avoue-t-elle, de faire admettre aux hommes autre chose que le stéréotype qu'ils ont en tête. » Elle rit encore au souvenir de cette réunion portant sur un très gros achat immobilier où elle s'est retrouvée au retour des vacances, en jean, toute bronzée, face à quinze types effarés : « C'est vraiment vous le patron ? »

Mais pas question d'exploiter tant soit peu cet avantage : « Je me suis toujours refusée à entrer dans une politique de séduction qui viendrait fausser le jeu de cet environnement très codifié qu'est la vie professionnelle. Je ne le supporte pas non plus des autres : Dieu sait que j'ai toute ma vie essayé de pousser les femmes compétentes, j'ai nommé beaucoup de femmes directeurs généraux, et tant mieux si, en plus, elles étaient agréables d'aspect, mais je me souviens d'avoir renoncé à promouvoir l'une d'elles qui avait fini par m'agacer à force de jouer constamment de son charme. De la même façon, l'homme qui tente de me faire des frais, m'assaisonne de petits compliments, je le fuis ! »

Pour éviter toute confusion des rôles – la femme, la pédégère –, Agnès Touraine a développé des défenses qu'elle-même juge « disproportionnées » : « J'ai toujours lutté pour qu'on ne mélange pas la vie privée et la vie professionnelle. Je parle rarement de mon mari et de mes enfants, pas plus que je n'invite mes collaborateurs à dîner chez moi. » Sur son bureau, pas une photo, aucun objet personnel... « Rien que ça ! » sourit-elle en brandissant le petit tapis plastifié sur lequel elle promène sa souris d'ordinateur. Là s'affiche, sous les bobines hilares d'Alexia et d'Hadrien, la mention « Pour ma maman que j'aime. » « Mais il n'y a que moi qui puisse le voir ! » À vouloir faire de son entreprise un lieu complètement asexué, elle prend aussi le risque, elle le sait, de se couper de certaines réalités : des histoires sentimentales entre collaborateurs elle a toujours été la dernière avertie...

Au départ de cette réserve « pathologique », le souci de privilégier l'essentiel. « Chez elle, le message passe toujours avant l'emballage », note une proche collaboratrice, bluffée d'avoir vu plus d'une fois sa patronne renoncer, juste avant une présentation stratégique, aux discours soigneusement préparés ou aux *slides* prêts à être projetés, au profit d'une brillante improvisation sans filet quand l'actualité le réclamait. Omniprésente aussi chez Agnès Touraine, l'antique crainte des femmes de voir leurs succès imputés à leurs charmes :

« J'ai eu droit, bien sûr, à des sous-entendus gros comme des maisons quand je suis passée de la direction de la stratégie à celle de la branche grande diffusion d'Hachette : “Ah, vous connaissez bien Jean-Luc Lagardère ?” Ou encore à des : “C'est sûrement Jean-Marie Messier qui t'a fait rentrer ?”, alors que j'avais rejoint le groupe Havas bien avant la naissance de Vivendi. Ce soupçon que tout ce que vous avez pu accomplir n'est pas dû à votre propre mérite mais à l'aide que vous a forcément apportée un homme, c'est proprement insupportable. »

Que Messier ne l'ait pas nommée par hasard directeur général délégué de la maison mère au moment où celle-ci prenait l'eau, qu'il ait été content d'avoir, en plein avis de tempête, une jolie – et très performante – icône sur l'estrade à son côté lors de l'assemblée générale des actionnaires, Agnès Touraine, sauf à être aveugle, ne peut le nier. De même, elle sait bien que sa grâce naturelle a été un élément du charisme qu'elle exerce auprès de ses collaborateurs. Que ce physique puisse même contribuer à expliquer son caractère plutôt calme et serein – jamais, on ne la verra piquer une rogne au bureau –, sa relative indifférence aux signes extérieurs du pouvoir, beau bureau, belle voiture, n'est pas exclu non plus. Côté signes extérieurs, elle est déjà assez bien pourvue !

Ayant ainsi pris le risque de discuter – non sans quelque réticence – des avantages et des inconvénients de la beauté, Agnès Touraine précise très vite qu'il y a tellement de choses plus importantes à ses yeux... Que le principal atout d'un bon physique, c'est justement de ne pas être obnubilée par l'apparence, d'avoir l'esprit libre de ce genre de soucis pour mieux assumer tout le reste. Je finis par lui lancer : « En fait, vous êtes une non-laide ! » Elle me répond oui, que c'est ainsi qu'elle le ressent. D'ailleurs, pas plus aujourd'hui qu'hier, elle n'en rajoute dans la futilité. Se préparer lui prend au plus dix minutes le matin. Courir les magasins ? De toute façon, elle n'a pas le temps. Aller chez le coiffeur ? Le moins souvent possible – « cinq, six fois l'an au plus » –, quitte à se couper elle-même les cheveux. Faire du sport ? Du ski, oui, avec passion, mais pour le reste... Elle avoue n'avoir jamais mis les pieds dans une salle de gym de sa vie, elle avait bien retenu une année un prof à domicile, mais, comme par hasard, elle arrivait toujours en retard ! Quant à s'inquiéter de l'effet ravageur d'un travail excessif... « Je me souviens d'aller-retour express Paris-Los Angeles : on peut vraiment être défigurée par la fatigue. Mais bon, pour travailler autant, conclut-elle, il faut faire évidemment le deuil d'autre chose : si j'avais été élevée dans la séduction, je n'aurais à coup sûr pas fait le même chemin... »

Message reçu : le piment de la vie est ailleurs, dans le vrai plaisir que donne la maîtrise des choses, dans l'excitation du pouvoir. N'empêche. Face à moi, Mme la Présidente, sobrement élégante en veste blanche sur pantalon olive porté avec des escarpins à petits talons, n'a à l'évidence pas déposé sa féminité au vestiaire : « Bien sûr qu'on aime être à son mieux, admet-elle, mais jamais je ne m'habillerai sexy. Je n'ai pas souvenir d'avoir enlevé ma veste au bureau depuis des années. » L'important, c'est de respecter les codes : « De même que, sur la plage, on serait ridicule en combinaison de ski, de même ça ne me viendrait pas à l'idée de jouer les évaporées en truc pigeonnant pour le *closing* d'un contrat portant sur des centaines de milliers de dollars, ou même au dîner qui suit. »

Aujourd'hui, Alexia, la fille aînée d'Agnès Touraine, a 14 ans : « Elle est très mignonne, mais pas du tout comme moi, plutôt du style *giggling*, toujours à bavarder avec son réseau de copines, à se coiffer pendant des heures, à s'habiller très à la mode. Si elle reste nature, bien moins obnubilée par l'apparence que la plupart de ses contemporaines, elle est tout de même autrement consciente de sa séduction que je ne l'étais à son âge. Vous me direz que ce n'est pas très difficile ! »

Un jeune premier

En cette mi-novembre 2003, Francis Huster n'arrête pas de tourner, un téléfilm pour France 2, le prochain feuilleton de l'été pour TF1, six nouveaux épisodes du *Grand Patron* pour la même chaîne... Des projets, il en a plein la vieille sacoche noire qui ne le quitte jamais, un film peut-être avec Claude Lelouch, demain, qui sait, une pièce de théâtre. Tout cela ne l'empêche pas d'être pile à l'heure à notre rendez-vous matinal, dans un café proche du Trocadéro, le quartier où il a planté sa tente, lui, l'éternel nomade, avec sa compagne, Christiana Reali, et leurs deux filles, Elisa, 5 ans, et Toscane, « née le 3/3/3 à 4 h 44 du matin », huit mois tout juste. Ah ! ses femmes, il en parlerait des heures ! Mais bon, puisque le sujet aujourd'hui, c'est lui...

Au moins, lui ne boude pas son plaisir d'être beau gosse : « La beauté ? Ç'a été la chance de ma vie ! » À 7-8 ans déjà, il est spontanément le chouchou, le petit prince dans les fêtes de famille : « Sur les photos, je me tiens très droit à côté de mon frère et de ma petite sœur, tout beau, tout propre, avec la raie sur le côté et un grand sourire. Conscient de mon rôle. En classe, c'est tout pareil ! Les copains viennent à moi, c'est moi qu'on veut à Carnot comme chef de classe, plus tard, dans les boums, j'ai tout de suite plu aux filles. » Ce charisme naturel, cette puissance d'attraction vont le forcer à « s'éduquer soi-même » : « Il fallait mériter ce plus qui m'était donné. » Tout en prenant garde aux chausse-trappes : « Celui qui est beau croit facilement que tout le monde l'aime : puisqu'il n'a pas de problème pour aller vers les autres, il conçoit mal que les autres puissent en avoir pour aller vers lui. L'autre danger, c'est de donner aux autres le sentiment qu'on ne les aime pas, voire qu'on les méprise : “On n'est pas assez bien pour toi, c'est ça ?”, j'ai entendu cette phrase toute ma vie… »

La beauté sera le plus efficace des brevets d'intégration pour ce fils d'un garagiste juif roumain et d'une mère couturière d'origine russo-polonaise. Elle va même décider de sa carrière. Élève studieux, Francis est programmé par sa famille pour devenir chirurgien, comme l'oncle Albert qui travaille au Val-d'Or à Saint-Cloud, même si au fond de lui il caresse le rêve de devenir footballeur professionnel. À 15 ans, une mauvaise fracture l'écarte des terrains de sport, l'occasion ou jamais de prendre des cours de théâtre. C'est le coup de foudre. Très vite tout s'enchaîne : le cours Florent, la classe de René Simon au Conservatoire à 16 ans, trois ans plus tard l'entrée à la Comédie-Française.

« Privé de beauté, je n'aurais pas été acteur, peut-être metteur en scène. » Ses maîtres, unanimes, l'engagent à travailler le répertoire de jeune premier : « Le dernier à la Comédie-Française avait été, dans les années 20, Pierre Fresnay, inoubliable en héros de Musset. Plus tard, il y a eu André Falcon, Jacques Toja, mais tous deux étaient déjà des hommes mûrs. »

Huster triomphe : il est Rodrigue, il est Lorenzaccio, il est Perdican[3]. Il séduit, ne compte plus ses groupies, l'une lui fait du chantage au suicide. On le présente comme le « nouveau Gérard Philipe » (qui, lui, était au TNP). C'est tout à la fois flatteur et casse-gueule, Huster parle même d'un « handicap terrible », clame pour mettre les choses au point : « Le Cid est enterré à Ramatuelle. » D'autant qu'il ne ressemble guère à son prestigieux aîné : « Autant dans sa vie Philipe était un combattant, un révolutionnaire, ayant des engagements politiques courageux, autant il était classique, respectueux, fidèle dans ses choix artistiques. Moi, c'est tout l'inverse : dans la vie, j'ai toujours été un gentil, un pur, mon côté bon docteur Schweitzer, mais dans mon métier je suis un meneur d'hommes, un dictateur ! Quand je m'engage, c'est à fond. » Il jouera six cent quatre-vingt-treize fois *La Peste*, presque mille fois *Le Cid*. Il cherche inlassablement à percer la vérité de ses personnages, à en révéler le côté le plus noir, surtout lorsqu'ils incarnent la grâce : « Pour moi, Rodrigue est vraiment un tueur, Lorenzaccio n'émergera jamais de la boue morale dans laquelle il est tombé, Perdican, l'adolescent tourmenté, fait montre d'un égoïsme mortel auquel ne survivra pas l'ingénue Rosette. »

Après s'en être pris à ses héros, il s'acharne sur lui-même. On lui reproche d'être cabotin, narcissique, mégalo ? Il prend les devants. « Tu es fou ! » lui lance un jour Jean-Louis Barrault chez qui, après son départ de la Comédie-Française, il monte un *Dom Juan*, quand Huster lui annonce son intention de donner le rôle du séducteur à Jacques Weber, son copain de toujours, et de se glisser dans la peau de Sganarelle. Mais le véritable électrochoc, ce sera *La Femme publique* de Zulawski en 1984, dans laquelle on découvre un Huster méconnaissable, teint en blond, bouffi, démoniaque : « Avec ce rôle, je me suis suicidé pour le cinéma. » Le public n'aime pas qu'on lui abîme ses archanges : « Gérard Philipe a connu en son temps le même problème. Les metteurs en scène craignaient de l'engager car ils avaient peur du mythe, impossible de lui faire incarner un perdant, un lâche, un salaud. Lui-même avait refusé à Georges Franju de jouer *La Faute de l'abbé Mouret* – je le sais, j'ai lu sa lettre –, soucieux de ne pas écorner son image avec ce rôle de prêtre égaré par le désir. Dix ans après la mort de Philipe, Franju m'a proposé le rôle et je l'ai accepté. » Sans doute Huster reviendra-t-il un jour vers le cinéma quand on lui donnera le droit d'y être lui-même, la gueule burinée par les ans. En attendant, il se sent bien au théâtre et à la télévision, là où nul ne lui reproche d'endosser des rôles de composition.

Plus récemment, sa beauté lui a encore joué un tour : lui, le fou de travail, tellement habité par ses rôles qu'il les marmonnait dans la rue, finissait par squatter dans sa loge, a trouvé en Christiana Reali, ravissante Italo-Brésilienne, la femme de sa vie. Aussi sec, ils ont été sacrés « le couple romantique idéal » : « On s'adore, Christiana est merveilleuse, mais si on a décidé de ne plus jouer ensemble, c'est justement pour ne pas se laisser enfermer dans cette image réductrice sur le plan artistique. » Et pas forcément fidèle sur le plan privé, chacun rêvant d'épater l'autre, se refusant à jamais rien prendre pour acquit, vivant dans le respect de leurs différences, elle très gaie, lui plus sombre, elle un modèle de rigueur, lui plus indiscipliné. Quant à leurs vingt ans d'écart, ils restent pour Francis une épée de Damoclès : « Imaginez Clint Eastwood avec Julia Roberts ! » On a beau lui dire qu'il y a non pas vingt mais trente-cinq ans de différence entre ces deux-là, il n'a pas l'air rassuré pour autant. L'aspect juvénile qui est encore le sien à 55 ans lui semblerait – un comble ! – presque un handicap supplémentaire : « Dans cinq ans, Christiana en aura 40, elle n'aura aucune envie d'avoir à son côté un homme qui campe toujours dans l'adolescence. » Il y a deux ans encore, Francis Huster était l'étudiant Raskolnikov dans *Crime et Châtiment* : il ne prendrait plus ce risque. Dans *Zodiaque* – le futur feuilleton-polar de TF1 –, il était censé jouer un flic de 30-35 ans, il a fait réécrire le rôle pour qu'il lui soit mieux ajusté.

Il est spontané, volubile, un peu confus, désarmant de gentillesse. Parfois, avant de répondre à une question, il lève vers le ciel son regard de myope : on croirait le voir sur la scène du Français, du temps où il déclamait les stances du Cid. À d'autres moments, un brin d'amertume affleure, comme si le cinéma ne lui avait pas fait la place qu'il méritait : « On y trouve, dit-il, nombre de pépés magnifiques, Serrault, Claude Rich, Belmondo, Marielle, Noiret, Rochefort. Mais pas tellement de séducteurs chevronnés. En profil, peut-être, Jean Reno, Gérard Lanvin, Jean-Pierre Bacri... » Pas des beaux forcément. Aux États-Unis aussi, Robert de Niro ou Dustin Hoffman ont relayé Redford et Newman. Du côté des actrices, il y a moins de stars, plutôt des charmantes – Isabelle Huppert, Nathalie Baye, Sandrine Bonnaire... – à la carrière plutôt plus facile que celle des vraies beautés – Isabelle Adjani, Emmanuelle Béart, Sophie Marceau... Serait-ce pour faire bon poids avec la télé-réalité que la vraie vie a envahi nos écrans ? On avait plus d'occasions de rêver dans le temps...

Vénus Beauté

C'est un décor de théâtre. Un magnifique appartement du faubourg Saint-Germain, entrée pavée de marbres colorés, immense salon tendu de damas grège, peuplé de commodes marquetées, de canapés profonds et de tables basses surchargées d'objets. Un maître d'hôtel sri-lankais vous ouvre la porte, c'est lui qui, plus tard, nous servira le thé.

C'est une actrice. Blonde, très blonde. Longue, très longue. Gracile. En cette fin d'après-midi de juin, elle porte un drôle de pantalon noir aux jambes ouvertes sur un ruché de dentelle et jupette assortie, un petit pull de soie rose tendre, des chaussures très mode à semelles compensées. Arielle Dombasle est jolie comme un cœur avec ses grands yeux bleus à peine maquillés, sa bouche charnue, sa longue chevelure souple, son teint de porcelaine, à croire que le soleil ne l'a jamais effleurée.

Le *Los Angeles Times* ne l'a-t-il pas un jour désignée comme l'une des dix plus belles femmes du monde, « l'animal le plus sexy que la France ait offert depuis Brigitte Bardot à l'Amérique » ? Récemment encore, pour promouvoir son dernier disque – de la musique sacrée réorchestrée techno – puisqu'elle est chanteuse aussi, elle ne craignait pas d'exposer sa plastique parfaite dans les magazines. Et jusque sur la scène de l'Opéra-Comique où, vêtue de voiles arachnéens, elle jouait dans un *remake* de *La Belle et la Bête*, version Jérôme Savary. Une superbe biographie en images la célèbre à travers les clichés des plus grands photographes[4] : « Arielle Dombasle, avec son merveilleux visage de princesse inca et son corps absolu de panthère blanche... », laisse échapper devant un cliché de Guy Bourdin un Patrick Besson à la plume d'ordinaire plus acérée. Bientôt, Arielle incarnera dans un téléfilm l'impératrice Sissi, non la gamine de 17 ans immortalisée par Romy Schneider, mais cette femme mûre, résolument moderne, toujours à la recherche d'un bonheur qui s'enfuit et qu'habite une incroyable obsession de la beauté.

Tout comme elle, Arielle ? « Obsédée, je ne crois pas l'être, je n'aurais pas voulu être mannequin. Mais le questionnement sur la beauté est pour moi presque une obligation professionnelle, m'explique-t-elle, lovée dans un canapé profond, une fine cigarette entre les lèvres. Les actrices ont une relation très névrotique à leur apparence, cela peut se comprendre. Sur ce front, elles sont vraiment en première ligne : on a cet écran où le visage est multiplié par cent, où l'on apparaît avec une bouche, des yeux énormes. Parfois, l'image magnifie et on est tout heureuse. Parfois, on hésiterait presque à se reconnaître dans ce monstre. On ne peut imaginer à quel point cette épreuve est surréelle si on ne s'est jamais vue comme ça. Et puis, nous avons pleinement conscience que cette apparence va peser lourdement sur notre destin. »

Arielle est payée pour le savoir, elle qui, malgré une carrière éclectique – depuis les films d'Éric Rohmer aux séries américaines style *Miami Vice*, de Peter Handke à Claude Zidi –, s'est souvent trouvée enfermée dans l'image d'une poupée Barbie, d'une bimbo minaudière, d'une reine de l'artifice : « Depuis toujours, au cinéma comme au théâtre, j'ai souffert – enfin n'exagérons rien ! – de cela : "Vous avez, me disait-on, un physique trop flamboyant, trop diaphane, trop poétique, vous êtes trop blonde, avec les yeux trop bleus." Ce n'était pas le délit de belle gueule mais ça y ressemblait, une certaine forme de racisme exercé à l'encontre des femmes appartenant à un canon esthétique ultra-féminin bien établi. J'aurais aimé jouer sur d'autres registres, la tristesse, le pathétique : accès interdit ! On vous catalogue vite. »

Sous ses dehors d'extrême sophistication, Arielle est une fille intelligente et sensible : on peut, sans risque, lui poser la question qui brûle les lèvres, à savoir que cette image de poupée Barbie, elle a tout fait pour la conforter. Après tout, si elle voulait qu'on la prenne pour une grande fille toute simple... « Vous avez raison. Mais quand je suis arrivée en France en 1978, débarquant du Mexique, j'avais dans la tête l'idée que les gens se font là-bas des stars, une imagerie assez désuète, la pin-up des années 50. Mes modèles, c'étaient les stars du muet, Mary Pickford, Greta Garbo, Marlène Dietrich, rien que des blondes éthérées. Et puis aussi des femmes plus incarnées comme Betty Grable, Jayne Mansfield, Marilyn Monroe, Brigitte Bardot, j'adorais ces femmes explosives, des femmes pour le cinéma, pas pour la vie de tous les jours. » En France à l'époque, la mode est plutôt, même au cinéma, aux femmes discrètes, interchangeables, on sort tout juste d'une époque de féminisme à tout crin, on brûle les soutiens-gorge : « Moi, j'aimais les soutiens-gorge pigeonnants. »

Les modèles familiaux comptent aussi. Et chez les Sonnery de Fromental, la famille d'Arielle, on ne cultive pas le gris muraille : « Au Mexique où nous habitions, on trouvait étrange notre allure de grands blonds aux yeux clairs – les gens voyageaient bien moins que maintenant –, on se retournait sur nous dans la rue. Toute mon enfance, on m'a sifflée en m'appelant "*Gringita !*" (de *gringo* une contraction de "*Green go !*", un terme hérité de la guerre de Sécession) ou encore "*Huerita !*", ce qui veut dire "petite blonde". » Avec ses cheveux qui tombent jusqu'à la taille, Arielle a des allures d'extra-terrestre, de princesse des contes, de petite sirène. Son père, lui, un beau type de 1 m 90, est souvent pris pour Jean Marais ou Johnny Weissmuller : « On lui demandait des autographes dans la rue ! » La mère d'Arielle est ravissante, dans un registre plus discret : « Je la revois conduisant sa décapotable, toujours en jupe courte fluide, ballerines noires et petit chandail très années 60 ; avec son collier de perles, son rouge à lèvres bois de rose et son parfum délicieux, elle était pour moi un ange de douceur, l'image même de la féminité. » Ultime figure de référence, la grand-mère maternelle d'Arielle, qui l'a pratiquement élevée, avec son frère, après la disparition de leur mère à 32 ans : « C'était une très belle femme d'un raffinement exquis dont le mari, diplomate, avait rejoint pendant la guerre le général de Gaulle à Londres, avant d'être nommé ambassadeur au Mexique. Elle-même résistante de la première heure, grande voyageuse, amie des surréalistes… »

Pour Arielle, la beauté est indissolublement liée à l'étrangeté. Et à l'élégance. L'élégance de manières. L'élégance de langage : « Je peux très bien parler "jeune", dans le style : "Ouais, c'est grave, tu me fais kiffer" [le tout dit avec un irrésistible accent des banlieues] ; ou encore répondre par des borborygmes. Je n'en ai tout simplement pas envie. Je me sens bien par contre dans une construction de langage romantique, une forme d'expression assez littéraire. » Arielle aime aussi l'élégance tout court. Le genre fille déjantée en jean cradingue, très peu pour elle. « Notre époque, dit-elle, n'est pas facile pour les femmes. La frivolité, la candeur, tout cela semble démodé, on ne jure que par un naturel assez plat. Moi, j'aime l'idée d'une beauté mise en scène, pour autant que cette recherche ne soit pas un simulacre qui ne mène vers rien, j'admire les femmes qui connaissent leur séduction, cultivent leur façon de parler, de marcher, de s'asseoir, de bouger. Toutes les femmes sont forcément un peu "fabriquées", même les femmes des tribus les plus reculées affectionnent la parure. Autrement, quoi ? On marcherait tout nu, à quatre pattes ? »

Le message est clair : si Arielle campe volontiers la très appétissante femme d'Agecanonix dans *Asterix*, elle aurait moins de plaisir à jouer les femmes préhistoriques dans *La Guerre du feu*. Son rêve ? Passer ses journées, comme ses grand-mères dans les années 1900, en robe à crinoline, corset et souliers de satin. Moires, plumetis, bouillonnés, ganses, festons, rien ne lui ferait peur. Faute de pouvoir se déguiser, elle s'achète volontiers de jolis dessous, des bas de soie, des combinaisons, des déshabillés aériens pour la nuit, des bottines lacées, de précieux escarpins – « Tout ça est tellement amusant ! » –, même si elle reconnaît trouver parfois quelque repos à enfiler pantalon et tee-shirt quand elle n'a pas à « faire l'actrice » : « J'adore les grands couturiers, les artistes en couture, mais je ne suis pas une obsédée des dernières tendances de la mode. »

Au corps elle reconnaît cependant une « place centrale » dans sa vie : « J'ai envie de l'habiter tous les jours et d'en être satisfaite. » Sa taille de sylphide, elle l'entretient, elle est végétarienne, absorbe chaque jour des litres de thé, trouve « une certaine euphorie » à faire du sport. Une discipline héritée de son père qui aurait détesté avoir pour fille une mauviette : « Avec lui, j'ai fait du ski nautique à 4 ans et demi, de la plongée sous-marine à 7 ans, j'ai exploré des grottes immenses, descendu des torrents au milieu de la jungle protégée seulement par une combinaison, un genre de *body surf* avant la lettre : j'étais terrifiée mais je n'en laissais rien paraître, je m'appliquais à être un vaillant petit soldat pour lui plaire. » Serait-ce pour ne pas déformer ce corps parfait qu'elle n'a pas eu d'enfant, ainsi que le suggèrent certaines mauvaises langues ? « Mais ça ne l'abîme pas du tout ! On n'est plus à l'époque où l'on avait douze enfants par femme... Non, pour moi, cela se situe à un niveau plus profond. » Désir de se consacrer totalement à l'homme aimé, surtout lorsque, comme Bernard-Henri Lévy, son philosophe de mari, il a déjà deux enfants d'unions précédentes ? Non, non, il faut encore remonter le temps : « C'est très tôt, dès l'adolescence, que j'ai décidé de ne pas avoir d'enfant : j'avais déjà assez de mal à vivre ma vie, plus celle de ma mère, fauchée tellement trop tôt. »

Une disparition dont Arielle ne se remettra jamais tout à fait : « À la mort de ma mère – d'un cancer mais aussi du chagrin d'avoir été quittée pour une autre –, mon rapport au monde a été bouleversé. J'avais une belle-mère flamboyante, fascinante, mais d'une personnalité écrasante. Je suis devenue une petite chose complètement inhibée, j'étais mal aimée, en trop, j'avais honte d'exister. » À entendre Arielle, elle aurait même réussi à se rendre moche, avec ses pantalons informes, sa grosse tresse derrière et, pour couronner le tout, des *frenos* comme on disait au Mexique, un appareil dentaire. Ce n'est qu'à son arrivée en France, à 18 ans, qu'elle émergera de ces années noires. Grâce à sa grand-mère – « mon modèle absolu ». Au conservatoire de musique. À ses cours de théâtre. À ses premiers engagements. Grâce surtout au regard des hommes : « Les hommes m'ont toujours trouvée mignonne, mais quand j'ai été adorée, là je me suis dit : "Je suis tout à fait digne d'être adorée." »

Méfiance cependant ! Si cette beauté qui « électrise le monde » donne un immense pouvoir à ceux qui la détiennent, elle est aussi soupçonnée de mille maléfices. La sirène tourne vite à la sorcière : « Une fille jolie, dit Arielle, c'est pour nombre d'hommes la jeteuse de sortilèges, celle qui va les envoûter, causer leur perte. Au bout du bout de cette peur, il y a bien sûr ce pouvoir magique qu'elles détiennent de donner la vie. Qu'elles soient mères ou non. » Et puis, l'univers terriblement macho du cinéma est un risque de voir les tendres cailles dévorées toutes crues : « J'ai failli me faire avoir vingt fois. Une femme jolie reste synonyme de légèreté, de séduction facile. J'étais totalement innocente : quand on me disait qu'il fallait une fille pour réincarner l'Ange bleu, je le croyais. Des gens lamentables m'ont donné des rendez-vous qui n'étaient pas purement professionnels. »

La *gringita* souffre d'un handicap supplémentaire : sa gentillesse. Elle craint toujours de faire de la peine aux gens. Quant à prendre sa revanche, grâce à sa beauté, sur une adolescence douloureuse, l'idée ne lui traverse même pas l'esprit. « Alain Robbe-Grillet [qui la dirigea dans deux films] me disait toujours : "Tu es incroyable ! Tu es la seule jolie fille que je connaisse qui se comporte comme une moche !" » La compétition avec les autres femmes, une éventuelle jalousie à leur égard ? Connaît pas ! « J'adore la beauté chez les femmes, le charme surtout », dit celle qui a bien conscience de toujours rechercher une mère chez ses semblables, fussent-elles plus jeunes qu'elle. Encore aujourd'hui, il n'est pas tout à fait sûr qu'Arielle, l'ancien poussin déplumé, ait totalement investi sa nouvelle condition de reine de beauté.

Une question encore à Arielle, à propos de cette vente aux enchères organisée il y a quelque temps par SOS-Racisme, dans laquelle un de ses jeans est parti pour 500 euros et une chemise blanche de BHL pour le double (le maillot dédicacé par Zidane s'envolant à 1 200 euros, le record de la soirée) : « Non, je ne me suis pas dit : "Ah, ce fétichisme de l'apparence..." J'étais simplement ravie. Vous savez, les objets vivent plus longtemps que les êtres, mon jean me survivra à tout coup. Alors, il vaut bien 500 euros ! »

Portrait d'une séductrice

Le 19 janvier 2003, Françoise Giroud mourait des suites d'une mauvaise chute dans les escaliers de l'Opéra-Comique où elle était venue applaudir son amie Arielle dans *La Belle et la toute petite bête*. Un an plus tôt, à la fin d'une interview consacrée au métier de journaliste – elle venait de publier un livre d'entretiens sur les bonheurs et les exigences de la profession –, j'avais risqué le coup : « Et sur le pouvoir des apparences, vous accepteriez de parler ? » Une question mal élevée peut-être, s'adressant à une reine de l'intelligence, même si, en Françoise Giroud, la séductrice n'était jamais loin. Tout de suite, elle avait répondu oui, amusée à l'idée d'aborder un domaine où on ne l'attendait pas forcément, elle m'avait même invitée à déjeuner pour l'occasion.

Sitôt avalée la blanquette préparée par Blanche, petite souris à grosses lunettes qui la sert depuis dix-huit ans, nous nous replions pour bavarder dans le salon tapissé de bibliothèques jusqu'au plafond. Au jour de notre rencontre, elle a 85 ans. Et une allure impeccable en chandail noir et pantalon pied-de-poule noir et blanc, casque de cheveux bruns, gourmette d'or au poignet gauche. Depuis le jour de 1968 où, journaliste novice, je l'ai croisée pour la première fois à *L'Express*, son royaume, elle a changé bien sûr, silhouette fragile, dos voûté, mains rouillées par le temps. Mais son regard chaud et transperçant, son sourire enjôleur, sa voix suave sont toujours les mêmes et, quand on lui demande tout de go à quel compliment elle aura été le plus sensible dans sa vie – belle, intelligente, courageuse ? –, la réponse fuse, ponctuée d'un petit rire joyeux : « Belle, évidemment ! » Serait-ce l'effet de ses séances de psychanalyse chez Lacan ? Giroud ne craint pas de s'ausculter elle-même, sans chercher à faire le détail entre le fond et la forme, l'essentiel et l'accessoire.

Sa beauté, elle affirme pourtant ne l'avoir découverte que très tard, « à 27, 28 ans peut-être ». « Jeune fille, je ne me plaisais pas du tout. Peut-être parce que j'avais une sœur très jolie, de six ans mon aînée, brune aux traits fins, plus grande que moi. Tout comme l'était ma mère, belle comme une tulipe, avec quelque chose d'un peu penché, un charme romantique. Celle-ci m'a toujours dit qu'il me manquait deux centimètres dans les jambes, et elle n'avait pas tort. Mais en fait mon insatisfaction ne s'accrochait à aucun défaut en particulier – j'étais même, je crois, plutôt jolie dans le genre étudiante Palmolive, très fraîche, pas maquillée, cheveux sur les épaules. Elle dépassait de beaucoup les problèmes d'apparence. »

Au départ du mal-être de Françoise, le sentiment d'être en porte à faux dans ce monde du cinéma où elle démarre comme script à 15 ans : « Non seulement j'étais d'origine étrangère, mais, ce qui n'arrangeait pas les choses, j'étais alors terriblement pauvre, les tentatives pittoresques de ma mère pour nous tirer de la situation financière difficile dans laquelle nous nous débattions depuis la mort de mon père ayant toutes échoué lamentablement. Je cousais moi-même mes jupes, je tricotais mes chandails. J'étais frustrée de tout. »

Autour d'elle, les actrices virevoltent. La petite Françoise observe, fascinée, la ravissante Josette Day, fille d'une corsetière, « une sorte d'archétype, décidée à user de sa beauté pour tailler son chemin à n'importe quel prix », qui réussira à se faire épouser par le milliardaire belge Solvay. Aurait-elle pensé à faire usage de ces moyens-là ? Elle se cabre : « C'est là une idée qui m'aurait fait horreur ! » Tout en avouant, la chipie, avoir pour ses 20 ans joué aux dés son mariage avec un producteur très laid – « C'eût été face, je l'aurais épousé » –, et condescendu à passer quelques jours à Monte-Carlo dans la suite royale d'un tycoon de l'uranium fortement épris... pour lui claquer sa porte au nez le soir où il prétendit entrer dans sa chambre.

De ses capacités de séduction elle a désormais pleinement conscience. Pourtant, elle reste « stupéfaite » quand, ayant déjà fait mouvement vers le journalisme grâce aux Lazareff et réuni dans un premier livre ses alertes portraits du Tout-Paris, elle lit dans la préface demandée à Marcel Achard : « Et, en plus, elle est belle... » « En plus » : là est le maître mot. « Femme dans un monde d'hommes, il ne faut pas, dit Giroud, jouer de son physique : si on entre dans cette voie, on dérape très vite, les relations avec les gens se faussent. » Pourquoi alors avoir avoué dans une interview qu'elle « souriait trop » ? « C'est vrai, répond-elle, penaude, je ne peux pas faire autrement, surtout à la télévision. » Elle ne nie pas que, dans la presse comme ailleurs, le fait d'être jolie femme ouvre bien des portes, permet d'établir une complicité avec l'interlocuteur ou, au contraire, de le malmener quelque peu, un joli sourire tamisant l'agressivité des questions de cette bretteuse d'exception ! Mais elle persiste et signe dans sa condamnation des femmes qui, dans le travail, jouent de leurs charmes comme dans un film américain, se parfument trop, croisent haut les jambes : « Faut pas faire ça ! » martèle Françoise avec un air de petite fille butée. Néanmoins, peut-être parce qu'il n'y avait jamais eu d'homme dans sa maison d'enfance, Françoise les veut tous autour d'elle. Ils sont envoûtés, vaguement terrorisés : « Elle ferait du charme à une borne kilométrique », disait Douce de sa sœur. Le secret de sa séduction ? « L'intelligence d'abord, dit l'avocat Georges Kiejman, un temps son amant, sa capacité à se mêler de la conversation des hommes à une époque où ce n'était pas si courant, sans renoncer à un pouce de sa féminité. » Pour Bernard-Henri Lévy, elle est « une des seules femmes à avoir rendu compatibles des positions de pouvoir et de séduction[5] ».

Refuser de considérer son physique comme un capital à exploiter est une chose, s'en désintéresser en est une autre. « J'ai aimé les robes comme on aime le jeu, incurablement », avoue Giroud dans ses *Leçons particulières*[6]. Journaliste, bientôt directrice d'*Elle*, Françoise est heureusement très vite gâtée par les grands couturiers. Christian Dior, Yves Saint Laurent, Jacques Fath lui font les yeux doux et des prix d'amis. Mlle Chanel, « une peau de vache pourtant », accepte même d'adapter certains modèles au goût de Giroud. Cela étant, la coquette cultivera toujours une élégance discrète : elle a une sainte horreur des frous-frous.

Sa ligne de conduite ? Tout faire pour être à son mieux puis n'y plus penser une fois amorcée la journée. Sa marque de fabrique ? Le raffinement dont elle a hérité de sa mère : « Je n'imaginerais tout simplement pas, dit-elle, espiègle, de porter des dessous désassortis. Et si je faisais une chute dans la rue, si on me voyait aux urgences ainsi ! » Dans le même esprit, pas question de descendre acheter son journal en tenue négligée, ou mal coiffée, elle qui va chaque semaine chez le coiffeur plutôt deux fois qu'une : « Mais tout cela est d'abord un respect de soi-même, cela n'a rien à voir avec le goût de plaire. » Pas question non plus d'abandonner ce corps souple et nerveux qui est un des éléments de sa séduction – évoquant leur rencontre en 1951, J-J.S-S., la passion de sa vie, parle d'une « femelle de jungle aux jambes minces et au torse puissant ». Françoise continue à pratiquer la gymnastique, moins pour garder la ligne – qu'elle a naturellement mince – que pour cultiver ses muscles, elle pédale tous les jours sur son vélo d'appartement. La beauté, chez Giroud, c'est comme le reste : ça se mérite. À charge de revanche, car celle-ci l'aidera à remonter la pente au jour de l'épreuve, après sa tentative de suicide suite à la décision de J-J.S-S. d'en épouser une autre, après la mort de son fils en 1972 dans un accident de montagne... Mais cette exigence hautaine, elle l'exerce aussi à l'égard des autres, avouant tout de go : « Je n'aime pas les gens laids. »

« Je ne devrais pas dire ça, je sais, se reprend-elle aussitôt, ma fille Caroline m'assure que c'est très méchant. Mais c'est un fait : quand je me retrouve en face de gens laids, je ne suis pas gentille du tout, même si je fais des efforts pour que ça ne se voie pas. Cette répugnance physique persiste bien au-delà du premier contact. Pour rien au monde, je n'aurais pu imaginer coucher avec Sartre, un homme adorable pourtant et que j'aimais beaucoup. Mais c'était vrai aussi de

Raymond Aron, l'intelligence faite homme mais d'une laideur ! Avec lui non plus, jamais ! Et tant pis si beaucoup de femmes trouvent ma position intenable... De toute ma vie, je n'ai jamais aimé, ni même eu envie d'un homme qui ne soit pas beau. Jamais. »

Au point de départ de cette obsession, « un grand brun aux traits réguliers, aux beaux yeux, au profil parfait » : Salih Gourdji, le père de Françoise, son héros, son modèle, même si elle ne le connaîtra guère qu'en photo (il meurt tuberculeux l'année de ses 7 ans, après avoir passé trois ans en clinique). S'il conditionne sans doute ses choix professionnels (il était lui-même patron d'une agence de presse), il pèse aussi sur sa vie amoureuse : « Tous mes hommes étaient beaux, tous étaient bruns, les blonds ne m'ont jamais attirée : autant j'aime chez une femme le spectacle de la blondeur, quand elle est authentique, autant je n'aime pas toucher la blondeur, caresser une peau trop blanche. Tolia [Anatole Eliacheff, son époux russe] était l'incarnation du charme. Jean-Jacques, quand je l'ai rencontré, n'avait pas 30 ans : il était ardent et gai, exceptionnellement beau, ressemblait à Robert Redford comme deux gouttes d'eau, peut-être lui manquait-il quelques centimètres en taille pour atteindre la perfection. Alex [Grall, son dernier compagnon] était, lui, grand, excessivement élégant jusque dans sa démarche qui comptait pour beaucoup dans sa séduction, toujours merveilleusement habillé par un tailleur anglais. »

Françoise se love sur le canapé, tire sur sa cigarette le regard soudain un peu vague, donne une caresse distraite à la chatte abyssine. Elle n'a plus 85 ans, mais quoi ? 30, 40 ? Plus de grande dame de la presse, plus d'intellectuelle de haut vol, plus de Mme la Ministre, plus d'auteur à succès : une femme amoureuse, éprise de la beauté des hommes. Son premier critère de choix ? « Pas le seul, c'est sûr. Peut-être pas le premier. Mais un élément très important. » Au point de lui faire faire des bêtises ? Elle éclate de rire : « L'intelligence, c'est quand même un *must*. Mais, comment dire cela ? La beauté aurait peut-être pu me faire tomber sur un authentique voyou. Je connais ainsi deux hommes très riches qui ont fait des choses très mal : ils n'ont jamais été mes amants, mais je sens bien que leur séduction naturelle me fait avoir pour eux une indulgence qui n'est pas normale... »

Si elle conditionne sa vie amoureuse, cette exigence de Françoise déteint aussi sur ses relations amicales et professionnelles. En Albert Camus elle voit aussi un homme au physique remarquable, « avec son regard bleu de séducteur automatique ». À propos de l'ami BHL, elle n'a aucun scrupule à jouer les midinettes : « Ah, Bernard ! Mais il est merveilleux, Bernard ! C'est parce qu'il est beau que je l'aime, en grande partie parce qu'il est beau. En tout cas, je l'aimerais beaucoup moins s'il était moins séduisant. » À *L'Express* où elle travaillait avec bonheur, entourée d'une armada de journalistes de talent, elle avoue que sa préférence allait au patron du service économique, un homme superbe. Les hommes aimés, les amis, les relations de travail... Pas un qui n'échappe à l'œil critique de Giroud. Et pas une : « C'est vrai que je suis très sensible au physique des femmes, j'aime regarder les jolies, les bien habillées, j'y vois la promesse d'une connexion plus facile, d'une complicité. Mais je dirais, pour me faire pardonner, qu'aujourd'hui il faut vraiment se donner du mal pour être dénuée de grâce, entre le prêt-à-porter abordable, les progrès de la dentisterie, la chirurgie esthétique... » L'aurait-elle expérimentée pour elle-même ? « Une fois, lorsque j'avais 60 ans. J'ai été ravie du résultat, je ne dirais pas que j'avais perdu dix ans, non, j'avais seulement l'impression d'avoir très bien dormi, de revenir de vacances. Mais je n'aurais pas eu l'idée de recommencer : on ne peut indéfiniment combattre le temps. »

A-t-elle assez parlé de la nécessité d'offrir en toutes occasions la meilleure image possible de soi, par respect pour soi-même et pour les autres ? Assez pesté contre la vieillesse « obscène » et prouvé son refus de baisser les bras depuis que les années lui font injure ? Pourtant, c'est elle, Françoise, qui va accepter d'être l'héroïne de cet extraordinaire document intitulé *Chienne de vie* qui sera diffusé en février 1997 sur Canal +, dans lequel elle se filme elle-même à l'aide d'une petite caméra numérique : « Quand on a visionné les premiers rushes, Jeanne Moreau, qui avait été sollicitée comme moi, a tout arrêté : c'était une horreur de se voir ainsi, ni coiffée, ni maquillée, pas éclairée, même Brigitte Bardot dans ses années de gloire n'aurait pas résisté à un tel traitement ! J'ai persisté... » « Cette petite caméra me rend chèvre », marmonne-t-elle, mais elle continue à tourner. Ce que Giroud n'imagine pas, c'est que cette opération-vérité va virer au « grand guignol » : « Un jour que j'étais partie, caméra à la main, je suis tombée dans mon escalier : j'avais des hématomes plein les jambes et la tête en sang, ce qui m'a valu cinq points de suture à la clinique du coin. » Arrivée à la réception où elle se rendait avec un gros pansement sur la tête, Françoise continue à se filmer. Et encore de retour chez elle : « Je reviens avec un spectacle dégoûtant : cette gueule cassée, c'est la mienne. Je n'en suis pas fière, j'ai la rage au ventre. » Et les jours suivants. Paparazzo d'elle-même, Françoise Giroud voit dans ce documentaire « un pied de nez à l'importance que l'on accorde à son image, moi la première ». Un moyen, pour cette accro de l'apparence, de se désintoxiquer un peu ? Un besoin de franchise, de jeter définitivement le masque à l'heure où la mort, doucement, s'approche ? « Ce visage tuméfié veut dire quelque chose », me disait-elle au téléphone après qu'elle m'eut confié la cassette à visionner. Quelque chose, mais quoi ? La mort l'emportera avant que je l'aie revue, lui évitant ce qu'elle redoutait le plus : la déliquescence du corps, la dégradation de l'esprit. Quelques semaines plus tard, son dernier livre sortait chez Fayard. Elle en préparait déjà un autre. Il aurait été intitulé *Éloge de la contrainte*...

À un beau pas de cadeau !

Il m'attend dans un restaurant japonais très chic du quartier des Tuileries. Normal de se retrouver là : en lui, tout est chic. L'allure générale – 1 m 90, une minceur de jeune homme. L'élégance toute britannique, costume sombre, chemise bleue rayée et cravate Hermès semée de discrètes otaries, la seule note de fantaisie. Le visage aux traits réguliers et aux yeux en amande, encadré de cheveux souples dont le châtain est à peine strié de fils blancs à 56 ans. Et pour couronner le tout, un sourire charmeur venant creuser deux fossettes au coin des joues et plisser le coin de l'œil. Paul : le charme personnifié. Un ami, rien qu'un ami de toujours, mais le genre d'homme que toute femme aime à côtoyer. Surtout quand cette séduction se pare de bien d'autres talents, une belle intelligence, une vaste culture et une sensibilité à fleur de peau.

Paul a accepté de parler de l'importance qu'a eue cette enveloppe flatteuse dans sa vie – un pur miracle, les hommes vraiment bien de leur personne (et n'exerçant pas un métier fondé sur l'apparence) se dérobant d'ordinaire dès qu'on tente d'aborder avec eux le sujet. En France, c'est clair, le type intelligent, diplômé, fort d'une belle réussite professionnelle, n'a aucune envie de parler des atouts physiques qui auraient pu éventuellement influencer sa carrière. Au plus acceptera-t-il de reconnaître le rôle moteur qu'ont pu avoir certaines solidarités, la mafia des grandes écoles, l'appartenance à un certain milieu social. Mais la prime à la belle gueule, il a du mal à l'évoquer. Par humilité ? Par manque d'intérêt ? Ou par peur du ridicule ? Par crainte qu'un tel discours ne fasse peser des soupçons sur sa virilité ? Un homme, ça ne joue pas sur ce terrain-là. En tout cas, la plupart des hommes. Paul, lui, animé d'un solide anticonformisme et d'une belle capacité à l'auto-analyse (sans s'être jamais, précise-t-il, allongé sur le divan), n'a pas ces pudeurs-là.

« Très tôt, raconte-t-il en triturant ses sushis, j'ai vu l'effet que je pouvais avoir sur les femmes. Sur ma mère la première. Une petite femme blonde très jolie mais glaciale, une fieffée originale. J'étais son premier fils après deux filles, autant dire que j'étais son seul enfant car les filles… Et pour elle, il était très important que son fils soit beau. Ma capacité à séduire, je l'éprouvais aussi auprès des domestiques femmes. Ainsi Mado, la repasseuse, une vieille Vendéenne. Aux beaux jours, Mado me disait : « Les blés sont hauts », comme pour me pousser à aller culbuter les filles dans les champs. Pendant deux ans, on m'a envoyé vivre à la campagne dans la propriété de mes grands-parents paternels : là-bas, les petites bonnes jouaient inconsciemment avec le jeune chérubin que j'étais alors, déjà un grand échalas aux cheveux blonds bouclés. Avant cela, il y a eu la boutique de décoration que mon père avait montée un temps faubourg Saint-Honoré, le souvenir de femmes élégantes qui me faisaient sauter sur leurs genoux, je devais à l'époque avoir 6 ou 7 ans. Cette relation privilégiée avec les femmes s'est prolongée pendant l'adolescence. Mais tout cela n'était jamais teinté de sexualité, de ce côté-là j'étais plutôt inhibé. »

Inhibé, le chérubin à qui toutes les femmes sourient ? « Je n'étais pas sûr de moi du tout sur le plan physique. Avec son franc-parler habituel, ma mère pouvait très bien me lancer : “Va te laver ! Tu es comme tous les blonds, tu pues !” Si, par ailleurs, elle vantait mes charmes – plus tard, elle adorerait l'idée que je fasse des ravages –, elle m'expliquait aussi que j'étais mal fichu, le torse creux. À 17 ans, maigre comme un clou, je redoutais comme la peste de me mettre en maillot de bain. » Le père de Paul, un bel homme soigné de sa personne, très artiste mais un caractère somme toute assez faible, fait des efforts pour être un bon père, sans trop y parvenir : « En fait, il était jaloux de moi, il avait le sentiment que je captais tout l'intérêt de ma mère avec qui il formait, en tout cas sur le tard, un couple à la Jouhandeau ne cessant de s'opposer en des disputes homériques. Ce n'est que vers l'âge de 25 ans que j'ai compris qu'il était homosexuel. » Manifestement, son fils ne l'est pas. Sciences-Po et la fac de droit sont bourrés de filles ravissantes : ayant pris confiance en lui, Paul y joue volontiers les jolis cœurs, entouré – est-ce pur hasard ? – par des copains nettement moins beaux gosses que lui pour qui il joue les rabatteurs. Pendant ses années d'études à l'École nationale d'administration, il avoue même « n'avoir pensé qu'à ça ». « Mais, ajoute-t-il, si le physique a été à l'évidence un plus dans mes relations avec les femmes – et j'en ai joué abondamment –, il ne m'a pas toujours facilité la vie avec les hommes, mon parcours professionnel en témoigne. »

De celui-ci on sait surtout qu'avant de bifurquer vers le privé, Paul a passé dix ans au Conseil d'État à sa sortie de l'ENA. Une fonction taillée sur mesure ? « Mais pas du tout, pas du tout ! Jamais je n'avais pensé me faire magistrat ! Il n'y a pas moins équanime que moi qui suis un être entier, ne pouvant m'empêcher de livrer les choses telles que je les vis ! » Major d'entrée de sa promotion, Paul vise l'Inspection des finances. Son rang de sortie lui en barre l'accès : ce sera « le Conseil » par défaut. « De toute façon, le directeur de l'ENA d'alors, un homme aux belles qualités morales et intellectuelles, mais tout petit, maigrelet, pensait depuis le début que j'étais fait pour la Haute Assemblée. Pour lui, un type de haute taille, bien de sa personne, s'exprimant facilement, l'aristo doté d'un joli nom, d'une aisance sociale, était forcément un conseiller d'État-né. » Le problème, avec Paul, c'est que l'enveloppe est quelque part trompeuse : « Au vu de mon apparence, j'étais forcément quelqu'un de sûr de lui, voire d'arrogant, né avec une cuillère d'argent dans la bouche. Enfant, j'avais par moments, c'est vrai, vécu dans le luxe, dans de somptueux appartements. Mais j'avais passé aussi des hivers entiers chez mes grands-parents dans leur château XVIIe, superbe peut-être, mais délabré, mal chauffé, j'allais à la communale du coin, habillé n'importe comment. J'étais surtout, avec ces parents farfelus, en manque absolu du côté affectif. Mais tout cela, l'enveloppe ne le disait pas. »

Serait-ce parce qu'elle est plus chichement distribuée parmi les hommes que parmi les femmes ? La beauté masculine dérange. Elle conditionne le regard, favorise une certaine « mise en boîte ». « Un autre aspect négatif, enchaîne Paul, c'est que tu suscites la violente jalousie des autres hommes, assortie, paradoxalement, d'un certain sentiment de leur supériorité : eux n'ont pas besoin de ces armes-là ! » Une crispation surtout sensible en France, les Américains, avec lesquels Paul a beaucoup travaillé, étant plus prompts à valoriser « un grand type sportif bien dans ses pompes ». « Mais attention à ce que ce bon physique ne soit pas celui d'un tombeur de femmes, car le puritanisme n'est jamais très loin. » De toute façon, pour Paul, la règle est universelle : en général, les hommes détestent les hommes qui plaisent aux femmes. « S'ils ne parviennent pas à te mettre dans la case "bêta" – j'avais heureusement passé certains concours qui rendaient ce jugement plus difficile –, alors ils insinueront que tu n'es pas forcément très masculin. Ce qui n'est pas totalement faux : les hommes qui plaisent aux femmes ont souvent en eux une part féminine assez développée, ils savent en tout cas parler aux femmes de ce qui les intéresse. » Paul semble hésiter, puis il se reprend : « Enfin, l'important est moins de plaire aux femmes que de les aimer, ceci explique que des hommes laids comme les sept péchés capitaux aient beaucoup de succès. »

Bilan des courses : à un beau pas de cadeau ! Du coup, Paul ne se gêne pas pour exploiter parfois indûment ses atouts : « N'étant pas d'un naturel patient ni très capable de cacher mes sentiments, si quelqu'un m'irrite, ça se sent ! Je me dresse de toute ma taille, je prends un visage sévère : très vite, je déstabilise les gens. J'ai joué avec bonheur de cette capacité-là. » Narcissisme ? « À ce stade de la confession, sourit-il, il me faut te faire une confidence : j'ai en moi une part de folie dont je suis parfaitement conscient. Longtemps, j'ai eu le sentiment d'avoir un destin. Enfant, je me voyais galoper à la tête d'une charge de cavalerie, étendard au vent, façon Gengis Khan traversant les steppes, ou chef vendéen comme mes ancêtres. En un autre siècle, j'aurais à coup sûr été militaire, je serais parti pour les colonies, j'aurais bâti un empire dans les sables comme mon arrière-grand-père [un maréchal de France, héros de l'épopée coloniale]. »

Ces rêves de gloire se sont fracassés sur la réalité quotidienne : le haut fonctionnaire au cœur à droite s'est retrouvé sur le palier tandis que les petits camarades prenaient l'ascenseur socialiste ; le PDG fort de ses huit mille salariés, d'un beau salaire et d'un bureau place Vendôme, s'est vu contraint, à la suite d'une fusion, à se recycler dans le conseil aux entreprises. Taraudé par la spiritualité, Paul, après avoir connu certains éblouissements, affronte aujourd'hui le silence de Dieu. « Tout cela pour dire que même si je connais – et exploite – certains de mes atouts, je sais aussi que je suis habité par d'immenses faiblesses. Mais peut-être est-ce là un des moyens de ma séduction… » Quel écrivain parlait du « charme de la fêlure » ?

Paul est aristocrate jusqu'aux extrémités de ses longues mains. Par son mariage aussi avec une femme belle et intelligente, qui porte en prime l'un des plus vieux noms de France. Par son appartenance au Jockey, le seul club parisien à requérir de ses membres de solides titres de noblesse. Par le choix qu'il a fait de garder le château ancestral, en quittant l'administration pour une situation plus lucrative dans le privé :

« Cette propriété, c'était le symbole même du gâchis familial. De l'échec de mes parents, deux êtres beaux, intelligents, fortunés, fous amoureux au départ l'un de l'autre, qui n'ont rien fait de leur vie, pas même le minimum de travaux nécessaires pour éviter que le château prenne l'eau. » Lui a accepté l'héritage. Relevé la tête, les murs. « Mais tout cela, précise-t-il, je le fais dans le même esprit que ces fumeurs qui affirment tous pouvoir s'arrêter demain de fumer. Si je vivais cette charge de la propriété comme une menace à ma liberté, ou si je réalisais qu'aucun de mes enfants ne serait à même de reprendre le flambeau, alors je vendrais le château, de mon vivant. » Cette distance, il l'éprouve aussi vis-à-vis de cette allure physique qui est sa marque de fabrique : « Tu me croiras ou non, mais, pour moi, le physique n'a jamais été très important. Ni le mien, ni celui des autres. Bien sûr, je pense que la beauté est un don du ciel, je me réjouis que cette grâce ait frappé mes enfants. Bien sûr, j'aime mieux côtoyer des jolies femmes. Et je suis ravi que l'on remarque la mienne, sa taille, son élégance, sa distinction. Mais, même dans le jeu de la séduction, les qualités d'esprit, de caractère, d'intelligence ont toujours primé pour moi. » N'empêche que pour conquérir la belle Émilie, mieux valait ne pas être trop nabot... « Elle prétend que ce n'est pas mon physique qui l'a d'abord attirée. Elle s'inquiéterait plutôt de la beauté de notre fils, la crainte peut-être qu'un bel homme ait plus de tentations qu'un autre... »

L'ambassadrice

Sporting Club de Monaco, le 16 mars 2002. Ce soir, le bal de la Rose, la grande manifestation mondaine donnée au profit de la fondation Princesse-Grace, ouvrira, comme il est de tradition, la saison monégasque. Dans la salle des Étoiles du Sporting, décorée façon pop art, le thème de la soirée, huit mille roses multicolores ont fleuri en une nuit. Tout à l'heure, les mille et quelques convives attablés écouteront Marianne Faithful, Ringo Starr, les stars mythiques des *Sixties*...

Les invités vedettes commencent à arriver. Les photographes mitraillent une superbe créature enveloppée dans un long manteau de faille rose et son élégant cavalier en smoking : Patrick Leclercq, le ministre d'État de la principauté – l'équivalent du Premier ministre, traditionnellement un haut fonctionnaire français –, accompagné de son épouse Marie-Alice. Dans le petit salon où les VIP prennent un verre en attendant de gagner les tables officielles, on la retrouve en robe de dentelle noire signée Dior, un voile rebrodé couvrant les épaules, talons de satin noir rehaussant encore son 1 m 72 filiforme, œil clair, cheveux blonds aux épaules, beaux traits classiques.

Depuis deux ans que les Leclercq sont installés à Monaco (après avoir occupé les ambassades de France à Amman, au Caire et à Madrid), l'hôtel du gouvernement, une imposante bâtisse située à quelques encablures du palais, est devenu l'un des hauts lieux de la vie amicale et mondaine du Rocher, comme en témoignera l'ambiance chic décontractée du brunch qui, le lendemain matin, réunira une quarantainc de privilégiés. Délestée de ses atours au profit d'un ensemble pull et pantalon d'une subtile nuance beige doré, la reine des lieux embrasse les nouveaux arrivants, virevolte, infatigable, d'une table à l'autre, drôle, volubile. Un tempérament qui, allié à un charme hors du commun, est sans nul doute un formidable atout pour assister son diplomate de mari : « La fonction d'ambassadrice n'a rien de très définie, chacune l'assume avec sa personnalité, lance Marie-Alice Leclercq. Moi, j'aime avoir une maison vivante, chaleureuse, pleine de monde, pour cela je veille à tout : la décoration, les fleurs, les menus ; chaque semaine, je pars faire un grand marché avec le cuisinier. »

Elle a été à bonne école. Fille d'Armand Bérard, un normalien reconverti dans la diplomatie qui fut l'un de nos grands ambassadeurs après la Seconde Guerre, elle l'a suivi dans tous ses postes, y compris à Rome, au palais Farnèse : « Ma mère a toujours fait ce travail mieux que je ne le ferai jamais, je l'ai même vue prendre au pied levé le relais d'un cuisinier démissionnaire à la veille d'une assemblée générale des Nations unies où elle attendait soixante personnes à dîner. » Souvenirs d'un couple uni, d'une vraie vie de famille, malgré les obligations trépidantes, les déménagements successifs. « Ils donnaient une belle image de la France... », affirme Marie-Alice. Et elle donc !

« Disons que j'ai la chance de bien porter la toilette, d'être un portemanteau commode ! À partir du moment où mon mari a été chef de poste (c'était déjà le cas quand il était consul général à Montréal), les couturiers m'ont prêté des robes. À chacun de mes passages à Paris, j'emprunte à Dior, à Chanel aussi, des robes longues, des robes courtes, des tailleurs, tout ce que je peux, car Monaco est l'un des derniers endroits où l'on s'habille. Et comme il est exclu qu'on vous voie plusieurs fois avec la même tenue... » Le tout sera renvoyé par Chronopost avenue Montaigne ou rue Cambon, soigneusement enveloppé dans des papiers de soie.

« S'habiller, reprend Marie-Alice, est pour moi un plaisir, mais aussi une marque de politesse. Les Méditerranéens, les Orientaux surtout, sont très sensibles aux apparences. Pour eux, la France, plus que tout autre pays, est la patrie de l'art de vivre, de la bonne chère – mais aussi de l'élégance. Ils verraient d'un mauvais œil que l'ambassadrice de France s'habille comme un canapé et mette des serviettes en papier dans les dîners. »

La beauté a son revers, elle ne l'ignore pas : « Que je le veuille ou non, je *splashe*. Je m'en rends surtout compte aujourd'hui à travers Victor, mon fils aîné. Lui aussi, on le remarque tout de suite quand il entre dans une pièce ; du coup je lui serine de prendre aux examens un profil bas car il peut donner aux examinateurs l'impression de se prendre pour le roi du monde [il a, malgré ce lourd handicap, intégré depuis la rue d'Ulm !]. De même, les gens voient souvent en moi une sorte de bélier, une battante sans états d'âme, si bien que je n'arrête pas de prendre des claques dans la gueule. Les femmes surtout me regardent d'un sale œil. Quand nous étions en Jordanie, j'agaçais à l'évidence la reine Nour, une femme sublime pourtant et plus jeune que moi, une vraie star au niveau international. »

Sur la principauté, devoir de réserve oblige, Marie-Alice ne dira rien. Fine mouche, elle prend bien garde à ne pas jouer la carte d'une quelconque familiarité avec les souverains. Que la princesse de Hanovre tique un peu devant les apparitions de la belle Mme Leclercq est une autre affaire : il n'était que de la regarder lors du verre précédant le bal de la Rose, éblouissante pourtant au côté de son époux en robe Chanel blanche à pastilles argentées, faisant parfois mine de ne pas entendre lorsque l'épouse du ministre d'État cherchait à lui présenter des invités. Marie-Alice aurait-elle deviné mon interrogation ? « L'agressivité, me confiera-t-elle plus tard, je la ressens surtout chez des femmes qui ont la prétention d'être belles. Peut-être ne suis-je pas moi-même totalement indemne de ce syndrome... On ressent toujours une jolie femme plus ou moins comme une rivale potentielle. Je n'ai pas oublié cette réflexion d'une copine espagnole qui me disait en ne plaisantant qu'à moitié : « Tu aurais une bonne petite leucémie que ce serait plus facile de t'aimer ! »

Autre effet pervers de la beauté, elle n'incite pas forcément à l'effort. « Jeune fille, reconnaît Maric-Alice, j'avais envie de sortir, de m'amuser, beaucoup plus que de travailler. Autant ma sœur, qui était plus baraquée que moi et dotée, quand elle était jeune, d'un léger strabisme, a fait de brillantes études de mathématiques – elle est aujourd'hui vice-présidente à la Morgan Chase Bank –, autant j'ai plutôt surfé sur mes études [dans cette tribu d'intellectuels, une licence de lettres et un *Master of Sciences* de Columbia University à New York sont regardés comme le minimum vital]. Jeune femme, mes atouts physiques m'ont peut-être, là encore, fait jouer sur la facilité. »

Mariée une première fois à 23 ans (avec un normalien comme papa !), elle divorce à 30 : « Des caprices d'enfant gâtée. » Sa beauté aurait-elle été une incitation à papillonner ? « Ce n'était pas trop ma génération mais enfin, oui, lorsqu'on est jolie, on ne craint pas de mettre fin à une relation bancale, sachant bien qu'on ne restera pas longtemps en carafe. »

Quant à s'inquiéter pour elle-même de l'âge qui vient... Ce matin, au Cap-d'Ail, en survêtement blanc, cheveux noués en catogan, elle faisait son jogging le long du chemin des douaniers, flanquée de Julie, son cocker de 5 ans, avant de prendre un bain dans la Grande Bleue à 11°C ! Aux repas, elle picore : pas de vin, pas de dessert, un appétit d'oiseau. De quoi s'assurer encore de belles années : « Et puis, lance Marie-Alice, j'ai tout de même d'autres passions dans la vie que les robes de Dior et les bals au Sporting ! J'adore la campagne, ma maison dans l'Ariège, faire de longues marches en montagne. La seule chose qui m'angoisserait, ce serait de ne plus pouvoir faire de sport... »

Une belle plante

Au début de 1999, elle m'avait reçue dans son appartement sous les toits, grand ouvert sur les Tuileries et, au-delà, sur Paris. Dans la chambre à côté, Roger Vadim, fatigué sans doute après une sortie tardive, « prolongeait un peu la nuit ». Fatigué, il avait de quoi l'être. Le cancer qui le minait l'emporterait un an plus tard. Novembre 2001 : je retrouve Marie-Christine Barrault sur la scène des Bouffes du Nord chantant *L'Homme rêvé* sur des paroles de Vadim. Une jolie voix, mais surtout une présence. Solaire. Magnifique. Un hommage, mais aussi une belle aventure d'amour en direct. Et cette envie soudaine de retrouver cette femme pour qu'elle me parle de la beauté, de la sienne, pas forcément accordée aux canons de la modernité, comme de celle de Vadim, son séducteur de mari.

Retour au pigeonnier de la rue de Rivoli. Toujours la même profusion de livres et de disques grimpant le long des murs, la même table de bois clair d'où l'on repousse les papiers pour mettre le couvert. Et la même Marie-Christine, pas star pour un sou, bavarde et rieuse – sa fille Ariane a eu un petit Simon dans la nuit, la voilà grand-mère pour la troisième fois –, embellie, amincie. Une belle plante, vraiment. « La seule idée que je puisse plaire pour ma seule apparence m'a toujours été insupportable, attaque-t-elle, bille en tête. Que ce soit en amour ou dans mon métier. J'ai peur pour ces filles ravissantes qui veulent devenir comédiennes : qu'adviendra-t-il d'elles dans quinze ans ? Aura-t-on seulement pris le temps de s'interroger sur ce qu'il y a derrière leur beauté, sur leur caractère, leur talent ? En cela, je me dis que le rapport difficile que j'ai toujours eu à mon corps a peut-être été une chance. »

Tout commence l'année de ses 12 ans. La mère de Marie-Christine l'emmène chez un médecin, la trouvant un peu replète. Pubère depuis un an déjà, elle est la seule de sa classe du très select collège Dupanloup à être encombrée de seins, de fesses : « Tout cela serait sans doute rentré dans l'ordre sans l'affolement de maman. Mais là, je me suis retrouvée avec un régime, à prendre des pommes râpées au petit déjeuner tandis que mes sœurs s'enfilaient des baguettes entières, de sorte que je me précipitais sur la nourriture dès qu'on ne me regardait pas. Je me souviens d'un artisan qui, travaillant dans notre maison près de Bordeaux, avait lancé à maman avec son accent du Midi : “Hé ! Votre fille, c'est une belle femme !” Cela m'avait heurtée : à cet âge, on n'a pas envie qu'on parle de vous comme d'une “belle femme”.

« J'étais bourrée de complexes, mais plutôt lucide. Je savais qu'avec mon joli visage, mes prunelles bleues, ma blondeur, j'avais un potentiel par rapport à tous ceux que je voyais autour de moi, mon frère, pas mal mais très brun, mes demi-sœurs, de deux et trois ans mes cadettes, mignonnes mais dans le style petites souris. J'étais comme enrobée dans une gangue, mais un jour, j'en sortirais : je réussirais à assembler ces éléments en kit, à en tirer quelque chose. Pour ce physique exploitable mais pas donné au départ, je remercie le ciel. J'aime l'idée de labour, de labeur, cela colle bien avec mon goût naturel pour l'effort. »

Depuis toujours, Marie-Christine a décidé d'être comédienne bien que sa chère tante Madeleine (Renaud, la femme de Jean-Louis Barrault) ait tenté de l'en dissuader : « Avec le physique que tu as, tu n'as aucune chance… » À 18 ans, elle se retrouve au cours Simon : « Là-bas, toutes les filles étaient sur le même moule, des petites minettes bien foutues. Je me sentais totalement étrangère à ce monde : chez les bonnes sœurs, j'étais en jupe plissée bleu marine et en socquettes, je ne m'étais jamais maquillée de ma vie. En même temps, j'ai vite compris que, dans ce métier, mieux valait cultiver sa différence. Avec une arrogance incroyable, je me disais : "À 30 ans, elles voudront toutes me ressembler." »

Ce qui compte, plus que la beauté, c'est l'originalité d'un physique : « Je me souviens d'être allée, jeune comédienne, aux Buttes-Chaumont, rencontrer les metteurs en scène – la chose était encore possible à l'époque. Quand ils me disaient : "Laissez une photo", je refusais tout net : "Une photo ? Regardez-moi plutôt, je suis sûre que vous ne m'oublierez pas !" Comment se fait-il que, lorsqu'on démarre un film, alors qu'il y a pléthore de gens sur le plateau, on repère parfaitement dès le premier jour trois ou quatre personnes, leur nom, ce qu'ils font, quand il en est d'autres qu'on confondra encore à la fin du tournage ? »

Son assurance nouvelle, Marie-Christine Barrault la puise bien sûr dans le regard des hommes : « À 20 ans, j'ai découvert que je pouvais plaire. » Mariée au producteur Daniel Toscan du Plantier, elle est mère de famille très jeune : « Mes enfants et moi nous sommes élevés mutuellement. » Ce qui l'aide aussi, c'est la découverte de sa photogénie : « La première fois que je me suis vue à l'écran, c'était un film tourné en 35 millimètres pour la télé, j'en ai pleuré d'émotion ! Car la photogénie, c'est l'inconnu le plus total. » Joue l'amour de la caméra bien sûr, le rapport charnel qu'on peut entretenir avec elle. Mais également une question purement physique – la forme du visage, la structure des os ? –, voire chimique – une peau qui renvoie plus ou moins la lumière : « Même sur scène, tous les gens me le disent, ils ont à peine besoin de m'éclairer, une bougie et on me voit. Dans la journée, je ne me maquille jamais. Même au réveil, à l'âge que j'ai, je ne suis absolument pas marquée, pas un pli, pas un cerne, rien ! Incroyable ! Ma mère, morte l'an dernier, a gardé cette fraîcheur jusqu'au bout… »

Reste ce corps qui n'arrête pas de faire des siennes. Se fixer une fois pour toutes une saine discipline alimentaire et un exercice physique régulier, elle en est incapable. Rien de plus étranger que le juste milieu à Marie-Christine, la personne « la plus excessive qui soit ». Une acheteuse compulsive capable de claquer l'espace d'un après-midi un argent fou en fringues ou en produits de beauté : « J'aurais de quoi ouvrir une boutique, car je ne les utilise pratiquement pas ! » Une nomade par obligation ne sachant pas voyager léger, s'encombrant de vêtements, de livres, de photos, sans oublier la bouilloire et autres accessoires indispensables pour préparer le thé. Une gourmande à qui il arrive de prendre quinze kilos sans culpabiliser pour autant. Il faut dire que sauter d'un rôle à l'autre n'arrange rien : « Là, je me voyais dans l'obligation d'être mince : régime draconien ! Là, je me persuadais que ça n'avait pas trop d'importance et ça repartait dans l'autre sens ! Et ç'a été comme ça toute ma vie… »

Toujours cette même volonté de ne considérer son physique que comme un instrument, toujours ce même refus de déifier l'apparence : « Il y a des actrices insupportables qui doivent être à leur mieux quel que soit le rôle qu'elles tiennent. Pour jouer une femme de ménage, elles réclament des robes de Saint Laurent. Se récrient que les bandeaux ne leur vont pas quand elles incarnent une héroïne romantique. Moi, j'ai toujours joué le jeu. Avant d'entrer dans la peau d'un personnage, je me demande : quelle est la vie de cette femme ? Combien gagne-t-elle ? Aurait-elle les moyens de s'acheter cette robe ? D'aller chez le coiffeur ? Dans un rôle de composition, il faut s'appuyer sur les vêtements, la coiffure, le maquillage, de là découle toute une manière de se tenir, de marcher, de parler – c'est incroyable comme, d'un rôle à l'autre, ma voix peut changer. L'essentiel est d'atteindre à la vérité du personnage. Et tant pis si les gens me disent quand ils me croisent dans la rue : "Vous êtes beaucoup mieux qu'au cinéma !" »

Rien de tel en tout cas pour se réconcilier avec son corps que de jouer en costume. À la télévision dans des adaptations de Maupassant, au théâtre dans *Le Partage de midi* ou

La Cerisaie, Marie-Christine se retrouvera plus d'une fois dans la peau d'une héroïne 1900 : « La chance de ma vie ! J'ai adoré jouer en corset : au début on se sent contrainte, empêchée de respirer, mais très vite il modifie toute votre manière d'être. Je me sentais tellement mise en valeur grâce à lui ! Il faut dire qu'il s'adaptait parfaitement à cette taille que j'avais assez fine autrefois, à mes hanches larges et bien remplies, à mes seins, à mes épaules rondes. Dans ces années-là, j'aurais été la star ! Je ricanais dans mon coin en voyant mes petites camarades filiformes dont il fallait rembourrer les formes à grand renfort de coton sur les hanches et dans le décolleté. »

« Quel chemin il m'a fallu parcourir pour parvenir jusqu'à toi ! » : cette réplique du *Pickpocket* de Robert Bresson, Marie-Christine l'a choisie pour légender une photo de son mariage avec Vadim. Quel chemin aussi a-t-elle dû faire, elle, la boulotte du cours Dupanloup, l'oie blanche du cours Simon, pour parvenir jusqu'à elle-même ! Pour imposer sa beauté à elle. « Quand je tombe dans un magazine sur des phrases du style "un physique à la Marie-Christine Barrault", ça me fait rire de voir que, pour des tas de femmes que je ne rencontrerai jamais, je suis une espèce de modèle. Et ces hommes qui me disent que je les ai fait rêver ! S'ils savaient le travail qu'il y a derrière... »

En sortant de chez Marie-Christine, je saute dans un taxi. Au volant, une sympathique rouquine. Je vérifie que mon magnétophone a bien fonctionné. Francine – tel est son nom –, une curieuse, s'enquiert de l'identité de la voix dans la boîte : « Marie-Christine Barrault ? J'adore cette femme ! Son sourire... Son éclat... L'équilibre de sa vie... D'ailleurs, ajoute-t-elle, en bonne accro des rubriques *people*, elle a fait beaucoup de bien à Vadim, elle a réussi à le stabiliser. C'est vrai qu'il a eu des beautés, mais pour moi, de loin, c'était la plus belle de toutes... »

La belle qui aurait pu être laide

La sortie en 1981 de *La Disgrâce*[7] avait de quoi intriguer : quelle mouche avait piqué la jolie romancière Nicole Avril, l'épouse de Jean-Pierre Elkabbach, pour qu'elle se penche ainsi sur le sort peu enviable d'une laide, d'une adolescente au physique ingrat écrasée par une mère et une sœur ravissantes ?

« La maladie dont j'ai souffert enfant aurait pu me défigurer... » En une phrase, je tiens la réponse. Nicole Avril est une belle qui aurait pu être laide ! Dans son rez-de-jardin donnant sur le Champ-de-Mars, elle se raconte, souriante, brune aux yeux sombres, nez fin, bouche délicatement ourlée, toute mince en jupe mi-longue de veau beige et pull vert d'eau à col roulé : « À 5 ou 6 ans, j'étais une très jolie petite fille qui faisait la fierté de ses parents quand ceux-ci ont vu naître avec effroi une dissymétrie sur mon visage. Au départ, on a cru à un problème dentaire, c'était juste après la guerre, les moyens d'investigation médicale n'étaient pas ceux d'aujourd'hui. En fait, je souffrais d'une ostéite fibreuse, une croissance anarchique du maxillaire. On a même pensé un moment que c'était cancéreux. J'ai dû subir des opérations, une très longue radiothérapie, j'ai été une des premières à être soignées avec de la pénicilline à haute dose. À 7 ans, j'avais déjà frôlé plusieurs fois la mort, ce qui ne me troublait pas outre mesure. Mais je ressentais fortement l'inquiétude de mes parents devant une maladie à peine répertoriée, j'ai des images précises de maman me coiffant pour cacher par une longue mèche cette dissymétrie, je lisais dans son regard l'obsession qui l'habitait. »

Nicole guérit. Le spectre de la laideur s'éloigne, même si à l'époque elle est encore peu concernée par son esthétique. En classe, d'ailleurs, elle a en moyenne deux ans de moins que ses camarades – à 4 ans, elle lisait déjà couramment grâce à son père, inspecteur principal des PTT : « Je crois bien, dit-elle, avoir reculé le plus possible mon entrée dans l'adolescence. » Jusqu'au jour où, poussée par le regard des autres, il lui faut se rendre à l'évidence : l'ex-futur vilain petit canard a basculé du côté des cygnes à l'étincelant plumage. « Toquée de moi-même, je me suis mise à ressentir chaque regard comme une caresse... Car, soyons sincères, il suffit d'être du bon côté, ou de le croire un instant, pour savourer – avec quelle volupté ! – les privilèges de la beauté. Il y a une manière de marcher, de sourire, de respirer, d'être, que seule la certitude soudaine de plaire peut commander[8]. » En ces années 60, c'est l'ère post-Bardot, les minijupes, les petites robes en vichy. Nicole, avec son joli visage et son corps fait au moule, ne passe pas inaperçue. Elle est coquette, sexy. Un temps professeur de lettres, elle devient vite comédienne, mannequin aussi pour boucler ses fins de mois.

Est-ce le fait d'avoir risqué un temps l'exclusion du bataillon ? Cette beauté dont elle perçoit les dividendes, psychologiques et même financiers, lui apparaîtra pourtant toujours ambivalente, « une entrave terrible à la liberté » : « À Lyon où j'habitais, pourtant renommée comme une ville froide, le harcèlement des hommes était effrayant, qu'aurait-ce été à Marseille ou à Nice ! Je me sentais constamment regardée, sifflée, suivie. Moi, j'ai besoin d'être seule, or soudain ce goût pour l'indépendance faisait de moi une proie. C'est seulement arrivée à Paris que je me suis enfin sentie libre, que j'ai pu aller au cinéma, prendre un verre à une terrasse de café sans être constamment importunée. » Autre sous-produit de l'histoire personnelle de Nicole : son incapacité absolue à se sentir, en matière de beauté, du côté des rentiers. « J'ai toujours été glacée par cette incroyable injustice qui partage le monde en deux, les beaux et les laids, par ces commentaires terribles qui, dans la bouche des hommes, condamnent à jamais une femme à une sorte de transparence, d'impossible accès à l'amour. »

Il y a vingt ans, elle pensait que l'accession des femmes à de nouveaux métiers, à de hauts niveaux de responsabilité, leur vaudrait bientôt de n'être plus jugées d'abord sur l'apparence comme par le passé. Elle a déchanté : « L'ostracisme a plutôt empiré, maintenant les hommes eux aussi sont touchés ! » Du coup, Nicole a cessé d'« alimenter sa révolte » : « Je me gave de plus en plus de la beauté des autres, c'est une telle volupté de regarder un joli visage comme on contemplerait un tableau ! Je me fais l'effet d'être un peu collabo... »

Malgré tout, elle n'est pas dupe. « Pour moi, reprend-elle, la beauté n'a jamais été un état stable. Ce n'est même pas une question d'âge. Jeune, c'était tout aussi vrai. Certains matins, au réveil, j'avais le sentiment d'être la reine du monde ! D'autres jours, c'était l'horreur absolue. J'aurai plutôt appris à relativiser les choses depuis dix ans. »

Car, si lucide soit-elle sur la fragilité des apparences, Nicole Avril accorde à la sienne, elle ne le nie pas, beaucoup d'importance. Même son travail d'écriture, elle a besoin d'être en belle et bonne forme physique pour le mener à bien. Alors et alors seulement, il lui est loisible d'amorcer la traversée du miroir, de « retourner sa peau pour mettre en plein jour ce qui palpite, saigne, jouit et souffre ». Si elle n'avait pas été écrivain, elle aurait aimé être chirurgien comme Jeanne, l'une de ses héroïnes, qui répare les cœurs malades. Extérieur-intérieur : les deux faces d'une même réalité. « Ce n'est pas un hasard, dit-elle, si Rembrandt a peint des écorchés tout en multipliant les autoportraits... »

« Madiba », la stature d'un chef

Il est aujourd'hui l'un des hommes les plus célèbres de la planète. Une icône pour l'Afrique du Sud, dont il fut le premier président après le démantèlement de l'apartheid. Une figure de proue pour ceux qui militent en faveur des droits de l'homme. Un condensé de toutes les qualités humaines, courage, désintéressement, habileté, sagesse, justement couronné en 1993 par le prix Nobel de la paix.

Sur ces qualités morales, on ne reviendra pas. Pour ne considérer qu'un aspect de la personnalité de Nelson Mandela : son extraordinaire charisme physique. C'est de lui que j'ai voulu m'entretenir avec quelqu'un qui le connaît bien pour avoir été témoin de sa mutation de leader contestataire en chef d'État, l'une de nos plus brillantes diplomates, notre premier ambassadeur en Afrique du Sud d'après l'apartheid, Joëlle Bourgois.

Elle n'est pas près d'oublier leur première rencontre : « C'était le 12 février 1991, peu de jours après mon arrivée en Afrique du Sud où j'étais non seulement la première femme ambassadeur de France, mais encore le premier ambassadeur femme jamais nommé là-bas. La veille, j'avais présenté au Cap mes lettres de créance au président Frederik De Klerk. Il me semblait normal de rendre aussi visite au leader de l'ANC [African National Congress] récemment légalisé : il y avait presque un an jour pour jour que Mandela était sorti de prison et, bien qu'il n'occupât encore à l'époque aucune fonction officielle, il formait d'ores et déjà avec De Klerk, un couple historique dont dépendait la réconciliation du pays. J'ai pris un avion pour Johannesburg, gagné de là Soweto, le *township* où Mandela habitait. »

Dans la maison édifiée par sa femme, dite « la Folie Winnie » (en fait de palais, rien qu'une maison un peu plus bourgeoise que les autres et pas l'ombre d'une mesure de sécurité), Joëlle Bourgois trouve Mandela assis à une longue table entouré d'une douzaine de vieillards : « J'osais à peine le regarder. L'ambiance était glaciale, l'impression de repasser le grand oral de l'ENA. J'étais femme, encore jeune, je n'étais pas socialiste : tout pour déplaire. Et puis, à la fin de l'entretien, Mandela s'est déployé de toute sa taille, a fait le tour de la table et m'a raccompagnée à ma voiture. Là, nous avons vraiment parlé. Et je suis tombée sous le charme de cet homme. »

Tout concourt à l'extraordinaire ascendant physique exercé par Nelson Mandela. Sa haute taille, sa sveltesse, son apparence presque fragile. Sa démarche souple, dansante. Son visage aux traits réguliers : « Un visage de statue africaine, dit Joëlle Bourgois, qui me rappelait aussi ces idoles cycladiques vieilles de quatre mille ans que l'on trouve en Grèce. » Son extrême élégance : « À l'époque, avant donc sa victoire aux élections, il était toujours vêtu de complets impeccables semblant sortir du meilleur tailleur de Savile Row. Avec ça, un comportement de gentleman, vous tenant le bras, vous aidant à entrer dans votre voiture, d'une ponctualité parfaite, se confondant en excuses interminables pour cinq minutes de retard. » Bon sang ne saurait mentir :

Mandela n'est pas pour rien le descendant d'une famille princière de l'ethnie xhosa. Il n'a pas pour rien reçu une éducation toute britannique en une époque – c'était avant la guerre, avant que ne se rigidifie le système de l'apartheid – où les élites noires étaient encore accueillies avec les jeunes Blancs dans les meilleures écoles religieuses. Il n'a pas été pour rien, du temps de sa jeunesse, un des plus brillants avocats du barreau de Johannesburg.

Son physique d'exception lui a déjà servi en prison : rompu à tous les sports, grand amateur de boxe, Mandela réussira à discipliner son corps, de sorte qu'il subisse sans trop de dommages les effets de vingt-sept ans d'emprisonnement passés à casser des cailloux, à arracher des algues à l'océan. Il lui rend encore de bien grands services aujourd'hui : « Quand on apprend à le connaître, dit Joëlle Bourgois, très vite devenue son amie, on repère trois Mandela. Le Mandela sérieux, à la bouche fermée, au visage attentif, au regard pénétrant comme une vrille. Et puis le Mandela en colère, dont la violence concentrée ne s'exprime ni en gestes ni en paroles, rien que par une immobilité presque minérale. Dans ces moments-là, il faut regarder aussi les mains de cet homme, des mains robustes, courtes, calleuses, qui détonnent chez cet être tout en finesse, des mains à manier le sabre et l'épée. Le troisième Mandela, c'est le Mandela séducteur qui tient les gens sous l'emprise de son sourire. » Un sourire auquel personne ne résiste. Ni les hommes ni les femmes. Ni les gens de gauche ni les gens de droite. Ni les militants de l'ANC ni les Boers inventeurs de l'apartheid, définitivement conquis lorsque Mandela choisit, pendant la campagne précédant la victoire historique de l'ANC en avril 1994, de s'exprimer devant eux en africaan, la langue honnie, celle de l'esclavage, tirant des larmes par ce geste de concorde à ceux qui l'écoutent. De quoi comprendre que, l'ANC une fois parvenue au pouvoir, 80 % des Blancs se disent fiers d'avoir un Noir pour président.

Bien sûr, l'impressionnante présence physique de Mandela n'est que la traduction de l'immense force intérieure qui l'habite. Celle qui a forgé la légende de celui que tout le monde en Afrique du Sud appelle avec affection et respect

Madiba (c'est-à-dire « Oncle »), de l'homme qui a su, « tel Atlas, porter notre futur sur ses épaules bien droites », me dira un jour l'écrivain sud-africain Nadine Gordimer, elle aussi prix Nobel. Oui, Nelson Mandela est bien autre chose que son physique. Et pourtant, il en joue. Il sait l'atout qu'a été sa puissance de séduction jusque dans le concert des nations. Il sait le poids des symboles aussi. Depuis le jour de son intronisation comme président, il a quitté le costume occidental pour des chemises en soie imprimée de couleurs vives portées sans cravate. Un changement de *look* d'une dimension toute politique, l'affirmation que les Noirs, une fois au pouvoir, n'ont plus de raisons de se plier aux usages vestimentaires des Blancs.

« La dernière fois que je l'ai vu, dit encore Joëlle Bourgois, il portait une chemise d'un éclatant bouton d'or. Nous étions allés le saluer avec mon mari et l'une de mes filles à l'hôtel Raphaël, où il séjournait à Paris. En retrouvant jeune fille celle qu'il avait quittée enfant, il s'est exclamé dans son anglais parfait qu'elle était très belle – encore qu'un peu mince à son goût ! – et qu'il la verrait bien épouser l'un de ses vingt-quatre petits fils : « Au moins un ! » a-t-il précisé en riant. Quand un mythe vivant allie ainsi simplicité et humour à un physique hors norme, alors, même chez un homme âgé, tanné par les épreuves, la vie clandestine, la prison, les chagrins personnels et familiaux, on peut parler de vraie beauté. De celle qui donne définitivement à un être humain la stature d'un chef.

Notes

1. Gérard de Cortanze, *Le Clézio, vérité et légendes*, Paris, Le Chêne, 1999.
2. *Le Figaro-Magazine*, février 2002.
3. *On ne badine pas avec l'amour*, d'Alfred de Musset.
4. Victor Hache, *Arielle Dombasle*, Paris, Éditions du Collectionneur, 2002.
5. Françoise Giroud et Bernard-Henri Lévy, *Les Hommes et les Femmes*, Paris, Olivier Orban, 1993.
6. Françoise Giroud, *Leçons particulières*, Paris, Fayard, 1990.
7. Nicole Avril, *La Disgrâce*, Paris, Albin Michel, 1981.
8. Id., *Le Roman du visage*, Paris, Plon, 2000.

CHAPITRE 3

Des goûts et des couleurs…

Probable que, parvenue à ce stade, je me sois déjà brouillée avec bon nombre de mes lecteurs. Jamais ils n'auraient eu l'idée de peupler ainsi la planète des beaux. Je les entends d'ici : « Arielle Dombasle ? Une vraie poupée, à coup sûr refaite de la tête aux pieds ! Marie-Christine Barrault ? Une dondon ! Françoise Giroud ? Exaspérante avec ses petits yeux plissés de séductrice sur le retour, et pas gentille avec ça ! »

Des goûts et des couleurs, on ne discute pas. Rien d'étonnant à cela puisque la beauté n'est pas une simple donnée morphologique, elle est aussi une attitude, le fruit d'une volonté, toute cette enquête me le confirmera. « Les mannequins que j'ai connus et qui ont eu le plus de succès ne sont pas celles qui, physiquement, avaient le plus de qualités, affirme Inès de La Fressange. Je me souviens – j'étais alors styliste – d'une fille époustouflante de beauté, au visage de moineau auréolé de petits tifs blonds, dotée d'une taille menue, d'une poitrine parfaite, de jambes sublimes. Elle n'a jamais percé. Faute de charisme. Faute d'histoire. Elle avait tout de naissance mais elle n'évoquait rien pour les gens. J'ai croisé des filles bien moins belles, l'une avait la cheville lourde, l'autre le buste court, la troisième pas de seins du tout, ou un nez busqué ou de vilaines mains. Mais elles avaient autre chose, une façon de bouger, une personnalité : elles ont cartonné ! »

Le Clézio assure, lui, goûter plus que tout l'audace chez les femmes. Plus que la beauté ? « Mais elle en fait partie ! La beauté, ce n'est pas seulement un aspect physique, c'est le caractère, ce qu'on lit dans le regard, la façon d'être, de parler », sans doute est-ce ce qui l'a d'abord attiré vers Jemia, sa femme depuis vingt-cinq ans, une petite brune aux traits réguliers, toujours habillée de noir, fille du Sud marocain dont la lignée remonterait à la fille aînée de Mahomet. Passionnée par la problématique de la beauté, Amélie Nothomb se dit, quant à elle, peu émue par l'éblouissante plastique de stars sur papier glacé : « Pour moi, le beau, c'est ce qui surprend », dit celle qui fait sienne la phrase de Baudelaire selon lequel « le beau est toujours bizarre »[1].

Jojo le mérou

« Ingres ne peint pas des femmes. Il peint des veaux. Des animaux magnifiques », disait Degas devant *La Grande Odalisque* de son glorieux aîné. Point besoin de partager ce jugement cruel – bien des gens seront au contraire émus par ce trop long corps, cette peau laiteuse, ce pâle sourire – pour admettre ce principe fondamental : la beauté est de peu d'attraits quand elle n'est qu'une coquille vide. Autre évidence : la notion de beauté est fluctuante dans le temps comme dans l'espace. Président du jury Miss France 2002, le paléontologue Yves Coppens, professeur au Collège de France et codécouvreur de cette Lucy qui habita notre Terre il y a 3,5 millions d'années, notait non sans malice que « si Sylvie Tellier, l'élue du jour, nous paraît ravissante à l'aune de nos canons actuels, les compagnons de Lucy l'auraient certainement trouvée affreuse puisqu'elle est blonde, sans pelage, décharnée ». Avant d'admettre tout de même, jaugeant les candidates par rapport à sa chère pré-hominidée de 1,10 mètre et 25 kilos, que l'humanité était « en progrès certain ».

Depuis lors, on aura assisté à bien des péripéties. « La nymphette médiévale a des petits seins, des hanches étroites, un ventre rond, signe de fécondité », rappelle Dominique Paquet, historienne de la beauté[2]. À la Renaissance, elle cédera la place à un nouveau type de femme, plus grassouillette, avec des cuisses larges, des seins volumineux, une peau très blanche, presque transparente, au point qu'il convient de voir le vin couler dans sa gorge. Au XVIIIe siècle, la femme est toujours potelée mais se doit d'avoir les attaches fines. Au XIXe, deux modèles s'affrontent, celui de la bourgeoise bien en chair, incarné par la lourde et massive Castiglione, considérée comme l'une des plus belles femmes du Second Empire, et celui, plus romantique, de la diaphane Marguerite Gautier, la Dame aux camélias, une préfiguration de la dictature de la minceur inaugurée au XXe siècle. Caprice que tout cela ? Pas vraiment. Car la promotion d'un type de beauté plutôt qu'un autre ne fait souvent que refléter l'état de la société. La peau fine et pâle des dames du XVIe siècle est signe de jeunesse et de bonne santé en une époque où les maladies de peau font des ravages. Dans les années 60, au beau milieu des Trente Glorieuses, le triomphe de l'anorexique Twiggy marque le ras-le-bol d'une certaine société de consommation, avide de nourriture et d'argent.

C'est encore en référence à un modèle de société que le psychiatre Boris Cyrulnik explique la révolution de l'apparence intervenue en moins de cinquante ans : « Les femelles attirantes, fait remarquer cet esprit curieux et anticonformiste, sourire à fossettes et œil plissé de malice, ne sont à l'évidence pas les mêmes selon les époques. Quand le contexte culturel mise d'abord sur la reproduction, quand on attend d'une femme qu'elle mette huit à dix enfants au monde lors de son passage sur terre, alors les signaux sexuels les plus intéressants sont les seins et les hanches. De même, dans un monde où la seule énergie sociale est celle qui est fournie par la force physique, à la fois des hommes et des animaux, le muscle prime. Dans le temps – je l'ai encore entendu dire à la campagne quand j'étais petit [cet orphelin de Juifs ukrainiens déportés à Auschwitz fut, pendant la guerre, placé à 7 ans par l'Assistance publique comme garçon de ferme] –, l'homme beau, c'était pour les femmes celui qui avait le "pantalon large". L'homme bien monté, capable de faire des enfants à sa femme, de travailler quinze heures par jour, de soulever des charges, de contrôler les animaux. Il y a encore une ou deux générations, le gringalet, le faiblard, était stigmatisé comme incapable de nourrir sa famille. Disons pour résumer que les femmes ne valaient que par leur ventre, les hommes que par leur dos… »

Les temps ont changé. Bien sûr, un homme fort physiquement peut toujours émouvoir une femme. Et une femme dotée de beaux seins et de hanches pleines taper dans l'œil d'un homme. Mais dans une France où une femme ne fait en moyenne qu'un enfant virgule huit, où l'on n'a guère besoin que de doigts agiles et d'une tête bien faite pour taper sur un ordinateur, où de nouvelles sources d'énergie, le triomphe de la technologie, rendent de plus en plus inutile la force musculaire, ce ne sont plus là les critères esthétiques qui priment. Dépréciés, les femmes aux lignes d'amphore, les costauds au pantalon large du siècle dernier ! Valorisés, d'autres éléments qui n'avaient jusqu'alors guère eu la cote : le hâle, pourtant longtemps stigmatisé comme marqueur de celui qui travaillait la terre, la minceur, vue autrefois comme un signe de fragilité, une denture impeccable quand les belles d'antan, telle Joséphine de Beauharnais, posaient pour leur portrait bouche close afin de cacher leurs dents gâtées. Récemment encore, une charmante Lyonnaise d'une quarantaine d'années me disait avoir parlé toute son enfance avec la main devant sa bouche pour cacher ses grosses lèvres : « À l'école, on m'appelait "Jojo le mérou", en référence au poisson fétiche du commandant Cousteau. » Vingt ans plus tard, on ne parle plus de « grosses lèvres » mais de « bouche charnue », un point fort de la séduction obtenu à grand renfort de collagène.

Femmes girafes et négresses à plateau

Éminemment culturel, le jugement esthétique varie donc d'une époque à l'autre. Mais, plus encore, d'un pays à l'autre. Chez les Mayas, les hommes qui louchaient étaient fort appréciés : on allait même jusqu'à enserrer d'une chaîne la tête des bébés pour faire pendre une breloque au bas de leur front, de sorte que, tentant de suivre la breloque des yeux, ils acquièrent le gracieux strabisme[3]. En Afrique, les Gandas et les Zandes ne jurent que par les seins ballants, au point que l'on voit les jeunes filles tirer sur leurs mamelons afin de les allonger[4]. Les Chinoises aux pieds bandés et aux dents laquées de noir, les femmes girafes des hauts plateaux birmans ou les négresses à plateau font la fierté de leurs compagnons quand les Occidentaux assimilent ces pratiques ancestrales à d'insupportables mutilations.

Et puis, tout dépend de l'endroit où la beauté de la femme, sa sensualité, est censée se nicher. Pour Hesna Caillau, spécialiste de l'étude comparative des religions et des cultures, « le Japonais sera avant tout troublé par le cou quand, pour le Chinois, c'est le pied qui est important ; le ventre pour le Moyen-Oriental ; la croupe pour l'Africain ; la poitrine pour l'Occidental[5] ».

Couvrez ce sein que je ne saurais voir ? Allons donc ! Tout au long de l'histoire de notre vieille Europe, les seins concentrent à eux seuls toute la séduction des femmes, les « nudités de gorge » ont la cote quand il convient de cacher à tout prix ses jambes, tout le bas du corps étant, depuis la lointaine Sparte, censé éteindre le désir de l'homme. Une répulsion qui englobe les pieds, considérés comme une représentation sexuelle, certains traités de médecine médiévaux établissant même une corrélation mathématique entre la taille du pied et la taille de la vulve, ou du pénis pour les hommes. Ce n'est qu'en 1916 que la cheville fera timidement une première apparition.

Ce qui distingue les cultures entre elles, c'est aussi le jugement qu'elles portent sur les proportions du corps : « Le canon asiatique, dit le chirurgien orthopédiste Gilles Musy, celui que l'on peut observer chez les Chinois, les Japonais, les Philippins et qui heurte l'esthétique européenne d'autant qu'il est souvent accompagné d'une incurvation des genoux, est de 55-45 (55 % au-dessous de la taille, 45 % au-dessus). Le canon dit "africano-européen" est traditionnellement 63-37. Mais on évolue ces temps-ci vers un canon hyperlongiligne qui, lui, s'établit à 70-30, celui du top model Adriana Karembeu ou des guerriers masaï, qui semblent montés sur échasses[6]. »

Et puis, il n'y a pas que les données proprement physiques : même le comportement, rappelle Boris Cyrulnik, participe de ce jugement esthétique tamisé par la culture. Ainsi, il n'y a pas longtemps encore, dans nombre de pays et même en France, on alignait le dimanche dans les orphelinats les enfants adoptables afin que les parents candidats puissent faire leur choix : « Les enfants les plus beaux partaient évidemment les premiers. Mais pas seulement les plus beaux : ceux, surtout, qui par leur attitude semblaient les mieux adaptés à la culture nationale. Il semble que ce soit toujours vrai. J'ai fait faire une étude en Algérie par une amie qui est professeur à Oran : là-bas, ce sont les "enfants marmottes", ceux qui dorment tout le temps, qui sont les premiers recueillis ; dans le contexte du Maghreb, ce sont là des bébés rassurants, gratifiants pour leurs parents. Une étude semblable faite à San Diego, sur la côte ouest des États-Unis, montre au contraire que ceux qui bénéficient d'une cote d'amour sont les enfants "hyperkinétiques", les plus vifs, les plus remuants : le signe, dans une culture américaine, qu'ils sauront se battre, défendre leur bout de gras dans la compétition forcenée qu'est la vie, les pères tranquilles étant suspectés d'être des graines de *losers*, de sous-hommes. »

« Black is beautiful »

« Quatre milliards de visages[7] » : je me souviens de cet album qui passionnait mes enfants, où l'on voyait des tas de petits bonshommes de toutes races et de toutes couleurs, une école de tolérance sur le mode Benetton. À la fin du livre, une double page présentait une foule de clones bâtis sur le même modèle, tous habillés pareil, circulant au milieu de blocs d'immeubles d'une grâce toute stalinienne : « Imaginez, disait la légende, comme notre monde serait horriblement triste si tout le monde ressemblait à tout le monde, si chacun pensait, mangeait, s'habillait et agissait de la même façon... Alors, n'est-ce pas merveilleux un monde où personne ne ressemble à personne ? »

On a frôlé la catastrophe : longtemps il n'a été question que de l'universalisation du modèle de beauté occidental. Les Noires se faisaient défriser les cheveux, les Asiatiques débrider les yeux, gonfler les seins. Sur les murs de Pékin, il y a peu de temps encore, la plupart des publicités présentaient des mannequins européens. Pourtant, pour Béatrice Dautresme, vice-présidente de L'Oréal en charge de la prospective du groupe, cette tendance à la standardisation n'est plus ce qu'elle était : « Aux lendemains de la Seconde Guerre mondiale, les femmes du monde entier rêvaient, c'est vrai, de ressembler aux Occidentales, au premier rang desquelles brillaient les stars du cinéma hollywoodien. D'origine européenne, l'industrie cosmétique s'adressait de toute façon aux femmes à la peau blanche et aux cheveux lisses, longtemps les seules à disposer du pouvoir d'achat nécessaire. Mais les choses ont beaucoup changé depuis quinze ans. »

Il semblerait qu'à Hong Kong les opérations de débridage des yeux soient en chute libre. Quant aux Noires qui se font défriser les cheveux, elles ne cherchent pas forcément à copier les femmes blanches. Les jeunes, surtout, commencent à valoriser de nouveaux modèles. Ainsi la chanteuse Beyoncé Knowles (l'une des « égéries » du groupe L'Oréal), une Africaine blonde aux cheveux défrisés grâce à des produits de *styling* spécifiques mis au point par l'« Institut de recherche L'Oréal sur la peau et les cheveux ethniques » crée, en juin 2003, en plein quartier noir de Chicago.

Dans le domaine de la beauté, il existerait donc aujourd'hui une réelle pluralité culturelle. Voire un rejet du modèle occidental. On se rappelle du célèbre slogan des années 60 : *« Black is beautiful »*. En novembre 2001, le quotidien ivoirien *L'Inter* voit dans l'élection de la première Noire africaine au titre de Miss Monde « un hommage à la peau noire » et en profite pour fustiger toutes les « sœurs » qui, d'Abidjan à Dakar, de Bamako à Yaoundé, restent des adeptes de la dépigmentation, une pratique qui, utilisant des produits à base de corticoïdes pour éclaircir le teint, fait peser de surcroît des risques sur leur santé[8]. Autre signe : le lancement il y a quelques années d'un concours parallèle à celui de Miss Côte d'Ivoire, visant à désigner une *Miss Awoulaba* (c'est-à-dire « Reine de beauté ») sur des critères de sélection sensiblement différents : pas de limite d'âge, défilé en pagne ou en boubou traditionnels, rondeurs féminines bienvenues. En 2002, Adjoua, la lauréate, une Ivoirienne de 33 ans, comptable en région parisienne et mère de quatre enfants, pesait ses bons 90 kilos…

Les canons de la beauté

En matière de beauté, la subjectivité est reine. « Pourtant, il existe des standards de beauté reconnus par tous, note le sociologue Jean-François Amadieu. On prise ainsi la symétrie d'un visage, signe d'équilibre et de bonne santé. Plus étonnant le fait que, si l'on présente à des gens une série de visages, ils désignent comme étant le plus beau celui qui – par ordinateur – a été obtenu en additionnant tous ces visages : loin d'être ordinaire, le visage moyen est considéré comme remarquable ! Cependant, quand on fait la moyenne, non plus de tous les visages mais seulement des plus beaux d'entre eux, le degré de satisfaction s'accroît encore, comme quoi la donne de départ importe tout de même. On note enfin clairement une tendance à privilégier, chez les hommes, les traits plutôt féminins, voire enfantins, type Hugh Grant ou Leonardo DiCaprio[9]. »

Les standards de beauté s'appliquent au corps aussi. « Pour les femmes, reprend Amadieu, on observera essentiellement le rapport "taille/hanche" (tour de taille sur tour de hanche), idéalement de 0,7 ou 0,8 (0,69 pour Cindy Crawford), on prise peu aujourd'hui les "femmes-tubes" qui illustraient hier la fécondité triomphante. Importe aussi l'"indice de masse corporelle", calculé en divisant le poids en kilos par le carré de la taille en mètres : situé autour de 20, il correspond aux normes de minceur actuelles. Pour les hommes, l'indice de masse corporelle compte mais moins que le rapport "taille/torse", les femmes appréciant chez eux des hanches étroites avec un torse et des épaules larges, en forme de pyramide inversée. »

Si l'harmonie des proportions est essentielle pour les femmes – on fut ainsi surpris d'apprendre qu'Ursula Andress sortant de l'onde en bikini dans le premier *James Bond*, telle la Vénus de Botticelli, était un petit bout de femme... –, la taille reste un élément clé dans l'appréciation du physique des hommes. « C'est très social, la stature », note le docteur Musy. Les petites tailles se recrutent (tout comme les obèses) majoritairement dans les milieux défavorisés, ou qui l'ont été. Dans les milieux favorisés, en revanche, on observe une augmentation continue de la taille du fait de la conjonction de plusieurs facteurs : le brassage des populations (d'où la disparition de la consanguinité), l'amélioration de l'alimentation, la diminution de la pénibilité du travail, un meilleur ensoleillement doublé d'une pratique régulière des sports. Une observation confirmée par les données statistiques[10] : les cadres supérieurs mesurent en moyenne 1,75 m et 28 % d'entre eux dépassent 1,80 m, quand les ouvriers atteignent à peine en moyenne 1,72 m, 17 % d'entre eux mesurant plus de 1,80 m. Quant aux femmes cadres, elles mesurent 1,62 m et pèsent 57,8 kilos, alors que les ouvrières mesurent 1,60 m et pèsent 62 kilos.

Les classes supérieures imposent bien sûr leurs normes de beauté à la population française dans son ensemble. Et même à son administration : ainsi, les gardiens de la paix comme les officiers de police doivent mesurer au moins 1,68 m, les gendarmes 1,70 m, tout comme les cavaliers de la Garde républicaine, tandis que le 1er régiment d'infanterie de cette même Garde requiert de ses hommes une taille minimale de 1,75 m, le 2e régiment d'infanterie haussant encore la barre d'un cran : 1,76 m ! À Air France, il fut longtemps impossible d'être hôtesse de l'air si on mesurait moins de 1,65 m : la barre fut ensuite abaissée à 1,58 m. Aujourd'hui, plus aucun critère de taille ni de poids ne serait en principe requis.

Les standards de beauté seraient-ils déterminés par la culture ? Pas nécessairement puisque toutes les enquêtes menées outre-Atlantique – et elles sont légion – révèlent l'existence de normes physiques indépendantes de tout critère de nationalité, de classe sociale ou même d'âge : des nourrissons de 2 ou 3 mois à qui l'on montre des images de personnes plus ou moins belles sont spontanément attirés par les plus belles ! Dès l'âge de 6 ans (un peu plus tôt pour les filles), l'enfant classe les individus qui l'environnent du plus laid au plus beau de la même manière que les adultes.

Le fait est là. Même si l'on n'a pas les mêmes goûts esthétiques selon qu'on est lapon ou ivoirien, chinois ou français, selon qu'on est homme de la Renaissance ou que l'on vit à l'heure de l'Internet, il est certains physiques remarquables devant lesquels nous nous inclinons tous. Certaines beautés qui transcendent les modes et les siècles. « Nefertiti, “la belle qui est venue”, serait encore de nos jours une femme somptueuse, le plus beau profil de l'histoire de l'humanité, elle n'aurait aucun mal à être promue Miss Monde. Et les dames du Fayoum, dont les portraits aux yeux volontairement agrandis par le peintre ont été retrouvés dans quelques oasis proches du Nil, se promèneraient dans la rue que tout le monde s'arrêterait pour les regarder[11]. » Il y a des physiques qui tiennent mieux le coup que d'autres, et ce n'est pas seulement un effet de mode. Beauté obsolète d'une Cécile Sorel, le monstre sacré des années 20, avec ses lèvres trop rouges, ses yeux trop fardés, ses bouclettes trop bouclées, mais surtout ses traits affirmés, empreints d'une royale dignité, qui signent la tragédienne et ne nous touchent plus. Beauté étonnamment moderne d'une Katharine Hepburn, morte en juin 2003 à 96 ans, avec son élégance naturelle, en chemise d'homme et pantalons larges à revers, mais aussi son corps délié de sportive et son visage espiègle aux fines arêtes.

Quant à définir cette beauté intemporelle… Au mieux trouve-t-on ici ou là des éléments de réponse. Pour les philosophes, ce qui est éternel, c'est la recherche de perfection. Dans *Le Banquet*, Platon conseille de procéder par paliers, « partant d'un seul beau corps, de s'élever à deux et, partant de deux, de s'élever à la beauté des corps universellement ». Et ainsi de suite, en passant par « les belles occupations », puis « les belles sciences », jusqu'à parvenir à l'essence du beau.

Les artistes, eux aussi, s'évertuent à traquer la beauté idéale. Vers 1400, le peintre Cennino Cennini décrit, dans le *Livre de l'art*, les proportions idéales du corps masculin : « Celles de la femme, précise-t-il, je n'en parlerai pas, car elle n'a aucune mesure parfaite. » Un siècle plus tard, Léonard de Vinci s'attache à établir le cadastre du corps humain et du visage, à la recherche de critères qui feraient de la beauté la résultante mathématique de données précises. Il décrète que la distance entre les deux yeux doit être nécessairement égale à la largeur du nez à hauteur des narines ; tout comme doivent être égaux les trois étages du visage, du sommet du front aux sourcils, des sourcils à la base du nez, du nez à la base du menton. Fasciné par ces travaux, Albrecht Dürer, écrivain autant que peintre, utilisera ces ratios célestes pour représenter Adam et Ève – le premier, il a jugé la femme capable d'offrir ces proportions parfaites. Rebaptisées « règle du nombre d'or » dans les années 30 (le nombre d'or lui-même, soit 0,618, est obtenu en divisant la distance qui va de la tête au nombril par la distance du nombril jusqu'à la base des pieds), ces proportions fascinent encore de nos jours.

Elles guideraient ainsi le bistouri de nombre de chirurgiens esthétiques. Selon l'un d'eux, le docteur Michel Pfulg, les proportions des sveltes beautés contemporaines seraient les mêmes que celles, robustes et grasses, de jadis : « Ainsi, le tour de taille de la Vénus de Willendorf façonnée 35 000 ans avant J.-C. est inférieur d'un tiers à son tour de hanches. Exactement comme chez nos top models[12]. » Inutile de chercher plus loin : si Laetitia Casta fait tourner les têtes, c'est que mathématiquement elle est la femme idéale, que les proportions de son visage comme de son corps répondent exactement aux exigences de la règle du nombre d'or…

Mais le but est-il vraiment d'accéder à cette perfection ? Ne serait-elle pas à proprement parler inhumaine ? « Il y avait, dit-on, à Athènes, une grande quantité de belles filles. Praxitèle les dessina toutes l'une après l'autre ; après quoi, de toutes ces beautés diverses, qui chacune avaient leur défaut, il fit une beauté unique, sans défaut, et créa la Vénus. » Ainsi parle Desgenais, l'avocat cynique chargé par Musset de faire comprendre à son héros Octave, largué par sa belle, qu'il n'y a pas de perfection sur terre, qu'un amour éternel n'y a pas sa place, non plus qu'une beauté absolue[13]. Même Laetitia Casta, en cherchant bien, n'en déplaise à son thuriféraire…

Marie-qui-louche

« Une libellule, ôtez-lui les ailes, c'est un haricot… Un haricot, mettez-lui des ailes, c'est une libellule… » Tout est affaire de regard, tel est l'enseignement de ce haïku japonais de trois vers qui donna au père Bernard Bro le titre de ses Mémoires, *La libellule ou… le haricot*[14]. Dans un tout autre style, ce charmant petit livre sur la beauté et la laideur[15], soucieux de réconcilier les adolescents avec eux-mêmes, ne dit pas autre chose : « Que se passe-t-il le jour où on reçoit un petit billet d'amour d'un copain ou d'une copine, le jour où on est invité à trois boums de suite, le jour où on est applaudi à la fin d'un exposé ? Est-ce qu'on ne se sent pas moins moche, alors que rien n'a changé à l'extérieur, alors qu'on a toujours la même tête ? Quand on se sent aimé, apprécié, admiré, alors on se sent beau. »

« Tous les enfants ont besoin qu'on leur répète : "Tu es beau, tu es merveilleux", enchaîne la psychanalyste Gisèle Harrus-Révidi, ils se nourrissent de ces paroles, ils y puisent de la force pour grandir et se développer harmonieusement. Dans le cas contraire, on se plie en quatre, on cherche à disparaître. J'ai eu en consultation un top model de chez Dior, une jeune fille ravissante qui se jugeait extrêmement laide. Un jour, elle est arrivée en consultation vêtue – presque – en guenilles, pour me prouver qu'elle était moche ! Elle était superbe… Mais le regard de sa mère ne l'avait jamais portée[16]. » Chez d'autres, c'est le regard valorisant du père qui aura fait défaut.

C'est la grande dame discrète des lettres françaises. Née en Belgique, Dominique Rolin habite depuis plus de quatre décennies tout en haut d'un très vieil immeuble du quartier Saint-Germain-des-Prés. Tout le monde salue son talent, son bonheur de vivre, sa liberté insolente : n'a-t-elle pas inauguré le troisième millénaire en levant le voile – à 87 ans ! – sur la « passion fixe » qui la liait depuis près d'un demi-siècle à un certain « Jim », *alias* Philippe Sollers, de vingt-trois ans son cadet ? Pas un article sur elle qui n'évoque son beau visage allongé aux pommettes hautes et aux yeux clairs, sa distinction naturelle. Belle ! Jamais ne lui viendrait l'idée de se présenter comme telle. Normal, direz-vous, à cet âge avancé... Mais même jeune, elle ne s'est jamais supportée. Ah si, elle se rappelle qu'un jour, un seul, c'était pendant la guerre, Robert Denoël, son premier éditeur – il sera plus tard son amant –, était venu la voir à Bruxelles et l'avait invitée à déjeuner, elle avait soigné sa mise, arborant son dernier achat, un « affreux manteau de fourrure rapiécé de partout », et un turban violet drapé autour de la tête. Brutalement elle s'est entrevue dans un miroir en pleine rue, et elle s'est dit : « Tiens, cette femme n'est pas mal ! » Cette femme... Un double séduisant, pas vraiment elle-même. Ça n'est jamais allé plus loin.

En soixante années d'écriture, et près d'une trentaine d'ouvrages, Dominique Rolin a eu largement le temps de faire le point sur cette image peu flatteuse d'elle-même. D'autant plus que l'auto-analyse est chez elle un puissant matériau littéraire. « Au départ de tout, affirme-t-elle, il y a le regard négatif que portait sur moi mon père. » Un être raffiné, brillamment intelligent, mais volontiers caustique, voire méchant, frustré d'avoir fait sa carrière comme bibliothécaire au ministère belge de la Justice quand il aurait rêvé être écrivain. À sa fille encore petite il lance : « Tu es laide comme un singe », « Ta lèvre pend ». « D'ailleurs, tu n'es même pas ma fille, poursuit-il en serrant son fils sur son cœur. Lui est bien mon enfant. » Des énormités proférées sur un ton léger, d'autant plus difficiles à avaler qu'elles s'appuient sur une part de réalité. Car, sous les cheveux bruns de la petite Dominique coiffés à la Jeanne d'Arc, se cache une Marie-qui-louche ! « Un strabisme terrifiant qui m'a valu de porter indéfiniment des lunettes. » Dans la rue, elle se le rappelle comme si c'était hier, elle devait avoir 10 ou 12 ans, une dame a murmuré en la croisant : « Quelle horreur, cette petite ! » À l'école, une camarade un peu chipie a prononcé l'ultime sentence : « Tu ne connaîtras jamais le bonheur d'être belle ! » Autant de phrases assassines qui ne troublent pas plus que cela Dominique. Elle se « sait » moche, elle n'est pas pour autant complexée. Ni timide. La vérité ne saurait blesser. À 15 ans, une opération corrige son strabisme : « Je n'en ai pas éprouvé un grand soulagement. »

Il en sera de même lorsque, la petite fille se muant en jeune fille, « des quantités de garçons commenceront à déboucher d'un peu partout ». Dans leur regard, Dominique pourrait se repaître enfin de son charme et de sa beauté. Elle se contente de les observer, fascinants objets d'analyse. Il faut dire que sa mère adorée lui prête un sérieux concours dans cette entreprise de mise à distance. Prude et pudique, malheureuse en ménage, elle juge sa fille « provocante » : « Maman ne supportait pas qu'on me fasse des compliments : elle avait la terreur de l'homme pour moi. » Ses stratégies « géniales » pour décourager tous les soupirants qui passent seront longtemps efficaces. Pas indéfiniment. Un jour, Dominique accepte d'écouter les mots doux que lui susurre un homme : « Je me suis mariée en trois mois avec le premier venu », écrit-elle dans *Plaisirs*[17]. Il y a urgence : Dominique est enceinte d'une petite fille qui naîtra l'année de ses 24 ans. Le mariage, comme prévu, est un ratage. Dominique rebondit. Elle rebondira toujours. Denoël entre dans sa vie ; puis un sculpteur, pendant dix ans son compagnon avant que la mort ne l'emporte ; puis Philippe Sollers, 22 ans au jour de leur rencontre : « Tous de grands séducteurs. »

Ses histoires d'amour ont-elles eu au moins le mérite de la rassurer sur le terrain de l'apparence ? Et cette dévotion que lui vouaient certains jeunes gens qui, dans les années 30, allaient l'admirer à la sauvette quand elle travaillait comme bibliothécaire à l'Université libre de Bruxelles ? Et ces photos magnifiques qui ont été prises d'elle ? Même pas !

« Lorsqu'on me les adresse par pure gentillesse, j'ose à peine les regarder. Quant aux hommes qui m'ont aimée, je ne les ai jamais crus quand ils me disaient que j'étais belle, on sait bien que l'amour rend aveugle. »

« Chaque fois qu'on me fait un compliment, reprend Dominique Rolin, c'est une surprise pour moi qui remonte aux profondeurs de ma petite enfance. Mais après tout, n'est-ce pas mieux ainsi ? Il y a toujours un côté un peu ridicule chez les gens qui ont trop confiance en eux, qui se regardent complaisamment dans la glace. Moi, ça ne m'arrive jamais ! » Le plus étonnant, c'est que cette incertitude sur elle-même s'est inscrite jusque dans son corps. Gauchère contrariée, dotée d'une mauvaise vue, tout à la fois astigmate et hypermétrope, elle est terriblement maladroite. « C'est, dit-elle, comme une maladie du corps : je suis incapable de couper ma viande avec la main droite ni de tenir une paire de ciseaux normalement. Même remplir un verre est un problème pour moi. J'admire toujours l'aisance de ces femmes qui, invitées au restaurant, accrochent leur veste ou leur châle au dossier de leur chaise, s'assoient avec grâce, posent délicatement leur sac à leurs pieds, je reste fascinée devant l'espèce d'adaptation spontanée de l'être humain aux objets qui l'entourent. » Mais peut-être ces êtres-là, ces elfes-là, ont-ils, enfants, bénéficié du regard d'adoration de leur père…

« Il m'a toujours trouvée affreuse »

Élisabeth, elle non plus, ne s'aime pas. C'est Françoise, sa meilleure amie, qui m'a mise sur sa piste : « Je connais une fille, une jolie femme pourtant, qui ne se supporte pas physiquement. » Accepterait-elle de parler ? La réponse arrive dans la journée : oui, mais si nul ne la reconnaît. D'Élisabeth, on dira donc que c'est une femme de 53 ans vivant en France. Dans une petite maison blanche à l'ombre d'une église au cœur d'une ville moyenne de l'ouest de la France.

Élisabeth m'ouvre la porte : c'est une longue femme brune, d'une sobre élégance, en escarpins et tailleur gris, œil noisette sous cheveux courts châtains, traits réguliers. Pas une beauté fatale mais ce qu'on appelle une belle femme, dotée d'un physique au goût du jour que bien des femmes lui envieraient. Seule une sorte d'effervescence dans les paroles, une certaine crispation des traits du visage peuvent permettre à un œil attentif de détecter l'insécurité qui l'habite. Encore une enfant mal aimée par son père ? Tout le contraire ! « Mon père, avocat, avait une passion pour moi, la dernière de quatre enfants. Il en rajoutait presque, m'assurait, quand il revenait d'un lointain congrès, qu'il n'avait jamais vu une aussi jolie petite fille que moi. Quand il séjournait à Paris avec maman pour une session de formation continue, il filait chez Enfantillages, rue de Courcelles – là où la Shabanouh habillait ses enfants –, m'acheter une jolie robe ou un manteau à col de velours. » Ridicules, ces habits de petite fille qu'on lui fera porter jusqu'à 16 ans ! Mais comment avoir l'idée de ruer dans les brancards quand le souci de l'apparence est une chose communément admise dans la famille ? « Papa n'avait pourtant rien d'un homme futile ; ancien membre du barreau de Paris, il faisait des versions grecques et latines en guise de passe-temps, mais il était toujours tiré à quatre épingles. Maman, elle aussi, était très coquette, pas "province" du tout comme on disait alors : je me souviens encore d'un manteau de vison clair qui avait fait sensation dans la bonne société locale. »

Protégée par son manteau à col de velours, son papa pur tweed, sa maman en vison, et surtout par l'amour que lui vouent ses parents, Élisabeth se sent la petite reine du monde : « À force de me l'entendre dire, j'étais sûre d'être mignonne. Heureusement, j'étais trop timide pour la ramener, ça m'a empêchée de devenir une petite peste. D'ailleurs, quand je vois des photos, je réalise que je n'avais rien d'extraordinaire, l'adorable bébé joufflu s'étant vite transformé en une brunette banale, avec un nez assez patateux et une chevelure affreuse, frisant à la moindre goutte d'humidité, que maman tirait en queue-de-cheval. » L'été de ses 16 ans, la petite fille modèle, entraînée par ses aînés, découvre les boîtes de nuit, les joies du flirt, un monde nettement plus rigolo que celui des parents : « Là, je me suis décidée à grandir. » Au mental. Et au physique : dix centimètres de plus en trois mois ! Deux ans plus tard, en fac de lettres, elle tombe « follement amoureuse » d'un garçon qui l'aime aussi. Mais quand il la demande en mariage, l'année de ses 20 ans, elle rompt, affolée : « Je ne voulais pas m'engager si tôt... tout ça pour me marier l'année d'après, sans sentiment réel, avec un homme de dix ans mon aîné... »

Et avocat, comme papa. Avec Paul, Élisabeth restera mariée trente ans : « Trente ans d'enfer. Mon mari regardait toutes les femmes sauf moi, me trompait abondamment. Il m'a toujours trouvée affreuse ». Affreuse ? « Oui, nulle, pas présentable. Pour lui plaire, je faisais tous les efforts possibles et inimaginables. » Pendant des années, elle se teindra en blonde, arborant de profonds décolletés, des couleurs criardes : « Des tenues de clown, d'une parfaite vulgarité. Mes parents étaient consternés de me voir ainsi déguisée en “boniche de bistrot”, comme m'a dit un jour maman. » Sur l'insistance de sa meilleure amie – Françoise, encore et toujours –, Élisabeth finira par retrouver sa couleur naturelle, un *look* plus classique : « Mais je ne plaisais toujours pas à mon mari, c'était mon grand chagrin. »

Les quolibets de Paul, ses insultes parfois ? Une façon pour lui de faire payer à Élisabeth leur mariage-coup de tête. Qu'il glisse une seule parole aimable, jette un peu moins de regards caressants autour de lui, et voilà qu'elle reprend espoir : « Mon côté roseau, je plie mais ne romps pas : un mariage, surtout lorsqu'on a des enfants, il fallait que ça marche. » Mais elle se sent irrémédiablement moche. Premiers accusés : ses cheveux évidemment ! À la moindre goutte de pluie, au moindre souffle de vent, les voilà qui frisottent, se dressent, s'envolent, une horreur ! Pour limiter les dégâts, Élisabeth courbe la tête, rentre le cou dans les épaules, elle y gagnera de sévères douleurs cervicales. De toute façon, dans la rue, elle qui, en petit comité, aime rire, faire la folle, prend systématiquement l'air bougon : « La peur que les jeunes se moquent de moi, lancent des réflexions désagréables du genre : “Elle est pas si bien”, après avoir vu une silhouette correcte de loin. » Les soirées dansantes sont sa hantise : « Personne ne m'invitait à danser. Tout à la fin de la soirée, par pitié, mon mari me faisait faire trois tours de piste. »

Un jour qu'elle est à bout, elle prend rendez-vous à Nantes avec un chirurgien-plasticien : « Le visage, la poitrine... Je voulais changer quelque chose sans trop savoir quoi. » Une catastrophe : en moins de vingt minutes d'horloge, l'homme de l'art lui balance tout à trac qu'elle a un visage trop dur, une mâchoire supérieure trop bombée, une mâchoire inférieure trop incurvée, un front trop court, un nez trop lourd... Bref, à l'entendre, il faut tout refaire ! Élisabeth fuit. Quelque temps plus tard, elle ira voir à Paris un plasticien digne de ce nom pour lui demander un lifting : « Je suis arrivée chez lui en taxi toute pomponnée, devant dîner après chez des amis. Le temps était sec, mes cheveux corrects. Ce n'est pas difficile de faire illusion quand on vous livre ainsi tel un paquet cadeau. Il m'a regardée longuement, m'a fait parler. Et il a refusé de m'opérer. » Enfin un regard lucide sur cette jolie femme alors âgée de 36 ans ? « Ce n'est pas qu'il me trouvait bien, lance précipitamment Élisabeth, il avait seulement compris que, derrière ma demande, se nichait un problème de couple. »

La mort, c'est dur à dire, est venue à bout du malheur. Il y a quatre ans, Paul a été tué dans un accident de voiture : il avait 60 ans. Dans sa maison blanche à l'ombre de l'église, sa maison-cocon, peuplée d'objets chinés chez les antiquaires, sa maison-refuge dont elle tire les verrous sitôt franchi le seuil – « le quartier n'est pas trop sûr » –, Élisabeth vit seule : « Je me sens mieux, avoue-t-elle, désormais je suis une femme libre, plus une femme trompée. J'adore ma fille, mes deux petits-enfants. » Depuis son veuvage, elle s'est plusieurs fois entendu dire qu'elle était une belle femme : « C'est aimable de la part de ces personnes. Mais elles jugent un tout : elles apprécient mes efforts pour être présentable sans voir la catastrophe qu'il y a dessous ! » Par trois fois, elle a même eu des aventures passagères, dont une avec un homme réputé séduisant : « Mais je n'étais pas amoureuse, et puis il était marié, je n'aime pas ce genre de situations fausses. » Elle a rompu sans drame, consciente que cette histoire lui avait plutôt fait du bien au moral.

De là à être réconciliée avec elle-même… On n'efface pas comme ça des années passées à raser les murs, même si, par souci d'honnêteté, Élisabeth n'impute pas tout à son mariage raté : « Être aimée m'aurait épanouie, c'est sûr, j'aurais été plus souriante, moins crispée. Mais je ne me serais jamais trouvée bien. » Aujourd'hui comme hier, elle est incapable de jeter un œil dans la glace d'une boutique pour voir si un vêtement lui va : « Ce petit bonnet de laine, je l'ai emporté sans l'essayer, je préfère encore faire une erreur d'achat. Le pire, c'est entrer chez l'opticien pour choisir des lunettes de soleil – et comme tous les gens mal dans leur peau, j'en consomme beaucoup : le miroir penché sous un néon bien cru, c'est atroce ! » Incorrigible Élisabeth complexée parce qu'elle trouve sa peau trop blanche au cœur de l'été, toujours à l'affût du dernier produit miracle pour civiliser sa crinière, capable d'annuler un rendez-vous simplement parce qu'elle sent qu'il va pleuvoir et qu'elle sera mal coiffée, n'hésitant pas à se remaquiller et à se faire un brushing le soir quand elle rentre, même si elle doit passer la soirée en tête à tête avec elle-même, intimement persuadée que son physique aurait été un handicap si elle avait eu besoin de travailler : « Vous m'imaginez vendeuse dans une boutique de luxe avec cette tête de loup ! Enseignante ? Il n'en était pas question non plus, les élèves auraient hurlé de rire en me voyant arriver certains jours. »

Trop, c'est trop ! Élisabeth serait-elle un peu parano ? Mais non, rien de tout cela. Elle ne se classe même pas parmi les laides, seulement parmi les gens qui ont horreur de se regarder. « Le corps, ça va », admet-elle, soudain lucide, elle n'a jamais craint de se montrer en maillot de bain sur la plage ou même nue devant un homme, d'ailleurs elle fait chaque soir des abdominaux devant la télé, une discipline nécessaire pour garder la ligne quand on est comme elle une fieffée gourmande. Ce qu'elle n'aime pas, c'est son visage : « J'ai une amie un peu trapue qui a une tête ravissante : je ferais volontiers l'échange. » Si se regarder dans le miroir est une souffrance, se voir en photo en est une autre, plus grande encore : « Dès qu'on essaie de me prendre, je panique, je me cache derrière mes mains. »

Elle cultive pourtant d'autres centres d'intérêt, adore faire la cuisine, prend des cours d'anglais, d'espagnol, d'histoire de la musique, ne manquerait pour rien au monde une soirée au théâtre. Mais l'apparence reste sa première obsession. Son apparence. Celle des autres aussi. « J'aurais aimé avoir plus de légèreté par rapport à ça. Mais je n'y parviens pas. J'ai du mal à supporter les gens débraillés, je me laisse facilement obnubiler par quelqu'un qui, à un enterrement par exemple, porterait quelque chose d'un peu voyant. Dans un groupe, je vais spontanément vers les beaux, les bien habillés. Tout cela participe d'une certaine exigence esthétique : je n'aurais pas l'idée non plus de boire un bon vin dans un gobelet en plastique. »

On imagine la suite. Triste. Avec un regard d'année en année plus critique sur elle-même. Eh bien, pas du tout ! « Le vieillissement, dit Élisabeth, n'est pas quelque chose qui me préoccupe. Je dirais même que, d'une certaine façon, il me libère. Au moins les femmes pas très belles ne perdent rien avec l'âge. C'est plus rageant de vieillir quand on a un physique sensationnel. » La chirurgie esthétique, elle n'y pense plus : « J'ai même abandonné l'idée de me faire faire des injections de collagène pour effacer un peu ces deux profonds sillons autour de la bouche que j'ai depuis l'âge de 14 ans. » « Cela dit, ajoute-t-elle dans un sourire épanoui, c'est quand même de la chance que ma fille ne me ressemble pas ! » Et n'allez pas lui suggérer, pour calmer son obsession anti-pluie, de suivre l'exemple de Françoise, l'amie chère, à la crinière de lionne poivre et sel ! « Vous voulez rire ? répond Élisabeth. Elle est tellement jolie ! Une fille comme elle peut tout se permettre ! »

La beauté est une rencontre

Dominique… Élisabeth… Deux histoires à l'appui de cette évidence : ne se sent beau que celui qui est célébré comme tel. « La beauté est une rencontre », confirme François Cheng, récemment élu à l'Académie française : « La pensée occidentale conçoit volontiers l'idée d'une beauté objective. En Chine, en revanche, l'on sait que la beauté est un entrecroisement. Il n'existe de beauté que perçue par l'homme. » Ainsi, pour qu'un coucher de soleil soit beau, « il faut qu'il y ait un regard pour contempler la scène. Pour y être sensible, il faut que ce regard ait vécu, ait éprouvé le beau dans d'autres circonstances. Il faut qu'il ait été éduqué à la beauté. Nos émotions esthétiques viennent toujours du souvenir, ainsi que l'a montré Proust... Il en va de même de la beauté féminine. Personne ne nie qu'entre la femme de la caverne et la Joconde, il y a un saut qualitatif, pour ne pas dire un miracle. Celui-ci n'est pas d'ordre physiologique : il découle d'une conquête de l'esprit... C'est à travers notre rencontre avec la femme, par nos regards croisés, nos sourires échangés, par notre célébration, notre adoration même, notamment au moyen du langage, que nous avons contribué à éveiller, à augmenter cette conscience de la beauté qui irradie la femme de l'intérieur. Oui, la beauté féminine, comme toute beauté, est un advenir, une épiphanie. Elle ne l'est, ne se révèle, que lors d'une rencontre, chaque fois singulière ; qu'elle soit celle de la passante de Baudelaire ou celle de "l'Amour durable" de Jacques de Bourbon-Busset[18]. »

NOTES

1. *Le Figaro*, 15 mars 2002.
2. Dominique Paquet, *Une histoire de la beauté*, Paris, Gallimard, coll. « Découvertes », 1997.
3. Nicole Avril, *La Disgrâce*, *op. cit.*
4. Claude Gudin, *Une histoire naturelle de la séduction*, Paris, Le Seuil, 2003.
5. Hesna Caillau, *L'Esprit des religions*, Paris, Milan, 2003.
6. Dr Gilles Musy, *L'Homme réparé de la tête aux pieds*, Paris, Presses du Châtelet, 2001.
7. C'est le titre d'un livre que Peter Spier a publié à l'École des loisirs, Paris, 1981.
8. Cité par *Le Monde*, 28 novembre 2001.

9. Jean-François Amadieu, *Le Poids des apparences*, Paris, Odile Jacob, 2002.
10. *Ibid.*
11. Nicole Avril, *Le Roman du visage*, Paris, Plon, 2000.
12. *Le Figaro-Magazine*, 12 janvier 1999.
13. *Les Confessions d'un enfant du siècle*, d'Alfred de Musset.
14. Bernard Bro, *La Libellule ou… le haricot*, Paris, Presses de la Renaissance, 2003.
15. Brigitte Labbé et Michel Puech, *La Beauté et la Laideur*, Paris, Milan, 2002.
16. Gisèle Harrus-Révidi, *Parents immatures et enfants-adultes*, Paris, Payot, 2002.
17. *Plaisirs*, entretiens de Dominique Rolin avec Patricia Boyer de Latour, Paris, Gallimard, 2002.
18. François Cheng, « La beauté est une rencontre », *Le Figaro-Magazine*, 21 décembre 2002.

DEUXIÈME PARTIE

La beauté grandeur et servitudes

CHAPITRE 4

La prime à la beauté

« La beauté sauvera le monde », écrivait Dostoïevski. Plus modestement, elle peut sauver une vie. On raconte ainsi que Phryné, hétaïre célèbre par sa beauté – elle servit de modèle à Praxitèle pour ses statues d'Aphrodite –, fut un jour accusée d'impiété. Traduite devant l'Aréopage d'Athènes, elle allait être condamnée à mort quand son défenseur, l'avocat Hypéride, la sauva en soulevant le voile qui la couvrait. Autre illustration du pouvoir protecteur de la beauté, celle des « Sept Dormants d'Éphèse » : menacés de mort au IIIe siècle de notre ère pour avoir affirmé leur foi chrétienne, ces jeunes gens durent leur salut au regard admiratif de l'empereur Dèce qui, ému de leur « jeunesse en fleur », leur épargna la peine capitale, estimant scandaleux selon Grégoire de Tours « de tourmenter des corps si éclatants de grâce et de beauté ». Ils s'endormirent alors d'un sommeil miraculeux dans la caverne où ils s'étaient réfugiés, le souffle de Dieu ne les réveillant qu'une fois les persécutions finies pour les ressusciter dans leur première jeunesse intacte.

Un passeport pour la liberté

Tout miracle mis à part, il n'est un secret pour personne que la beauté est un privilège. Qu'elle a toujours été, en tout cas pour les femmes, un efficace moyen d'ascension sociale.

Témoin le long cortège des maîtresses royales, d'Athénaïs de Mortemart, marquise de Montespan, la somptueuse odalisque dont les appas conquirent le cœur de Louis XIV, le père de ses sept enfants, à Mme du Barry, la dernière favorite de Louis XV, une authentique fille du peuple, elle, fruit des amours bâtardes d'un religieux et d'une couturière. Venues de très loin elles aussi pour arriver au sommet, l'impératrice Théodora, orpheline d'un montreur d'ours, exerçant au VIe siècle ap. J.-C. sa beauté fatale – yeux de feu et chevelure de jais – et sa sensualité généreuse dans les théâtres et les lupanars du Bosphore, avant de conquérir le cœur de l'héritier au trône de Byzance, le consul Justinien, avec qui elle exercera pendant vingt et un ans un pouvoir sans partage ; ou encore Emma Hart, fille d'un misérable chaudronnier du pays de Galles, transmuée par la grâce de son visage et de son corps de statue grecque en Lady Hamilton, épouse de l'ambassadeur de Sa Majesté britannique à Naples, bientôt maîtresse de l'amiral Nelson, un ménage à trois qui défraya la chronique européenne à l'aube de la Révolution française.

Le modèle vaut toujours trois siècles plus tard : « Les femmes très belles qui ont les dents longues peuvent vraiment aller où elles veulent, les hommes sont par rapport à cela d'une grande faiblesse », me dit Valérie qui, à Genève où elle habite, côtoie nombre de ces créatures, venues pour beaucoup de l'Est, bien décidées à faire fructifier le seul capital dont elles disposent. La beauté, elle peut en parler pour l'avoir elle aussi reçue en héritage, même si elle en fait un tout autre usage.

Valérie, c'est ma petite cousine, encore qu'avec son 1,76 m juché sur des talons de 8 centimètres, elle nous mange à toutes la soupe sur la tête. Quand je dis « toutes », je parle de ses cousines germaines, une bonne douzaine. Je nous vois encore sur les photos de son mariage, il y a quelque quinze ans, lui faisant comme une garde d'honneur, soudain transformées, même pour les plus mignonnes d'entre nous, en pâles suivantes modèles réduits de cette beauté sculpturale moulée dans un fourreau de satin blanc, son ravissant visage mis en valeur par des cheveux blonds tirés vers l'arrière en chignon. Grace de Monaco au jour de ses noces, à une différence près : cette fois, le prince charmant est plutôt joli garçon.

Rendez-vous est pris dans l'hôtel chic – « très famille », m'assure-t-elle –, proche des Champs-Élysées, où elle descend quand elle vient à Paris. Pantalon noir, tee-shirt noir, gros ceinturon noir, cet écrin tout simple met en valeur mieux que n'importe quelles fanfreluches celle sur laquelle, en ce tout début de matinée, même les hommes d'affaires pressés avalant leur café ne peuvent manquer de se retourner. Avec ça un sourire éclatant, beaucoup de spontanéité, une évidente joie de vivre. Pas besoin de chercher plus loin : Valérie est pour moi l'incarnation de tout ce que la beauté peut apporter de positif.

Dieu sait pourtant que dans la famille – style aristos fauchés, père régisseur d'une vaste propriété dans le Midi, vie simple et campagnarde – on ne s'attache pas trop à ces choses-là. Mais difficile à Valérie d'ignorer longtemps ce qui la distingue de ses camarades quand, à 13 ans, dans son village provençal, elle a une tête de plus que sa classe, un corps de femme – « À la rentrée, certains croyaient que j'étais prof ! » –, et qu'en plus elle est une « de ». La dernière d'une tribu de six, elle embobine les parents, emboîte le pas à ses aînés, adore sortir, danser – « Dans des soirées, jamais en boîte ! » –, le week-end en tout cas car, en semaine, elle est vissée en pension à Avignon. Des garçons plus vieux s'intéressent à elle. À 18 ans, au bal de l'École de l'Air de Salon-de-Provence, elle rencontre Didier. Futur pilote de chasse, il correspond au modèle familial. Et puis, c'est tellement romantique d'être si jeune demandée en mariage ! Et grisant de prendre son indépendance ! Elle l'aime ? Bien sûr qu'elle l'aime ! Valérie n'a pas 20 ans quand elle convole. Direction Arcachon, puis Saint-Dizier en Haute-Marne. Didier est ravi de présenter sa dulcinée, dont le style *glamour* tranche carrément sur l'ordinaire militaire.

Rien de très folichon dans la vie de garnison pour une fille de 21 ans, qui n'a pas encore d'enfants. Comment s'occuper ? Une année d'histoire de l'art à la fac d'Aix ne fait pas un métier. Une jolie frimousse non plus. Encore que… Valérie fait quelques photos pour des catalogues de VPC du côté de Troyes. Puis un soir, lance à Didier : « Et si j'allais à Paris tenter d'être mannequin ? » « J'ai constitué un vague *book*, suis allée voir deux-trois agences. J'étais âgée déjà [! ! !]. Mais cela a très vite marché. J'ai habité un temps chez une tante – ta mère ! –, puis loué un studio à Paris pour y passer la semaine, revenant à Saint-Dizier le week-end. Moi qui avais toujours eu un minimum d'argent de poche, je gagnais en m'amusant les deux tiers du salaire de mon mari [le salaire de la peur, 14 000 francs par mois pour risquer le crash à chaque mission]. C'était la belle vie ! Et une énorme fierté pour Didier qui n'arrêtait pas de me pousser en avant : "J'ai confiance en toi, mon amour..." » Le jeu est dangereux. Un jour que Valérie défile au Salon du prêt-à-porter, elle fascine par son allure un jeune PDG d'une chaîne de restauration, venu là pour recruter des hôtesses : « Tout de suite, Stéphane a dit à l'ami qui l'accompagnait : "Celle-là est la femme de ma vie !" » Le jeune PDG est brillant, habitué à faire plier les choses à sa volonté, amoureux fou. Valérie ne rentrera qu'une fois à Saint-Dizier.

La belle est domptée, elle a trouvé l'homme fort qui lui convient. Et tant mieux s'il lui offre de surcroît une vie en or, luxueux appartement dans le XVIe arrondissement, dîners fins, évasions au soleil : « Je sentais bien que je franchissais un pas, que je quittais définitivement la vie de province. Jusqu'à présent, l'argent était le dernier de mes soucis – en épousant un militaire, je me préparais plutôt des fins de mois difficiles. Là, je réalisais qu'il était un extraordinaire moyen de liberté. » Plus tard, il y aura l'hôtel particulier à Neuilly. L'imposante villa en Corse. L'implantation à Genève, fenêtres grandes ouvertes sur le lac, une fois vendue l'affaire de Stéphane. C'est le temps du bonheur entre un mari auquel Valérie voue une admiration inconditionnelle, leurs deux fils – deux blondinets au visage d'ange –, sa passion du cheval qui la conduit à monter tous les jours son étalon, les heures bénies qu'elle passe dans son atelier de sculpture, son autre passion. Plus tard, bien plus tard, il y aura de la tristesse quand, après quinze ans de mariage, Stéphane, l'enfant gâté, choisira à la stupeur générale de partir vers une autre femme. Valérie l'attendra un long moment, douce, patiente, amoureuse toujours, puis cessera de l'attendre, sans un mot d'amertume, presque reconnaissante à son mari que sa trahison n'ait jamais été entachée de méchanceté ou de pingrerie.

Telle est la Valérie que je rencontre aujourd'hui. Toujours aussi gaie, mais plus mûre. Une femme seule menant bien sa barque. Une mère de famille attentive. Une artiste douée dont le bestiaire fantastique a, lors d'un premier vernissage l'an dernier à Paris, remporté un franc succès. On est loin du bel oiseau des îles auquel on avait un peu trop vite réduit notre star familiale. De son apparence elle parle avec naturel mais sans prétention aucune : « Je ne suis pas parfaite, loin de là ! Mais aujourd'hui encore, je m'étonne de voir tout ce que je peux faire avec cette beauté qu'on me prête. » Une beauté qui, elle en a pleinement conscience, est un élément clé de son premier rapport aux autres : « Mon côté grande blonde, un peu froide, en éloigne sans doute certains. À me voir, les gens imaginent volontiers un personnage qui n'est pas le mien, me croient sophistiquée, superficielle. Mais bon, j'en profite aussi, ça me permet d'être un peu tranquille. »

Que les gens la suivent du regard dans la rue ou quand elle roule au volant de son cabriolet ne la gêne pas : « D'ailleurs, je ne m'en aperçois pas toujours, ce sont plutôt ceux qui m'accompagnent qui m'en font la remarque. Mais bien sûr que ça fait plaisir ! Bien sûr que j'aime les compliments, plus il y en a, plus je suis contente, même si ceux qui comptent le plus, et de loin, sont ceux de mes fils de 13 et 14 ans, mes premiers fans. Et puis, si on le veut, on peut toujours passer inaperçue. Il suffit déjà que j'enfile des baskets plutôt que de mettre comme je le fais des talons hauts parce que je trouve que c'est mon style, que ça me fait des jambes plus longues. Toutes ces filles qui vous disent être harcelées, franchement, elles le veulent bien ! »

Spontanément, Valérie n'aimait pas tellement se mettre en avant, elle aurait même eu, plus jeune, tendance à se voûter un peu pour ne pas dominer les autres. Mais cette reconnaissance unanime l'a fait évoluer, lui a donné de l'aisance : « Ainsi, depuis le départ de Stéphane, j'ai dû apprendre à sortir non accompagnée. En fin de compte, j'adore ça ! Tout est tellement facile quand on débarque à une soirée, dès le premier regard les gens sont attirés par vous, et puis c'est comme une énigme, une jolie femme seule... Je me souviens d'une soirée de gala à Megève, l'an dernier, avec dîner placé. Quand tu es au côté de ton mari, tu perds forcément un peu de ton identité, surtout quand il a la stature de Stéphane. Là, je me suis vraiment sentie l'égale des hommes : une femme libre, dotée d'une belle aisance financière, capable de gérer sa vie. La place à côté de moi était restée vacante : au milieu du dîner, l'homme qui me faisait face de l'autre côté de la table est venu s'asseoir près de moi. J'ai passé une soirée merveilleuse. »

Cet homme-là, un esprit brillant attiré par la politique, restera un temps dans la vie de Valérie. Un temps seulement. « Ce qui est sûr, glisse-t-elle, c'est que le fait d'avoir autant de cartes en main ne m'a pas incitée à me fixer pendant quatre ans. Non que j'aie accumulé des aventures sans intérêt. Mais on s'autorise plus facilement à être exigeante, à vouloir que tout en l'autre soit parfait pour s'engager plus avant lorsqu'on sait que, si on quitte un homme, un autre frappera aussitôt à votre porte... » Valérie a laissé du temps au temps, essayé d'imaginer ce que pouvait être sa vie : « Il y avait la solution de rester une femme seule, je me voyais bien en capitaine de navire aux commandes de la maison que je viens d'acheter en Provence [une ravissante bastide à deux pas de l'endroit où elle a été élevée], j'aurais pu en faire non seulement une maison de vacances pour les enfants mais un lieu de rencontres, un peu dans l'esprit des salons du XVIIIe. Une autre voie était de me poser en seconde d'un homme de pouvoir, avec une vie brillante, un peu mondaine, où j'aurais rencontré beaucoup de gens, servi sa carrière. Mais ça n'a pas duré bien longtemps : maintenant, j'en reviens à mes valeurs fondamentales, l'envie de mener une vie de famille, même recomposée, au côté d'un homme que j'aimerais, dont je partagerais les goûts, une vie proche de la nature avec des enfants, des chiens, des chevaux. »

Le motif de ce revirement pourrait bien s'appeler Diego, un financier légèrement plus jeune qu'elle : « Non seulement c'est un homme délicieux, mais aussi un grand type blond, très beau, très élégant, on forme un couple parfaitement assorti, je trouve plaisir à ça aussi. »

Difficile de prédire l'avenir. Mais d'ores et déjà, on peut dire que la beauté aura été pour Valérie le plus efficace des passeports : « C'est grâce à elle que je suis arrivée là, grâce à elle que, dépassés les complexes de l'adolescence, j'ai été bien dans ma peau, que Stéphane m'a remarquée, grâce à elle que j'ai cette vie facile, ces relations. La beauté, c'est une façon d'exister. Tu arrives quelque part, et tout de suite tu y as ta place. Dans les boutiques, on s'empresse. On est trop content – les hommes surtout – de te rendre service. Si tu fais du stop, on te prend tout de suite ; si tu dois changer une roue, quelqu'un s'arrête dans la minute pour t'aider... »

Encore faut-il avoir la volonté de s'en servir. « Mes sœurs, elles aussi, auraient pu utiliser cet avantage, elles étaient moins visibles peut-être, mais très jolies. J'ai un peu servi de locomotive à Christine, ma sœur la plus proche – on a quatre ans de différence –, ça l'a poussée à s'arranger tout en gardant un style bien à elle, elle avait du coup beaucoup de succès. Mais Armelle, notre aînée – elle a quatorze ans de plus que moi –, ne s'est jamais occupée d'elle alors qu'elle était vraiment ravissante avec ses longues jambes et ses traits fins. Sa beauté, elle a choisi de l'étouffer comme si elle l'encombrait, lui faisait peur. Il faut dire en plus qu'elle était timide et que, dans son métier – éducatrice, elle dirige aujourd'hui un foyer de personnes handicapées –, l'apparence n'est pas franchement la priorité. »

Dans la famille, Valérie a du coup un statut à part. Il n'était que de la voir, au jour de l'enterrement de son père dans la petite église romane de notre bourgade vendéenne, en première ligne derrière le cercueil, entourée de ses deux enfants superbes, comme si d'emblée ses frères et sœurs avaient reconnu qu'il appartenait à leur benjamine de mener le deuil. « J'assume, dit-elle, ma différence. » D'autant plus que, sa gentillesse naturelle aidant, elle n'aura jamais eu à affronter aigreurs et jalousies : « Un été, j'ai convié tout le monde en Corse. Tout le monde a répondu présent. D'ailleurs, les belles-sœurs me demandent souvent des tuyaux pour s'habiller, se coiffer... L'une d'elles, qui habite en Provence à côté de moi, est vraiment mignonne, elle applaudit quand elle me voit prête à sortir, montre les revues où je suis en page *people* à ses copines. »

Pour être tout à fait honnête, les parents de Valérie n'aimaient pas trop ce monde dans lequel son éclat avait propulsé leur petite dernière : trop d'argent, trop de tentations, eux qui prisaient tant la discrétion, la distinction, l'enracinement dans les vraies valeurs. Mais la famille était là, serrée derrière Valérie, quand elle s'est retrouvée seule, le départ de Stéphane ayant mis fin à cette « complicité sacrée » qu'elle avait imaginée éternelle. Sa beauté avait été l'arme qui lui avait permis de conquérir son homme : elle a été sans effet pour le persuader de rester. « J'ai bien essayé de me servir de mon physique pour le récupérer, le rendre jaloux, je faisais tout pour être éblouissante quand il passait par la maison. Mais ça n'a pas suffi. » « Le héros n'est pas celui qui gagne toujours », disait le vieil Homère...

Les déesses, elles aussi, ont leurs problèmes. Leurs échecs. Leurs chagrins. D'autres défaites attendent Valérie, elle le sait. Femme de luxe elle est, mais pas enfant gâtée : « J'en profite, mais je sais aussi que je peux vivre sans. » Sans fortune ? « La ville, ça rime avec consommation, tous les plaisirs s'y achètent, même si la mode me laisse assez froide. Mais dès que je suis à la campagne, je retrouve mes repères, l'argent n'a plus sa place, je pourrais très bien vivre dans une cabane. Je ne suis jamais si bien que quand je parcours la garrigue à cheval, en jeans dans mes bottes avec des cheveux dans les yeux, ou quand je cahote sur les chemins avec mon vieux quatre-quatre pourri. »

De son autre luxe, la beauté, elle se dit aussi qu'il lui faudra apprendre à se passer. Récemment, elle a eu 40 ans, un cap. « Je sais qu'il va me falloir changer de camp. Je ne serai pas indéfiniment à la parade. J'aurai moins envie de sortir, d'être sous le regard des autres. Je cultiverai d'autres aspects de ma personnalité, en trouvant du plaisir dans les choses simples, en profitant à plein de la nature, en travaillant ma sculpture. » Du solide, pas de l'éphémère. Ce qui l'aide, c'est qu'elle ne s'est jamais sentie bloquée dans une image : « Mes vrais amis, eux, savent bien que, s'ils m'apprécient, c'est que je dégage autre chose, que je suis simple et nature, plutôt bonne fille, que j'ai été bien élevée. Et puis, au fil des années, j'ai gagné en ouverture d'esprit, fait tout un chemin intérieur. La beauté toute seule, ça ne sert pas à grand-chose... »

Un passeport pour la gloire

Parce qu'elle entraîne une visibilité certaine – comme le fait, toutes proportions gardées, d'être un fils de famille, ou l'héritier du trône, ou même chef spirituel désigné dès l'enfance comme la quatorzième réincarnation du bodhisattva Avalokiteçvara, tel l'actuel dalaï-lama –, la beauté suppose d'avoir les épaules larges, en tout cas au figuré. Difficile de bien l'assumer si l'on ne bénéficie pas, en sus, d'un bon naturel, d'un solide équilibre, d'une intelligence au moins pragmatique. « La chose la plus importante, quand on fait ce métier, c'est la force intérieure. Si tu es fragile, influençable, alors mieux vaut ne pas te lancer » : « ce métier », c'est celui de comédienne, mais aussi, plus largement, celui de la femme dotée de beauté ; et acquise, telle Claudia Cardinale, à l'idée de ne pas laisser ce capital en jachère.

Non que cette conscience de sa beauté lui ait été donnée d'emblée : « Jeune, reprend l'actrice en me recevant dans son joli appartement clair dont les fenêtres donnent sur l'île Saint-Louis et la Seine, j'étais très complexée, introvertie, je courais me cacher quand des gens débarquaient à la maison. J'étais Claude la noiraude, un parfait garçon manqué, quand Blanche, ma cadette d'un an, était une sublime blonde aux yeux bleus. » Bizarrement, les garçons s'agglutinent sur la plage autour de la noiraude en question (car pas question de sorties nocturnes avec un père sévère d'origine sicilienne). Dans la rue, avec sa queue-de-cheval et ses airs de sauvageonne, on la nomme déjà « CC », en référence à « BB », le fantasme n° 1 des Français. Un jour qu'elle vend des programmes dans une soirée de bienfaisance, Claudia se retrouve « malgré elle » propulsée sur la scène avec sa sœur Blanche et sacrée « la plus jolie Italienne de Tunis » avant d'avoir compris ce qui lui arrivait. Invitée au Festival de Venise, elle est mitraillée par les photographes, bombardée de propositions de contrats : « Plus je disais non, plus le cinéma me réclamait. » En la forçant à fuir Tunis pour l'Italie, la naissance, à 19 ans, d'un petit garçon, fruit d'une relation qui a commencé par un viol (elle le fera passer pendant des années pour son petit frère), décidera de sa carrière.

Démarrage foudroyant à la mi-1958. Cinq ans plus tard, dans *Le Guépard*, le film mythique de Visconti, elle est l'illustration que la beauté peut même accélérer le cours de l'Histoire quand elle ouvre le bal, éblouissante dans sa robe de dentelle blanche, elle, Angelica, la fille du riche maire libéral de la ville, au bras du vieux prince Salina, le potentat de la région puis quand elle épouse son neveu Tancrède, en signe d'alliance de la nouvelle bourgeoisie avec l'ancienne aristocratie locale, à l'heure de l'annexion de la Sicile au royaume d'Italie... De quoi plonger dans un narcissisme exacerbé ? « Ah non, jamais, jamais !, assure Claudia. Mon privilège, c'est d'abord et avant tout d'avoir été appelée par les plus grands metteurs en scène. Ce que j'apportais, moi, c'est cette sensibilité qui me permettait d'interpréter les plus grands personnages de la littérature italienne, si différents fussent-ils. Et une photogénie qui m'a toujours surprise moi-même. » Naturel, humilité, lucidité : autant de qualités qui sont, encore et toujours, les plus efficaces rehausseurs de la beauté, le style « Je suis belle, ô mortels, comme un rêve de pierre » (Baudelaire) la condamnant automatiquement à n'être plus que de l'esthétique sous cellophane.

Le prestige de l'uniforme

Rien de très étonnant à ce qu'un bon physique soit un plus pour ceux qui font profession de leur apparence. Mais il l'est aussi dans tous les métiers qui, sans être manuels, font appel au corps tout autant qu'à l'esprit. Prenons l'armée. D'accord, on aura toujours des exceptions à vous opposer, Bonaparte, génial stratège, ne brillait guère par son allure, non plus que l'amiral Nelson, l'amant de Lady Hamilton, court de taille, borgne et manchot. Et je connais plus d'un tout petit homme qui fut un glorieux soldat. N'empêche que, de tout temps, l'institution militaire a été sensible à l'expression d'un certain charisme physique. Récemment encore, l'interprète personnel de Saddam Hussein révélait à quel point l'ex-dictateur était attentif au physique de ses troupes, un peu trop portées à son goût sur la bonne chère et le whisky, au point de faire promulguer juste avant la fin de la guerre contre l'Iran en 1987 une « loi sur la minceur » instaurant un système de pénalités pour ceux qui dépassaient un certain poids par rapport à leur taille, avec menace d'éviction de l'armée s'ils n'avaient pas retrouvé la ligne l'année suivante[1].

« Si le système de notation prend bien sûr en compte les qualités humaines et intellectuelles, l'armée a des exigences sur le plan physique infiniment supérieures à celles de tout métier civil », me confirme le lieutenant-colonel Joël Desmons, 45 ans, alors délégué militaire départemental de Vendée – « DMD » dit-on dans le jargon –, traits fins et regard direct sous le crâne lisse et bronzé, lui-même un sportif accompli qui entretient sa forme olympique (66 kilos pour 1,73 m) par la pratique de la course (10 kilomètres trois fois par semaine), de la natation, du foot et du tennis, quand il ne se livre pas aux joies du pilotage à l'aéroclub du coin. Un plaisir, mais aussi une obligation professionnelle. Chaque année, comme tout autre officier, il doit ainsi passer une batterie d'épreuves : couvrir en douze minutes la plus longue distance possible, grimper dix mètres à la corde lisse – c'est encore mieux sans les jambes ! –, faire cent mètres en nage libre plus une apnée de dix mètres, accomplir une « marche-course » de huit kilomètres, pour finir par une épreuve « décentralisée », de la course en canoë à Papeete à la randonnée à skis à Chambéry…

Un jour, peut-être, dans une armée technicisée à l'extrême, les aptitudes physiques seront-elles moins nécessaires ? Tel n'est pas encore le cas. Sans être une armoire à glace, Joël Desmons a eu plus d'une fois, au cours de sa carrière, l'occasion de prendre la mesure de ce qu'apporte une bonne apparence. En Polynésie française, il y a quelques années, il prend en charge le Service militaire adapté, une institution propre aux DOM-TOM, qui perdure encore sous forme de volontariat et permet de récupérer chaque année quelque trois mille jeunes en perdition. Au programme, un mois de formation militaire initiale pendant lequel on les remet au sport, on leur apprend le maniement des armes, on leur inculque les règles de base de la vie en société – se lever à l'heure, saluer ses supérieurs, être propre, bien rasé… « Le simple fait de les mettre en tenue militaire, treillis ou tenue "Terre de France" pour les grandes occasions (chemisette et pantalon gris), leur donne un sursaut d'orgueil », raconte Desmons. « Colonel, mais qu'est-ce que tu as fait à mon fils ? », lancent, pas peu fières, les « mamans » (de sacrés personnages, dans la société polynésienne !), le jour où l'on convie les familles. Face à ces gaillards baraqués qu'il faut à tout prix sortir du piège de la bière et du cannabis (le *pakalolo*), une seule façon d'en imposer dans une société où tout est rapport de forces : la domination physique. « Peu importe qu'on soit plus frêle qu'eux, dit Desmons, si on les devance à la course, si on nage plus vite qu'eux, si on monte plus haut à la corde. »

À chaque métier correspond le physique de l'emploi, et le service de la Patrie ne requiert bien sûr pas la grâce de l'éphèbe : l'important, c'est d'être à tout moment opérationnel, préparé à réagir sainement, sans affolement, le jour où... La génération de Desmons a été peu impliquée dans des conflits armés. Au Tchad, en 1979, il s'est tout de même retrouvé avec une kalachnikov braquée sur lui : « Maintenant, qui peut savoir quelle sera son attitude au feu ? Seule certitude héritée de mon père [un ancien d'Indochine et d'Algérie] : on ne commande bien qu'avec son cœur, en connaissant à fond ses hommes, et puis en montant à l'assaut le premier, toutes hiérarchies oubliées. » En attendant l'heure de vérité, un physique aguerri peut toujours servir dans la vie quotidienne :

« Un soir que je revenais en train vers Mantes-la-Jolie – j'étais alors en poste à Paris –, un grand type sec d'une trentaine d'années, le visage revêche, taillé à la serpe, est entré et a allumé une cigarette dans cet espace non fumeur. J'étais derrière lui, je me suis avancé à sa hauteur pour lui demander poliment de l'éteindre. Sans se retourner, il a aboyé : "Fais pas chier ! Je fume si je veux !" Ça m'a chauffé les oreilles : "Si tu continues, je te fous dehors." Le ton l'a surpris, il m'a regardé. Et il a écrasé son mégot. »

Oublié le petit Joël asthmatique, incapable de courir sans être pris d'une crise d'étouffements, grassouillet par manque d'exercice, que ses copains avaient surnommé « Obélix ». Une amie de collège qui le voyait pour la première fois en uniforme, décorations pendantes sur sa vareuse bien sanglée, à l'occasion d'une récente cérémonie, lui a envoyé, pour rire, un message sur son portable : « Qu'est-ce que t'es beau ! On pourrait pas revenir vingt-cinq ans en arrière ? » L'autre jour, croisant un autre copain de cette époque, Desmons a mis du temps à reconnaître en ce petit monsieur ventripotent le roi de sa classe au cours de gym. Un laisser-aller qui ne menace pas notre fringant colonel, lequel avoue se pincer de temps à autre la taille entre le pouce et l'index pour s'assurer qu'il ne fait pas de graisse : « Un vrai tic. Vous me direz : mon père, lui, à près de 80 ans, se tâte les abdominaux comme il l'a toujours fait, pas peu fier d'avoir toujours le ventre plat... »

Des patrons taillés sur mesure

« Un Médicis des temps modernes »... Le ton est donné. Rendant un dernier hommage à Giovanni Agnelli, le président de Fiat, mort à 81 ans en janvier 2003, la presse ne peut passer sous silence la prestance qui était la sienne : « Avec *l'Avvocato* s'éteint l'un des derniers princes de l'industrie mondiale, l'équivalent d'un Henry Ford ou d'un David Rockefeller, le seul en Europe à cumuler un tel charisme et un tel pouvoir... Avec son style vestimentaire qui a fait école – comme porter la cravate au vent ou la montre sur le poignet de la chemise –, avec son accent zézayant qui conférait à son élocution une distinction affectée, avec son allure d'éternel dandy et la finesse et la précision de ses jugements, Giovanni Agnelli était un aristocrate dans l'âme[2]. »

Si une belle gueule peut contribuer à établir une légende, elle ne fait pas un magnat de l'industrie. Point besoin à l'évidence d'être un prix de beauté pour réussir en affaires. Certains signes semblent cependant indiquer que, dans ce domaine-là aussi, les choses changent. Le beau Paul évoquait le regard jaloux de ses confrères. « La manière dont s'habille un patron relève en fait de la communication non verbale », note *Le Figaro* enquêtant sur « L'étoffe des grands patrons » ; « un PDG donne à voir son entreprise, il en est le porte-drapeau »[3]. Reste qu'en France le poids des apparences dans la vie des affaires est encore un sujet largement tabou. Le simple fait que la plupart des décideurs trouvent le thème peu digne d'intérêt est en soi déjà une information.

Interrogé, Michel Bon, l'ancien PDG de France Télécom, longtemps l'une des stars du CAC 40, aujourd'hui président de l'Institut Pasteur, un bel homme toujours tiré à quatre épingles, cheveu blond dru à peine grisonnant et regard clair, l'allure encore juvénile à l'approche de la soixantaine, concède simplement l'idée qu'une bonne photo sert un article, puisque « de toute façon personne ne lit personne ». Difficile de dire dans quelle mesure leur allure physique a contribué à l'irrésistible ascension de grands patrons comme Maurice Lévy, le talentueux mais très discret président de Publicis (il est un des rares grands patrons qui aient toujours refusé leur inscription au *Who's Who*), alors qu'il aurait pu, avec sa belle gueule d'acteur, jouer les stars de la culture pub avec autrement de panache que l'inévitable Séguéla ; ou comme le flamboyant Christian Blanc à la carrure de trois-quarts-centre de rugby, sauveur de la RATP et d'Air France avant d'être saisi par le démon de la politique ; ou comme Ernest-Antoine Seillière, drôle et charmeur au point d'avoir désarmé les préventions de la très pugnace Nicole Notat ; ou encore comme les élégants Bernard Arnault, Vincent Bolloré ou Henri de Castries, le nouveau patron d'Axa, et j'en passe... Leur poserait-on la question que, pas plus que Michel Bon, ils n'auraient sans doute les éléments de réponse. Pas le temps de réfléchir à ça. Pas le goût surtout.

Se détachant du lot, cet industriel accepte de passer aux aveux : « Dans mon métier, dit-il, c'est sûr que mon physique, ma stature surtout, ma voix de basse m'ont aidé. Que j'en ai joué. Tout en veillant à ne pas heurter par exemple les plus petits que moi, surtout quand il s'agissait de mes supérieurs : l'un d'eux, d'ailleurs, ne me reçoit jamais autrement qu'assis. » Autre téméraire, ce financier, l'un des plus talentueux de la place de Paris. L'un des plus séduisants aussi. Longtemps, il s'est complu de son propre aveu dans une sorte d'idéalisation narcissique, se donnant pour but d'être parfait dans tous les domaines, ne supportant pas l'idée de l'échec. Il lui faudra une psychanalyse pour comprendre que cette quête obsessionnelle n'est pas le garant d'une vie réussie, et que les gens se soucient fort peu qu'il soit irréprochable. « Mais il en reste des traces », admet-il, comme la conscience de ce qu'il doit à son apparence, « mon outil de travail, un puissant élément de négociation », comme ce besoin aussi qu'il a d'exercer son charme sur les hommes comme sur les femmes. « Si le poids du physique reste aussi nié par les ténors de notre économie, commentet-il, c'est qu'ils refusent de reconnaître la part féminine qui est en eux. » Difficile d'accepter que, comme disait Mauriac, il y ait « en tout être humain un homme, une femme, un enfant », quand l'abonnement aux sphères du pouvoir fait forcément de vous un modèle de virilité.

Pleine d'espoir, je me tourne vers les femmes chefs. Elles, du moins, auraient mauvaise grâce à nier leur féminité. Peut-être reconnaîtront-elles du coup la prime que confère la beauté ? De toute façon, le gibier est rare : en France, les femmes sont peu nombreuses à occuper les postes de direction. Parmi elles, une majorité de ni bien ni mal, des plutôt mignonnes comme Patricia Barbizet, le bras droit de François Pinault, quelques carrément belles, on l'a vu, comme Agnès Touraine. Repérée aussi Béatrice Dautresme, vice-présidente de L'Oréal, la première femme à être entrée en janvier 2000 au comité exécutif du numéro 1 mondial des cosmétiques. Une publicité vivante pour le groupe avec sa silhouette déliée, son sourire éblouissant et sa blondeur de rêve.

À l'heure dite, elle me reçoit au siège social de L'Oréal à Clichy, charmante et souriante, élégance classique en cette belle journée d'été, robe de toile beige et talons plats, créoles épaisses et gourmette au poignet. Ce n'est qu'après avoir longuement parlé du marché de la beauté que je tenterai d'évaluer en compagnie de cette pure L'Oréalienne – trente ans de maison – la part relative de ses attraits physiques dans son exemplaire réussite. Un atout maître dans une maison au service de la beauté ? « Honnêtement, je ne le crois pas, répond-elle. Ce qui a été déterminant dans ma carrière, c'est plutôt d'avoir gravi progressivement tous les échelons, d'être aussi partie vivre à New York pendant huit ans. » L'émulation aidant, elle se verra offrir quelque temps plus tard la direction générale de la division L'Oréal Cosmétiques et parfums, brisant pour l'occasion le « plafond de verre », celui qui empêche les femmes d'accéder aux postes de premier plan. En 1989, elle est nommée à la tête de la société Helena Rubinstein, récemment rachetée par le groupe : elle la reconstruira en dix ans.

On écoute cette femme, on la regarde, déterminée certes, mais féminine aussi jusqu'au bout des ongles. Dans son bureau très design, elle boit du thé à la mangue, une bougie parfumée brûle en permanence. Il y a aussi deux ou trois choses que l'on sait d'elle, sa passion pour l'opéra, pour l'art asiatique ; et qu'avec son mari elle a adopté deux petites Vietnamiennes. J'insiste : bien entendu, rien ne saurait remplacer l'intelligence, la force de travail, une éventuelle part de chance, mais la beauté reste un avantage, non ? « Je n'en ai pas la moindre idée », dit la jolie blonde. Petit pruneau noiraud, elle aurait fait la même carrière ? « Je le crois. » Rien ne la fera changer de position, ni l'impact invoqué de ces photos glamour qui accompagnent les articles qui lui sont consacrés, ni la cote d'amour très réelle dont elle a joui aux États-Unis, où elle est apparue comme l'incarnation même du chic parisien : « Être française n'était pas seulement un avantage, il m'a fallu batailler dur pour affirmer ma légitimité à la tête d'une division de six cents personnes. » Pour annoncer les excellents résultats du groupe, il est arrivé à Lindsay Owen-Jones, président de L'Oréal, de propulser sa vice-présidente à la tribune : n'a-t-elle pas craint ce jour-là de jouer les alibis décoratifs ? « Le fait que je suis une femme, la première à occuper ce poste, était indéniablement un signe positif adressé aux femmes travaillant pour L'Oréal dans le monde entier », se contentera de répondre Béatrice Dautresme, soucieuse de cultiver une image sérieuse plutôt que sexy. Décidément réfractaire à toute dérive narcissique.

Tout pour plaire au client roi

Lorsqu'on descend un peu dans la hiérarchie, les langues se délient. Qu'une standardiste enfermée dans sa cabine, un comptable enfoui dans ses tableaux, un informaticien vissé devant son écran fassent peu de cas de leur apparence extérieure, l'entreprise n'en souffrira guère. Mais s'ils pratiquent des métiers de contact, les salariés ne font pas mystère de ce que leur confère une bonne apparence : « 80 % de mes clients sont des femmes. La séduction est une des clés de mon succès professionnel », analyse ce commercial dans l'électroménager, vainqueur de la Coupe du meilleur vendeur à la dernière Foire de Paris. « Dans mon boulot, dit Nicolas, HEC, chef de publicité dans une radio périphérique, on est deux cents personnes entre 25 et 35 ans à travailler ensemble quelque cinquante heures par semaine. Être doté d'un bon physique vous met spontanément au-dessus de la mêlée. Et c'est la même chose face à des annonceurs éventuels : surtout lors d'un premier contact, arriver bien fringué, avec un bon regard, une solide poignée de main, en dominant généralement l'interlocuteur par la taille, tout cela joue. Même s'il est difficile de distinguer la part du physique proprement dit de l'assurance que donnent une certaine éducation et un diplôme particulièrement prisé. »

« L'essentiel, c'est d'abord d'être compétent et bien équipé, affirme de son côté Olivier M., pédicure-podologue installé depuis quatorze ans dans une ville moyenne de l'Ouest, et dont le cabinet tourne à plein régime. Mais, bien sûr, les gens sont sensibles à l'aspect agréable du cabinet et à mon *look* plutôt *clean.* » Pas le style à la ramener, Olivier, dans sa blouse bleu ciel à col officier, même si à l'évidence il fait l'unanimité parmi ses patientes avec son physique à la Thierry Lhermitte, œil vert sous le cheveu brun taillé en brosse et belle carrure de sportif – c'est lui qui anime l'équipe de hockey sur glace du coin. À peine s'il admet recevoir de temps à autre « quelques gentils compliments », « mais surtout de dames âgées », précise en riant ce jeune père de famille de deux filles de 6 et 2 ans dont la femme est kinésithérapeute : « Dans le métier de Christinc, là, oui, il semble que certains aient parfois de bonnes fortunes, il faut dire qu'en kiné on revoit régulièrement les gens, on finit par s'appeler par son prénom, et puis le rapport au corps est très différent : chez moi, pour se faire soigner les pieds, on ne va pas s'exposer en dessous affriolants, même s'il m'est arrivé de voir des papies et des mamies un peu tête en l'air qui, se croyant chez le médecin, commençaient à se déshabiller en entrant dans mon cabinet ! »

Elle, c'est plutôt la jeune classe qu'elle reçoit dans son cabinet proche du Champ-de-Mars. Béatrice Copper-Royer est psychologue pour enfants, une remarquable professionnelle qui a aidé à dénouer bien des situations bloquées, depuis peu aussi un écrivain à succès[4]. Et, accessoirement, une très jolie femme brune au ravissant sourire, élégante, mince comme un fil : « Un paramètre comme un autre, dit-elle, mais qui m'aide, bien évidemment. Un enfant ou un jeune mal dans sa peau peut se sentir valorisé d'avoir une thérapeute plutôt mignonne. Cela fait partie des transferts positifs, les gens s'approprient des choses de vous par un effet de miroir. Le plus souvent d'ailleurs, ils ne disent pas "Vous êtes jolie", mais "C'est joli chez vous". Ce n'est jamais une démarche très facile de se rendre chez un psy : si on tombe sur quelqu'un qui a une bonne tête, on a déjà moins envie de fuir. Lors de l'entretien préliminaire, beaucoup de mères me disent : "Je suis sûre que vous allez lui plaire", on les sent rassurées. Le seul problème, ce sont les pères qui, se plaçant dans un rapport de séduction, en oublient complètement qu'ils étaient venus me voir pour leur gamin : il faut vite remettre les choses à leur place... »

Les cheveux blancs de la petite Françoise

Clin d'œil de l'actualité : hier au soir, l'acteur Arnold Schwarzenegger a été élu gouverneur de Californie haut la main. Les femmes ont voté en masse pour l'ancien Monsieur Univers, son impressionnante musculature et son sourire carnassier. Encore un effet retard du mythe Kennedy, puisque ce n'était pas le moindre atout de « Schwarzie » que d'avoir pour femme et mère de ses quatre enfants la délicieuse Maria Shriver, présentatrice vedette de la télévision américaine et nièce du président assassiné. Une élection qu'Élisabeth Badinter qualifie ce matin devant moi d'« accablante », « la preuve que l'apparence l'emporte sur l'être », « le triomphe de la machine médiatique revenant à confier les clés de la sixième économie mondiale à un néophyte en politique ».

Quarante ans après sa mort, la nostalgie du premier président star, et de tout ce qui faisait son aura – fils de famille, héros, séducteur, époux et père comblé... –, perdure. Irrémédiablement révolue l'époque où, en politique, l'allure physique comptait pour rien, autorisant les plus hautes ambitions à un homme comme Adolphe Thiers, le restaurateur de la République après la guerre de 1870, desservi par une voix nasillarde et une taille si petite que, lorsqu'il s'exprimait devant l'Assemblée nationale, « la marche de la tribune lui allait à l'épaule et le dérobait presque à son auditoire ». La médiatisation aidant, l'image compte presque autant que le débat d'idées. Histoires indéfiniment rebattues des dents limées de Mitterrand, du travail réalisé par Jacques Chirac avec des communicants de haut vol après son échec à la présidentielle de 1988 pour être moins mauvais à la télévision.

La séduction n'est certes pas la beauté, et ce n'est pas par leur physique que les ténors de la politique, de Raffarin à Sarkozy, de Borloo à Hollande, ont gagné leurs galons auprès de leurs électeurs. Néanmoins, les notations sur le physique se multiplient. On passe à la loupe l'allure de nos ministres, on glose sur la « cinquantaine sportive » de Michel Barnier, promu, à la suite des élections régionales, ministre des Affaires étrangères, à 53 ans, après un parcours sans faute (plus jeune diplômé de France à 22 ans, président du Conseil général de Savoie à 31, ministre pour la première fois à 48 ans), sur le « physique de jeune premier – grand, l'œil bleu azur, le cheveu argenté » de ce coureur de fond qui « jogge » tous les matins, époux d'une jolie avocate et père de trois enfants. On évoque la « légendaire séduction » de Dominique de Villepin, nommé à 48 ans ministre des Affaires étrangères et désormais ministre de l'Intérieur, « ses allures de jeune premier échappé d'un roman de Scott Fitzgerald ». En juin 2003, après sa prestation remarquée à la tribune de l'ONU, vibrante d'un lyrisme patriotique qu'on croyait révolu – « Debout, face à l'Histoire… » –, l'académicien Jean-Marie Rouart s'emballe pour cet « homme à l'allure juvénile, beau comme Alcibiade, dont il émane un air de fraîcheur inhabituel dans les allées du pouvoir, un prince Éric qui aurait grandi délaissant la quête du bracelet de vermeil pour un but tout aussi chevaleresque : la paix »[5].

Tout cela ne fait pas une politique étrangère, mais aide à l'évidence à imposer une voix dans le concert des nations. Comme en contrepoint, Pascal Clément, député et ancien ministre, président de la commission des lois à l'Assemblée nationale et président du conseil général de la Loire – « 1,74 m en tirant bien » et quelques kilos chroniquement en trop –, me fait part, non sans humour, de cette réflexion que lui fit un jour un sénateur américain, après avoir précisé mesurer lui-même 1,88 mètre « comme George Bush père » : « Savez-vous qu'ici, avec votre taille, vous n'auriez jamais fait carrière ? »

Plus encore qu'un homme, une femme politique n'échappe pas aux jugements sur son apparence : « Longtemps, les seuls *looks* acceptables en politique ont été la cheftaine et la maman », écrivait Élisabeth Guigou en 1997[6]. Aujourd'hui, on n'est plus obligée de laisser sa féminité au vestiaire. Certes, nous n'en sommes pas encore, dans notre vieille Europe, à dérouler le tapis rouge devant nos reines de beauté, comme ce fut le cas au Venezuela pour Irène Saez, Miss Univers 1981, recyclée en maire du très chic quartier de Chacao, le Neuilly de Caracas, puis élue triomphalement gouverneur de l'État de Nueva Esparta en mars 1999 avec 70 % des voix (après avoir toutefois, quelques mois plus tôt, connu l'échec à l'élection présidentielle) : dans la culture sud-américaine, non seulement la perfection esthétique est un extraordinaire tremplin d'ascension sociale, mais elle ouvre grand les portes à la carrière publique. Chez nous, on prisera en politique des physiques plus classiques, plus rassurants peut-être, comme celui de la charmante Claudie Haigneré, la spationaute promue ministre de la Recherche, subtile alliance de douceur et de fermeté. Ou encore le joli visage lisse aux yeux clairs de Françoise de Panafieu.

Fatiguée et radieuse en cette fin juin 2002, à l'issue de son duel victorieux avec Bernard Pons à qui elle vient d'arracher le siège de député du XVIIe arrondissement, elle reconnaît que, dans ce combat, son physique l'a bien servie : « Sans être Greta Garbo et tout en connaissant parfaitement mes défauts – j'ai toujours été trop ronde –, je sais que j'ai un regard qui existe, que, par lui, j'arrive à faire passer des messages très différents, des choses passionnées, dures, tendres. Je sais aussi que j'ai un rire qui réchauffe. Une voix un peu rauque, sans rien de métallique, qui passe bien dans les meetings et sur les médias. Un visage capable de capter la lumière qui ne me trahit pas en photo ou sur les plateaux de télévision. »

En 1995, Françoise, nommée ministre du Tourisme par Alain Juppé, ne le restera que cinq mois et demi, jusqu'à son éviction (avec quelques autres « Juppettes ») du gouvernement. Mais elle a eu le temps de comprendre l'importance en politique de ces problèmes d'image qu'elle avait jusque-là abandonnés à d'autres comme Michèle Barzach, la très médiatique ministre de la Santé de l'époque, douée comme personne pour imposer un subtil cocktail de naturel et de féminité. Bien cornaquée, Françoise apprend les règles de base : à la télé regarder la caméra, éviter les costumes rayés ; privilégier les couleurs « amies » – pas d'orange ni de jaune, mais du bleu, du vert, du gris –, des vestes épaulées, structurées, des pantalons, car la jupe au genou vous donne vite un coup de vieux. Elle apprend à modérer son expression, elle qui, en infatigable battante – on n'est pas pour rien l'aînée de huit enfants ! –, est toujours prête à ferrailler pour défendre ses convictions. « Tout cela m'a servi au ministère. J'ai réalisé que c'est par une forme de séduction que l'on parvenait à faire passer ses messages, à fédérer les gens autour de soi, et que cette séduction était faite d'intelligence, de dynamisme – mais aussi d'un certain pouvoir physique. »

En 1998, la brune Françoise, qui vient de franchir le cap des 50 ans, resurgit à la rentrée parlementaire avec un casque de cheveux blancs ! « Ce changement de couleur a été perçu par mon entourage direct – sauf par Guy, mon mari, qui était pleinement d'accord – comme une calamité. Ma mère [Hélène Missoffe, qui fut elle-même député et secrétaire d'État sous Giscard] y a vu une erreur tragique. Mes collègues de l'Assemblée nationale étaient vaguement inquiets : "Qu'est-ce qu'elle peut bien avoir derrière la tête ?" » Françoise, elle, est sereine. Elle n'a pas agi sur un coup de tête, mais par besoin de vérité : « Poivre et sel, je l'étais à 25 ans. J'ai triché une bonne vingtaine d'années. Si j'ai arrêté au moment de la naissance d'Arthur, mon premier petit-fils, c'est avec l'idée qu'être belle, c'est d'abord être en adéquation avec soi-même, avec l'âge qu'on a, la vie qu'on mène. Je préfère apprendre le renoncement par paliers. »

« J'ai un naturel enthousiaste, dit aussi Françoise, une puissance de vie parfois écrasante, je peux être encombrante. Ces cheveux blancs, je les ai vus comme un signal. Une manière de me remettre à ma place. De marquer une étape. D'investir un nouveau territoire. » Sans renoncer pour autant aux rollers, un de ses modes favoris de locomotion. Mais pleinement consciente qu'elle prend ainsi le risque de modifier son rapport aux autres : « Aux hommes bien sûr, dont le regard est dès lors forcément différent. À mes enfants peut-être – les aînés ont applaudi ma décision, seule Claire, la dernière, qui n'avait alors que 8 ans, a trouvé assez exotique d'avoir une mère aux cheveux blancs, quand les grand-mères de ses copines n'en avaient pas encore, du moins apparemment ! À mes électeurs aussi. »

Qu'au-delà du désir d'authenticité son geste ait été aussi politique, elle ne le nie pas : « Sans doute étais-je inconsciemment en train de préparer mon image de femme mûre, de femme d'expérience. Je devenais celle qui ne raconte pas de blagues, qui accepte de se projeter telle qu'elle est. Avec ses cheveux blancs, ses rides, son franc-parler : "Elle est des nôtres", se sont-ils dit ». Cette nouvelle image l'aidera dans la bataille pour la mairie de Paris : « Je n'étais plus "la petite Françoise", je me démarquais de Jacques Chirac et de tous ceux qui m'avaient formée. C'était une manière d'affirmer : "Voilà, j'ai des cheveux blancs, des petits-enfants. Merci de m'avoir mis le pied à l'étrier mais j'existe par moi-même maintenant." »

On ne saura jamais si la droite aurait conservé la mairie en cas de duel Panafieu/Delanoë, le charme bouillonnant de la première rendant plus manifeste encore l'absence de charisme du second, tout jugement sur ses qualités de gestionnaire mis à part. Éclatante en revanche sera la victoire par KO contre Bernard Pons. Les campagnes électorales, Françoise dit les vivre « de manière charnelle » : « Je touche facilement les gens, je leur mets la main sur l'épaule, je serre les mains en regardant les gens droit dans les yeux. J'ai besoin d'établir le contact, mais c'est exténuant ! »

Quant à l'accès aux médias, il est à l'évidence facilité par un physique agréable, surtout pour les femmes : « Comme par hasard, il n'y a pas de laideron à l'Assemblée nationale ni au Conseil de Paris. C'est une telle chance d'avoir, comme Simone Veil, au-delà de solides convictions, d'une vraie connaissance des dossiers, d'une façon très humaine quoique dure d'appréhender les problèmes, une présence, un regard, un visage magnifique... Le problème n'est pas d'être sexy – une pépé en politique ne ferait pas recette, pourquoi aller voter pour quelqu'un qu'on n'aurait pas envie de laisser sur une île déserte avec son mari ? – mais de donner confiance. Pour cela, mieux vaut à l'évidence avoir une tête sympa. Et, pourquoi pas, un peu plus que cela… »

Cela étant, « la Panaf », comme l'appellent non sans tendresse certains Parisiens, cultive une lucidité sans faille sur le rôle assigné aux femmes en politique : « On nous voit comme un bon produit d'appel, mais toujours dans l'idée que les femmes sont des affectives incontrôlables. » D'où le malin plaisir qu'elle prend à monter certaines stratégies anti-machos : « D'ordinaire, je porte des chaussures plates : avec mon 1,75 m, je n'ai pas besoin de me grandir. Mais il m'arrive, lorsque je dois défendre un point de vue devant un homme de petite taille spécialement coriace, de mettre des talons de 8 centimètres. Un moyen efficace de lui signaler dès le départ que je ne me laisserai pas faire. » Et Françoise d'éclater d'un de ces grands rires heureux qui sont sa marque de fabrique.

La diva était en bikini

N'est-il pas un domaine où le fond l'emportera sur la forme ? Sur l'autel de la Culture, là où le talent, le sens artistique est roi, ne pourrait-on enfin sacrifier les apparences ? Mais non, même à l'Opéra, quelque admirables que soient les voix, les preux chevaliers replets et les walkyries vieillissantes ne font plus recette. Maria Callas a montré la voie : désormais, les chanteurs se font acteurs, leur présence physique doit venir renforcer l'émotion engendrée par cet organe magique qu'est leur voix.

À l'Opéra-Bastille, en ce samedi d'octobre 2003, c'est une véritable ovation qui salue Karita Mattila, la soprano finlandaise, pour son interprétation de *Salomé* de Richard Strauss, une heure quarante sans entracte d'une performance tout autant physique que vocale. Car, jouant sur tous les registres, la petite princesse de Judée se transforme bientôt en animal blessé, grimpant aux barreaux de la cage où croupit l'objet de sa flamme – le prophète Jean-Baptiste dont, au premier coup d'œil, saisie par sa beauté, elle est tombée éperdument amoureuse ; puis en hétaïre sans scrupules quand, résolue à obtenir la tête de celui qui a méprisé ses avances, elle consent à danser pour Hérode qui la couve d'un désir incestueux. Une « danse des sept voiles » exécutée avec maestria (et conclue par rien de moins qu'un grand écart !), qui ne cache rien de son corps souple et délié, de quoi rassurer tout à fait Strauss qui, lors de la création de cet opéra en 1905, avait prudemment recommandé qu'une vraie danseuse se substitue à ce moment-là à l'interprète du rôle-titre...

Quelques semaines plus tard, c'est Nathalie Dessay qui, toujours à l'Opéra-Bastille, déclenche l'enthousiasme du public pour son interprétation de l'inconstante Zerbinette, dans *Ariane à Naxos* du même Richard Strauss, timbre cristallin, petit visage malicieux sous la perruque rouge vif et corps irréprochable – ne craignant pas de s'exhiber sur scène en bikini !

Restent les sphères intellectuelles. Là, pour le coup, changement de ton. Si l'on en croit l'historienne Claude Dulong, la veuve de Jean Sainteny (« l'une des femmes les plus belles que j'aie connues et dont l'intelligence égalait le charme », dira d'elle Henry Kissinger, un connaisseur, qui, bien avant de devenir *Dear Henry*, l'eut comme élève dans son séminaire à Harvard), ses avantages physiques l'auraient plutôt desservie. À l'école des Chartes où elle se retrouve élève à 18 ans et dont elle sortira parmi les toutes premières, on prise un *look* austère, jupe sous le genou et gilet de laine : « Il était impensable là-bas de se farder, à peine si l'on se permettait un peu de rose sur les lèvres, de poudre sur le nez. » Deux générations plus tard, Sophie, 19 ans, débarquée de son Montpellier natal pour faire une khâgne à Henri-IV, avoue avoir été, elle aussi, frappée par le laisser-aller généralisé : « À la veille des concours, on voit vraiment les filles descendre au petit matin des chambres d'internat habillées n'importe comment, blanches comme un cachet d'aspirine, avec des cernes jusqu'au milieu de la figure, à peine lavées, comme si faire partie de "l'élite qui pense" exonérait de tout soin corporel. »

Mais qu'on soit amené à vivre sous le regard des autres et, intello ou pas, on évolue forcément. « Le travail que l'on peut réussir à faire avec une classe est intimement lié à l'apparence », note Marion F., professeur d'allemand dans le Nord, dont on croisera plus loin le chemin. « Bien sûr, les élèves jugent les professeurs sur la capacité qu'ils ont à se faire respecter. Mais le physique, c'est la première chose qu'ils connaissent de nous. C'est aussi le seul domaine dans lequel ils soient habilités à nous noter, eux qui sont constamment notés par les profs. Et ils ne nous passent rien ! Dans la vie courante, personne ne remarquera, ou alors comme ça, en passant, quelqu'un dont l'étiquette sort du pull. Si ça arrive à un prof quand il se retourne pour écrire au tableau, l'histoire fait le tour de l'établissement ! Alors, vous imaginez les critiques qui pleuvent sur les malheureux dotés d'un mauvais physique ! »

« Avec moi, reprend Marion, ils sont plutôt gentils. J'ai même une classe de quatrième avec surtout des garçons qui me font souvent des petits compliments, du style : "Oh ! Madame, vous êtes jolie ce matin !" Certains, parmi les plus délurés, m'ont déjà lancé : ""Au moins, vous, madame, vous vous mettez en jupe" (j'ai même cru comprendre que, dans le collège, j'étais connue comme "la prof qui met toujours des jupes"). Les filles, elles, me disent parfois : "On aimerait être minces comme vous après avoir eu nos enfants." Ils connaissent par cœur ma garde-robe. Toutes mes paires de chaussures. Enfin, ils le croient. Car moi, je ne me montre pas forcément au collège comme je voudrais être. Ce pull décolleté, je ne le porterai pas là-bas, pas plus que cette jupe courte, en tout cas jambes nues. D'ailleurs, un prof peut-il être beau aux yeux de ses élèves ? Ils ont tellement le sentiment que nous sommes des êtres à part ! Les miens sont toujours étonnés de me rencontrer au supermarché, poussant un caddie, la simple idée qu'on puisse avoir besoin comme tout le monde de manger, de dormir, d'aimer… »

Reste l'écriture, le labeur le plus secret qui soit, face-à-face avec soi-même, avec ses piles de documents, son bagage de souvenirs, de fantasmes. Pas plus que le physique ne fait le chanteur, il ne fait bien sûr l'écrivain. Et pourtant, même Le Clézio, ermite patenté, en acceptait l'augure, une belle gueule peut servir une œuvre en excitant la curiosité du lecteur. Dans le petit monde littéraire parisien, la prime à la beauté n'a fait que s'amplifier ces dernières années. Sans sa gueule d'ange, Hervé Guibert, chroniqueur minutieux du travail de sape opéré en lui par le sida, aurait-il ému autant de gens ? Et Cyril Collard, pas forcément recommandable, réussi à fasciner toute une génération ? Chez les romancières, un joli minois est trop souvent un adjuvant du talent. À tout le moins, un excellent outil de promotion : qu'Éliette Abécassis, normalienne, agrégée de philo, bûcheuse invétérée et femme de convictions, n'ait pas besoin de sa beauté – tige gracile au fin visage, encadré de longs cheveux bruns – pour imposer son écriture inspirée (cent mille exemplaires vendus dès son premier roman), on en convient volontiers, mais avouez que ça aide – bien sûr que ça aide ! Jusqu'à irriter fortement les critiques : « Emballage oblige (évitons packaging), la couverture du septième livre d'Éliette Abécassis dévoile la moitié du visage de cette jeune femme qui fait tourner la tête aux iconographes des journaux, au point d'accorder plus de place à sa photo qu'au texte la concernant », écrit l'un d'eux[7] avant de conclure sur cette phrase assassine : « La pochette est bien, mais où est donc le disque ? »

« *L'aristocrate des particules* »

L'accueillant sur le plateau d'*Apostrophes* quelque temps après ce mois d'octobre 1992 où il avait reçu le prix Nobel de physique, Bernard Pivot avait surnommé Georges Charpak « l'aristocrate des particules ». D'autres ont parlé du « noble Nobel ». De fait, si le grand public est bien incapable de comprendre comment fonctionne le « petit machin » qui lui a valu ce couronnement – un détecteur de particules particulièrement performant –, il a très vite fait de Charpak une vedette.

À l'origine de cet engouement, son franc-parler, un humour décapant, une évidente générosité – c'est à son obstination qu'on doit l'introduction à l'école primaire de « La main à la pâte », une nouvelle méthode d'enseignement des sciences plus pragmatique, donc plus accessible aux enfants en difficulté –, mais aussi une extraordinaire présence physique : 1,85 mètre, une impressionnante carrure et l'œil bleu clair sous des cheveux blanc neige.

Je me souvenais de l'avoir vu pour *Madame Figaro*, peu après l'obtention du Nobel, dans sa maison d'édition, désolé d'avoir prix six kilos : « Comment résister à un bon vin, à un repas fin ? J'allais dire que j'ai toujours aimé mon corps... Enfin oui, j'ai toujours eu une certaine coquetterie, c'est important de ne pas se laisser aller. J'ai combattu l'embonpoint par la nage, le ski, la marche avec mon chien. » Une discipline physique héritée de ses parents, des émigrés juifs polonais qui, arrivés en France en 1932, vivaient à quatre dans une chambre de bonne, le père livreur de harengs, la mère couturière à domicile : « Jamais, malgré la promiscuité, je ne les ai surpris en tenue négligée. » Il leur doit tout, l'apprentissage de la tolérance, l'ouverture au monde, le goût de la littérature. Mais aussi le sens du beau. Sa mère est toute jeune et jolie (elle a 20 ans à sa naissance). Déporté à Dachau, pour faits de résistance, ce sont encore des images de beauté qui vont le soutenir : « J'avais 20 ans, j'aimais les femmes, du moins j'avais envie de les aimer. Un jour, j'ai déniché – par quel miracle ? – les Mémoires de la danseuse Isadora Duncan et je me suis dit : "Je ne peux tout de même pas mourir avant d'avoir rencontré une telle femme !" Cette image d'élégance, de liberté, de non-conformisme, a été pour moi, au milieu de l'horreur, un extraordinaire antidote contre le désespoir. »

Le retrouvant en mai 2002, chez lui cette fois, un appartement XVIIIe aux allures de campement étudiant, face à Notre-Dame, je lui rappelle ces propos. Est-ce l'âge – il aura 80 ans l'an prochain et trouve rude de monter ses deux étages à pied ? On sent qu'un petit ressort a été cassé. Si l'amour de la beauté, c'est vrai, a été un guide, il doute en tout cas que son physique ait changé en quoi que ce soit le cours de sa vie : « Jeune, j'étais timide, peu entreprenant. Dans les auberges de jeunesse où j'allais, on mettait un point d'honneur à avoir une attitude relativement chaste à l'égard des filles. Et il en a été de même quand je me suis retrouvé dans les milieux trotskistes : les filles y étaient belles, elles chantaient bien, mais on respectait nos compagnes, l'important, c'était de faire ensemble la révolution. » Il réfute aussi toute incidence de son apparence sur sa carrière scientifique : « Dans le monde de la recherche, il vous vient parfois des larmes d'émotion quand un collègue fait devant vous un exposé admirable : et qu'importe qu'il soit mal foutu, que son anglais soit à peine compréhensible parce qu'il est d'origine chinoise ! C'est comme se trouver devant un grand violoniste. Beau, laid ? La seule chose qui compte, c'est sa musique... »

« Bien sûr qu'il joue à plein de son charme ! » disent pourtant ses attachées de presse. « Bien sûr que son œil bleu sert sa médiatisation », confirme son éditrice. Charpak, lui, a décidé d'enfoncer le clou : « Mon atout est le suivant : au CERN[8], en physique des hautes énergies, dans les années 60 à 90, la science s'est faite au prix d'un dialogue incessant, on débattait entre nous, on s'engueulait d'une façon qui n'avait rien d'académique. Tout cela a été un bon entraînement à rejoindre la société civile, à y être capable de défendre mes idées. » Sans cette verve inspirée, plus de « noble Nobel », plus d' « aristocrate des particules » ? Disons que l'œil bleu et le sourire charmeur en ont renforcé l'effet...

L'athlète de Dieu

Inutile de prolonger plus avant le tour de piste. Nulle activité humaine n'échappe aux exigences de l'apparence. L'Église catholique, toute vouée qu'elle soit aux richesses intérieures, l'avait bien compris en élisant pour pape en 1978 un saint homme doté d'une brillante intelligence, le premier pontife non italien depuis quatre cent cinquante-cinq ans, mais aussi un athlète de 58 ans, au visage émacié sous les pommettes hautes, un homme gai, plein d'humour, raffolant de football, de ski, d'alpinisme, et qui, jusqu'à l'âge de 21 ans, pensait être comédien : un gage de tonicité après trois papes à la santé défaillante.

La question vaut d'être posée : petit, maigrichon, Jean-Paul II aurait-il remporté l'élection ? « L'homme en robe blanche que nous avions devant nous avait la stature des apôtres, écrira quelques années plus tard son ami André Frossard, et ses premières paroles : "N'ayez pas peur !", lancées d'une voix qui semblait faire résonner toutes les cloches de Rome, nous appelaient au témoignage. On eût dit qu'elles étaient prononcées à l'entrée du Colisée, un jour de persécution, par un pape des catacombes invitant les fidèles à le suivre sous la dent du lion. »

C'est ce même sentiment que je ressens quand, dans l'église Saint-Germain-des-Prés noire de monde comme tous les dimanches soir pour la messe des étudiants, je vois le célébrant, un jeune prêtre au visage ouvert, solidement bâti, descendre la nef en bénissant la foule. Manches retroussées sous la chasuble, il plonge de son bras musclé une branche de buis dans le chaudron d'eau bénite qu'on lui tend, en asperge les fidèles d'un geste puissant. Je ferme les yeux, goûte ce baptême primitif. Derrière ce genre de moine-soldat, on se sent prêt soudain à batailler pour sa foi !

Le Beau et le Bien

On n'en finit pas de dénoncer la « civilisation de l'apparence », la nôtre, et non sans raisons : elle fait tellement de dégâts ! Mais, paradoxalement, le matériau de base de cette apparence, la beauté ou l'absence de beauté, est longtemps resté un terrain d'études à peu près inexploré. Quelques très rares sociologues se sont intéressés en France au poids du physique dans la vie : Marcel Mauss dans l'entre-deux-guerres, puis plus tard Pierre Bourdieu dans *La Distinction*[9], mais c'était il y a vingt-cinq ans. Depuis, rien ou presque quand, au cours des vingt ou trente dernières années, ont été publiées, jusque dans les revues les plus sérieuses, abondance d'études sur le thème de la *physical attractiveness* aux États-Unis – mais aussi en Grande-Bretagne, en Allemagne, en Autriche, en Nouvelle-Zélande...

Chez nous, prime au politiquement correct ! On dénonce les ostracismes liés à la couleur de peau, au sexe, au milieu social. Mais le physique, on n'en parle pour ainsi dire jamais. Alors que la beauté est peut-être la première des inégalités : « Comment expliquer que cette France, emblème du luxe et de la haute couture, cultive une sorte de consensus pour taire cette dimension-là de la vie ? » s'exclame Jean-François Amadieu, 45 ans, professeur de gestion à la Sorbonne, mais sociologue aussi de formation, qui, lui, a brisé le tabou en évaluant « le poids des apparences [10] ». « Les beaux esprits, reprend-il, craindraient-ils de déroger en parlant de futilités ? À moins que ce silence ne soit le fait d'une élite consciente de cet atout et craignant qu'à trop le dévoiler, il perde son efficacité... »

Derrière la prime à la beauté, on trouve, selon Amadieu, l'idée que le bien et le beau ont partie liée : « On a toujours relié à une belle apparence un florilège de qualités, la sociabilité, la force de caractère, la santé mentale, des capacités de commandement... Les seuls défauts qu'on attribue aux beaux étant le manque de modestie et une certaine tendance à l'inconstance, auxquels on pourrait ajouter une moindre capacité à encaisser les échecs qui, elle, est bien réelle. »

Cet amalgame vient du tréfonds des âges : pour les philosophes grecs, déjà, il y a une parcelle de divin dans la beauté des choses créées. « C'est la vertu qui dispense la beauté », écrit le roi Louis Ier de Bavière, poète à ses heures. Soucieux de recréer dans son royaume l'esprit d'un nouvel hellénisme, il commandera, entre 1827 et 1847, au peintre Joseph Stieler trente-huit portraits de femmes, princesses du sang et dames de la Cour mais aussi bourgeoises et filles du peuple, d'un chaudronnier, d'un cordonnier : une « galerie des Beautés » que l'on peut encore admirer au château de Nymphenburg, dans la banlieue munichoise. Expression, à ses yeux, non seulement d'un certain idéal physique (là où il séjournait, les mères veillaient au concert à mettre leurs tendrons en bout de rang, afin d'attirer le regard du souverain, sitôt la musique finie), mais aussi d'une certaine conception de la « beauté morale » chère aux idéalistes allemands. Il privilégie d'ailleurs de très jeunes modèles – la majorité a entre 17 et 22 ans –, incarnant une beauté virginale et pure... mais glisse malgré tout dans le lot plusieurs de ses maîtresses, dont la sulfureuse Lola Montes qui, tout irlandaise soit-elle, se fait passer pour une danseuse andalouse. Parmi ces divines créatures, nulle trace de Françaises : Louis nourrissait une durable antipathie pour Napoléon qu'il avait combattu pendant les guerres de libération[11]...

Dans la littérature, les exemples de cette confusion abondent : « Il était si rempli de l'esprit et de la beauté de Mademoiselle de Chartres qu'il ne pouvait parler d'autre chose », écrit Mme de

La Fayette dans *La Princesse de Clèves*, après avoir évoqué l'éblouissement de M. de Clèves lors de sa première rencontre avec sa future femme. « "L'esprit" ? Quand elle n'a pas encore dit un seul mot ! Il aura suffi de signes infimes, rougeur, embarras, modestie, impatience et fuite, pour que l'admirateur éperdu fasse de l'esprit l'escorte frémissante de la Beauté[12]. »

Encore plus étonnant, le clivage qui semble habiter aujourd'hui Michel Houellebecq. Ostensiblement peu soucieux de son *look* quand il me reçoit en pantoufles et pantalon fripé, paupière lourde, cigarette au bec, dans l'appartement tristounet qu'il occupe près des Gobelins lors de ses passages à Paris – avec ça, un homme sensible, d'une imperturbable douceur, appliqué dans ses réponses, souvent touchant avec son lourd bagage d'enfant mal aimé encore ébahi de s'être, par la magie de l'écriture, détaché du bataillon des accidentés de la vie –, le trublion des lettres ne cesse d'émailler ses livres de notations physiques sur ses personnages, distribuant les bons et les mauvais points, distinguant les beaux et les laids, faisant de façon quasi systématique l'amalgame entre leurs qualités (ou leur défaut de qualités) morales et physiques. Ainsi, dans son premier roman, *Extension du domaine de la lutte*[13], on voit le narrateur – un cadre moyen en informatique de 30 ans, dépourvu de beauté comme de charme personnel – évoquer une nouvelle recrue de son entreprise, Thomassen, un type d'origine suédoise, « très grand, admirablement bien proportionné, un visage d'une beauté extraordinaire, solaire, radieuse... à vous donner l'impression d'être en face d'un surhomme, d'un demi-dieu ». Et le narrateur d'insister : « Je l'ai plusieurs fois remarqué, les gens d'une beauté exceptionnelle sont souvent modestes, gentils, affables, prévenants. Ils ont beaucoup de mal à se faire des amis, au moins parmi les hommes. Sont obligés de faire des efforts constants pour essayer de faire oublier leur supériorité. »

L'effet de halo

Les préjugés ont la vie dure. Et aujourd'hui, il est possible d'en rendre compte avec une certaine précision. Dès le plus jeune âge. Car, s'ils jugent, les nourrissons sont aussi jugés :

« La mère joue davantage avec un beau bébé et le regarde plus », note un professeur de psychologie à l'université de Bordeaux[14]. « Un bébé moche recevra moins d'attention. C'est patent à la crèche : les puéricultrices passent toujours plus de temps avec les beaux enfants, ceux-là mêmes qui, plus tard, seront les plus populaires à la maternelle. » De l'enfant mignon comme tout et ne fichant rien, on dira : « Peut mieux faire. » Si le même glandeur chahuteur est en plus affligé d'un visage ingrat, on le dirigera vers le technique. « Là, insiste Amadieu, existe un effet amplificateur, un risque réel d'exclusion. » Des « Poil de carotte », il n'y en a pas que dans les romans. Bien sûr qu'en classe les critères objectifs priment – le talent, la force de travail ; que l'allure extérieure est de peu de poids pour intégrer Normale Sup, Polytechnique ou l'ENA. Mais selon certaines études citées par Amadieu, le physique compterait pour 20 à 40 % dans les performances scolaires ! « Autant de dérives, dit-il, qui devraient alerter les chantres du contrôle continu et de l'admission sur entretiens : au moins les examens et les concours évitent-ils, en préservant l'anonymat, que l'emprise de l'apparence ne vienne biaiser les résultats. »

On pourrait penser qu'une fois adultes, lancés dans la vie professionnelle, les gens sont enfin jugés sur pièces. L'apparence physique n'est-elle pas inscrite, depuis novembre 2001, dans le Code du travail, parmi les motifs de discrimination ? Las ! Les préjugés sont tenaces. « On présente ainsi à un panel d'interviewés, raconte Amadieu, les dossiers de gens forts pour certains d'un beau diplôme et d'un emploi de prestige, d'autres ayant au contraire une faible qualification et un travail sans relief : invités à attribuer certaines capacités à ces personnes, les interviewés privilégient à l'évidence les premiers sur les seconds. Mais si on accroche une photo, alors la donne est spectaculairement bousculée : on n'investit plus trop d'espoirs sur le brillant sujet doté d'un physique médiocre ; par contre, pour peu qu'il ait une belle gueule, même l'obscur tâcheron est promu héros en puissance, on lui prête tous les talents, relationnels, professionnels, et jusqu'à la capacité de piloter un avion… » C'est ce qu'on appelle l'« effet de halo », comme si tout devait marcher de pair. D'ailleurs, on note que le succès embellit les laids, et il est fréquent que les interviewés gratifient de quelques centimètres supplémentaires les présidents de société...

Sur le terrain, ces préjugés aboutissent à une discrimination en règle. « On serine aux candidats au recrutement d'être naturels, on leur assure que leur discours parlera pour eux, mais, dans les faits, les paroles prononcées ne jouent que pour 7 % dans la première impression, contre 55 % pour le visage et 38 % pour le timbre de voix ! Cela dit, personne, et surtout pas les recruteurs qui prétendent s'aider de moyens "scientifiques", n'ose dire cela, personne n'avoue qu'il ne sélectionnera jamais un cadre au regard fuyant ou un dirigeant aux mains moites ! » Et que le port d'une cravate fantaisie ou des chaussettes de sport incongrues sous un pantalon gris peuvent suffire à démolir l'homme le mieux fait pour un poste donné.

Cette discrimination par l'apparence jouerait lourdement aussi sur le déroulement des carrières. À en croire de très sérieuses enquêtes, les avocats américains les plus séduisants sont aussi ceux qui réalisent le meilleur chiffre d'affaires : « Et ce qui est vrai des avocats l'est aussi des entrepreneurs. Ou des serveurs de bar. Il y a pour les hommes une prime économique à la beauté. » Elle leur apporterait même, en termes de salaire, un bénéfice équivalant à une année et demie d'études supplémentaires ! À cet égard, un professeur d'économie de l'université du Texas donne, dans la prestigieuse *American Economic Review*, des chiffres stupéfiants sur les écarts de rémunération entre beaux (+ 5 %) et laids (- 9 %). (Paradoxalement, la distorsion est moins grande entre les femmes, du fait d'un accès plus rare aux emplois supérieurs, mais aussi parce que certaines, peu gâtées par la nature comme les obèses – et souvent issues de milieux défavorisés –, sont purement et simplement exclues du marché du travail.) Mais sur ce plan encore, rien de nouveau sous le soleil. Dans l'armée d'Ancien Régime, la taille et l'allure influaient déjà sur le montant des primes d'engagement[15]: en s'enrôlant dans les gardes françaises, un homme de plus de 1,76 m touchait en moyenne, dans les années 1750, une prime de 125 livres, alors que avec 1,73 m (taille minimale), on ne lui octroyait que 55 livres... Sans compter que les premiers arrondissaient généralement leur solde en posant comme modèles à l'Académie royale de peinture, ou encore en faisant de la figuration à l'Opéra !

Notes

1. Saman Abdul Majid, *Les Années Saddam*, Paris, Fayard, 2003.

2. *Le Figaro*, 25 janvier 2003.

3. *Le Figaro Entreprises*, 7 juillet 2003.

4. Elle est l'auteur de *Vos enfants ne sont pas des grandes personnes* et *Peur du loup, peur de tout*, Paris, Albin Michel, 1999 et 2003.

5. *Paris-Match*, 25 juillet 2002 ; *Le Figaro*, 6 mai 2002 ; *ibid.*, 5 juin 2003.

6. Élisabeth Guigou, *Être femme en politique*, Paris, Plon, 1997.

7. *Le Figaro*, 28 octobre 2003.

8. Centre européen pour la recherche nucléaire.

9. Pierre Bourdieu, *La Distinction. Critique sociale du jugement*, Paris, Minuit, 1979.

10. Jean-François Amadieu, *Le Poids des apparences*, Paris, Odile Jacob, 2002.

11. Peter Krückmann, *« La plus belle du royaume »*, Paris, FMR, août 2003.

12. Didier Lamaison, « Tant de beauté au pied carré : la cour des Valois », *Fatale Beauté*, *Autrement*, Paris, n° 91, p. 85.

13. Michel Houellebecq, *Extension du domaine de la lutte*, Paris, Maurice Nadeau, 1994.

14. Voir *L'Express*, 8 août 2002, enquête de Jacqueline Rémy.

15. Patrice Peveri, « La manie des "grands" hommes », *Fatale Beauté*, *op. cit.*, p. 95.

CHAPITRE 5

Et on tuera tous les affreux ?

L'homme est en bleu de travail. Lunettes sur le nez, crâne dégarni, un embonpoint certain, il fait un peu figure d'ovni dans la marée de corps admirables qui l'entourent. Des corps sans tête destinés à parader en vitrine dans les boutiques de mode. Il s'adresse à Mlle Yvonne, la gestionnaire du stock, une vieille fille sans grâce : « Toutes ces années, lui dit-il, j'ai vécu entouré de poitrines, de tailles et de jambes parfaites. La perfection est inhumaine, invivable. Sans vous, mademoiselle Yvonne, je n'aurais pu tenir. À la veille de ma retraite, je voudrais vous remercier : si je sonnais si souvent à votre guichet, c'était pour happer, malgré ou grâce à votre air revêche, cette parcelle d'humanité qui me permettait de continuer ma tâche. »

C'est un des dessins du dernier Sempé[1]. Mais c'est aussi une vérité première : trop de beauté finit par lasser, elle n'exerce en tout cas son pouvoir que si elle est en quelque sorte valorisée par la laideur. Tel est le principe de l'union des contraires chère aux civilisations orientales dans lesquelles la lumière est inconcevable sans l'ombre, l'ordre sans le désordre, le plaisir sans la peine, le bruit sans le silence, le bien sans le mal. Et le beau sans le laid. Le Bouddha en méditation est assis sur un lotus : cette fleur des marécages symbolise la beauté qui sort de la boue.

Le musée de la laideur

La laideur a son musée. Un lieu dérangeant, unique au monde. Plus qu'une galerie des horreurs, le temple de la souffrance humaine. Pas question ici de voyeurisme : seuls les médecins sont autorisés à visiter le musée des moulages de l'hôpital Saint-Louis, dans le Xe arrondissement de Paris. Là, en haut d'un large et bel escalier, dans une salle majestueuse tapissée de vitrines, sont rassemblés les milliers de moulages en cire d'une extraordinaire précision exécutés au XIXe siècle par le sculpteur Baretta pour recenser toutes les pathologies de la peau.

Dans cette vitrine, des visages défigurés par d'horribles boursouflures, des excroissances aberrantes, un champignon à la place du nez, un trou béant à la place de la bouche. Dans la vitrine d'à côté, des jambes aux doigts de pied rongés, horribles moignons ; des mains déformées par une incroyable production de corne due à une hyperkératose palmaire. Et encore des ulcérations effroyables, des tumeurs géantes… Un peu plus loin, contemplant ce champ de bataille à l'impeccable ordonnance, le buste de Pierre-François-Jules Beretta, veste noire et calot assorti, un petit homme tranquille mort en 1928 après avoir consacré quelque trente ans de sa vie à ce travail. On dit que pour faire patienter les malades dans son atelier pendant que la cire prenait, il les distrayait en bavardant ou en jouant du piano. Quels trésors de persuasion lui a-t-il fallu déployer avant de mouler ces morceaux de corps martyrs pour servir la Science ! Quelle compassion devait passer dans son regard ! Quelle douceur dans ses paroles ! Ce ne sont que des moulages, et pourtant…

À parcourir les allées, on a le souffle court. Les larmes aux yeux. Le cœur parfois au bord des lèvres. On se rassure en se disant qu'après tout on se trouve dans un musée, que ces monstruosités, c'était hier…

« Certaines maladies, c'est vrai, ont disparu », confirme de sa voix calme le professeur Louis Dubertret, le patron du service de dermatologie de Saint-Louis, qui m'a ouvert les portes de ce royaume infernal. « On voit beaucoup moins de tuberculoses, de syphilis, encore qu'elles repartent à toute allure ces temps-ci. Mais ces autres affections infectieuses ou génétiques, toutes ces maladies dont vous constatez les dégâts ici, n'ont pas fini de faire des ravages. » Et ces nævus géants qui dévorent le visage. Et ces boules sous la peau que provoque la maladie de Recklinghausen. Et ces déformations monstrueuses dues à l'éléphantiasis, un parasite qui vient bloquer les vaisseaux lymphatiques... Il manquerait aussi au musée des moulages certaines lésions cutanées « modernes », ainsi celles liées au sida.

La laideur n'a pas encore dit son dernier mot. La laideur ? « Tout cela n'est laid que pour autant que ces déformations conduisent à l'exclusion », rectifie Dubertret. Organe frontière, celui qui définit les limites du corps humain, lieu de communication et d'échanges avec l'extérieur, la peau peut être aussi pour l'être humain la plus infranchissable des barrières.

Défaut d'aspect

« Une libellule, ôtez-lui les ailes, c'est un haricot... » Vous vous souvenez ? Tout est affaire de regard. E.T., l'extraterrestre, lors de sa première apparition à l'écran, est hideux avec son énorme tête, sa peau de crapaud, ses doigts immenses. Or, en une heure et demie de film, le magicien Spielberg va nous le faire trouver mignon. La laideur a laissé la place aux sentiments... Et puis, il y a toujours de l'espoir dans l'air : « Laide au berceau, belle au bal », la chenille qui devient papillon. Pourtant, le délit de sale gueule, ça existe, même s'il n'est plus question ici des terrifiantes déformations entrevues au musée des moulages, ni de ces indigènes qu'on exhibait au XIXe siècle dans les foires – comme cette Vénus hottentote dont les formes callipyges fascinèrent les Européens –, ni de petits hommes verts, ni même de handicaps divers et variés. Rien de monstrueux, non, la laideur seulement, la disgrâce physique. Au quotidien, le même verdict impitoyable face au miroir : laid !

Il y a bien sûr des solutions radicales, comme celle qu'évoque Boris Vian dans *Et on tuera tous les affreux*, où l'on voit le diabolique docteur Schutz tenter d'améliorer la race en faisant se reproduire entre eux des êtres magnifiques et en favorisant leur vieillissement accéléré, de sorte que très vite les « ratés », porteurs d'une imperfection même minime, conditionnés qu'ils sont à avoir la laideur en horreur, finissent par se suicider : « Défaut d'aspect », dit la pancarte accrochée au cou de ces suppliciés. Fable noire écrite dans la foulée de la guerre pour dénoncer les exactions des nazis ? Ou bien anticipation de ce qui nous menace : la sélection d'embryons dans le but de façonner une race supérieure ?

Ces fantasmes existent. Le racisme au quotidien aussi. Pas seulement l'absence de cette tendre vigilance qui entoure souvent les beaux depuis le berceau, pas seulement ces faveurs qui leur sont octroyées, plus de mérites, plus d'argent. Mais l'exclusion. Celle qui, dans le Livre des Lévites, frappe le lépreux : « Il portera des vêtements déchirés et les cheveux en désordre, il se couvrira le haut du visage jusqu'aux lèvres, et il criera : "Impur ! Impur !" C'est pourquoi il habitera à l'écart, sa demeure sera hors du camp. » Deux millénaires et quelques années plus tard, il ne semble malheureusement pas que la compassion évangélique ait définitivement balayé de tels ostracismes. Témoin, les mésaventures de *L'Affreux*, le petit héros à la Émile Ajar de Franz-Olivier Giesbert, peu gâté depuis sa naissance avec son œil de verre, son boitillement, et, avec ça, un *look* d'Arabe hérité d'un père-courant d'air qui lui vaudra d'être accusé à tort du meurtre d'une vieille dame, sa plus chère amie : « J'ai toujours su, dit-il, me faire tout petit. Depuis que le monde est monde, il y a ceux qui vivent et il y a ceux qui survivent. Moi, je fais partie de la seconde catégorie. C'est de naissance : je respire moins, je regarde moins et parle moins. Quand je circule en ville, il n'y a jamais personne qui me voie. Si je pose une question aux passants, il est rare qu'ils m'entendent. Je suis l'homme invisible. Ce n'est peut-être pas glorieux mais, au moins, je n'ai pas d'ennuis[2]. »

Des ennuis de toutes sortes. Car les mots blessent parfois plus sûrement que les coups. Jean Bothorel, journaliste et écrivain de bonne allure pourtant, me parle ainsi de « l'horreur des photos de classe » quand il était interne dans un collège de Quimper : « La hantise était de se retrouver, sur la photo affichée au mur, encerclé d'un trait par d'autres élèves – la façon de stigmatiser les têtes de Turcs, la marque d'infamie suprême. En quatrième, ça m'est arrivé : j'étais alors petit – j'ai pris 17 centimètres l'année de mes 17 ans –, avec une bouille rondouillarde, c'était aussi peut-être une vengeance contre le bon élève, le garçon agressif et ombrageux que j'étais alors. J'ai mis un an à m'en remettre, terrifié à l'idée qu'on risque de me refaire le coup en troisième. Un jour, lors de la distribution du courrier, j'ai ouvert devant tout le monde un pli contenant une publicité pour "Dynam", un appareil de musculation promettant d'obtenir des pectoraux parfaits. Mes camarades étaient pliés en deux. Désormais, on ne m'a plus appelé que Dynam. J'ai très vite su que c'était un type de ma classe qui avait fait le coup. Dix ans plus tard, j'étais alors dans un cabinet ministériel, j'ai vu passer le dossier du type en question pour je ne sais quelle demande de promotion : je me suis débrouillé pour qu'elle passe à la trappe... »

Les enfants sont cruels, mais les adultes plus encore ! Si le « défaut d'aspect » – laid, gros, négligé – est plus que jamais source de discrimination à l'embauche, il nourrit aussi ce harcèlement moral, inscrit désormais dans le Code du travail, dont le Parlement de Strasbourg estimait récemment à quelque douze millions le nombre de victimes en Europe. Si la beauté est parfois lourde à porter, entraînant compliments lourdingues et invites sexuelles, son absence est autrement douloureuse. Aux laids, les petites phrases assassines, les insultes, les mises à l'écart. Et aux laides plus encore, surtout si elles ne sont plus de la première jeunesse.

Parmi les victimes de harcèlement, on compterait 70 % de femmes et deux tiers de plus de 45 ans[3]. Tristement exemplaire, l'histoire de Martine, directrice de cabinet du maire d'une ville moyenne – par ailleurs homme politique en vue et ministre à Paris –, un travail harassant qui l'occupe quatre-vingts heures par semaine. En remerciements, elle se voit traiter par son patron de « pute », de « conne », de « salope ». Il lui reproche régulièrement de n'avoir pas « le physique de Claudia Schiffer », lui met sous le nez des magazines avec de superbes nanas en couverture – « Vous en rêvez, hein ! » –, installe d'autorité face à Martine le médecin endocrinologue qu'il vient de recevoir, avec mission de la convaincre de perdre du poids. « En fait, dit-elle, il avait honte de moi, de mon image corporelle. Il ne voulait pas que je le suive dans des manifestations ou que je le représente à l'extérieur. » Car non seulement Martine n'est pas bien belle, mais elle manque d'aisance en raison de ses origines modestes. Devenue le « punching-ball » de son patron, elle s'accrochera cependant, quitte à perdre toute confiance en elle, jusqu'à ce que son harceleur la licencie du jour au lendemain. Le seul service qu'il lui ait jamais rendu[4].

Pas besoin des hommes pour mener le branle : les femmes sont parfois les pires ennemies des femmes. C'est ainsi qu'en juillet 2002 la directrice et deux enseignantes de l'école de sages-femmes de Toulouse seront sanctionnées « pour avoir fait peser une pression insupportable sur les élèves », l'appel du matin tournant systématiquement à une mise au pilori des filles de couleur ou des peu gâtées sur le plan physique, ou encore de celles dont l'aspect vestimentaire déplaît, avec leur « maquillage Nefertiti », leur « coiffure marchande de légumes »... « Quand je vois votre tête, j'ai envie de vous jeter par la fenêtre », s'entendra dire un jour une élève, qui ressent encore des « frissons » rien qu'à évoquer ses années d'études[5].

Allô maman bobo

On a déjà évoqué l'Isabelle au petit visage chiffonné décrite par Nicole Avril dans *La Disgrâce*, condamnée à côtoyer quotidiennement « cette race étrange, fascinante et terrible, la race de sa mère, la race de sa sœur Alice, la race des femmes que l'on dit belles ». Persuadée que sa laideur, par une sorte de contagion, contamine tout ce qui l'entoure, « qu'au contact de sa peau, les vêtements et les étoffes perdent de leur éclat ». Réduite à observer le bonheur des autres, avec cet œil de lynx qui est l'apanage des filles laides, au point d'en oublier leur propre existence : « Les laids n'habitent leur corps que lorsqu'ils sont seuls et il arrive que, jusque dans leurs moments de solitude, le souvenir des autres vienne troubler leurs retrouvailles avec eux-mêmes. »

Pas toujours évident d'aller demander aux « laides » ce qu'elles pensent de leur infortune. Interrogée sur ce thème par une journaliste de *Marie-Claire*[6], la comédienne Sylvie Huguelle, « la madame des bonbons Dupont d'Isigny au nez cocasse, que les photographes prennent un malin plaisir à figer en contre-plongée », affirme : « Mon physique ne m'a jamais handicapée, ma taille peut-être, mais pas mon visage. » Que cela limite la palette des rôles, c'est sûr, on l'imaginera plutôt en contractuelle odieuse ou en concierge abrutie qu'en jeune première ou en accorte soubrette : « J'ai même été, dit-elle, une oie et un pingouin. » Ajoutant aussitôt que, sans cette gueule un peu spéciale, on ne l'aurait jamais remarquée dans le monde du spectacle... Christine Bravo, la présentatrice télé, joue pour sa part un long moment les bravaches – « Cette tête ne m'a pas empêchée d'avoir des hommes magnifiques » – avant de consentir à avouer ses complexes d'adolescente frustrée quand les garçons ne s'intéressaient qu'aux jolies filles, humiliée de voir passer dans sa classe des dessins la représentant de profil. Quant à la chanteuse Brigitte Fontaine, l'égérie de la musique alternative des années 60, visage dur et crâne rasé, elle est manifestement une écorchée vive, réagissant vivement aux questions sur son âge, sur ses sentiments quand elle se regarde dans le miroir – le matin, elle retarde ce moment le plus longtemps possible. Coquette, elle l'est pourtant de façon obsessionnelle : « Mes fringues sont plus importantes que moi. Je me fous d'être belle ou moche, tout ce que je veux, c'est être une femme qui assure. » Toutes ces femmes de caractère ont réussi à « positiver », comme on dit. Malgré tout, on entend entre les mots comme une petite musique triste : pas facile à l'évidence de supporter la dictature de la beauté qui sévit à chaque coin de pub quand on ne rentre pas dans le moule.

Allô maman bobo
Maman comment tu m'as fait
J'suis pas beau...

Reprenant la complainte d'Alain Souchon, cette femme confie, dans une lettre bouleversante à son thérapeute, le mal qui la ronge[7] : « Je sais que je suis laide, écrit-elle. Je l'ai toujours su... La laideur entraîne une sorte de souffrance chronique à laquelle on finit par s'habituer mais qui se ravive au moindre choc : une remarque, un regard appuyé, un sourire. Cela devient une prison et une obsession : on surveille les autres, en se demandant s'ils sont en train de se dire que... Et surtout, surtout, jamais on n'en parle... On s'habitue insidieusement à être mise à l'écart, à ne pas être choisie, à ne pas être préférée. On s'habitue à devenir une victime, un second rôle... La laideur est le plus terrible des défauts : on peut essayer de modifier son égoïsme, ou d'agir sur ses peurs. Mais comment changer de corps ? Souvent j'ai rêvé de vivre dans un monde d'aveugles, où les apparences n'auraient plus d'importance. »

« Le mépris outrage plus que la haine », disait Barbey d'Aurevilly (lui qui disait aussi : « Être belle et aimée, ce n'est être que femme. Être laide et savoir se faire aimer, c'est être princesse. »). Ostracismes en tout genre. Florilège de citations : « Yourcenar, ça n'existe pas. Pouah, elle est trop laide, trop affreuse ! Comment se peut-il qu'une femme soit si grosse ! C'est une insulte à la vie... » Signé Albert Cohen. Ou encore ces lignes signées Barjavel : « Je n'aimais pas Sartre, d'abord à cause de son physique. Je ne croyais pas, et je ne crois toujours pas qu'un homme affligé d'un strabisme tel que le sien puisse avoir une claire vision du monde. Même en fermant les yeux[8]. »

Le Laid et le Mal

Car le Laid et le Mal sont aussi étroitement associés que le sont le Beau et le Bien. « Quitte à être moche, autant être méchante », clame une horrible sorcière dans une publicité pour le parc Eurodisney. En sens inverse, les mauvais sentiments finissent par imprégner l'être humain jusqu'à effacer en lui toute beauté : à la fin des *Liaisons dangereuses*, la libertine et manipulatrice marquise de Merteuil perd un procès dont dépendait sa fortune, est sifflée à l'Opéra et attrape la petite vérole dont elle sortira « vraiment hideuse », y ayant entre autres perdu un œil. On la voit à la fin du roman de Laclos fuir en Hollande, avec son argenterie et ses bijoux, portant à jamais son âme vile inscrite sur sa figure. Plus près de nous, Michel Houellebecq s'enferre dans la désespérante conviction que les beaux sont des cumulards et les moches des laissés-pour-compte. Dans *Extension du domaine de la lutte*, après avoir tracé le portrait du très beau-très gentil Thomassen, il évoque une de ses anciennes camarades d'école, une certaine Brigitte Bardot, qui n'a de commun que le nom avec son glorieux homonyme. De ce « boudin », affligé d'un corps obèse, d'une peau grumeleuse et boutonneuse, d'une face plate et ronde, de cheveux rares et ternes – « la comparaison avec une truie s'imposait à tous » –, il trouve encore le moyen de faire une méchante, contrainte en cette période de libération sexuelle de n'assister qu'à celle des autres, de sorte qu'en elle « la jalousie et la frustration fermentèrent lentement, se transformant en une boursouflure de haine paroxystique ».

N'en jetez plus ! Ou plutôt si, poussons encore un peu le bouchon. Car il n'y a pas que le soupçon de méchanceté qui pèse sur les laids. Ils feraient aussi figure de coupables idéaux, capables de commettre les plus abominables forfaits. C'est l'amalgame que dénonce Loly Clerc dans son plaidoyer pour Magali Guillemot, accusée du meurtre de son bébé de 2 mois en novembre 2000[9] : « À la télévision comme sur les photos, la centralienne Magali Guillemot paraissait fermée, mal à l'aise, paniquée. Pas belle. Jérôme Duchemin, son mari, était quant à lui violoniste, charmeur, artiste. » Le père sera acquitté, la mère condamnée à dix ans de réclusion criminelle : « On a fait de moi une sorcière », dira-t-elle. Aux yeux de la journaliste, il est évident que le délit de sale gueule a joué. Tout comme pour Patrick Dils, innocenté en avril 2002 après avoir passé quinze ans derrière les barreaux pour le meurtre de deux petits garçons, échalas solitaire qui, avec ses cheveux roux et son grand nez, était déjà à l'école le souffre-douleur de ses camarades, celui qu'on surnommait

« Fil de fer » ou « Haricot », ou encore « le Canard » à cause de sa drôle de démarche due au port de chaussures orthopédiques : autant de raisons, selon les psychiatres qui l'avaient examiné, d'accumuler rancœurs et frustrations et d'exploser un jour « comme une cocotte-minute » dans un acte de violence incontrôlé.

« Nous vivons dans un temps qui fait de la laideur l'un de ses tabous fondamentaux, estime Bernard-Henri Lévy, dialoguant avec Françoise Giroud. Il y avait le sexe : cela fait belle lurette que c'est fini. La mort : c'est en passe de l'être aussi. Eh bien, il reste la laideur. Le spectacle de la laideur. Il reste l'image d'un corps laid qui devient ce que la société du spectacle ne tolère plus de représenter[10]. »

La colère et le rire

La laideur. L'injustice suprême. Un truc révoltant. « C'est, dit encore BHL, l'histoire de Mirabeau défiguré par la petite vérole, insultant le ciel – ou ce qui lui en tenait lieu – de l'avoir fait naître laid, disgracieux, monstrueux, et de lui avoir donné, en même temps, une âme, non seulement délicate, mais séductrice, amoureuse. Dieu soit maudit, hurle-t-il, d'avoir jeté l'âme d'Alcibiade dans le corps d'un Philoctète. C'est le malheur absolu. L'humiliation par excellence. »

Certains crient, d'autres chantent... La gentille Jane Birkin me parlant de Serge Gainsbourg lie au fait qu'il ne s'aimait pas physiquement son besoin d'être constamment rassuré : « Faire la couverture d'un magazine le grisait ; un mauvais article et il était bouleversé ; le concours de l'Eurovision, il était absolument vital pour lui de le remporter. Quand, à Noël, nous rendions visite à mes parents à Londres, ça le minait de ne pas être reconnu sur King's Road, que personne ne lui demande d'autographes. C'est toujours pour être aimé qu'il mettait en scène constamment notre propre vie : le premier de l'an, c'était forcément chez Maxim's, lui en smoking, moi dans une robe de grand couturier qu'il avait longuement choisie. » Un jour, lasse de ce théâtre, Jane aura l'audace de vouloir exister par elle-même, loin du regard des autres, laissant seul sur la scène « l'homme aux oreilles de chou », celui qui ne s'aimait pas, même s'il proclamait « la beauté cachée des laids ».

Le talent, le pouvoir, l'argent : autant d'efficaces adjuvants de la beauté. L'humour aussi. On aurait pu parler du cas Woody Allen : de l'art de se fabriquer, grâce à son bagou d'humoriste désenchanté, un personnage d'anti-héros à sa mesure, avec son physique de *loser*, petit, fluet, tête de hibou fatigué et déplumé. On parlera d'un autre comique, bien français celui-là, Anne Roumanoff. Elle rêvait d'entrer au Conservatoire et de devenir Adjani : elle n'a manifestement pas le physique de l'emploi, trop petite, trop ronde, trop myope, une mâchoire trop forte, un nez un peu de travers, et se fait régulièrement jeter des castings et des auditions. Les seules propositions qu'on lui fasse ? « Le rôle de la servante moche, aveugle et sourde de Sarah Bernhardt, puis celui de la pauvre fille qui tente de se suicider dans les toilettes et se rate en se prenant la chasse d'eau sur la tête[11]. » Enfin Claude Lelouch la contacte pour un rôle de laide mais se rétracte car elle ne l'est pas assez ! Ce n'est qu'après dix ans de galère qu'Anne, un diplôme de Sciences-Po en poche « au cas où », trouve enfin sa voie. Sur scène, elle se transforme en femme-caméléon, de l'adolescente rebelle à la boulangère dépressive, de la jet-setteuse mondaine à la volumineuse standardiste martiniquaise. Ironisant sur les autres, mais avant tout sur elle-même, cheveux rouges coiffés en pétard, tenues rouges signées Castelbajac : « Vous ne trouvez pas que j'ai embelli ? » lance-t-elle devant une salle pleine à craquer à Bobino en 2001, un large sourire fendant son visage.

Le deuxième degré, c'est aussi ce que pratiquent les annonceurs qui font le choix de moches pour défendre leurs produits. L'émission *Culture Pub* sur M6[12] nous invite ainsi à visiter l'agence de casting londonienne Ugly, laquelle regorge de cageots, boudins et autres gueules tordues. Des gens hors norme pour des produits qui le sont aussi. « Se faire une beauté, c'est dur, lance un de ces drôles de mannequins à l'occasion d'une campagne de promotion pour une *start-up*, mais faire sa place sur Internet, c'est facile. »

Orangina, Cachou, Spontex, Volkswagen ont déjà succombé aux charmes de la différence. En aurait-on fini avec les créatures de rêve employées dans les pubs à tout bout de champ, que ce soit pour vanter une lessive, un ordinateur ou une voiture ? « On recherche en tout cas du différent, du nouveau, qui puisse faire monter l'adrénaline et éveiller nos désirs », note un publicitaire. « Dans la publicité, explique une universitaire spécialisée dans l'"esthétique de l'image", tout doit être beau, les êtres, les gestes. Du coup, le produit est par contagion sublimé. Le moche, lui, laisse s'installer une distance avec le produit. Lequel ne sera pas contaminé par la laideur ou le ridicule du personnage : au contraire, il en sortira vainqueur. » Parfois d'ailleurs, on ne sait plus trop si la monstruosité ne rejoint pas le magnifique lorsqu'on voit Rossy De Palma, l'égérie du réalisateur Pedro Almodovar, tourner un spot pour les vêtements de la marque Xüly Bet, avec son drôle de visage au nez incroyablement long mais doté d'un regard de braise. Avec ça, roulée comme une reine…

Portrait d'un « laid » en homme heureux

23 octobre 2002 : l'écrivain Erik Orsenna disserte sur l'honneur sous la coupole de l'Académie française. Je lis dans la presse du jour qu'« il porte beau dans son costume d'académicien ». Plaisante revanche pour celui qui, quelques mois plus tôt, tandis que je l'interrogeais en tant qu'amoureux patenté de la beauté – beauté des œuvres d'art, beauté des jardins, beauté des femmes mais des hommes aussi, un thème récurrent dans son œuvre –, m'a cueillie à froid en m'annonçant tout à trac : « Le point de départ de tout cela est très clair : dès le début, je me suis trouvé laid, dénué de tout charme. »

Il se revoit à 4 ans, garçon d'honneur au mariage d'un jeune oncle – une petite fille lui aurait-elle fait une réflexion ? –, haïssant déjà ses joues trop rondes qui, comble du malheur, viraient au rouge dès qu'il se mettait à courir : « Laid j'étais, radicalement et pour toujours. » Que, sur les photos, on aperçoive un charmant petit blond en lieu et place de l'avorton annoncé ne change rien à l'affaire. Adolescent, Erik est de plus en plus mal dans sa peau : « Cette humiliation des premières boums où personne ne te regarde, où tu es comme invisible, transparent... » Désespérément moyen physiquement quand son rêve serait d'avoir la gueule émaciée de Laurent Terzieff. Fatalement condamné dans la foulée à entretenir des relations moyennes avec les gens quand il n'imagine que des « relations de feu ». Le comble, c'est que vers 24-25 ans, Éric commence à perdre ses cheveux : « Quatre à cinq ans de guerre dans la guerre ! Non seulement j'étais trop joufflu, trop petit, un peu voûté, mais je me retrouvais chauve ! L'horreur absolue. » Derrière ce manque d'estime de soi, d'autres blessures : une enfance muette, entourée, du fait de la mésentente de ses parents (« deux êtres par ailleurs merveilleux »), de secrets, de tristesses, dont on ne parlait pas ; l'image un peu écrasante d'un père qui, lui, est un très bel homme, « dans le style Clark Gable », en même temps qu'un grand séducteur : « De quoi être tout à la fois envieux et furieux ! »

Car l'ambition d'Erik est haute. Il est fasciné par les êtres d'exception. Par les grands sportifs, les grands joueurs de tennis, les explorateurs de tout poil, par les femmes. Et pas n'importe quelles femmes. Par celles qu'il découvre dans les pages mode de *Elle* – il y est abonné depuis l'âge de 11 ans, venant égayer une fratrie longtemps uniquement masculine (une sœur naîtra sur le tard) et une école rétive à toute mixité. Mais surtout par ces créatures qu'il appelle les « reines ». Celle de *Ruy Blas*. Chimène dans *Le Cid*. Grace Kelly – « ma mère en plus grand, ma mère si mon père l'avait mieux aimée ». Audrey Hepburn. Geneviève Page. Claude Winter. Geneviève Casile. Une fille de sa conférence de méthode à Sciences-Po, une aristocrate aux yeux clairs. Des personnages romantiques, inatteignables. « En fait, la beauté m'a toujours guidé, elle était mon phare. » Une beauté qui, au-delà de la grâce d'un visage, est une présence, une allure, un port – « mon port d'attache ». Une beauté qui, dépassant de très loin ces femmes passées et présentes, réelles ou mythiques, fait d'elles, aux yeux de ce passionné d'histoire, des souveraines intemporelles, ancrées dans la mythologie la plus ancienne, postées aux avant-gardes de l'humanité future : « Je suis toujours allé vers celles dont je me disais : "Jamais elles ne me regarderont." Pour elles, j'aurais tué des dragons, enlevé des places fortes, franchi des mers déchaînées. J'ai d'ailleurs tenté de le faire... »

Car là où d'autres se contenteraient de rêver, Erik, lui, passe à l'action. « Ils vont voir ! » : le petit blond joufflu a la rage. Il se déteste physiquement ? Il dépassera cette frustration. Très vite, il a compris que pour conquérir le monde, il n'est qu'un moyen : l'excellence. Il sera, c'est décidé, l'ailier droit de l'équipe de France de football ! Trop petit, mon ami ? « Non, car, parmi les joueurs, il y a des Zidane mais aussi des petits râblés du genre de Lizarazu ; le seul problème, c'est que j'étais bon, pas excellent. » *Exit* à 12 ans l'ambition d'être la star du ballon rond. C'est désormais sur l'écriture qu'Erik va miser. Mais là non plus, pas de miracle : « J'étais un besogneux, sans succès notable à la clé, mal à l'aise dans les préparations aux concours, je détestais qu'on m'impose ma promenade dans les chemins du savoir. » Des romans, il en écrira douze avant de parvenir à se faire publier au Seuil. En 1978, *La Vie comme à Lausanne* remporte le prix Nimier, « un bonheur absolu » : à 30 ans, Erik a enfin le sentiment d'être reconnu, aimé. Empruntant à l'un de ses livres fétiches – *Le Rivage des Syrtes* – le nom de la vieille ville inventée par Julien Gracq, il en fait son patronyme et devient Erik Orsenna. Normal de changer de nom quand on change de peau.

Métamorphose. Le voici devenu sinon beau, du moins « acceptable ». Doté d'une bonne tête, d'un regard pétillant, d'une belle ouverture aux autres, d'un pouvoir d'attraction sur les femmes. « L'écriture, soudain, m'ouvrait toutes les portes, elle me permettait de me promener partout en impénitent curieux, de sillonner le monde, de pénétrer les milieux sociaux les plus divers. Je n'étais plus transparent. Les reines elles-mêmes me voyaient. Certaines m'ont aimé. L'écriture fut pour moi le cheval de la liberté. »

L'écriture, ou la notoriété littéraire que vont lui assurer l'attribution du prix Goncourt en 1988 (pour *L'Exposition coloniale*), puis, dix ans plus tard, une élection à l'Académie, obtenue les mains dans les poches quand d'autres s'escriment des années pour être admis sous la Coupole ? « Je n'ai jamais été choqué de voir que les femmes aiment le succès. Cela me semble normal, j'ai une vision assez préhistorique des choses. Le type qui rapporte le bison, c'est mieux que celui qui rentre de la chasse les mains vides. » Autre avantage de l'écriture sur toute autre activité de création : elle permet de se glisser dans la peau de ses personnages, de devenir un génie, un aventurier, une femme, et même un homme heureux (André Le Nôtre, le jardinier de Louis XIV) : « Romancier, dit Erik O., on n'est plus assigné à résidence. »

Il a été marié à une femme charmante, il en a eu deux enfants, nombre de belles amies ont compté pour lui. Membre du Conseil d'État, il a occupé de hautes fonctions publiques. Il a sillonné près de soixante-dix pays – et pas en touriste. Les livres qu'il publie font régulièrement un malheur en librairie. Il est cerné d'amis. Bertrand Poirot-Delpech, en le recevant à l'Académie, en faisait « l'archétype de la bienheureuse légèreté française » – au prix de quel travail acharné ! À 56 ans, Erik O. ressemble fort à un homme comblé : « En fin de compte, lance-t-il, ce sentiment que j'avais de ma laideur aura été un atout immense ! Sans ce moteur, ma vie aurait été probablement médiocre. Cette laideur inscrite dans ma tête, c'est mon énergie. En me ramenant toujours vers le concret, elle m'a obligé à appliquer mes talents là où il fallait. » Beau, Erik aurait eu la tentation de se disperser, de moins travailler : « Sans doute aurais-je mis dans ma vie moins de rage et de fièvre. L'écriture, je l'ai vraiment fourbie comme une arme pour vivre plus. Vivre mieux. Vivre plus grand. »

« Écrivain à succès » : nanti de ce passeport, Erik n'a plus qu'à être lui-même. C'est-à-dire un type adorable, drôle comme tout, pas prétentieux pour un sou. Généreux, mais pas mécontent tout de même de constater qu'« à partir de 30 ans, les beaux mecs creux se font avoir : la gueule, ça rayonne ou ça ne rayonne pas ! ». Conscient qu'en amour, tout attentionné soit-il – « On donne beaucoup quand on n'a pas tout d'emblée » –, il pèche par des comportements de « nouveau riche » : facilement ébloui, ce qui brouille parfois le jugement ; toujours « tiraillé entre la préférence et la curiosité », entre l'envie de creuser une relation et cette force qui le pousse à aller voir ailleurs. Non pour se rassurer lui-même, il n'a plus rien à se prouver, mais par appétit d'un supplément de vie, d'émotion, de cette fébrilité délicieuse qu'il y a à entrer dans une nouvelle histoire, à recevoir en cadeau un nouvel univers. Et aussi, ajoute-t-il, « pour mourir sans regret » : « Plus ça va, plus la morale du non-regret me semble une bonne ligne de vie. »

« Que le succès soit une prothèse de la beauté, c'est une évidence, dit Erik, mais ce succès n'a de sens que s'il est incitation à aller de l'avant. J'ai trop vu de princes de la jeunesse ne supportant pas l'âge mûr, de rois de l'âge mûr torpillés par la vieillesse. Moi, je pense sans cesse à l'après, je ne cesse de remettre en cause mon capital, de m'attaquer à des projets de plus en plus difficiles, je crois trop fort à la parabole des talents pour prendre le risque de devenir rentier de moi-même. »

Erik a grandi. Son 1 m 73, son visage rond, son crâne dégarni, il s'en fiche. Il confesse une moindre sensibilité à cette beauté des femmes qui lui a fait faire de son propre aveu « une montagne de conneries » – « mais les conneries, c'est comme ça qu'on se construit » –, d'autres fascinations venant prendre le relais, la vaillance, la générosité : « D'ailleurs, je n'ai jamais pu être retenu par une imbécile, si somptueuse soit-elle. » Au fond, ce qui le passionne plus que tout, c'est l'infinie diversité des êtres humains : « Le passant, et surtout la passante, dit-il, c'est peut-être le plus grand bonheur de ma vie. » Pour la surprendre, il se poste aux terrasses des cafés, il hante les rayons « fringues » des grands magasins, palpe les vêtements : « Je ferais un très bon chroniqueur de mode. » « Un jour, sourit Erik, j'ai écrit une nouvelle que j'ai depuis perdue, mais qui a été publiée en espagnol : Don Juan se réveillait et toutes les femmes étaient pareilles… N'est-ce pas là le plus affreux des cauchemars ? »

Beau, laid ? « Être beau, une heure seulement ! » suppliait Jacques Brel dans une de ses chansons. Espérons que, du haut de son ciel, il a entendu cette réponse faite par la belle

Laetitia Casta[13] au journaliste qui lui demandait quel était l'homme idéal à ses yeux, toutes époques confondues : « Jacques Brel, a-t-elle répondu, pas vraiment beau mais tellement touchant... »

NOTES

1. Sempé, *Multiples Intentions*, Paris, Denoël, 2003.
2. Franz-Olivier Giesbert, *L'Affreux*, Paris, Grasset, 1992.
3. Marie-France Hirigoyen, *Malaise dans le travail*, Paris, Syros, 2001.
4. Exemple cité dans *Métro, boulot, machos*, de Katie Breen et Catherine Durand, Paris, Plon, 2002.
5. *Le Figaro*, 1er juillet 2003.
6. « Quoi, ma gueule », *Marie-Claire*, novembre 2001.
7. Citée dans *L'Estime de soi*, de Christophe André et François Lelord, Paris, Odile Jacob, 1999.
8. Citations placées en exergue de *La Disgrâce*, de Nicole Avril, *op. cit.*
9. Magali Guillemot, *Moi qui n'ai pas tué mon fils. L'affaire Lubin*, en coll. avec Loly Clerc, Paris, Grasset, 2002.
10. Françoise Giroud et Bernard-Henri Lévy, *Les Hommes et les Femmes*, *op. cit.*
11. « Quoi, ma gueule », art. cité.
12. « Trop moche pour toi », *Culture Pub*, M6, 2 juin 2002.
13. *Le Figaro-Magazine*, 2 janvier 1999.

CHAPITRE 6

Un cadeau empoisonné ?

Imaginez que, de tous les dieux de l'Olympe, elle était la seule à n'avoir pas été conviée aux noces de Thétis et Pelée ! Furieuse, Discorde y débarqua néanmoins pour jeter sur la table du banquet la pomme d'or sur laquelle était portée l'inscription : « À la plus belle ! » Héra, Athéna et Aphrodite se disputant le titre, on prie Zeus d'arbitrer. Il se défausse sur le jeune Pâris, fils de Priam, roi de Troie, lequel est bien embêté : toutes les trois sont superbes ! Mais puisqu'il faut malgré tout se décider, il choisit Aphrodite qui a eu le bon goût de lui proposer en cadeau la plus belle des mortelles, Hélène, reine de Sparte. La suite, on la connaît : Pâris enlève Hélène à son époux Ménélas qui appelle tous ses voisins à l'aide, déclenchant ainsi la guerre de Troie, la plus folle guerre mythique que la Grèce ait jamais imaginée.

Beauté fatale

Là, il ne s'agit plus d'épopée, mais d'une sombre réalité. En ce mois de décembre 2002, le Nigeria compte ses morts : deux cent cinquante, et plus de mille blessés. Des scènes effroyables de chasse à l'homme, des passants poignardés ou brûlés vifs, des églises incendiées. Et tout ce drame, pour quoi ? Pour s'opposer au « défilé obscène de femmes à moitié nues » qui devait préluder le 7 décembre 2002, à

Abuja, à l'élection, entre quatre-vingt-dix concurrentes, d'une nouvelle Miss Monde. C'est un article publié dans un quotidien local qui a mis le feu aux poudres en affirmant que Mahomet aurait sans doute choisi pour épouse l'une de ces beautés sculpturales. Oublié le goût que le Prophète a toujours affiché de la vie et des jolies femmes. Oubliées les somptueuses « houris » qui peuplent le paradis des musulmans. Ceux-ci, en force au Nigeria, jugent l'article blasphématoire. Excellent prétexte pour rallumer les querelles religieuses qui font régulièrement des ravages dans le pays. Consignées dans leur hôtel de luxe pendant les émeutes, les belles devront s'enfuir en douce vers Londres où l'élection aura finalement lieu. Deux cent cinquante morts ! Le sourire de Miss Turquie, la nouvelle Miss Monde, aura été chèrement payé...

C'est dans l'escalier de la cave d'un hospice abandonné que ses tortionnaires l'avaient abandonnée, en ce samedi de mars 2002, baignant dans une mare de sang, les poignets et la gorge tailladés avec des tessons de bouteille, le visage lacéré. Une chance encore que la pompiste du supermarché ait refusé de remplir leur jerricane, étant en train de fermer sa caisse : elles avaient le projet de brûler leur victime, Kelly, 14 ans, une jeune fille sans histoires habitant un gros bourg près de Besançon. Les tortionnaires en question ? Deux collégiennes de son âge, ses deux meilleures amies. Devant les juges, elles parleront d'un jeu idiot qui a mal tourné. Mais le patron du bar des Sports d'à côté l'a dit tout de suite : « Elles en voulaient à sa beauté. »

Jalousie, rivalité amoureuse... Il faut dire que la blonde Kelly était non seulement bonne élève mais jolie comme un cœur, et un *look* moderne avec ça, toute menue, maquillée à la Britney Spears et lisant des magazines de son âge, *Salut*, *Jeune et Jolie*... De quoi fasciner les garçons. Après cinq heures de calvaire, en rampant, elle réussira à fuir son lieu de tortures, sera secourue par un passant : une heure de plus, elle était morte. Aujourd'hui elle vit, mais sa main gauche est à demi paralysée. Et de son beau visage aucune opération de chirurgie esthétique ne parviendra jamais à gommer les cicatrices.

Deux faits divers sanglants. Un autre encore qui, lui, est de l'histoire ancienne, de l'Histoire tout court, celle de la Révolution française. Le 5 avril 1794, des témoins voyant passer une charrette en route vers la guillotine notent la très grande beauté d'un de ses passagers : aux côtés de Fabre d'Églantine, de Camille Desmoulins, de Danton et d'une dizaine d'autres conventionnels modérés, Marie-Jean Hérault de Séchelles impressionne par son calme ; il montera à l'échafaud en dernier. Supplicié à 34 ans pour s'être laissé embarquer dans l'affrontement mortel des factions révolutionnaires, lui qui fut un jeune et brillant parlementaire sous l'Ancien Régime avant de devenir membre du Comité de salut public et président de la Convention. Mais aussi condamné parce que porteur d'une beauté incompatible avec le régime en place, c'est en tout cas la thèse d'un petit livre consacré à cet acteur presque oublié de la Révolution[1]. Cette fabuleuse beauté attestée par tous ses contemporains a valu dans le temps à Hérault de Séchelles la protection de Marie-Antoinette. Elle lui a assuré une riche carrière amoureuse – nombre d'auteurs le comparent au Valmont des *Liaisons dangereuses*. Et une extraordinaire popularité quand il a présidé, empanaché de tricolore, la fête du 10 août 1793, mise en scène par le peintre David.

Mais c'est elle aussi qui va accélérer la chute de Hérault, enfant d'une noblesse de vieille souche. Étonnamment, il a réussi à échapper un temps à l'opprobre jeté sur ces corps aristocratiques au teint frais et aux mains douces, fustigés par les révolutionnaires comme des corps débauchés, dégénérés. Un temps seulement : avec l'instauration de la Terreur, la beauté d'Hérault tant vantée finit par choquer, elle n'est plus que le rappel dérisoire des élégances et du luxe anciens. Une preuve à charge. Un stigmate contre-révolutionnaire. « Et la beauté devient alors le plus sûr chemin de la guillotine… »

La beauté peut donc aussi tuer. Au propre comme au figuré. Dans *Mères-Filles*[2], la psychanalyste Caroline Éliacheff (la fille de Françoise Giroud) analyse les dégâts que peut causer chez une fille la beauté de sa mère, quand cette beauté est pour elle non la promesse d'un accomplissement futur (dans l'idée que ce sera son tour d'être belle un jour), mais la fatalité d'un écart irréductible. Face à un manque de beauté objectif chez un enfant, il importe au moins de « relativiser ce défaut en mettant en valeur d'autres qualités, de sorte que ce ne soit pas autour de cette disgrâce que se construise son identité ».

Beauté des mères écrasant les filles. Beauté des filles menaçant les mères. Compétition entre sœurs. « Quand j'étais petite, dit Antigone la noiraude à la blonde, l'éblouissante Ismène, j'étais si malheureuse, tu te souviens ? Je te barbouillais de terre, je te mettais des vers dans le cou. Une fois, je t'ai attachée à un arbre et je t'ai coupé tes cheveux, tes beaux cheveux[3]. » Comment échapper au venin de la jalousie ? « Petite, ma sœur aînée était déjà très belle, dit la comédienne Mathilde Seigner de sa sœur Emmanuelle, actrice elle aussi. Je ne dis pas que j'étais moche et elle belle, parce que ce n'est pas juste. Mais il y avait cette beauté tellement forte chez Emmanuelle que moi, j'ai existé autrement. Il le fallait[4]. » La force de Mathilde, c'est son caractère, sa volonté terrible de réussir : « J'étais un bulldozer, une kalachnikov. » Exister autrement de sorte que l'éclat fascinant de la beauté ne vous rejette pas dans l'ombre et le malheur.

Mauvaise pente

On dit que Sainte Catherine de Sienne pleura toute sa vie d'avoir un moment, à l'exemple de sa sœur, usé de l'innocent attirail de la féminité, « en se rafraîchissant souvent le visage, en se peignant et en soignant sa coiffure ». Un bien court moment puisque à 16 ans, elle rejoignait l'ordre dominicain des sœurs de la Pénitence[5] ! « Plus une fille a d'attraits, plus elle est sollicitée de faire un faux pas », relève le *Catéchisme à l'usage des grandes filles qui souhaitent se marier*, un petit livre de colportage édité à Troyes dans les années 1600, en conseillant prudemment de ne pas perdre de temps pour marier les plus belles. Car la beauté est une invite à emprunter des chemins périlleux. Tant de beaux gosses et de jolies donzelles se sont laissé piéger par le miroir aux alouettes ! Ainsi de l'immense désir de devenir mannequin dans la société d'aujourd'hui : « Pathétique ! » tranche Inès de La Fressange. « Un jour, raconte-t-elle, une fille m'a envoyé une photo d'elle nue à côté d'une bouteille d'Évian ! Ridicule, mais moins sinistre peut-être que ces lettres de minettes de 12 ans, rédigées avec leur mère, pour me dire leur ambition de devenir un jour mannequins. À celles-là je réponds aussi sec qu'elles feraient mieux de passer leur bac. » Les rêves de célébrité et d'argent facile conduiront plus tristement d'autres jolies filles vers la prostitution de luxe. Ou vers le tournage de films pornographiques, un métier qui sort du ghetto à force d'être banalisé, voire glorifié par la télévision.

Dans cette foire aux vanités, on ne court pas forcément le risque de se perdre, mais à coup sûr celui de perdre son temps. C'est là le point de départ de *La Confusion des sentiments* de Stefan Zweig, l'histoire d'un jeune étudiant hédoniste, « particulièrement joli garçon, de haute taille, svelte, avec encore aux joues le hâle de la mer, souple et adroit dans chacun de ses mouvements ». Roland, le narrateur, gaspille sottement son temps, ne lit pas un livre : « D'instinct, je fuyais toute société cultivée, afin de pouvoir sentir plus fortement dans mon corps qui s'était révélé, la saveur de la nouveauté et des plaisirs jusque-là défendus. Il se peut que cette façon de s'enivrer de sa propre sève et d'être enragé contre soi-même à perdre son temps, fasse partie, dans une certaine mesure, des exigences d'une jeunesse vigoureuse, brusquement livrée à elle-même. » Il faudra l'emprise intellectuelle d'un maître hors du commun pour faire basculer Roland vers le goût de la connaissance, l'arracher définitivement aux sirènes de la facilité.

Isola Bella

Pourquoi me vient cette image d'Isola Bella, la plus belle île du lac Majeur en Italie, avec son palais et ses magnifiques jardins ? Sans doute la femme belle – très belle – m'apparaît-elle, elle aussi, comme une île : séparée du reste des mortels, elle intimide, parfois réfrigère. Dans ses souvenirs, le photographe Richard Avedon, qui côtoya les femmes les plus sublimes, affirme que la vraie beauté – la parfaite harmonie d'un visage, la plastique sans défaut d'un corps –, que cette beauté-là isole. De ce mannequin avec qui il débarque un jour dans un village pour faire des photos, il dit même que les gens, sidérés, « reculaient devant elle ».

On raconte qu'Isadora Duncan déplorait l'abstinence imposée par des admirateurs auxquels elle aurait volontiers accordé ses faveurs : ils la trouvaient si belle qu'ils ne pouvaient que la contempler, assis à ses pieds. Par deux fois, au cours de mon enquête, des femmes magnifiques me confieront avoir vu l'homme de leur vie, au tout début de leur relation, être dans l'incapacité de les honorer, comme figé par un trop-plein d'admiration. « Je fais peur à mes enfants, à mon mari » : dans ce gros bourg de la région nantaise, Liliane Ripoche (Catherine Deneuve dans ce film de Jean-Loup Hubert) est la femme du plombier. Mais c'est aussi « la Reine blanche », comme l'a surnommée son entourage, fasciné par son impériale beauté. Une beauté qui sème depuis toujours la zizanie, a provoqué dans le temps la fuite désespérée d'un des ses amoureux éconduits, rend fou d'inquiétude son mari lorsque l'amoureux revient au pays, pèse lourdement sur sa fille adolescente (la délicieuse Isabelle Carré), l'amène à négliger les siens pour déambuler, habillée comme une dame, dans les rues de Nantes.

L'arrogance n'est pas le double obligé de la beauté. Si certaines jolies filles ont parfois du mal à entrer en relation avec les autres, ce n'est pas forcément par excès de confiance en elles. Prenez Carole Bouquet à qui son physique de rêve a souvent servi de couvercle pour masquer les manques de son enfance – « protégée mais pas heureuse », avec des parents séparés, un père peu démonstratif, dépassé par ses deux filles dont il a la garde –, certaines errances – « l'alcool, la drogue, la dépendance excessive à quelqu'un » – et une timidité handicapante qui la rend « incapable d'aller toute seule à un cocktail ou à un dîner ». De sa beauté, elle aurait même dit un jour : « Elle m'a longtemps empêchée de respirer... » Elle se défend devant moi d'avoir jamais prononcé ces mots : « J'ai seulement émis l'idée – c'était au moment de *Trop belle pour toi* (le film de Bertrand Blier, avec Depardieu et Josiane Balasko) – que si la beauté est bien sûr un cadeau, on ne sait pas trop quoi en faire quand on le reçoit trop tôt. Un adolescent voit son corps comme quelque chose d'étranger : quand, en plus, on sent les regards peser sur vous – une demande extrêmement sexuée quand on est femme –, on ne peut s'empêcher d'être mal à l'aise. Il faut un moment pour apprendre à jouer avec ces regards. »

Autre *bellissima* – royale, vraiment, dans *Les Damnés* de Visconti ! –, Charlotte Rampling, visage aigu, yeux de chat couleur absinthe, allure longiligne, parle quant à elle de « l'effet d'inclusion-exclusion » qu'entraîne la beauté, de son extraordinaire pouvoir d'attraction sur les autres mais aussi du trouble, voire du rejet que suscite un tel don pour lequel on s'est seulement donné la peine de naître.

Autant de réflexions qu'à seulement 21 ans Sixtine a déjà faites siennes. La voilà qui débarque à vélo, un peu essoufflée. En parka, bonnet de laine enfoncé sur les oreilles, mocassins et pantalon baggy, elle a tout l'air d'une étudiante et c'est le cas : elle est élève de troisième année à l'École des beaux-arts de Paris. Elle est mannequin aussi. Un truc qui lui est tombé dessus un jour qu'elle déambulait sur le pont du Carrousel avec Aude, son amie de cœur. Une dame aborde Sixtine, dit avoir une agence de mannequins, lui tend sa carte, l'invite à passer la voir. Ça doit être vrai : Aude a reconnu la dame pour l'avoir vue à la télé. « J'étais flattée, bien sûr, se rappelle Sixtine. Mais abasourdie. À l'époque, j'avais 16 ans, je faisais encore petite fille malgré mon 1 m 77, j'étais un vrai fil de fer, plutôt complexée de ne pas avoir de seins : de toute ma classe, j'étais la seule à ne pas porter de soutien-gorge. » C'est sans rien dire à personne que, chaperonnée par Aude, Sixtine se rend à City Model, une petite agence traquant les physiques à caractère plus que purement « commerciaux ». Du premier contact elle garde un souvenir « atroce » : « Tous ces *bookers* travaillant autour d'une table ronde et vous dévisageant... Enfin, ils ont dit oui. » L'heure est venue de mettre les parents au courant – des grands bourgeois un peu bohèmes. Sixtine jure que ses études n'en souffriront pas, elle ne fera le mannequin qu'à ses heures perdues. Accord conclu.

Mannequin ! Une étiquette magique auprès des jeunes même si, dans ce milieu BCBG, les mères de famille prennent facilement l'air pincé à l'évocation d'une telle occupation. De quoi, en tout cas, faire fantasmer les garçons et rendre vertes de jalousie les filles, abonnées, elles, au baby-sitting à 6 euros de l'heure quand, pour la moindre séance de pose pour un magazine, Sixtine empoche au minimum 150 euros (quand ce n'est pas vingt fois plus lorsqu'elle travaille pour la publicité). « Peut-être au début ai-je fait un peu la belle, reconnaît-elle. Et encore… J'étais tellement timide ! Je n'osais pas parler aux garçons, ni lever la main en classe. En classe de première, je suis devenue carrément asociale : dans mon collège privé du VIIe arrondissement, j'étais entourée de petites nanas plus matures que moi, je les trouvais méchantes, cruelles. J'avais dit à très peu de gens que j'étais mannequin, mais ça a fini par se savoir. Les filles, du coup, me faisaient des compliments qui sonnaient pour moi aigres-doux. Lorsque je sortais dans un rallye, je détestais l'idée qu'on m'ait annoncée à l'avance comme mannequin. J'imaginais déjà la déception des gens, sûrs de voir arriver une fille dotée de tous les atouts – un petit nez, des yeux magnifiques, des seins surtout –, et me découvrant, moi, avec mon torse plat, mon nez un peu tordu, mes mâchoires trop fortes – on m'a assez dit que je ressemblais à Charlotte Gainsbourg –, bref un physique à la mode mais rien de génial ! »

Le fond de tout, c'est que Sixtine a toujours éprouvé de la honte à dire qu'elle faisait du mannequinat. Oui, de la honte. Mais de quoi ? D'être née belle et charmante, d'incarner la jeunesse et la séduction ? « Il faut savoir, répond-elle, inflexible, que tout cela est largement de la triche. Du théâtre. On vous coiffe, on vous maquille, on vous fait les ongles, on vous éclaire juste ce qu'il faut, on vous demande de tourner le visage : « Là, un peu plus à droite, tu relèves le menton, tu regardes vers moi ! » Et hop là, vous êtes belle sous cet angle-là. Mais vous, vous savez bien que ce matin, vous aviez le teint brouillé après avoir mal dormi. Que le vêtement est un peu large pour vous, heureusement qu'on l'a arrimé dans le dos avec des pinces à linge. Qu'il a fallu bourrer de coton les chaussures que vous portez. Et puis, il faut voir comment on traite les mannequins ! Les humiliations qu'elles ont à subir. On vous fait poireauter des heures sans même vous offrir une chaise, vous vous retrouvez assise sur la moquette, ou encore sur une marche d'escalier. Enfin, on vous appelle. Et là, il faut tout faire pour plaire au directeur de casting, arborer votre plus beau sourire, ou au contraire faire la gueule, vous promener en petite culotte, prendre des poses, une vraie foire aux bestiaux. À côté de ça, lorsque vous avez été élue entre toutes, vous débarquez à un défilé ou à une séance de photos, et c'est des "Ah, Sixtine, ma chérie, tu es là !" : on vous entoure, on vous offre une coupe de champagne, vous êtes la reine du monde. C'est tellement factice, ces louanges-là ! »

Pas facile de tout mener de front : à 19 ans, Sixtine s'arrête pendant un an, puis, ayant besoin d'argent de poche en prévision d'un voyage en Chine, reprend du service à l'agence Ford, une grosse usine cette fois : « Ça a très bien marché du côté des jeunes créateurs. Nicolas Ghesquière venait de relancer Balenciaga, il m'a baptisée son "égérie", a fait toute une collection sur moi. Lors de la saison automne-hiver 2001, j'ai été demandée partout, par Balenciaga mais aussi par Chanel, par Hermès, j'ai fait jusqu'à trois défilés par jour. J'étais la petite star de la saison. Quelque temps plus tard, Calvin Klein m'a invitée à New York pour préparer sa collection, j'habitais le Hudson, un hôtel tout nouveau décoré par Starck, j'étais royalement payée : une semaine de rêve en perspective. Je suis arrivée un vendredi : le mardi d'après était un certain 11 septembre 2001... »

Point besoin d'une tragédie planétaire pour relativiser cette heure de gloire : « J'ai toujours eu à l'esprit que ce mérite n'avait aucun sens. Qu'on ne peut pas être fière en gagnant de l'argent de cette façon. La beauté, c'est comme le fait d'être née dans une famille plutôt favorisée, un privilège qui vous est donné d'emblée : on ne va tout de même pas s'en gargariser ! » La vie est d'ailleurs là pour vous éviter de prendre la grosse tête : aujourd'hui, si Sixtine est toujours chez Ford, elle ne fait plus des photos que de façon épisodique. « Parce que j'ai grossi », avoue-t-elle. On se frotte les yeux : trop grosse, cette sylphide ? « J'ai dû prendre deux kilos, ça ne fait pas de différence pour les photos, mais pour les défilés, si. La saison d'après, en janvier 2002, Chanel m'avait retenue pour son défilé haute couture, ils avaient même confirmé l'option, mais quand je suis allée essayer ma robe, je ne rentrais pas dedans. Il y avait là une petite dame très gentille qui m'a dit : “Allez, ne vous en faites pas, vous êtes bien mieux comme ça !” À la même époque, Calvin Klein voulait de nouveau me faire venir à New York, ils ont demandé des Polaroid, m'ont donné trois semaines pour maigrir. Il y avait une belle somme à la clé, toute l'agence me poussait : j'ai laissé tomber. »

Paresse ? Caprice d'enfant gâtée ? Rien de tel : « La vérité, c'est que je suis atrocement gourmande : je pense souvent à la nourriture, et je ne vois pas pourquoi je me priverais. C'est presque chez moi une attitude éthique : cette beauté qui m'a été donnée, j'ai trouvé très agréable d'en profiter mais je n'aime pas l'idée de la cultiver. De faire des efforts pour elle. C'est peut-être mon côté petite féministe, mais je trouverais ça carrément humiliant de suivre un régime. Quand je vois toutes ces filles végétariennes, toutes ces femmes qui se serrent la ceinture, persuadées qu'on ne peut être bien dans sa peau que si on mesure plus d'1,75 mètre et qu'on pèse moins de 55 kilos, je trouve ça trop triste. J'ai un peu honte d'avoir contribué à cette conspiration-là. »

Du coup, même si elle aime bien s'habiller, Sixtine fuit systématiquement ce qui la ferait remarquer : « Je montre rarement mes jambes, c'est plus normal pour une fille de ma génération d'être en pantalon. Et puis, ça prend du temps de mettre des collants ! » Opter pour des tenues passe-partout est aussi pour elle le moyen de normaliser ses rapports avec les garçons. « Ils viennent vers moi parce que je suis jolie et cela fausse tout. Quand je leur dis, dès la deuxième ou la troisième rencontre, que j'ai un petit ami, un garçon de mon âge, le même depuis cinq ans, que je suis amoureuse de lui, que c'est l'homme de ma vie – la stricte vérité –, rien à faire, soit ils fuient et on ne les revoit jamais, soit ils font semblant de ne pas comprendre, continuent à espérer. Aujourd'hui que je me sens moins timide, j'adorerais avoir des amis, partager des choses avec eux, bavarder, refaire le monde. Pour cela, il faudrait qu'ils m'aiment pour ce que je suis, pour mon caractère de chien, mon honnêteté désastreuse, pourquoi pas – je rêve ! – pour mes talents d'artiste : mais la seule chose qui les intéresse, c'est de me mettre dans leur lit ! »

Que la beauté crée une distance, Sixtine le supporte mal : « Je trouve idiot que mes cousines un peu boulottes fassent des complexes vis-à-vis de moi alors que, si ça se trouve, au début du siècle dernier, c'est peut-être moi qui serais restée au bord de la piste de danse. Je me demande aussi si ma petite sœur, que j'adore, n'a pas été un peu énervée parfois par les compliments qu'on me faisait çà et là. Mais le problème est surtout avec les filles qui ne me connaissent pas. L'autre jour, j'étais aux Beaux-Arts dans la salle d'infographie, je me dirige vers une machine devant laquelle se tenaient une fille et son copain. De loin, je l'ai entendue dire : "Qui c'est, celle-là ? Une mannequin ou quoi ? J'ai compris, je te laisse…" J'en aurais pleuré. D'un autre côté, si je veux être tout à fait honnête – et me ridiculiser définitivement ! –, il m'est arrivé plusieurs fois de me dire devant des garçons de l'école qui ne me regardaient pas : "Tiens, qu'est-ce qu'il a, ce type ? C'est bizarre tout de même qu'il n'ait jamais tenté sa chance…" »

Esclave de son image

Que la beauté ne soit pas toujours évidente à assumer, des histoires comme celle de Sixtine en apportent la preuve. De là à se poser en victime… « Être belle, quel enfer ! » se désolaient un jour deux créatures sur le plateau d'une émission de France 3[6]. L'une, Isabelle, 37 ans, directrice d'une agence immobilière, chignon blond et décolleté sexy, affirme en minaudant qu'elle rêve de tranquillité, que c'est terrible d'être regardée comme une « fille légère ». Nikita, 22 ans, blonde elle aussi et tout aussi peu naturelle, a arrêté de prendre le métro depuis deux ans car, « quand on est serré comme des sardines, c'est moi qui ai droit à la main au cul ! », confie-t-elle, très classe. Maintenant, elle appelle des taxis, mais là encore, on n'arrête pas de la draguer ! Bref, la vie d'une belle est loin d'être pavée de roses. *Primo* : on a mauvaise conscience d'écraser les copines, de faucher les boulots sous le nez des moins jolies. *Secundo* : si on ne vous taxe pas de mauvaises mœurs, on vous cantonne en tout cas dans le rôle du pot de fleurs dénué de toute personnalité. *Tertio* : les hommes sont attirés par vous mais très vite les relations deviennent conflictuelles, ces messieurs n'ont pas confiance en vous, pensent que si l'on vous observe avec autant d'insistance, c'est qu'on a eu un regard aguichant. Du coup, Isabelle, après quelques expériences malheureuses avec des hommes « très limités et égoïstes », a décidé de rester célibataire.

Lassé par ce lamento, Bruno, 31 ans, qui leur fait face, fustige ces « deux témoignages de midinettes qui se regardent beaucoup le nombril ». Lova Moor, ex-danseuse vedette du Crazy Horse, ses généreux attributs sanglés dans une sorte de guêpière, assure à leur décharge qu'il y a des physiques plus harcelés que d'autres – les blondes, avec une belle poitrine, des grosses lèvres. Mais le mot de la fin restera à Anne Roumanoff (encore elle !) : « Quand j'étais en sixième, raconte-t-elle, il y avait dans ma classe une fille très belle avec des yeux verts, des taches de rousseur et de longs cheveux blonds qui tombaient jusqu'à la taille, quand j'étais, moi, une boulotte à lunettes. Elle n'arrêtait pas de me dire : "J'en ai marre de ces garçons qui me courent après, c'est trop dur." Un jour, je lui ai fait remarquer que si elle se coupait les cheveux, on la remarquerait déjà moins. "Ah non, ça, j'peux pas", m'a-t-elle répondu. Ce "j'peux pas", c'est là tout le problème ! » conclura Roumanoff, l'air réjoui.

Tutoyer le ciel ne lui a pas fait perdre la tête, mais il aura fallu un peu de temps à Jean Galfione, le perchiste, pour comprendre le risque qu'il y avait, pour un sportif de haut niveau comme lui, à laisser se répandre une image trop *glamour*. En 1996, aux Jeux d'Atlanta, le grand blond entre dans la légende en devenant à 25 ans champion olympique avec un saut de 5,92 mètres.

Impressionnant spectacle que celui de ce corps magnifique – 82 kilos pour 1,84 mètre – courant le 10 mètres lancé en 98 centièmes, une formidable énergie qu'il transmet à la perche au moment de la piquer avant de passer au-dessus de la barre en renversé. Reconnu, fêté, invité partout, le dieu du stade se met à poser pour des photographes de mode, une sorte de revanche contre une adolescence solitaire, « limite autiste » : il expose pour une marque de vêtements son torse musclé entre les bras de Laetitia Casta, tourne en Camargue un spot pour un parfum, défile pour les collections Dior Homme, escorte sur le podium les mannequins de Chanel. Il devient une star populaire. Les groupies l'arrêtent dans la rue. « Son répondeur, peut-on lire dans *Libération*[7], est saturé de messages libidineux, son profil d'Apollon des sautoirs façonné par un travail de gladiateur est récupéré sur l'Internet par les sites gay. » « Tout le monde l'aime, c'en est chiant. Les pédés comme les minettes », résume son entraîneur.

« Victime expiatoire d'un délit malgré lui, celui de belle gueule », Galfione cherchera bientôt à s'en dédouaner en refusant de faire la une de *Paris-Match* avec sa petite amie malgré le gros chèque promis, cassant ainsi volontairement son image de *pin-up boy* comme l'ont surnommé les Américains : c'est ainsi qu'en 1998 on le voit, « tel qu'il est vraiment », assure-t-il, dans une publicité pour Danette, pas rasé et chantant faux. Lucide, il n'a jamais cessé de l'être : « Ce n'est pas mon physique qui me fera sauter plus haut », dit celui qui, à 32 ans, après trois ans de galère – blessé, il n'a pu participer à l'été 2003 aux championnats du monde –, entretient toujours le rêve de franchir la barre des six mètres...

Même s'ils n'ont jamais été confrontés à cette surexposition médiatique, nombre d'hommes particulièrement bien de leur personne ont eux aussi l'impression d'être prisonniers d'une image. Je pense à tel économiste distingué – ô combien ! –, visage jeune sous l'abondante chevelure tôt striée de blanc, longue silhouette facilement un peu voûtée, un indéniable charisme auprès des étudiants de la grande université parisienne dont il devint à 37 ans président, un peu las de se voir rappeler à tout bout de champ ce physique remarquable. Ou à ce professeur de médecine à l'œil très bleu, un physique à la George Clooney, qui craignit longtemps d'être pris pour un joyeux dilettante, avant que ne soient pleinement reconnues, la quarantaine venue, la justesse de son diagnostic et l'extraordinaire empathie qui le portait vers ses malades. Je pense à ce jeune photographe à qui son 1,92 m et son allure romantique valent des brassées de fleurs – *our handsome photographer*, ne manquait pas de noter la journaliste du *Times* londonien qu'il accompagnait à l'occasion d'un reportage sur l'une des légendaires sœurs Mitford –, soucieux, si l'on en croit le peu d'importance qu'il accorde à ses vêtements, de ne pas capitaliser sur cette image au risque qu'on ne le croie abonné à l'autre côté de l'objectif. Ou encore à ce chef d'entreprise de mes amis, plus tout jeune mais magnifiquement conservé grâce à une pratique intensive du sport, visage buriné aux traits puissants évoquant au choix un masque d'empereur romain ou un valeureux cow-boy vantant une marque de cigarettes, qui s'exaspère carrément d'être encore salué comme « le beau D. » quand il entre dans un salon : « Que cela provoque, tout au fond de moi, un petit sursaut de fierté en me disant que je n'ai pas trop décollé, peut-être, mais franchement, à mon âge, c'est un peu réducteur ! »

L'air de tous les soupçons

« Réducteur » : le mot est lâché. À la différence des autres trésors que peut posséder un être humain – l'intelligence, la bonté, le courage… –, la beauté saute aux yeux au point d'occulter parfois le reste du paysage. Parfois, ce n'est pas trop grave. Samy Frey raconte avec humour sa déception quand, voyant avec bonheur Laurence Olivier, l'une de ses idoles, se diriger vers lui, l'air affable, lors d'un cocktail à l'ambassade de France, après une représentation londonienne de *Bérénice* montée par Planchon, il l'entendit lâcher sur son jeu ce seul commentaire : « Vous avez des cuisses impressionnantes ! » Il apprendra plus tard, non sans soulagement, qu'à ses débuts l'acteur vedette de l'Old Vic était complexé de devoir jouer des drames shakespeariens en collants, vu sa taille et sa musculature...

Plus lourde à porter sera l'image de « Poupée Barbie » dont Édith Cresson, alors Premier ministre, aurait un jour – même si elle le démentira formellement – affublé Élisabeth Guigou. Lors de notre dernière rencontre en janvier 2002, celle-ci m'avait reçue, pour un déjeuner en tête à tête, dans les magnifiques salons du ministère de la Justice, place Vendôme. Je la retrouve cette fois dans un tout petit bureau encombré de papiers, face à l'Assemblée nationale, où elle représente la neuvième circonscription de la Seine-Saint-Denis. Grandeur et misère de la vie politique. Ministre ou député, elle reste cependant égale à elle-même, cheveux blonds ramenés en catogan sur la nuque, le sourire tempéré par un port de tête presque altier, le geste rare et élégant, la voix douce, à 56 ans la silhouette gracile d'une étudiante.

« Sa beauté fait l'unanimité », affirme *L'Express* fin 2002[8]. Au point que le caricaturiste Plantu avoue son incapacité à croquer cette créature zéro-défaut. Les journaux évoquent son charme, son allure d'héroïne « hitchcockienne », certains tomberont même parfois dans le lyrisme le plus effréné : « Imaginez l'inimaginable : Kim Basinger vous expliquant l'harmonisation de la fiscalité européenne », écrit *Paris-Match* en décembre 1989, justifiant sa comparaison par l'évocation d'« un visage au nez parfait, des yeux verts, des cheveux blonds coiffés en longue cascade bouclée, un sourire désarmant en concurrence avec un regard souvent froid et dur, une silhouette de mannequin ». Jusqu'à Brigitte Bardot, une connaisseuse en la matière, qui, dans son dernier livre, s'inclinait devant la beauté de la blonde égérie socialiste... pour regretter qu'elle ne l'ait pas « mise au service du repos du guerrier » !

Qu'Élisabeth Guigou ait au départ tiré avantage de ce plaisant physique, elle aurait mauvaise grâce à le nier. Jeune fille à Marrakech, puis étudiante à Rabat, elle papote volontiers chiffons avec ses copines, échange avec elles des journaux de mode, trouve tout à fait normal d'avoir une petite cour de garçons autour d'elle. Mais déjà féministe en herbe, elle se sent « agressée » par les commentaires, les regards, les sifflets qui la poursuivent dans la rue, machisme pied-noir oblige : « Très vite, je me suis dit : "Je ne me laisserai pas réduire à l'apparence", cela n'a fait que renforcer mon goût naturel pour les études. » Elle a souvenir, quand elle avait 15 ou 16 ans, d'avoir éperdument admiré une femme qui était consul de France à Casablanca, « grande, mince, brune, très élégante, mais exerçant un vrai métier, de vraies responsabilités », au point d'avoir eu envie de devenir comme elle diplomate.

Débarquant, jeune mariée, à Paris pour y préparer l'ENA, elle doit en tout cas reconnaître un nouvel avantage à son apparence extérieure. Provinciale, fille d'agriculteurs désargentés quand la plupart de ses camarades d'école sont enfants des beaux quartiers parisiens, « avec leur mode à eux, leurs codes à eux », Élisabeth aurait risqué de se sentir un peu seulette. Mais rien de tel qu'une gentille frimousse et de jolies jambes pour gommer les différences sociales. Fonctionnaire au ministère des Finances, puis à l'Élysée, où elle entre à l'automne 1982, elle ne passe pas inaperçue avec ses tailleurs sexy, ses hauts talons et ses lèvres carmin. C'est son époque « Kim Basinger ». À l'occasion de voyages, de déjeuners autour de tel chef d'État ou encore de dîners officiels, Élisabeth apparaît radieuse au bras de son époux, dans une robe empruntée à un grand couturier. Lors des sommets européens, elle épate les plus misogynes en débarquant sur le coup de 3 heures du matin, à l'issue d'une interminable négociation entre experts, devant un troupeau de journalistes harassés, pour leur expliquer, l'œil tonique, la mèche soigneusement lissée, ce qui a été décidé.

Car c'est d'abord et avant tout, dit un de ses proches, « la plus belle… pour aller bosser ! ». Nul ne pensera jamais à travestir en ravissante idiote celle qui pioche à fond ses dossiers. Mais Guigou persiste à trouver irritante l'image « simplificatrice » qu'on lui renvoie sans cesse, celle de blonde nordique – quand elle reste viscéralement attachée à sa communauté pied-noir –, de grande bourgeoise distinguée – alors qu'elle revendique ses origines modestes, sa mère, faute d'argent, cousant patiemment ses robes et celles de sa fille –, de femme fragile, limite anorexique – quand sa minceur révèle seulement une saine hygiène alimentaire et une pratique régulière du sport. En revanche, elle se fiche complètement d'avoir la réputation d'être glaciale quand, à l'entendre, la « techno-iceberg » fond à la maison et adore rire en famille et avec ses amis, ambiance méditerranéenne oblige : « J'ai toujours eu une réserve naturelle mais j'en rajouterais plutôt tant je déteste les familiarités déplacées. » Un conseiller municipal du Vaucluse l'apprendra à ses dépens lorsque, à l'occasion d'une campagne électorale, il aura la fâcheuse idée d'arriver dans le dos de la candidate et de lui poser les deux mains sur les hanches en beuglant avec son accent ensoleillé : « Ah ! la Guigou ! », s'attirant pour toute réponse un regard glacé de la belle.

« Les malheurs des petites filles riches »

Autrement plus blessante sera la « mauvaise rumeur », comme elle la qualifie elle-même, qui commencera à courir à partir du moment où sa montée en puissance s'affirmera : « Je voyais le président tous les jours, privilège envié. Toujours la même vieille histoire, mon influence ne pouvait s'expliquer par mes seules compétences professionnelles, il était clair que je couchais avec le patron. » Quand celui-ci se trouve être un amateur de femmes patenté comme François Mitterrand, le doute n'est plus permis. Elle menacera de partir si on ne met pas fin à ces racontars. Ce premier coup bas ne sera pas le dernier. En 1992, Élisabeth affronte pour la première fois le verdict des urnes en se présentant aux élections régionales dans le Vaucluse : « Là, j'ai eu droit à tout, des coups de fil orduriers, des affiches obscènes et même un "Guigou = putain" tracé en lettres géantes au bord de la merveilleuse route du val de Durance : le soir, j'avais un meeting et j'en ai parlé quand, jusque-là, les femmes taisaient ce genre d'insultes. J'ai été ovationnée. Aujourd'hui, c'est différent, celui qui est pris en flagrant délit de machisme est sommé de se justifier : la honte a changé de camp. »

Fatalement, le succès suscite des jalousies. Mais curieusement, les déboires de Guigou ne calmeront pas le jeu, bien au contraire. Même dans son propre parti, certains regardent comme une « erreur de casting » le fait de l'avoir propulsée, à la suite de Martine Aubry, au ministère des Affaires sociales. Son allure hiératique, qui correspond bien à la haute idée qu'on se fait de la Justice, passe aux Affaires sociales pour de l'indifférence et du mépris. En 2000, sa grande réforme constitutionnelle de la justice est remisée au placard par Chirac. Au soir des municipales de 2001, devancée de quelques points en Avignon par son adversaire RPR, Marie-José Roig, la moins flamboyante maire en titre, récemment promue ministre de la Famille, Élisabeth Guigou a les larmes aux yeux, la voix cassée par l'émotion. « Elle a débarqué là-bas comme un mannequin sur un podium », glissent les méchantes langues ; on l'accuse d'être mauvaise perdante, elle aurait fait « sa supérieure » comme on disait quand j'étais au lycée. Elle s'en défend : « C'est beaucoup Mme Chirac qui a accrédité cela en venant soutenir sur place Mme Roig. Et en lançant à mon propos : "Elle est trop belle" – elle l'a dit ! – en pleine conférence de presse. Sous-entendu : c'est la gauche d'en haut contre la droite de la base, un message complètement pervers visant à faire passer l'idée qu'il était temps de faire place aux femmes moins bien loties. »

Oubliée, la petite star de la gauche, le ministre le plus populaire du gouvernement socialiste juste derrière Lionel Jospin, la « premier ministrable ». « Sans doute la louange avait-elle été portée tellement haut que les retours de bâton étaient inéluctables, commente l'ex-chouchoute des médias. Peut-être n'ai-je pas assez mesuré le danger. J'ai veillé pourtant à ne pas trop faire de *people*, comme on dit, mais pas suffisamment. » Guigou jouant à la pétanque en robe de lin d'un blanc immaculé devant les photographes de *Paris-Match*, Guigou sortant fraîche et rose d'un jogging dans les jardins des Tuileries, Guigou pomponnée pour les grands soirs... Après ces images d'Épinal, les méchants journalistes sont trop contents de trouver la faille : « Les malheurs des petites filles riches font toujours rire », peut-on lire dans *Le Figaro*, qui poursuivra un mois plus tard sur le thème du « fabuleux déclin d'Élisabeth Guigou[9] » : « Féministe, antiraciste, européiste, pas une idée qui ne décoiffe son impeccable brushing. Pas un mot qui ne choque dans les salons de la gauche bourgeoise. Une sorte de quintessence du politiquement correct [...]. Longtemps, cet impeccable profil "bobo" lui a conféré une grâce médiatique irrésistible. Jusqu'à cette manière inimitable de se servir de son charme glacé de star suédoise tout en théorisant, en petite fille de Simone de Beauvoir, les inconvénients de la beauté en politique... »

Trop belle, Élisabeth n'entend l'être, ni pour la ville des papes, ni pour la très populaire Seine-Saint-Denis. Qu'il faille s'adapter, bien sûr, concède-t-elle. Karl Lagerfeld aurait volontiers gardé la belle Élisabeth comme portemanteau, mais il y a des années qu'elle ne joue plus les pique-assiette rue Cambon. On ne fait pas campagne dans la banlieue nord en tailleur Chanel. « La première fois que j'ai été ministre, me confiait-elle du temps où elle régnait place Vendôme, je ne faisais pas trop attention, je portais les cheveux mi-longs, des couleurs vives, j'étais plus jeune aussi. Mais il m'est vite apparu qu'une certaine sobriété d'apparence, outre son côté pratique et le fait qu'elle décourage les attaques sexistes, est une marque de respect donnée aux citoyens qui vous font confiance pour mener les affaires de l'État. » D'où cette coiffure sage. Ces éternels tailleurs-pantalons gris ou bleu marine (Saint Laurent Variation ou Emporio Armani tout de même...). Cette discrétion revendiquée n'empêche pas d'ailleurs les médias de se repaître de ses moindres fantaisies.

À la fin de l'été 2002, on a vu débouler Guigou avec une toison toute frisée. Émoi dans le landerneau politique. Interrogation : la belle aurait-elle voulu casser son image lisse et froide pour renaître sous forme d'une pétulante créature à bouclettes ? « Mais je suis comme cela tous les étés ! proteste Élisabeth. À mon grand désespoir, mes cheveux frisent naturellement quand je ne fais pas de brushing. Parfois, au retour des vacances, je me dis : "Basta ! Bronzée, ça passera !" J'ai le souvenir d'avoir fait cela une ou deux fois quand j'étais à l'Élysée : à chaque fois, ce fut un déluge de commentaires ! »

Avant Élisabeth Guigou, Édith Cresson a connu bien des déboires. Rappelez-vous *Le Bébête Show*, la panthère lovée aux pieds de Dieu le Père... Quant au lynchage médiatique qui a ponctué son échec – avéré – comme Premier ministre, il n'est pas exclu qu'il ait été d'autant plus impitoyable qu'il sanctionnait non seulement l'animal politique mais la femme-femme à l'allure délibérément sexy et à l'élégance un peu voyante. Même des femmes qui ne jouent en rien les provocatrices n'échappent pas aux soupçons. Ainsi Françoise de Panafieu, quand elle était adjointe aux affaires culturelles de la Ville de Paris : « Des années d'émancipation féminine n'y font rien, dit-elle. Court toujours l'idée que la réussite d'une femme un peu mignonne ne peut être due uniquement à ses qualités propres. Comme, en plus, il est bien connu que personne ne peut résister à Jacques Chirac... »

Que Françoise ait été élevée par ses parents dans le respect des vraies valeurs plutôt que dans la séduction facile, qu'elle soit mariée à un charmant inspecteur des Finances, qu'ils aient déjà trois enfants (une dernière naîtra en 1990) ne découragera pas les bavards. « Mais autant j'avais très mal vécu la première rumeur qui avait fait de moi en mai 1968 la petite amie de Cohn-Bendit dans le but de déstabiliser mon père [François Missoffe, alors ministre de la Jeunesse et des Sports du gouvernement Pompidou], autant, cette fois, je ne me suis pas sentie atteinte. Du moment que ma famille, mes amis, Bernadette Chirac elle-même savaient à quoi s'en tenir... D'ailleurs mes électeurs ne s'y sont pas trompés. Il n'y a eu qu'une petite partie du microcosme parisien pour se divertir de cette idée. J'en ai presque profité, considérant que c'était pour moi un garde-fou. Du style : “Attention, on ne sait pas trop quelles sont ses relations avec le maire...” »

La beauté, tel un paravent

La beauté tue, la beauté isole, la beauté emprisonne, la beauté fait naître le soupçon. Elle entraîne aussi plus largement un risque d'erreur sur la personne. Avec son physique de « bambola » incendiaire, Claudia Cardinale passera vite du statut de « petite fiancée de l'Italie » à celui de bombe sexuelle, bien qu'elle ait toujours refusé les rôles déshabillés et évité de mélanger vie privée et vie publique, pas d'histoires d'amour avec ses partenaires de cinéma et une vie sentimentale plutôt paisible.

Pour parer à de tels étiquetages, Carole Bouquet semble, elle, se délecter depuis une dizaine d'années de rôles ravageurs et provocateurs – en troussant ainsi une Anne d'Autriche gouailleuse dans *Blanche*, ou une garce allumeuse et un peu déjantée dans *Bienvenue chez les Rozes*, à mille lieues des beautés distinguées qui lui ont longtemps collé à la peau.

De l'autre côté des Alpes, Isabella Rossellini parle même de la « malédiction » qu'aurait constitué sa beauté, elle qui pourtant capitalisa dessus pendant des années en tant qu'ambassadrice de la marque Lancôme. Peur d'être traquée par les paparazzi (comme le furent dans le temps ses parents, Roberto Rossellini et Ingrid Bergman) ? Sentiment d'être coincée dans une image trop lisse, elle qui a toujours eu une vie personnelle plutôt mouvementée et n'a jamais craint, au cinéma, les rôles noirs comme celui de la provocante Dorothy, la chanteuse de cabaret de *Blue Velvet*, le film de son ex-compagnon David Lynch ? Pour se défendre, un truc que lui donna sa mère : « Comme elle était gênée à chaque fois qu'on lui disait qu'elle était belle, elle répondait invariablement : “C'est une chance, non ?” Et on passait à autre chose[10]... »

La crainte est là aussi, du côté des hommes, que la beauté physique n'occulte le talent. « J'ai trouvé souvent frustrant, du temps où je lisais encore les critiques, que l'on juge moins de mon jeu que de mon physique », m'avouera un jour Robert Redford. On rétorquera que, confrontés à ce brouillage d'image, certains ne peuvent s'en prendre qu'à eux-mêmes.

Ainsi Bernard-Henri Lévy, avec sa belle intelligence, son langage fougueux, sa volonté d'être un intellectuel engagé, et pas seulement au niveau des idées mais sur le terrain, à Sarajevo, Grozny ou Kaboul, son courage physique. Mais aussi son élégance naturelle, ce regard tourmenté, cette chevelure de jeune premier romantique, ses éternelles chemises blanches largement ouvertes sur le torse. Une allure de dandy qui lui vaut d'être régulièrement épinglé. Dans son dernier album, le chanteur Renaud ironisait sur ses « décolletés ». « Le frou-frou des vanités lui est aussi vital que la dialectique hégélienne », assure *Le Figaro*[11] dans un portrait intitulé « BHL contre BHL », avant de poursuivre : « Depuis trente ans, avec un art consommé du marketing et de l'autopromotion, il s'est bâti un personnage auquel il a fini par croire. Amical, séducteur et délicat dans le privé, il se donne des airs en public. Il a choisi de paraître. Du coup, son œuvre s'efface derrière sa posture. » C'est grave. Non que tout soit à retenir de son œuvre protéiforme de philosophe, essayiste, romancier, journaliste, auteur dramatique et cinéaste (dans ces derniers domaines, il lui arriva même de se planter en beauté). Mais il est dommage que nombre de gens, à qui l'ego surdimensionné et le côté « gauche de luxe » du personnage donnent de l'urticaire, en viennent à négliger une écriture inspirée, parfois même frissonnante. Du tribut payé à cette ambivalence, Bernard-Henri Lévy, tout amical soit-il, refusera obstinément de me parler. Force est de me contenter de cette réponse laconique qu'il fit un jour à Philippe Labro dans une interview télévisée : « Être plusieurs est une folie dont je n'ai pas à m'excuser… »

Beau et con à la fois ?

Depuis Aspasie, la seconde femme de Périclès et la maîtresse de Socrate, célèbre par sa beauté autant que par son esprit, jusqu'à Delphine de Girardin, la première femme journaliste, muse des romantiques, coqueluche dès l'âge de 15 ans des salons parisiens où elle déclamait des poèmes de sa composition (mais aussi auteur d'un premier ouvrage, *Le Bonheur d'être belle*, dédié à Mme Récamier), d'Élisabeth Guigou à Bernard-Henri Lévy, les exemples ne manquent pas de ceux et celles qui allient une belle enveloppe et une belle cervelle. Mais le fait est là : tant qu'on n'a pas fait ses preuves, il y a de l'incrédulité dans l'air. Les contes de notre enfance en sont un peu responsables, qui nous montrent le monde coupé en deux : d'un côté l'intelligence assortie de la laideur, de l'autre la bêtise inséparable de la beauté.

« Il était une fois une reine qui accoucha d'un fils, si laid et si mal fait qu'on douta longtemps qu'il avait forme humaine. » Riquet à la houppe est presque un monstre, mais il est si gentil et surtout si malin ! Et fort heureusement, grâce aux bonnes fées, il lui est loisible de transmettre un peu de son intelligence à la femme qu'il aimera. Une aubaine lorsqu'il tombe en arrêt devant la princesse d'un royaume voisin, aussi sotte que belle, et lui propose de l'épouser.

De là à imaginer que la planète des beaux est peuplée de bellâtres et de bimbos… « Rien dans la tête, tout dans les muscles ! Je vais essayer de faire mentir l'adage », lance sur TF1 Laurence Boccolini – la grande prêtresse sadique du jeu *Le Maillon faible* – chargée en ce 3 juin 2003 d'animer l'élection de Mister France. Deux heures plus tard, on doute que son pari soit gagné. « Qui a peint *La Joconde* ? – Vincent Van Gogh ! » a répondu du tac au tac Mister Île-de-France, Frédéric Deltour, 21 ans, pectoraux moulés dans son tee-shirt blanc. Une « connerie », comme il dit, qui ne l'empêchera pas d'être élu.

« Je ne pense pas que c'est super important de connaître ce genre de choses », dit ce titulaire d'un bac technologique qui court les castings de mannequins et de figurants. Et d'ajouter : « Il y a plein de domaines, le corps, la nutrition, la cascade, où je sais plein de trucs. » Quelques jours après l'élection, on apprendra que « Frédo » a posé nu dans un magazine gay allemand, ses parties intimes en gros plan : « Je ne suis pas pudique, ça ne me dérange pas de faire du nu si c'est esthétique », se défend-il, tout en précisant qu'il n'est pas homo et a une petite amie. Mais homme-objet, ça lui va. « On parle toujours de sexisme. C'est bien que le corps des mecs soit en avant aussi[12]. »

N'allons pas caricaturer : Mister France 2002 avait, lui, une maîtrise d'économie en poche au moment de l'élection. Quant à Miss France 2002, elle était titulaire d'une maîtrise de droit des affaires, Miss France 2003 ayant, de son côté, décroché une licence de physique. Dans la droite ligne de l'« effet de halo » précédemment décrit, ne pourrait-on imaginer que la beauté appelle au contraire l'intelligence ? Mais les préjugés sont là. Et frappent jusqu'aux zélateurs de la beauté. Moi, par exemple.

Récemment encore, à l'occasion d'un déjeuner à l'ambassade d'un ex-pays de l'Est, je vois arriver un monsieur pas bien joli, court de taille, visage rougeaud, cheveu noir corbeau ostensiblement teint, accompagné d'une ravissante au chignon blond platine émaillé de mèches folles, bouche rouge vif assortie à ses longues griffes, teint parfait, très blanc et transparent, le tout en tailleur rose bonbon largement au-dessus du genou, perchée sur des talons aiguilles. Pas besoin d'être grand clerc pour flairer la pépé décervelée trop contente d'échapper à une vie terne dans son pays de brume en acceptant de jouer les femmes-potiches auprès d'un Français plus tout jeune mais, faute de mieux, beau comme Crésus. Au café, j'apprendrai que non seulement le couple est marié depuis douze ans, mais que la pépé en question est médecin endocrinologue, très cotée dans sa spécialité. Autant pour moi ! *Mea culpa, mea maxima culpa...*

Condamnée à être belle

« Pendant les vacances, dans la maison de ma grand-mère, notre plus grand amusement était de plonger le nez dans les malles de déguisement. Hortense faisait toujours la mariée. Moi, le marié. » Ghislaine rit. Elle rit d'ailleurs volontiers. Œil pétillant d'intelligence, visage rond, cheveux blonds taillés court, pantalons et talons plats, elle est vive, sympathique, rigolote. Avec, malgré tout, comme un zeste d'émotion dans la voix quand elle avoue : « Ce n'est pas un hasard si j'ai complètement occulté mon enfance jusqu'à l'âge de 7 ans. »

Non que cette enfance ait été malheureuse. Mais comme obérée par les étiquettes tôt collées sur le front des enfants

M. « J'étais l'aînée. Brillantissime à l'école, même en gym. Hortense, de quatorze mois ma cadette, était moins bonne en classe, plus paresseuse, et avec ça une chatte, jolie comme un cœur, hyperféminine. Très vite, les rôles ont été clairement distribués : Ghislaine était intelligente et ferait de grandes études et une belle carrière ; Hortense, elle, était ravissante, ce n'était pas trop grave qu'elle réussisse moins bien en classe. » « On ne me disait pas pour autant que j'étais moche, reprend Ghislaine, d'ailleurs, quand je nous regarde petites, nous n'étions pas si différentes que cela, deux petits brugnons dorés sur la plage de Bénodet. Malgré tout, nous avons toutes deux intégré le message. On a grandi comme ça : Hortense comme jolie, moi comme intelligente ; elle branchée sur la futilité, moi sur le sérieux. Je faisais le marié, ça ne se discutait même pas. » Après tout, être belle est un « second *best* » dans cette famille d'intellectuels : grands-parents instituteurs, parents tous deux agrégés et profs de fac.

L'ennui, c'est que l'intelligence est associée chez la mère de Ghislaine, bien qu'élevée dans des valeurs bourgeoises, à un mépris total des apparences : « Toute sa vie, maman s'est habillée chez Toto, mais si, vous savez, le Tati du pauvre ! Rien que des vêtements pas chers, pas beaux. Les jolies robes, elle trouvait ça nul, une perte de temps d'aller chez le coiffeur. À 35 ans, elle avait les cheveux gris. Du coup, mon père, un très bel homme, l'a trompée toute sa vie avec des nanas ultra-sophistiquées. » Pas étonnant dans ces conditions que ses filles prennent le contre-pied de cette mère fagotée comme l'as de pique pour devenir plutôt coquettes et raffinées.

À des degrés divers. Car le rôle d'évaporée n'est définitivement pas pour Ghislaine. « À l'égard d'Hortense, je n'étais ni jalouse ni agressive. Mais je ne pouvais éviter de voir l'écart qui se creusait entre nous. À 12 ans, j'avais déjà ma taille définitive, 1,60 m, quand Hortense continuait à s'étirer en longueur – elle a aujourd'hui dix centimètres de plus que moi... et dix kilos de moins ! Je me bouffais les ongles quand Hortense les avait longs et laqués ; j'avais une trouille bleue qu'elle me pique mes mecs. » Pour parer au pire, Ghislaine évite les sorties communes, elle a son propre groupe d'amis : avec eux, elle refait le monde pendant qu'Hortense danse en boîte. À 18 ans elle est à Sciences-Po, à 23 elle passe l'agrégation de lettres. Tout en militant dans un groupe féministe. « Je m'en suis tirée par la parole, c'était ma façon à moi de séduire. » Sans jamais tomber dans la caricature de l'intellectuelle : « Quand je suis arrivée à Sciences-Po, je donnais des cours particuliers pour me payer des shetlands aux Laines écossaises, c'était quand même mieux que les pulls tricotés par maman. Un été – j'étais alors prof et j'avais de longues vacances –, entraînée par une de mes copines féministes, j'ai rejoint une communauté lesbienne au Canada, dans la province de Saskatchewan. Bien que la seule hétéro de la bande, j'y ai passé deux mois super avec des filles intelligentes et généreuses. Mais ça ne m'a pas empêchée d'être horrifiée par leur *look*, toutes en jogging *baggy*, refusant de mettre du déodorant et de s'épiler pour lutter contre l'image Colgate. »

Condamnée à être belle, Hortense fait, elle, de la surenchère. Effectue chaque matin ses vingt longueurs de piscine, plus une heure de gym par jour, indispensable pour garder une taille 36. S'est déjà fait refaire le nez, les seins, les dents, effacer les rides, enlever des taches sur le corps. Accumule dans son dressing un nombre invraisemblable de vêtements, une vision digne de *Casino*, le film de Scorsese. Hortense aura fait des études modestes, des petits boulots çà et là, deux enfants. Elle aura divorcé, multiplié les aventures, fréquenté assidûment la jet-set. Une vie de femme de luxe, tout entière consacrée à la séduction. Le tout induisant fatalement, selon Ghislaine, des tonnes de mensonges : « Quand je pense qu'Hortense ne m'a jamais avoué qu'elle s'était fait refaire le nez, alors que toute la famille le sait ! »

De son côté, Ghislaine s'est longtemps sentie moche, trop petite surtout. Puis, à force de connaître la réussite dans ses études, dans son métier, d'avoir, grâce à son heureux caractère, beaucoup d'amis et pas mal de succès, elle a fini par se considérer « potable » à défaut d'être sexy. Jusqu'au jour de ses 30 ans où la rencontre de Paul, son second mari, la passion de sa vie, va dédramatiser définitivement la question des apparences : « Lui m'a fait me sentir belle. Épanouie. Une personne à part entière. Quand on trouve avec un être une harmonie sexuelle absolue, une illumination, là on se dit que ce n'est pas le physique qui compte… » Cet homme-là, le père de son troisième enfant, mourra cinq ans plus tard dans un accident de montagne, la laissant au bord du gouffre. Mais tellement pétrie d'énergie qu'après quelques années de vagabondage elle finira par se remarier. Tout en continuant sur une belle lancée professionnelle jusqu'à devenir une des stars de son secteur d'activité.

Sacré Ghislaine ! Toujours entre deux feux. D'un côté, sa mère qui, passé 80 ans, se fait toujours une gloire d'« acheter des chaussures à dix balles – ça se voit ! » et de sortir l'hiver engoncée dans les vieux anoraks de ses filles : « Et pourtant, c'est une jolie vieille dame distinguée, je m'en rends compte maintenant. » De l'autre côté, sa sœur cadette relookée au Botox, lisse, parfaite : « Quand on nous voit l'une à côté de l'autre, on a l'impression qu'elle a dix ans de moins que moi, dire que ça me fait plaisir… » Le plus incroyable, c'est que l'histoire est en train de se répéter à la génération d'après, avec leurs deux filles, quasi jumelles, Astrid « l'intelligente » chez Ghislaine, Alicia « la belle » chez Hortense. « Un vrai clone de sa mère, commente Ghislaine. À 23 ans, elle s'est déjà fait refaire le nez, les seins, elle travaille dans la pub, a des aventures avec des acteurs, attire tous les regards, quand Astrid, toute mignonne soit-elle et très coquette, prépare l'ENA après avoir fini Sciences-Po. Entre les cousines, je retrouve cette même relation tout à la fois proche et conflictuelle qui était la nôtre. À se demander si maman n'a pas profité des vacances quand elles étaient petites pour continuer son travail d'étiquetage ! Elle n'arrête pas de faire des comparaisons, c'est usant. C'est créer du malheur que d'enfermer ainsi les gens dans une image. »

Ghislaine et Hortense. Hortense et Ghislaine. Rivales mais complices aussi. « Lorsque, après une journée de folle angoisse, j'ai appris qu'on avait retrouvé le corps de Paul, j'ai appelé Hortense à 4 heures du matin. Ma sœur, je l'adore. C'est une tellement belle personne ! Mais pas au sens que les gens donnent à ce mot. Savez-vous que c'est l'une des personnes les plus cultivées que je connaisse ? Elle sait tout sur l'art et la littérature sud-américains, alors que la bande de fêtards qu'elle fréquente serait sidérée d'apprendre qu'elle sait seulement lire ! C'est triste que son obsession de l'apparence l'empêche d'être celle qu'elle est vraiment. Elle avait tout pour elle. Mais au bout du compte, malgré son bataillon d'admirateurs et la vie facile qui a toujours été la sienne, malgré les complexes que j'ai trimbalés et les épreuves que j'ai traversées, je me demande si, de nous deux, ce n'est pas moi qui ai eu la meilleure part... »

« Le deuil éclatant du bonheur »

Pour paraphraser Mme de Staël, la beauté pourrait donc bien être parfois « le deuil éclatant du bonheur ». Facile à comprendre lorsque, comme dans *Riquet à la houppe*, le prix à payer est la stupidité : « L'aînée eût donné sans regret toute sa beauté pour avoir la moitié de l'esprit de sa sœur. »

Hors du monde magique des contes, les tares associées à la beauté sont moins voyantes. « Beauté des femmes, leur faiblesse... » : Verlaine avait raison, la beauté n'est pas sans risques, risque de dérapage vers la facilité, risque d'isolement, risque d'enfermement dans une image. Et ces tentations, ces jalousies, ces rumeurs, ces soupçons, ces erreurs sur la personne ! Et puis il n'y a pas que la relation aux autres, la beauté risque aussi de fausser le rapport que l'on entretient avec soi-même. Si certains beaux ne s'aiment pas, ou à tout le moins ne se sont pas toujours aimés, d'autres s'aiment trop. La dérive narcissique guette. Entendons-nous : le narcissisme n'est pas forcément un agrandissement démesuré de l'ego, il est en soi très sain, tous les psys vous le diront, un ciment essentiel à la construction de notre identité : si l'on ne s'aime pas soi-même, comment aimer les autres ? Mais mieux vaut éviter tout de même de s'éprendre par trop de son image, tel Narcisse incapable de se détacher de son reflet aperçu dans l'eau d'une source au point de se laisser mourir d'inanition.

Avec ses lèvres vermeilles finement dessinées, ses yeux très bleus et les boucles dorées de ses cheveux, le Dorian Gray d'Oscar Wilde est lui aussi un jeune homme d'une beauté exceptionnelle, mais ce n'est qu'en contemplant son portrait que vient d'achever le peintre Basil Hallward – celui d'un « jeune Adonis fait d'ivoire et de pétales de rose » – qu'il en prend vraiment conscience : « Quand il vit le portrait, le rouge du plaisir monta un instant à ses joues. Un éclair de joie brilla dans ses yeux, comme s'il se voyait pour la première fois tel qu'il était... Le sentiment de sa propre beauté lui vint comme une révélation[13]. » Dorian Gray paiera de sa vie cette fascination.

Mais regardez Emma Bovary ! Elle aussi tourne en rond ! Eût-elle été moins jolie qu'elle n'aurait pas fait autant de ravages, et dans le cœur de Charles, son complaisant époux, et dans sa propre vie, multipliant les achats futiles, les inconséquences, les mensonges, jusqu'à ce que mort s'ensuive : « Elle n'était pas heureuse, elle ne l'avait jamais été. D'où venait donc cette insuffisance de la vie, cette pourriture instantanée des choses où elle s'appuyait ? » Sans doute, pour une bonne part, de son incapacité à s'intéresser à autre chose qu'à sa gracieuse personne...

La folie des grandeurs concourt à la fin dramatique d'Emma. Mais aussi cette fragilité constitutionnelle des beaux qu'est le besoin constant de réassurance. Celui de la belle-mère de Blanche-Neige – « Miroir, gentil miroir, dis-moi dans le royaume quelle est de toutes la plus belle ? » –, furieuse de voir sa suprématie mise à mal par une gamine. Celui de Sissi qui, consciente du pouvoir de sa beauté – ne lui a-t-elle pas permis de reconquérir le cœur des Hongrois, révoltés en 1848, et de les faire rentrer dans la monarchie ? –, la cultive par une privation de nourriture qui confine à l'anorexie et quatre heures de marche ou de cheval par jour, et fait venir depuis toute l'Europe par la valise diplomatique des photos de femmes magnifiques, princesses, femmes de harem, prostituées ou marchandes de fleurs, dans le but inavoué que cette collection confirme son règne sans partage.

Ce besoin de réassurance, c'est encore celui de Lady Diana, à qui sa beauté encore balbutiante avait permis de gagner un royaume. Comme Sissi, on lui demanda d'être avant tout une image. Mais à force d'exploiter toutes les facettes de cette beauté, d'en user pour colmater ses chagrins, ses frustrations, elle finira par s'y perdre. Au point de faire mentir l'épilogue de Blanche-Neige : cette fois, c'est la vilaine, Camilla, qui conserve le cœur du prince. Dans *Les Voleurs de beauté*[14], Pascal Bruckner raconte l'histoire extraordinaire d'une sorte de Barbe-Bleue qui séquestre les femmes coupables d'être belles, non pour abuser d'elles, mais pour les empêcher de nuire. Rien n'est plus simple que de faire dépérir une beauté : il suffit de la priver du regard des autres, elle n'existe que par lui. C'est pourquoi le manoir du diable, isolé dans la neige, a pour nom « le Fanoir », ce lieu où l'on faisait sécher le foin. La beauté des captives, enfermées dans une cave obscure, s'y dessèche, faute de n'être plus admirée.

Le paraître a un coût. Analysant ce qui a bien pu le faire plonger un temps dans « cette nuit du cœur et de l'âme qu'on appelle dépression », Philippe Labro, tout à la fois journaliste, patron de presse, écrivain et réalisateur à succès, beau gosse avec ça, et heureusement marié, et père de famille ébloui, parle de la « somme de stress amassé depuis quinze ans à jouer le suave prince des médias que rien ne semblait atteindre mais qui, en réalité, vivait dans le souci de plaire, dans sa soumission au cycle de la gagne permanente[15] ». De cette valorisation narcissique, il serait, affirme-t-il, « plutôt revenu »... Dans ses nouveaux bureaux, l'immense miroir appuyé contre le mur n'aurait d'autre fonction que de voir s'il est « bien habillé, correct pour recevoir ses invités » : « Pour moi, l'habit dit le moine, s'il ne le fait pas. »

On peut même avoir été l'un des plus célèbres mannequins de la dernière décennie, l'un des dix « top » les mieux payés du monde, et se retrouver au fond du trou – comme la sublime Hollandaise Karen Mulder. En 1997, elle quitte le métier. Entreprend une psychanalyse. Part en voyage, cheveux coupés court, teints en brun, méconnaissable. Tente sans succès une nouvelle carrière dans la chanson. Et s'effondre un jour sur un plateau de télé, en pleine crise de paranoïa. Il lui faudra passer trois mois en clinique avant de se débarrasser du poids qui l'écrase, « des blessures, dit-elle, jamais assumées depuis l'enfance ». Trop de fatigue aussi accumulée pendant ses années comme top model, trop de tentations, la minceur qu'il faut garder à tout prix, la drogue, le sexe peut-être ? Elle prétend que non, qu'elle veillait à mener une vie équilibrée, qu'au contraire son métier l'a détournée de ses soucis. Mais, avoue celle qui souffrait au départ d'une timidité « maladive », « il m'a aussi permis de ne pas être moi-même. Il m'autorisait à tricher. J'étais une image, une apparence. Ça m'arrangeait d'être une poupée. Ça occultait les ombres[16] ». À sa sortie du gouffre, elle signera sa renaissance en se lançant pour de bon dans la chanson. Avec, pour premier titre, le tube de Gloria Gaynor : *I am what I am*, « Je suis ce que je suis ». Enfin !

« Attention aux porteurs de traîne ! » lance Inès de La Fressange à l'attention de toutes celles qui font profession de leur beauté. Son caractère, son éducation, son intelligence, tout cela l'a protégée : « Il faut savoir être bousculée. » Garder le contact avec de vieux copains capables de vous envoyer vos vérités à la figure. Être vigilant dans le choix des gens avec qui on travaille : « J'ai toujours été accompagnée dans mes voyages par la même coiffeuse, la même maquilleuse. Des amies, des vraies, qui ne me laissaient rien passer, me disaient quand j'avais mauvaise mine, que j'étais mal habillée. » Mais bien souvent, les mannequins se retrouvent à Paris sans famille, sans amis, leur seul monde. « Une nuée d'agents, de couturiers, de photographes, de coiffeurs et de maquilleurs gravitent autour d'elles, les enrobent de flatteries, les font vivre dans un monde virtuel, en se souciant comme d'une guigne de savoir si elles sont heureuses ou non. » Ce qu'Inès ne dira pas, trop bienveillante pour ça, mais qui, à en croire une de ses ex-consœurs, est bien réel, c'est que ces professionnels de la beauté, souvent des homosexuels, trouvent plutôt leur profit dans l'isolement de ces divas, dans leur désarroi, une façon de s'approprier ces incarnations de l'idéal féminin.

NOTES

1. Frédérique Matonti, *Hérault de Séchelles, ou les infortunes de la beauté*, Paris, La Dispute, 1998.
2. Caroline Éliacheff et Nathalie Heinich, *Mères-Filles. Une relation à trois*, Paris, Albin Michel, 2002.
3. *Antigone*, de Jean Anouilh.
4. *Marie-Claire*, décembre 2001.
5. Sofia Bœsch-Gajano, Chiara Frugoni et Odile Redon, « Belles de mort », *Fatale Beauté*, *op. cit.*, p. 196.
6. *C'est mon choix*, France 3, « Être belle, quel enfer ! », 30 mars 2002.
7. *Libération*, 8 août 1997.
8. « L'étoffe des politiques », *L'Express*, mai 2002.
9. Article d'Éric Zemmour, *Le Figaro*, 24 janvier 2001.
10. *Elle*, 8 mars 1999.
11. *Le Figaro*, 27 mai 2003.
12. « Là où ça fait mâle », *Libération*, 21 août 2003.
13. Oscar Wilde, *Le Portrait de Dorian Gray* (1891).
14. Pascal Bruckner, *Les Voleurs de beauté*, Paris, Grasset, 1997.
15. Philippe Labro, *Tomber sept fois, se relever huit*, Paris, Albin Michel, 2003.
16. *Paris-Match*, 4 avril 2002.

CHAPITRE 7

Et l'amour dans tout ça ?

Les gens sont vraiment mauvaise langue. Partout, on entend dénoncer la société du paraître, le jeu des apparences. Mais prenons un peu la peine de lire les sondages. À la question : « Qu'est-ce qui vous séduit le plus chez un homme ? », 65 % des femmes répondent : l'intelligence. Il se trouverait même 78 % des hommes pour dire qu'en effet c'est bien l'intelligence qui les séduit chez les femmes[1]. Dans un sondage Sofres, réalisé en avril 1999 pour *Madame Figaro*, sur les qualités de l'« homme idéal », seulement 14 % des femmes interrogées mentionnaient qu'il devait être « beau », 76 % le voulant d'abord « gentil et attentionné ».

Coup de foudre

« Le problème, c'est que ces réponses ne rendent pas compte de la réalité, affirme le sociologue Jean-François Amadieu. Pour le démontrer, les Américains ont utilisé un subterfuge, en faisant croire aux sondées qu'elles étaient reliées à un détecteur de mensonges : du coup, celles qui, invitées à exprimer leur préférence pour un partenaire, assuraient se soucier fort peu de son apparence physique (comme d'ailleurs de ses succès professionnels) ont comme par hasard soudain changé d'avis ! Elles n'osaient pas avouer qu'elles préféraient un beau mec dans leur lit... »

La vérité, c'est que la pression sociale sur l'apparence physique est plus forte que jamais. Dans la vie relationnelle et professionnelle, bien sûr, mais aussi, et au premier chef, dans les choix amoureux. « Autrefois, expliquent les psychiatres Christophe André et François Lelord, la plupart des mariages étaient arrangés, entre familles voisines ou en fonction des intérêts communs. Ce n'était pas une bonne chose pour les individus, mais cela limitait le rôle de la beauté : même les hommes et les femmes disgracieux pouvaient fonder une famille[2] ». « Elle est très bien, vue de dot », disait aimablement Boni de Castellane d'Anna Gould, la richissime Américaine qu'il avait épousée en 1906 (faisant visiter le Palais rose, leur fastueuse demeure sur l'avenue du Bois, l'actuelle avenue Foch, il parlait aussi du lit conjugal comme de « l'autel expiatoire »). Et puis, Boris Cyrulnik a déjà insisté sur ce point, la sexualité étant essentiellement liée dans le temps à la reproduction, les critères de santé, de force, de jeunesse, de vigueur physique comptaient tout autant que la beauté proprement dite. La vertu peut-être aussi : il y avait les filles épousables et celles qui ne l'étaient pas. Aujourd'hui, « tout comme le libéralisme économique sans frein, le libéralisme sexuel produit des phénomènes de paupérisation absolue », affirme Michel Houellebecq, qui fera même un roman de cette « extension du domaine de la lutte », vie affective et érotique heureuse et comblée pour les uns – les beaux –, solitude et masturbation pour les autres.

Il est en tout cas un domaine où l'attrait physique a, de tout temps, régné en maître : celui du coup de foudre. Lors de la première entrevue, inutile de se raconter des histoires, de tous les sens, c'est la vue qui l'emporte. Image de Marina Vlady en princesse de Clèves, visage d'ange émergeant de la fraise immaculée encadrée par des torsades de cheveux blonds, tournoyant au bras du duc de Nemours dans le film de Jean Delannoy, une scène qui enflamma, adolescente, mon âme romantique : « Quand ils commencèrent à danser, écrit Mme de La Fayette, il s'éleva dans la salle un murmure de louanges... Se voyant l'un et l'autre ce qu'il y avait de plus parfait à la Cour, il était difficile qu'ils ne se plussent infiniment. » Vision, dans *La Mort à Venise* [3], de l'enfant

Tadzio pénétrant dans la salle à manger de l'hôtel où déjeune Gustav d'Aschenbach, le célèbre écrivain, soudain « frappé d'étonnement et presque épouvanté de la beauté vraiment divine de ce jeune mortel », pour lequel, éperdu d'amour, il va sacrifier sa vie respectable, si soigneusement balisée. Évocation d'Ariane, la « Belle du Seigneur[4] », apparaissant devant Solal un soir de réception au Ritz, « redoutable de beauté », « aussitôt élue en ce soir de destin » : « Un battement de paupières... et ce fut la gloire et le printemps et le soleil et la mer tiède et sa transparence près du rivage et ma jeunesse revenue, et le monde était né. » « La beauté, ça fait gagner quinze jours », disait le sagace Stendhal. Mais quand deux êtres sont destinés à ne se croiser que l'espace d'un regard, elle ne ferait gagner qu'une minute que cela en vaudrait encore la peine ! Car elle a alors le pouvoir de faire basculer une vie.

La beauté comme une source vive

Elle a même le pouvoir de l'irriguer durablement si l'on parvient sinon à conserver l'éblouissement des premiers jours, du moins à maintenir au fil des mois, des années, une certaine forme de surprise. « Chez un couple de longue date, il est essentiel, dit le psychiatre suisse Willy Pasini, fondateur de la Fédération européenne de sexologie, de continuer à voir son partenaire avec des yeux neufs pour que le désir se perpétue. »

C'est un peu l'histoire d'Arielle Dombasle et de son BHL de mari. Un couple de gens beaux, ce qui n'est pas si fréquent en dehors du show-business. Mariés depuis juin 1993, mais épris depuis bien plus longtemps. Le rôle du physique dans leur attirance mutuelle ? « La première fois, raconte Arielle, c'était il y a vingt ans, j'ai rencontré Bernard-Henri à une signature de livres, j'ai dû faire une entrée fracassante qui l'a surpris. » Sur le livre, il portera en dédicace : « En attendant. » Des années plus tard, ils se retrouveront devant la Scala de Milan et ne se quitteront plus. Un coup de foudre donc, à double détente. Fondé sur le physique mais, au-delà, sur tout un ensemble de signes : « La première impression que l'on reçoit d'une personne est tellement éphémère ! Après, il y a l'être. Je n'ai donc pas eu peur d'être aimée pour ma seule apparence, de toute façon je n'étais à l'évidence pas son genre, trop visible, trop latino-américaine, trop tout quoi ! Et puis, actrice, vous êtes habituée à être aimée pour des raisons qui vous échappent complètement, un doux mélange entre votre physique, votre personnalité, les rôles que vous avez incarnés, l'effet de notoriété... »

Pas « son genre », Arielle ? En tout cas au premier regard. Car, à l'expérience, ces deux-là s'accordent à merveille dans le respect de leurs différences, lui sombre, elle enjouée, lui juif athée, elle catholique fervente, lui n'écoutant jamais de musique, elle baignant dedans, lui détestant les chats, elle les adorant... Une distance à cultiver soigneusement comme un élément central du grand jeu de la séduction : « Je me dois d'être toujours au top, murmure Arielle, et quand je ne le suis pas, je me cache. » De même qu'elle s'interdit de montrer à l'aimé mauvaise humeur, tristesse, détresse, elle n'oublie jamais de mettre un doigt de parfum avant de se coucher et, le matin, vite, vite, se passe de l'eau sur le visage, se recoiffe, enfile un joli déshabillé.

« Heureusement, Bernard-Henri se lève parfois très tôt pour écrire, dès 4 ou 5 heures du matin, et s'enferme alors dans son bureau ; j'ai tout loisir de me préparer avant d'aller le saluer. » Le syndrome *Belle du Seigneur*, l'un des livres de chevet d'Arielle, fantasme de perfection et vouvoiement à l'appui ? Ariane coiffée et baignée, en blanc déshabillé dès la petite aube, s'interdisant de se moucher ou d'éternuer devant son amant, donnant deux coups de sonnette pour avertir Solal de ne plus sortir de sa chambre afin de ne pas courir le risque d'être surprise « en état déshonorant d'imperfection esthétique » ? « Ah non ! proteste Arielle, ce n'est pas comme si j'aimais un bêta [ce qui n'est pas non plus, soit dit en passant, le cas de Solal, brillant fonctionnaire international] qui ne goûterait que les signes extérieurs ; je vis avec un homme remarquable et m'applique à le rendre heureux de toutes les façons possibles. »

Qu'elle l'ait aimé aussi pour son physique, elle ne le nie pas : « Sa beauté fulgurante me correspondait. Au cinéma, on rencontre les hommes les plus beaux de la planète, mais ça ne m'intéressait pas plus que cela. S'il est en tout cas une race que je déteste, c'est celle des bellâtres, des gens satisfaits d'eux-mêmes. Bernard-Henri est tout sauf cela. Il y a en lui quelque chose de blessé, de tourmenté, d'assez féminin mais en même temps de très fort, de mystérieux, d'impénétrable. » Qu'il soit soucieux de son image, Arielle se refuse à l'admettre : « Son allure romantique, ses chemises blanches ? Si je vous disais qu'il est en vieux tee-shirt troué la plupart du temps ! L'apparence, il s'en fiche vraiment, les vêtements, les objets, l'allure des gens... Lui est ailleurs, dans le monde des idées. »

Quant à se vivre comme l'épouse décorative d'un très médiatique intellectuel parisien, se gargariser devant la glace en se disant qu'ils forment un bel assemblage, ce n'est pas le genre d'Arielle. Mieux que toute autre, elle sait la fragilité de toute aventure humaine : « J'ai tellement vu pleurer ma mère, tellement senti que tout pouvait basculer en une seconde, quelqu'un passe et la libido, hop, se cristallise sur quelqu'un d'autre ! Les choses sont d'une violence, d'une rapidité, d'une méchanceté parfois ! » « Ce qui compte, reprend Arielle de sa voix douce, presque enfantine, bien plus que l'équilibre physique d'un couple, c'est l'attirance sensuelle, sexuelle qui émane de lui. Tout à l'heure, je passais en voiture dans la rue, j'ai vu un type plus tout jeune, 70 ans peut-être, avec une femme qui en avait 40, blonde, ronde, il la serrait contre lui, on sentait une effervescence érotique autour d'eux, c'était merveilleux. Quand la sensualité n'est plus là, cela doit poser des problèmes terribles. »

La clé tourne dans la porte. Arielle s'inquiète de sentir la cigarette : « Bernard-Henri déteste ! » Et tout à coup, il s'encadre dans la porte, en tee-shirt noir assorti à sa chevelure sombre, couvant des yeux sa muse blonde : « J'ai très peur de l'idée qu'un jour je plairai moins », venait-elle de murmurer. On se dit que ce n'est pas pour demain...

« Mon écœurante beauté »

La crainte, c'est bien sûr de n'être aimé que pour sa belle enveloppe. Solal, « beau à vomir », se déguise en vieux mendiant juif pour conquérir Ariane l'admirable par la seule magie de son verbe. Il ne supporte plus que les femmes l'aiment pour de mauvaises raisons : « Honte de devoir leur amour à ma beauté, mon écœurante beauté qui fait battre les paupières des chéries, ma méprisable beauté dont elles me cassent les oreilles depuis mes seize ans... Ma beauté, c'est-à-dire une certaine longueur de viande, un certain poids de viande, et des osselets de bouche au complet... Deux ou trois petits os de quelques millimètres en moins et je suis fichu, et je reste tout seul et sans amour ! » Bientôt, il se lassera d'être chaque jour désirable, de « faire la roue sexuelle » pour plaire à Ariane : « Elle l'avait changé en paon... Se lessiver sans arrêt, se raser deux fois par jour, être tout le temps beau, c'était son but de vie. »

Son absence de but dans la vie. Sa mort bientôt inéluctable, leur mort à tous deux, « beaux comme au premier jour », leur amour authentique comme asphyxié de s'être ainsi mué en société d'autosatisfaction et d'admiration mutuelle. Mais le plus insupportable au héros d'Albert Cohen, c'est encore cet « attrait horrible » qu'ont les femmes pour la beauté masculine, annonce de force physique, de courage, d'agressivité, « c'est-à-dire de ce pouvoir de combattre et de nuire dont le comble, la sanction et l'ultime racine est le pouvoir de tuer, l'antique pouvoir de l'âge de pierre ». Admirer la beauté féminine, passe encore puisqu'elle est promesse de douceur, de sensibilité, de maternité...

Pourtant, les femmes belles n'ont pas tout à gagner à ces hommages : « Je suis frappée de voir combien les femmes laides sont souvent plus heureuses que les belles dans leur vie privée car elles ont le sentiment d'être aimées pour elles-mêmes », me dit la gynécologue Anne de Kervasdoué, une fine connaisseuse de l'âme féminine[5]. Pour la psychothérapeute Marie-Claire Chain aussi, la ligne de partage des eaux entre les heureux du monde et les autres ne passe pas par l'apparence : « Bien sûr, celles qui sont peu gâtées sur le plan physique en souffrent, elles ont du mal à assumer leur féminité, ont une peur bleue de la séduction. Mais ce n'est pas pour autant que les jolies vont mieux. Dieu sait que j'en compte parmi mes patientes, des mignonnes, des charmantes, des carrément ravissantes. Ce sont peut-être elles qui ont le plus de doutes sur elles-mêmes ! Non qu'elles aient quelque inquiétude sur leur pouvoir de séduction : séduire, elles ne peuvent pas s'en empêcher. Mais elles ont peur d'être vues comme inatteignables, peur d'être courtisées pour de mauvaises raisons, de ne pas attirer les hommes les plus intéressants. Peur enfin de ne pas savoir aimer, qu'on leur prête plus de talents qu'elles n'en ont. Le pire de tout, c'est l'immanquable “mais tu as tout pour être heureuse !” lancé à la fille jolie, plutôt gâtée matériellement, entourée de soupirants, qui se paie en plus le luxe d'être mal dans sa peau. De quoi lui mettre définitivement la tête sous l'eau ! »

« Il n'y a pas de belles bouches, il y a de beaux sourires… »

Quoi d'étonnant à ce que les gens aient envie d'être reconnus comme des êtres à part entière, surtout quand une relation d'amour est en jeu ? Le problème, c'est qu'à force de célébrer la perfection physique notre société a fait naître et entretient une confusion entre beauté formelle et séduction, s'inquiète le chirurgien-plasticien Jean-Claude Hagège[6]. La faute (essentiellement) à la publicité, qui présente « un corps mis en scène, à demi nu, lisse, jeune, beau, corrigé, maquillé jusqu'à paraître sans le moindre défaut, un corps déifié en un mot, comme le support naturel d'une séduction, d'un désir, d'une sensualité qui vend aussi bien du prêt-à-porter que du café ou du parfum ». Loin de ces images formatées, la séduction est, elle, jeu avec la réalité, recul et distance, humour et fantaisie, l'expression d'une liberté intérieure : « Combien d'hommes sont restés de marbre, comme non concernés, devant une femme au physique parfait alors qu'ils ont été embrasés, troublés par un mot, un regard, une phrase inattendue, un genou recouvert lentement, un sein deviné sous le fin tissu qui le couvre... » « Il n'y a pas de belles femmes, conclut Hagège, il y a de belles expressions ; il n'y a pas de belles bouches, il y a de beaux sourires ; il n'y a pas de beaux yeux, mais de beaux regards. »

Sous un regard d'amour, ce n'est pas une image mais une personne qui se dévoile. Tout aurait dû porter Hémon vers Ismène, « son goût de la danse et des jeux, son goût du bonheur et de la réussite, sa sensualité aussi, car Ismène est bien plus belle qu'Antigone, et puis un soir, un soir de bal où il n'avait dansé qu'avec Ismène, un soir où Ismène avait été éblouissante dans sa nouvelle robe, il a été trouver Antigone, et il lui a demandé d'être sa femme. Personne n'a jamais compris pourquoi[7] ». Drôle d'idée de préférer à la blonde, la belle, l'heureuse Ismène, cette maigre jeune fille noiraude et renfermée que personne ne prenait au sérieux dans la famille. Et pourtant, c'est bien Antigone qu'Hémon a choisi d'aimer « comme une femme », point besoin pour cela qu'elle vienne à lui dans une robe empruntée à sa sœur, avec du parfum, du rouge à lèvres. Il l'aime pour sa flamme, son impérieux désir de vivre, son caractère, ce fichu caractère qui lui fait obligation de rendre les devoirs funèbres à son frère Polynice laissé sans sépulture par la volonté du roi Créon, dût-elle payer ce défi de sa vie : « Il ne faut pas que je sois petite ce matin... » Et ce n'est pas une question de centimètres.

Parfois, c'est à croire que les gens sont tombés sur la tête. Adèle Hugo, épouse très aimée d'un écrivain de génie, et beau de surcroît, s'éprend de Sainte-Beuve, petit critique malingre, voûté, doté par la nature d'une tête trop grosse, d'un nez trop fort, de cheveux trop roux, au point de se refuser bientôt à son mari, « l'engloutissant au fond de l'un de ces gouffres d'ombre dont son œuvre est semée ». Mais le petit homme, lui, a pris le temps de parler à Adèle, de l'écouter, tandis que son grand homme, accaparé par sa jeune gloire, courait la ville, écrivait inlassablement sans tolérer d'être dérangé[8]. Dans *Trop belle pour toi*, le film de Bertrand Blier, Gérard Depardieu trompe Carole Bouquet avec Josiane Balasko, troquant une beauté froide pour une fille ordinaire, bien en chair, mais gaie et sensuelle. Le bonheur se cache parfois sous les jupons d'Hélène-la-méprisée, c'est Brassens qui le dit, quand, pour Stendhal, « la beauté n'est que la promesse du bonheur », pas une garantie. « Si elle ouvre les portes de la sexualité, confirme Willy Pasini[9], cette séduction peut s'arrêter là. En tant que sexologue, je peux vous dire que bien des laids font des étincelles au lit alors que les beaux sont plus intéressés par leur propre corps que par la relation à l'autre. »

La sensualité de Balasko. La capacité d'écoute de Sainte-Beuve. La haute exigence d'Antigone. Il y a tant de moyens de toucher le cœur de quelqu'un. De belles raisons. D'autres – l'argent, le pouvoir – qui le sont moins ? Après tout, les gens sont faits d'une seule pièce, et la confiance en soi justifiée que donne une belle réussite, comme le confort non seulement matériel mais moral qu'elle procure aux proches, n'a pas lieu d'être méprisée. Tant d'éléments interviennent, de la gloire militaire aux dons littéraires ou artistiques. Sartre, d'une laideur à faire fuir, de l'aveu même de ses fidèles, cultive un harem de jolies femmes. Gainsbourg conquiert le cœur de Bardot, de Birkin. Même Inès de La Fressange, qui confesse pourtant son souci de l'apparence, tout à la fois un héritage familial et un tic professionnel, affirme n'avoir jamais été spécialement attirée par les hommes beaux : « C'est toute la force des hommes de pouvoir séduire autrement. » La suprême injustice est là, elle en convient : « Si une fille est vraiment boudin, elle peut être intelligente, adorable, hyper-drôle, elle n'emportera pas pour autant le morceau. »

Le roi de cœur

Il y aura toujours des femmes pour savoir découvrir, comme dans *La Belle et la Bête*, une belle âme dans le seul regard qui perce à travers un corps hideux. Elles ont d'autant plus de mérite que c'est seulement dans les contes que le monstre poilu, réhabilité par l'amour, se transforme en prince charmant.

Pour séduire, point n'était besoin pour lui d'être touché par une baguette magique. Charmant, il l'était naturellement avec sa longue silhouette, son visage très slave, ses pommettes marquées, ses yeux enfoncés couleur d'huître, sa voix grave et chaude. À l'heure de l'enterrement de Vadim, 72 ans, dans le petit cimetière de Saint-Tropez, le 18 février 2000, pas une de ses cinq épouses ne manque à l'appel : Brigitte Bardot, Annette Stroyberg, Jane Fonda, arrivée le matin même des États-Unis, Catherine Schneider, toutes aussi émues les unes que les autres, soutenant Marie-Christine Barrault, visage de noyée, comme hébétée de douleur. Catherine Deneuve, la mère de son fils Christian, n'a pu faire le voyage mais, deux jours plus tôt, à la messe célébrée à Paris, elle était là, elle aussi, cachant son chagrin derrière des lunettes fumées. Le lendemain, c'est dans une sobre tenue noire qu'elle assistait à la cérémonie des Césars.

Les titres de la presse du jour parlent d'eux-mêmes : « Prince Vadim, l'homme à qui toutes les femmes disaient oui », « Vadim, le roi de cœur », « Le charme du dynamiteur »... Pensez, quel tableau de chasse pour Roger Vadim Plemianikov depuis son apparition dans le Paris de l'après-guerre où, jeune Russe désargenté, il jouait au play-boy dans les caves enfumées de Saint-Germain-des-Prés avant de devenir l'un des cinéastes en vue de la Nouvelle Vague ! Rien que des stars, des blondes époustouflantes. Vadim, l'amoureux de la beauté pure...

« De son rapport à la beauté, me dit Marie-Christine Barrault, nous avons parlé des milliers de fois. Au vu de ses conquêtes, on pouvait imaginer que seule la beauté extérieure l'intéressait, or ce n'était pas le cas. Il détestait les femmes qui ressemblaient à des mannequins. Il a aimé les plus belles femmes du monde, mais pas du tout comme on aime de beaux objets : pour lui, leur beauté était le reflet d'une personnalité. » Qu'on oppose à Marie-Christine le côté un peu stéréotypé de ces déesses, toutes grandes, blondes, plutôt sophistiquées, et elle répond que Vadim ne les aimait rien tant qu'au naturel, au petit matin, pas maquillées, pas coiffées : « Il n'y avait aucune trace de machisme en lui, son respect de la femme était immense.

Jamais il n'a cherché à modeler les femmes selon ses désirs. Il trouvait ridicules les coiffures choucroute de Brigitte [Bardot] : il l'a laissée faire. De même, il a toujours pensé que Catherine [Deneuve] n'était pas faite pour être blonde, mais puisque tel était son choix... »

Admettons que ces femmes de rêve, il les ait aimées plutôt nature. Reste la question : Vadim était-il amoureux de la beauté jusqu'à s'aveugler sur le reste ? « Ce fut peut-être le cas avec Annette Stroyberg. Elle, il acceptait de l'avoir épousée d'abord pour cela, pour sa beauté renversante, cette présence magique, cette lumière qui émanait de son visage. » « Brigitte, c'est différent : il avait 22 ans quand il l'a rencontrée, elle en avait 15, et puis ils ne sont pas restés si longtemps ensemble. Catherine comme Jane [Fonda] étaient toutes deux des caractères difficiles mais des femmes intelligentes. Tout comme Catherine Schneider dans un autre style. »

Le vrai scandale, c'est que la beauté de ses femmes, Vadim l'expose généreusement au regard des autres. Qui d'autre qu'un « manipulateur cynique et débauché » – ainsi le qualifient les ligues de vertu de l'époque – prendrait le risque de faire apparaître, dans *Et Dieu créa la femme*, une Brigitte Bardot en Vénus moderne, sauvageonne aux cheveux libres, au corps dévoilé ? « Des images de patronage, commente Marie-Christine, gouailleuse, par rapport à ce que l'on montre aujourd'hui. Une insolence gaie dans laquelle ne se glisse aucune perversité à la Clouzot. Rien qu'un chant d'amour à la femme, libre des mouvements de son corps et de l'élan de ses désirs. » Selon elle, tout Vadim est là. L'esthète d'une incroyable sensibilité – sans avoir l'air d'y toucher, il est omniprésent sur les tournages, a l'œil sur tout, les robes, les cheveux, le maquillage... Le libertaire aussi – il n'est pas pour rien le fils de sa mère, toujours bon pied bon œil à presque 100 ans, une très belle femme coquette mais sans afféterie qui les a élevés, sa sœur et lui, loin de toutes conventions après la mort prématurée de leur père. Vadim révèle les femmes à elles-mêmes : « En général, les séducteurs profitent des femmes. Avec Vadim, c'est l'inverse : aucune femme n'a autant profité d'un séducteur que celles qui ont aimé Vadim. »

En 1987, Vadim a 59 ans lorsqu'il rencontre, au Festival du film policier de Cognac, Marie-Christine Barrault, qui en a 43. Un amour immédiat couronné par un mariage trois mois plus tard à la mairie de Levallois : « Il aimait avant tout l'unité de ma vie, le fait que je ne sois pas en morceaux », dit-elle, tout en reconnaissant que l'attirance physique participait de cette séduction tous azimuts. Marie-Christine semble très étrangère aux canons de séduction qui étaient jusqu'alors les siens ? « Et encore, à l'époque, je sortais tout juste d'un régime ! Mais très vite, j'ai vu qu'il aimait mon corps. Qu'il l'aimait tel qu'il était. Parce que c'était moi. Cela m'a rassurée, j'avais affaire à un expert tout de même ! » Marie-Christine semble hésiter : « Si j'osais… ». Elle tire une lettre de son portefeuille, une des premières reçues de lui, de Santa Monica en Californie ; un jour, peut-être, elle les publiera : « Ta taille, ton cul, tes yeux, ta bouche m'ont appris davantage de l'amour et de la terre que mes rêves, mes livres et mes mariages… Je vieillis à l'envers près de toi, ma fille. Tu as réussi ce miracle… Je rajeunis de l'âge qui passe. »

Elle s'ébroue pour secouer l'émotion qui l'a saisie, prend une gorgée d'eau. « Avec lui, j'ai passé mon temps à perdre dix kilos, à les regagner – il m'appelait alors “ma dodue”. Quand je me mettais au régime, il me concoctait des petits plats minceur, c'était un grand cuisinier, mais il n'était jamais là à me mettre la pression, à me donner l'impression qu'il me préférerait ainsi. Il était très loin de cette obsession de l'apparence qui habite les hommes jeunes aujourd'hui. J'ai souvenir d'un soir où Christian [le fils de Vadim et de Catherine Deneuve], étant venu dîner avec sa petite amie du moment, sans grand intérêt, avait confié en aparté à son père à la fin de la soirée que, ronde, il la laisserait à coup sûr tomber. Après leur départ, Vadim semblait troublé : “C'est quoi, pour les hommes, une femme ? Dix kilos de plus et l'amour s'effrite !” » Quand l'amour vous prend tout entier, il va tellement au-delà de l'apparence ! Une évidence pour Marie-Christine, que le physique des hommes n'a jamais intéressée plus que cela. « Et pourtant j'étais fière de la beauté de Vadim, mais il n'y avait là-dedans aucune vanité, je n'étais pas flattée d'avoir attrapé un homme beau. C'était plutôt vis-à-vis du monde, j'étais fière de lui comme on peut l'être d'un enfant, comme je le suis aujourd'hui de mon fils. Après tout, dans l'amour qu'on a pour un homme, il y a tout, y compris le sentiment de maternité. Il pouvait avoir seize ans de plus que moi, je me sentais à certains moments sa maman.

« Lui-même n'aurait jamais eu l'arrogance de se dire beau, mais je suis sûre que ces questions d'apparence comptaient beaucoup pour lui. Non qu'il ait jamais misé là-dessus pour séduire, c'est le moins qu'on puisse dire. Très vite, il a ainsi décrété qu'il avait mal aux pieds, de sorte qu'il portait des baskets à longueur de journée. Il se souciait fort peu de ressembler à un clochard. Mais son corps lui importait. À propos de ses jambes, qui étaient magnifiques, parfaitement proportionnées (il avait de très belles fesses aussi !), Vadim racontait volontiers, c'était même une de ses grandes plaisanteries, qu'au collège à Annemasse il était tombé littéralement malade de jalousie, jusqu'à en avoir de la fièvre, lorsque quelqu'un lui avait déclaré qu'un certain Matonat, l'un de ses camarades de classe, avait de plus belles jambes que lui. Du coup, chaque fois qu'il m'énervait, je me vengeais en lui lançant : “De toute façon, Matonat a de plus belles jambes que toi.” Ce qui le faisait invariablement fuir en se bouchant les oreilles : “Par pitié, ne me dis pas ça !” »

« Il ne pouvait ignorer que tout le monde succombait à son charme. Il était comme un enfant par rapport à cela. Après un dîner, il lui arrivait de me dire en riant : “Tu as vu ma voisine ? Je plais encore, si j'avais voulu, j'aurais pu !” Moi, je sais pourquoi il plaisait tant aux femmes. Parce qu'il ne les prenait pas d'assaut, il les laissait venir. Il avait une façon, dans son regard, son écoute, le choix de ses mots, de signifier : “Je suis disponible”. Tout cela avec une telle douceur, une telle tendresse. Il avait une énorme part de féminité en lui, il aurait pu être homosexuel, mais là, elle était assortie d'une immense tranquillité, confiant qu'il était dans sa virilité. Ce ne sont pas les hommes qui font leur numéro qui vous séduisent : la drague, ça donne plutôt envie de rigoler même si on s'y laisse prendre dix minutes. Le vrai, le seul charme, c'est de parvenir à créer du creux... »

Régine la coquine

Comme par hasard, ses héros sont beaux. Dans *La Bicyclette bleue*, Régine Deforges a taillé son héros principal, François Tavernier, l'amant de l'intrépide Léa, sur le modèle de Jean Sainteny, le très séduisant commissaire de la République au Tonkin, signataire en mars 1946 des accords avec Hô Chi Minh. Recyclée en auteur de best-sellers, Régine-la-sulfureuse, la première femme qui, en 1968, créa sa propre maison d'édition afin de vendre par correspondance de la littérature érotique jusqu'alors clandestine, n'a pas changé en tout cas sur un point : pour elle, aujourd'hui comme hier, la séduction reste étroitement liée à l'apparence.

Il n'y a qu'à la voir dans le petit refuge qu'elle s'est aménagé pour écrire dans un vieil immeuble du quartier de l'Odéon, crinière rousse sur chasuble noire, boots noirs à hauts talons, traits mutins et bouche gourmande. Marchant allégrement sur ses 68 ans, cinq fois grand-mère mais éternelle gamine à la voix très douce, gentille à faire fondre, toujours prête à vous sauter au cou pour vous souhaiter la bienvenue et à sécher un dîner officiel pour filer au bistrot avec ses copines. Sa beauté à elle, c'est toute jeune qu'elle l'a découverte – dans le regard des hommes. Pas la beauté sage, modeste, que sa famille de petits commerçants poitevins à la morale étroite préconisait pour les jeunes filles. Mais une beauté aguicheuse, un peu sauvage : « À 8 ans déjà, j'étais une sacrée coquette, une "frileuse" qui recherchait les câlins. Très tôt, comme j'étais mignonne, j'ai découvert la puissance que peut exercer un corps sur les autres, contre les autres. J'aimais être nue. Au bord de la mer, quand les premiers bikinis sont apparus, je les réduisais à leur plus stricte expression. Sur la rivière, je passais, allongée sur ma périssoire, largement dévêtue, et les lavandières me traitaient de sale petite traînée. »

Mais la séductrice en herbe sait aussi cultiver le mystère en enfermant ses appas, son corps mince et souple, un peu androgyne, dans des tabliers noirs de fermière boutonnés devant, dont la couleur tranche sur sa chevelure de feu et la peau blanche de ses longues jambes striées de griffures rouges laissées par les ronces. Cette « joliesse », comme elle dit, alliée à un caractère foncièrement indépendant fait des ravages : « Je bouffais l'air à tout le monde, il n'y en avait que pour moi, j'étais la petite vedette qui imposait aux autres sa loi. » Une vraie peste à l'égard de sa sœur Chantal, de vingt mois sa cadette, « une petite fille un peu "chacrote" – une expression typiquement poitevine –, maigrichonne, pâlichonne », forcément jalouse de son écrasante aînée.

La beauté a ses dangers : mariée – sur un coup de dés ! – à 18 ans, mère d'un petit garçon à 19, Régine se retrouve divorcée à 20 ans. Mais elle offre de vrais bonheurs aussi. Celui, d'abord, de se sentir bien dans sa peau, en harmonie avec soi-même. Celui de faire la pige à ceux qui lui cherchent noise. Pour déstabiliser le tribunal qui la poursuit pour « pornographie », l'éditrice se présente devant lui tout habillée de blanc, sourire candide aux lèvres. « Une vraie sainte nitouche ! » se souvient-elle, rieuse. Déchue de ses droits civiques pour une durée de cinq ans, Régine en rajoute, pose nue pour ses catalogues, au risque de renforcer son image d'écervelée : « Ce n'est pas Claude Gallimard qui pourrait en faire autant », commente *Le Canard enchaîné*... Mais cette beauté, c'est d'abord et avant tout le plus sûr moyen de vivre à plein le plaisir des corps, de séduire les hommes.

À charge de revanche : car Régine est loin d'être insensible à leur physique. A-t-elle été durablement marquée par le modèle paternel, « un bel homme mince aux traits fins et aux yeux clairs, terriblement coquet – il l'est toujours à 90 ans » ? Elle reste pétrifiée le jour où le dessinateur Pierre Wiazemsky met pour la première fois le pied dans son bureau : « J'avais rarement rencontré quelqu'un d'aussi beau. Il était grand, avec de très beaux cheveux, une barbe un peu rousse, des yeux bleus magnifiques : on a sympathisé tout de suite. » Il a 28 ans, elle en a quatorze de plus, ne s'est jamais intéressée aux jeunes gens, se sentant plus en sécurité près d'un homme plus âgé : « Je n'aurais même pas imaginé avoir une aventure avec lui [alors marié de surcroît]. Mais il a fait le premier pas... » Elle l'épousera en janvier 1984, après avoir fait sur le tard une petite Léa, de trois ans seulement plus âgée que l'aînée de ses petites-filles. Mais que les choses soient claires ! Wiaz n'aurait eu aucune chance si, en sus de sa belle gueule, il n'avait reçu en héritage – de sa princière lignée polonaise, ou de son grand-père François Mauriac ? – « cette aisance incroyable, cet humour dévastateur qui ressort jusque dans ses dessins, cette passion des livres aussi sans laquelle je ne peux même imaginer nouer une amitié avec quelqu'un ».

Sans beauté, pas d'amour possible ? L'éditeur Jean-Jacques Pauvert, le père de sa fille Camille, n'avait rien d'un Adonis tout de même ! « Moi, je le trouvais beau, dit Régine dans un rire de petite fille, sans doute parce que son intelligence et son goût des livres étaient tels qu'ils me correspondaient tout à fait. Mais Beauvoir, Birkin, des femmes belles s'éprenant de laids, quel que soit leur talent, j'ai du mal à comprendre : pour moi, c'est un peu tordu. » Je ressors à Régine Deforges cette phrase qu'elle écrivit un jour : « Certains hommes en nous courtisant nous insultent. » Ouh ! Ouh ! La mauvaise, la raciste ! « Je ne parlais pas seulement des laids, se défend-elle, mais des imbéciles, des méchants, des minables... : ceux-là, on aimerait mieux qu'ils ne vous déclarent jamais leur flamme. »

Catherine la sulfureuse

En comparaison, Régine la coquine ferait presque figure de vierge effarouchée. La femme vraiment sans tabou, c'est elle dorénavant, Catherine Millet, l'auteur de *La Vie sexuelle de Catherine M.*[10], avec ses 580 000 exemplaires vendus en France, toutes éditions confondues, et ses 34 traductions, récit minutieux, écrit non sans talent mais vite lassant tout de même, de ses frasques. Un cas d'école tant son exercice effréné de la sexualité semble se doubler d'une indifférence totale à l'aspect physique de ses partenaires.

En cette veille de Noël, les bureaux d'*Art Press*, le magazine avant-gardiste qu'elle a fondé et qu'elle dirige, situés dans un drôle d'immeuble-atelier en brique au fond d'une rue tranquille du XVe arrondissement de Paris, sont déserts. Au bout d'un petit escalier raide, Catherine Millet m'attend dans un bureau sans grâce, meubles métalliques et moquette tachée. Punaisée sur les murs, au milieu de dames nues de la Belle Époque, une carte postale représentant la splendide Pietà d'Enguerrand Quarton. De la maîtresse de céans on croyait tout connaître, les gambades, les fantasmes, la plastique aussi, complaisamment dévoilée dans *Légendes de Catherine M.*[11], le livre de photos prises par son mari, Jacques Henric. Habillée – en l'occurrence d'un sobre ensemble de tricot noir égayé d'un bijou moderne –, elle se dévoile autre : une brune pas très grande, aux traits un peu pointus, à la bouche bien dessinée surmontée d'un grain de beauté, à l'évidence intelligente et cultivée, volontiers rieuse, au total plutôt sympathique.

« J'étais livrée à une hydre », écrit-elle dans son livre en évoquant les partouzes en tout genre auxquelles elle a participé. « L'apparence des personnes n'entre alors absolument pas en ligne de compte, confirme-t-elle avec le même naturel qu'on aurait pour évoquer une chic soirée entre amis, le plaisir, c'est au contraire de se livrer à des gens qui n'ont pas d'identité. L'inconnu, l'anonymat, l'obscurité, l'indifférenciation… Tout cela donne la sensation de se perdre, de s'abandonner. » « C'est drôle, reprend-elle, soudain pensive, je n'ai jamais réussi à surmonter ma peur de l'eau, plus les années passent, plus je crains de pénétrer dans une piscine ou dans la mer, je sais d'ailleurs à peine nager. Je ne peux m'empêcher de faire le rapprochement entre cette peur panique de la noyade et la volupté que j'ai eue à me laisser engloutir dans le corps des autres, lors de soirées à plusieurs, au Bois ou ailleurs. » Des corps qui ne sont au bout du compte que des morceaux de corps, un sexe, des fesses, des seins, une paire de jambes. Ne parlait-on pas de « mœurs dissolues » dans le temps ?

Elle récuse pourtant l'idée que sa sexualité se soit réduite à la recherche de partenaires sans tête : « C'est méconnaître le fait que j'ai vécu deux vies sexuelles parallèles, que, tout au long de ma vie depuis l'adolescence, j'ai eu aussi des rencontres avec des partenaires privilégiés qui, eux, avaient un visage. » Des hommes avec qui elle a eu des « rapports d'amitié durables ». D'amitié vraiment ? « Il m'est arrivé très rarement de me dire : "Je suis amoureuse." Peut-être même ne l'ai-je été vraiment qu'une fois. De l'homme avec qui je vis aujourd'hui. » Jacques Henric, son mari. La scandaleuse serait-elle finalement la femme d'un seul homme ? Catherine semble amusée par ce retournement d'image : « J'ai ainsi vécu dix ans avec un homme auquel me liait une grande complicité, y compris professionnelle, tout en étant parfaitement consciente que je ne l'aimais pas vraiment. Les gens préfèrent se raconter des histoires : moi, je n'avais pas besoin de me persuader que j'étais amoureuse pour avoir droit d'accéder au désir sexuel. »

Amour ou amitié, l'indifférence au physique n'est plus la règle dans ces liaisons privilégiées : « Bien sûr qu'il y a un physique d'homme que je préfère et auquel correspond d'ailleurs celui avec qui je vis : le type méditerranéen, trapu, plutôt macho, même si l'apparence ne correspond pas forcément au caractère, un peu rouleur de mécaniques mais très respectueux des femmes. » Les grands, ce n'est pas trop pour elle, jamais tout à fait libérée, avec son 1 m 62, du complexe des petits, facilement irritée à l'idée de « devoir lever la tête » : « Et puis, ajoute-t-elle, j'apprécie dans l'acte sexuel un certain équilibre de taille et de poids entre les deux partenaires. J'ai moins de plaisir si l'homme est très grand et très fort, je n'aime pas non plus avoir affaire à des jeunes gens au corps très mince que j'ai presque l'impression de dominer physiquement. »

Il y a ces préférences affichées. Mais, en pratique, elles n'auront guère pesé sur ses choix : « La plupart des hommes avec qui j'ai eu une relation forte et durable ne me plaisaient pas forcément physiquement. Celui avec qui j'ai vécu dix ans non seulement n'était pas beau, mais n'avait en rien ce type latin qui me plaît, il était blond, un mâtiné d'Alsacien et de Breton. » Dans sa brochette de conquêtes non éphémères, Catherine se souvient de deux beaux mecs, un brun au regard velouté, l'autre plus éloigné de ses critères, un grand type aux traits réguliers, sensiblement plus jeune qu'elle : « La beauté de ce garçon-là en tout cas m'est presque apparue comme un handicap : elle maintenait mon désir en éveil, le repiquait constamment, mais le plaisir ne correspondait pas à l'attente promise. » Sur ce blocage Catherine s'est longtemps interrogée : « D'un homme trop beau, je crains peut-être que son narcissisme n'entre en concurrence avec le mien ; soudain, je me sens fragilisée. » Elle rit encore : « Une fois de plus, je suis atrocement classique ! Dans un rapport de couple, il me semble que c'est à l'homme d'effacer sa propre séduction pour aider à valoriser celle de la femme. »

Est-ce à dire que la laideur de l'autre la stimulerait plutôt ? « Je ne suis pas une grande perverse, je ne suis jamais allée jusqu'à me rouler dans des excréments [un matériau fort apprécié de certains « artistes » contemporains autour desquels Catherine Millet conçut, il y a quelques années, un numéro spécial d'*Art Press*], j'ai néanmoins un peu de goût pour l'avilissement. » Encore une affaire de narcissisme, explique-t-elle, le moyen de tester sa propre résistance à la corruption : « Quelqu'un de laid vous enlaidit, quelqu'un de sale vous salit. La question est de savoir si je suis moi-même suffisamment belle et propre pour que ce désir que je suscite résiste à cet effet de contagion. » J'avale ma salive, croyant bêtement que, pour aimer quelqu'un, mieux vaut avoir un peu d'admiration pour lui. « Face à quelqu'un de rebutant, poursuit mon initiatrice, le plaisir est dopé par le dégoût qu'il vous inspire, par le fait que vous réussissiez à le surmonter. »

Dans son livre, Catherine Millet avoue apprécier les messieurs aux chairs flasques et aux bedaines pendantes. La malpropreté, la vulgarité (qu'elle affirme pourtant ne pas supporter chez les gens qu'elle côtoie habituellement) seraient autant de piments pour une relation sexuelle réussie. « J'ai même le souvenir d'avoir éprouvé ces sentiments mêlés vis-à-vis d'hommes qui péchaient moins par leur physique que par leur caractère, faible, veule. Ou encore… ». Elle hésite un moment. «… Oui, oui, si je veux être tout à fait honnête, vis-à-vis d'hommes qui étaient sinon débiles, du moins un peu limités intellectuellement. » La Millet prodiguant ses faveurs dans un centre de handicapés ? « Je ne dis pas que je le ferais, mais cela pourrait appartenir à mes fantasmes. » Tout comme de se livrer à un nain difforme du style Riquet à la houppe, son conte préféré, c'est ce qu'elle affirme en tout cas dans un petit livre (affligeant à mes yeux) qu'elle publiera quelques mois après notre rencontre[12]. À chacun ses héros, ses zéros. Bien avant que Catherine ne se livre à sa confession impudique, son entourage (ses amies surtout) avait souvent du mal à comprendre ce qu'elle trouvait aux hommes avec qui elle sortait : « T'as de drôles de goûts, tu sais... »

Puisque narcissisme avoué il y a, creusons un peu de ce côté-là : « Adolescente, je n'aimais pas beaucoup mon physique. » Millet, mi-laid, elle a toujours entendu son père s'amuser de ce jeu de mots. « Je m'adressais plein de reproches, mon nez trop long, mes jambes trop courtes [pas faux à observer la photo de couverture choisie par Jacques Henric, madame vue de dos, cul nul, vêtue seulement d'un tee-shirt et de bas qui moulent de solides mollets]. Même mes grands yeux marron foncé, dont on me faisait souvent compliment quand j'étais petite, semblaient avoir disparu, absorbés par mon visage. J'avais le sentiment d'être exilée à jamais de cette perfection esthétique que je traquais partout, dans les romans de Stendhal dont j'étais grande lectrice – Fabrice del Dongo ou Julien Sorel étaient beaux, forcément beaux, et ne s'éprenaient que de femmes belles –, parmi les vedettes de cinéma (jusqu'à coller dans un album des photos de Brigitte Bardot ou d'Anthony Perkins), dans les musées aussi, que je commençais à fréquenter. » La mère de Catherine, une petite femme brune et vive, sténodactylo de son état (le père, lui, est patron d'une auto-école), pousserait plutôt sa fille à la frivolité en achetant des magazines et en courant les boutiques pour pêcher des idées qu'elle fait réaliser, économie oblige, par une petite couturière. Mais ce sont les hommes qui seront les artisans de sa réconciliation avec son physique. Plus besoin de chirurgie esthétique, puisque son nez « donne du caractère à son visage ». Qu'importe de ne pas être montée sur échasses, puisqu'elle est de toute façon « sexy », « bandante » : « Ces qualificatifs, bien plus que d'autres, plus courants – "belle", "jolie", "mignonne"... –, valaient brevet de féminité. » Quant à craindre que ce regard complaisant ne soit dû à son attitude peu farouche... « Ah non, sursaute Catherine, ça ne m'a jamais traversé l'esprit ! Peut-être parce que j'ai toujours eu des échanges intellectuels très forts avec ces hommes avec lesquels j'ai entretenu des relations suivies... » À parler galipettes, on en viendrait à oublier que la libertine est aussi une intellectuelle bon teint, en charge d'une des revues d'art les plus sophistiquées de la place, l'auteur d'ouvrages reconnus sur l'art contemporain. Non mais !

Pour prendre confiance en soi, rien de tel, donc, que le regard des hommes. Que leurs compliments. Que leur excitation manifeste devant un corps dévoilé. Autre moyen d'émoustiller le narcissisme : la photographie. « Son usage s'est beaucoup généralisé dans les rapports de couple, affirme Catherine Millet. J'ai souvent vu des femmes autour de moi craindre d'être ainsi exposées, se trouvant moins jolies en images que dans le miroir. Pour moi, c'est l'inverse : être photographiée ou filmée avec une belle constance par la plupart des hommes qui ont vraiment compté pour moi m'a aidée à me dire que je n'étais pas si moche. » « Nue, elle prend du poids, de la hauteur, de la puissance », note Jacques Henric, émerveillé que ce corps qu'il photographie depuis trente ans n'ait pas changé, « finesse de la taille, largeur des épaules, beau volume du cul » déclame-t-il. Avec ça, des seins fermes, pas un gramme de cellulite... « Pour moi, cela tient du miracle », reconnaît Catherine, qui n'a jamais pratiqué le moindre sport et ne résiste pas devant un bon repas.

Quand elle était plus jeune, dès qu'un homme lui plaisait ou qu'elle sentait qu'une soirée prenait un certain tour, elle était la reine du déshabillage express. Même le cap des 50 ans largement franchi, elle n'hésite pas, l'été venu, quand elle regagne sa maison du Midi, à se promener sur la plage en tenue d'Ève, elle aime cette osmose qui se crée ainsi entre le corps et la Nature, le vent chaud, le sable, l'eau – pour autant qu'elle ne dépasse pas les genoux ! Quand son mari le lui demande, elle se dénude pour les besoins d'une photo, en plein champ, sur un quai de gare et jusque dans le cimetière marin de Port-Bou. « Je me sens dans mon vrai vêtement quand je suis nue », explique-t-elle. Mais se contenter de voir dans cet exhibitionnisme une pure recherche de sensations servie par une absence totale de complexes serait, à l'entendre, un peu court : « La nudité me protège, explique Catherine. Dans une relation très étroite avec un homme, elle m'est toujours apparue comme un moyen de focaliser son attention vers mon corps et, ce faisant, de préserver mon autonomie mentale, d'interdire qu'on prenne sur moi une emprise totale. J'abandonne mon corps, et lui seulement. » Le même mécanisme expliquerait l'impudique exposition de ses charmes sur papier glacé : « Ce sont seulement des images. Moi, je suis ailleurs. » L'expression boudeuse de son visage parle d'elle-même : « Ces séances photos sont parfois très longues, je m'ennuie terriblement... »

Si la nudité est pour elle une parure, Catherine Millet, qui n'en est plus à un paradoxe près, confesse l'excitation que lui procure à l'inverse le fait d'apprêter son corps, de l'habiller, de le maquiller. « Folle de mode », elle ne connaît pas de meilleure détente que d'assister aux collections, de dévorer les magazines féminins qui lui tombent sous la main, de courir les boutiques. Un seul interdit, les vêtements sexy, faits à l'évidence pour attiser le désir, les jupes moulantes, les petits hauts à décolleté plongeant : « Je serais plutôt du genre à tirer sur une robe trop courte quand je suis assise sur un canapé », laisse échapper dans un ultime éclat de rire la grande prêtresse du porno branché...

Jacques et les garçons

« J'avais entendu parler d'un lieu de drague dans le quartier Saint-Germain-des-Prés. En sortant d'un dîner, j'ai traîné dans le coin. Soudain, j'ai entendu un sifflement derrière moi. Je me suis retourné : il était jeune, brun, séduisant, un peu plus petit que moi. On est partis ensemble. Deux jours après, je lui ai proposé de s'installer chez moi. Il a été mon grand amour, pendant seize ans il m'a tout apporté, sa jeunesse, sa beauté, une profonde entente et pas seulement sur le plan physique. »

Jacques a aujourd'hui 72 ans : il en paraît largement vingt de moins. En baskets, jeans et veste de daim, il ne cherche pas à jouer au dandy. En cet après-midi, ce bourgeois du Vᵉ arrondissement de Paris, propriétaire d'une chaîne de boutiques vendant du matériel hi-fi, ira jouer au bridge chez de vieux amis. Des couples, tous hétéros. Ni eux ni la famille de Jacques n'ont jamais compris pourquoi, à son âge, il restait inoxydable. Question de gènes, sûrement : ses deux parents sont morts presque centenaires. Et puis, ça aide d'avoir toujours été un sportif assidu, capable de courir encore régulièrement ses dix kilomètres. Mais nul ne sait que le secret de Jacques, sa fontaine de jouvence, c'est d'abord et avant tout l'amour des garçons.

« Jusqu'à 41 ans, dit-il, je n'ai pas vécu. » Du travail *non stop*, le sport, quelques dames traversant son lit, sa vie, rien de grisant. Et, tapi au fond de lui, ce désir pour ceux de son sexe : « On naît comme ça. En classe déjà, j'étais attiré par les garçons. J'ai tout essayé pour ne pas plonger là-dedans. » Tout bascule avec la rencontre de Sam. Il a 17 ans, Jacques a passé le cap des 40. Il triche sur son âge, développe avec Sam, enfant de la banlieue, une complicité qu'il n'a jamais eue avec personne. Il l'entretient aussi, le suit un temps dans les boîtes de nuit, ferme les yeux sur sa vie agitée, ses infidélités. Des années après, l'homme rangé qu'il n'a jamais cessé d'être, qui ne fume ni ne boit, un solitaire n'ayant jamais fréquenté le milieu homosexuel, rompt avec Sam, las de cette vie « scandaleuse ». Mais le jour où il le saura malade du sida, il reviendra vers lui, allant jusqu'à l'adopter pour laisser ses biens à l'enfant que Sam, impénitent Don Juan, a eu d'une femme, dormant le dernier mois sur un lit de camp dressé dans sa chambre à l'hôpital Cochin : « Les infirmières me croyaient son père puisque il portait le même nom que moi. » Après la mort de Sam, pendant près de dix ans, Jacques reviendra à sa vie d'avant. Laborieuse. Terne. Une seule lueur : Clément, le fils de Sam. « Je suis devenu grand-père. »

On n'étouffe pas indéfiniment l'appel des sens. Un soir de l'an dernier, Jacques se retrouve dans sa 206 plus toute jeune à tourner autour de la place Dauphine, sans idée de s'arrêter vraiment. Et puis, dans les phares, ce type splendide qui lui fait signe de descendre sa vitre : « Je peux monter si tu veux. » « J'ai dit oui. Tout à coup, je découvrais que je n'étais pas fini, que je pouvais encore avoir du succès. »

On se frotte les yeux : Jacques n'est pas naïf à ce point tout de même ! Place Dauphine, il a bien ramassé un prostitué ? Jacques sourit, pas troublé, le premier soir il n'a fait d'ailleurs que le raccompagner chez lui : « J'aime prendre le temps de réfléchir. » Deux jours plus tard, ils se revoient. Comme il avait convié le premier jour Sam dans un grand restaurant pour tester son savoir-vivre, Jacques emmène Kamel passer la journée à Deauville : « L'apparence a joué, mais aussi son état d'esprit : il avait vraiment le désir d'une autre vie. » Six mois plus tard, ils se voient tous les jours même si Jacques hésite encore à installer Kamel chez lui : « Il est magnifique, sexuellement parfait, sentimental aussi. » Mais une fois encore, Kamel est un voyou, Jacques ne se le cache pas. Pour inaugurer leur relation, ne lui a-t-il pas volé mille euros ? Hier encore, Jacques l'a retrouvé complètement saoul dans la rue, il a marché deux heures à son côté, le temps qu'il se dégrise.

On avance l'idée qu'un jour Jacques pourrait bien être victime d'un mauvais coup : « Je n'ai pas peur. À quoi cela me servirait de fréquenter un bon jeune homme, quelqu'un qui me ressemble ? Kamel me complète, lui qui débarque de son bled algérien, avec son côté sauvage, sa vie chahutée, sa dèche chronique. » Mi-Pygmalion, mi-bon Samaritain, Jacques croit en son influence : « Il est en train de changer. » Et puis, tout simplement, il éprouve pour lui une « attirance terrible ». « Mais il a 29 ans, plus de quarante d'écart, c'est rédhibitoire ! J'ai toujours refusé de lui dire mon âge. » Kamel assure qu'il l'aime, lui est fidèle, il est selon Jacques d'une jalousie féroce. Non sans raisons : « Vous savez le comble ? Depuis deux mois, je le trompe ! Toujours avec des jeunes, des beaux, pour moi, l'amour est indissociable de cette exigence esthétique. »

Le plus étonnant, c'est que cette quête étrange, ces dangers côtoyés, cette double vie assumée ne se doublent apparemment d'aucune angoisse particulière. À courir ainsi derrière sa jeunesse, Jacques semble heureux, équilibré, s'affirme dans une « forme olympique », il me ferait presque penser à quelque philosophe antique : « C'est miraculeux ce qui m'arrive… »

Heureux assortiments

Vertige de l'amour ! Entraînés dans le tourbillon, il n'y a pas, fort heureusement, que les 8 % de beaux patentés qui peupleraient la planète – le chiffre communément admis, toutes enquêtes confondues –, auquel cas l'espèce humaine risquerait fort d'être vite en voie de disparition.

Dans la mêlée, on trouve de tout. Des hommes – la plupart – qui préfèrent les femmes belles. Des femmes qui préfèrent les hommes beaux – même si, on l'a vu, pour beaucoup ce n'est pas là la qualité qui prime. Des hommes qui aiment des jeunes hommes, cherchent en eux un reflet de la beauté éternelle. Et des femmes, bien sûr, qui, pour la même raison, aiment plutôt les femmes…

Et encore, si l'on continue dans la ronde, des beaux qui, pour la quasi-totalité d'entre eux, s'estiment en droit de postuler à des belles. Mais qui parfois, à l'étonnement général, s'éprennent d'une laide, ou à tout le moins – comme le narrateur d'*À la recherche…*[13], amoureux d'Odette –, « d'une femme qui ne [lui] plaisait pas, qui n'était même pas [son] genre ». Et de longues et belles tiges séduites par des petits hommes dénués de grâce physique quand d'autres, sans se prendre pour des déesses, apprécient un certain équilibre physique dans leur couple.

Ces dernières auraient-elles eu vent de l'enquête menée pendant plusieurs mois auprès de cent vingt-trois couples de l'université de Californie, laquelle démontre que les couples les plus stables sont ceux qui sont objectivement les mieux assortis ? L'homogamie ne serait pas que sociale, elle serait physique aussi… Est-ce à dire que les beaux, mariés entre eux, divorcent moins que les autres ? « Cela vaudrait d'être exploré », répond, amusé par l'idée, Jean-François Amadieu qui cite cette enquête : « On peut en tout cas imaginer que l'époux bénéficiant d'un capital beauté très supérieur à celui de l'autre membre du couple soit plus enclin à tester sa séduction ailleurs. À moins que la richesse ou le statut social ne viennent compenser cette inégalité, permettant à des hommes au physique banal de conquérir de très jolies femmes. »

Depuis dix ans, à Wall Street, Janis Spindel prend en charge la quête du grand amour pour des banquiers, des avocats d'affaires et des cadres supérieurs new-yorkais débordés, s'engageant à leur présenter dans l'année, pour la somme modique de 15 000 dollars, douze femmes « sublimes, mincissimes, top qualité » : avec cent soixante-douze mariages et près de quatre cents « relations monogames » à son actif, elle affiche un taux de réussite de 70 %[14]. À quand l'ouverture d'un rayon « Hommes » où les *businesswomen* à succès viendraient se fournir ? Après tout, les femmes de pouvoir peuvent, elles aussi, avoir leurs exigences. Catherine II de Russie, charmante plutôt que jolie mais très coquette, sans être la Messaline que l'on a parfois décrite, se choisit pour amants des hommes jeunes et beaux, de plus en plus jeunes à mesure qu'elle vieillit, et les comble de cadeaux. La reine Victoria, en soixante-quatre ans de règne, aura eu, elle aussi, l'occasion de manifester l'une de ses seules vulnérabilités : son intérêt éperdu pour les hommes beaux. À commencer par son époux bien-aimé, le prince Albert, qu'elle décrit dans son journal « la bouche si jolie avec les fines moustaches, les favoris très, très doux, la superbe silhouette, épaules larges et taille fine ». Et fougueux avec ça, comme en témoigne le billet adressé par Victoria à son Premier ministre, le cher Lord Melbourne, au lendemain de son mariage : « Nuit déconcertante et exquise… »

NOTES

1. Sondage Euro-RSCG du 1er mars 2002, cité par *Le Point*, 25 avril 2002.

2. Christophe André et François Lelord, *L'Estime de soi*, *op. cit.*

3. Thomas Mann, *La Mort à Venise* (1910).

4. Albert Cohen, *Belle du Seigneur*, Paris, Gallimard, 1968.

5. Auteur par ailleurs de *Questions de femmes*, Paris, Odile Jacob, 1996.

6. Jean-Claude Hagège, *Le Pouvoir de séduire*, Paris, Odile Jacob, 2003.

7. *Antigone*, de Jean Anouilh.

8. Alain Decaux, « Le désespoir d'un homme trahi », *Le Figaro*, 3 janvier 2002.

9. Willy Pasini, *Être sûr de soi*, Paris, Odile Jacob, 2002.

10. Catherine Millet, *La Vie sexuelle de Catherine M.*, Paris, Le Seuil, 2001.

11. Jacques Henric, *Légendes de Catherine M.*, Paris, Denoël, 2001.

12. Catherine Millet, *Riquet à la houppe, Millet à la loupe*, Paris, Stock, 2003.

13. « Un amour de Swann », dans *À la recherche du temps perdu* de Marcel Proust.

14. Sondage Euro-RSCG, cité *supra*.

TROISIÈME PARTIE

À la conquête de la beauté

CHAPITRE 8

L'apparence a-t-elle un sens ?

La sagesse populaire est formelle : « Il ne faut pas, dit-elle, se fier aux apparences. » Elle insiste : « Tout ce qui brille n'est pas or », « L'habit ne fait pas le moine »... Mais qu'en est-il au ras du vivant, chez nos amies les bêtes ? Leur allure extérieure permet-elle de préjuger de leurs qualités intrinsèques ?

Ah, la belle bête !

« Si l'empire appartenait à la beauté et non à la force, le paon serait, sans contredit, le roi des oiseaux. » Citant Buffon, le biologiste aixois Claude Gudin, l'auteur déjà cité d'une amusante *Histoire naturelle de la séduction*, me rappelle que le paon était le cauchemar de Darwin : « Cet oiseau, maladroit à l'atterrissage et au décollage à cause de son panache et courant de ce fait le risque d'être croqué par les tigres en Inde, sa terre d'origine, le gênait dans sa théorie de l'évolution. Jusqu'au jour où il réalisa que ces plumes magnifiques étaient pour le paon un élément de séduction, le prélude obligé de toute sexualité. » Ces belles couleurs, dues à l'ingestion des caroténoïdes contenus dans les végétaux et les micro-organismes, qu'exhibent la plupart des oiseaux mâles, le paon, le canard, le coq, le faisan, le flamant rose, mais aussi les insectes, les poissons, les crustacés, les reptiles, les batraciens (les femelles, plus discrètes, accumulent ces couleurs dans leurs parties sexuelles ou dans leurs œufs), leur assurent, lors de la parade nuptiale, la faveur de leurs compagnes. Mais qu'on ne se méprenne pas : « La femelle, précise Gudin, choisit le mâle le plus coloré – c'est toujours elle qui choisit, depuis les espèces les plus primitives ! –, non parce qu'il est le plus beau mais parce qu'il lui assurera la meilleure descendance. La beauté est signe de bonne santé, elle opère une véritable sélection naturelle. » Dans les zoos, les oiseaux mal nourris, les flamants roses décolorés, ne font pas de petits. Dans les viviers, les saumons, s'ils ne portent pas assez de motifs colorés, sont incapables de se reproduire.

Chez les mammifères, le dimorphisme sexuel bien plus prononcé permet de faire l'économie de la différenciation par la couleur : la taille, la vigueur du poitrail, les cornes des mâles, les mamelles des femelles s'y substituent comme éléments de séduction. Mais là encore, la beauté est d'abord et avant tout signe de santé, de force procréative. Les chasseurs vous le diront : un sanglier bien armé, portant de belles défenses, est un animal en bonne forme, tout comme un cerf bien coiffé. Chez ce dernier, qui refait chaque année la totalité de ses bois, le trophée est le plus parlant des carnets de santé. Un cerf blessé une année aura la saison d'après une tête « bizarde », c'est-à-dire des bois irréguliers : le voilà réduit au rang d'« abschuss », de ces animaux qu'il convient d'éliminer par un tir sélectif si l'on veut améliorer la race. Les plus mal en point, dits « cerfs moines » – ils ne sont pas coiffés du tout –, ne sont rien d'autre que des eunuques. Au-delà des incidents de parcours, on repère aussi les effets d'une bonne nourriture – ce n'est pas un hasard si les cerfs de Hongrie ou de Roumanie sont mieux coiffés que ceux d'Écosse – et d'une belle hérédité. Ainsi, on ne tirera le cerf d'un an – le daguet – que si ses bois sont inférieurs à la hauteur de ses oreilles, car c'est là le signe qu'il ne sera jamais un de ces magnifiques « cerfs de récolte » qui non seulement portent les plus beaux bois mais sont les plus lourds, les plus forts, ceux qui ont la harde des biches avec eux après avoir découragé les autres prétendants, les jeunots, les malingres, les mal foutus. Ceux dont, huit ou neuf ans plus tard, le trophée (on parle alors de « dixième tête ») fera l'orgueil du chasseur. Pour rassurer les âmes sensibles, on précisera qu'à partir de la onzième ou de la douzième tête le vieux cerf commence de toute façon à « ravaler », ses bois sont moins beaux d'une année sur l'autre. Chronique d'une mort annoncée.

Les plumes du paon. Le trophée du cerf. Ou même la croupe avantageuse d'Onctueuse, la championne du concours charolais 2003. La beauté, dans le monde animal, ne compte pas pour rien. Elle est signe de bon état physique, donc facteur d'attraction pour l'autre sexe, promesse de fécondité. Une étude publiée dans la revue américaine *Science* du 23 août 2002 portant sur les lions du parc national du Serengeti en Tanzanie, note que, neuf fois sur dix, les femelles préfèrent être saillies par un lion à crinière noire plutôt que par son homologue à crinière blonde : des analyses sanguines effectuées sur des fauves endormis révéleront chez les premiers un taux de testostérone – l'hormone mâle – plus élevé que chez les seconds. « Ceci étant, cette valorisation de la beauté comme facteur d'adaptation, assurance de recueillir les faveurs sexuelles, de rapporter de la nourriture en abondance, est en train d'évoluer quelque peu », glisse, l'œil rieur, Boris Cyrulnik. L'élément nouveau serait selon lui… l'arrivée des femmes dans le cercle jusque-là très fermé des éthologues ! « Ainsi pour nous, hommes, les mâles dotés des plus belles plumes, des plus belles épaules, ayant les plus belles postures, étaient forcément les dominants, ceux qui avaient le plus de succès auprès des femelles. De même, les plus belles femelles avaient forcément la meilleure qualité biologique, elles étaient les meilleures génitrices. » Moins obsédées par les catégories classiques de puissance virile et de séduction féminine, en un mot plus finaudes, les femmes éthologues auraient repéré que les animaux dominants n'étaient pas toujours ceux qui se pavanaient au premier rang ! « Dans cette nouvelle acception, note Cyrulnik, le dominant est celui qui mobilise l'attention du groupe, qui le structure par des offrandes, des cris, des interactions. Parmi les mâles, il y a ceux dont les copulations sont les plus visibles et ceux dont les copulations sont les plus fréquentes : ce ne sont pas les mêmes. » Prime au petit malin sur le bellâtre : c'est lui au bout du compte qui sera le meilleur étalon...

Au passage, les dames reprennent du poil de la bête. « On a longtemps présenté le lion comme le roi des animaux. Son allure majestueuse, son abondante crinière – qu'elle soit noire ou blonde ! –, le lissé de son poil nous en imposaient. Mais cette beauté est un leurre. En fait, dans un monde de lions, ce sont les femelles qui font tout le travail : pendant que monsieur fait sa sieste, paresseusement allongé au soleil, madame part chasser la gazelle pour nourrir sa troupe. Le chef de famille, c'est bien elle. Dans d'autres races animales, la suprématie esthétique des mâles a même une valeur quasi sacrificielle : ainsi l'oiseau mâle coloré attire sur lui le prédateur, tandis que sa discrète femelle s'éclipse, ses petits abrités sous son aile. »

Signe de santé, de force physique, donc promesse de damer le pion à ses concurrents pour se nourrir et procréer, la beauté n'a pas que des avantages dans le monde animal. Il semblerait à l'examen que, dans la lutte pour la survie, elle soit moins efficace que d'autres qualités moins voyantes, le courage, l'astuce, un rien de filouterie ; qu'il lui arrive même de signer la condamnation à mort de celui dont elle était le glorieux apanage. Comme chez les humains. À une différence près : ces derniers sont, eux, généralement conscients de leurs avantages esthétiques. Qu'en est-il chez les animaux ?

Le souci de l'apparence : la marque de l'humain

Recadrage immédiat, avec l'humour qui ne quitte jamais Cyrulnik : « Bien sûr que M. Hyène trouve sa femme d'une très grande beauté. Mais ce n'est pas pour autant que l'on peut parler chez les animaux d'apparence physique : car il n'y a pas pour eux de différence entre ce que l'on est et l'image que l'on donne. Aux yeux de son cher et tendre, Mme Hyène n'est rien d'autre qu'un ensemble de signaux, d'odeurs – on parle de "phéromones", dues à la stimulation d'une hormone volatile –, de couleurs – on évoquera sa "robe" –, de formes, de postures, de cris. Tout cela compose comme un tableau de Mondrian qui agit sur l'autre. »

Qu'un élément fasse défaut, et le charme n'opère pas. Ainsi, il suffit qu'une femelle chimpanzé ait été accidentellement ou expérimentalement désocialisée dans sa petite enfance pour que, lorsqu'elle atteint l'âge de la maturité sexuelle, sa motivation hormonale ne soit pas la même que celle de ses compagnes, même si elle est dotée des mêmes callosités fessières colorées en rose par la folliculine, même si elle émet les mêmes phéromones. Elle n'a pas acquis les postures, les offrandes alimentaires, les cris qui lui permettront de solliciter les mâles : « Face à elle, poursuit Cyrulnik, ceux-ci sont déstabilisés, ils finissent par se mordre, se taper dessus. La fête nuptiale tourne au pugilat. » Si tout se passe bien, les séducteurs au contraire s'en donnent à cœur joie. Témoin la gigantesque « foire du sexe » à laquelle se livrent chaque été, dans les montagnes Rocheuses, les gélinottes des armoises, leurs coqs magnifiquement colorés déployant devant les femelles rassemblées une sorte d'éventail en plumes comparable à celui du paon et gonflant leur sac œsophagien. Est-ce à dire que, à l'instar des Don Juan qui bombent le torse, la gélinotte des armoises n'ignore rien de ses atouts, à l'image du cerf qui, lors du brame, s'avance, royal, au milieu de sa harde ? Claude Gudin qui raconte la scène en est convaincu. Pour la plupart des scientifiques cependant, seuls les primates supérieurs ont conscience de l'effet qu'ils produisent : « Le chimpanzé ou le bonobo à qui l'on donne un face-à-main pour qu'il s'y regarde est à l'évidence saisi, affirme Cyrulnik. Il tente de dominer l'autre dans le miroir, mais l'autre veut le dominer aussi. Alors, il mime la soumission, mais l'autre se soumet aussi. » Le singe est déboussolé, il touche le miroir, le renifle, le lèche, se familiarise bientôt avec lui jusqu'à explorer des parties de son corps qu'il ne voit pas d'habitude, sa bouche, son dos, son arrière-train. Lorsqu'on fait une tache de peinture sur son pelage – une expérience d'éthologie classique –, il cherche à l'essuyer sur le miroir.

Non seulement les grands singes sont conscients de leur apparence, mais ils auraient même le souci de l'améliorer :

on verra ainsi des femelles se couvrir la tête de feuilles comme pour s'en faire un chapeau, tandis que les mâles utilisent ces feuilles – ou une pierre, ou un bâton – comme une offrande, à moins qu'ils ne les jettent sur leurs congénères pour les inviter à réagir. Ce serait en revanche pécher par anthropomorphisme que de parler, comme certains l'ont fait, de « séances de maquillage » chez les singes mandrills : « On peut tout au plus dire "ça les maquille", précise Cyrulnik, puisque c'est la motivation sexuelle, l'apparition des hormones, qui vient parer de couleurs leurs joues et le contour de leurs yeux, comme elle enlumine d'un beau rouge vif le pénis des macaques – lequel, allié à un scrotum bleu et à des poils très blancs, vous a un petit air cocardier qui ne déplairait pas à M. Le Pen ! » Reste que le souci de l'apparence est vraiment – tout autant peut-être que la maîtrise du langage – le propre de l'homme, ce qui le sépare radicalement de l'animalité.

Mon reflet inversé

Le professeur Maurice Mimoun affirme volontiers que « l'être humain n'était pas fait pour se voir ». « Les hommes des cavernes, ajoute-t-il, ne pouvaient contempler que leurs mains, leurs pieds. De leur propre visage, ils ne connaissaient que ce qui leur était renvoyé par l'autre, une image intégrant non seulement les caractéristiques physiques mais la personnalité, reflétant la subjectivité de l'observateur. La réalité était comme tamisée. Aujourd'hui, face au miroir, la vérité vous explose à la figure. »

Les demandes de chirurgie esthétique interviennent souvent après qu'on s'est vu sur une photo de mariage ou sur une vidéo, ou encore dans un ascenseur, lorsqu'on se retrouve seul face à soi-même, devant une glace, sous une lumière crue ! « On a toujours une image de soi en retard de cinq à dix ans sur l'image réelle mais, ajoute aussitôt le professeur dans un grand sourire légèrement goguenard, je vous rassurerais tout de suite en vous disant comme à mes patients, souvent heurtés à la vue des photos sans fard qu'on prend avant toute opération – “Je suis vraiment comme ça, docteur ?” –, qu'ils sont effectivement “comme ça”, mais que personne ne les voit ainsi. Car la beauté est avant tout dans le mouvement, il faut tenir compte de cette dimension pour faire une chirurgie esthétique valable. »

Même s'il ne me permettra jamais de me regarder qu'au travers de mon reflet inversé, le miroir a tout de même bouleversé la donne en levant le voile sur la partie la plus livrée au tout-venant et, paradoxalement, la plus invisible de ma personne : « Dans la cristallisation de l'individualisme occidental, il aura été un vecteur de choix de l'apparition du sentiment de soi », note l'anthropologue David Le Breton[1].

Une évolution en douceur. Pendant des siècles, les petits miroirs d'étain vendus par les marchands ambulants ne renvoient à celui qui s'y regarde qu'une image très approximative de lui-même. Vers le milieu du XVIe siècle, les ateliers de Murano inventent la technique du miroir moderne par la compression d'une couche de mercure entre une plaque de verre et une plaque de métal, mais il faudra attendre la fin du XIXe siècle, voire le début du XXe, pour que les glaces deviennent, dans les intérieurs domestiques, un élément de décoration. À la même époque, la démocratisation de la photographie permet aux couches populaires d'« arrêter le reflet du miroir », comme disait joliment Nadar, un luxe auquel n'avaient jusqu'alors accès que les classes privilégiées à travers l'art du portrait, tout à la fois moyen d'affirmation de soi et gage de perpétuation du souvenir.

Prolongeant l'analyse, le psychiatre Serge Tisseron affirme que cette évolution technologique n'est pas sans effet sur le rapport que nous entretenons avec notre image, et donc avec notre identité. Tant que l'on n'a de soi qu'un reflet approximatif, il n'y a pas de grand changement par rapport à l'homme des cavernes évoqué par le professeur Mimoun : c'est toujours dans le regard des autres qu'on perçoit son identité, d'où une très grande dépendance de l'individu au groupe. L'image se précisant, chacun acquiert la possibilité de construire une représentation de lui-même indépendante de ce que son entourage lui renvoie, il a tout loisir de s'émanciper de l'organisation sociale. Le troisième stade, c'est l'extraordinaire multiplication des représentations de soi à laquelle on assiste aujourd'hui : « Rares, les images emprisonnaient l'apparence ; nombreuses, elles libèrent au contraire l'image de la référence au reflet visuel. » À l'heure où l'on est mitraillé de photos, filmé, camescopé depuis sa plus tendre enfance, se développe, à en croire Tisseron[2], la conviction que l'identité n'est plus cantonnée à l'image. Qu'on peut du coup diffuser celle-ci à loisir, déballer ses états d'âme à la télévision ou dévoiler son corps à tout bout de champ. Nos aïeux n'auraient pas imaginé se laisser photographier autrement qu'en habits du dimanche : les participants à l'émission *Loft Story* acceptent, eux, d'être traqués à longueur de journée par des caméras jusque dans leur vie la plus intime. Et n'éprouvent pour autant aucun sentiment d'aliénation par rapport à ceux qui capturent ainsi leur image. « L'apparence, conclut Tisseron, s'apparente de moins en moins à un reflet de l'identité, et de plus en plus à une mise en scène. » L'essentiel – le moi profond – est ailleurs. Pour autant qu'il existe...

Le défaut de la cuirasse

Papa Freud ne serait sans doute pas d'accord. Car, pour lui – il l'exprime très bien dans le cas « Dora » –, ce qui apparaît de quelqu'un, ses attitudes, son discours et jusqu'à ses lapsus et ses actes manqués, est au contraire révélateur de son être profond. Selon la théorie psychanalytique classique (car analyste, Tisseron l'est aussi), il n'y a pas de différence entre la forme et le fond. « Les opposer est une ânerie », affirme de son côté le professeur Louis Dubertret, le patron du service de dermatologie à l'hôpital Saint-Louis (celui qui m'avait guidée dans le musée des moulages). « C'est bien simple : pour moi, l'apparence est un petit signe qui me dit : "Vous devriez aller voir par là" (on parle chez nous de "sémiologie médicale"), c'est à partir d'elle que va se faire le diagnostic, que va se décider le traitement. »

Tout commence par la peau, d'autant plus mal connue qu'on ne voit qu'elle lorsqu'on se regarde le matin dans la glace : il y a assimilation totale entre la personne et l'organe. Or, si la peau est une merveille d'ingénierie, elle est aussi un organe ultra-sensible au niveau duquel s'expriment la plupart des grandes maladies systémiques (celles qui touchent plusieurs organes à la fois), qu'il s'agisse des maladies auto-immunes, du diabète, des maladies infectieuses telles que le sida, des troubles nutritionnels, des carences alimentaires comme le scorbut. Une mauvaise circulation peut provoquer un ulcère de la jambe. Le tabac, comme l'alcool, entraîner un vieillissement accéléré de la peau et favoriser les maladies inflammatoires.

La peau reflète même nos humeurs. Rien que de très logique puisqu'elle est en contact permanent avec le système nerveux. Il y a ainsi des gens qui rougissent à la moindre émotion, une histoire de neuromédiateurs – des molécules du système nerveux cutané – qui, en se libérant, dilatent les vaisseaux sanguins, d'autres qui, sous l'effet de la peur, seront pâles comme la mort ou trempés de sueur. Plus impressionnant encore est l'effet du stress sur les maladies de peau. Une étude récente a ainsi démontré une forte altération de la barrière cutanée chez des étudiants en cours d'examens (et sa quasi-restauration à leur retour de vacances !). Pour peu que ces personnes aient un terrain génétique de type allergique, leur peau va protester à sa manière. Le stress n'aura pas créé la maladie, mais il va altérer la barrière cutanée et favoriser des poussées d'eczéma. Ou de psoriasis, cette affection longtemps confondue avec la lèpre (il y a fort à parier que les lépreux de l'Évangile étaient des psoriasiques) qui se manifeste par l'apparition de grandes plaques rouges. Ou encore de vitiligo, qui laisse des zones de peau totalement dépigmentées.

Ces affections ne rendent pas malades mais elles altèrent l'image que les gens ont d'eux-mêmes et que les autres ont d'eux. Pour les qualifier, Dubertret parle de « maladies de la qualité de la vie » parce que, sans jamais constituer de menace vitale, elles empoisonnent l'existence au point de provoquer chez certains une souffrance morale considérable, le sentiment d'être en prison. À l'adolescence, au moment où la personnalité se construit – les psys parlent de « crise identitaire » –, le fait d'être confronté à une image désagréable de soi peut être carrément dévastateur. Le jeune perd confiance en lui, en sa capacité de faire, d'entrer en relation avec les autres, il finit par imputer ses échecs à ses problèmes de peau. S'il ne parvient pas à en parler à sa famille ou à ses copains, ces problèmes peuvent déboucher sur la dépression, voire une tentative de suicide. D'où l'absolue nécessité de traiter toute acné le plus tôt possible.

Un cerf blessé porte des bois irréguliers. Enfermé dans un zoo, le flamant rose perd ses belles couleurs. L'homme exprime son anxiété par des plaques, des boutons. Chez l'humain comme chez l'animal, les déficiences internes provoquent des défauts de la cuirasse. Mais si l'apparence est bien souvent révélatrice de notre état de santé et de nos humeurs, le serait-elle aussi de notre caractère ?

Le visage, miroir de l'âme

On ne se laissera pas prendre à cet « effet de halo » déjà évoqué, qui allie la beauté à la bonté, la laideur à la noirceur d'âme. Buffon, maître ès sciences de la nature, ne nous apprend rien quand il écrit qu'« un corps mal fait peut renfermer une fort belle âme » et que « l'on ne doit pas juger du bon ou du mauvais naturel d'une personne par les traits de son visage car ces traits n'ont aucun rapport avec la nature de l'âme... Un homme en sera-t-il moins sage, parce qu'il aura des yeux petits et la bouche grande ? ». Plus près de nous, le philosophe Emmanuel Lévinas reprend la même antienne quand il affirme que « la meilleure manière de rencontrer autrui, c'est de ne même pas remarquer la couleur de ses yeux ».

Cependant, on parle d'un « menton conquérant », d'une « bouche avare », d'« yeux malicieux ». Des voix s'élèvent, et depuis fort longtemps, pour chercher derrière le visage le reflet de l'esprit qui l'anime. Aristote, déjà, dans le *Traité de l'âme*, voyait l'émergence de celle-ci dans la partie la plus éminente du corps. Au XVIIIe siècle, un pasteur zurichois, Johann Kaspar Lavater, pose les fondements d'une nouvelle

« science », la physiognomonie, en vertu de laquelle les traits du visage sont autant de traits de caractère. Son but avoué est philanthropique : elle vise, par une meilleure connaissance de l'être humain, à son amélioration comme à celle de la vie en société. « Il est même prévu des solutions radicales pour les cas difficiles : quand les gens sont vraiment trop laids, Lavater propose de leur enlever leurs enfants. Ceux-ci recevraient la meilleure éducation dans des institutions publiques particulièrement soucieuses de leur moralité. On ferait des citoyens exemplaires de ces enfants qu'on marierait entre eux. Il prophétise qu'à la cinquième ou sixième génération, le fruit de ces unions successives et sélectionnées serait de plus en plus beau, car beauté, éducation et morale marchent du même pas. Ainsi, la laideur s'effacerait de la face du monde[3]. »

Disciple de Lavater, Louis Sébastien Mercier, futur député de la Convention, affirme dans son *Tableau de Paris* paru à la veille de la Révolution : « Les scélérats que j'ai vus passer pour aller au supplice, les assassins perfides, les empoisonneurs, étaient tous de petite taille [...]. Les âmes cruelles logent dans des corps exigus. » Balzac, adepte de la physiognomonie – tout comme Goethe ou George Sand – embraye sur l'idée de « physionomies prophétiques » : « Oui, la fatalité met sa marque au visage de ceux qui doivent mourir d'une mort violente », écrit-il en 1841 dans *Une ténébreuse affaire*.

La physiognomonie a vécu. Et la morphopsychologie, inventée à la fin des années 30 par le psychiatre Louis Corman, qui défend, elle aussi, l'idée d'une correspondance entre le visage et ce qu'il y a derrière, ne s'est jamais donné pour mission de sauver l'humanité. « Le seul but de cette discipline proprement française, même si elle a des adeptes en Europe et aux États-Unis, est de permettre à l'être humain de mieux se connaître et donc de mieux se porter », affirme Martine Boulart qui, au décès de son fondateur, prit la tête de la Société française de morphopsychologie (SFM). Pour cette diplômée en sciences politiques et en psychologie cognitive, la cinquantaine mince et vive, cette discipline, parmi d'autres, met de précieux outils à la disposition des chefs d'entreprise et des cadres supérieurs (qu'elle accueille dans des séminaires de trois jours) qui souhaitent améliorer leur image – et donc leurs performances.

Tout le monde ferait, à l'en croire, de la morphopsychologie sans le savoir : « Si l'on s'attache au plan neurophysiologique, dit-elle en me recevant dans sa maison de Garches, il existe une zone de reconnaissance des visages située dans l'hémisphère droit du cerveau, l'hémisphère pré-verbal, celui des émotions. Lorsque l'on rencontre une personne, on a une première impression qui vous incite soit à vous rapprocher de cette personne, soit à la fuir. On ne peut pas être neutre. » Une fonction encore plus utile dans les tout premiers temps de l'humanité : savoir d'emblée si l'on avait affaire à un ennemi ou à un allié était alors une question de vie ou de mort.

Comme les deux mille praticiens agréés par la SFM, Martine Boulart fait, elle, de la morphopsychologie en le sachant. Pour mener à bien une analyse, elle demande qu'on lui envoie dans un premier temps des photos de face et de profil bien lisibles : « Je regarde le visage, je m'en imprègne. » Après quoi, elle passe en revue cinq grands ensembles. D'abord le bâti osseux, qui révèle, dit-elle, les réserves énergétiques de la personne : « Plus le cadre est puissant, plus cette personne a besoin de remuer de l'air, de prendre sa place dans le monde ; si le cadre est étroit, elle sera plus sélective dans son projet de vie. » Ensuite les récepteurs que sont les yeux, le nez, la bouche, de bons indicateurs du mode d'échange avec le monde extérieur, lent ou rapide, sensoriel ou cérébral. Troisième élément : le modelé, à savoir l'enveloppe de chair et de peau, « la surface où s'affrontent les pulsions internes et les résistances externes ». « Rond », ce modelé traduit une adaptation conciliante ; « plat », une adaptation défensive ; « rétracté-bossué », une adaptation plus complexe faite d'élan et de retenue, de passion de s'impliquer et de besoin d'analyser ; « ondulé », une adaptation nuancée en fonction de l'environnement… On prendra ensuite en compte les trois étages du visage, déjà chers à Aristote selon qui l'étage inférieur (mâchoire et bouche, en relation avec le système digestif) traduit notre appréhension pratique du monde ; l'étage médian (les pommettes, le nez, en lien avec le système respiratoire), nos émotions, notre affectivité ; l'étage supérieur (le front et les yeux, vitrine du cerveau), notre compréhension rationnelle du monde. Dernier élément de l'analyse, celle des hémifaces du visage, reliées de façon croisée aux deux hémisphères cérébraux : une hémiface gauche marquée par la peur, la tristesse, des émotions négatives sera le signe d'une domination de l'hémisphère droit (le siège des émotions), tandis qu'une hémiface droite très contrôlée indiquera une domination de l'hémisphère gauche (le siège de la raison). Une dissymétrie légère est signe de différenciation et de richesse dans la perception du monde ; trop forte, elle traduit une complexité et une dualité intérieure parfois lourdes à gérer ; son absence est la marque d'une faible vitalité.

À cette étude sur dossier succédera un entretien permettant au morphopsychologue de mieux cerner son patient à partir de l'exposé de ses motivations, mais aussi d'un examen attentif des caractéristiques physiques qui n'apparaissaient pas forcément sur les photos. Tout compte pour expliquer un fonctionnement comportemental. La couleur de la peau : le teint est blanc chez le lymphatique, rouge chez le sanguin, jaune chez le bilieux, gris chez le nerveux. La couleur des yeux comme des cheveux : clairs chez les lymphatiques, foncés chez les bilieux. Je tique. Tout cela m'apparaît un peu simpliste : « Mais non, proteste Martine Boulart, puisque c'est à partir du même feuillet de l'embryon, l'ectoderme, que se forment et le système nerveux et toute la structure du visage ! D'ailleurs, cette typologie tempéramentale remonte à Hippocrate. » Ah bon, si Hippocrate lui-même...

Ainsi enrichie par l'analyse, la première impression que produit un être humain est moins subjective : « Car, reprend la présidente de la SFM, l'intuition qui nous guide dans notre appréciation, ancrée dans notre cerveau archaïque, est très liée à nos peurs, à nos manques fondamentaux. Supposons que moi qui suis de type oral, avec mon visage rond, mon nez concave (sans doute parle-t-elle de son nez en trompette ?), avec un terrible besoin d'être protégée, je rencontre une personne de type anal, aux récepteurs sensoriels complètement retenus – bouche serrée, yeux enfoncés, nez pincé –, je me dirais instinctivement que cette personne n'est pas pour moi. Seul un travail préalable va me permettre de dépasser les jugements de valeur, d'apprécier ses bons côtés, scrupuleux, perfectionnistes. Or, c'est en insistant sur ce que l'autre a de bien qu'on le fait devenir bien. Qu'au-delà du masque, au-delà de la grenouille, on dévoile en lui le prince. »

Mon air ahuri n'a pas échappé à mon interlocutrice. Patiemment, elle m'apprend que l'être humain est constitué de trois strates : « Le masque, c'est ce que la société nous a appris à être, le "sur-moi" diraient les psychanalystes. La grenouille, ce sont nos mécanismes de défense, l'agressivité, la tristesse : le "moi". Mais ce que Freud n'avait pas vu, c'est ce troisième niveau que nous appelons le "prince", cette part de soi-même qui, s'appuyant sur les ressources positives de chaque individu, aspire à l'unité, à la beauté. »

Le vieil adage « Deviens ce que tu es » s'actualise en « Traque le prince (la princesse) qui est en toi » ! Car – promis-juré ! – le morphopsychologue n'a pas mission d'émettre des jugements de valeur sur l'un ou l'autre, seulement de permettre à chacun de mieux se connaître, et, partant, de mieux s'aimer. En comprenant que ses défauts ne sont que le reflet de ses qualités. Que le seul et unique critère d'équilibre personnel est l'harmonie.

Toute la morphopsychologie est fondée, je l'apprends, sur le principe d'expansion-rétraction, l'équilibre qui s'établit en chacun entre la poussée de la force vitale interne et la résistance du milieu externe. Il y a les dilatés, hyposensibles, dont le projet est de s'enrichir, de jouir des biens de ce monde, à l'énergie inépuisable et à la forte libido, mais qui manquent parfois de raffinement, de tact, d'originalité. Et puis les rétractés, hypersensibles, précis, délicats, constamment en recherche, mais facilement pessimistes et dotés d'un esprit d'opposition trop systématique. Mais qu'on soit de l'un ou l'autre bord, l'important, c'est de ne pas dépenser plus que ce que l'on a en réserve, au risque de créer une dysharmonie. En comprenant cela, on peut dépasser les jugements purement esthétiques, les catégories du beau et du laid : « Je me souviens, dit Martine Boulart, d'une institutrice plus toute jeune, une femme douce, réceptive, très proche des enfants, qui avait envie de se faire refaire le nez. Je me suis contentée de décrypter devant elle la signification de son visage, un menton en retrait, signe de prudence, un nez convexe, indiquant son besoin d'exercer un certain ascendant sur les autres. À vouloir un nez concave, elle courait le risque de gommer cette dualité prudence-besoin d'ascendance qui était source de richesse, d'exprimer une très grande passivité qui n'était pas vraiment elle. Si son désir était non seulement d'améliorer son apparence mais, comme chez la plupart des candidats à la chirurgie esthétique, d'avoir une meilleure cohérence entre cette apparence et l'intérieur de son être, alors c'était raté ! Elle a gardé son nez… »

L'analyse morphopsychologique a ses adeptes. Mais elle suscite aussi beaucoup d'irritation. Aux yeux de certains, il s'agit d'une pure et simple fumisterie. Pour d'autres, à tout le moins un viol de l'intimité, un abus de pouvoir, une tentative de manipulation. « Si je peux, grâce à elle, connaître l'image qu'une personne se fait du monde, ses schémas mentaux, les valeurs sur lesquelles elle s'appuie, rétorque Martine Boulart, je ne connaîtrai jamais ses secrets. » Un élément essentiel du code de déontologie de la morphopsychologie veut d'ailleurs qu'on s'interdise de la pratiquer à l'insu d'une personne. Pourtant, selon l'aveu même de la présidente de la SFM, « rencontrant quelqu'un dans un dîner, on a de lui une perception plus approfondie, on sait mieux quels sujets l'intéresseront que quelqu'un qui n'aurait pas étudié notre discipline. Tenez, sur vous, je peux déjà avancer quelques idées ». Je frémis : peut-être le moment est-il venu de payer, après deux heures de tête-à-tête, mon scepticisme de départ, même si l'idée d'une plus grande tolérance à l'autre, d'une meilleure appréciation de soi-même, une fois repéré ce que son visage exprime, m'a un peu ébranlée… Au vu de mon « bâti osseux », je me vois gratifiée d'une certaine sélectivité : « Vous ne vous jetez pas à la tête de tout le monde. » Ouf !

Côté récepteurs sensoriels, entre les grands yeux et les lèvres minces, me voilà classée – je m'en doutais – cérébrale plus que sensorielle, « dotée d'une intelligence logique travaillant sur un mode déductif plus qu'intuitif ». Précision, voire perfectionnisme, rigueur éthique sont aussi versées à mon crédit. Quant au modelé, il est sans conteste du type « rétracté-bossué », traduisant tout à la fois l'élan et la retenue. Pour ce qui est de l'équilibre entre les étages du visage, entre les deux hémifaces, mon analyste improvisée décèle en moi « des mécanismes de défense moins forts que par le passé », « plus d'ouverture et de détente », « un grand besoin d'indépendance ». Rien de faux. Rien de très révolutionnaire non plus. Me voilà rassurée en tout cas : croiser incidemment les pas d'un morphopsychologue n'est pas l'assurance d'être percé à jour…

Des affiches vivantes

Ces traits du visage sont la donne de départ. Mais libre à l'homme de bousculer un peu le Créateur. Car, autant les animaux n'exploitent en gros que ce que la nature a bien voulu leur donner, autant l'être humain, on l'a compris, peut travailler son image comme un discours. Par le vêtement, le maquillage, mais aussi par le langage, les gestes, les postures, il donne sens à son apparence – ce que Boris Cyrulnik appelle la « sémantisation de notre monde intime ». Longtemps, l'école a apporté sa pierre à cette œuvre de reconstruction de chaque être humain : « Jusqu'à la guerre de 1940, note Cyrulnik, elle sert peu à acquérir des connaissances puisqu'on arrêtait l'école à 12 ans. En revanche, elle favorise l'acquisition de signaux d'appartenance. » Selon le cas, on apprend à y enlever sa casquette avant de s'adresser à un supérieur ou à faire le baise-main aux dames. Mais attention, rien n'est figé. Et le petit doigt en l'air requis pour déguster sa tasse de café, tellement distingué avant Mai 68, vous a après cette date un air complètement suranné…

« Chacun de nous est une affiche vivante, insiste Cyrulnik, vous la première ! » Et ce fin observateur des mœurs animales d'analyser l'humaine qui est face à lui, son strict tailleur-pantalon en gabardine beige, le fin tracé d'*eye-liner* sur ses paupières, les « lustres » qu'elle porte aux oreilles – en l'occurrence, des anneaux de jade rapportés de Birmanie. « Autant d'éléments par lesquels vous dites : "Voilà qui je suis, et comment j'aime vivre." » Même la coupe au carré, la coloration châtain clair, les mèches un peu dorées, tout est passé au crible : « Comment, mais bien sûr qu'il y a une sémantique des poils ! Déjà dans la Bible, les mystiques portent la barbe, une façon d'afficher leur proximité de Dieu. Plus près de nous, on distingue les poils d'extrême gauche – la barbe broussailleuse à la Karl Marx, le bouc façon instit – des poils d'extrême droite – la petite moustache bien taillée style Hitler ou Pinochet. Chez les femmes aussi la coiffure est un langage, de la toison *baba cool* à la coupe Jeanne d'Arc. Le seul fait de s'épiler soigneusement les jambes, quand, sous d'autres cieux, il est recommandé de garder de longs poils soyeux en signe de féminité, est éminemment culturel. Et que dire de cette coutume chère aux Aborigènes australiens de passer la main sous l'aisselle de celui qu'ils vont quitter afin de garder trace de son odeur ? »

On a déjà vu à quel point, selon les époques et les zones géographiques, on prisait des types de beauté différents. Mais là, c'est dans le cadre d'une même unité de lieu et de temps qu'on observe de fortes marges d'appréciation : « Cette grande fille pas maquillée, en jupe froncée et gros croquenots, adore à l'évidence la campagne : elle peut séduire un homme qui aura comme elle le goût d'une vie simple et rustique. Lequel ne regardera même pas cette autre fille, en jupe droite un peu moulée portant de hauts talons, qu'un autre, plus citadin, plus épris de raffinement, trouvera émouvante et sexy. »

« Si toutes les femmes sont belles, conclut Cyrulnik, elles ne le sont pas pour tous les hommes… » Même le coup de foudre, *a priori* purement physique puisqu'on ignore à ce stade tout de l'autre, met en jeu l'histoire de chacun : « La foudre ne tombe pas au hasard, il lui faut un paratonnerre. La première condition, c'est que les gens soient vacants. L'élève qui potasse un concours, l'entrepreneur qui crée sa boîte, le sportif qui se prépare à traverser l'Atlantique sur une coquille de noix n'ont aucune chance d'éprouver un coup de foudre. La seconde condition pour que la foudre tombe, c'est que l'apparition porte sur elle (sur lui) les signaux auxquels mon histoire m'a rendu préférentiellement sensible. Ce physique, une fois encore, est sémantisé, il veut dire quelque chose. Et pas seulement parce que la femme en question porte un collier de perles comme ma mère, ou bien arbore un joli teint mat et des yeux de braise qui, quelque part, me rappellent mes origines italiennes. L'appel des sens est parfois plus subtil encore, plus ancré dans notre animalité : j'ai souvenir d'une de mes jeunes patientes qui, peu de temps après la mort de son mari très aimé, avait été bouleversée en passant près du jardinier qui travaillait sur ses plates-bandes en retrouvant l'odeur de son père, jusqu'à amorcer avec cet homme une relation sexuelle incroyablement gratifiante… »

L'adieu au vilain petit canard

« Quand j'étais enfant, dit encore Boris Cyrulnik, les disgrâces physiques étaient souvent objets de moqueries. Les nains, les bossus, les pieds-bots, après avoir été maltraités par la nature, l'étaient par l'homme. Handicapés, ils l'étaient non seulement physiquement mais affectivement, socialement. Dans le temps, on enfermait les albinos dans des cages pour les montrer au public comme des animaux de zoo. » Sans aller jusqu'à ces extrêmes, les filles ingrates, qui faisaient tapisserie dans les bals, désespéraient de jamais intéresser quelqu'un : « Et tous les dimanches matin, après une nuit courte et agitée, la tristesse s'abattait de nouveau sur elles. »

« Beaucoup d'enfants laids, ou se ressentant tels, souffrent encore de leur physique à l'adolescence. Beaucoup de jeunes filles sont complexées, mal dans leur peau. Mais tous savent désormais, et c'est un énorme progrès, que cette laideur est réparable. Et pas seulement parce qu'on a le pouvoir de – presque – effacer un bec-de-lièvre, de recoller des oreilles, de corriger un nez disgracieux. Mais parce que les canons sensoriels de la beauté se sont incroyablement élargis, que les mots, les gestes, la façon d'établir la relation avec les autres, le vêtement, tout cela participe de la beauté. La technologie peut désormais peaufiner le travail inachevé de la nature. Lorsque, du côté des hommes, seule la force physique comptait, que la violence, la brutalité étaient des valeurs adaptatives, lorsque, du côté des femmes, on n'était vue que comme une génitrice en puissance, il n'y avait pas de compensations possibles. Aujourd'hui, si. Le petit type gringalet sait qu'il peut pallier cette défaillance de son corps en se rendant actif, drôle, cultivé, élégant, qu'il aura d'autres manières de déclencher le sentiment de la beauté. Il ne sera pas beau pour tout le monde, non, ça, ce n'est pas possible. Mais il prendra tout de même sa place d'être humain dans la société. Et il en va de même pour la supposée laide : dans le monde actuel, elle aura tant de moyens de briller autrement, par de bonnes études, une brillante carrière, des performances sportives ou artistiques peut-être... »

Dans ses derniers livres (qui sont autant de succès de librairie), Boris Cyrulnik a défendu la notion de « résilience », cette capacité à rebondir des grands blessés de l'existence, des orphelins, des enfants maltraités, des victimes de la guerre, des handicapés... Des pas beaux, des vraiment laids ? « Bien sûr que la disgrâce physique est à mettre au nombre des épreuves qui vous marquent enfant, dont il faut se relever. » Anna Freud disait qu'il fallait deux coups pour faire un traumatisme. Le premier, dans le réel, c'est la blessure. Le second, dans la représentation du réel, c'est l'idée que l'on s'en fait sous le regard de l'autre. Grâce justement au « corps sémantisé » qui est le nôtre aujourd'hui, il est sans doute plus facile de combattre un mauvais physique qu'un traumatisme psychique ou qu'un handicap social. « Cette société de l'apparence tant fustigée n'a pas que des mauvais côtés », conclut Cyrulnik en optimiste forcené, toujours prompt à défendre l'idée du libre arbitre humain, « elle est un facteur efficace de résilience, une invitation, pourquoi pas, à aller plus loin ». Ces « vilains petits canards » qui lui fournirent le titre d'un de ses livres[4] auront peut-être la possibilité de devenir cygnes un jour, s'ils s'en donnent les moyens…

Notes

1. David Le Breton, *Des visages*, Paris, Anne-Marie Métailié, 2003.
2. Serge Tisseron, *L'Intimité surexposée*, Paris, Ramsay, 2001.
3. Voir Nicole Avril, *Le Roman du visage*, *op. cit.*
4. Boris Cyrulnik, *Les Vilains Petits Canards*, Paris, Odile Jacob, 1999.

CHAPITRE 9

Le devoir de beauté

On connaît le « Je est un autre » de Rimbaud. On connaît moins la suite : « Si le cuivre s'éveille clairon, il n'y a rien de sa faute. » Je me suis souvent interrogée sur ce vers du poète : signifie-t-il par là qu'à changer d'allure extérieure on se retrouve foncièrement différent, qu'on le veuille ou non ? Moi, je le crois : non seulement la forme révèle souvent le fond – la démonstration du chapitre précédent –, mais elle peut même le conditionner.

Nombre de comédiens en font l'expérience. À endosser un nouveau rôle, se glisser dans la peau, les habits d'un autre, on opère une mue – le plus souvent temporaire. Le plus bel exemple en fut récemment la transformation de l'actrice Nicole Kidman, beauté aérienne, finesse de la ligne alliée à celle de l'esprit, en une saisissante Virginia Woolf : « Je me suis jetée à corps perdu dans ce personnage, modifiant ma façon de parler, de marcher, d'écrire... », dira-t-elle lors de la sortie de *The Hours*, le film de Stephen Daldry[1]. Et le faux nez dont on l'a affublée, la rendant méconnaissable, même aux yeux de l'équipe du film, le premier jour de tournage, n'explique pas tout. Femme meurtrie, se débattant avec l'idée de la mort, avec la folie, l'icône de la littérature anglaise va littéralement envoûter l'actrice australienne, en un moment douloureux de son existence, fragilisée qu'elle est par un récent divorce : « D'une certaine manière, elle a joué pour moi un rôle cathartique... Il y a eu une métamorphose jusqu'au plus profond de mon être », ne craint pas d'avouer celle pour qui être acteur n'est pas un choix mais une « nécessité vitale », qui s'engage passionnément dans ses rôles au risque de s'y perdre. Reste que pour nous qui ne sommes pas Nicole Kidman – « la femme physiquement absolue aujourd'hui, selon Karl Lagerfeld[2], presque trop grande, trop altière, trop belle, jambes immenses, peau laiteuse, détachement total sans être méprisante » –, mieux vaut faire mouvement en sens inverse. Tenter plutôt d'améliorer l'ordinaire.

« Reste coquette ! »

Avant de la quitter, je lui ai demandé quel message elle avait envie de délivrer aux femmes. « Une chose me frappe depuis mon retour en Europe, m'a-t-elle répondu. Chaque fois que je rencontre une fille qui a un peu de personnalité, huit fois sur dix elle est divorcée ! Alors, aux femmes, moi j'ai envie de dire : si tu veux garder ton mari, fais-lui d'abord sentir toute l'admiration que tu as pour lui, les hommes en ont tellement besoin ! Et puis, reste coquette, trop de femmes se négligent après le premier enfant : sois coiffée, maquillée, quand il rentre le soir, en ayant toujours à l'esprit l'escadron de jeunes secrétaires pimpantes qui ont gravité autour de lui dans la journée, béates qui plus est pour peu qu'il soit leur supérieur. Moi, tu sais, il ne faudrait pas me pousser beaucoup pour que je redevienne coquette, même à 86 ans ! »

Sœur Emmanuelle vient de doubler le cap des 95 ans. Mais je n'oublierai pas notre rencontre quelques années plus tôt, dans sa maison de retraite de l'arrière-pays niçois, une sœur parmi les autres quand je la retrouve à la chapelle, avec son fichu gris, son gilet de laine noire et ses solides baskets, plus grande seulement que les autres, plus massive. Plus tard, dans son « palais » – une petite cellule surmontée d'une simple croix de bois, largement ouverte sur le massif des Maures –, elle me parlera longuement de son amour de Dieu et des hommes, mais elle évoquera aussi celle qu'elle était à

20 ans, adorant s'amuser, s'interdisant d'aller au bal car trop intéressée spontanément par les garçons, un vrai panier percé, toujours à l'affût des plus jolies toilettes, des chapeaux dernier cri : « Je me vois encore bassinant ma mère pour qu'elle m'achète un chapeau "Lindbergh", un genre de casque revisité baptisé ainsi en l'honneur de celui qui venait de traverser l'Atlantique. » Un sacré numéro, la petite sœur des chiffonniers ! Et habitée d'une telle belle humeur, d'une telle chaleur humaine que l'on comprend, quand on la voit, la place privilégiée qu'elle occupe dans le cœur des Français : « Juste derrière Johnny Halliday ! » précise-t-elle, l'œil farceur.

Pour avoir vu, l'année de ses 6 ans, son père se noyer sous ses yeux sur une plage du Nord, la petite Madeleine Cinquin, la future sœur Emmanuelle, a vite compris qu'un homme, c'était « trop petit » pour elle, « trop fragile » : elle a préféré se tourner vers le Christ. Pour avoir perdu le sien quand elle avait 7 ans, la petite France Gourdji, la future Françoise Giroud, habitée par le même sentiment de la fragilité des hommes, a choisi de les séduire tous. Dès juillet 1950, dans *Elle*, elle dispense à ses lectrices les conseils suivants : « Être une "jolie femme", c'est avant tout une résolution qu'il faut prendre. Les êtres vraiment laids sont aussi rares que les êtres vraiment beaux. La plupart d'entre nous sommes un mélange plus ou moins heureux de défauts et de qualités physiques. Il s'agit de décider si vous serez une femme laide dont on dira, étonné : "Et pourtant, elle a de beaux yeux !", ou une femme jolie dont on dira, étonné : "Et pourtant, elle a un vilain nez !"... La volonté d'être jolie s'entretient comme les muscles : par l'entraînement quotidien. »

Travaux d'embellissement

Pour être poussé à entreprendre ce travail, un peu d'insécurité sur soi-même ne nuit pas. Par chance, peu de gens sont, à en croire les sondages, parfaitement satisfaits de l'image qu'ils renvoient. Leur visage, passe encore. Ce qui fait problème, c'est surtout le corps. Un problème qui hante les femmes bien plus encore que les hommes : « C'est à partir de 7 ans, et plus encore à la puberté, que tout bascule, note le sociologue Jean-François Amadieu. Les garçons, qui partageaient jusque-là avec les filles plutôt une bonne estime corporelle, continuent sur cette lancée. Les filles, pas du tout : 20 % seulement sont satisfaites de leur corps, 60 % se trouvent trop grosses. À l'âge adulte, elles seront 70 % à le penser contre 30 % des hommes. »

Mais la donne de départ est tout autant sociale que physique, témoin les écarts d'appréciation relevés par Pierre Bourdieu dans *La Distinction*[3] : si 40 % des agricultrices et 36 % des ouvrières s'estiment, sur le plan de la beauté, au-dessous de la moyenne, elles ne sont plus que 24 % à exprimer ce sentiment parmi les femmes de cadres supérieurs ; respectivement 13 et 14 % des premières disent « paraître plus que leur âge », contre 7 % des secondes. Le message est clair : la part des femmes conscientes d'être peu favorisées sur le plan physique augmente très fortement quand on s'abaisse dans la hiérarchie sociale. Aux yeux de Bourdieu, la chose n'est pas trop grave quand il s'agit de femmes appartenant aux couches populaires, pour qui la priorité n'est pas là, histoire de goûts – la nourriture compte dans ces milieux plus que le vêtement –, mais aussi preuve de réalisme, ces femmes-là ayant de toute façon peu de chances d'accéder à des professions exigeantes en matière de « cosmétique corporelle ».

Là où cet écart d'appréciation poserait problème, ce serait dans les classes moyennes : « On comprend que les femmes de la petite bourgeoisie qui sont presque aussi peu satisfaites de leur corps que les femmes des classes populaires (elles sont même les plus nombreuses à souhaiter changer de tête et à se dire mécontentes de diverses parties de leur corps), tout en étant beaucoup plus conscientes qu'elles de l'utilité de la beauté (et, partant, plus soucieuses du jugement qu'autrui porte sur leur apparence), consacrent à l'amélioration de leur apparence physique des investissements importants, en temps et surtout en privations. » Ce « volontarisme cosmétique » requiert une somme d'efforts considérable que les femmes de la classe privilégiée n'auront jamais à faire, « elles qui retirent de leur corps une double assurance, se sentant supérieures tant par la beauté intrinsèque, naturelle de leur corps[4], que par leur croyance en la valeur de l'effort pour s'embellir », cette exigence de « tenue » étant revêtue d'une double valeur morale et esthétique.

Sans doute les choses ont-elles évolué depuis vingt-cinq ans. L'exigence du paraître, servie par la diffusion du prêt-à-porter, s'est étendue à toutes les classes sociales ; jusque dans les banlieues défavorisées, les enfants exigent aujourd'hui des vêtements et des chaussures de marque, leurs parents allant parfois jusqu'à s'endetter lourdement pour ne pas les décevoir. Quant à la fracture décrite par Bourdieu entre les petites et les grandes bourgeoises, les unes comme gênées, embarrassées par ce corps qu'elles voudraient tant améliorer, les autres entretenant avec lui une relation apaisée, je ne suis pas sûre qu'elle soit toujours d'actualité : la société de consommation aidant, l'appétit de beauté est tellement devenu la chose au monde la mieux partagée ! Plutôt qu'entre les milieux sociaux, la ligne de partage ne passerait-elle pas plutôt désormais entre les êtres ? D'un côté ceux qui ont confiance en eux, de l'autre ceux qui seront toujours, souvent par quelque défaut d'amour, empêtrés d'eux-mêmes et de leur image ?

La beauté n'est pas seulement un don de la nature, elle est aussi une conquête. Certains, certaines renâclent devant la somme d'efforts que celle-ci requiert. Valérie – ma jolie cousine – attestait du désintérêt manifesté par sa sœur aînée pour son apparence, comme par crainte que celle-ci, trop flatteuse, ne vienne polluer son rapport aux autres, moins favorisés. Ghislaine évoquait sa mère, naturellement fine et distinguée, revendiquant ses anoraks sans forme et ses habits de chez Toto pour bien signifier que seuls valent les échanges intellectuels. Et quand, de surcroît, le moral s'en mêle…

« Deux ou trois de mes patientes ne sont vraiment pas gâtées par la nature, me confie cette psychanalyste exerçant dans le nord de la France, elles sont en surcharge pondérale importante, mal fringuées, à peine soignées, l'une qui n'a pas 35 ans se coupe en plus les cheveux à la garçonne. Mais je dirais que leur laideur est surtout une laideur acquise. Le fruit généralement d'un immense doute sur elles-mêmes, d'une terrible béance affective, en lien avec des rapports difficiles avec leurs parents, avec leur mère le plus souvent. La plupart de ces femmes portent en elles de telles réserves de douceur, de tendresse, un tel appétit d'être aimées, une telle envie de donner ! Ce seraient des délices pour les hommes. Mais toutes ces richesses restent inemployées. Sans vouloir vraiment se l'avouer : à les entendre, leur mal-être vient de leur boulot, de leur patron, du chômage, du logement qu'elles ont dû quitter, de leurs deux heures et demie de transport quotidien... Mais jamais aucune ne m'a dit : “C'est trop dur d'être moche”, jamais ! »

À l'inverse, les beaux s'échinent à l'être plus encore. C'est tout le propos des deux ouvrages laissés par Hérault de Séchelles, *Théorie de l'ambition* et *Réflexions sur la déclamation*, dans lesquels le séduisant conventionnel, un disciple de Lavater et de sa physiognomonie, entreprend de conter le travail mené sur son propre corps à des fins de réussite sociale : « Pour déterminer facilement les autres hommes avec les seuls instruments naturels, écrit-il, il faut de bonne heure donner de la force et de la souplesse à sa voix, à son regard, à sa physionomie, à toute son action, afin de faire avancer à son gré les marionnettes. » Cela, il l'a appris auprès de la Clairon, actrice vieillissante mais qui pour Diderot (dont Hérault est un inconditionnel) est le modèle même de l'actrice, en ce qu'elle ne ressent pas les émotions qu'elle exprime mais a appris à la perfection à les représenter et à les feindre. Chez lui, Hérault poursuit l'entraînement, déclamant avec outrance les fureurs d'Oreste pendant une heure entière au risque de s'érailler le gosier, s'exerçant dans sa chambre « à marcher ferme et bien sous soi, les jambes sur les pieds, les cuisses sur les jambes, le corps sur les cuisses, les reins droits, les épaules basses, le col droit, la tête bien placée ». Une discipline exigeante menée jusqu'à ce que ces attitudes apprises soient devenues une seconde nature, débarrassant définitivement Hérault des gestes qu'il avait, avoue-t-il lui-même, « d'un raide, d'un sec, d'un sautillant épouvantable[5] ».

Deux siècles plus tard, la course à la beauté fait plus que jamais fureur : « Ce n'est pas que les femmes soient chez nous plus belles qu'ailleurs, reconnaît une ancienne Miss Venezuela qui dirige aujourd'hui une agence de mannequins dans son pays, c'est seulement que nous nous donnons plus de mal pour les préparer. » Non sans résultat : depuis 1955, le Venezuela détient le record de gagnantes au titre de Miss Monde et de Miss Univers ; là-bas, les reines de beauté sont entourées de la même aura que les stars du football au Brésil, la perfection esthétique y est une valeur sociale qui ouvre toutes les portes. Mais quel boulot ! À Caracas, la Miss Venezuela Academy est une véritable usine. Au programme, des cours de diction, de chant, de maintien, de langues étrangères, des exercices physiques à outrance, des régimes draconiens. Et encore des soins dentaires pour donner au sourire des candidates blancheur lavabo et régularité parfaite, piqûres en tout genre pour faire fondre quelques millimètres de graisse, chirurgie esthétique pour améliorer encore ce qui peut l'être…

Hillary, Maria, Céline et les autres

Bien sûr, pour les moins bien loties, les marches sont plus hautes à gravir si elles décident de monter sur le podium. « Il n'y a pas d'exemple, fait remarquer cette directrice d'une société de *coaching*, qu'une *superwoman* ayant atteint la réussite matérielle ou médiatique qu'elle s'était fixée soit restée laide. Regardez Hillary Clinton… » De fait, il y a un monde entre l'étudiante *baba cool* aux épaisses lunettes et aux longs cheveux raides qui rit de toutes ses (grandes) dents sur le campus du Wellesley College près de Boston et le séduisant sénateur de l'État de New York au brushing impeccable et aux tailleurs-pantalons bien coupés dont l'ambition est évidemment de devenir, à l'horizon 2008, la première femme présidente des États-Unis.

Autant l'argent et le pouvoir sont pour l'homme des cosmétiques très efficaces, autant la beauté reste pour la femme qui en veut toujours au programme. Pour les femmes de spectacle, celles dont l'entreprise de conquête du monde passe par la scène, l'affaire est vite entendue : l'absence de séduction physique, sauf exceptions, y est souvent une condamnation sans appel. Les exemples de métamorphoses sont légion. C'est Marlène Dietrich, « encore une grosse vache teutonne à la fin des années 20 » selon Lagerfeld[6], qui, entre les mains de Sternberg, va maigrir, se sophistiquer, peaufiner un style bien à elle, costume d'homme, teint très blanc, jusqu'à une devenir une sorte de Garbo allemande. C'est Maria Callas, épaisse fille brune à l'inimitable voix de cristal, appliquant soudain à 31 ans sa rage de travail et son perfectionnisme à se transformer en sculpturale déesse antique pour gagner définitivement le cœur de son public – et celui d'Aristote Onassis. C'est Fanny Ardant – qui incarna justement la diva, et au théâtre et au cinéma –, envoûtante, lumineuse, une flamme, affirmant avoir été, face à une mère superbe, blonde porcelaine, « comme un grand cheval noir » : « J'étais moche, j'étais maigre, j'étais brune, j'étais poilue. Quand on m'invitait à danser, je croyais que c'était par pitié. Je n'étais pas belle, je me suis faite belle[7]. » C'est Madonna, au départ, toujours selon le bienveillant Lagerfeld, « une addition d'imperfections qui en a fait une perfection par personnalité et par volonté ».

C'est encore Céline Dion, rencontrée en février 2002 dans son incroyable maison de Palm Beach en Floride à l'occasion de la sortie d'un nouvel album après deux ans d'absence pour cause de maternité : « Jeune fille, m'avoue-t-elle, je me trouvais maigrichonne, avec des canines proéminentes, une tignasse incontrôlable, un nez plus gros que la bouche, le visage trop long. » « Drivée par René » – on craque pour son accent québécois, moins pour le sabir franco-américain dans lequel elle s'exprime parfois –, Céline prend les choses en main, se fait poser des broches sur les dents, arracher des molaires. « Mais pas question de me faire refaire le nez, l'opération aurait risqué de modifier ma voix ! Alors tant pis, je n'aurai jamais le nez de Claudia Schiffer ni les lèvres de Cindy Crawford, je garderai mon menton pointu. On apprend à s'accepter comme on est ! Et surtout, on grandit, on tombe amoureuse, on devient femme. Grâce à l'homme de ma vie, à la sécurité qu'il me donne, je me sens belle aujourd'hui. » De fait, toute fine dans sa robe de dentelle rose ultra-mini, pas même une taille 36 pour son 1 m 71, ses longues jambes juchées sur de hauts talons et ses cheveux dorés retombant en volutes sur les épaules, la chanteuse aux cent cinquante millions d'albums vendus dans le monde a désormais des allures de star américaine, n'étaient sa gaieté, sa gentillesse et sa simplicité.

Celles qui, sans faire profession de leur apparence, se retrouvent, qu'elles l'aient voulu ou non, des « femmes publiques » n'échappent pas à cette douce obligation du paraître. Regardez Bernadette Chirac qui, soucieuse d'échapper à l'image de mamie qui la guettait, concède plus d'un clin d'œil à la mode, troque son casque de cheveux bien lisses pour des mèches blondes un peu folles, s'affiche lors du Tour de France en veste treillis signée Galliano et, aux défilés de haute couture début 2003, dans un drôle de petit blouson en jean bordé de vison. Regardez Nicole Notat réussissant, quand elle était patronne de la CFDT, à s'attirer les bonnes grâces tout à la fois de ses troupes, des patrons et des médias, par son intelligence, son discours de bon sens mais aussi par sa capacité à évoluer, elle qu'on appelait « la Tsarine », vers un style plus décontracté en tailleur de couleur vive et coupe de cheveux branchée.

Une tête tirée à quatre épingles

Hélène Carrère d'Encausse, secrétaire perpétuel de l'Académie française, n'a pas attendu de devenir une grande dame de la République pour goûter les joies de la frivolité : « Si je vous disais qu'elle m'a toujours habitée... » Et nous voilà parties pour un moment de plaisant bavardage dans son bureau du quai Conti joliment tapissé d'un tissu jaune sur lequel se détachent les portraits de ses dignes prédécesseurs, un peu effarés sans doute devant tant de futilités. « Quand j'étais étudiante dans la France de la reconstruction, la France des Trente Glorieuses, la vie n'était facile pour personne et encore moins pour moi avec des parents immigrés [elle russe, lui géorgien], complètement fauchés. La demi-bourse dont je bénéficiais – j'étais alors à Sciences-Po dans la section service public – me servait surtout à payer mes polycopiés, mon Resto U, il ne me restait pas grand-chose pour m'habiller. Mais j'avais à cœur d'être toujours pimpante, une leçon héritée de ma mère pour qui il importait d'apparaître sous son meilleur jour quels que soient les moyens et le temps dont on dispose, non pas dans l'idée petite-bourgeoise d'épater les autres mais plutôt de conserver sa dignité. Même dans la dèche, on ne se laisse pas aller. Un respect de soi. Une politesse à l'égard d'autrui. Elle-même n'avait pas un sou pour s'habiller, mais elle était toujours impeccable. »

Être im-pec-cable... Ce leitmotiv, Hélène ne l'a jamais oublié. Très peu pour elle le négligé aujourd'hui tant prôné. Pas plus que pour ses filles – « toutes deux des splendeurs physiques, remarquablement arrangées, habillées, définitivement pas le genre à porter des baskets ». Parfois Hélène laisse tomber ses obligations – ses fonctions à l'Académie, ses conférences, l'écriture de ses livres... – et dit à ses filles : « Allez, on va faire des folies ! » Et c'est parti pour courir « avec ravissement » les boutiques, celles des créateurs, celles des couturiers. Des équipées qui, aux dires d'Hélène, sont son « grand repos ». Et la promesse de bonnes tranches de rire.

On l'a vue en tailleur mauve avec col de vison assorti chez Pivot. En tailleur fuchsia serti de gros boutons dorés pour donner une conférence sur sa chère Catherine II au Cercle interallié. En veste lamé or pour applaudir une flamboyante représentation de *Boris Godounov* à l'Opéra-Bastille. « J'aime beaucoup ce qui brille, avoue-t-elle. Cette civilisation de l'artifice est sans doute dans mes gènes, un héritage de mes ancêtres slaves. Je ne dis pas que, à 9 heures du matin, je mettrais des paillettes... Mais j'affectionne les vêtements qui tranchent sur la grisaille quotidienne. Dans un dîner où il y a vingt femmes en noir, je suis la seule à être en rose, en rouge, en jaune ! Des couleurs vives qui collent à mon caractère. Portées avec des bijoux fantaisie. Je suis très gaie, je ris beaucoup, le lugubre m'afflige : j'aime l'idée que mon apparence soit à l'unisson. »

« Il y a des gens pour écrire en robe de chambre ou en survêtement, dit-elle aussi. Moi, j'en serais incapable. La personne qui écrit, c'est moi, pas quelqu'un d'autre. Pour être opérationnelle, je dois avoir pris ma douche, m'être habillée, coiffée, maquillée. Même s'il est 7 heures du matin et que je suis seule à mon bureau. Même s'il est totalement interdit de me déranger pendant que j'écris. » Une discipline héritée une fois encore de sa mère : « "On ne connaît ni le jour ni l'heure", elle aimait ce passage de l'Évangile, répétait que la mort peut vous prendre à tout moment. Dans la rue ou ailleurs. Qu'il faut être en toutes circonstances le plus convenable possible. De la tête aux pieds. »

Sur elle-même, Hélène affirme cultiver une saine lucidité : « Je n'ai jamais pensé que j'étais une beauté : c'était déjà ça de réglé. J'étais une fille normale, gentille, sans complexes, dans l'idée que l'on peut déjà remercier le ciel que tout soit bien à sa place. J'avais la chance d'avoir une hérédité de maigre, donc pas de crainte pour ma ligne. Par contre, j'aurais comme tout le monde aimé être parfaite, avoir un nez plus fin, j'aurais rêvé, étant jeune, me faire recoller les oreilles. Et puis j'ai abandonné l'idée. Maintenant que je n'ai plus 30 ans, il y a d'autres choses à moitié plaisantes que je pourrais avoir la tentation de rectifier. Mais Nathalie, ma fille aînée, qui est avocate, a plaidé plusieurs histoires de liftings ratés, de quoi faire réfléchir. De toute façon, je n'ai pas envie de tricher outre mesure, j'ai de grands enfants, je me sentirais un peu bête de jouer les jeunettes. »

De là à crier son âge sur les toits… « Je ne trouve pas cela utile dans une société qui met les gens au rancart à partir de 50 ans. L'âge est une donnée tellement variable ! "La plus grande injustice, dit Jean Bernard, mon confrère à l'Académie, magnifique à 95 ans, ce n'est pas l'argent comme on le croit trop souvent, mais les trente dernières années de la vie." »

Atteinte d'une sévère myopie, elle a été opérée il y a quelques années par le professeur Yves Pouliquen, académicien lui aussi : « Un miracle ! Quand je pense à ma réception à l'Académie française, en 1991, donc bien avant l'opération... Je ne pouvais décemment pas ce jour-là lire mon discours en le plaçant sous le nez, ça aurait eu l'air de quoi ? Je m'étais donc fait faire tout exprès des lunettes quand je n'ai jamais supporté d'en porter – pas seulement par coquetterie, j'ai toujours eu l'impression que cela faisait mal derrière les oreilles. Bref, je n'étais pas trop à l'aise ! » *Exit* les lunettes. Reste le problème des chapeaux, qu'elle déteste : « D'ailleurs, les gens en portent de moins en moins. L'autre jour, je me suis sentie très bête quand je me suis retrouvée seule avec mon tricorne à un enterrement d'académicien. » Justement, les enterrements, c'est son autre problème, surtout l'été : « Une catastrophe ! Je ne vais tout de même pas y aller en rose bonbon ou en bleu ciel... »

L'intellectuelle de haut vol serait-elle aussi une femme de luxe, histoire de rattraper une enfance matériellement peu gâtée ? « C'est vrai que j'adore les fourrures, c'est douillet et je suis si frileuse ! Mais je n'irais pas m'acheter un chinchilla. Pas plus que je ne m'habillerais en haute couture. Là, pour le coup, j'ai un préjugé moral : on ne se met pas sur le dos ce qui sert aux gens à se nourrir pendant des mois. Quant aux seuls vrais bijoux que j'ai eus, ils me venaient de ma belle-mère et ont disparu quand notre appartement a été cambriolé. » Ayant toujours travaillé, elle n'a en tout cas jamais eu l'impression que sa passion du shopping enlevait quelque chose à la famille : « Et puis, tout le monde en profite, mes filles, mes petits-enfants. Même les amies de mes filles sont ravies de récupérer certaines de mes affaires. »

Le seul problème, c'est qu'il est impossible de revenir en arrière quand on a toujours donné à ses proches cette image tirée à quatre épingles. « L'été dernier, j'étais dans ma maison de l'île de Ré quand mon petit-fils Thibault, 14 ans, m'a regardé sous le nez un matin au petit déjeuner : "Hélène – ils m'appellent tous par mon prénom mais on n'est pas copain-copain pour autant –, tu veux que je te dise ? Tu as une coiffure camping !" Traduction : "Tu nous avais habitués à mieux !" Il faut avouer que là-bas, entre deux bains de mer, je ne me fais pas un brushing tous les quarts d'heure. Inutile de vous dire que j'ai aussitôt filé chez le coiffeur... »

La sylphide

Quand je l'ai retrouvée vingt ans après, je ne l'ai pas reconnue. J'avais souvenir de « la grosse Alexandra », une fille adorable mais plutôt dans le genre massif. C'est une femme superbe que j'ai découverte, mince comme un fil, habillée avec un chic fou, une figure de la vie mondaine parisienne : « Ah ! Tu connaissais la belle Alexandra ? » m'a glissé un de ses admirateurs.

Une métamorphose dont elle me livre aujourd'hui les clés. Comme dans l'urgence de parler. « Au départ de tout, il y a eu le désastre d'une *nanny* qui me bourrait de nourriture. Le fait d'être collée en pension à 10 ans n'a rien arrangé. Dans ma chambre, je laissais les portes de mon placard grandes ouvertes rien que pour meubler un peu le vide, pour égayer ce décor tristounet. Et puis, je bouffais ! »

Si encore l'obésité était une maladie de famille… Mais non, rien de tout cela. Le problème, selon Alexandra, est ailleurs, dans cette aspiration à la féminité qu'elle a manifestée très jeune, comme en réaction à une grand-mère et une mère anglaises, toutes deux fanatiques de décoration et de jardins mais prônant une indifférence totale à l'apparence. Un jour que ses parents lui demandent ce dont elle rêve pour plus tard, la petite Alexandra répond du haut de ses 4 ans : *« I'd like very, very long dresses with a train. And very, very high heals. »* Des robes longues à traîne ! Des talons aiguilles ! Le père d'Alexandra, lui-même aîné de trois garçons, et sa mère sont accablés par une telle futilité. Celle-ci ne fera que s'amplifier au fil des années, avec la complicité de la tante Gladys, laquelle débarque d'ordinaire à la fin de l'été dans la belle demeure des grands-parents d'Alexandra à l'ouest de Paris, encombrée de malles bourrées à ras bord de toilettes ravissantes : « Elle apportait toujours avec elle le *Vogue* des collections et m'attendait pour le feuilleter, ce que nous faisions assises toutes deux dans le parc, un moment délicieux. » C'est pour parer à cette dangereuse dérive qu'Alexandra sera, seule de sa famille, envoyée en pension ; qu'elle y restera jusqu'à son bac, passé l'année de ses 19 ans. Pour cela aussi que ses parents la laisseront d'année en année prendre du poids, une façon de châtier ce corps par trop avide d'identification à une image féminine ?

La lutte est serrée. Alexandra en rajoute dans la provocation. Avant même son départ chez les sœurs, elle arborait de drôles de chapeaux cloches ornés de cerises à la grande honte de ses frères qui préféraient l'ignorer en empruntant le trottoir opposé. À 14 ans, bien que déjà carrément boulotte, elle investit tout son argent de poche dans l'achat d'un pyjama en satin blanc de chez Dior, comme si sa vie en dépendait. L'année d'après, pendant sa classe de seconde, elle obtient de troquer ses socquettes pour des bas, en file facilement une paire par semaine. Exaspérée par cette insouciance, sa mère lui achète... des bas à varices ! « Un après-midi que j'accompagnais papa à un concours hippique, maman m'a forcée à les porter sous ma jupe de flanelle grise. La honte ! Comment a-t-elle pu me faire ce coup atroce, je me le demande encore... »

Ses 83 kilos, Alexandra les arbore sans complexes : « Pas même l'été de mes 18 ans où l'on s'est retrouvés chez des amis sous le même toit qu'Ava Gardner ! D'accord, elle n'était plus toute jeune, mais encore d'une beauté, d'une sveltesse ! Moi, je m'enveloppais dans des paréos, je drapais une serviette-éponge en turban autour de ma tête. Quand je sortais à Paris, je portais de jolies robes faites sur mesure – de toute façon, il était exclu, vu ma taille 48, de m'habiller en prêt-à-porter –, de lourds chignons, des chapeaux ahurissants, des boas en plumes. Et un corset pour cacher mes bourrelets ! Je dépensais des fortunes chez Jean Bouquin (le couturier de Brigitte Bardot), il me faisait des vestes Mao bien longues. Un jour, il a mis le genou à terre devant moi en saluant : "Ma plus grosse cliente !" cela m'a fait beaucoup rire. J'avais un succès fou avec les mecs, surtout avec les homosexuels ! » Faute d'être la plus belle, Alexandra sera la plus marrante. La plus originale. Un personnage.

Il faudra qu'un ami des parents plus courageux que les autres s'indigne qu'on la laisse ainsi s'enliser dans la graisse pour élaborer un plan d'action. Voilà Alexandra enfermée pour cinq mois, week-ends compris, dans une clinique en grande banlieue, « un environnement complètement prolétaire, pas vraiment le style clinique de luxe en Suisse ! ». À sa sortie, elle reprend ses mauvaises habitudes, mais le cœur n'y est plus tout à fait. Il suffira d'un accroc de santé – un abcès à la mâchoire – l'année de ses 20 ans pour qu'elle amorce son sevrage définitif : « On était au début de l'été. J'avais trois mois avant le prix de l'Arc de Triomphe [l'un des événements mondains de la rentrée, sur le champ de courses de Longchamp]. J'ai décidé que j'y serais la plus belle. »

Elle attaque alors un régime draconien, prend tellement de médicaments que ses jambes flageolantes la portent à peine dans les escaliers. Mais au jour dit, elle est là, délestée de vingt-quatre kilos, en longue tunique fuchsia, sa peau très blanche toute parsemée de taches de rousseur, sa toison auburn disparaissant sous un immense chapeau. Époustouflante. Une apothéose.

Et là, patatras ! « J'ai perdu toute assurance ! ». En maigrissant, Alexandra s'est normalisée, banalisée. Évanoui le personnage hors norme, le « vaisseau » qui s'avançait, royal, dans les salons parisiens, systématiquement en retard, histoire de faire une entrée. « Je me sentais absente de mon corps. De rigolote je suis devenue sinistre, je flirtais avec la dépression. » Une insécurité fondamentale dont rien ne viendra à bout. Ni une belle réussite professionnelle – la boutique de mode qu'elle a lancée l'année de ses 25 ans accueille toutes les branchées de la capitale. Ni son mariage avec un avocat au caractère difficile et irrémédiablement coureur de jupons, mais qui aura au moins le mérite de la propulser toujours vers l'avant : « Il me gâtait, m'achetait de jolies robes, grâce à lui j'ai appris à m'habiller chic et sexy. » Même la naissance de ses trois filles sera impuissante à vaincre l'obsession centrale d'Alexandra : « C'est terrible à dire mais, plus que d'être amoureuse, plus que de voir mes enfants, plus que de réussir en affaires, une chose compte avant tout pour moi : maigrir ! » Paradoxe : elle qui ne s'était jamais sentie grosse quand elle pesait « des tonnes » est désormais obnubilée par son poids. « À 58 kilos, je me supporte encore. Mais si j'approche des 60, c'est la dépression assurée ! Chaque mois de mai en tout cas, quand la belle saison arrive, je me remets à haïr mon corps, je me sens de nouveau taille 48 [quand elle habille en taille 38 son 1 m 74]. Si la chaleur débarque impromptue comme cette année début avril, c'est carrément l'horreur ! Je n'ai pas eu le temps de prendre mes repères, c'est comme si on m'arrachait mes vêtements du jour au lendemain ! Quant à l'idée de me mettre l'été en maillot de bain... »

À longueur d'année, Alexandra se protège avec ses « uniformes » – qu'il s'agisse d'un tailleur-pantalon Armani ou d'une jupe longue de chez Zara, pourvu que l'ensemble voile bras et jambes –, et ses séances bi-hebdomadaires chez un grand coiffeur. Elle panique quand un miroir lui renvoie son reflet au détour d'une rue. Avale le lundi à midi deux œufs durs pour réparer les excès supposés du week-end. Se pèse tous les matins avec une régularité pendulaire. Mange comme un oiseau quand elle est conviée à un repas. Un comportement d'anorexique ? « Pas vraiment car j'aime les bonnes choses, mais je ne supporte pas de bouffer en public. L'idée même de remplir une assiette à un buffet m'est insupportable. Et si on allait dire : "Tu as vu ce qu'elle avale, la grosse !" ? »

La culpabilité encore et toujours. Encore et toujours la même vieille douleur. Le même manque que dix ans de psychothérapie n'ont pas réussi à combler. « Afficher sa féminité, chouchouter son corps... Tout cela était à la maison du domaine du non-dit. C'est toujours vrai aujourd'hui. Cent fois, j'ai essayé d'entraîner ma mère faire des courses. En vain : elle n'a pas le temps, mal aux jambes, d'ailleurs elle a tout ce qu'il faut... Quand je vois une fille dans un magasin avec sa mère, leur complicité me fait mal. Tiens, justement, l'autre jour... » Alexandra se tait un long moment. Elle reprend, la gorge comme nouée : « L'autre jour, papa étant en voyage, Gilles [l'homme qui, après un douloureux divorce, lui a redonné goût à la vie] et moi avons emmené maman dîner au restaurant. Il faisait un temps radieux. J'étrennais une nouvelle coupe de cheveux, un nouvel ensemble-pantalon beige ficelle brodé turquoise, le genre de tenue qu'on remarque forcément. Ce n'était pas possible de ne rien dire : elle n'a rien dit. Pas un mot. J'en aurais crié de chagrin. J'ai même failli me lever de table. À un moment, Gilles a lancé : "C'est joli, vous ne trouvez pas, l'ensemble d'Alexandra ?" Maman a seulement laissé tomber comme à son habitude : "Enfin, c'est nouveau !" »

Alexandra a des larmes plein les yeux. Ceux qui la croisent dans les salons parisiens voient une grande et belle femme à la cinquantaine conquérante et conviviale. Ils n'imaginent pas que, quelque part dans sa tête, se cache une vilaine petite fille, punie pour trop aimer les robes longues et les talons hauts. Une petite fille qui retrouve le sourire pour vous confier qu'un jour *Vogue* l'a appelée : « La journaliste cherchait à traquer, pour les besoins d'un article, les petits secrets des ultra-minces. J'ai d'abord pensé que c'était l'une de mes copines qui m'avait mise dans le coup pour rire. Mais non, la fille tenait vraiment à recueillir mon témoignage. Le mien, vous imaginez ! J'ai vécu là un des plus beaux jours de ma vie ! »

Mise au monde

Au jour de notre rencontre, il vient de sortir un drôle de roman, dont les phrases sont sans fin, la ponctuation presque absente. Un récit un peu fantastique d'une femme très belle désireuse de se faire faire un enfant par un homme exceptionnel, de sorte que leur rejeton soit vraiment le fruit de la passion. On se dit qu'à traiter ce genre de sujets, Pierre ne doit pas être insensible aux apparences. Joues émaciées, menton affirmé, un visage à la Laurent Terzieff en moins chahuté, chemise blanche sous veste de tweed grise portée sur des jeans, ce long type à la tignasse bouclée qui commence à grisonner cultive, à 44 ans, une allure d'étudiant prolongé. Dans ce bar du quartier de la Bourse où nous sommes attablés, il ne fait pas mystère du culte qu'il a de la beauté. Mais, me dit-il tout de suite, « c'est d'une beauté bien particulière que je veux parler ».

« À 17 ans, je voulais être danseur : je n'ai pas osé affirmer ce projet contre les miens, qui peut-être n'y auraient rien trouvé à redire. Mais d'une certaine façon, je suis devenu danseur quand même – si l'on prend la danse comme la métaphore d'une certaine manière de vivre –, dans le sens où la joie, aujourd'hui, conduit ma vie. Cette beauté dont je veux parler, c'est celle qu'on a conquise sur le malheur, c'est le refus de barboter dans cette boue psychique dont certains maquillent leur existence, cesser de geindre, d'éternuer au visage des autres. Si j'ai connu des années noires, aujourd'hui je suis victorieux, et heureux d'offrir aux autres cette victoire. »

Message reçu : pour Pierre, ce qui compte, ce n'est pas la beauté donnée, mais une beauté conquise, maîtrisée, qui transparaît dans son corps apprivoisé. À l'origine de cette obsession de la « mise en corps », de la sculpture de soi, une sévère anorexie mentale qui a marqué son adolescence – et dont il mettra quinze ans à se remettre. Pourquoi un beau jour, cet enfant d'une famille « normale » de Grenoble a-t-il ressenti l'impérieuse nécessité d'amorcer ce changement d'apparence, cette aventure « presque mystique », il ne le sait toujours pas : « Rien n'explique ce séisme-là. Ce qui est sûr, c'est qu'au moment d'endosser ce corps sexué je l'ai rejeté : il me faisait horreur. » De mois en mois, il fond jusqu'à ne plus avoir que la peau sur les os de son 1 m 81 : « Au sortir de l'adolescence, ma vie s'est arrêtée. J'avais brûlé mes réserves et, au moment de prendre le large, je suis resté à quai. Dans l'anorexie, on est dans l'obsession de la maîtrise totale de ce que l'on est, on voudrait être son propre père, sa propre mère. Il y a un moment de flottement : on rêvait d'une nouvelle naissance dans un corps réinventé, et on va peut-être perdre la vie. »

Pour Pierre, il y aura pourtant un « après », un moment où il réussira à passer un pacte de non-agression avec son propre corps : « Guérir, ce n'est pas seulement reprendre du poids. Il s'agit de faire repartir un moteur qu'on a démonté pièce par pièce. Mon appareil musculaire était détruit, mes organes internes cyanosés. Il faut humblement réapprendre à manger, à dormir, tout semble une montagne, y compris l'idée qu'on puisse un jour avoir une sexualité. » Pierre finira par s'en sortir. Seul. Sans l'aide d'un psy : « N'oubliez pas que l'anorexie est aussi une crise d'orgueil, l'anorexique est seul dans son projet d'évasion. Même la victoire, il veut la garder pour lui. »

Encore faut-il, à la sortie, décider quelle apparence on souhaite endosser. Jeune, Pierre était un grand sportif. Il ne renouera pas avec une pratique intensive du sport mais travaillera à faire de son corps un allié par d'autres moyens, l'exercice de la volonté, une pratique rigoureuse de la méditation zen : « Je sens en moi, dit-il, une vitalité extrême. » Bien que s'étant marié très tôt, il mettra pourtant encore des années avant de retrouver une véritable sexualité. Pour dire cette résurrection, il évoque le film de Pedro Almodovar, *Parle avec elle*, dans lequel un infirmier, pris d'une folle passion pour une de ses jeunes patientes plongée dans le coma, réussit à la ramener à la vie : « Il est des princes charmants, mais des princesses qui le sont tout autant... »

Pierre est aujourd'hui mieux que sur pieds : vivant ! De son passage par l'anorexie lui reste l'obsession de ne jamais perdre le contrôle de sa vie, de ce corps qu'il connaît mieux que personne : « Quand les jeunes gens de mon âge faisaient des études, sortaient, couraient derrière les filles, j'étais prostré, le souffle coupé, à suivre la progression de la nourriture dans mon corps, à regretter qu'elle y fût entrée. Une expérience extrême de conscience de soi, à tenter de visualiser votre dos trop maigre posé sur le lit, vos fesses osseuses qui rendent douloureuse la station assise, vos jambes interminables, vos mains, vos pieds toujours froids, ce squelette qui saille de partout, ces cheveux ternes, cette fatigue extrême. Avec, tournant dans le cerveau, cette interrogation lancinante : "Et moi, où suis-je vraiment dans ce corps promis au néant ?" »

De son anorexie Pierre a hérité aussi ce rapport exigeant qu'il entretient avec les autres, ce goût de l'effort qui lui fait mener une lutte sans merci contre tout ce qui tire vers le bas, le lourd, le gras, la mort. Qui le rend incapable d'être ému par une beauté qui ne serait que de façade : « Ce matin encore, je regardais dans le bus un homme assis très droit juste en face de moi, ostensiblement soucieux de présenter au monde la meilleure image de lui-même. Sans doute avait-il comme tout le monde ses soucis, ses chagrins, mais on sentait bien qu'il ne se laisserait pas submerger, qu'il garderait le dessus. Il faisait modestement son devoir de vivant. Je lui en ai été reconnaissant. »

NOTES

1. *Le Figaro*, 19 mars 2003.
2. Interview de Karl Lagerfeld par Marc Lambron, *Madame Figaro*, 25 octobre 2003.
3. Pierre Bourdieu, *La Distinction*, *op. cit.*
4. On a déjà vu que les critères de beauté actuels, taille, minceur, étaient empruntés aux classes supérieures.
5. Voir Frédérique Matonti, *Hérault de Séchelles ou les Infortunes de la beauté*, *op. cit.*
6. Interview de Karl Lagerfeld déjà citée.
7. *Paris-Match*, 19 février 2002.

CHAPITRE 10

Du mépris des apparences à l'obsession du *look*

Peu de pays accordent autant d'importance que le nôtre à l'apparence physique, à la beauté des traits, à l'élégance de la silhouette. Il suffit, pour s'en convaincre, de voyager chez les Anglo-Saxons. Quelle Française oserait sortir dans la rue avec ses bigoudis sur la tête, comme nombre d'Américaines ? Il a fallu du temps pour que, sensibles aux arguments d'un nécessaire exercice physique, les Parisiennes osent chausser leurs baskets pour aller au bureau, à l'instar des yuppies new-yorkaises.

Beauté profane et beauté sacrée

Ce souci de l'apparence plonge ses racines au plus profond de notre société occidentale. Depuis la plus haute Antiquité grecque, la représentation du corps humain dans sa nudité est le premier thème d'inspiration des artistes quand, en Asie par exemple, on n'a guère le souci de rendre hommage à la beauté. L'art chinois représente magnifiquement les chevaux ou les ailes de papillon, mais condamne les hommes et les femmes à rester engoncés dans d'épais vêtements : « Rien que de très logique, explique Hesna Caillau, fine analyste de la diversité culturelle. Après tout, aux yeux de la philosophie bouddhiste, l'être humain n'est que le représentant d'une espèce parmi d'autres, la beauté de la nature importe autrement plus que la grâce d'un visage particulier. Ce qui compte, c'est la culture du groupe ; il n'y a aucune valorisation de l'originalité. Quand on débarque dans une entreprise chinoise ou japonaise, on est incapable de savoir qui dirige, l'employé et le patron se ressemblent étrangement. De même, dites à une jeune fille pour la séduire : "Tu es unique !", et elle part en courant. » Il en va autrement de la culture moyen-orientale où le paraître joue pour le coup un rôle important. On y valorise les rondeurs, les grands yeux, le modelé d'un visage. Mais il s'agit moins d'une beauté formelle que d'une sensualité, le corps de la femme se doit de refléter sa capacité à jouir de la vie – un devoir pour tout bon musulman –, et éventuellement la richesse de son mari. Nul théologien n'aurait l'idée, en terre d'Islam, de fustiger une femme pour ses parures clinquantes : une belle fortune, une vie luxueuse sont autant de dons de Dieu. »

Si l'esthétique corporelle est une obsession propre à l'Occident, le christianisme n'en entretiendra pas moins longtemps une relation à la beauté des plus paradoxales. L'Église des premiers siècles assimile souvent la beauté féminine à un piège maléfique tendu par le Malin. C'est Ève la séductrice (même si rien n'est dit sur sa beauté dans la Genèse) qui entraîne Adam vers la chute. La beauté des héroïnes bibliques, Sarah, Salomé, Judith, est souvent liée au mensonge et à la ruse. Les attraits féminins – la « porte du diable » – suscitent au Moyen Âge les foudres de l'Église. Au Xe siècle, Odon, abbé de Cluny, sonne la charge : « La beauté physique ne va pas au-delà de la peau. Si les hommes voyaient ce qui est sous la peau, la vue des femmes leur soulèverait le cœur. Quand nous ne pouvons toucher du bout du doigt un crachat ou de la crotte, comment pouvons-nous désirer embrasser ce sac de fiente[1] ? » À la différence d'une belle âme, un beau corps est un bien éminemment périssable, un appel aux tentations de la chair, il fait partie de ce cortège des vanités qui, comme la richesse matérielle, est un obstacle au salut des âmes. Une méfiance du corps qui favorisera longtemps, du moins dans le christianisme occidental, une discipline rigoureuse, tournant parfois à l'obsession morbide, dont le but est d'assurer le contrôle absolu de l'âme sur le corps, jugé indigne de coopérer à la vie spirituelle.

Il y a ces anathèmes. Il y a ces préventions. Mais il y a aussi le Cantique des cantiques, qui chante en riches métaphores les grâces féminines... Mais il y a le dogme de l'Incarnation, la réalité d'un Messie vrai Dieu mais aussi vrai homme... Mais il y a la figure de Marie, virginale, insoupçonnable – l'image de la beauté sacrée face à Ève, la beauté profane –, dont à partir du XIIe siècle le culte ne cesse de se développer... Mais il y a la conviction que les créatures de Dieu, faites à son image, reflètent naturellement un peu de sa grâce...

Se fait jour l'idée que la beauté est un don de Dieu, qu'elle peut même œuvrer à sa gloire. Dans le chapitre 38 de l'Exode, il est dit que les femmes d'Israël contribuèrent à l'édification du Temple en faisant don de leurs miroirs d'airain, afin qu'ils soient fondus en un large bassin permettant au grand prêtre de procéder à ses rituels de purification. Moïse répugnait à accepter ces miroirs, dont l'objet était de satisfaire un instinct inférieur, rappelle le rabbin Rashi, l'un des plus fameux commentateurs juifs. « Le Saint Béni lui dit alors : "Accepte car ils me sont plus chers que tout." C'est en effet grâce à eux qu'en Égypte les femmes purent se faire belles et éveiller la tendresse de leurs époux recrus de fatigue après un dur travail ; c'est grâce à eux qu'elles purent donner le jour à de nombreux enfants d'Israël. »

« Ne savez-vous pas que votre corps est un temple et que l'Esprit habite en vous ? » écrivait saint Paul. Lui faisant écho, Jean-Paul II va, en vingt-cinq ans de pontificat, construire une véritable « théologie du corps » : « Si matériel qu'il soit, écrit-il, le corps n'est pas un objet parmi d'autres objets. Il est d'abord quelqu'un, en ce sens qu'il est une manifestation de la personne, un moyen de présence aux autres, de communication, d'expression extrêmement variée. Le corps est une parole, un langage[2]. » Encore faut-il en faire bon usage, le respecter, le mettre au service du moi profond : « Adoration du corps ?

Non, jamais ! Mépris du corps ? Pas davantage ! Maîtrise du corps ? Oui ! Transfiguration du corps ? Plus encore ! »

Dans ces nouvelles formes de spiritualité que sont le pentecôtisme ou son dérivé catholique, le Renouveau charismatique, on insiste fortement sur la place du corps, notamment dans la prière, les techniques de méditation orientale avaient d'ailleurs depuis longtemps montré la voie. Reste la crainte sous-jacente que trop d'importance accordée aux apparences n'occulte l'essentiel : « Combien de femmes, s'inquiétait le pape en 1995 dans sa "Lettre aux femmes", ont été et sont encore jugées sur leur aspect physique plus que sur leur compétence, leur valeur professionnelle, leur activité intellectuelle, la richesse de leur sensibilité et, en définitive, sur la dignité même de leur être ? »

Charité bien ordonnée…

« Dans ma jeunesse, la beauté physique comptait pour du beurre », me confie cette épouse d'un grand patron français, magnifique encore à 70 ans. « Jamais ma mère ne m'aurait dit que j'étais jolie, il y avait sans doute de sa part un peu de jalousie, j'étais plus grande qu'elle, plus visible, mais elle était surtout dans l'idée que la frivolité ne pouvait donner aux filles que de mauvaises pensées. »

Jacqueline est issue de la grande bourgeoisie juive de l'est de la France, mais, qu'elles appartiennent à des familles juives, protestantes ou catholiques, c'est toujours le même son de cloche parmi les femmes de sa génération. Il y a eu la guerre bien sûr, à l'heure où certaines n'étaient pas encore sorties de l'adolescence. Il y a le fait qu'à l'époque les méthodes éducatives n'étaient pas les mêmes, la tendre complicité entre mères et filles ne jouait pas aussi fort qu'aujourd'hui. Mais au départ de cette attitude puritaine, il y a d'abord la conviction bien ancrée que les vertus morales requièrent, pour s'épanouir, une certaine austérité.

« L'apparence, confirme Léonore, a toujours été vue comme quelque chose de superficiel dans la famille. » Mais, à 30 ans, elle pourrait être la petite-fille de Jacqueline ! Chez ses parents, des petits industriels de la région bordelaise, fervents militants catholiques, passer du temps pour soi, c'est en voler aux autres. Le sens de l'esthétique est présent pourtant chez ces gens raffinés, cultivés : « À 4 ans, on m'emmenait déjà dans les musées. » Mais quand, à 12 ans, Léonore se met en tête de porter des boucles d'oreilles comme les filles de sa classe, sa mère pousse les hauts cris : « À croire que j'amorçais une descente aux enfers. Et ç'a été la même histoire quand j'étais jeune fille : chaque fois que je prétendais m'acheter des fringues, mon père me culpabilisait : "Tu n'as vraiment rien d'autre à faire ?" » Dominique, la mère de Léonore, est pourtant une jolie femme brune, longue, d'une grande distinction : « Elle est toujours élégante, c'est vrai, reconnaît sa fille, mais avec le minimum de frais. Il ne lui viendrait pas à l'idée de s'acheter une crème de beauté. Pour qu'elle aille voir un dermato, il faut vraiment que le bouton soit devenu furoncle. » Charité bien ordonnée ne passe pas par soi-même : se soucier de son *look*, c'est enfoncer un peu plus les pas beaux, les disgraciés. Seuls comptent dans l'être humain son intelligence, ses qualités de cœur, la vigueur de sa foi. « J'avais une amie ravissante, Violaine, à 15 ans elle était déjà mannequin : ma mère et surtout mon père, dans sa volonté de cultiver l'esprit de l'Évangile, ont toujours trouvé que nos échanges n'étaient pas profonds, que Violaine était une fille gentille mais qui parlait beaucoup chiffons ; bref, c'était vraiment du "gâchis intellectuel" – leur grand mot. Par contre, ils étaient toujours d'accord quand des copains m'emmenaient écouter le *Requiem* de Fauré. »

À ses filles Dominique offrira des livres. Peu de jouets : quand on vit à la campagne, on n'a qu'à profiter du jardin. Encore moins de vêtements : « Je portais, dit Léonore, les affaires de ma sœur, forcément trop grandes puisqu'elle a huit centimètres de plus que moi, ses vieux jeans, ses pulls collants en nylon ringardissimes, j'avais même droit à ses petites culottes achetées chez Monoprix, aux élastiques tout distendus. J'avais les cheveux longs, pas question d'aller chez le coiffeur : j'y ai mis pour la première fois les pieds à 18 ans. À 19 ans, je ne m'épilais toujours pas les jambes, un jour, à la piscine, un garçon m'en a fait la remarque : j'étais super-humiliée ! » Pas de chance : dans le Sud-Ouest, les filles sont justement sapées comme des princesses, elles se font des mèches très tôt, ont les oreilles percées dès la naissance dans les milieux les plus BCBG. Et puis, à la génération de Léonore, les jeunes commencent à s'intéresser aux marques : « Je rêvais des "babies" de Stéphane Kelian, j'ai fini par les racheter à une copine. » Quand Léonore se regarde dans une glace, c'est à la sauvette : « Ça va faire caricature si je dis que j'avais l'impression d'être dans le péché ? Mais il y avait de ça dans le refus des parents de valoriser l'apparence. Pour eux, une fille belle risquait de courir les garçons, de quoi les terrifier. »

Est-ce l'influence de ses amies ? D'une tante très proche, un peu frustrée de n'avoir que des fils ? De ses oncles qui, eux, n'arrêtent pas de lui lancer de gentils compliments ? Du regard intéressé des garçons ? Léonore finira par se rebeller, ce que sa sœur aînée n'a jamais osé faire : « Je n'en pouvais plus du regard que les autres jetaient sur moi. » Avec les années, elle a pris conscience qu'elle peut plaire, elle qui s'est toujours trouvée laide avec ses oreilles « décollées », ses mollets « trop musclés », ses « grosses cuisses » : « J'enviais les jambes filiformes de mes amies. » Et puis, il y a cet œil droit plus petit que l'autre, qui l'obnubile dès qu'elle se voit en photo…

Un portrait-robot qui laisserait peu de chances à celui qui ne l'aurait jamais vue de reconnaître aujourd'hui Léonore. Non qu'elle ait tellement changé par rapport à son *look* d'adolescente, plus mode peut-être, plus parisienne, mais toujours longue et mince, et dotée de traits charmants encadrés d'une belle chevelure auburn. Avec ça épanouie dans son couple comme dans son job de maquettiste, mère de deux petites filles. Jolie ? Elle veut bien l'admettre puisqu'on le lui dit, c'est vrai que les hommes tombaient facilement amoureux d'elle, et même ses profs quand elle faisait ses études, que son mari porte sur elle un regard d'adoration. « Mais je reste habitée par cette crainte qu'on m'aime d'abord pour mon physique. » D'ailleurs, Léonore n'a pas pour autant quitté ses complexes, les psy la diraient fragilisée dans son estime d'elle-même, elle qui continue contre toute raison à cacher soigneusement ses oreilles et ses jambes. « Quelque part, conclut-elle, les parents ont réussi à me persuader que le souci porté à l'apparence était quelque chose de pas très sain. » Par goût des choses de l'esprit, par exigence spirituelle, mais aussi, on en jurerait, par besoin de se dédouaner de cette futilité qui, à l'évidence, l'attire aussi, Léonore s'est récemment inscrite, malgré un emploi du temps chargé, à des cours de théologie. « Après tout, il n'y a pas que du mauvais dans le fait de traîner cette vieille culpabilité, dit-elle en souriant : elle me rappelle sans cesse à l'ordre, me tire vers le haut. Une chose en tout cas est sûre : avec mes filles, je dédramatiserai le problème, elles pourront bien piquer mon rouge à lèvres ou demander à porter des anneaux aux oreilles, je n'aurai pas l'impression qu'elles tournent mal pour autant. »

Pudeurs déplacées

À la génération de Léonore, rares sont les filles qui restent marquées par ce genre d'éducation. Dans notre société paganisée, le culte des marques a remplacé les dévotions dominicales. Et pourtant flottent encore certaines réticences à reconnaître le primat donné aux apparences : « On fait comme si elles n'avaient pas d'importance dans le jugement qu'on peut avoir sur les gens, pas d'importance dans le sentiment que les gens ont d'eux-mêmes, note Inès de La Fressange. Prenons seulement la mode. Il est tout de même étonnant qu'en France, supposée sa terre d'élection, les femmes aient à cœur de dire qu'elles ne suivent pas la mode, que celle-ci ne les intéresse pas, qu'elles cultivent leur propre style. Si vous faites un compliment à une femme en lui disant qu'elle a une jolie veste, elle vous répondra généralement soit qu'elle l'a achetée en solde, soit que c'est un vieux truc qui a au moins cinq ans. On ne lui demande pas l'âge de sa veste, on lui dit juste qu'elle est jolie ! Mais non, elle a besoin de s'excuser, d'affirmer que tout cela est accessoire. En Amérique où je suis beaucoup allée, la femme dira simplement : “*Oh, thank you !*”, elle sera aux anges d'avoir été ainsi remarquée. Même dans notre vieille Europe, en

Italie par exemple, on observe une attitude différente, le vêtement est là-bas signe extérieur de richesse, élément de reconnaissance sociale. Un Italien est très attaché à ce que sa femme représente ce qu'il est. Un Français, bien moins. »

Plutôt sympathique cette exception française, une volonté d'authenticité, un certain refus de la discrimination par le vêtement ? « Tout cela serait vrai, répond Inès, s'il n'y a avait pas un énorme mensonge sur l'idée que "l'habit ne fait pas le moine". C'est peut-être vrai aux États-Unis, où il suffit d'avoir une certaine fortune pour être admis dans n'importe quel milieu. Mais pas en France, où les signes de reconnaissance sociale restent essentiels et tournent beaucoup autour de l'apparence physique. On parle d'universalité du vêtement, tout le monde en jeans, tee-shirts et baskets. Mais il y a le bon jean, le bon tee-shirt, la bonne basket ! C'est même vrai du costume-cravate : un homme qui se présente dans un joli costume fil à fil gris, chemise Oxford bleue, mocassins à pompons et lunettes d'écaille, ça n'a aucun rapport avec celui qui arbore une veste d'un bleu un peu vif, une cravate bariolée, des chaussettes trop courtes et un petit sac en skaï. Il suffit d'un coup d'œil pour distinguer le représentant de commerce du grand patron. » « Et puis, poursuit Inès, décidément remontée, je remarque une espèce d'arrogance dans ce refus de prendre en compte l'apparence. La femme française veut faire passer son intellect avant son physique, c'est sur lui qu'elle a l'ambition d'être jugée. Comme si la frivolité ne pouvait pas faire bon ménage avec l'intelligence. Les actrices, surtout si elles ont commencé comme mannequins, ont à cœur d'affirmer qu'elles sont comme tout le monde, refusent le côté *glamour*, jouent volontiers aux intellos, aux bas-bleus, pas coiffées, pas maquillées dans la vie de tous les jours. »

Le philosophe et la cosmétique

Car si les hommes de Dieu ont viré leur cuti, ne vouant plus la beauté aux gémonies, il n'est pas sûr que les intellectuels aient fait le même chemin. Une très vieille histoire.

Plongé pourtant dans une culture grecque pour qui la beauté est la marque des dieux, une puissance à la fois merveilleuse et redoutable, Platon se méfie déjà des apparences, forcément trompeuses. Dans *La République*, il développe le mythe de la Caverne : enchaînés depuis leur enfance, les prisonniers prennent pour la réalité ce qui n'est qu'ombres projetées sur le mur. Le philosophe, lui, est d'abord aveuglé au sortir de la Caverne, puis il commence à percevoir le réel et, par une sorte de dialectique ascendante, accède peu à peu au monde des idées, à l'essence même du Beau. Charge à lui, une fois ce travail fait, non de rester dans sa sphère éthérée mais de revenir éclairer les autres humains et procéder, cette fois en pleine conscience, à l'organisation de la Cité. Ce mépris des apparences n'est d'ailleurs pas totalement exempt d'ambiguïté : Socrate, le maître très aimé, lui-même d'une puissante laideur avec son nez camus, est représenté par Platon, dans *Le Banquet* ou dans le *Phèdre*, entouré de beaux jeunes gens auxquels il est loin d'être insensible.

Près de vingt siècles plus tard, Descartes condamne, lui, fermement les apparences qui nous empêchent de percevoir le réel, allant jusqu'à remettre en doute l'existence du monde extérieur. Un siècle encore, et Jean-Jacques Rousseau y voit, dans le *Discours sur l'origine et les fondements de l'inégalité*, le mal fondamental dont souffre notre société, opposant à ces artifices le règne franc et pur de la nature. D'autres penseurs sont cependant moins sévères à l'égard des apparences. Même factices, elles auraient au moins le mérite de peser sur le comportement des gens. C'est tout le propos de Machiavel quand, en 1513, dans *Le Prince*, il affirme que l'apprentissage du métier politique passe par la capacité à « bien feindre et bien déguiser ». Dans cet ordre d'idées, le Prince se doit de ne pas négliger les attributs du pouvoir, au rang desquels un certain charisme physique. Au XXe siècle, la phénoménologie s'élèvera franchement contre la tradition philosophique en donnant le primat à l'« apparaître », au contact premier que nous avons avec les choses[3].

Parmi les philosophes contemporains, on en trouve désormais qui, non contents de s'intéresser à notre âme ou à notre esprit, vouent une part de leurs recherches aux apparences, au luxe, à la mode, mais aussi au corps humain. Michel Serres, de l'Académie française, est de ceux-là, qui parle d'un « corps infiniment plus spirituel qu'on ne croit ». Devant les industriels de la parfumerie[4], il analysait récemment les raisons d'une évolution du corps plus forte ces dernières décennies que durant quelques siècles, voire quelques millénaires. Premier élément invoqué : les progrès de la médecine qui, autour de la Seconde Guerre mondiale, réussit enfin à guérir, ce que, depuis Hippocrate, elle n'avait jamais vraiment pu faire, d'où un bouleversement de notre rapport à la santé, à la souffrance, à la vie, à la mort. Essentiels, les progrès de l'habitat et de l'hygiène, la bénédiction de l'eau courante et chaude jointe aux clartés de l'électricité, quand autrefois « les résidents les plus délicats de nos campagnes se lavaient seulement aux fêtes carillonnées, les autres attendant le mariage ». Joue aussi la fin du travail de force : « Désormais, le corps sue moins qu'il ne pilote. »

Tout cela va se conjuguer pour sculpter un nouveau corps. Un corps plus grand : « Dans les costumes de l'Académie française des premières années du XIXe siècle, pas une fillette de 10 ans aujourd'hui n'entrerait. » Un corps doté d'une plus longue espérance de vie : « En 1833, l'Octave des *Caprices de Marianne* dit à celle-ci, jeune belle de 19 ans : “Madame, vous avez donc encore cinq ou six ans pour être aimée, sept à huit pour aimer vous-même, enfin deux ou trois pour prier Dieu et sauver votre âme.” » Un corps, enfin, qui bien souvent n'a pas eu à connaître l'expérience de la douleur, quand le Roi-Soleil vieillissant, en son temps pourtant le plus grand monarque du monde, hurlait tous les jours, faute de pouvoir être soulagé par la noria de médecins qui l'entourait. On pourrait compléter l'analyse de Michel Serres en avançant d'autres facteurs sociologiques ou économiques. La diminution du temps de travail, qui libère des heures pour le loisir, la futilité. La progression du niveau de vie, qui permet de consacrer une part de son budget à autre chose que les besoins essentiels, se nourrir, se loger.

Les bases étant posées, voici donc ce corps nouveau, paré pour être étrillé, bichonné, embelli. Ou même dénudé, puisque la santé ayant rejoint l'esthétique, le vêtement a, aux yeux de Michel Serres, perdu la fonction première qu'il avait par le passé, moins celle de protéger du froid – les Indiens que les premiers Visages pâles rencontrèrent à l'entour des grands lacs du Canada ne se promenaient-ils pas quasiment nus ? – que de voiler les imperfections visibles, les boutons, les bubons, les plaies ouvertes et les blessures suppurantes : « La fraise des Renaissants, affirme le philosophe, fut inventée pour dissimuler le collier de Vénus déchaîné par la grande vérole. »

« Lorsque nos ancêtres béaient devant la beauté d'Aphrodite ou la musculature d'Hercule, dit aussi Michel Serres, ils mesuraient en même temps l'infranchissable abîme qui séparait leur état, creusé de souffrances et de famines, de celui des dieux réputés boire l'ambroisie au cours de leurs banquets quotidiens, de leurs festins d'immortalité. » Eux se contentaient de subir leur corps de pauvres mortels. La nouveauté, c'est que, désormais, l'état de notre corps dépend en grande partie de nous : « Hier témoin de notre esclavage, il devient aujourd'hui symbole de notre liberté. » Cela est vrai de la durée de notre vie et de sa qualité, sur lesquelles nous pouvons grandement peser par une bonne hygiène de vie ; cela est vrai de notre apparence. Nous découvrons soudain l'immense importance de la plasticité de notre corps, transformable presque à loisir par des régimes ou des exercices, par des drogues ou des excès.

« Nous faisons tous le même métier », affirmera le philosophe au terme de son exposé. Tout comme les industriels de la cosmétique, n'a-t-il pas pour ambition lui aussi de faire croître la beauté ? Car, pour Michel Serres, tout se tient, la beauté de nos monuments et de nos paysages, la beauté de la langue et du style, la beauté des femmes françaises. Dans leur « grâce exceptionnelle », il décèle la marque de notre vieille culture occidentale, mais, en retour, cette beauté vient alimenter la culture qui la sous-tend. Et les « pros » de la beauté sont l'indispensable chaînon de cet échange de bons procédés...

« Parce que vous le valez bien ! »

Au Moyen Âge, on qualifiait par dérision de « savonnette à vilain » les charges que les roturiers achetaient pour obtenir leur anoblissement. Nul ostracisme de cet ordre ne frappe aujourd'hui l'industrie de la beauté, première bénéficiaire de la nouvelle attitude volontariste en matière d'apparence.

Helena Rubinstein, qualifiée par Jean Cocteau d'« Impératrice de la beauté », n'affirmait-elle pas que la beauté serait, au XXe siècle, un formidable instrument d'émancipation pour les femmes, appelées à valoriser cet « héritage naturel » qu'est leur pouvoir de séduction ? « Elle avait tout compris, bien avant tout le monde », s'exclame Béatrice Dautresme, vice-présidente de L'Oréal, admiratrice de cette volcanique pionnière. « Prendre soin de soi, se faire belle, c'était pour elle non seulement un moyen d'être en harmonie avec soi-même, donc une promesse de bien-être, mais aussi l'assurance d'une meilleure relation avec les autres. C'était surtout un extraordinaire moyen de liberté. Et cela, je ne cesse de le vérifier dans tous les pays où il m'a été donné d'aller : le métier de la beauté permet à l'être humain de se créer et se recréer constamment, au gré de ses envies, de ses intérêts. Pour se plaire et plaire aux autres, pour se sentir bien, pour se différencier. Je n'ai jamais oublié cet article du *Monde* relatant un match qui opposait des footballeurs africains à des scandinaves, à l'occasion duquel les équipes en lice s'étaient amusées à brouiller les cartes, les uns teignant en blond leur toison de jais, les autres arborant des *dreadlocks* comme les rastas jamaïcains. Aujourd'hui, chacun choisit ce qu'il veut être au-delà des déterminismes ethniques, génétiques ou même générationnels. »

« Parce que vous le valez bien ! » entonnent d'un chœur unanime les « égéries » de L'Oréal, de la brune Andie MacDowell à la blonde Claudia Schiffer, en passant par Catherine Deneuve, Judith Godrèche ou Laetitia Casta. Le slogan, vieux de trente ans, vaut pour tout le monde. Traduction : je mérite d'être sans cesse au mieux de ma forme, digne d'être remarquée, libre de m'affirmer au travers de la qualité de ma peau, de mes cheveux, de mon corps tout entier, d'acquérir un aspect qui soit en harmonie avec mon être profond.

Chaque année le marché de la beauté progresse de 4 à 5%. Ce qui ne signifie pas que les femmes d'autrefois n'avaient pas souci d'elles, seulement que les grandes marques de cosmétiques prennent peu à peu le relais des coutumes de beauté locales. Les femmes arabes ont toujours fait un usage immodéré du henné. Celles de Birmanie ou des Comores, qui ont tendance à avoir la peau grasse, s'appliquaient sur le visage pour éviter qu'il ne brille des masques d'écorces pulvérisées aux vertus astringentes et de protection contre le soleil. Nos mères et nos grand-mères se mettaient, elles, des rondelles de concombre sur le front et les joues pour s'éclaircir le teint, du citron sur les cheveux pour leur donner de jolis reflets. Autant de recettes de bonnes femmes, efficaces parfois, mais d'usage compliqué, avec risques d'allergie à la clé.

Pendant des siècles, les élégantes ont, pour colmater leurs rides, fait usage de la céruse, c'est-à-dire de carbonate de plomb, au risque de léser gravement leur peau. Sur les trente dernières années, on est passé d'une cosmétique de pure décoration à une cosmétique de soins – le vrai défi de la recherche porte aujourd'hui sur la bonne adéquation biologique des produits à chaque type de peau. On sait ainsi que les peaux caucasiennes (on ne parle plus de « race blanche »), fines, peu vascularisées, doivent impérativement être protégées contre le soleil, que la structure osseuse des visages entraîne un relâchement relativement rapide des tissus cutanés. Les crèmes antirides seront moins nécessaires aux Asiatiques. Inutile en tout cas de vouloir dynamiser le secteur du parfum au Japon : là-bas, les femmes ne se sont jamais parfumées, peut-être par moindre besoin de masquer leurs odeurs corporelles, peu prononcées en raison d'une alimentation pauvre en protéines. Côté maquillage, les Américaines ont vite devancé les Européennes, influencées qu'elles étaient par les stars de Hollywood au teint irréprochable, aux traits bien dessinés, idéalisés. En matière de soins corporels, c'est le Brésil qui est champion toutes catégories : les femmes de ce pays aiment montrer leur corps, le climat le leur permet tout comme leur magnifique qualité de peau.

Autre nouveauté, surtout depuis cinq ans : la folie capillaire. Dans le temps, on allait chez le coiffeur pour se faire couper les cheveux ; éventuellement tous les trois mois, pour une couleur ou une permanente. Maintenant, dans le monde entier, que ce soit en matière de coupe ou de coloration, on ne jure que par la « différenciation » et la « désuniformisation » des cheveux. Les subtils dégradés, les mèches folles, les balayages utilisant les couleurs les plus inattendues, tout est bon pour exprimer sa créativité personnelle, se distinguer de sa voisine, modifier son apparence au gré de ses humeurs. Les salons de coiffure branchés fleurissent jusque dans les campagnes les plus reculées.

Nouvelles exigences. Nouveaux secteurs géographiques aussi – des millions de Chinois jouissant d'un niveau de vie identique à celui des Européens veulent à tout prix accéder à ce qui se fait de plus moderne en matière de cosmétique. Nouvelles strates d'âge enfin : « Les gens commencent à consommer des produits de beauté de plus en plus jeunes », remarque Béatrice Dautresme. Si l'offre pour enfants et adolescents est d'ordinaire limitée aux produits d'hygiène, certaines marques américaines ne craignent pas de proposer à des lolitas de 10 ans des lignes complètes de maquillage, avec gloss pour les lèvres, mascara, gelées pour faire briller les cheveux. Très convoité aussi, le marché des « femmes matures », les plus de 50 ans : actives, habituées à prendre soin d'elles-mêmes, dotées d'un confortable pouvoir d'achat, même une fois atteint l'âge de la retraite, elles n'ont pas l'intention de ranger leur attirail de séduction au vestiaire. Sur la lancée, on réfléchit même à une gamme de cosmétiques adaptée aux plus de 75 ans, « un vrai besoin de santé publique » affirme le dermatologue Louis Dubertret, persuadé qu'« un grand vieillard qui s'occupe de son image, cherche à rester attractif, vieillit beaucoup moins vite sur le plan cérébral qu'une personne qui se néglige ».

Place aux hommes !

Fini le temps où Barbey d'Aurevilly pouvait écrire, citant un dicton normand, qu'« un homme est toujours assez beau quand il ne fait pas peur à son cheval[5] » ! Les hommes sont récemment entrés dans la danse. La folie capillaire ne les épargne pas. Au Japon, un homme sur deux se teint les cheveux, et pas pour cacher ses cheveux blancs puisque ceux-ci n'apparaissent que tardivement. En France, dans la foulée de Steevy, le lofteur peroxydé, nombre de jeunes se décolorent. Quant aux hommes soucieux de masquer leur âge, ils seraient pour le coup légion même s'ils ne le crient pas sur les toits. Témoin la fureur du chancelier allemand Gerhard Schröder – allant jusqu'à assigner l'auteur de l'infâme calomnie en justice – quand, en pleine bataille électorale, l'opposition suggéra qu'il avait teint ses mèches grisonnantes.

Il en va de même en matière de produits de beauté. Longtemps intéressés par les seuls produits utilitaires comme les shampoings ou la mousse à raser, les hommes ont grignoté au fil des ans l'espace de la salle de bains avec leur après-rasage, leur déodorant, leur eau de toilette. Certains *businessmen* ne craignent pas de passer sous la lampe à bronzer pour se donner bonne mine, on voit des ongles manucurés, des cheveux bien brillants noués en catogan. « Mais la vraie révolution, constate Béatrice Dautresme, est l'œuvre des moins de 35 ans, plus libres avec leur corps, sans crainte d'une féminisation de leur apparence. » Sportifs, ils trouvent naturel de prendre soin d'eux-mêmes. Tout a commencé avec les produits solaires qui leur évitaient de griller sur les courts de tennis. Ils y ont pris goût, apprécient désormais de ne pas avoir la peau qui tire quand ils font du ski, du bateau, des sports extrêmes. Vive les crèmes hydratantes, exfoliantes ou « contour des yeux », tous ces « petits pots » qui, jusqu'alors, ne garnissaient que les coiffeuses des dames ! Une question de bien-être plus que de séduction, puisque ces produits sont invisibles, insoupçonnables.

Un degré encore est franchi avec le recours au parfum ou aux nouvelles lignes de maquillage – pardon, d'« embellissement » – pour hommes proposées par certaines marques comme « Tout beau, tout propre » de Jean-Paul Gaultier. Jusque-là, il n'y avait que les comédiens, les présentateurs de télévision ou les hommes politiques pour s'en servir. Dorénavant, les pâtes cache-boutons, les anticernes, les autobronzants et autres soins antibrillance sont accessibles dans le commerce à M. Tout-le-Monde. Et même du mascara transparent pour les cils et les sourcils, des crayons de khôl, du fond de teint, du baume volumateur pour les lèvres... Provocation ? Coup de pub ou réel succès commercial ? Les hommes étaient en 2002 21 % à utiliser un soin contre 4 % en 1990 : « En 2015, ils devraient être 50 % » affirme Lindsay Owen-Jones, patron de L'Oréal.

Après tout, ce nouvel appétit de beauté chez les hommes n'est peut-être qu'un balbutiement de l'Histoire. Dans *La Troisième Femme* [6], Gilles Lipovetsky rappelle que la suprématie esthétique de la femme est une invention de la Renaissance. Jusqu'alors, le « beau sexe », c'est plutôt le sexe masculin. Et Lipovetsky de plonger, pour asseoir sa démonstration, dans le passé le plus reculé – le paléolithique représentant des « Vénus aux seins hypertrophiés et flasques, au ventre et au bassin énormes, à l'aspect globulaire », le néolithique des déesses mères à l'aspect massif et hiératique –, ou dans les sociétés dites sauvages où les marques décoratives viriles se manifestent avec plus d'éclat que celles des femmes – chez les Maoris de Nouvelle-Zélande, ce sont eux qui arborent les plus beaux tatouages. En Grèce, les hommages vont d'abord à la perfection physique virile, comme en témoignent les dialogues de Platon ou la statuaire antique : les nus féminins sont tardifs et rares jusqu'à Praxitèle, et son admirable *Aphrodite* fera scandale avant d'être acquise par la cité de Cnide.

Pour Lipovetsky, la beauté ne sera valorisée comme signe distinctif du féminin que lorsque les femmes cesseront d'être vues seulement comme reproductrices, que certaines auront la possibilité, l'écart entre classes riches et pauvres se creusant, d'être exemptées de travailler, qu'elles pourront désormais s'employer à se faire belles. Au Moyen Âge, la beauté des femmes est encore mal considérée. Changement de ton au XVIe siècle, où le moraliste florentin Firenzuola écrit, dans son *Discours sur la beauté des dames*, qu'« une belle femme est l'objet le plus beau qui se puisse voir et la beauté le plus grand don que Dieu ait jamais élargi à la créature humaine ». Mais cette valorisation poétique et cosmétique de la beauté de la femme ne déborde guère le cercle de l'élite : « Dans les campagnes, jusqu'à la Première Guerre mondiale, les mises en accusation traditionnelles des charmes féminins l'emportent de beaucoup sur leur exaltation. »

On aura donc assisté d'abord à la grande parade des mâles. Les hommes de la Renaissance, suivant l'exemple de ceux de l'Antiquité, se parfument, se poudrent de safran, ils sont fous de mode, adoptent, au milieu du XIVe siècle, le costume court qui moule les jambes dans d'étroits collants, et dont le pourpoint serré et bombé rend l'homme « comparable à un buste de femme ». Au Grand Siècle, les hommes ont des costumes encore plus maniérés que ceux des dames, ils portent de drôles de barboteuses – les rhingraves – garnies de crevés et de rubans, font usage des mêmes artifices que les femmes, de la céruse, des mouches, du rouge. Au XIXe siècle, les dandys affichent une élégance extrême, Baudelaire se farde, se teint les cheveux. Mais le « grand renoncement » amorcé avec la Révolution française, a déjà touché le plus grand nombre. Abandonné le faste ostentatoire des hommes, bannis l'habit de soie, les couleurs et les fanfreluches, condamné désormais le maquillage. L'heure n'est plus aux privilèges aristocratiques mais aux premiers canons de la société industrielle. L'homme perd ses plumes. L'habit noir – plus tard, le costume-cravate – symbolise le refus du dilettantisme improductif, la montée de l'âge démocratique et des valeurs bourgeoises du travail, de l'épargne, de l'effort et du sérieux.

Ces valeurs-là seraient-elles moins prégnantes ? Ces messieurs, par les temps qui courent, font de la résistance. Certains privilégient, même au bureau, un *look* plus décontracté – le fameux *friday wear* –, une mode plus colorée et ludique, ils n'hésitent plus à se faire masser, peut-être même épiler dans ces instituts de beauté qui furent longtemps le domaine réservé des femmes, bien décidés à recourir si nécessaire à la chirurgie esthétique. Eux aussi « le valent bien », et ce ne sont pas tous des godelureaux.

Patron de presse (son *Psychologies Magazine* marche à merveille), Jean-Louis Servan-Schreiber ne fait pas mystère de son souci de l'apparence, il l'inclut même dans cette recherche de plaisir qui, depuis vingt ans, guide sa vie. À son programme, une demi-heure d'exercice quotidien pratiquée sur le coup de 6 h 30 du matin, plus de cravate, pas de déjeuner d'affaires... « Je ne crains pas de dire, poursuit-il, que je porte des lentilles et que j'utilise des shampoings repigmentants. Tenez, je vais vous étonner... » Et JLSS de me montrer, rigolard, une série de photos qu'il vient de faire faire de lui en studio, dans lesquelles il apparaît, lui, l'intellectuel gominé, en bel athlète des plages : impressionnant pour un homme ayant franchi le cap des 65 ans ! Des photos qu'il gardera pour lui, sans suivre l'exemple de Pierre Loti qui, dans les années 1900, furieux que des confrères de l'Académie française, envieux de son ventre plat et de l'allure de jeune homme qu'il cultivait encore à 56 ans, aient fait courir la rumeur qu'il portait une gaine, se fit photographier nu et leur adressa les clichés attestant sa musculature parfaite !

Le corps masculin refait surface. Dopée par la culture gay, mais aussi par la mode des Chippendales pratiquant l'effeuillage devant un public de femmes déchaînées, la nudité masculine se répand. Les pompiers suisses et les commerçants lillois multiplient leur chiffre d'affaires par deux en s'exhibant sans complexes sur leurs calendriers. Si 3% seulement des pubs des années 50 exhibaient des hommes en tenue d'Adam, elles sont à présent 35% ; on a même vu récemment apparaître sur l'une d'entre elles, transgressant le dernier tabou, un sexe d'homme.

Les ayatollahs de la beauté

Une chose est sûre : toute mesure disciplinaire est définitivement incompatible avec notre société hédoniste. Attention cependant à ne pas abdiquer cette liberté toute neuve entre les mains de nouveaux gourous.

Il y a quelques années encore, ils étaient réservés aux sportifs de haut niveau. Aujourd'hui, on ne jure plus que par les *coaches*. Leur objectif : aider les gens un peu paumés à gérer leur vie, qu'il s'agisse de trouver un job ou l'âme sœur, de décorer leur maison, ou encore de peaufiner leur *look*. À l'origine de ces problèmes, souvent un manque de confiance, une image peu valorisante de soi. Grâce au *life coaching*, au coaching de vie, on va tenter d'y remédier, non en allant fouiller dans une histoire souvent douloureuse comme chez le psy, mais en aidant les gens à modifier leur comportement, leur discours, leur allure physique. Jadis, il était de bon ton d'avoir un directeur de conscience. Le *coach*, c'est le directeur temporel à la sauce du troisième millénaire. Quant à comprendre pourquoi tant de gens ont besoin de recourir à un tiers pour parvenir à remettre leur vie sur les rails…

Elle, c'est Charlie, de Charlie en particulier, le salon de coiffure le plus chic – et le plus cher – de Paris. À deux pas de la place de l'Alma, un appartement-boudoir aux parquets bien cirés, avec cheminées, glaces et boiseries style XVIIIe, moire rouge dans l'entrée, rideaux de satin bouillonné aux fenêtres et angelots omniprésents jusque sur les plafonds peints aux couleurs pastel : « J'aime que les clientes se sentent ici chez elles », dit l'hôtesse de ces lieux, une brune piquante très mode aux faux airs de Joan Baez avec son visage aux traits réguliers et ses lèvres bien ourlées, qui a fait ses classes chez Carita.

Chaque jour, une quinzaine de clientes passe chez Charlie quatre heures de temps en moyenne entre la coupe de cheveux, la coloration, le « coiffage » et le maquillage, plus une éventuelle révision du style vestimentaire. Plusieurs mois d'attente sont parfois nécessaires avant le premier rendez-vous. Après quoi, les clientes reviennent en principe tous les trois mois, certaines faisant pour l'occasion l'aller-retour depuis New York, d'autres débarquant de leur province après avoir réservé longtemps à l'avance leur TGV « par souci d'économie ».

Car il y a de tout parmi elles, des stars – Deneuve, Adjani, Isabella Rossellini… –, des filles de famille, des épouses de capitaines d'industrie, des *superwomen* grassement payées, et parfois leurs enfants – on y a déjà vu des bébés de 1 an ! Mais aussi, puisqu'on vous le dit, des gens moins favorisés, « une postière, une secrétaire qui économise pour venir deux fois par an, une mère de famille dont les quatorze enfants avaient mis bout à bout leurs économies pour lui offrir, en cadeau d'anniversaire, une séance chez Charlie ».

Dans les salons, on se laisse bercer par une musique douce – une bande-son originale créée tout exprès : « Elle me permet, assure Charlie, de mieux travailler. Je me branche sur la cliente, pas sur mon ego, ça me permet, quand je fais une coupe, de rentrer en méditation. Et puis, la musique fait voyager la femme : elle a moins peur. » On serait, il est vrai, terrifiée à moins par les oukases de Charlie, bien décidée quand elle porte pour la première fois son regard sur une femme « à ne pas faire ce qu'elle veut mais ce qui lui va » : « Avec moi, il n'y a pas beaucoup de discussion car en quelques secondes je perçois l'essentiel de cette femme. Le dialogue, ça embrouille tout. La femme se met à imaginer des choses, après elle est déçue. Moins on parle, mieux c'est ! » Je pense à l'émission *Rêve d'un jour* entraperçue un soir sur TF1, où l'on voyait une brave dame découvrir en direct sa maison redécorée de fond en comble pendant son absence avec le secours de la chaîne et la complicité de ses enfants – joie, joie, pleurs de joie. Ou cauchemar ? Mine dépitée du jeune couple amoureux du rustique face à la salle de bains carrelée de rose vif offerte par les parents à l'instigation d'« Harry, un ami qui vous veut du bien ». « Artiste de la beauté », Charlie la maligne a préparé ses lignes de défense : « Je considère que, vu le prix que je prends, je n'ai pas le droit de me tromper. Si la femme a une autre exigence que ce que je perçois comme idéal pour elle, alors mieux vaut en rester là. Moi, je ne suis pas là pour coiffer des têtes mais des êtres, je ne vends pas de la coiffure mais de l'identité. »

Passant aux travaux pratiques, Charlie rejoint Florence et Nicole, deux jumelles qui sont parmi ses plus fidèles clientes. Deux folles de mode qui adorent changer de tête : « De vraies Barbie », commente Charlie. « Lors de notre première rencontre, elle a été claire, se rappelle Florence, une brune à la voix un peu précieuse qui navigue avec son mari entre Genève, Londres et Paris. Elle a dit : “C’est moi qui commande.” » Lors de son dernier passage il y a trois mois, Florence était sortie de chez Charlie avec « une frange déstructurée assez courte et une nuque effilée » ; aujourd’hui, ce sera « un côté carré avec une frange ». Un jour, elle s’est retrouvée avec une frange rouge sur cheveux châtains, déjà testée par Charlie sur Isabella Rosselini : « Cette innovation a amusé mon mari, mais les réflexions n’ont pas manqué autour de moi, ç’a été pénible à vivre. »

« L’important, c’est la coupe », affirme Charlie, péremptoire, en prenant en main Nicole, l’autre jumelle, qui, elle, est avocate, une grande brune au visage aigu, très dame Chanel juchée sur de hauts talons. À Charlie elle reconnaît en tout cas le mérite de ne pas la trahir, de lui faire une tête qui exprime sa personnalité : « Personne ne sait comme elle m’adoucir le visage, elle me donne souvent un côté enfant que j’aime bien. » Parfois, c’est rare, une cliente voit rouge. Un jour, c’est une journaliste de télévision qui est partie furieuse en claquant la porte, reprochant à Charlie de l’avoir massacrée. « Un mois plus tard, elle m’invitait à son émission. Tout le monde la trouvait formidable. C’est attristant de voir combien les femmes, même les plus jolies, sont dépendantes du regard des autres. » Mais la plupart du temps, c’est vraiment à une « renaissance » que Charlie a l’impression d’assister : « Je ne me lasse pas du sourire émerveillé qui est le leur lorsqu’elles se regardent dans le miroir. Les maris qui viennent les chercher leur lancent des regards énamourés, les gens les arrêtent dans la rue. C’est ma meilleure récompense. »

Christine, 32 ans, n’en est pas là. Dans le vestiaire où je croise cette longiligne blonde aux yeux bleus avant qu’elle ne quitte les lieux, elle n’arrête pas de se regarder dans la glace. « Quand je suis arrivée ce matin à 9 h 30, j’étais morte de trouille, m’avoue-t-elle, pas mécontente de trouver une oreille compatissante. Tout à l’heure encore, pendant que Tom [l’assistant de Charlie] dégageait la nuque aux ciseaux, je n’étais pas fière. Il y a des années que j’étais coiffée pareil, j'avais envie de changer mais pas trop. Maintenant, je vois quelqu'un dans la glace que j'aime bien mais qui n'est pas moi. » Face à ce nouveau *look*, que va dire Justin, son petit ami, qui l'attend en bas ? Seul élément réconfortant : « Nous partons directement en vacances. Pendant une semaine, je n'aurai pas à affronter au bureau le regard de mes collègues. » Je m'étonne devant Charlie qu'une fille aussi jolie – accessoirement ingénieur en sûreté nucléaire ! – puisse être aussi peu sûre d'elle : « Quand elle est arrivée, on aurait dit Cosette », tranche la diva qui a choisi pour Christine une coupe encadrant le visage afin d'effacer des mâchoires « imposantes », avant de passer le témoin à Violette, sa fille de 19 ans qui règne sur la cabine de maquillage. C'est elle qui expliquera à Christine qu'elle utilise du rose qui ne lui convient pas, mettra en valeur ses yeux clairs sans gommer l'allure naturelle qui fait son charme : « Je fais un œil puis l'autre, de sorte que la cliente se rende compte de la différence : l'œil non maquillé apparaît deux fois plus petit, comme s'il avait été piqué par une abeille ! » Foin de la technique, la vérité, c'est que « le maquillage permet d'accéder à l'âme humaine », déclare Charlie avec un sérieux imperturbable, toujours désireuse d'élever les soins de beauté au niveau d'une discipline artistique à part entière.

On peut reprocher à Charlie son côté ayatollah de la beauté. Pas son manque de talent. Ni sa force de persuasion. C'est elle qui, par l'intermédiaire de Marie-Hélène de Rothschild, une fidèle cliente, s'en fut un jour proposer ses services à Bernadette Chirac, trouvant sa coiffure raide, cartonnée, d'une couleur platine peu seyante – il faut voir l'usage qu'en faisaient pour sa marionnette *Les Guignols de l'info*. « Elle est arrivée, c'était mignon, avec une petite photo qu'elle aimait bien, la représentant avec son mari huit ans plus tôt. J'ai changé sa coupe, sa couleur, elle m'a fait vraiment confiance. On aurait dit Lady Di quand elle est sortie d'ici... »

La séduction, ça s'apprend

Plus ambitieuse que Charlie ? Ça existe, je l'ai rencontrée ! « Véronique J. » s'est donné pour mission, dans le cadre de son École française de séduction, de modifier non seulement le *look* mais le comportement de ses clients de sorte qu'ils mettent toutes les chances de leur côté. Rendez-vous est pris dans un hôtel proche de la place Vendôme : j'y poireauterai trois bons quarts d'heure, « une habitude de cette dame » me confirme le garçon. Ostensiblement, la ponctualité, base du savoir-vivre, n'est pas au programme de l'école. Elle surgit enfin, boucles brunes sur mini-robe prune et bottes à talons noirs, suivie par un petit chien qui répond au doux nom d'Hercule, invoquant une semaine de fous, une séance de *relooking* qui n'en finissait pas, une panne d'ascenseur... Sept années passées comme salariée dans une agence matrimoniale lui ont permis de comprendre que la plupart des gens souffraient d'abord, et avant tout, d'un problème de communication : « Le physique ? Bien sûr, tous ne sont pas des top models, mais il y avait, parmi mes clients, des filles mignonnes, parfois même de très beaux hommes. Mais souvent des gens ayant une piètre estime d'eux-mêmes ou, en tout cas, ne se donnant pas les moyens de séduire. »

En 1995, Véronique J., bonne âme, fonde donc l'École française de séduction pour aider ses compatriotes à être un peu moins handicapés sur ce terrain. Pour 150 euros, elle dresse leur « profil psychologique », un moyen déjà de redresser la barre. S'ils veulent prolonger l'expérience, ils paieront soit 1 500 euros pour un stage intensif, soit 2 600 euros pour un stage s'étalant sur neuf mois. Le temps d'une grossesse, d'une re-naissance. Quatre intervenants sont prévus. Une psychologue clinicienne, qui aide la personne à mieux se connaître mais aussi à comprendre la mentalité du sexe opposé. Deux *coaches* hommes avec qui dialoguer pour lever certains blocages, notamment sexuels, avant qu'ils ne vous embarquent à leur suite comme si vous étiez leur meilleur copain (les clients de Véronique J. sont à 60 % des hommes) afin de vous apprendre à engager une conversation, susciter une invitation, aborder une femme à une terrasse de café, dans un square, dans une file de cinéma : « Parfois, le *coach* se prend une veste, ou bien c'est le client, mais qu'importe : cela lui apprend à relativiser les échecs. » La dernière intervenante est Véronique J. elle-même, experte en *relooking* : « J'apprends aux gens à se mettre en valeur, mais aussi à s'aimer, avec leurs qualités comme avec leurs défauts. Il y a, sans recourir à l'artillerie lourde, beaucoup de moyens d'améliorer l'allure de quelqu'un, le maquillage pour les femmes, pour tous la coiffure, le style vestimentaire... »

Véronique emmène ses clients dans des boutiques qu'elle connaît bien, leur fait essayer diverses tenues, les photographie afin qu'ils aient un regard plus distancié sur eux-mêmes, l'important étant de déterminer les formes les plus seyantes pour chacun et la gamme de couleurs qui le mettra en valeur : « Vous, par exemple, me lance Véronique, votre carnation vous autorise le noir et blanc, vous êtes une "femme-hiver" comme Adjani (va pour la "femme-hiver", même si je ne vois pas trop le rapport entre ma peau mate et la blancheur laiteuse de la star). Moi qui suis une "femme-été" avec mon teint cuivré, j'ai plutôt intérêt à porter du marron, du prune, du parme, je serais sinistre avec du noir près du visage. »

Dans le cadre de cette reprise en main tous azimuts sont même prévus des cours d'improvisation qui permettront à chacun, en travaillant sur une comédie musicale, d'améliorer sa manière de marcher, de parler, d'exprimer sa sensualité. Tandis que je prends congé de Véronique J., le petit homme fluet qui l'attendait à distance respectueuse depuis un bon moment se rapproche d'elle. Un client ? « Vous avez bonne mine ! claironne-t-elle. – Parce que, avant, vous trouviez que je n'avais pas bonne mine ? » rétorque le monsieur pâlot, l'air inquiet. On aimerait le revoir à la fin de son stage. Véronique J. réussira-t-elle à le transformer en un séducteur patenté ? On se dit, en quittant les lieux, que ce n'est quand même pas gagné...

NOTES

1. Cité par Jean Delumeau dans *La Peur en Occident*, Paris, Fayard, 1978.

2. Jean-Paul II, *Dix Repères pour l'an 2000*, Paris, Desclée de Brouwer et J.-C. Lattès, 1994.

3. Cet exposé de la tradition philosophique est dû, pour l'essentiel, à la jeune philosophe Alice Rufo, élève à l'École normale supérieure, rue d'Ulm.

4. « Le corps : esthétique et cosmétique », conférence prononcée le 18 juin 2003 devant l'assemblée générale de la Fédération des industries de la parfumerie.

5. *L'Ensorcelée*, de Barbey d'Aurevilly.

6. Gilles Lipovetsky, *La Troisième Femme*, Paris, Gallimard, 1997.

CHAPITRE 11

Ce corps qu'on a dans la tête

« Mais comment aurait-elle fait attention à moi ! Elle était occupée à se regarder elle-même. Debout, devant un grand miroir, toute coiffée, elle mettait la dernière main à sa parure… Son attention était si totalement absorbée par des rubans, des gazes et des pompons de toute espèce amoncelés devant elle que je n'obtins pas même un regard, un signe… Je n'ajouterai qu'un conseil pour vous, messieurs : c'est de vous mettre bien dans l'esprit qu'un jour de bal, votre maîtresse n'est plus à vous. Au moment où la parure commence, l'amant n'est plus qu'un mari, et le bal seul devient l'amant. »

Le corps surexposé

La fascination de l'apparence ne date pas d'hier, témoin cette page du *Voyage autour de ma chambre*, le petit livre de Xavier de Maistre, qui m'a toujours enchantée. Mais il y a deux siècles, elle ne durait que le temps d'une valse, ne touchait que quelques privilégiés. Aujourd'hui, elle envahit tout. Andy Warhol ne croyait pas si bien dire quand il prophétisait : « Tout le monde aura bientôt son petit quart d'heure de gloire. » Le phénomène du *Loft* semble lui donner raison, la célébrité est devenue un fantasme collectif, l'ambition d'être vu dirige de plus en plus la vie des gens.

« C'est l'affaire du Mundial 1998, les Français sacrés champions du monde de football, lance avec son habituel franc-parler le psychiatre marseillais Marcel Rufo, un désastre dont on va mettre dix ans à guérir. Maintenant, chaque fois qu'un gosse un peu couillon traîne le pied dans ses études, on l'imagine déjà en star du foot. L'apparence, toujours l'apparence... »

En lançant, à la fin 2001, une nouvelle émission, *Prima Donna*, Patrick Sébastien s'était bien juré de débusquer les « vraies valeurs ». D'ailleurs, dans son casting de jeunes femmes ayant un projet bénévole à défendre – faire le clown dans des hôpitaux pour enfants, dépolluer sa rivière, permettre à une amie aveugle de se faire opérer aux États-Unis... –, le physique, assurait-il, n'aurait aucune importance, seule la personnalité... Faute d'audience, *Prima Donna* sera remplacée au pied levé par *C'est show*, une émission de « franche rigolade ». La « Miss France de la beauté intérieure » qui devait être désignée à l'issue de neuf émissions n'est pas près de voir le jour...

On croyait être allé très loin, pour les besoins des émissions de télé-réalité, dans l'exhibition des sentiments, des modes de vie, des corps aussi, mais on n'avait pas tout vu. Au printemps 2003, voici que fleurit outre-Atlantique, sur la chaîne ABC, une nouvelle émission, *Are you hot ? The search for America's sexiest people* (« Êtes-vous chaud ? À la recherche des Américains les plus sexy »). Jusqu'alors, l'exhibition des corps – à l'exception peut-être des concours de beauté, un spectacle aseptisé – était associée à tout un discours sur le poids des apparences, le désir de s'embellir, etc. Cette fois, l'animateur ne cherche plus à donner le change : « Personne ne va chanter, danser ou raconter des blagues. Les seules choses qui nous intéressent : visage, corps et sex-appeal. » Pendant quatre semaines, à grand renfort de bikinis, cuir et tenues panthère, plusieurs milliers de candidats et de candidates parleront de leur ventre plat, de leur tour de poitrine, de leurs mensurations : un vrai marché aux bestiaux[1].

Semaine après semaine, s'affirme, sur l'une ou l'autre de nos chaînes, un nombre invraisemblable d'émissions consacrées aux régimes amincissants, au *relooking*, à la chirurgie esthétique, aux complexes... « J'ai décidé d'être belle », proclame une série sur M6 qui s'attache aux pas de six femmes résolues à opérer un changement sur elles-mêmes. Les hommes ne sont pas en reste : dans ce numéro de *Des racines et des ailes*[2] traitant des obsédés de l'apparence, on nous présente quatre femmes, mais deux hommes aussi, Didier, un jeune chef d'entreprise du Bas-Rhin qui s'est fait relooker de pied en cap dans l'idée que ça l'aidera dans les affaires, et puis Kevin, un Américain qui en est à sa dix-septième opération de chirurgie esthétique – il s'est fait implanter des pectoraux mais hésite encore pour les mollets. Une victime sans nul doute de ce « complexe d'Adonis » dont souffriraient près de trois millions d'Américains[3]. « Les symptômes ? Une dépendance à la salle de gym au point de sacrifier toute vie familiale, voire professionnelle, et la soumission à un régime draconien tant est grande la terreur de prendre quelques grammes. Le but ? Ni la santé ni même la séduction, mais l'esthétique : les muscles de ces maniaques narcissiques ne leur servent qu'à asseoir une meilleure perception d'eux-mêmes.

Le corps-écran

Parfois, l'obsession tourne à la névrose. Les auteurs du « complexe d'Adonis » rapportent le cas d'un homme d'une trentaine d'années qui, à force d'ingurgiter des pilules autobronzantes pour combattre son teint « blafard », dut subir l'ablation de la vésicule biliaire. D'autres, pour parfaire leur gonflette, absorbent des stéroïdes anabolisants, des sachets de protéines ou de la testostérone synthétique. De quoi provoquer de graves problèmes rénaux, une crise cardiaque, un cancer des testicules. À tout le moins, une solide dépression si l'effet attendu n'est pas aussi magique qu'espéré. Cette fatale attraction pour la perfection serait-elle exportable en France ?

Une récente enquête[4] montrait que si 65 % des femmes ont un poids normal, selon les normes de l'IMC (l'indice de masse corporelle), la grande majorité d'entre elles n'en est pas satisfaite : 43 % aimeraient perdre de 1 à 5 kilos, 21 % de 5 à 12 kilos, et une poignée d'extrémistes au-delà. Mais, pour juger du degré atteint aujourd'hui en France par la tyrannie de la beauté, il n'est pas de meilleur observatoire que le cabinet d'un chirurgien esthétique.

« La plupart des patients ont des demandes raisonnables, constate, rassurant, le professeur Maurice Mimoun. Ils auraient plutôt la crainte d'en faire trop, c'est tout de même un passage à l'acte très violent que le geste opératoire (ce n'est pas un hasard si les hommes, moins motivés mais aussi plus trouillards, ne représentent encore qu'un patient sur dix). Et puis, il laisse des cicatrices.

« N'empêche qu'on est tous les jours éclaboussé dans son cabinet par ce que vous racontent les gens, l'écart entre leur vie affichée et leur vie imaginaire, entre leur corps réel – celui qu'on voit – et celui qu'ils ont dans la tête – ce que j'appelle le corps-écran[5]. » Parmi ses patients, il fait nettement la distinction entre ceux qui viennent pour une chirurgie post-grossesse ou anti-vieillissement, soucieux de « réparer une perte », de retrouver leur aspect d'avant, et ceux qui lui demandent de modifier leur anatomie de naissance. Ce sont ces derniers qui souffrent parfois d'une image déformée d'eux-mêmes : « Pas plus tard que ce matin, reprend Mimoun, je vois arriver à ma consultation une jeune et jolie brune de 30 ans, travaillant dans une compagnie aérienne. "Je voudrais, me dit-elle abruptement, que vous redéfinissiez la pointe de mon nez." Elle utilisait un terme de métier, cela m'a alerté. De fait, elle avait déjà été opérée deux fois, une première fois pour supprimer la bosse qu'elle avait sur le nez, la seconde pour le rendre moins pointu. Le résultat, à mon sens, était parfait : je le lui ai dit. Mais elle insistait doucement : "Je voudrais que vous redéfinissiez la pointe." Cette jeune femme était d'un contact agréable, elle ne semblait souffrir d'aucun trouble psychologique. Je l'ai avertie qu'en faisant cette demande injustifiée, elle allait droit dans le mur. Rien n'y faisait. Tout en indiquant clairement que je ne l'opérerais pas, j'ai cherché à savoir l'origine inconsciente de ce blocage qui l'habitait : elle m'a assuré n'avoir jamais traversé d'épreuve lourde. “Le nez, ai-je insisté, est un caractère très héréditaire, il y a souvent des problèmes de filiation. Vous vous entendiez bien avec votre mère ? Avec votre père ?” C'est là qu'elle m'a répondu : “Il est parti quand j'avais 11 ans…” »

Même lorsqu'il ne se refuse pas formellement à pratiquer une intervention, le professeur Mimoun demande, dans 15 à 20 % des cas, à ses patients de faire un travail psychologique préalable avec ses confrères de l'unité de psychopathologie de Rothschild : « Il faut de toute façon aborder la demande de chirurgie esthétique avec résistance, c'est au patient à me convaincre de l'utilité du geste opératoire. » Ainsi, il ne le fera jamais déshabiller tout de suite, mais lui demandera de raconter d'abord son corps afin de tester sa motivation. Mimoun, c'est l'anti-Charlie, pas question pour lui d'imposer sa propre idée de la beauté – l'enjeu, il est vrai, n'est pas le même, entre couper les cheveux et taillader dans la chair : « Après tout, qu'est-ce que la beauté absolue ? Le nombre d'or, le nez grec ? Même cette idée communément admise qu'être beau, c'est être jeune, est éminemment discutable. L'âge peut être beau s'il est bien vécu. »

Cela dit, à celle qui rêve d'un lifting, il ne s'acharnera pas à vanter le charme des rides : « Si le patient souffre de l'image de son corps, ma mission en tant que médecin est de soulager cette souffrance. » Il se refuse même à faire le tri entre les demandes de confort et de nécessité : « Lorsqu'une jeune patiente vient me voir parce qu'elle est gênée par sa culotte de cheval, qu'elle a un mal fou à s'habiller en prêt-à-porter, faisant du 42 en bas et du 38 en haut, je ne vais pas aller lui raconter que, dans l'Antiquité, les déesses callipyges avaient la cote. Je n'ai pas d'argument moral à lui opposer pour autant qu'elle soit claire dans sa tête. La futilité, je n'ai rien contre, elle aide à vivre aussi. Pourquoi pas une chirurgie du bien-être ? Une chirurgie oculaire qui assurerait aux gens une vision de 12 sur 10 ? Une chirurgie orthopédique qui leur permettrait de courir plus vite ? Une chirurgie esthétique qui rétablirait un peu l'égalité entre les êtres en gommant les disgrâces physiques ? Au moins a-t-elle le mérite d'éviter toute dérive eugénique puisque, à la différence des manipulations génétiques, elle ne concerne qu'une seule et unique personne, non sa descendance. »

Gare cependant aux effets de mode, au développement d'une beauté normative ! « Des gamines débarquent dans votre cabinet pour se faire gonfler les lèvres ou les seins, avec la photo de leur idole dans la poche. Des femmes, pâmées d'admiration devant les filles sur papier glacé des magazines, voire devant des mannequins numérisés n'ayant plus aucune réalité, viennent vous demander des liftings très tirés qui les feront ressembler à des poupées Barbie – on refusera bien sûr. » Gare aussi à la pression de l'entourage ! « Se faire opérer pour quelqu'un d'autre, c'est courir à l'échec : il faut se faire opérer pour soi. »

À en croire le professeur Mimoun, les consultations de chirurgie esthétique seraient plutôt plus tristes que celles de chirurgie réparatrice : « Disons qu'on y pleure plus souvent. À chaque consultation, c'est un petit drame qui se noue. S'y entremêlent du désir, de la souffrance, parfois une vraie désespérance : “Si vous ne pouvez pas me faire le ventre, docteur, m'a dit une patiente, je n'y survivrai pas.” Parfois, des vies basculent sur une réflexion. Qu'un petit-fils de 8 ans lance sans penser à mal : “T'est moche, Mamie !”, en attrapant le cou de dindon de sa grand-mère, et voilà que cette pauvre dame, jusque-là peu concernée par l'apparence, en vient à ne plus supporter son reflet dans la glace. Prenons le nez. Bien sûr, il y a un facteur culturel, personne n'est jamais venu me demander un bec de sorcière. Mais la demande d'un nouveau nez touche à d'autres problèmes, une remise en cause, on l'a vu, de sa filiation ou encore un besoin régressif de retrouver le nez poupin qu'on avait enfant. Une banale demande de lifting est souvent couplée à une sévère remise en cause existentielle, l'histoire classique de la mère de famille déboussolée une fois ses enfants partis du nid, ou de la femme plus toute jeune soucieuse de garder son mari. Dans tous les cas de figure, pas question d'opérer quand la personne est en période de dépression ; si elle a amorcé la phase de reconstruction, alors l'intervention peut avoir un effet dynamisant. »

En matière d'image corporelle, la subjectivité est reine. Toujours cette idée que le corps réel a moins d'importance que le corps imaginaire. « Pour une poitrine identique, une femme me demandera une réduction, une autre une augmentation. » « Il n'y a pas de bonne chirurgie plastique, qu'elle soit esthétique ou reconstructrice, conclut Maurice Mimoun, sans une écoute du patient, sans une volonté non seulement de réparer ce qui doit l'être mais de réconcilier le patient avec lui-même. » Opération réussie avec les patients qu'il me fera rencontrer, pour qui il est le Bon Dieu en personne. Quant aux autres, tous ceux qu'il n'a pas voulu opérer ? « Quand l'être humain souffre, il cherche à rationaliser cette souffrance en l'accrochant quelque part, parfois sur une vraie disgrâce, parfois sur un défaut mineur, quitte à passer d'un organe à un autre. Une intervention ne sert à rien : il souffrira tout autant après. J'ai opéré ainsi à mes tout débuts une jeune femme qui, elle, avait vraiment un nez qui rentrait dans la bouche, une opération réussie qui faisait ma fierté. Un an plus tard, on la revoyait dans le service : elle voulait revenir à l'état antérieur ! On parle beaucoup des ratés de la chirurgie esthétique, mais parmi ceux qui se présentent comme tels dans mon service, il y en a bien trois sur quatre qui ont été opérés très convenablement : la plupart sont plutôt des ratés psychologiques, des gens dont la souffrance n'a pas été suffisamment entendue. »

« Je suis immonde ! »

Drôle de période que l'adolescence où ce qui était censé être le plus à nous – notre corps – se transforme sans qu'on y puisse rien. Où l'écart se creuse entre le corps réel et le corps imaginaire. Une distorsion spécialement mal vécue dans une culture dédiée aux apparences.

« Dès la maternelle, confirme le professeur Philippe Jeammet, qui dirige le département de psychiatrie de l'adolescent et du jeune adulte à l'Institut mutualiste Montsouris, proche de la Cité universitaire, cheveux gris ondulés, œil clair derrière les lunettes[6], on sent une pression sur les tenues vestimentaires, les accessoires de mode, les jouets : celui qui ne dispose pas de ces attributs fétiches est marginalisé. Et il en va de même des critiques portant sur la taille, un défaut physique, un problème de prononciation. » « Minus », « serpent à lunettes », « père Dodu »... ces quolibets ne sont pas d'hier, les enfants n'ont jamais été tendres entre eux. Mais la tension s'aggrave, la violence envahit les cours de récréation. Si la contrainte venue des parents et des éducateurs est moins forte, elle resurgit sous d'autres formes, entre pairs cette fois : le gamin qui persiste à lacer ses baskets, à rentrer sa chemise dans sa ceinture, à porter des pantalons qui ne lui tombent pas sur les hanches court le risque d'être la risée de ses copains, tout comme la fillette un peu ronde qui, par crainte de se déshabiller, va se débrouiller pour être dispensée de gymnastique. Dans une société qui se veut ouverte à la différence, le comportement moutonnier est la règle. Rien de très étonnant quand on sait que le Français passe en moyenne trois heures vingt chaque jour devant sa télévision...

« La puberté est bientôt là, reprend Jeammet, elle intervient aujourd'hui en moyenne à 11 ans pour les filles, à douze ans et demi pour les garçons. Et voilà qu'un beau matin l'adolescent ne se reconnaît plus dans ce corps nouveau qui est en train de lui pousser : on ne lui demande pas son avis, "ça" bouge. Et "ça" est une source évidente d'angoisse. » Car marcher vers l'âge adulte, c'est aussi s'accepter comme garçon ou fille, abandonner ce fantasme de bisexualité qui flotte dans l'inconscient même si on joue à la récré les gros durs ou les séductrices en herbe. C'est se découvrir un corps qu'on n'a pas choisi. Enfant, on pouvait encore rêver qu'on ressemblerait à papa ou à maman, ou à tel héros magnifique. Là, la nature met en acte notre apparence physique future sans qu'on ait son mot à dire. Adieu au visage d'ange asexué qu'on avait à 6 ans ! On se retrouve garçon ou fille, grand ou petit, doté parfois de caractéristiques physiques héritées de l'un ou l'autre parent, et pas forcément celles qu'on aurait voulues, un nez trop long, des seins trop ronds et des fesses...

On se voulait un grand indépendant : on se retrouve un petit clone. Consternation ! « Tout dépend alors de la qualité des relations avec les parents. Si celles-ci sont empreintes de confiance, l'adolescent a toutes les chances d'avoir une image positive et tranquille de lui-même. Dans le cas de relations plus conflictuelles, il supportera mal au contraire d'être taxé de "portrait craché" de sa mère ou de son père, le vivra comme une dépersonnalisation. » Il fera tout désormais pour prendre le contre-pied de cet encombrant modèle au niveau de ce sur quoi il a prise, ses convictions, son choix d'études. Ou encore en se créant un *look*, à grand renfort de cheveux longs ou rasés, de jupes mini ou aux chevilles, de jeans « customisés » qui lui permettent de s'affirmer comme une personne à part entière.

Une relation abîmée peut aussi se traduire par des plaintes, des maux de tête, des maux de dos, des maux de ventre, qui permettent d'affirmer tout à la fois son autonomie et le besoin que l'on a des adultes ; par des manifestations diverses d'anxiété débouchant parfois sur de véritables attaques de panique ; par une certaine hypocondrie – l'adolescent se voit déjà atteint du cancer, du sida, à moins que ce ne soit de la maladie de la vache folle ; par ces dysmorphophobies, enfin, qui reviennent à prendre en grippe une partie de son corps – le nez, les oreilles, une poitrine trop développée ou pas assez –, cet attribut « monstrueux » devenant la source de tous ses problèmes. La focalisation d'un malaise sur un problème physique pas forcément réel n'est pas l'apanage des adolescents, mais chez eux tout particulièrement il n'existe guère de relations entre le mal et son vécu : d'une grosse acné inflammatoire l'un peut se soucier comme d'une guigne quand l'autre sera complètement détruit par une petite acné comédonienne. Point besoin d'avoir une patate à la place du nez pour se persuader qu'à cause de lui, de cet appendice détesté, l'amour vous est à jamais interdit, qu'on ne trouvera jamais sa place dans la société.

Même chez les adolescents qui cultivent une bonne estime d'eux-mêmes – il y a en a, heureusement ! –, l'inquiétude n'est jamais absente. Mais le fait est là : « Près de trois adolescents sur quatre avouent se sentir moches. Pas terribles. Voire carrément hideux[7]... »

« Je suis immonde », se désole Sophie en larmes après avoir tenté en vain de trouver, dans la boutique de la rue de Passy où l'a entraînée sa mère, une tenue pour le mariage de sa sœur aînée : son joli visage, elle ne le voit plus, obnubilée qu'elle est par des hanches un peu rondes qu'elle noie sous de longs pulls et des pantalons informes. Tragédie éphémère. Parfois cependant, on entre dans un processus pathologique. « Une dysmorphophobie massive peut parvenir à gâcher la vie d'un sujet », constate le professeur Jeammet en évoquant le cas de ce garçon, bien socialisé par ailleurs, qui avait arrêté d'aller en fac, persuadé que, dès qu'il entrerait dans l'amphithéâtre, il ne pourrait s'empêcher de rougir et que tout le monde fixerait alors ses regards sur lui (on parlera alors plus précisément d'éreutophobie puisque, étymologiquement, la dysmorphophobie implique qu'un organe soit en jeu). Un comportement délirant ? « Disons dé-réel, précise Jeammet, car on n'est pas là dans le cas du type qui se croit le nouveau Messie ou s'affirme poursuivi par la CIA. Le vrai délire, ce serait de se dire : "Je rentre dans l'amphi, tout le monde me reconnaît comme l'être le plus admirable qui soit, se lève et m'applaudit." On trouverait plutôt chez le dysmorphophobique l'expression renversée d'un désir d'ambition : faute d'être le meilleur, il va se persuader que tout le monde le voit comme un nul, un moins que rien. »

« Je suis énorme ! »

On n'est pas loin des sentiments qui habitent l'anorexique. Car elle aussi a le désir d'être la plus belle, la plus séduisante, la plus brillante en tout, elle rêve de surclasser sa mère. « Quand elle dit qu'elle est grosse, elle l'est en effet d'une certaine manière, dit Philippe Jeammet. De ses ambitions. De sa volonté de maîtriser son corps, à défaut de faire tourner le monde. Elle est grosse de son envie de manger aussi, car elle n'a qu'une seule crainte, être boulimique, et se dit que, si elle commence à manger, elle sera incapable de s'arrêter. Elle a une vision complètement déformée d'elle-même et, à 35 kilos, s'inquiète de ses cuisses "boursouflées", mais elle a parfaitement conscience de la maigreur des autres. En fait, elle se refuse à voir ce qui la dérange. Elle sait d'une certaine manière qu'elle est maigre à faire peur. Mais elle mourrait plutôt que de se l'avouer. » Elle en meurt d'ailleurs parfois : 5 % des anorexiques ne résistent pas aux privations qu'elles s'imposent.

Dans ces conditions, dire à une anorexique qu'avec quinze kilos de plus elle serait ravissante ne sert strictement à rien. Ce qu'il faut, c'est lui permettre peu à peu d'évacuer son anxiété, de se sentir en sécurité, d'apprendre à avoir du plaisir au travers d'activités diverses, de retrouver une certaine estime d'elle-même, éventuellement grâce à une hospitalisation qui rompra le cercle infernal. Alors seulement elle s'autorisera à avoir des formes, des seins, des fesses. À être femme, enfin.

On a beaucoup décliné au féminin les maux ci-dessus évoqués. Ce n'est pas pour rien. Neuf anorexiques sur dix sont des filles. Les plaintes corporelles, qui touchaient à égalité filles et garçons avant la puberté, concernent soudain, après elle, 40 % des filles contre (toujours) 10 % des garçons. Bref, c'est dans son corps que la fille exprime son malaise quand le garçon dérivera, lui, plus facilement vers des troubles du comportement, la violence, des conduites antisociales... Rien d'étonnant à cela pour le professeur Jeammet : « Il y a d'abord le fait, explique-t-il, que la fille ressent une érotisation beaucoup plus globale du corps que le garçon, pour qui tout se passe essentiellement dans le sexe, un peu dans les muscles. Un élément culturel – la mise en valeur de l'apparence corporelle de la femme, de ses capacités de séduction – vient renforcer ces bases biologiques et endocriniennes. Et puis, cet enjeu central de l'adolescence qu'est la prise d'autonomie par rapport à la mère, vue comme la représentante par excellence du lien à l'enfance, va tout naturellement se jouer pour la fille au niveau du corps, bien plus que pour le garçon qui, lui, peut difficilement s'identifier à sa mère. »

Soumis aux interrogations normales de leur âge comme à la pression de notre société de l'image, certains adolescents passent donc par un rejet de leur nouveau corps. Mais, à en croire le professeur Daniel Marcelli, chef du service de psychiatrie infanto-juvénile du CHU de Poitiers[8], on voit aussi pointer ce qu'on appelle aujourd'hui le « fantasme d'auto-engendrement » : « Cette idée, dit-il, de plus en plus répandue chez les jeunes, qu'il ne faut dépendre que de soi-même, cette revendication d'une absolue assomption sur soi. C'est en se fabriquant le corps qu'on a décidé d'avoir, son propre nez, ses propres oreilles, ses propres seins, et non ceux que vous a légués la nature, qu'on atteindra au bonheur. » Aux États-Unis, des gamines à peine pubères fréquentent les instituts de beauté, le recours à la chirurgie esthétique y est de plus en plus précoce, tout comme au Brésil : dans ces pays, on voit débarquer dans le cabinet des praticiens des jeunes filles de 15 ou 16 ans désireuses d'avoir de plus beaux seins, ou même – depuis deux ou trois ans, c'est le top ! – un fessier plus rebondi. Des garçons tout juste sortis de la puberté – pas forcément des homosexuels –, désolés de leur torse velu, rêvent de se faire épiler. Certains, déçus par la taille de leur pénis, pensent déjà à une intervention chirurgicale. « Il ne s'agit même plus de dysmorphophobie, d'un regard biaisé sur soi, mais vraiment d'une nouvelle attitude face à la vie », explique le professeur Marcelli. Dans la foulée des questionnements existentiels : « D'abord, je ne t'ai pas demandé de naître ! » À partir de là, on exige de pouvoir décider de sa propre vie. Ou, à défaut, de décider du moment de sa mort, d'où la multiplication à l'adolescence des tentatives de suicide. Mais qui parle des États-Unis ? Le suicide est en France la deuxième cause de mortalité chez les jeunes…

Réactions en chaîne

S'ils font mine de jouer aux chevaux échappés, nombre de jeunes d'aujourd'hui restent cependant éminemment sensibles au regard parental. On a vu, avec Dominique Rolin – « Marie-qui-louche » –, à quel point les critiques portées sur le physique d'une enfant pouvaient peser sur elle, lui conférer une image déformée d'elle-même. La seule incapacité à exprimer ses sentiments, à dire incidemment à sa fille qu'on la trouve mignonne et qu'on est fier d'elle, est à l'évidence source de souffrance. Sans même parler de l'insupportable stigmatisation qu'entraîne pour Isabelle, la jeune héroïne de *La Disgrâce* de Nicole Avril, le fait d'avoir surpris le verdict posé sur elle par sa mère, non qu'elle reproche à celle-ci de l'avoir faite laide, mais, plus subtilement, de ne pas posséder cette capacité d'aveuglement attribuée à l'amour maternel, qui fait que toutes les mères trouvent leur fille jolie.

Il est toujours valorisant d'être l'objet d'un regard émerveillé. Mais dangereux aussi : « Les parents ont parfois vraiment des écailles devant les yeux », constate la psychologue Béatrice Copper-Royer. « Récemment, je vois débarquer une enfant de 9 ans et demi, sans grâce particulière et spécialement petite, à la limite du nanisme. Mais les parents n'avaient pas une seconde l'air de s'inquiéter de son développement physique – “Dans ma belle-famille, ils sont souvent très petits”, répétait la mère –, ils venaient en l'occurrence consulter pour des difficultés scolaires. J'ai demandé à ce que l'on fasse des examens approfondis : la petite était atteinte d'un syndrôme de Turner, une anomalie chromosomique grave qui expliquait ses difficultés de développement. » Sur un mode moins dramatique, la pédiatre Edwige Antier raconte l'histoire de ce petit garçon aux oreilles terriblement décollées. Interrogée, la mère répond que son fils n'en souffre pas du tout. « J'ai tout de même conduit l'enfant devant le miroir, raconte la pédiatre[9], et j'ai plaqué mes mains sur ses oreilles en lui disant qu'un jour il pourrait avoir recours à une intervention chirurgicale. Il s'est vu dans le miroir, m'a regardée émerveillé, et il m'a dit : “Tout de suite ?” ! Il faut savoir, insiste-t-elle, qu'avant l'adolescence un enfant ne parle pas de ses complexes à ses parents : il a trop peur de les blesser. » En parle-t-il tellement plus volontiers après ?

Plus largement, l'attitude parentale vis-à-vis de l'apparence conditionne celle des enfants. Ghislaine récuse l'opposition militante de sa mère à toute forme de paraître et revendique, quoique cataloguée « l'intelligente de la famille », sa féminité et sa coquetterie. Mise en garde contre les artifices par son éducation judéo-chrétienne, Léonore en vient à douter d'elle-même, tout en militant pour une certaine reconnaissance du paraître. Étonnantes réactions en chaîne…

Métissages

Difficile de croire que, ce matin, elle faisait cours à six cents étudiants de première année dans un amphi de la Sorbonne ! À 29 ans, Jeannette Bougrab ne semble pas encore tout à fait sortie de l'enfance, avec son joli visage aux traits réguliers, ses grands rires et son *look* branché en tailleur-pantalon de velours bordeaux, corsage à bavolets et boots pointus. Étonnant parcours que celui de cette fille de harkis illettrés, élevée dans un petit village près de Châteauroux, devenue après son doctorat maître de conférences en droit public – quand je l'ai vue, elle préparait l'agrégation – et nommée en octobre 2002 membre du Haut Conseil à l'intégration. Étonnante rencontre – une première interview est toujours émouvante – d'une « beurette » à qui son goût des études, son exceptionnelle puissance de travail et sa volonté de fer ont permis de franchir tous les obstacles, malgré sa différence : « On n'imagine pas à quel point notre physique peut déranger. » Je proteste. Le fait d'être jolie fille doit tout de même arranger les choses ? « Ne croyez pas cela, me répond-elle. Dans la province où j'ai grandi, avoir le type arabe vous écartait définitivement de toute prétention de ce style. Pour être cataloguée jolie fille, il fallait au moins avoir le teint clair, être blonde aux yeux bleus, mesurer 1,75 mètre et s'appeler Ingrid – mon rêve ! Même à Paris où, venant d'Orléans, j'espérais me fondre dans l'anonymat, on peut bien être en tailleur strict – mon uniforme, ma carapace depuis que je suis très jeune – et ne pas utiliser le parler des banlieues, on reste arabe malgré tout. Disons que, depuis deux ou trois ans, le regard des autres sur moi évolue, peut-être parce que je rencontre des gens plus ouverts, pour qui être différent n'est pas forcément une tare. » La promesse d'une assurance nouvelle pour Jeannette la modeste, même si elle ne renie rien de ses origines, ni son père ouvrier-fondeur après avoir quitté l'armée – son héros –, ni sa grand-mère au visage tatoué dont on voit la photo sur la bibliothèque ? « Des compliments, c'est agréable, bien sûr. Et puis, j'ai la chance d'être bien acceptée dans la famille de mon ami, des enseignants du Berry pour qui seule la personne compte. Mais ça ne m'empêche pas de me battre tous les matins avec mes cheveux frisés pour les tirer le plus possible, j'aimerais tellement, tellement passer inaperçue… »

Ses cheveux à elle sont lisses. Et son physique d'Eurasienne ne lui a jamais valu d'attaques, bien au contraire. La première fois que je l'ai vue, c'était il y a quinze ans, dans une émission de Bernard Pivot au titre évocateur : « Les fêtes du corps ». Sur le plateau d'*Apostrophes*, aux côtés d'André Pieyre de Mandiargues et de Cyril Collard, une inconnue aux cheveux de jais et aux yeux verts en amande, Ysabelle Lacamp, parlait de son livre, *Le Baiser du dragon*. Un premier roman hardi et provocateur mettant en scène la très libertine Chine du Xe siècle, qui vaudra une image sulfureuse à cette ravissante Eurasienne. « Avant tout, une blague de potache », rectifie Ysabelle, 49 ans, toujours de longs cheveux jusqu'à la taille, toujours ce sourire éblouissant, toujours la même élégance naturelle doublée d'une vraie chaleur humaine. Et aucune prévention pour parler de cette apparence qui fut, elle l'admet volontiers, son plus efficace outil de promotion…

Le moins qu'on puisse dire, c'est qu'on n'attendait pas ce discours-là ! « Mon physique – mon écorce – a, dit-elle, toujours été un poids. Adolescente, et même jeune femme, je l'ai traîné comme un boulet. Bien sûr, quand je regarde d'anciennes photos, je goûte la beauté qui était alors la mienne, mais en vieil esthète. Cette petite jeune fille, ce n'est pas moi. Pendant longtemps, je n'ai pas eu d'image de moi-même. » Une distance qui va progressivement mener Ysabelle à une sévère anorexie mentale, une descente aux enfers qu'elle décrit dans *Une jeune fille bien comme il faut*, le plus autobiographique de ses livres : « Je me hais, écrit-elle, je me suis toujours détestée avec ma bouche trop grande, mon nez si petit que je me suis longtemps crue obligée de l'étirer en cachette en le coiffant d'une pince à linge... Je ne parle pas de mes jambes, si longues qu'elles ne semblent pas m'appartenir, encore moins de mes seins. L'horreur ! J'ai passé mon temps de la sixième à la quatrième à les bander dans l'espoir vain d'en arrêter la croissance. » Qu'elle donne le change en parlant de ses « cheveux plus blonds que ceux d'un bébé » ne trompe personne : Ysabelle est bien là derrière Sarah, son héroïne, une fille jolie, brillante, mais terriblement complexée, rêvant « d'un corps qui ne serait que muscles. Un corps sculpté dans la pierre, vidé, purifié de mon sang et de mes viscères. »

Après l'anorexie, la boulimie. De 30 kilos, Ysabelle passe à 65 en quelques mois : « J'étais vraiment Mme Lune. » Son poids mettra plusieurs années à se stabiliser. Enfin le moment de profiter de tous ses atouts cumulés, bonne élève, jolie fille, enfant chérie d'un père qu'elle adore et qui la met sur un piédestal ? « Non, ça n'a pas été vraiment le cas. Peut-être par orgueil car j'avais une trouille folle de ne pas être à la hauteur de ses ambitions pour moi. Parce que, aussi, je traînais une lourde culpabilité. » Fille du journaliste et écrivain Max-Olivier Lacamp – lequel, grand reporter couvrant en 1951 la guerre de Corée, s'était épris d'une jeune fille de Séoul qu'il ramena en France pour l'épouser –, elle a le sentiment de l'arracher à ses trois demi-sœurs, les filles qu'il a eues d'un premier mariage. Joue enfin dans ce mal-être l'impression grandissante d'être tiraillée entre deux identités, deux couleurs de peau, la blanche et la jaune. Ysabelle se cache derrière ses cheveux, derrière la fumée de ses cigarettes, elle se maquille trop, continue à dissimuler son corps dans des oripeaux impossibles, des robes-sacs.

Après ses études aux Langues orientales, elle devient comédienne. Toujours prisonnière de son physique, « l'assurance d'être sans cesse ramenée à des rôles stéréotypés : la femme asiatique, c'est la porte ouverte à tous les fantasmes, la belle de nuit chinoise, la geisha de service, l'hôtesse des salons de massage thaï, la fleur de bitume en robe fendue haut sur la cuisse ». Dans *Le Jardin des supplices* de Christian Gion, on la voit nue dans son bain avec une autre fille. Dans *Madame Claude 2*, la suite du film à succès de Just Jaekin, elle joue les ensorceleuses exotiques. La retrouve-t-on dans *Je vous aime* de Claude Berri en flatteuse compagnie – au générique, rien de moins que Deneuve, Depardieu, Trintignant, Gainsbourg, Souchon... –, elle y incarne une jolie potiche venue tout droit de l'île Maurice...

Quand, à 32 ans, Ysabelle fait irruption en littérature avec *Le Baiser du dragon*, on se bouscule pour l'inviter sur les plateaux de télévision, on évoque son physique à longueur d'articles. « Je n'avais pas la prétention de me dire : "L'important, c'est ce que j'écris." Il m'arrivait même de recevoir ces compliments comme un cadeau, mais toujours sur fond d'incrédulité. Car je savais bien qu'en parlant de la "belle Ysabelle", on me faisait endosser un uniforme qui n'était pas le mien tous les jours. Qu'à cet uniforme il manquait des boutons, qu'il était parfois constellé de taches. » Elle joue néanmoins le jeu, en rajoute dans le sexy, n'a pas son pareil dans certaines émissions de variétés, style *Les Grosses Têtes* sur RTL, pour raconter des histoires grivoises. Une revanche sur une stricte éducation protestante ? « Plutôt le syndrome de la fille mal dans sa peau qui fait de la provoc pour se faire remarquer, de la timide qui se décoince en lançant des saillies déplacées. » Un contraste qui colle bien avec son goût des extrêmes, avec ses « grosses mains de paysanne jurant avec [sa] joliesse générale ».

Cette médiatisation excessive, largement fondée sur ce qui lui apparaît comme une tromperie, va lui donner envie de fuir pour se consacrer vraiment à l'écriture. D'autant qu'à 35 ans elle a enfin fait « la » rencontre : « Un soleil. La beauté sur terre et tous les dons des dieux. » Robert, dit « Bob », est allemand, très grand, très blond, de six ans plus jeune qu'elle. Avec lui, départ pour les Cévennes, dans une bergerie en ruine située à une demi-heure de toute baguette de pain. La solitude à deux. Une sorte d'ivresse qui vous fait parler aux rochers, aux araignées, et oublier un peu les humains. Le paradoxe veut que ce soit là, loin du monde des apparences, qu'Ysabelle se soit réconciliée enfin avec la sienne : « Oui, là-bas j'ai enfin accepté l'idée que j'étais belle, parce que cette beauté était l'expression du bonheur. » Ysabelle a 39 ans quand Caspar naît : « Je me souviens de ses premières années : j'exultais vraiment, j'étais comme en état d'apesanteur. »

Il y a quatre ans, Ysabelle s'est séparée de Bob. Lequel est mort depuis. Aujourd'hui, elle vit seule avec Caspar au pied de la butte Montmartre, « après mon désert cévenol, le quartier de Paris le plus fourmillant de vie ». Elle dit être en passe de finir sa mue de femme. Elle assure que l'écriture suffit à la tenir droite, s'offre parfois une indulgence amusée lorsqu'elle se regarde : le physique, bof ! Elle n'y pense plus trop. Mais, de même qu'elle ne supporte pas le moindre grain de poussière autour d'elle quand elle se met au travail, elle reste sensible à la grâce physique des gens qu'elle croise, hommes ou femmes. Et s'interdit tout négligé, un châle orange jeté sur l'épaule striant sa tenue noire, comme en écho à sa peau cuivrée. « Je n'ai plus que mon ordinateur à séduire », lance-t-elle en riant. Aiguillonnée par le regard exigeant d'un petit garçon de 9 ans, Ysabelle, la métisse, a enfin trouvé son unité.

Une nouvelle naissance

Qui peut prétendre à une totale lucidité sur soi-même ? Il y aura toujours décalage entre le corps réel et le corps imaginaire. Source d'un léger malaise quand la jolie Léonore, conditionnée par le déni familial de l'apparence, se refuse à exhiber ses jambes. D'un vrai chagrin pour l'ado boutonneux persuadé d'être au ban de la société. D'un risque vital pour l'anorexique catastrophée par ses cuisses « boursouflées ».

Mais que dire de ceux qui, catalogués par la société comme appartenant à un sexe, ont l'intime conviction d'appartenir à l'autre sexe ? Un problème loin d'être purement physique, encore moins sexuel, mais qu'on peut difficilement passer sous silence lorsqu'on évoque comme ici

« ce corps qu'on a dans la tête ». Car, cette fois, c'est vraiment le grand écart, un gouffre abominable, que cette absence de coïncidence ressentie par une infime minorité de gens entre le sexe biologique et l'identité de genre : leur corps est celui, parfaitement constitué, d'un homme ou d'une femme ; et pourtant, ils ont l'intime conviction d'appartenir au sexe opposé.

Il y a une quinzaine d'années, j'avais mené pour *Le Point* une vaste enquête sur les transsexuels. Souvenir de rencontres intenses, lourdes d'émotion, toujours plus ou moins clandestines, comme avec cet ingénieur de bon calibre incapable, une fois devenu femme, de retrouver une vie normale, de sortir de son terrible isolement : « Vous avez devant vous un paria... » D'où ma curiosité en apprenant la sortie du *Carnet de bord d'un steward devenu hôtesse de l'air* d'Andréa Colliaux[10], décidée à ne rien cacher de son parcours du combattant : « L'enjeu, c'était de vivre ou mourir, et moi j'ai choisi de vivre », disait-elle sur le plateau d'*On ne peut pas plaire à tout le monde*. Et Andréa de raconter l'histoire d'un petit garçon appelé Bruno qui, à 6 ans, perd ses deux parents dans un accident de la route. Qui, élevé par ses grands-parents, est très vite, avec sa frimousse séraphique, en butte aux moqueries de ses copains : « Tapette ! », « Pédé ! ». C'est vrai qu'il n'aime pas la bagarre et adore jouer aux poupées Barbie avec ses petites voisines de palier. Plus tard, le beau mec qu'il est devenu – il fera même un peu de mannequinat – aura du succès auprès des garçons sans se considérer homosexuel pour autant. Androgyne peut-être. Femme plus sûrement. À 23 ans, il entend pour la première fois parler de transsexualisme, traverse encore des années difficiles, pense un moment au suicide : « Personne ne peut mesurer l'état de déséquilibre profond dans lequel vous plonge l'inadéquation entre votre “moi”, votre vraie nature, et votre apparence physique. » À 32 ans enfin, il amorce sa mutation, un « calvaire » qui durera trois ans, depuis le traitement hormonal et les épilations au laser jusqu'à l'opération qui, en avril 2001, le fera se réveiller femme après castration du pénis et modelage d'un clitoris innervé lui permettant une certaine excitabilité sexuelle. L'automne d'après, il obtient une rectification à l'état civil. Et retrouve les équipes d'Air France, après dix-huit mois d'absence, comme hôtesse cette fois. « Je ne serai jamais qu'une femme préfabriquée », disait alors Andréa, angoissée que sa pilosité ne revienne.

Mais quand je tombe sur elle par hasard, dix-huit mois plus tard, sur le plateau de Mireille Dumas[11], Andréa apparaît plus radieuse que jamais. Belle, vraiment, avec son visage aux traits classiques discrètement maquillé, son chignon blond artistiquement encadré de mèches folles, son ravissant sourire et un tee-shirt noir mettant en valeur ses formes. Avec Marc, son ami d'avant, elle s'est remise en couple, amoureuse plus que jamais. « On ne naît pas femme, on le devient », disait Simone de Beauvoir : Andréa Colliaux a poussé très loin la leçon. Mais pour réussir ce pari fou – rectifier l'erreur du Créateur –, sa beauté aura été une précieuse aide en lui permettant, malgré son 1 m 82, d'être une « femme crédible », en repoussant loin d'elle toutes ces images de travelo tout juste bon à draguer dans les allées du bois de Boulogne qui viennent spontanément à l'esprit des gens...

NOTES

1. *Le Figaro*, 15 mars 2003.
2. « Tout pour plaire », *Des racines et des ailes*, France 3, 17 avril 2002.
3. Harrison Pope et Katharine Phillis, *The Adonis Complex. The Secret Crisis of Male Body Obsession*, New York, Free Press, 2000.
4. « Le mincir, le grossir, le rester mince : rapport au corps et au poids et pratiques de restriction alimentaire », enquête Ocha-CSA menée en juin 2003 auprès de 1 000 femmes françaises, dirigée par Estelle Masson, maître de conférences en psychologie sociale à l'université de Brest. Voir *Le Nouvel Observateur*, 15 janvier 2004.
5. Voir Maurice Mimoun, *L'Impossible Limite*, Paris, Albin Michel, 1996.
6. Dernier livre publié : *Réponses à cent questions sur l'adolescence*, Paris, Solar, 2003.
7. Véronique Lejeune et Philippe Eliakim, *J'en ai assez de mon physique*, illustré par Princess H., Paris, La Martinière Jeunesse, 2003.

8. Auteur de *Tracas d'ados, soucis de parents*, avec Guillemette de La Borie, Paris, Albin Michel, 2002.

9. *Madame Figaro*, 12 janvier 2003.

10. Andréa Colliaux, *Carnet de bord d'un steward devenu hôtesse de l'air*, Paris, Michel Lafon, 2002.

11. *Vie privée, vie publique*, France 3, 12 septembre 2003.

CHAPITRE 12

Artifices

L'obsession du *look* a déjà été évoquée. Plutôt que d'épiloguer sur ses dérives, mieux vaut décrypter le sens des efforts qu'à des degrés divers nous faisons tous pour nous présenter sous notre meilleur jour.

L'appétit de nouveau

On ne s'attardera donc pas à gloser sur les derniers avatars de la mode. Sur ces « adonaissantes » aux multiples et volatiles tocades – le secteur des 9-14 ans serait actuellement le plus porteur dans la mode enfantine –, prêtes à se damner pour un pantalon taille basse, un micro-kilt, un tee-shirt asymétrique, un de ces strings que l'on voit proposer en taille 10 ans dans les grandes surfaces. Ou encore sur ces « nouveaux dandys » qui, à l'instar de George Brummell, leur célèbre précurseur, affectionnent une mise recherchée – des costumes à deux boutons aux lignes appuyées, de belles matières, le cachemire, le fil d'Écosse, la popeline de coton –, et ne craignent pas d'arborer comme nos arrière-grands-pères, pour se protéger des frimas, un feutre signé Motsch ou une pelisse doublée de castor.

Le vêtement va bien au-delà de ces épiphénomènes, lui qui, note la psychologue Martine Barbeau, professeur à l'École cathédrale de Paris[1], accompagne l'être humain du début à la fin de sa vie : « En habillant le nourrisson sitôt poussé son premier cri, on le fait entrer dans la famille humaine, c'est une forme d'"investiture" au sens premier du terme. En revêtant le mort de ses plus beaux habits, on reconnaît une dernière fois son appartenance à une communauté. Et puis, le vêtement module notre état mental, nous le choisissons le matin mais le reste de la journée, c'est lui qui déteint sur nous, on n'est pas le même en jogging et en tenue de soirée. » Quant à la mode, elle est, outre un énorme secteur économique, un formidable signal émetteur de la façon dont l'homme évolue, de la représentation qu'il a de lui-même : « L'essence de la mode depuis son apparition dans nos sociétés occidentales vers la fin du Moyen Âge, c'est l'appétit de nouveau », affirme Gilles Lipovetsky, un des rares philosophes à avoir exploré ce domaine [2]. La coutume régissait jusqu'alors le vêtir, et la tunique égyptienne, la toge romaine, le kimono sont restés inchangés pendant des siècles. Désormais, le changement est la valeur centrale de la mode. « La mode ne subit pas : elle veut ! » Non pas hors de toute rationalité : « Même si le vêtement de mode est essentiellement ludique, de l'ordre de la fantaisie, de la mascarade, du bonheur de jouer avec son apparence, cette boulimie de changement puise à toutes les sources. » Dans les années 20, Chanel impose, avec sa petite robe noire exempte de tout chichi, si chère soit-elle, l'idée d'un nouveau chic démocratique. À l'orée des années 60, nouvelle rupture : l'avènement de la contre-culture signe l'apparition d'une mode non officielle, à visée contestataire, oripeaux orientaux, fleurs dans les cheveux, longs même pour les garçons ; pour la première fois dans l'Histoire, les regards ne se tournent plus dans la même direction, vers le haut, le bourgeois rêvant de s'habiller en gentilhomme, le commerçant en bourgeois, la fille s'appliquant à singer sa mère. Peu après, c'est le triomphe de la mini jupe, inventée par Mary Quant avant d'être popularisée par Courrèges, qui fait bien plus que dévoiler les cuisses des filles : elle exclut de la mode – une mode officielle cette fois – certaines personnes, les un peu fortes, les plus très jeunes, elle introduit le ferment du jeunisme dans une mode jusque-là faite pour tous les âges, sinon pour toutes les classes.

La vraie nouveauté, dans cet appétit de nouveauté, c'est que, depuis une trentaine d'années, on peut de plus en plus difficilement tracer de manière nette les tendances de la mode : « On a souvent dénoncé son despotisme, dit Lipovetsky. Et, de fait, le mimétisme social aidant, tout le monde à Versailles veut porter des talons rouges comme le roi, ou encore, comme tel grand seigneur, des "souliers à la Pompignan" ornés de rubans. Worth, le couturier du Second Empire, apparaît comme une sorte de tyran imposant à prix d'or sa mode à des femmes terrorisées. Mais déjà en ces temps-là, la mode est une alliance complexe de conformisme et d'individualisme, il y entre le souci d'être comme les autres mais aussi de s'en distinguer par un petit rien, un bout de dentelle, une couleur bien à soi. Aujourd'hui plus que jamais, la revendication de l'autonomie, le refus des contraintes collectives trop fortes ont bouleversé le rapport des femmes à la mode dans le sens d'une plus grande liberté. Non seulement l'offre est infiniment plus diversifiée, entre des grands couturiers aux esthétiques très différentes, la mode des créateurs, le prêt-à-porter... mais il y a une sorte d'affectivisation du rapport au vêtement. Le problème n'est plus de faire surenchère d'originalité mais d'être bien dans sa peau. »

« De toute façon, le vêtement a perdu la capacité de classement social qu'il avait autrefois, il se contente de traduire un âge et une personnalité », me dira aussi Gilles Lipovetsky. Inès de La Fressange m'avait affirmé exactement le contraire. Sans doute se réconcilieraient-ils tout de même sur le dos des adolescents : car là, difficile, n'en déplaise à Inès, de faire parfois le tri entre les enfants de familles favorisées et les autres, tous habillés pareil, en jeans informes et godillots. La fin de la mode ? « Ah non, sûrement pas ! réagit Lipovetsky. Il faut voir le soin qu'ils apportent aux détails, la subtile distinction qu'ils établissent entre ces deux jeans pour vous parfaitement identiques. La fin du chic peut-être... »

L'important, c'est le « look »

La preuve, la levée de boucliers que déclencha, à l'automne 2003, la suggestion de réintroduire l'uniforme dans les classes, sur fond de débat sur la restauration de l'autorité et des principes républicains à l'école. Avec amusement, je découvre un mini-sondage réalisé dans mon cher lycée Victor-Duruy, situé à l'ombre des Invalides[3]. De mon temps, comme on dit, un temps d'avant la mixité, les filles portaient toutes la même blouse, bleue une semaine, grège celle d'après, et rose toute l'année pour les hypokhâgne, un moyen efficace de gommer les différences sociales. Mais c'était (juste) avant Mai 68, la préhistoire, quoi ! Interrogés, les élèves cru 2003 s'insurgent avec un bel ensemble contre cette idée rétrograde : « Il est hors de question de s'habiller comme au temps de Marcel Pagnol », tranche Audrey, 16 ans, « tenue rose, travaillée et féminine, sac à main posé au creux du coude ». Un garçon, lui, rejette la connotation « militaire et passéiste » de l'uniforme. « Il n'est pas né, celui qui va me faire porter la cravate », lance un grand gaillard salué par ses camarades. « Pour tous, conclut l'article, le costume unique serait une atteinte à la "liberté d'expression", un vol du code qui leur permet de dire ce qu'ils pensent et ressentent, qui ils sont, qu'ils se classent dans la catégorie des skaters, des bourgeois, des gothiques, des racailles, des chalalas (m'as-tu-vu) ou des babas... »

Difficile de savoir lequel de ces styles a adopté Martin, 23 ans. Pour tout dire, il semble peu préoccupé par son *look*, tout occupé qu'il est à monter sa petite boîte de production musicale. Or, surprise : il est loin d'être indifférent à ces graves questions ! « Être beau, je m'en fiche. Ce que je veux, c'est être *cool*, avoir un style, me donner une image. Le problème n'est pas d'avoir un pantalon bien coupé mais qu'on me trouve mortel avec ce tee-shirt McDonald's, ce pantalon de costard avec un pli trouvé chez Emmaüs ou encore ce blouson de cuir vert acheté chez un soldeur dans le coin de Barbès. Ça ne m'empêche pas de me retrouver parfois "craignos" parce que le matin, j'ai attrapé le premier pantalon au-dessus de la pile ou que je n'ai pas fait attention à ce que mon tee-shirt colle comme couleur avec mon pantalon. Parfois, je m'habille pour rire vraiment bourge. Pour aller chercher à l'avion Lucile [sa petite chérie] qui revenait de Chine, j'avais enfilé un pantalon de toile marron avec pull assorti, chemise bleue à col boutonné, chaussures Sebago, elle a trouvé ça trop laid ! »

Dans le Midi, le son de cloche est un peu différent : « À Marseille, dit Alice, 23 ans, il suffit de voir quelqu'un passer dans la rue pour savoir de quel quartier il vient. Dans le milieu plutôt aisé où j'ai grandi, les filles ont toutes le même style. Même pour aller faire des courses, elles se font un brushing, se maquillent, s'habillent comme pour aller au Festival de Cannes, avec des jupes courtes, de profonds décolletés et des lunettes de star. » À 17 ans, quand Alice débarque à Paris en classe préparatoire, elle est ahurie du laisser-aller vestimentaire qui règne parmi ses camarades. Se serait-elle laissée contaminer ? « Quand je revenais l'été à Marseille après avoir bûché toute l'année comme une folle, sans beaucoup de temps pour me pomponner et faire du sport, j'étais terriblement complexée. » C'est l'époque où son père, le professeur Marcel Rufo, lui reproche de s'habiller un peu « cagole » (fille de bar, en marseillais). Alice réagit : « Cagole ? Pas du tout ! La seule chose, c'est que je n'avais plus envie de mettre comme avant des cols ronds ! » Problème réglé : dorénavant, il y a deux Alice. Alice de Paris, nature, en jeans et baskets (un bon compromis pour celle qui mène de front ses études à Normale, en fac et à Sciences-Po) ; et Alice de Marseille, maquillée cette fois et bien coiffée, en pantalons moulants et chemisier un peu transparent : « Il faut croire, dit-elle, rieuse, que, d'une certaine manière, je trouve moi aussi, comme mes copains de la rue d'Ulm, travail et beauté antinomiques... »

De la mode comme une armure

13 heures. Rendez-vous dans un petit restaurant en terrasse avec mon amie Laurence. La voilà qui déboule d'un taxi en pantalons blancs, petit haut à pastilles bleues et

blanches en jersey de coton, sandales à semelles compensées. Ma vision des choses : du sobre, du bien coupé, *look* parfait pour jeune femme de 34 ans raffinée. Dans l'optique de Laurence : pantalons Chloé, tee-shirt Marni, sandales Prada. Et aussi sac Fendi et lunettes Silhouette, « la marque à la mode cette année ». Les fringues ? Une véritable passion pour cette *fashion victim* déclarée, dont l'année liturgique se déroule au rythme des collections, printemps-été, automne-hiver, avec, pour fêtes carillonnées, les soldes des grands couturiers.

« J'adore les marques connues, confesse-t-elle, ça dépasse le plaisir de l'acte d'achat, c'est vraiment comme une obsession. » Pour être sûre d'être la première dans la file aux soldes de Chanel, elle ne craindra pas de se lever un dimanche de novembre à 4 heures du matin. Ou de remuer ciel et terre pour dénicher, dans une énième boutique, le pull Gucci de ses rêves : « Ce vêtement, cet accessoire, il me le faut vraiment. » Qu'il y ait des trucs aussi bien chez Zara, elle le sait. « Mais acheter là-bas ne me fait pas le même plaisir que d'aller dans une boutique de luxe. » Parce que c'est cher ? « Il y a peut-être de cela, reconnaît Laurence, assez lucide quant au sentiment de sécurité que lui procure la possession, mais surtout parce que c'est beau, que la coupe est parfaite, que les matières sont magnifiques. » Un temps d'hésitation, Laurence plonge le nez dans sa salade au chèvre chaud, relève enfin la tête. « Ces marques me font comme une armure, elles me permettent de ne pas montrer aux autres mes fêlures… »

L'aveu est consommé, reste à l'expliciter. « Cette boulimie de vêtements, je l'avais déjà toute petite. En sixième, dans mon collège de Neuilly, c'était la mode des mocassins Carel vernis à petits nœuds plats, il me les fallait de toutes les couleurs. Et des robes de Bonpoint. Ou de la Châtelaine : ce désespoir le jour où, saignant du nez, j'ai fichu en l'air une robe qu'on venait de m'acheter là-bas pour un mariage ! Ma boulimie ne se limitait pas aux vêtements, j'étais aussi une acheteuse compulsive de bonbons, une collectionneuse effrénée d'"Hello Kitty !", toute une ligne de trousses, de petites boîtes et autres porte-clés lancée par les Japonais. Autant de moyens de combattre mes complexes. »

Complexée vraiment, avec sa jolie ligne, son gentil minois, des parents aimants, une vie plutôt facile ? « Par rapport aux autres, je me sentais toujours plus laide, moins brillante à l'école, moins riche… Cela a peut-être à voir avec le fait que mes parents ont divorcé très tôt, dans une famille où les autres couples s'entendaient apparemment bien. Mais surtout avec cette peur de manquer qui m'obsède depuis toujours, même si mon père a bien réussi dans les affaires, une peur alimentée par la vie difficile de maman quand elle s'est retrouvée sans le sou après un second mariage raté. » Re-silence. Une autre frustration encore à l'origine de cette fièvre acheteuse ? « Il me fallait aussi compenser un certain manque affectif, pas un manque d'amour, non, plutôt un manque de marques de tendresse. Encore aujourd'hui, je n'embrasse jamais maman ou papa, ou alors du bout des lèvres. » Rien de ces embrassades chaleureuses qui scandent d'ordinaire la vie des familles.

« J'ai l'impression d'être mieux quand je suis bien habillée, dit celle pour qui l'assurance passe définitivement par l'apparence. Plus forte. Plus moi. » Qu'elle soit mère d'un petit garçon de 10 ans, né d'un premier mariage, qu'elle vienne d'épouser en secondes noces l'homme qu'elle aimait ne change rien à l'affaire : elle est toujours « un peu mal dans sa peau ». Se trouve « trop grosse » avec ses 54 kilos pour 1,68 mètre. Avec « des jambes trop musclées, de bonnes fesses, un visage dont je ne suis pas folle, c'est le moins qu'on puisse dire ». « Ce que j'ai de mieux, ce sont encore mes mains… », conclut Laurence en mettant à plat sur la table ses doigts longs aux jolis ongles vernis. Des gants, je ne lui en ai encore jamais vu…

« Ma colonne vertébrale »

« Jeune femme, je m'habillais un peu dadame. » On a peine à la croire. Présidente fondatrice de l'Institut Mode Méditerranée, la Marseillaise Maryline Bellieud-Vigouroux, 45 ans, est non seulement une figure de la mode française mais l'une de ses plus charmantes ambassadrices. Au café

Ruc, place du Théâtre-Français, où nous devons déjeuner ensemble avant la présentation de la collection Chanel au Carrousel du Louvre, elle est arrivée pile à l'heure, trottinant sans problème sur ses mules rouges. Pimpante comme à son habitude, en ensemble de jersey à damier coq de roche et violet d'Alaïa, tee-shirt révélant un joli décolleté, traits fins, œil bleu et mèche châtain clair barrant le front, elle insiste : « À 20 ans, je ressemblais à la maman des Triplés. » Pas vraiment « dadame », la jolie blonde longiligne, mère des petits héros de Nicole Lambert, mais l'incarnation de l'élégance bourgeoise. Un modèle pour Maryline, acharnée à se vieillir pour effacer un peu l'écart d'âge avec un mari de trente-quatre ans son aîné, Robert Vigouroux, l'adjoint de Gaston Defferre, un séduisant neuro-chirurgien veuf et père de trois enfants qu'elle a rencontré à 17 ans, à l'occasion d'une enquête menée par sa classe de première. Quand son mari accède à la mairie, à la mort de Defferre, elle en a 30 à peine, et deux petites filles de 9 et 12 ans...

Sous le feu des projecteurs, il lui faut bien soigner la mise. Par chance, elle a toujours été « folle de fringues ». Enfant unique, choyée par ses parents et par sa grand-mère Joséphine dont elle obtient tout ce qu'elle veut, avec ses airs de petite fille modèle aux cheveux blonds tissés de rubans et noués en macarons autour des oreilles – « en téléphone », dit-elle drôlement –, Maryline court le jeudi, jour de congés, les boutiques de mode en sa compagnie, plonge le nez dans le dernier *Vogue*, reste des heures dans les ateliers à regarder des petites mains copier les modèles de Balmain ou de Givenchy. Adolescente, « sensible aux belles matières, aux belles manières », elle gagne son argent de poche en roulottant des ourlets de robes de mariée, le dépense aussi sec en futilités, poussée par sa jolie maman : « On s'est toujours plus habillé en province qu'à Paris », dit-elle comme pour s'excuser.

Le coup de baguette magique qui va transformer la provinciale en une star de la mode sera donné par le couturier Azzedine Alaïa, un ami de longue date de Maryline. « Un soir que nous nous étions rencontrés à un cocktail parisien, il m'a invitée à dîner. “Mais pas question de t'emmener comme ça !” a-t-il lancé devant ma très classique robe de taffetas. On est repassé dans ses bureaux du quartier du Marais, déserts à cette heure. Il m'a sorti un petit chiffon noir – une robe à godets avec un décolleté en V tombant jusqu'au creux des reins – et a entrepris de le repasser lui-même. Je l'ai enfilé et me suis sentie métamorphosée. Ce jour-là, j'ai réalisé à quel point être bien dans ses vêtements était un élément de séduction. » Maryline n'oubliera pas la leçon. Désormais, Alaïa, Chanel, Dior, et aussi, plus tard, Isabelle Marant, Corinne Cobson, Renato Nucci, Marcel Marongiu, Édouard Achour, le seul Français à créer aux États-Unis, ou encore Christian Louboutin pour les chaussures – elle confesse avoir une cinquantaine de paires de « souliers » – seront ses meilleurs alliés.

Un jour, à la Vieille Charité, dans le quartier du Panier, Maryline assiste à un défilé de jeunes créateurs de mode de la région Provence-Côte d'Azur. Emballée, elle crée l'année d'après, en 1987, l'Institut Mode Méditerranée. Son ambition est claire : affirmer que la mode ne se fait pas qu'à Paris. Installé sur la Canebière, l'Institut promeut les talents locaux, se double bientôt d'un musée de la Mode dédié à la création contemporaine qui multiplie les coups de maître, expose la collection de Lilou Grumbach, une fidèle de Coco Chanel qui lui a légué une partie de sa garde-robe personnelle, puis cent vingt des robes de la milliardaire saoudienne Mouna Ayoub. Voilà la jeune épouse du maire devenue une vedette à part entière. Aussi spontanée que son mandarin de mari est réservé, elle fait avec succès campagne pour lui dans les quartiers populaires de Marseille. Jacques Séguéla, le publicitaire, s'emballe pour le tandem, voit dans les Vigouroux « un couple à la Kennedy ».

Les années ont passé. Vigouroux n'est plus maire de Marseille. Maryline en est maintenant divorcée. Elle a pris du champ par rapport à son cher Institut Mode Méditerranée – « mon bébé » – et consacre aujourd'hui l'essentiel de son énergie à la société de conseil qu'elle vient de créer et à la Fédération du prêt-à-porter féminin dont elle a été élue conseiller. Émancipée, non sans douleur, de son Pygmalion, elle a fait de sa coquetterie naturelle le fer de lance de sa nouvelle vie. Car, bien plus que la beauté reçue en héritage, ce qui intéresse Maryline, c'est la beauté mise en scène, exaltée par la magie du vêtement : « Bien sûr que l'habit fait le moine ! affirme-t-elle, soudain presque lyrique. Dis-moi comment tu t'habilles et je te dirai qui tu es ! Moi, c'est vraiment le vêtement qui m'a construite, qui m'a donné une légitimité, c'est ma colonne vertébrale – comme le fut dans le temps mon époux, ou la ville de Marseille, comme le sont toujours mes deux filles. Ce soin donné aux apparences est pour moi une vertu ; le vêtement, une sagesse. J'y verrais presque un précepte du dalaï-lama ! Et puis, c'est magnifique, non, que cette seconde peau puisse aller jusqu'à modifier la première ? Que la mode soit là pour offrir aux gens qui ne brilleraient pas spontanément par leur apparence un formidable effet de rattrapage ! Il n'y a rien de tel pour restaurer une certaine égalité entre les êtres… » Pour autant, bien sûr, qu'ils en aient les moyens !

Griffées haute couture

Car soyons réalistes : l'égalité n'est pas toujours au rendez-vous. Nous les avions croisées fort soumises dans le salon de Charlie. Mais s'il est un domaine où Florence et Nicole, les deux sœurs jumelles, n'ont besoin d'aucun gourou, c'est bien celui de la mode. « Depuis treize ans, je m'habille en haute couture chez Chanel », dit Florence. Version sport, ce sera chez Hermès (elle a craqué récemment pour un Kelly en croco vert anis, est arrivée ce matin en manteau de cachemire bleu marine style pardessus d'homme, acheté lui aussi dans la boutique du faubourg Saint-Honoré). Aujourd'hui, elle porte un pull *vintage* de Lucien Pellat-Finet – le roi du cachemire branché –, troué derrière, filé sur le côté et reprisé en jaune, avec un coude turquoise, l'autre bleu marine. « J'adore la mode, comme ma mère l'adorait. Elle est pour moi une façon de communiquer : une femme habillée Galliano n'est pas une femme habillée Armani, c'est là une pancarte qui permet de gagner du temps. Moi, quand je choisis un vêtement le matin, c'est toujours avec un peu d'émotion, je me sens croustiller de plaisir. » Avec ça, Florence assure que ce n'est tout de même pas sa priorité, mais une « hygiène de vie ». Des rendez-vous réguliers à ne pas manquer : Charlie tous les trois mois pour la coupe et la coloration ; Guerlain tous les mois pour la beauté des mains ; tous les mois aussi, un peeling chez le dermatologue. « J'aime l'idée d'une femme qui s'applique à être soignée, féminine, pour moi c'est la qualité première. » Cela étant, chaque week-end, dans sa maison de campagne, elle s'autorise une pause, enfile un pull (« de cachemire mais culotté »), un jean ou même un pantalon de jogging (« en cachemire lui aussi »), circule dans la maison pieds nus (« J'ai toujours les ongles faits, c'est plus mignon et comme ça je n'ai pas honte de les montrer »). « De toute façon, l'élégance, c'est ce que vous êtes, vous, la grâce qui vous habite, votre manière de parler, de marcher, pas seulement le vêtement que vous portez : l'élégance, on l'a ou on ne l'a pas, c'est une question d'éducation. Quand on l'a, on peut prendre le risque de se faire remarquer. Mais c'est rare : regardez, les femmes sont ici d'un banal… »

Tout juste sortie des mains de Charlie, Nicole, l'avocate à la Cour de cassation, avoue que, pour elle – on croirait entendre Laurence, notre *fashion victim* –, la mode est d'abord une cuirasse. « Comme tout ce qui est lié au luxe : je suis dans un métier où il faut paraître forte, équilibrée, joyeuse, or je suis assez fragile. Habillée, je me sens moins vulnérable. » Elle aussi est une dame Chanel haute couture, elle va avec sa sœur aux défilés, regarde le *book* rue Cambon : « Je prends un modèle de chaque collection, soit un tailleur pour le jour, soit un tailleur ou une robe pour le soir ; Florence, parfois, en prend deux. » On objecte que, dans la vie active qui est la sienne, ce ne doit pas être très pratique de porter des talons de huit centimètres, elle répond que non, ça ne la gêne pas, elle trouve même que se glisser dans un corset qui serre le ventre, quand elle met une robe de haute couture, est pour elle une « sujétion délicieuse ». L'élégance vaut qu'on lui sacrifie beaucoup. Une exigence qui s'étend aux autres aussi, elle adore les hommes bien sapés : « Vivre une passion avec un clochard-poète, pourquoi pas ? Mais sortir avec lui, pas question ! »

« Comme une sorte de musique de l'être… »

Laide, l'écrivain Dominique Rolin a toujours eu peur de l'être, encore maintenant à 90 ans. Ceci peut expliquer la coquetterie qui l'a toujours habitée. « Même en pleine guerre, j'avais des tonnes de boucles d'oreilles, des bracelets, de la pure camelote, mais il fallait que j'achète, je ne pouvais pas résister. L'argent que j'ai gagné en 1942 avec mon premier livre, *Le Marais*, il a fallu que je le claque aussitôt : je me promenais à Bruxelles autour de la grand-place et voilà que j'aperçois, dans une boutique de bijoux d'occasion, une parure en grenat, les boucles d'oreilles, le bracelet, la broche… Tout mon argent y est passé, maman était ivre de fureur : "Comment as-tu pu faire cela alors que nous manquons de lait, de beurre ? Et, en plus, tu as une petite fille !" » Une vie plus tard, Dominique est toujours aussi panier percé : « Que j'aie de l'argent ou non… Pendant vingt ans, il y a eu juste en bas de chez moi une boutique Missoni, ils étaient si gentils que je ne pouvais pas passer devant la vitrine sans entrer leur dire un petit bonjour, ce qui correspondait le plus souvent à l'achat d'une robe. Celle-ci [la robe de jersey rayé dans les tons orangés qu'elle porte aujourd'hui], je l'ai aussi en moutarde. Et en bleu et blanc. Avec le cardigan qui va avec… La semaine dernière, entraînée par une jeune amie, j'ai encore acheté deux manteaux chez Castelbajac. » Elle adore la fourrure : « C'est toute notre animalité qui s'exprime en plein jour. » Quant aux bijoux, vrais ou faux, ils restent sa passion : « C'est tellement joli, les bijoux, ça met en valeur la peau, la carnation : je trouve triste que beaucoup de femmes se privent de cet atout. »

Pour me recevoir, Dominique Rolin a choisi des boucles d'oreilles en corail et deux très grosses bagues. « J'aime la permanence des bijoux, le fait qu'ils aient une très longue vie. Il m'arrive souvent de me mettre à la fenêtre et de regarder le soleil jouer sur une pierre avec une joie de petite fille ridicule. »

Pour elle, « la mode est beaucoup plus qu'une simple histoire de coquetterie, d'habillement et de bijoux… Les apparences sont des aveux, elles révèlent l'être humain dans sa profondeur. Ainsi, beaucoup de femmes ont besoin de changer de style à un moment de leur existence, afin d'exprimer leur évolution sur les plans moral, intellectuel, sentimental. Vous pouvez juger une femme simplement en la regardant passer dans la rue. Cela sonne juste ou faux, comme une sorte de musique de l'être... »

On passe sa vie à se chercher soi-même et le vêtement contribue à cette quête. Dominique a toujours eu une vraie joie à faire sa toilette et à s'habiller chaque matin : « C'est pour moi, dit-elle, une sorte de fête intérieure. » De toute façon, l'idée de se mettre au travail en robe de chambre, dans un appartement qui ne serait pas impeccablement rangé, serait inenvisageable : « Là encore, il y a correspondance entre les apparences et le moi profond, je suis habitée par cette discipline intérieure. »

Dans toute son existence, Dominique Rolin n'a souvenir que d'une « épouvantable période de négligence » quand, pendant la guerre, elle s'est retrouvée à Bruxelles, incapable de se dégager d'un mariage désastreux avec un homme « alcoolique, à moitié fou » : « Mais enfin, rectifie-t-elle aussitôt, inquiète qu'on l'imagine en épave, je ne me suis pas écroulée pour autant, je luttais pour être présentable, enjouée, je travaillais, je publiais un livre tous les deux ans. » Et n'allez pas lui demander si, à l'âge auquel elle est parvenue, elle ne craint pas d'avoir un jour la tentation de baisser les bras, d'abandonner le souci de son apparence. Soudain moins souriante : « La question ne se pose pas, ni pour maintenant, ni pour plus tard. Je suis la femme la plus heureuse du monde, point. »

Un cintre chic

Pas de sonnette comme dans une maison de campagne, mais c'est un palais qui s'ouvre devant vous, escalier d'honneur, enfilade de salons aux parquets Versailles et aux murs couverts de miroirs et de boiseries donnant sur les jardins d'un des plus beaux hôtels particuliers du VIIe arrondissement de Paris. Le tout meublé entièrement en moderne, immenses canapés de lin gris ou blanc, tables en bois cérusé croulant sous les livres, stores blancs aux fenêtres et, pour tout élément décoratif, des paniers d'orchidées, blanches elles aussi. Surgit (avec une heure de retard selon son habitude) Karl Lagerfeld, la dernière star de la haute couture française, en costume noir hypercintré, chemise immaculée fermée par de petits boutons de passementerie rouge, œillet rouge à la boutonnière, boots vernis à petits talons...

On s'exclame, l'ayant connu « plus rond ». « Vous voulez rire, j'étais à 102 kilos [pour, assure-t-il, 1 m 80], j'en fais 60, j'ai perdu 42 kilos en treize mois ! » Sans trop de douleur, à l'en croire[4] : « Je n'ai même pas eu à me priver, d'ailleurs tous les régimes à base de frustration échouent : le corps se fâche et, à la seconde où l'on fait le moindre écart, hop ! il profite triplement. Tenez, regardez ! [Frédéric, le maître d'hôtel, dispose devant lui un immense steak tartare et une cassolette de mini-légumes cuits à la vapeur... et, devant moi, une délicieuse – et hypercalorique – tartiflette !] J'ai droit à tout ça si je veux. Avec un fromage 0 % en dessert. Et du Pepsi Light à volonté. »

On lui a supprimé l'alcool mais cela ne le prive pas : « Je n'en prenais pour ainsi dire jamais car il me fait dormir. Ce qui m'a sauvé dans cette histoire, c'est que je n'ai jamais bu, jamais fumé, jamais pris de drogue. J'en ai un peu assez de ces gens qui font ce genre d'excès quand ils sont jeunes, estimant être au-dessus des prudences petites-bourgeoises et qui, l'âge venu avec son cortège de dépressions, de problèmes de foie, de reins, voudraient que le monde entier pleure sur eux ! [Ferait-il allusion à Yves Saint Laurent, son rival de toujours, qui vient, en ce début d'année 2002, d'annoncer son départ des affaires ?] »

Lagerfeld assure qu'il n'a même pas eu besoin d'une volonté de fer, qu'il a plutôt le sentiment d'avoir été « comme hypnotisé, anesthésié » : « Le tout est de se mettre en pilotage automatique, de refuser de discuter avec soi, après on ne pense même plus aux contraintes. Et puis, ça m'amusait tellement de faire ce régime ! J'avais une motivation purement futile – changer de *look* –, il n'y en a pas de meilleure. Entreprendre un régime pour des raisons de santé, c'est sinistre. Le faire pour séduire quelqu'un ou guérir un chagrin d'amour, c'est la dépression assurée si ça ne marche pas tout de suite. Mais pour moi, perdre des kilos n'était rien qu'un jeu – le seul au monde où l'on gagne quand on perd ! –, le moyen de faire triompher ma vanité. »

Encore fallait-il que l'enveloppe suive. Lagerfeld ne laissera rien au hasard, pas question de « se retrouver tout plissé comme une robe de Fortuny » : crèmes hors de prix appliquées sur le visage, le cou et les mains, gymnastique dans la salle destinée à cet effet, remplie d'instruments de torture. « Étant jeune, j'avais fait beaucoup de sport, de la course, de la natation – et même un moment du body-building –, cela m'a servi car j'étais très musclé en dessous. » De toute façon, il affirme qu'il ne s'agit pas pour lui de rouler des mécaniques sur une plage, même pas de paraître plus jeune, qu'il n'a aucun problème avec ses 63 ans : « Je veux seulement être un cintre chic ! Pendant dix ans, j'ai porté des choses japonaises de chez Yamamoto ou de Comme des garçons, de grandes vestes de tweed mou ou des chemises noires sur des pantalons *baggy*, des tenues confortables mais dangereuses car on ne se voit pas grossir. Et puis un jour, j'en ai eu assez de me voir ainsi : ce gros Polichinelle dans la glace, basta ! Il m'a fallu évidemment refaire du coup toute ma garde-robe, quarante kilos en moins, ça change tout – même les mains, les pieds, j'ai perdu six centimètres à la hauteur du cou-de-pied ! »

Aujourd'hui, Karl ne porte plus que du Hedi Slimane, le créateur des collections de Dior Hommes, dont il adore les vêtements inspirés des uniformes allemands d'avant la guerre de 1914-1918, très près du corps, le dos cintré ; il se glisse dans la plus petite taille qui existe, même ses assistants, tous des jeunes, n'y parviennent pas.

On le croirait habillé en tenue de soirée, avec sa chemise empesée, dotée d'un col officier haut de neuf centimètres, mais non, c'est son quotidien : « Puisque les tenues de sport envahissent la ville, pourquoi les tenues du soir ne sortiraient-elles pas le jour ? Ce costume noir ressemble d'ailleurs étonnamment à ce que portait mon père dans sa jeunesse – il avait 60 ans quand je suis né. J'aime cette attitude, ce refus du laisser-aller vestimentaire. » Version décontractée quand il ne bouge pas de chez lui, cela donnera d'impeccables kimonos de piqué blanc de chez Hilditch and Key, rue de Rivoli, et, pour travailler, de grandes chemises de peintre plissées, sans col, en popeline impériale, la plus belle qualité qui soit...

42 kilos perdus ! De quoi se sentir un homme nouveau ? « Disons renouvelé, répond Karl. Plus futile – chaque jour, je me demande ce que je porterai le lendemain. Plus présent au monde, même si j'ai bien conscience de n'être jamais qu'un montreur de marionnettes puisque, gros ou mince, je reste au bout du compte le même Lagerfeld, assez prétentieux pour se croire une pièce unique. Mais le plus étonnant, c'est qu'avant même d'avoir entrepris cette transformation physique j'avais fait le grand ménage dans mes maisons. » Vendu le magnifique mobilier XVIIIe et les tableaux d'inspiration religieuse du XVIIe qui ornaient autrefois ces salons où nous nous trouvons. Liquidé le château breton comme la jolie maison de Seine-et-Marne. Ne reste plus à Lagerfeld – à Paris, il est locataire – « que » l'appartement de Monaco meublé aujourd'hui dans un style 30 très dépouillé, et la maison sublime qu'il possède à Biarritz, entourée d'un grand parc.

Lui qu'on accusa parfois de donner dans le clinquant, le côté teuton, redécouvre avec l'âge l'élégance raffinée de sa mère qui s'habillait chez Lanvin et chez Madeleine Vionnet : « De loin, dans le miroir, j'ai parfois l'impression de lui ressembler, même si elle avait un visage aux traits plus réguliers. Mais il est sûr que c'est d'elle et de mon père que j'ai hérité cette passion des apparences. Je me vois encore à 5 ans refusant d'enfiler après la sieste mes *Lederhosen*[5] du matin, pas assez habillés à mon goût. Ou encore à 14 ans, chez Staben, le tailleur chic de Hambourg, obtenir de mon père qu'il me fasse faire, en guise de premier costume, une veste de velours côtelé coq de roche et un pantalon de flanelle gris foncé. »

Élevé dans l'idée qu'il faut toujours essayer d'améliorer son aspect, Karl affirme être aujourd'hui plutôt dans l'instinct de préservation. Son célèbre éventail est parti à la poubelle – « Il me servait d'écran contre la fumée, or les gens ne fument presque plus » –, mais il a gardé ses lunettes fumées qui le protègent contre les lumières trop violentes et les poussières qui flottent dans l'air. Quant à son catogan qu'il poudre au shampoing sec, il est la seule parade possible pour discipliner des cheveux qui frisent. Les teindre ? « M. Marchais m'en a dégoûté à jamais ! Et puis, chez les hommes, ça vire facilement au rouge. Déjà qu'enfant ma mère m'appelait “la vieille commode” à cause de mes cheveux acajou... » Qu'il soit mince ou gros, Karl le surdoué, homme de vaste culture, a toujours le même humour sur lui-même doublé du même regard décapant sur les gens : « Attendez, ce n'est rien à côté de ma mère : elle était d'une drôlerie irrésistible mais la méchanceté sur terre. Moi, je suis une brave patate à côté ! »

NOTES

1. Martine Barbeau, *Le Vêtement et l'intériorité*, Paris, Parole et Silence, 2002.
2. Gilles Lipovetsky, *L'Empire de l'éphémère. La mode et son destin dans les sociétés modernes*, Paris, Gallimard, 1987.
3. *Le Figaro*, 10 octobre 2003.
4. Karl Lagerfeld, en collaboration avec le docteur Jean-Claude Houdret, *3 D. Design, docteur et diète*, Paris, Steidl, 2002.
5. Culottes de cuir.

CHAPITRE 13

Souffrir pour être beau

« Ça m'amusait tellement de faire ce régime !» dit un Karl Lagerfeld modèle réduit. « Une sujétion délicieuse... », affirme Nicole, la dame haute couture, la respiration comprimée par un corset. On veut bien les croire. Tout en sachant que, pour la plupart des mortels, perdre ne serait-ce que dix kilos entraîne pas mal de frustrations. Et que l'inféodation à la mode leur vaut souvent d'être gênés aux entournures – pas seulement au niveau du porte-monnaie.

Le corps contraint

« Les femmes sont folles », soupirent parfois nos hommes. Ils n'ont pas tort. Même si, à relire l'Histoire, ils ne sont pas en reste côté extravagances. En témoigne *Extreme Beauty*[1], le magnifique ouvrage de Harold Koda, le conservateur de l'institut du costume du Metropolitan Museum of Art de New York, qui accompagnait à l'hiver 2001 l'exposition du même nom. Une revue des invraisemblables stratégies de mode mises en œuvre par l'homme, examinées zone par zone, partie du corps par partie du corps, le cou et les épaules d'abord, puis la poitrine, la taille, les hanches, les pieds. Même si, bien évidemment, la mode est un tout, qui implique, par exemple dans l'Angleterre élisabéthaine, de dissimuler une bonne partie du visage sous une haute collerette, d'effacer le buste, de dilater les épaules, d'étrangler la taille, d'élargir les hanches avec des paniers et d'enfermer les pieds dans d'étroites chaussures.

L'auteur a beau contester certaines des accusations portées au fil des siècles contre les exagérations de la mode, ainsi de ces corsets qui, à trop comprimer le torse, risquent d'entraîner anémies, fausses couches, et même côtes cassées et perforation des poumons ; il a beau réfuter l'idée que les courants de mode ne meurent pas, comme l'affirment certains, de leurs excès mêmes, le corps humain criant grâce quand l'ornementation imposée devient physiquement insupportable (dans ce cas, pourquoi le bandage des pieds des Chinoises aurait-il perduré contre tout bon sens près de mille ans ?) ; il a beau dédouaner la mode de tout cela : on reste interloqué, à contempler ces illustrations de la « beauté extrême » glanées dans l'histoire du costume et les traditions des tribus primitives comme dans la mode la plus contemporaine, devant l'imagination des créateurs mais aussi devant l'infinie docilité des êtres humains. Lesquels acceptent de coincer leur cou (la préférence pour un long cou serait « le seul critère esthétique universellement partagé ») dans des colliers dits « de chien » (qui seraient plutôt de girafe) ; de se laisser couper en deux par les corsets lacés de l'extravagant Mr Pearl, le fournisseur attitré de Christian Lacroix et de John Galliano, qui réussit à réduire à quarante-cinq centimètres son propre tour de taille ; de s'engoncer dans des « robes à la française » aux paniers larges de près de deux mètres qui les condamnent à franchir les portes de profil ; ou de déambuler sur des semelles compensées de vingt centimètres de haut, justifiées quand ces « chopines » permettaient aux belles Vénitiennes du XVIe siècle de protéger leurs pieds des pavés irréguliers et des ruelles boueuses, moins nécessaires pour arpenter le macadam.

On ne peut en tout cas que rejoindre l'auteur quand, d'un haussement d'épaules, il rejette l'étiquette de « pratiques barbares » appliquée aux vanités passées et aux coutumes exotiques, à l'heure où nos sociétés voient poindre des transformations corporelles autrement plus radicales car irréversibles, celles-là.

Le corps recréé

Le pédopsychiatre Daniel Marcelli avait déjà évoqué le « fantasme d'auto-engendrement » qui frappe les adolescents. Professeur de sociologie à l'université de Strasbourg, David Le Breton illustre en fait la même idée dans les travaux qu'il mène depuis plus de dix ans sur l'anthropologie du corps. « Dans nos sociétés, écrit-il dans *L'Adieu au corps* [2], la malléabilité de soi, la plasticité du corps deviennent des lieux communs. L'anatomie n'est plus un destin mais un accessoire de la présence, une matière première à façonner. Le corps est devenu pour nombre de contemporains une représentation provisoire, un gadget, un lieu idéal de mise en scène pour effets spéciaux... Entre l'homme et son corps, il y a un jeu, au double sens du terme. Une version moderne du dualisme n'oppose plus le corps à l'esprit ou à l'âme, mais plus précisément au sujet lui-même. » Voici le corps devenu kit, il s'émiette, se décline en pièces détachées, est remanié pour des raisons thérapeutiques mais aussi pour des motifs de convenance personnelle par un individu qui a décidé de s'affirmer dans ce bricolage sur soi. Prolongeant l'analyse dans *Signes d'identité* [3], David Le Breton explore plus avant ce design qui ne laisse rien en friche, depuis les régimes alimentaires et l'absorption de produits comme la DHEA (l'hormone de l'éternelle jeunesse), le *body-painting* qui prend le corps humain pour toile ou le *body-building* qui en fait une sculpture vivante, jusqu'à ces pratiques nouvellement apparues, parfois en écho à des traditions primitives séculaires : les tatouages et les piercings, désormais banalisés ; les scarifications qui sculptent la peau au scalpel et leur variante, le *cutting*, lui aussi à base de cicatrices ouvragées ; le *stretching*, qui permet d'étirer les chairs pour y introduire des objets ; le *branding*, ou marquage au fer rouge ; le *burning*, l'impression sur la peau d'une brûlure délibérée rehaussée d'encre ou de pigment ; le *peeling* – on enlève des surfaces de peau ; ou encore les implants sous-cutanés, qui incrustent sous l'épiderme des formes en relief.

« Renversant les anciennes valeurs négatives qui leur étaient associées, ces démarches sur soi cristallisent aujourd'hui une large part des engouements des jeunes générations » : ainsi parle Le Breton. J'assimilerais plus volontiers à une régression ces affolantes mutilations. Sans oublier pour autant la bouffée d'insolente liberté que j'éprouvai le jour où, ignorant la condamnation des oreilles percées jugées « concierge » dans un certain milieu, je me décidai à passer à l'acte, pionnière parmi mes amies. À chacun ses rites initiatiques. À chacun sa dose d'anticonformisme, et chez moi, surtout à l'époque, elle n'atteignait pas des sommets. Ne m'a jamais quittée en tout cas une prévention absolue à l'égard de tout ce *body art* érigé en démarche éminemment moderne, dont la figure de proue est l'« artiste » auto-proclamée Orlan, avec ses neuf opérations, ses implants de silicone, ses bosses sur le front, « faites, dit-elle, pour lutter contre les standards de la beauté ». Pari réussi : elle est affreuse !

Sans atteindre à ces délires, la volonté de remanier le corps qui nous a été donné à la naissance peut déboucher sur bien des dérives. On voit ainsi se multiplier le nombre des accros à la chirurgie plastique, comme cette patiente qui se fait refaire le nez et qu'on revoit six mois après pour ses seins, d'ailleurs elle trouve ses cuisses un peu rondes et une liposuccion... Une demande compulsive qui désigne cette femme comme une cliente de choix pour les arnaqueurs de tout poil, une spirale infernale qu'il faut arrêter à tout prix car l'angoisse de mort n'est jamais loin derrière : « Mais attention, précise le professeur Mimoun, à ne pas confondre cette chirurgie récidivante avec le parcours d'une femme qui se fait réduire les seins à 18 ans, retendre à 40 ans un ventre déformé par plusieurs grossesses, faire un lifting à 55 ans : car, là, on n'est pas dans le pathologique, rien que face à une femme coquette soucieuse d'être à son mieux tout au long de sa vie... »

« Homo scientificus »

Autre terrain sensible, celui de la recherche biologique. Déjà, la lutte – légitime – pour éviter de graves malformations génétiques chez le nouveau-né tourne parfois à la quête de l'enfant parfait. Sans recourir à une amniocentèse[4], l'échographie – et même bientôt une simple prise de sang puisqu'il est prouvé que certaines cellules du fœtus passent dans le sang maternel – permet de connaître et le sexe du bébé à naître et sa morphologie : « D'où le risque, me disait en octobre 2000 le professeur Jean-François Mattei, le futur ministre de la Santé, de voir des femmes interrompre une grossesse non parce qu'elles refusent l'idée d'avoir un enfant, mais parce qu'elles refusent cet enfant-là. Parce que c'est un garçon et qu'elles désirent une fille, ou l'inverse. Parce qu'il est de petite taille, souffre de surdité, ou encore d'un bec-de-lièvre, d'un pied bot, d'une cardiopathie légère et qu'on ne va pas s'embêter avec une intervention chirurgicale… On est en train de rendre possible ni plus ni moins un tri des enfants à naître. »

Un risque que renforcent encore les techniques d'assistance médicale à la procréation. D'où la sage décision de réserver le diagnostic pré-implantatoire (réalisé nécessairement *in vitro*, il permet le tri des embryons dès les premiers jours après la fécondation) aux familles frappées par des tares génétiques, faute de quoi, malgré sa lourdeur, il aurait risqué d'ouvrir la porte à une sélection contestable, fondée non plus sur les risques pour la santé, mais sur le niveau d'intelligence, le sexe, la couleur des yeux… Car là, on n'est pas dans la science-fiction : la dérive eugéniste fonctionne déjà à plein en Californie où le site Conceptual Options propose sur Internet les services d'une catégorie de vendeuses d'ovules intitulées « donneuses extraordinaires », particulièrement belles et brillantes, tandis qu'un autre site, Ron's Angels, vend, lui, au plus offrant, les ovules de top models. Les parents demandeurs de ces bébés sur mesure en seraient, paraît-il, à se renseigner sur leurs capacités de bronzage et leur résistance aux coups de soleil[5] !

Qu'en sera-t-il demain chez nous ? L'homme peut désormais procréer sans sexualité, stocker sa descendance sous forme d'embryons congelés, en modifier éventuellement les caractères grâce à une pichenette génétique. On agite le spectre du clonage reproductif, qui permettrait de copier un individu à partir d'un fragment de peau, d'un cheveu, d'une goutte de salive ou de sang : même si la réalité d'aujourd'hui n'est pas celle d'un Narcisse milliardaire rêvant d'un héritier qui lui ressemblerait trait pour trait, on ne peut exclure la réalisation à court terme d'une telle « quête du même », la transgression absolue puisque, de toute éternité, c'est la différence entre les êtres qui leur a permis de se construire.

Certains, et qui ne sont pas de doux illuminés ou de dangereux apprentis sorciers, ne semblent pourtant pas affolés par ces préfigurations du meilleur des mondes. Pour le professeur Bernard Debré, chef du service d'urologie de l'hôpital Cochin, par exemple, rien de choquant dans cette fabrication d'un homme nouveau : « À l'heure où se profile la conquête de l'univers, il est essentiel, affirme-t-il, de prémunir cet *Homo scientificus* de tout handicap, mais aussi d'améliorer ses performances. De le doter peut-être de la vue de la chouette et de l'ouïe du dauphin. De l'équiper de capteurs sous-cutanés qui testeront en permanence son dosage sanguin, sa pression artérielle, de puces ultraminiaturisées pour améliorer fantastiquement sa mémoire, lui servir d'aides à la décision. » Ne faisons pas dans le détail : tant qu'à faire – là, c'est moi qui parle ! –, pourquoi ne pas doter cet être hybride des jambes d'Adriana Karembeu, du petit nez de Catherine Deneuve et de la chute de reins d'Emmanuelle Béart ? Ou, version mâle, du beau visage de Gary Cooper allié au corps de Yannick Noah ? En février 2004, l'équipe du professeur Laurent Lantieri, de l'hôpital Henri-Mondor de Créteil, s'affirmait prête à transplanter sur un grand mutilé de la face le visage d'un donneur décédé, avant qu'un mois plus tard le comité d'éthique ne fasse connaître son avis défavorable. Après les greffes du cœur, des poumons, du foie, après les greffes de mains, de genoux, et même d'une mâchoire, début 2002, sur un octogénaire italien qui souffrait d'un cancer de la bouche, il semble en tout cas aujourd'hui techniquement possible de remodeler un individu à la ressemblance d'un autre. D'appliquer sur la Bête le masque de la Belle…

Revenons à des considérations plus terre à terre. Peu de nos contemporains sont, en ce début de millénaire, en quête d'une transfiguration. Les Françaises seraient même, à en croire un sondage Sofres[6], hostiles à 80% à toute chirurgie esthétique. Goût du naturel, manque d'argent, peur de souffrir, crainte de ne plus être la même après : tout cela joue sans nul doute. Et peut-être aussi – ne hurlez pas, les féministes ! – le *niet* sans nuances opposé par le mari à ce genre d'expériences : après tout, s'il vous aime, « même toute fripée comme les coquelicots », telle la fleur du Petit Prince au lever du soleil, il n'y a pas lieu de se plaindre. À chacune – à chacun – de fixer ses propres limites dans sa quête de la beauté. Que cela n'empêche pas pour autant de prêter l'oreille à ceux qui, eux, ont osé sauter le pas. Ni des obsédés de l'apparence, ni d'imprudents casse-cou. Seulement des gens qui avaient, comme le chante Fabienne Thibault, « juste envie d'être bien »…

La fille du principal

« Mais vous n'habitez pas Paris ? – C'est sans problème, j'en profiterai pour voir une expo et pour courir les soldes. De toute façon, les cours sont finis. » La voix enjouée, Marion F., une enseignante de 32 ans à qui le professeur Mimoun a posé il y a peu une prothèse mammaire, a presque l'air pressé de venir du Nord me raconter son histoire.

À l'heure dite, elle sonne chez moi, pas très grande, blonde et fine, l'air d'une étudiante avec ses taches de rousseur, sa minijupe en jean et son tee-shirt moulant. Malgré ses lunettes cerclées d'écaille, pas vraiment l'allure des profs d'allemand de mon enfance ! C'est pourtant la matière qu'elle enseigne dans un collège de la campagne lilloise (depuis la sixième jusqu'à la troisième). Mariée à part ça à Antoine, un informaticien, et mère d'une petite Juliette qui va sur ses 3 ans, « mon portrait craché, à se demander si elle ne recommencera pas un nouveau cycle, si elle n'aura pas la même vie que moi ». Un temps de silence. « Très vite, je me suis posé des questions sur la poitrine qu'elle aurait. Cela m'a aidée à franchir le pas… »

Si encore ces seins menus avaient été un héritage familial… « Mais non, ma mère, une très belle femme, longue et brune, conserve à 60 ans une poitrine de rêve. Je lui ai souvent dit sur le ton de la blague : “Tu aurais pu ne pas tout garder pour toi !” » Mais de sa souffrance Marion ne dira mot. Car le fait est là : enfant ardemment désirée – ses parents ont dû attendre sept ans sa naissance –, enfant choyée dans un foyer uni tout comme sa sœur Christine, d’un an sa cadette, Marion ne s’aime pas : « Nous habitions alors un quartier difficile de Lille, mon père était principal du collège du coin. » Une filiation encombrante, surtout quand on est, comme elle, une excellente élève. Dans sa classe de cinquième, les filles vont à des boums tandis qu’elle étudie le piano et le solfège au conservatoire. Elles sont en jeans, se maquillent, se collent – la grande mode ! – des petits carrés sur le lobe de l’oreille quand Marion est affublée d’une jupe plissée écossaise. « Cette année-là, j’ai commencé à regarder mon corps en me disant : “Et en plus, tu n’es même pas jolie.” Pour les garçons, j’étais comme transparente. À dire vrai, je n’étais pas très sûre d’exister. »

Ses années de lycée, Marion les vivra dans un établissement du centre-ville de Lille. Changement de cadre. Changement d’attitude. La collégienne effacée se mue en lycéenne effrontée, tout habillée de noir, avec de larges pantalons, des manteaux au ras du sol, un maquillage charbonneux : « Peu à peu, j’ai pris confiance en moi. Ma poitrine ne me posait plus de problèmes, il m’arrivait même de la trouver jolie – j’avais 11 kilos de plus qu’aujourd’hui. Quand j’entrais dans un café, avec mon drôle de *look*, enfin on me regardait. J’ai eu un premier petit copain, puis un autre. » L’été de ses 17 ans, la famille passe comme tous les ans le mois d’août dans un camping en Gironde : « Un matin, mon père m’a examinée comme s’il me découvrait – mon corps était la plupart du temps masqué – et il m’a lancé en riant : “Dis donc, Marionnette, c’est que tu as de bons genoux !” Je me souviens encore de l’insistance sur le “bons”. Le jour même, je me mettais au régime. J’ai maigri. Et pas seulement des genoux. L’année d’après, en sortant du bac, j’ai beaucoup travaillé pour intégrer hypokhâgne. Peu dormi. Je ne pesais plus que 42 kilos. »

Une drôle de lueur brille dans les yeux de Marion, derrière ses petites lunettes. « Je me revois dans la maison de mes grands-parents en train de réviser mes examens, il faisait une chaleur de bête et j'avais enfilé à la va-vite un short et un vieux tee-shirt jaune fluo sans mettre de soutien-gorge. J'ânonnais une leçon de géographie sur la Chine devant mon lit couvert de fiches quand j'ai tourné la tête et me suis vue dans le miroir de la grande armoire. Là, pour la première fois de ma vie, je me suis vraiment rencontrée. Et ce que j'ai vu m'a fait très mal. »

Quelle difformité cachée Marion va-t-elle m'avouer ? Sa voix s'étrangle : « Dans le miroir, j'ai vu ce que les garçons appellent une planche à pain. » Désastre confirmé, une fois le tee-shirt enlevé. Son ventre plat, ses cuisses fuselées ? Marion ne voit que son buste maigrichon : « J'ai pleuré toute la journée en douce, j'ai avalé cette détresse. » Jusqu'à se laisser doucement empoisonner par elle. Impression de renouer avec les années noires du collège. Tandis qu'elle franchit victorieusement les étapes universitaires, décrochant après khâgne sa licence puis sa maîtrise d'allemand, Marion se réfugie derrière des pulls vagues, adopte les grands jours une « chemise Mozart » à manches gigot qui réussit à l'étoffer, fuit la piscine, garde le haut du corps couvert sur la plage, « de peur des coups de soleil ».

Que son petit ami d'alors, le même depuis la terminale, lui dise qu'elle est très bien comme ça ne change rien à l'affaire : « J'estimais qu'il n'était pas objectif. » Pas plus qu'Antoine, son futur mari, rencontré l'année de ses 24 ans : « Tous ces hommes qui vous aiment au point de vous dire les choses que vous voulez entendre… » Trois ans après leur première rencontre, Antoine et Marion se marient, décident de mettre en route un bébé. Un an se passe : toujours rien. Il leur faudra recourir à la fécondation artificielle. Préalable obligé, une prise quotidienne d'hormones trois semaines avant l'intervention, qui arrondit le ventre et la poitrine de Marion avant même qu'elle ne soit enceinte : « Ma poitrine est née parce que je voulais faire naître un bébé ! J'avais un plaisir fou. Je la regardais dans la glace. Elle était le symbole de ma féminité. » Quelques semaines plus tard, le rêve est devenu réalité : « J'ai vécu ces neuf mois dans le bonheur complet. Cet enfant tant souhaité… Ce corps magnifique. Cette poitrine épanouie. Ce ventre énorme que je mettais en valeur avec des bandeaux ! »

Juliette naît sans problèmes en septembre 1999. Mais plus de bébé, plus de poitrine ! « Elle était comme distendue, plus jolie du tout. Juliette avait 3 mois, elle poussait comme un charme. J'aurais dû exulter : j'étais complètement déprimée. Je ne supportais plus de me voir, je fermais les yeux sous la douche, je me déshabillais dans la salle de bains pour échapper au regard d'Antoine. » « La seule solution radicale, c'est l'opération », suggère alors à Marion son gynécologue à court d'arguments.

Se faire poser des prothèses mammaires ! Jamais elle n'y avait songé. Un truc bon pour les milieux du show-business. Et puis, un jour que son moral est vraiment à zéro, elle se confie pendant la récréation à Hélène, une jeune collègue professeur de physique dont elle est devenue très amie. Étonnement d'Hélène qui n'avait rien remarqué de choquant. « Ça m'a fait du bien, mais quand j'ai évoqué devant elle ces histoires d'opération, j'ai vu son visage se transformer. » Le signe, à coup sûr, d'une désapprobation : comment comprendre un tel mal-être quand on est, comme Hélène, dotée d'une ravissante poitrine ? La cloche sonne, chacune repart vers ses élèves. « Appelle-moi ce soir », lance seulement Hélène à Marion.

« Vous devinez la suite ? Hélène s'était fait opérer par le professeur Mimoun ! Jamais je n'aurais pu deviner que ces seins que j'admirais tant… Pour moi, cet échange a été décisif : qu'une femme de son style, prof comme moi, ait tenté l'aventure, et avec cette réussite extraordinaire, levait tous les obstacles. J'en ai parlé à mon mari : il n'était pas très chaud. J'en ai parlé à mes parents, j'avais peur qu'ils le prennent mal, comme si j'avais à redire sur leur œuvre, mais ils ont compris. Et j'ai téléphoné à l'hôpital Rothschild : en hospitalisation publique – la seule accessible pour moi, financièrement parlant –, il fallait attendre plus d'un an pour obtenir un rendez-vous avec le professeur Mimoun. Cela m'a donné le temps de me préparer, je voulais éviter que le changement soit trop flagrant. J'ai veillé à me tenir le plus droit possible. J'ai... – si vous saviez comme j'ai honte de vous confier cela – j'ai triché, garni d'ouate mes soutiens-gorge déjà rembourrés. »

Le 4 avril 2001, Marion est dans le bureau de Mimoun. Avec sa mère. « Il m'a appelée “mademoiselle”, ça m'a fait bizarre, m'a demandé ce qu'il pouvait faire pour moi. J'ai rougi et regardé maman : les mots ne sortaient pas. » Même torture au moment de se déshabiller, quand le chirurgien prie Marion de lui montrer la taille des seins qu'elle voudrait atteindre : « J'ai quasiment posé les mains sur ma poitrine ! Et j'ai entendu avec effroi le professeur déclarer : “C'est bien cela ? D'une petite poitrine, vous voudriez avoir une jolie petite poitrine ?” Dans le train de retour vers Lille, j'en étais malade, je me suis retrouvée avec une terrible rage de dents : par pudeur déplacée, j'avais retenu mon geste, j'avais tellement honte de demander une poitrine plus importante ! Et j'avais laissé filer la dernière chance qui me restait. Alors, j'ai écrit au professeur et il m'a répondu en me disant qu'il irait “au plus loin du naturel”.

« Le jour prévu pour l'opération, le 24 mai, je suis venue sans mari, ni parents, ni sœur. Il était important pour moi de me découvrir toute seule. À mon réveil, la première chose que j'ai faite a été de porter mes mains à ma poitrine : j'avais mal mais j'étais pleine d'une émotion folle. Le soir, quand les infirmières m'ont ôté ma chemise chirurgicale, je me suis levée et je suis allée me regarder dans le miroir de la salle de bains, le bonheur me donnait des ailes. J'avais seulement deux carrés de sparadrap posés sur les seins à l'endroit de la cicatrice, un centimètre et demi, pas plus, à la base de l'aréole, là où l'on enfonce sous le muscle pectoral la poche de sérum physiologique. Pas de meurtrissure, seulement un aspect un peu trop rond pour être naturel, en tout cas dans les tout premiers jours. »

Deux semaines plus tard, quand Marion revient voir Maurice Mimoun, elle est rayonnante. La veille, son père, si pudique d'ordinaire dans l'expression de ses sentiments, si soucieux d'apprendre à ses filles à ne pas juger les gens sur l'apparence, a débarqué impromptu chez elle : « Je voulais seulement te dire combien je suis heureux pour toi. Et puis... sais-tu que tu es très belle ? » Devant Mimoun, Marion s'étonne seulement d'avoir déjà perdu la mémoire de ce qui faisait chez elle « office de poitrine ».

Un an s'est écoulé depuis l'opération. Marion se sent aujourd'hui libérée de tout complexe : « Mon corps, je l'aime tel qu'il est. Je ne voudrais rien y changer. » À l'orée de l'été, elle se réjouirait presque à l'idée de le montrer : « Dès que le beau temps sera installé, j'irai à la piscine avec Antoine et Juliette, il faut que je m'achète un nouveau deux-pièces. » Pour ce qui est des dessous chics, elle a déjà écrémé les boutiques de lingerie où elle n'avait jusqu'ici jamais osé mettre les pieds.

Marion semble avoir oublié le programme chargé qu'elle s'était donné à Paris. Elle parle comme elle ne l'avait peut-être jamais fait de son corps, de sa vie. Je lui avoue en riant que je n'ai sans doute pas beaucoup plus d'avantages qu'elle dans sa version première, mais que cela ne m'a jamais torturée. Elle veut bien le croire mais... mais son cas est un peu particulier : « Vous savez, ce n'est pas un hasard si le professeur Mimoun m'a donné du "mademoiselle", les gens ont toujours eu du mal à m'appeler "madame". Pour mon chef d'établissement, j'ai toujours été "la petite prof d'allemand". Pour mes amis d'outre-Rhin, *Mariechen* ou *Marionlein*, "la petite Marion". Avec cette opération, j'ai enfin fait ma crise d'adolescence. À 31 ans ! Jusqu'à ce jour, j'avais le constant souci de répondre aux attentes de mon père. C'est largement par rapport à lui que je déterminais ma vie. »

Marion semble troublée, comme hésitante à prononcer le moindre mot qui pourrait heurter ce père qu'elle aime et respecte : « Peut-être ai-je empêché ma poitrine de pousser, peut-être me suis-je empêchée de devenir femme pour rester la fille de mon père... » Mais ce temps-là est fini. La « fille du principal » a grandi. « Hier encore, quand je lui ai dit que j'allais vous voir, il m'a lancé : "Tu fais ce que tu veux, mais, si j'étais toi, je ne donnerais en tout cas pas mon nom : c'est vraiment trop intime." J'ai répondu : "Je verrai, papa." Je n'avais jamais osé répondre ça. Je vais pouvoir vieillir doucement maintenant... »

« Mon petit luxe »

C'est un homme. Un beau brun de 1,80 m à la peau mate et aux cheveux frisés coupés court, regard direct, bon sourire. Élégant sans excès en polo marine, pantalon de toile et mocassins noirs. Cadre de vie assorti, confortable sans prétention, des photos un peu partout et, sur l'angle du secrétaire, un gros bouquin de Cioran. « Je me sens un homme de 40 ans », dit Laurent M. Mais si on lui demande son âge, il ne craindra pas de dire la vérité selon l'état civil : 49 ans.

Clé de ce *look* étonnamment jeune, un lifting du bas du visage pratiqué sur lui il y a deux ans par le professeur Maurice Mimoun : « C'est volontairement que je n'ai pas attendu d'en avoir vraiment besoin pour me lancer dans une opération. Qu'au moins j'aie tout loisir de profiter de cette nouvelle apparence : à 60 ans, il est trop tard pour vivre ce que l'on a à vivre. Et puis, j'avais à cœur que l'intervention soit crédible. » Précoce. Légère. « L'avantage, c'est que les gens n'y ont vu que du feu ! »

Pour Laurent, ce lifting est un « petit luxe », comme d'autres achèteraient une décapotable ou des chaussures sur mesure. « Un coup de fraîcheur », bien en phase avec son dynamisme naturel, sa fiancée de 31 ans, son désir toujours présent de séduire, son corps de sportif entretenu par le taekwando et l'escrime. « Le plus étonnant, poursuit Laurent, c'est que j'ai rencontré Victoire le 16 septembre 2000, exactement quinze jours avant la date prévue pour le lifting. Je l'avais séduite avec ma vieille peau ! J'étais gêné : comment allait-elle prendre la chose ? Après deux semaines de folle passion au Luxembourg où elle vivait, j'ai fui à Paris sans trop lui dire pourquoi. C'est au téléphone que j'ai timidement parlé d'infimes retouches esthétiques. Et sur l'oreiller que je lui ai finalement dit la vérité : dans sa joie de me retrouver, elle m'enserrait la tête de ses deux mains en appuyant méchamment sur mes cicatrices ! »

Tout a commencé avec la décision qu'il a prise de se faire refaire le nez trois ans plus tôt. Rien de très spectaculaire là encore. Ce nez n'a rien d'un appendice à la Cyrano, sa pointe un peu relevée serait même plutôt dans le goût du jour, mais un accident de moto et la pratique de la boxe ont entraîné une déviation de la cloison nasale qui devient gênante au fil du temps. D'autant qu'à l'époque Laurent traverse une mauvaise passe, et sur le plan professionnel – ce pilote de ligne breveté, ancien élève de l'ENAC[7], reconverti dans la communication, est en train de transiter de la régie publicitaire vers l'affichage –, et sur le plan sentimental, sortant d'une rupture douloureuse d'avec la jeune femme dont il a eu un petit garçon, aujourd'hui âgé de 6 ans : « J'avais en moi l'envie de tourner la page. »

Il suffirait pour cela de changer le bout de son nez ? Oui quand, derrière le souci esthétique, se cache un autre besoin, autrement plus vital : celui de rompre pour de bon avec l'image d'un père fantôme. Car Laurent, né à Alger dans une famille juive modeste, est un enfant naturel. Sa mère, fille de rabbin, tombe enceinte à 18 ans d'un camarade de classe qui ne reconnaîtra pas l'enfant. Ce sont ses grands-parents maternels qui vont élever Laurent comme leur petit dernier. En 1961, il a 8 ans quand il quitte avec eux Alger pour Paris. Son père, il y a longtemps qu'il a fait une croix dessus, il a envers lui des « pulsions de curiosité », rien de plus : il ne cherchera jamais vraiment à le retrouver. Mais il s'est mis dans la tête qu'il lui ressemble, par ce nez surtout qui le distingue du reste de sa tribu. La déviation nasale est un prétexte rêvé pour se délester de ce pesant héritage. Comme pour le lifting, personne ne verra la différence, sinon, quelques mois plus tard, ses deux aînés de 18 et 15 ans : « Dis donc, papa, ton nez, il n'était pas un peu tordu avant ? »

Le nez de Laurent n'est pas seul à être revenu dans l'axe : c'est sa vie tout entière qui est de nouveau bien balisée. Il retrouve un ancien associé, monte avec lui des activités multimédias juteuses à destination de l'Afrique. Perd les 4 ou 5 kilos qu'il avait laissés s'accumuler. Papillonne un temps, tout heureux de jouer de sa séduction. Abandonne définitivement l'idée de rechercher son père, maintenant qu'il est assuré de ne ressembler à personne d'autre qu'à lui-même. Avec cette nouvelle naissance – ce « reparentage » dit

Laurent, qui n'a pas fait pour rien une psychanalyse –, il a vraiment découvert « le confort du paraître », lui qui, jusque-là, n'avait jamais trop réfléchi sur l'avantage d'être bien de sa personne.

Il ne s'arrêtera pas là. Dès la rhinoplastie achevée, il pense au lifting. Maintenant que le lifting est derrière lui, il sait qu'il détient le moyen de remédier au désastre s'il se retrouve un jour avec des bajoues ou des poches sous les yeux : « Pourquoi les hommes se priveraient-ils de cette arme qu'est la chirurgie esthétique quand il y a une telle compétition sur les apparences ? » À 28 ans, Laurent roulait en Maserati. À 49, il s'offre dix ans de jeunesse en prime. En toute lucidité : « Cela fait partie de ma revanche sociale. » Depuis, sa fille Laura lui a confié que, depuis l'âge de 14 ans, elle souffrait de sa poitrine trop petite, que cela la gênait dans ses relations avec les garçons : « Elle a maintenant 18 ans et vient de passer son bac. Je pensais lui offrir une petite voiture, mais elle m'a demandé de l'emmener chez Mimoun. Il doit l'opérer le mois prochain... »

À la hussarde

À la voir, on pense aux Parisiennes de Kiraz : Évelyne est mince et vive dans sa robe de jersey ultra-moulante, juchée sur d'interminables talons, frange brune à la Cléopâtre. Une enfant du quartier des Batignolles, père pâtissier, mère chemisière à domicile, métamorphosée en bourgeoise du XIe arrondissement de Paris, dotée d'un plaisant duplex à la terrasse fleurie. Une boule d'énergie de 54 ans qui en fait dix de moins.

Le facteur chance ? Une bonne hérédité ? Rien de tout cela. Le fruit de sa volonté. Car, du côté physique, les bonnes fées ont un peu oublié de se pencher sur le berceau de la petite Évelyne. Quand elle naît prématurément, elle pèse moins d'un kilo : « L'accouchement ayant eu lieu à la maison, on ne m'a même pas déclarée en pensant que je ne vivrais pas ; ce n'est que le 30 avril, deux jours après, que mon père s'est décidé à faire la démarche à la mairie. » Petite fille, surnommée « Béni bouffe tout », Évelyne chaparde dans les pots de praliné, s'empiffre des gâteaux que lui offre un papa qui ne refuse rien à sa petite dernière. Et puis, tant qu'on a la santé... À l'école, on se moque de ses rondeurs, elle se défend en s'affichant comme la rigolote de service. À 14 ans, avec ses 73 kilos, pas de danger qu'elle joue les séductrices, alors elle se transforme en petit mec, lance des pétards, joue au ballon prisonnier, fuit les filles, rejoint le camp des garçons : « Quoique entourée de tendresse à la maison, j'étais malheureuse comme les pierres. » Une souffrance avivée par la contemplation de Danièle, son aînée de deux ans, une jolie brune qui, elle, porte des bas, se maquille et conserve une taille de guêpe malgré son solide appétit : « Moi, il me suffisait de respirer un bonbon pour prendre 300 grammes. »

Tout va basculer un jour qu'Évelyne visite avec sa classe de troisième une exposition d'icônes russes au Grand Palais : « Je fuyais les miroirs, j'avais du mal avec mon corps bien sûr, mais aussi avec mon visage, trop rond, au nez trop marqué, un visage très méditerranéen, pas conforme aux critères modernes. Et voilà que devant ces portraits de la Vierge, je me suis dit : "On dirait moi ! Une beauté venue d'un autre siècle..." » Forte de cette première réconciliation avec elle-même, Évelyne décide de maigrir. Guidée par un nutritionniste, elle s'abonne au rumsteak-haricots verts, se shoote bientôt aux coupe-faim, aux diurétiques, s'imposant un régime bien plus draconien que celui proposé par le médecin.

En six mois, elle a perdu 20 kilos. Mais gagné une sévère anorexie mentale. Ce fantasme de toute-puissance, Évelyne ne l'applique pas qu'à son corps. C'est le monde entier qu'elle voudrait maîtriser. Hyperactive, elle fait des étincelles en classe, se lève à 5 heures du matin pour briquer la maison, faire les chaussures de ses parents. Pour financer ses études, elle vend des bonbons au drugstore Opéra, des chemises aux 100 000 Chemises, tient le vestiaire d'un night-club, écrit des chansons pour la SACEM. Après son bac – la première de la famille à l'obtenir –, elle fait une licence puis une maîtrise d'anglais (elle sera même admissible à l'agrégation), et une licence de droit en prime. Salariée de l'Éducation nationale, elle embraie très vite sur la formation permanente des adultes, monte à 32 ans sa propre société de services linguistiques, laquelle emploie aujourd'hui une vingtaine de personnes. Quelques années plus tôt, elle a épousé le directeur informatique d'une grosse société, un diplômé d'HEC issu d'un milieu bourgeois. Un bel équilibre privé et professionnel qui a des répercussions bénéfiques sur le plan de l'alimentation : avec 43 kilos pour 1,56 m, Évelyne est, disons, rentrée dans le rang.

Elle éprouve malgré tout au fond d'elle-même l'envie de mieux habiter ce corps conquis de haute lutte. De s'aimer enfin. « Je n'avais jamais été une jolie petite fille, ni une jolie jeune fille. Je serais une jolie jeune femme. » Son mari est sensible aux apparences, Évelyne cultive une élégance *flashy*, elle adore les robes colorées de Chacok, les jerseys imprimés léopard, le cuir clouté garni de dentelles, des vêtements qu'elle achète surtout à Saint-Tropez où se sont repliés ses parents. La naissance de ses deux filles, obtenue après des années de lourds traitements contre la stérilité, parachève sa confiance en elle-même. L'année de ses 50 ans, Évelyne se sépare en douceur de son mari, amorce une histoire passionnée avec un autre homme, se voit préférer une plus jeune, prend enfin le temps de se regarder : « Je n'étais pas trop ridée, mais j'avais le menton qui tombait, des paupières un peu lourdes, la bouche amère : un visage qui ne collait pas avec ma vitalité. Pour la première fois de ma vie, j'ai pensé à la chirurgie esthétique. »

« Mme 200 000 Volts » (c'est ainsi qu'elle se qualifie elle-même) y va comme à l'ordinaire : à la hussarde ! On lui a parlé du professeur Mimoun, elle l'appelle, une patiente vient de se désister, elle se glisse dans son rendez-vous, a du mal à cacher son impatience lorsqu'elle doit subir un entretien psychologique en règle. Cinq semaines plus tard, elle est sur la table d'opération : « Un 29 avril, le jour même où, bébé, je n'étais pas encore trop assurée de vivre, comme pour signer ma renaissance. » Mimoun a pratiqué sur Évelyne un lifting des paupières, du cou et du menton, sans toucher au front. Quinze jours plus tard, elle est de nouveau à son travail. Affaire réglée.

Pour elle, le recours à la chirurgie esthétique aura été une manière comme une autre de prendre en main sa vie : « Je me suis acheté un petit bout d'éternité », déclare-t-elle, ravie de constater la disparition de ses vilaines rides et de ses poches sous les yeux. Maintenant, Évelyne se regarde plus volontiers dans la glace. Est saisie d'une fringale de courses. Goûte plus que jamais de se glisser dans des jeans taille 36. Se réjouit de sentir le regard des hommes sur elle quand elle gagne ses bureaux dans le quartier de l'Opéra. « Pour moi, c'est clair, je suis aujourd'hui une femme de 40 ans. » Avec le physique idoine. Et la vie qui va avec : un agenda surchargé de chef d'entreprise ; un enrôlement dans des activités diverses, atelier d'écriture, groupe de psychanalyse, « école de propédeutique pour l'inconscient » ; une pratique assidue du sport – à Évelyne les parties de tennis à 21 heures après une lourde journée de travail, les descentes à skis vent du bas, les longues marches sur la côte méditerranéenne. Tout juste si elle a accepté il y a quelques années de laisser tomber le rock'n' roll acrobatique !

« Vu mon point de départ, une famille modeste, un physique lourdingue, j'ai plutôt lieu de me féliciter du parcours accompli. » D'ailleurs, Évelyne compte bien ne pas en rester là. Dans dix ans, c'est sûr, elle aura de nouveau recours au lifting. Peut-être même se fera-t-elle dans l'intervalle cadeau d'une jolie poitrine : « Cela ne m'a jamais beaucoup manqué, mais enfin, ce serait un nouveau coup de jeune. » Et puis, pas besoin, pas plus que lors de la première intervention, de le crier sur les toits, d'en faire des choux gras… « Vouloir être belle, dit Évelyne, c'est juste répondre à un instinct de vie… »

Être à la hauteur

L'AOP, vous connaissez ? Pour ma part, j'aurais été bien incapable de dire ce dont il s'agissait. Jusqu'à ce jour où, écoutant Yves Calvi sur Europe 1, je tombe sur un orthopédiste qui explique la technique de l'allongement osseux progressif, le moyen de grandir de plusieurs centimètres pour ceux qui souffrent de leur petite taille. Circonspection : le mois d'avant, j'avais lu dans *Marie-Claire* un article terrifiant sur « la folie des grandeurs » des Chinoises, prêtes à affronter des opérations ruineuses et des mois de torture pour se hausser d'un cran. Mais bon, le confrère Calvi a dû se renseigner sur son invité.

Rendez-vous est pris avec le docteur Gilles Musy, dans la clinique privée où il opère aux pieds de la butte Montmartre. Un homme plus tout jeune, plutôt court de taille, mais portant beau, visage bronzé, cheveux blancs ondulés. Soucieux de dérouler devant vous ses références, ancien interne des Hôpitaux de Paris, ancien chef de clinique-assistant, anatomiste, anthropologue, membre des sociétés française et internationale de chirurgie orthopédique et traumatologique, d'évoquer aussi le livre qu'il a écrit sur le sujet[8], pour attester le sérieux de la chirurgie qu'il pratique, une chirurgie non réprouvée puisque cotée à la nomenclature des actes médicaux, mais encore « marginale ».

Chaque année en France, ce sont tout de même quatre cents patients qui bénéficient d'un AOP. Parfois pour des raisons purement médicales – c'est le cas de la chirurgie infantile, mais aussi de la chirurgie pour adultes visant à réparer des incurvations de genoux, des inégalités de longueur de jambes ou des séquelles d'accident. Parfois pour des raisons esthétiques, que le docteur Musy préfère qualifier de « morphologiques ». « La chirurgie que je pratique, précise-t-il, est relativement souple, elle ne nécessite que soixante-douze heures d'hospitalisation. » Pas d'introduction d'un long clou dans la cavité osseuse comme en Chine, pas d'impressionnante cage de fer pour maintenir la jambe. Après avoir coupé l'os en deux, on se contente de poser sur la jambe des fixateurs externes : « Chaque matin, c'est le patient qui va donner un petit tour de clé pour favoriser l'écartement, c'est lui qui va créer sa substance osseuse. Il n'y a ni greffe, ni traitement hormonal ou médicamenteux. Ni, bien sûr, manipulation génétique. On ne change rien à la nature. »

Le candidat type aux yeux du docteur Musy sera un homme jeune (il n'y a que 40% de filles), souvent encore étudiant, mesurant autour de 1,65 mètre, soit quelque 8 centimètres en dessous de la moyenne masculine nationale (1,73 mètre), « mais bien plus de 8 centimètres, précise Musy, par rapport à l'étudiant lambda qui navigue, lui, autour de 1,80 mètre, ce qui entraîne une gêne dans la vie sociale et professionnelle, des difficultés avec les filles ». L'AOP peut permettre un gain de 4 à 6 centimètres sur un tibia, de 5 à 8 centimètres sur un fémur, les deux interventions étant distantes d'au moins six mois. Sur dix candidats, le docteur Musy en accepte sept, sur des critères physiques mais aussi de motivation : « Les meilleurs candidats sont ceux qui tapent de la main sur la table en disant : "Moi, je veux le faire !" Le temps de régler les problèmes financiers et administratifs, et ils se lancent. Ceux qui attendent ne le feront jamais. »

Farid A. a été opéré par Musy en septembre 2001, il y a presque neuf mois au jour de notre rencontre. Coup de sonnette à la porte du deux-pièces qu'il occupe à Puteaux. L'attente se prolonge. Farid m'ouvre enfin, en survêtement et tee-shirt, appuyé sur deux béquilles : « J'en ai pour plus longtemps que prévu », me lance-t-il d'emblée, avant de me dérouler son histoire, celle d'un garçon animé d'une volonté peu commune. Désir d'ascension sociale d'abord, pour ce sixième d'une famille de neuf enfants d'origine kabyle, installée à Bobigny en 1968. En 1976, Farid a 4 ans quand son père, ouvrier du bâtiment, meurt dans un accident du travail. Mais sa mère, enceinte d'un dernier enfant, est une battante, peu portée à s'apitoyer sur son sort. La famille d'accueil vers laquelle Farid est envoyé en Belgique entreprend sa formation intellectuelle, lui communique de solides valeurs ; ses frères aînés ont à cœur d'encadrer leur cadet. Brillant élève, hyper-organisé, celui-ci décroche son bac avec mention, prépare, grâce à une bourse, les concours des grandes écoles. Faute d'intégrer l'X ou les Mines, il fera une maîtrise de maths à Paris-VI, tout en travaillant l'été comme aide-comptable ou guide-accompagnateur. Un stage dans une grande société d'informatique lui vaudra d'être embauché dans la foulée. La promesse d'une belle carrière. Pour mettre tous les atouts de son côté, Farid ne néglige rien, veille à son élocution, cultive une élégance raffinée, toujours en cravate et en costume de grande marque, acheté à bon prix chez ses copains du Sentier.

Mais sur ce désir d'ascension sociale se greffe un désir d'ascension tout court. Premier de sa classe, Farid en est aussi le plus petit. Rien de grave aux yeux de ce meneur de bande, persuadé qu'il ne s'agit là que d'un retard de croissance. Un jour, pourtant, il faut se rendre à l'évidence : Farid ne dépassera pas 1,67 mètre quand le plus petit de ses frères en fait dix de plus, le plus grand culminant à 1,84 mètre. « Je perdais mon statut de dominant, j'ai trouvé ça difficile à supporter. Et puis, c'était pénalisant à l'égard des filles : pour elles, j'étais le mec sympa, intelligent, avec qui il faisait bon rigoler. Je jouais beaucoup avec mon regard. Mais j'avais bien conscience qu'avec une demi-tête ou une tête de plus, leur conquête serait plus aisée ! C'est fatigant de devoir toujours chercher à capter l'attention, on devient teigneux à la fin... » Pour compenser ce manque, Farid fait beaucoup de sport, de la natation, de la course, de la musculation. Grâce à une sérieuse préparation militaire, le voilà sergent au jour de son intégration dans le 1er régiment de commandos parachutistes stationné à Bordeaux. Mais sa taille le condamne à clore systématiquement la marche de la section : rageant ! Le retour à la vie civile lui vaut de nouvelles frustrations.

« Commercial grands comptes », Farid est sans cesse appelé à croiser des personnes nouvelles : « Dans le métier, on se la joue beaucoup, on fait facilement son petit coq. Moi, j'en rajoutais dans le jeu de claquettes. Je me débrouillais surtout pour qu'on s'assoie très vite, là j'étais plus à l'aise pour mener mon opération séduction et inspirer confiance aux gens. » Mais le rapport de forces n'existe pas seulement vis-à-vis du client : « Entre collègues, on est en compétition permanente, on s'observe, on se pique les territoires, les systèmes de cotation vous poussent à l'exploit. Alors, quand un grand type s'approche de vous et vous demande tout sourire “Ça va ?” en vous mettant la main sur l'épaule, on se sent carrément humilié. » La pire des épreuves restant tout de même l'ascenseur, quand on se retrouve face au miroir, cerné par des géants : « Là, on perd toute illusion. »

La passion de la photo a aiguisé son œil, Farid s'observe dans la glace avec une lucidité implacable : « Mon apparence physique, c'est un fait, était un handicap », dit-il. On s'interroge : son type arabe, encore que peu prononcé, aurait-il renforcé son complexe d'infériorité ? « Non, répond-il, ce n'était pas le problème. Blond de type caucasien, j'aurais eu encore plus envie d'être grand ! » Sur l'ordinateur, il s'amuse à trafiquer les photos prises à l'aide de son appareil numérique, rajoute sous son torse musclé, en faisant glisser la souris, une bonne dizaine de centimètres à ses jambes courtes et arquées, de façon à se retrouver sur un pied d'égalité avec ses copains Daniel ou Alexandre. Mais il ne lui suffit pas d'une croissance virtuelle. Très peu pour lui, le fatalisme musulman. D'ailleurs, il n'est pas croyant : « J'avais à réussir mes études, ma vie, c'étaient mes priorités. Mais chaque fois que j'avais une piqûre de rappel – ainsi les râteaux que je me suis pris plus d'une fois avec les filles –, je me disais qu'être un peu plus grand serait quand même super. » Au fil des années, les motivations de Farid évoluent. La rencontre de Véronique, une jeune juriste originaire de Besançon, lui a prouvé s'il en était besoin qu'il pouvait séduire, même petit, par sa façon d'être, son regard, son intelligence. L'exigence de séduction s'efface devant la volonté de pouvoir : « Gagner des centimètres participait de ma volonté d'être fort, de mon envie de vivre une vie où je serais grand pour faire des choses grandes, de me sentir tout simplement à la hauteur… »

Farid est un scientifique. À l'aube du XXIe siècle, il se dit qu'il y a forcément une solution. Les hormones de croissance l'ont fait rêver un temps, avant qu'on ne les associe à la maladie de Creutzfeldt-Jakob. Reste la chirurgie. Il fait des recherches, contacte un chirurgien lyonnais, mais celui-ci refuse d'opérer les gens de plus de 1,60 mètre, puis un autre qui opère, lui, à Nancy, mais en utilisant une technique lourde – l'introduction d'un clou dans le canal médullaire –, et puis Nancy n'est pas la porte à côté. Un jour, presque accidentellement, il tombe sur le site Internet du docteur Musy. Après deux entretiens et une batterie d'examens et de radios, la cause est entendue.

Farid souffre en fait d'un *genu varum*, une incurvation du genou qui lui fait perdre 4 à 5 centimètres de taille ; s'il ne fait rien, il est bon d'ici dix ou quinze ans pour une prothèse du genou ou de la cheville. L'opération, médicalement justifiée, aura lieu deux mois plus tard. Farid n'a demandé conseil à personne. Pour convaincre Véronique avec qui il vit depuis cinq ans, il a « trichoté », mettant en avant l'intérêt médical plus que le souci esthétique. À part elle, seul un de ses frères est au courant : « Ma mère, si fière de moi, n'aurait jamais compris pourquoi je faisais cela. » À sa boîte, il demande un congé-maladie de six mois pour soigner des fractures prétendument consécutives à un accident de kart...

Après quatre jours d'hôpital, Farid rentre chez lui. Abruti de calmants, c'est à travers une sorte de brouillard qu'il apercevra quelques jours après son retour les avions se fracasser sur les tours du World Trade Center, persuadé qu'il s'agit de la promotion en boucle d'un film d'épouvante. À J+12, il démarre l'allongement progressif en étirant chaque jour d'un millimètre les fixateurs externes : « La seule chose vraiment difficile, c'est de supporter l'appareillage les trois premières semaines, le temps que les fiches vissées sur l'os se solidarisent avec lui. » L'autre moment délicat intervient après trois ou quatre centimètres d'allongement osseux, quand les muscles renâclent à suivre le mouvement, d'où des crampes sévères, surtout la nuit. Bref, il y a la douleur à gérer. Et puis ce que Farid appelle pudiquement son « handicap temporaire ». Le mot est faible pour dire cette vie entre parenthèses.

À l'issue des trois premières semaines, il est enfin autorisé à mettre le pied par terre. Soutenu par son déambulateur, il progresse timidement dans l'appartement, puis se risque dans le couloir de son immeuble. Chaque jour, il passe près de deux heures attelé à ses appareils de musculation, le vélo d'appartement, le tapis de marche, le rameur, le kiné lui rendant visite trois fois par semaine. Pendant cinq longs mois, il ne mettra pas le nez dehors, sinon pour faire ses radios de contrôle. Un enfermement insupportable pour cet hyperactif ? « Non, répond Farid, serein, son regard soutenant le vôtre. Je ne me retrouvais pas dans la peau du type qui se plante en moto. Cet arrêt, c'est moi qui l'avais voulu, programmé. De mois en mois, je voyais mes tibias grandir. Aujourd'hui, j'ai gagné six centimètres, je dois déjà mesurer 1,73 ou 1,74 mètre, presque la taille de deux de mes frères. » Il a défait l'ourlet de ses jeans, s'apprête à renouveler son stock de costumes dès son retour aux affaires. Placide, il bouquine (à côté du lit, Pascal Bruckner, Jacques Attali, Théo Klein...), surfe sur Internet, boursicote, il a repris des cours d'anglais sur CD-Rom, s'est formé en économie : « Plus tard, assure-t-il, je ferai un MBA. »

J + 265. Farid n'est pas encore tiré d'affaire, c'est le moins qu'on puisse dire. À cinq centimètres d'allongement, c'est le fixateur de sa jambe gauche qui est sorti de son logement : il a fallu opérer à nouveau. Pendant quatre semaines, il a été totalement immobilisé, plus question de tourner la clé magique, ni de faire le moindre exercice, d'où une sévère atrophie musculaire, des douleurs terribles au niveau du tendon d'Achille. Il retrousse son survêtement, me montre sa jambe gauche, déformée par un cal important, partant nettement vers l'extérieur. Une troisième opération est programmée dans les prochains jours pour la redresser : cette fois, il faudra bel et bien recourir à la technique du clou médullaire. Autant d'obstacles imprévus qui auraient pu angoisser Farid, lever le spectre d'un avenir massacré, d'un ex-athlète ratatiné dans sa petite voiture. « Mais non, assure-t-il, je n'ai jamais douté. » Tout juste s'il s'accorde à dire que son ardeur est « un peu refroidie » : « Au début, je voulais faire 1 m 80, je prévoyais l'opération des fémurs aussi. Je n'irai pas jusque-là. Ça suffit comme ça ! »

En tout cas, il ne regrette rien, rien de ces souffrances, rien de cet argent dépensé, près de 8 000 euros dont 3 000 resteront à sa charge, un salaire réduit en ce moment d'un tiers... « Pour moi, dit Farid, c'est une renaissance. L'assurance de démarrer un nouveau chemin. » On lui a dit qu'au cabinet Arthur Andersen on n'embauchait que les gens de plus de 1 m 80. Info ou intox ? « Qu'importe. Il suffit de se mettre deux secondes dans la peau du client pour imaginer qu'il doutera plus facilement de la solution miracle si elle lui est apportée par un petit mec chauve. Dorénavant, j'aurai une présence, une prestance, je me vois bien en position de leader, prêt à assumer de vraies responsabilités. Plus personne ne me mettra la main sur l'épaule... » Sur le pas de la porte, je croise Véronique, une jolie fille brune aux yeux noisette, plutôt élancée : « C'est rassurant de se dire que, grâce à son 1 m 68, nos enfants ont toutes les chances d'avoir une taille convenable, lance Farid. – En attendant, réplique Véronique, je vais pouvoir mettre des talons... »

Mars 2003 : je retrouve Farid sur les Champs-Élysées. Il surgit en tirant un peu la patte droite qui a dû être réopérée elle aussi, un problème de tendon qui devrait se régler tout seul au fil des mois, l'exercice physique aidant. La jambe gauche, elle, fonctionne bien. Farid est en belle forme, souriant, tout bronzé, élégant dans un costume gris rayé, il revient d'un séjour de rêve en République dominicaine où il a nagé, plongé. En octobre dernier, il a laissé ses béquilles. Repris son travail en décembre. Ce sont en fait quatorze mois qu'il aura investis dans son entreprise d'élongation, le double du temps initialement prévu. Il aura dû débourser aussi 4 500 euros de plus. Mais il ne le regrette toujours pas.

Comme prévu, au bureau personne ne s'est aperçu de rien : « On m'a seulement dit que j'avais maigri, quand j'ai pris au contraire six kilos du fait de mes centimètres supplémentaires. » Même son tailleur, quand il lui a fait rallonger un costume, a commencé par s'excuser de s'être trompé dans ses mesures ! « Maintenant, se réjouit Farid, je suis dans la norme, à armes égales avec mes collègues, je les regarde droit dans les yeux. » Il se sent « plus beau » aussi, ravi de dominer Véronique – « même avec ses talons ! » –, pas mécontent de la sentir un peu inquiète du fait qu'il soit mieux qu'avant : « Ça en valait vraiment la peine, non ? »

NOTES

1. Harold Koda, *Extreme Beauty. The Body Transformed*, New York, The Metropolitan Museum of Art, 2001.

2. David Le Breton, *L'Adieu au corps*, Paris, Anne-Marie Métailié, 1999.

3. Id., *Signes d'identité*, Paris, Anne-Marie Métailié, 2002.

4. L'amniocentèse consiste en un prélèvement du liquide amniotique.

5. « Californie : les fabriques de bébés », *Le Point*, 24 août 2001.

6. Sondage Sofres effectué en septembre 2003 pour *Madame Figaro* sur un échantillon national de 500 femmes.

7. École nationale de l'aviation civile.

8. Gilles Musy, *L'Homme réparé de la tête aux pieds*, Paris, Presses du Châtelet, 2001.

QUATRIÈME PARTIE

La traversée des apparences

CHAPITRE 14

La beauté, tôt vouée à se défaire…

« La beauté, tôt vouée à se défaire… » : au-delà du beau titre de cette nouvelle de Kawabata (l'histoire du meurtre de deux sublimes jeunes femmes pendant leur sommeil), c'est là une réalité première à laquelle nul ne saurait échapper. Écoutons aussi Nabokov : « Où il y a beauté, il y a pitié, pour la simple raison que la beauté doit mourir. »

« Votre jeunesse s'en ira, votre beauté aussi, dit Lord Wotton à Dorian Gray, et alors s'ouvrira l'ère des triomphes médiocres. Le souvenir de votre passé vous les rendra plus amers que des défaites… Le temps est jaloux de vous et s'acharne sur vos lys et vos roses. Votre teint jaunira, vos joues se creuseront, votre regard s'éteindra. Vous souffrirez horriblement[1]… » On connaît la suite : Dorian Gray émet un impossible vœu. Et ce vœu se réalise : lui-même reste inchangé tandis que le merveilleux portrait que Hallward a fait de lui se charge au fil des années de tous les stigmates du vice et de la vieillesse dont est miraculeusement préservé son visage. Jusqu'au jour où, détruisant ce double hideux, il se détruit lui-même, rattrapé par l'inéluctable.

Robert le magnifique

Les heures qui passent ne pardonnent pas : « Toutes blessent, la dernière tue », lisait-on jadis sur les horloges. Elles blesseraient en tout cas nettement moins les hommes que les femmes, à en croire Régine Lemoine-Darthois et Élisabeth Weissman, auteurs d'une vaste enquête sur ce thème[2] : « On s'attendait à des réactions contrastées, mais à ce point-là ! On est vraiment sur deux planètes différentes. La révolution des mœurs, l'insertion professionnelle des femmes n'y changent rien : les hommes restent dans l'action, les femmes dans la séduction. Autant les femmes vivent terriblement mal les premiers signes physiques du vieillissement, autant les hommes y semblent relativement indifférents. »

Une question de « vécu corporel » : le fait que les hommes ignorent la rupture hormonale que représente la ménopause pour les femmes change tout. Lorsqu'on lui demande s'il a des enfants, un avocat de 50 ans répond : « Pas encore ! » « Potentiellement, les hommes restent producteurs et cela modifie le rapport qu'ils ont à leur corps. Les rides, les poches sous les yeux, les cheveux gris ? Ils ne s'en inquiètent pas outre mesure. Seule la calvitie leur pose problème alors même qu'elle est plus liée aux facteurs génétiques qu'à l'âge : la réimplantation des cheveux est l'un des actes de chirurgie esthétique les plus demandés. Pour combattre un petit ventre, un double menton, ils surveilleront leur régime. Mais cela ne va pas au-delà. »

Dès lors, pourquoi ce boom enregistré sur le marché de la beauté masculine ? « Tous les professionnels de l'industrie cosmétique vous le diront, il n'y a que les hommes de 30, 40 ans au plus pour acheter les produits anti-vieillissement, ceux qui n'en ont pas encore besoin ! Pour les autres, les "crèmes" comme ils disent, ça fait partie de l'univers féminin. » Et ces messieurs d'arborer des barbes de trois jours grisonnantes, dans l'idée que cela leur donne une « gueule », marque d'expérience et de savoir-faire, promesse peut-être d'expérience érotique. Et de se balader tout nus devant leurs nouvelles conquêtes, même s'ils sont loin d'être tous des Adonis, rien à voir avec les stratégies mises en œuvre par les femmes pour masquer leurs attraits un peu chiffonnés, y compris devant leur mari de toujours. En bref, tout irait bien pour les hommes plus tout jeunes si, derrière le vieillissement, ne se profilait… la vieillesse : « Là, c'est la peur panique, l'idée de la déchéance physique comme mentale leur fait horreur, d'autant qu'ils n'ont pas vu le coup venir, le nez constamment sur le guidon... »

Dimanche 18 février 2001, 16 heures. Je pénètre le cœur battant dans le hall de l'hôtel George-V, près des Champs-Élysées : ce n'est pas rien, tout de même, de rencontrer Robert Redford ! Drôle de hasard : au bar de l'hôtel, le pianiste joue *L'Arnaque*, comme en hommage à l'irrésistible comparse de Paul Newman. Le Redford cuvée 2001 se laisse, quant à lui, approcher dans un petit salon en sous-sol, loin des curieux, détendu, souriant, en pantalon beige et polo marine, lunettes rondes sur le nez et Hogan aux pieds, le visage buriné mais, à 63 ans, la mèche toujours blonde et une ligne de jeune homme. L'homme est sérieux, animé de solides convictions, loin du joli cœur dont on avait toutes un peu rêvé. En fin d'interview, on se risquera tout de même à aborder – comment y échapper ? – la question de son image : comment ressent-on le fait d'être considéré universellement comme le symbole même de la séduction ? Redford éclate d'un grand rire : « Dommage qu'on ne m'ait pas dit ça jeune homme, je manquais alors tellement de confiance en moi ! » Enhardie, j'aborde le délicat problème du vieillissement. Délicat ? Pas pour Redford ! « Je n'aurais en tout cas pas l'idée, me répond-il, de recourir à des artifices comme me faire teindre les cheveux, tirer la peau ou refaire les dents. Je trouve un peu triste cette culture braquée sur l'apparence. Il y a dix ans, je m'étais grimé pour jouer dans *Havana* un vieux joueur fatigué, un rôle dont j'étais spécialement fier. Quand le film est sorti, la seule chose que les gens aient trouvé à dire a été : "Redford a pris un sacré coup de vieux !" Au moins, dans les films européens – peut-être est-ce en train de changer ? –, les acteurs acceptent-ils de montrer les effets de l'âge avec beaucoup de naturel. J'aime cette attitude, celle de Simone Signoret hier, celle de Jeanne Moreau aujourd'hui, je pense qu'il y a quelque chose de très beau dans les marques que laisse la vie. »

Éprouverait-il tout de même quelque nostalgie lorsqu'il se revoie en Gatsby le Magnifique ou en Denys Finch Hatton, le séduisant amant de Karen Blixen-Meryl Streep dans *Out of Africa* ? « D'abord, je ne regarde jamais mes films que par accident, un court moment, lorsqu'ils passent à la télévision. Il y en a que je n'ai jamais revus : pour moi, quand un travail est fini, il est fini. Mais bien sûr, ça fait drôle de tomber sur une photo vieille de trente ans. Drôle, mais pas déprimant. Mon seul problème, c'est que j'ai besoin de me dépenser, je vois le sport comme une fête pour le corps. Et cela, clairement, je ne pourrai pas le faire toute ma vie. » Pas plus que de jouer les héros romantiques ? « Non, bien sûr. Si, dans *L'homme qui murmurait à l'oreille des chevaux*, j'ai une histoire d'amour avec Kristin Scott-Thomas, c'est qu'elle me semblait plausible : un couple avec une différence d'âge de vingt ans, ça arrive tout le temps dans la vie réelle. Le jour où ça ne sera plus plausible, j'arrêterai. » De ces saines intentions faisons-lui crédit. En mai 2002, un petit écho indiscret m'apprenait que Redford s'était décidé à subir une intervention pour faire disparaître « les poches sous les yeux, un peu de graisse sur son visage, ainsi qu'un grain de beauté ». Une information livrée avec un commentaire bien dans son style, carré, sans états d'âme superflus : « Voici quelques mois, je déclarais que l'effondrement de mon visage me donnait du caractère : j'ai changé d'avis... »

« On ne finit jamais en beauté... »

Cette belle indifférence ne vaut décidément pas pour tous. On a déjà rencontré Laurent, le chef d'entreprise, soucieux, par un lifting, de préserver son *look*. Rencontrant Thierry Ardisson, je m'étonne de sa capacité à continuer à jouer les animateurs branchés, une fois la cinquantaine passée : « Je ne joue à rien, me répond-il, je suis moi-même. Et si je vois des gens plus jeunes, ce n'est pas pour rester jeune, c'est que voir les gens de mon âge me donne l'impression d'aller au musée. [Sympa pour moi, sa contemporaine !] » Sa fraîcheur d'esprit, il l'entretient par un mode de vie délibérément peu classique, résidence parisienne séparée de celle de sa femme et de ses enfants, refus de porter une montre, de conduire, de voter. Physiquement aussi, il fait ce qu'il faut, s'est mis depuis quelques années à la gymnastique – « La punition absolue ! J'ai pris un *coach* qui me fait soulever de l'acier au Ritz deux fois par semaine » –, s'affirme prêt si nécessaire à se faire teindre les cheveux – « mais ce n'est pas mon problème du jour, je n'ai encore que quelques poils blancs » –, à prendre de la DHEA, à recourir à la chirurgie esthétique.

« On ne finit jamais en beauté », se désolait en janvier 2001 Jean-Louis Trintignant, dans *Télérama*[3]. Rien de positif pour lui dans la vieillesse : « D'abord, on perd la grâce ; et je ne parle pas de la beauté physique, je parle de la façon de bouger, de se déplacer avec souplesse, de cette élégance naturelle qu'ont les corps en mouvement des gens encore jeunes. » Il y a la maladie aussi, dont on ne se remet jamais plus complètement. Et puis une sensiblerie nouvelle qui amène facilement la larme à l'œil. « On ne m'avait pas prévenu, insiste Trintignant, d'ailleurs personne ne prévient. Les vieux en général se taisent, ou du moins ne disent pas tout : ils savent trop combien c'est terrible. »

Quelle leçon tirer de ces éclats de voix ? Beaux ou moins beaux, certains pleurent la perte de leur jeunesse, d'autres, beaux ou moins beaux, la vivent plutôt bien. « Avec l'âge, les beaux sont encore plus beaux, et les laids auraient tendance, comme le bon vin, à se bonifier avec le temps. Et puis, il y a tellement de prothèses à la beauté masculine ! » Le constat du tandem Lemoine-Weissman pèche peut-être par excès d'optimisme, mais, dans l'ensemble, il n'est pas faux. Johnny Hallyday donne le ton : « Ma gueule, qu'est-ce qu'elle a ma gueule ? Je m'en fous qu'elle soit belle. Elle est au moins fidèle », chantait le 15 juin 2003 le vieux rocker devant des milliers de fans réunis au parc des Princes pour fêter ses 60 ans...

Une femme belle meurt deux fois ?

« Fidèle, mais fidèle à quoi ? » protestent les femmes. À l'horloge du temps, qui, implacablement, vient chaque année ajouter un numéro au compteur ? Ou à celle que l'on se sent être, au plus intime de soi ? Les gens peuvent bien dire qu'« après 40 ans on a le visage qu'on mérite », et Balzac s'émouvoir, dans *La Femme de trente ans*, devant le visage de son héroïne retrouvée longtemps après – un visage sur lequel, loin de rester secrètes comme au temps de la jeunesse, les émotions ont imprimé leur marque : « Une tête de femme devient alors sublime d'horreur, belle de mélancolie ou magnifique de calme » –, les femmes, elles, ne sont pas prêtes à accepter passivement la défaite infligée par les ans !

« Le constat est surtout vrai, précisent Régine Lemoine-Darthois et Élisabeth Weissman, pour celles qui ont beaucoup misé sur la séduction. Car si l'apparence compte toujours, elles ne peuvent plus mettre en œuvre le même arsenal que du temps de leur splendeur, elles savent bien qu'elles devront être jugées sur autre chose – leur compétence professionnelle, leur capacité à être une bonne grand-mère, leurs talents de cordons bleus. C'est vraiment à une recomposition identitaire que la venue de l'âge les appelle. » Tout cela est d'autant plus difficile à accepter pour ces femmes qu'elles connaissent par cœur les armes qui sont à leur disposition : la mode, les produits de beauté, la gymnastique, la chirurgie esthétique... « Quelque part, il y a chez elles comme une culpabilité, ce sentiment que, si on vieillit, c'est qu'on le veut bien... »

Chez les femmes de 50 ans surtout, la première génération à avoir passé un pacte selon lequel il était normal de rester éternellement jeune et séduisante : « Les premières, dit Régine Lemoine-Darthois, elles ont fait des études, investi des métiers d'homme, décidé de leur vie, de leur fécondité. Les premières aussi, elles ont contribué au culte du jeunisme, à la dévalorisation des vieux. Elles étaient – nous étions ! – dans le mythe de la toute-puissance. » Pan sur le nez ! Les « baby-boomeuses », elles aussi, ont la vue qui baisse, elles aussi ont perdu, l'abus de soleil aidant, leur teint de pêche, elles aussi ont le ventre qui ballonne, l'ovale du visage moins pur – et même le blanc des yeux qui jaunit. Rien de grave, seulement des petits bobos, l'ensemble reste plus que présentable, les cheveux gris sont masqués, les kilos en trop soigneusement évités. N'empêche : on ne peut être et avoir été !

« Une femme belle meurt deux fois ! » : à l'appui du dicton, on pourra toujours invoquer l'exemple de Greta Garbo, célébrée pour sa beauté dans le monde entier, tournant vingt-huit films – le dernier en 1941, elle a alors 36 ans –, pour fuir après la guerre les plateaux d'Hollywood et se réfugier dans une solitude mythique, loin des regards, loin des critiques, jusqu'à sa mort à l'âge de 84 ans. Heureusement, tout le monde n'est pas la Divine pour se mettre ainsi la tête sous le sable quand l'éclat de la jeunesse se fane. Souvenir d'une Michèle Morgan déjà septuagénaire (c'était en 1993), me recevant dans la villa de son compagnon Georges Oury sur les hauteurs de Saint-Tropez, dans une jolie gandoura turquoise assortie à ses yeux après avoir, comme tous les matins, fait ses abdominaux et nagé ses 500 mètres dans la piscine. Souvenir d'un autre monstre sacré, Lauren Bacall, plus toute jeune elle non plus, mais l'œil toujours vert clair, la voix grave, le sourire enjôleur, l'élégance tout européenne en tailleur-pantalon gris perle, débarquant en chantonnant à notre rendez-vous avec une heure de retard – star on est, star on reste –, un paquet d'Hermès sous le bras. Si elle a intitulé ses Mémoires *Maintenant*[4], ce n'est pas par hasard. Les vieilles photos qui traînent chez elle, elle ne les regarde pas : « C'était moi, ce n'est plus moi. Je ne vais tout de même pas m'amputer du plus clair de ma vie ! Dieu sait si j'ai aimé Bogie [Humphrey Bogart, mort en 1957] et nos onze ans de vie commune, mais je trouve parfois frustrant d'être d'abord vue comme sa femme plutôt que comme une actrice, même s'il est vrai que, pour lui, j'ai accepté de mettre au second plan ma carrière. Cette éternelle rengaine sur le "couple de légende" que nous formions – une légende, c'est forcément mort ! –, sur *The Look* (le surnom qu'on lui donnait à Hollywood à cause de son regard coulé de biais), tout ça parce que, quand j'ai commencé à 19 ans à tourner avec Howard Hawks, j'avais tellement peur que je collais le menton contre la poitrine pour m'éviter de trembler comme une feuille… » On l'aura compris, ce n'est pas Lauren Bacall que l'on verra pleurer sur sa beauté perdue :

« D'abord, je ne me suis jamais considérée comme une femme belle. Séduisante au mieux. J'ai peu de goût pour les miroirs. Il y a, aux États-Unis, une telle obsession de la jeunesse, de la forme physique, elle a ruiné beaucoup de femmes. Bien sûr, ce n'est pas drôle de prendre de l'âge, le corps marche moins bien, toutes ces choses-là ont tendance à tomber [elle se tâte le menton, les joues, les yeux…]. Mais qu'est-ce qu'on peut contre cela ? Rien, sinon faire de l'exercice, ne pas trop manger. » Seul problème, Miss Bacall est une affreuse gourmande, et le livarot de la maison Barthélemy, rue de Grenelle, à deux pas de son hôtel, est le meilleur de Paris…

Pas d'affolement !

Les faits sont là : depuis l'heure de notre naissance, nous perdons chaque jour des milliers de cellules nerveuses, bien avant que ne commence – aux alentours de la soixantaine – l'inéluctable apoptose, ces fameux signaux du suicide cellulaire qui sculptent notre corps et commandent notre mort. Cela donne tout loisir d'observer le travail du temps. Pas d'affolement pour autant ! « Vieillir ne me fait pas peur », clame Isabella Rosselini. « Certains journalistes, ajoute-t-elle, croient me flatter en me disant que je ne fais pas mon âge. Ça me fait exploser ! C'est comme féliciter un Noir parce qu'il n'a pas l'air trop noir[5]. » Charlotte Rampling, sortie victorieuse d'une grave dépression, confie, quant à elle, entamer sans effroi une autre partie de sa vie : « Je savais seulement, me dit-elle, que, si j'acceptais de prendre ce tournant, il me fallait le faire une fois encore sans tricher, en me livrant tout entière, sans masque ni contrainte, comme je l'avais fait des années avant dans *Portier de nuit* ou dans *La Chair de l'orchidée*, en me montrant au besoin nue si mon corps n'était pas trop laid. » Elle a toujours veillé à ne pas être esclave de son image : « La beauté, je l'ai prise comme un cadeau du ciel, sachant qu'un jour elle s'enfuirait, et que, si elle restait, elle serait alors le reflet de quelque chose de plus profond, d'un bonheur acquis de haute lutte[6]. »

« Plus j'avance en âge, mieux je me sens ! » : Inès de La Fressange est catégorique. À 45 ans, elle appliquerait volontiers à l'apparence le slogan des amoureux de la Saint-Valentin : « Aujourd'hui plus qu'hier et bien moins que demain. »

« À 20 ans, j'étais très angoissée à l'idée de perdre ce physique qui était mon gagne-pain, explique-t-elle. J'avais le sentiment que c'est en appliquant sur mon corps des choses venues de l'extérieur, des vêtements, des bijoux, du maquillage, du parfum, que je combattrais le sentiment d'insécurité qui m'habitait. Il m'a fallu des années pour comprendre que le bien-être venait de l'intérieur, que c'est en préservant sa vie, en se reposant un peu, en organisant son emploi du temps, en voyant les gens qu'on aime, en défendant les idées auxquelles on croit, qu'on se sent mieux, même physiquement. »

Deux fois par an, elle signe un chèque pour s'inscrire à la piscine du Ritz et n'y met jamais les pieds. Il y a dix ans, on lui avait conseillé des injections de collagène pour lisser le visage : « J'ai fait un petit essai dans le coude : le lendemain, il était violet ! » Du coup, Inès a tout arrêté, ce qui explique qu'elle soit aujourd'hui « ridée comme une vieille pomme » (!!!). Comment avoir peur de la vieillesse quand on a eu une grand-mère comme la sienne ? « Elle m'a toujours dit qu'avec l'âge il fallait se soigner encore plus, porter des vêtements impeccables, pas des couleurs trop vives, et surtout ne jamais parler de ses maladies. » Le rêve absolu d'Inès c'est de devenir grand-mère elle-même : « Je fais déjà du bourrage de crâne à mes filles. Dès qu'on croise un bébé, je me pâme, pour qu'elles aient envie de tomber enceintes à 16 ans. On m'appellera mamie, j'apprendrai d'ici là à faire des confitures, du jardinage, je prendrai des cours de tricot, je rentrerai dans tous les stéréotypes. » Va pour mamie, mais au moins qu'elle soit jolie ? « Mais non, l'important, c'est qu'elle soit chaleureuse, confortable, avec au besoin un peu de moustache. La grand-mère qui joue à la maman, pas question ! » De ce côté-là, rien à craindre depuis que Nine a lancé à sa mère du haut de ses 9 ans : « De toute façon, tu es la preuve vivante que les dinosaures ont bien existé ! »

« Vous serez une très heureuse vieille dame », a dit un jour une voyante à Arielle Dombasle. Cela tombe bien : Bernard-Henri lui aussi se rêve dans la peau d'un auguste vieillard. Pour Arielle, en tout cas, comme pour Inès, le modèle est tout trouvé : « À 101 ans, ma grand-mère se levait encore tôt tous les jours, s'habillait avec immensément de grâce et de séduction, d'une robe toute simple avec deux perles grises aux oreilles, avant de partir faire sa promenade. » Cela n'empêche pas la belle de m'avoir avoué avec franchise sa crainte qu'un jour elle plairait moins. À son mari d'abord. À son public aussi. D'où le flou artistique qu'elle entretient sur son âge, ce qui lui a valu récemment d'être exclue du *Who's Who* : « Aucune femme n'aime tellement le dire. Mais pour une actrice, c'est encore plus difficile. Il y a tellement de rôles qu'on ne vous propose plus, passé le cap fatidique des 30 ans. Ais-je triché ? Pas vraiment. De toute façon, l'âge est porté sur le passeport, la carte de sécurité sociale... Disons que je ne le clame pas sur les toits. »

Elle affirme que son mari détesterait l'idée d'un lifting, qu'il aurait trop peur que cela dénature ses traits, mais elle-même n'a pas de prévention contre la chirurgie esthétique, un geste totalement banalisé au Mexique, son pays d'origine. En me raccompagnant vers la porte, elle me montre une magnifique collection de haches taillées en jade, plantées dans un élégant bac de sable fin, qu'elle a héritées de son père : « Chez les Indiens, le jade était plus précieux que tout. » Les Chinois taoïstes le réduisaient en poudre pour s'assurer l'immortalité. À voir l'inaltérable beauté d'Arielle, on en vient à se demander si la *gringita* n'en aurait pas pris une pincée...

Quant l'esprit va, tout va !

« Du moment où les petits ramoneurs ne se sont plus retournés sur mon passage, j'ai voilé mes miroirs », écrivait Mme Récamier. Françoise Giroud, elle, n'a pas craint d'affronter jusqu'au bout son image, tout en traitant d'« obscène » la vieillesse, le seul ennemi qui ait jamais osé lui tenir tête : « Comment cela peut-il m'être arrivé à moi ? À moi ! », s'exclame-t-elle dans *On ne peut pas être heureux tout le temps* [7]. « Un jour, on se découvre petite chose molle, fragile et fripée, l'oreille dure, le pas incertain, le souffle court, la mémoire à trous, dialoguant avec son chat un dimanche de solitude. Cela s'appelle vieillir, et ce m'est pur scandale. »

« Comme pour tout le monde, il y a des moments d'angoisse devant le temps qui passe, reconnaît Régine Deforges, mais aussi une certaine curiosité : comment les choses vont-elles évoluer ? » Bien jusqu'ici, si l'on en juge par son allure presque juvénile à 67 ans allégrement avoués ! « Et pourtant, je fais peu de sports, je ne dors pas assez, je traîne depuis toujours une fatigue permanente, une séquelle de la tuberculose que j'ai eue à 20 ans. » Il y a dix ans, elle a fait gommer les poches qu'elle avait sous les yeux : « Mais l'âge n'est pas qu'une question de rides. Moi, je vois l'âge des femmes à la manière qu'elles ont de marcher, de sortir de leur voiture, à la souplesse de leur nuque quand elles se tournent vers leur voisin pendant un dîner. » Banco donc pour une beauté au naturel, ni coiffée, ni maquillée, drapée de noir, la couleur fétiche de Régine, confiante dans l'idée que ses parades anti-vieillesse vont fonctionner à plein. À savoir : un bon capital génétique – « Mes deux parents sont encore en pleine forme à 90 ans » ; des enfants qui l'empêchent de ronronner – témoin le harcèlement téléphonique dont la gratifiera Léa, sa dernière de 24 ans, pendant toute la durée de notre rencontre ; et une belle ardeur au travail alliée à un immense goût de la vie.

Après tout, l'âge n'est qu'une donnée statistique. Régine croise souvent des « vieilles » de 40 ans qui pourraient être ses filles. Et quand on lui suggère que le fait d'avoir un mari de quatorze ans son cadet ne lui laisse pas trop le choix de rester jeune ou non, elle proteste qu'il est en fait beaucoup plus vieux qu'elle, plus plan-plan, lui qui n'aime que les vacances à l'île de Ré quand elle court le monde et va à Cuba deux fois l'an. Une séductrice restera toujours une séductrice. L'irrespectueuse peut bien jouer à la dame comme il faut, il entrera toujours des fruits de la passion dans ses confitures Bonne-Maman…

Apprivoiser l'avenir

D'ici deux ans, au jour de notre rencontre, Marie-Christine Barrault abordera le cap des 60 ans. Mais ce n'est pas pour lui faire peur : « À 25 ans, dans un téléfilm, je me suis retrouvée dans la peau de la sœur de Beaumarchais, en vieille dame de 75 ans. Après, ça n'a pas cessé, que ce soit sur scène ou à l'écran. Se vieillir artificiellement a au moins le mérite d'apprivoiser l'avenir. Tant de femmes se regardent dans la glace en se demandant comment elles seront plus tard. Leur seule et unique référence est leur mère, c'est parfois encourageant – c'était mon cas –, ça l'est parfois nettement moins. Les comédiennes peuvent, elles, matérialiser cette évolution tout en sachant qu'elle est réversible. Dans *Le Grand Bâtre*, il fallait quatre heures de maquillage pour me transformer en centenaire, mais le plus grisant, c'est que, sous les fards, j'avais l'énergie de mon âge à moi ! »

« C'est comme faire une répétition générale », confie, non moins sereine, Claudia Cardinale qui, elle aussi, s'est plus d'une fois travestie en vieille femme, dans *La Storia* de Comencini, dans *Mayrig* d'Henri Verneuil. Vieillir pour rire est une chose. Mais vieillir pour de bon ? « Le comble, c'est qu'aujourd'hui on me propose tout le temps de jouer des femmes nettement plus jeunes. Personne ne croit que j'ai 65 ans ! » dit Claudia, la mine facétieuse, blottie, jambes repliées, sur son canapé, cigarette ultra-fine entre les doigts et lunettes légèrement fumées sur le nez. Je me récrie : 65 ans, ce sera en avril prochain et nous sommes en octobre, on n'a jamais vu une actrice se vieillir volontairement de six mois !

Mais qu'est-ce que six mois quand, comme Claudia, on incarne une beauté sur laquelle l'âge n'a pas prise ? Si seulement elle consentait à nous révéler ses secrets… Bonne fille, elle dresse la liste. La marche : « Hier encore, je suis allée d'ici [son appartement de la rive droite, situé au-delà de l'île Saint-Louis] jusqu'au Sénat à pied sur des petits talons, une bonne heure de marche. » D'accord, mais tout le monde marche ! La nourriture : « Je mange très peu, en gros un vrai repas fractionné en trois dans la journée, même si j'adore les sucreries, le chocolat. » Mais tout le monde surveille un peu sa ligne, avec quelques petits excès çà et là ! La gymnastique : « Au moins une fois par semaine, j'ai une jeune fille qui me fait travailler dur avec des haltères ; ma chance, c'est que je n'ai pratiquement jamais varié de poids dans ma vie, du style 56 kilos pour 1,69 mètre : si tu gonfles et tu dégonfles, alors c'est toute la peau qui fait des plis, les seins qui tombent... » D'accord, Claudia, mais tout le monde fait un peu de gym ! « Un truc encore : il y a vingt ans que je me lave les bras et les seins à l'eau glacée, c'est l'assurance de les garder bien fermes. » Brr ! Laissons tomber : on n'arrivera jamais à concurrencer les déesses...

D'autant qu'avec Claudia c'est vraiment du sans-faute : « Je déteste les femmes qui se laissent aller, moi, jamais je ne sortirais décoiffée, pas maquillée, sans bijoux, même quand je vais faire mes courses. » Dans les années 60, elle s'habillait chez Nina Ricci. Depuis quinze ans, elle est fidèle à Giorgio Armani, qui « sait mieux que personne mettre les femmes en valeur. Je suis très difficile, je sais tout de suite ce qui me va ou pas, je n'aime que les choses qui épousent le corps, la maille, la soie ; les trucs lourds, je ne supporte pas. » Sa peau, elle en a toujours pris grand soin, nettoyage à fond, crème autour des yeux. Un lifting ? Elle est contre par principe, pour les actrices : « Comment montrer ses émotions si on porte un masque sur la figure ? »

Le vrai secret de Claudia, son élixir de jeunesse, on ne le trouvera pas sur la coiffeuse de sa salle de bains aux petits pots soigneusement alignés, ni dans ses placards abondamment garnis. Non, le secret de Claudia réside dans tous ces sourires parsemés dans son appartement : les photos de ses enfants, Patrick, dit « Pit », son fils de 44 ans, sa fille Claudia qui en a 24 ; de sa petite fille Lucile (la fille de Pit), presque jumelle de Claudia Junior ; de Pasquale Squittieri, son compagnon depuis trente ans, même s'ils vivent le plus clair du temps séparés, l'un à Rome, l'autre à Paris ; de ses parents (« Mon papa n'est plus là mais ma maman, à 85 ans, a une pêche d'enfer »), de ses frères et sœurs, de ses amis. « J'aime les gens. Mes proches mais aussi le public. C'est ça qui me fait vivre, ça qui me donne cette incroyable énergie. Je reviens du Festival du cinéma américain à Deauville où je faisais partie du jury. Pour aller de l'hôtel Normandy jusqu'au lieu de projection, j'étais arrêtée tous les trois pas par des personnes qui me demandaient un autographe, voulaient me parler, faire une photo avec moi. Il y a beaucoup d'acteurs qui refusent, pas moi. »

Coup de sonnette. Un fleuriste livre un magnifique bouquet de lisanthus blancs. Un admirateur anonyme ? Non, un geste du joaillier dont elle a porté les bijoux lors du dîner de gala à Deauville. Tout semble sourire à Claudia. Elle sort d'une tournée de sept mois en Italie pour jouer *Come tu mi vuoi* (« Comme tu me veux »), une pièce de Pirandello, elle qui a longtemps craint de monter sur une scène de théâtre. D'autres projets l'attendent, elle est sans cesse en voyage : « Je suis, dit-elle, une paresseuse qui travaille comme une dingue. » On ne peut s'empêcher de penser à d'autres stars du même âge qui traînent leur allure d'autrefois en plus fatigué, quand Claudia a su évoluer, se reconvertir, elle, la jolie pépé, en grande dame du cinéma européen, en ambassadrice de bonne volonté pour l'ONU, en bourgeoise raffinée aussi si l'on en juge par le cadre qui est le sien, entrée pavée de marbre et encadrée de colonnes, vaste salon aux murs jaunes patinés et aux beaux meubles siciliens en bois peint, à croire qu'on se trouve, en ces bords de Seine, dans quelque *palazzo* italien. Sur la cheminée, spectacle inusité et touchant, trônent ses décorations, il y en a d'un peu partout, mais la plus belle à ses yeux est cette croix de chevalier de la Légion d'honneur que Jacques Chirac lui a remise au printemps 2000.

Pour bien vieillir, il faut aimer les autres. Mais comment aimer les autres si l'on ne s'aime pas soi-même ? Il y a quelque temps, Claudia Cardinale a eu l'occasion d'assister à une projection de la copie restaurée du *Guépard* à la cinémathèque de Paris : « Alain [Delon] était là, on s'est dit en riant : "Qu'est-ce qu'on était beaux à l'époque !" » Mais voilà, c'était hier, or c'est le présent qui importe : « J'aime l'idée de vivre avec mon âge, mais aussi avec mon temps. Et, entre nous soit dit, je suis nettement plus à l'aise dans ma tenue Armani d'aujourd'hui [un ensemble pantalon en soie bordeaux] qu'Angelica dans sa sublime robe de bal avec son corset atrocement serré, un vrai martyre, surtout par la chaleur de bête qui régnait à Palerme cet été-là... »

Session de rattrapage

Des belles triomphent. D'autres plongent. Avec l'âge, la santé creuse l'écart entre les unes et les autres. Le moral aussi. Les événements de la vie. Des femmes que la nature avait moins gâtées s'en sortent épatamment. Sartre parlait du temps comme du « grand séparateur », celui qui vous force à vous dépouiller des vanités d'ici-bas. Mais il est aussi le grand égalisateur. Il brouille les cartes. Nouvelle donne : avec une saine hygiène de vie, des trésors d'énergie – et un peu d'argent tout de même ? –, des femmes dénuées de grâce à 20 ans ont belle allure à 50, quand de jolies poupées tournent à la caricature. Ni dédain, ni obsession : telle est la bonne attitude face à l'âge qui vient. « J'ai bien aimé, me dit le professeur Mimoun, cette femme approchant de la cinquantaine qui m'assurait que vieillir ne la gênait pas, mais qu'elle n'avait pas envie de "patauger dans la vieillesse". » C'est lui, un sergent recruteur hors pair décidément, qui me conseillera de rencontrer une autre de ses patientes, Marie-France C.

Paris est sous la neige. Impossible de dénicher un taxi. Elle déboule dans le hall de son hôtel à l'ombre de Saint-Germain-des-Prés après avoir marché d'un bon pas depuis les Champs-Élysées, grande femme mince au sourire chaleureux, cheveux gris coupés à la garçonne. « Je ne me suis jamais trouvée belle, je n'ai jamais craint d'être laide. » Le ton est donné : avec Marie-France, on ne perdra pas de temps en précautions oratoires. « J'étais habillée sans recherche excessive, mais impeccable. Sportive, je ne craignais rien pour ma silhouette. Mais mon visage m'intéressait moyennement. On me disait que j'avais de beaux yeux bruns expressifs, cela me faisait plaisir, sans me désoler pour autant de mon nez un peu fort. J'allais une fois par mois chez le coiffeur pour ma couleur, pas besoin de brushing puisque je portais mes cheveux ramenés vers l'arrière, en catogan. Les instituts de beauté, je n'y mettais jamais les pieds. J'adorais m'exposer au soleil sans prendre beaucoup de précautions, rien de tel pour garder le moral que d'être un peu bronzée au cœur de l'hiver. Mais ça n'allait pas plus loin : j'étais assez indifférente à mon apparence. »

Pourquoi diable dans ces conditions prendre la décision d'une opération ? « Mais justement pour retrouver cette superbe indifférence ! répond Marie-France. J'aime l'idée d'être neutre. Or, depuis quelque temps, je ne l'étais plus. Il y avait comme un décalage entre l'intérieur et l'extérieur, un sourire dans ma tête et, face à moi, une femme qui avait l'air blessée. Un lifting ? Ç'aurait sans doute été un plus dans le travail, quand je devais donner des interviews, faire des conférences, présider de grandes conventions. Plusieurs fois ma mère a abordé le sujet – elle-même avait eu deux liftings, rien de très courant à sa génération. Mais la parade était claire : à l'époque, je n'avais pas le temps. »

« À l'époque », c'était il y a trois ans. Marie-France en a alors 54, elle est, bien que belge, PDG pour la France d'une grosse société pharmaceutique, travaille la semaine à Paris à un train d'enfer, reprend chaque vendredi soir son Thalys vers Bruxelles où vit Adrien, son compagnon. Et sa fille Joëlle, née d'une première union, ainsi que le mari de celle-ci, Nicolas. Un jour d'avril, c'est le drame, l'accident sur l'autoroute du Nord, la mort pour Nicolas, la solitude pour Joëlle, enceinte de quatre mois. « Ma vie, dit Marie-France, a basculé ce jour-là. » Elle arrête de travailler, trop de gens ont besoin d'elle, Joëlle la première qui accouche d'un petit Valentin à la fin de l'été. La vie, peu à peu, reprendra des couleurs. Joëlle, son désespoir surmonté, a refait sa vie. Marie-France s'occupe dès qu'elle le peut de Valentin, fait de l'alphabétisation, bouquine, écoute de la musique, joue au golf, voyage, arrange la maison qu'elle a achetée en Provence avec Adrien. Son caractère joyeux a repris le dessus, son dynamisme est inentamé. Du coup, elle est plus que jamais gênée par ce visage chiffonné qu'elle aperçoit dans la glace : « Ce n'était plus moi. » On lui parle de Mimoun, il lui inspire confiance, promet que l'intervention – un lifting des paupières et du cou – ne modifiera pas l'expression du visage...

Contrat respecté : « Dans le miroir, après l'opération, il n'y avait pas une autre Marie-France, il y avait moi. Moi, pas plus belle, mais plus vraie. Plus moi-même. “Vous m'avez, ai-je dit à Mimoun, rendu la liberté de ne plus penser à cela.” » Les jours suivants, elle s'amuse à se prendre en photo. Opérée le vendredi, elle sort le samedi. Fait, le dimanche, ses courses équipée de grosses lunettes et d'un foulard. Elle est décidée à tout avouer... mais ses proches ne s'apercevront de rien ! « Il faut dire que, peu de temps avant l'opération, j'avais décidé de garder mes cheveux gris, opté pour une coupe très courte. Les amis n'ont vu que ça : « C'est fou ce que ça te va bien, disaient-ils, ça te rajeunirait plutôt... » Une nuit, une seule, celle qui a suivi l'opération, Marie-France a douté : « Me retrouver là, sur un lit d'hôpital, la tête pleine de pansements alors que je n'étais pas malade, je trouvais ça un peu pathétique. J'avais l'impression de rejoindre la longue cohorte des femmes qui n'arrivent pas à vieillir. » Mais ce *lifting blues*, comme elle l'appelle, ne résistera pas à la clarté du jour naissant. Marie-France dit même éprouver ces temps-ci une certaine « volupté » à vieillir : « Je ne dirais pas que j'ai envie que le temps s'accélère. Mais je resterais très volontiers au stade où je suis, je n'aimerais pas en tout cas revenir en arrière. Jeune femme, on a le devoir d'être sinon la plus belle, du moins au top de sa forme, de sa séduction, il y a comme une obligation de résultat. L'âge vous rend votre liberté, il vous procure – ma vieille obsession – une assurance de neutralité... »

Notes

1. Oscar Wilde, *Le Portrait de Dorian Gray*, *op. cit.*
2. Régine Lemoine-Darthois et Élisabeth Weissman, *Elles croyaient qu'elles ne vieilliraient jamais*, et *Vieillir, eux ? Jamais !*, Paris, Albin Michel, 2000 et 2003.
3. *Télérama*, 17 janvier 2001.
4. Lauren Bacall, *Maintenant*, Paris, Stock, 1995.
5. *Elle*, 23 septembre 2002.
6. Entretien de Charlotte Rampling avec l'auteur, *Madame Figaro*, 10 février 2001.
7. Françoise Giroud, *On ne peut pas être heureux tout le temps*, Paris, Fayard, 2001.

CHAPITRE 15

Contrainte par corps

Bien sûr, on n'était pas dupes. On savait que l'intelligence, la bonté, l'humour, tout cela, sauf accident cérébral majeur, il faut beaucoup de mal pour l'éradiquer d'un être humain. Mais la beauté ? Une méchante fluxion, une simple éruption, et pfuit ! la voilà envolée...

Dans *La Traversée des apparences*, le roman de Virginia Woolf, une jeune fille s'initie à la vie et à l'amour, le temps d'un voyage en paquebot de Londres à Buenos Aires, avant d'être foudroyée par un virus inconnu. Car si le lent grignotage de l'âge invite à se dépouiller de sa frivolité, l'arrachement est parfois autrement brutal. La vie est là pour opérer de sévères rappels à l'ordre : voici que ce physique qu'on avait pris tant de soin à bichonner, à emballer du mieux possible, à entretenir à grand renfort de cours de gym et de longueurs de piscine, est soudain en butte à des attaques variées contre lesquelles il se défend plus ou moins bien. Contre lesquelles, parfois, il ne peut rien.

Sur la planète des beaux, attention, terrain glissant ! À tout moment, on risque d'en être délogé. Avec, parfois, contre toute attente, un surcroît de vie qui vous attend au tournant...

Ma sorcière bien-aimée

Elle envahit la scène de sa présence, yeux verts, cheveux blond vénitien bouclés à la taille, teint lacté piqueté de taches de rousseur. Elle est l'Ondine de Giraudoux, la naïade surgie des flots pour séduire celui qu'elle aime, elle est le charme et la sensualité mêmes, l'image de la jeunesse et du talent. Dans la salle, on se dit que cette gamine-là – elle a quoi, 17, 18 ans ? – a l'étoffe d'une grande, que cette salle de quartier, cette troupe de théâtre amateur ne seront pour elle qu'une étape. D'ailleurs, elle est bien décidée, glissent à qui veut l'entendre ceux qui la connaissent, à devenir comédienne professionnelle. La connaissent-ils assez pour savoir que, derrière le sourire enjôleur d'Ondine, se cache… un dentier ?

« Oui, oui, un dentier comme une petite vieille, précise Héloïse, aujourd'hui âgée de 21 ans. Un dentier que j'enlevais la nuit, que je mettais à tremper dans un verre d'eau près de mon lit. Mais on s'y fait. J'étais devenue experte à le déboîter sans que ça se voie en plaçant la main devant la bouche. Hop ! On le nettoie d'un coup de langue, et on le remet en place. Même dans le camp où j'allais l'été au Canada avec un seul évier pour se laver les dents, personne n'a vu le manège… D'ailleurs, autant quand je jouais Ondine je n'en parlais pas encore trop à mes copains, autant ce genre de pudeur a fini par me lasser. L'année dernière – moi qui recherche d'ordinaire les personnages lumineux, je travaillais alors le monologue de Lady Macbeth, une véritable incantation aux forces du mal –, j'ai, dans le feu d'une répétition, ôté mon dentier pour donner plus de vraisemblance au personnage : on était tous morts de rire. »

Mieux vaut mourir de rire que mourir tout court. Héloïse en sait quelque chose pour avoir failli perdre, à la fin de l'été 1996, bien plus que ses dents. Ultime semaine de vacances chez son amie de cœur dans le Lot-et-Garonne. Deux fofolles de 15 ans et demi juchées sur la même mobylette, Héloïse au guidon. Le chemin qui débouche sur une départementale sans que rien l'annonce. Un livreur de fleurs qui passe juste à ce moment-là dans sa camionnette. Et puis le trou noir pour Héloïse, projetée sur le pare-brise de la camionnette, seule à être blessée dans l'accident. Elle en émergera quatre heures plus tard à l'hôpital de Castres où elle a été transportée par les pompiers. Diagnostic : outre de multiples contusions et un poignet cassé, une sévère fracture de la boîte crânienne. Transfert par hélicoptère à l'hôpital Purpan de Toulouse.

« Des premiers jours en soins intensifs je garde peu la mémoire, j'étais complètement shootée aux médicaments. Une nuit pourtant, j'ai connu ce que j'ai su plus tard être une "NDE" *[near death experience]*, un truc dont je n'avais jamais entendu parler. J'ai senti comme un appel de la mort, une lumière douce qui m'attirait vers un ailleurs. Des images de mon enfance me sont revenues, le goût d'une pomme, l'odeur d'aiguilles de sapin que je triturais entre mes mains. Pendant une fraction de seconde, j'ai eu le sentiment que j'avais le choix entre vivre et mourir, j'ai choisi la vie. »

Quelle vie ? C'est encore un peu tôt pour le dire. Dans l'unité de neurologie où on l'a transférée, Héloïse réclame un miroir : « Bizarrement personne n'en avait, maman avait beau farfouiller dans son sac, elle ne trouvait pas le moindre poudrier ; quant aux infirmières, elles prétendaient que la glace de la salle de bains était vissée. »

Une nuit, Héloïse se traîne jusqu'à la glace en question : « J'ai tout de suite pensé à la série télé *Code Quantum*, l'histoire d'un mec qui, parti dans une mission hyper-galactique, se retrouve successivement dans la peau d'une femme noire, d'un enfant juif... Il y avait quelqu'un dans le miroir et ce n'était pas moi. Quelqu'un au drôle de visage meurtri, au drôle de sourire avec des manques. J'ai croulé de rire avant de m'asseoir sur les toilettes pour récupérer. J'y suis restée longtemps. Peut-être ai-je pleuré aussi. »

Quand Héloïse fait sa rentrée dans son école avec un mois et demi de retard sur ses camarades, il lui manque toujours ses dents de devant : « Je veillais à parler tête baissée. Mais c'était mon école depuis toujours, les profs m'aimaient bien, j'avais plein d'amies : pour tout le monde, j'étais la petite vedette, la rescapée. » Trois semaines plus tard, on pose à Héloïse son dentier : « Évidemment, c'est dur à imaginer, un dentier, pour des gens de mon âge. Un attirail barbare pour sorcières à balai ou vieillards du quatrième âge. Mais ça ne m'a pas torturée. D'une certaine manière, j'arborais ce dentier comme d'autres leurs cicatrices, avec fierté, j'y voyais le signe d'une sorte d'expérience initiatique qui avait fait basculer ma vie. »

L'avant. L'après. Avant l'accident, une fille de seconde qui, comme toutes les filles de son âge, passe ses journées à se regarder dans la glace, parle *look* pendant des heures avec ses copines, se maquille en douce avec elles dans la salle de bains, adore porter des pantalons stretch avec des talons. Après l'accident, une fille de première en pantalons informes et gros godillots, qui comprime sa belle chevelure rousse en un petit chignon serré et fait tout pour s'enlaidir, y compris des crises de boulimie. « Pendant trois ans, mon système de défense a été de nier l'apparence. Je me suis convaincue que celle-ci n'était que mensonge, c'était tout de même troublant de se dire que l'être le plus beau de la terre pouvait devenir un monstre après être passé sous un camion tout en restant le même à l'intérieur. » Cette année-là, quand Héloïse, qui a choisi l'option « théâtre » pour le bac, se voit attribuer le rôle d'Audrey, l'amoureuse du fou, dans *Comme il vous plaira* de Shakespeare, elle prend plaisir à en accentuer le côté comique en jouant les guenons prognathes.

Ce parti pris contre tout artifice doublé d'une force de caractère peu commune va l'aider à affronter une épreuve qui, pour d'autres, aurait pu tourner au calvaire : « Et puis, à 15 ans, dit-elle drôlement, on sort tout juste de l'enfance : il n'y a pas si longtemps, j'étais encore brèche-dents, je trouvais même très pratique à l'époque d'avoir un trou entre les deux incisives pour y glisser mon pouce. » Le soir, dans son lit, elle appelle en renfort le poète, relit ces vers d'Yves Bonnefoy : « Celle qui ruine l'être, la beauté, sera suppliciée, mise à la roue, déshonorée, dite coupable, faite sang, et cri, et nuit, de toute joie dépossédée – ô déchirée sur toutes grilles d'avant l'aube, ô piétinée sur toute route et traversée… »

Elle s'invente tout de même une grand-mère cacochyme pour acheter les pastilles nettoyantes chez le pharmacien et, n'étant pas kamikaze, se garde bien de raconter sa vie aux garçons avec qui elle sort : « J'avais développé une technique très au point pour qu'ils ne se rendent compte de rien : quand on s'embrassait, c'est moi qui prenais la direction des opérations pour éviter que la langue ne touche le haut du palais. » Un palais en résine rose, forcément, ça fait bizarre. Les broches en fer choquent moins, on pense au pire à un banal appareil d'orthodontie. Avec ses proches, Héloïse en rajouterait plutôt dans la provocation, s'amusant parfois à bondir sur ses parents pour les embrasser avec un grand sourire vide : « Je trouvais ça hyper-drôle, eux nettement moins. » Une fois au moins, cet humour noir lui servira. Dans un wagon de métro désert, un type se met à se masturber devant elle : « J'ai eu une idée grandiose. J'ai basculé mes cheveux vers l'avant, enlevé discrètement mon dentier, puis j'ai relevé la tête, je l'ai regardé longuement, droit dans les yeux. Et je lui ai décoché un énorme sourire ! Il est devenu blême, il ne s'attendait tellement pas à ça, il est sorti précipitamment sur le quai à la prochaine station en tenant à deux mains son pantalon. J'exultais ! »

Sous la violence du choc, la mâchoire, elle aussi, a souffert. Impossible d'implanter de nouvelles dents si l'on ne renforce préalablement l'os sous la gencive. En 1999, trois ans après l'accident – elle sort alors d'hypokhâgne –, Héloïse subit une première greffe osseuse. Échec. Il faudra attendre trois ans de plus pour que l'on tente une autre greffe, en prélevant de nouveau de l'os sur le crâne. Autant d'interventions douloureuses. Autant de semaines sans plus de dents du tout – le temps de la cicatrisation –, à avoir l'air, même bouche fermée, d'un personnage échappé de *La Planète des singes* : « Grâce à l'application de glace sur le visage, j'ai réussi à ne pas avoir trop de bleus. Mais on se retrouve quand même avec une tête hallucinante, des zones gonflées qui se promènent d'un jour à l'autre, des lèvres énormes, des narines épatées, plus de relief en creux autour du nez. »

Aujourd'hui, un bridge collé de cinq dents a remplacé le dentier, en attendant la pose d'implants définitifs d'ici un ou deux ans. On regarde l'enfant devenue femme. Passionnée, excessive comme avant. Mais lumineuse, hyper-féminine, heureuse de plaire : « Je suis, c'est vrai, redevenue coquette, j'aime m'habiller, me maquiller, je surveille mon poids. Mais je n'attache plus du tout la même importance au physique qu'avant. Ce n'est en tout cas pas le critère pour choisir mes amies. Ni mes amours. Mon dernier copain en date était plutôt beau type, mais je suis aussi sortie avec de vrais thons [traduction : des très moches], quelle importance ? » En six ans de galère, Héloïse n'a en tout cas jamais douté de sa vocation de comédienne : « Ma seule inquiétude était pour mon élocution, car le dentier me faisait chuinter, la langue butant contre la paroi trop lisse des fausses dents. » Cette année, elle se présentera au Conservatoire national d'art dramatique, elle a déjà joué dans plusieurs téléfilms : « Je me sens ouverte à tous les rôles. De belle. De laide. Je m'en fous. Tout le répertoire m'intéresse. » Un seul regret peut-être : « Il y a une chose que j'ai perdue à jamais le jour de l'accident, c'est mon sourire. Je n'ai plus les mêmes fossettes, plus le même écartement entre les lèvres et le haut des dents. Ce n'est pas que je me sentais irrésistible mais c'était mon sourire à moi, la première chose que j'offrais aux gens. Aujourd'hui, il n'est plus qu'un beau souvenir d'enfance. »

La madone en fauteuil

Au départ, ce n'était qu'un fait divers. L'été 2001, à Strasbourg, un énorme platane, déraciné par un vent violent, écrase la buvette où s'abritaient les spectateurs d'un concert. Bilan : treize morts, une quarantaine de blessés. Quelques mois plus tard, sur le plateau de *Ça se discute*, le fait divers prend pour moi la forme d'une jolie fille de 26 ans au visage de madone encadré de longues boucles brunes. « Quelle vie amoureuse pour les handicapés ? » : de ce sujet délicat, Éléonore D., paralysée depuis l'accident, parle avec naturel, tout comme son copain Thomas, 29 ans, natif de Besançon, paraplégique lui aussi, mais après un accident de moto. Ils disent l'amour qui les habite, un amour à vivre différemment avec leurs corps blessés, mais aussi le nouveau regard qu'il leur faut désormais porter sur eux-mêmes – un psy parlerait de « réaménagement de leur image corporelle ».

L'attendrissement gagne le public de l'émission, la beauté des tourtereaux en fauteuil n'y est pas étrangère.

Rencontre à la rentrée 2002, dans un appartement qui leur a été prêté par des amis aux portes de Paris. Éléonore est plus jolie encore qu'à la télé. Thomas est là, lui aussi, un blond aux yeux verts et au beau visage charpenté. Hier, c'est tard dans la soirée qu'ils sont arrivés de Chamonix par la route : « Depuis notre sortie de l'hôpital en février, on a dû faire 15 000 kilomètres ! » dit Thomas. S'ils ont perdu leurs jambes, ces deux-là n'ont pas baissé les bras : « On a tellement besoin de reprendre une vie normale... »

Flash-back. 6 juillet 2001. Éléonore est revenue dans la journée d'un camp de jeunes où elle était animatrice, le moyen de se faire un petit complément de salaire, son métier d'illustratrice ne lui garantissant pas la fortune. Elle doit se rendre avec un ami et sa sœur Camille à un concert de musique yiddish : « J'avais un peu la flemme, mais bon, je me suis changée, j'étais plutôt en forme ce soir-là. » Elle peut même dresser l'inventaire précis de ce qu'elle portait : « Un chemisier bleu à fleurs, un blouson de skaï noir, des tongs, autour du cou un lacet de fer avec des ronds bleus en pâte de verre... » La pluie tombe à verse, les musiciens arrêtent de jouer, tout le monde s'abrite sous la tente de la buvette : « Je prenais une bière avec Patrick, l'ami qui nous avait accompagnées, et un autre garçon. Un coup de vent a fait bouger la tente. Il y a eu un mouvement de panique. Chacun a réagi à sa façon : Camille, facilement claustro, est sortie dehors ; moi, je me suis dirigée vers un des piquets pour éviter que la tente ne s'envole. C'est à ce moment que j'ai pris un grand choc sur le côté droit. »

Éléonore se retrouve à terre, incapable de bouger les jambes : « J'ai tout de suite pensé : “Je ne marcherai plus.” Mais j'ai aussi cherché à me protéger le cou, comprimé par une grosse branche : il fallait à tout prix que je garde mes mains pour peindre. Tétraplégique, même cela me serait interdit. » Le garçon avec qui Éléonore discutait est mort. Patrick a une jambe brisée et souffre d'un traumatisme crânien, Camille d'une simple éraflure dans le dos. Éléonore, touchée à la colonne vertébrale, est opérée à l'hôpital de Strasbourg. Le diagnostic est sans appel : « D12 L1. » En clair : moelle sectionnée au niveau de la douzième dorsale.

Jusque-là, la vie lui avait plutôt souri : enfance heureuse à Toulon dans une grande maison face à la mer, famille nombreuse – elle est la cinquième de sept –, père militaire, ingénieur de l'armement, mère ancienne psychologue pour enfants. Après un an de prépa à Paris, Éléonore intègre les Arts déco de Strasbourg : « Une chance d'avoir choisi un métier qui se fait avec les mains et la tête, où c'est le talent qui fait la différence. » Une chance aussi d'avoir hérité de ses parents de solides valeurs, foi chrétienne, bonne entente familiale, ouverture aux autres : « L'essentiel était là. » Ce qui n'empêche pas Éléonore d'être très coquette. Il faut dire qu'avec son 1,73 mètre, ses yeux clairs, son teint de pêche, ses longues jambes et sa jolie poitrine, elle ne passe pas inaperçue : « Je me suis toujours fait beaucoup draguer, on me sifflait dans la rue, j'étais mignonne, souriante, appétissante. Je ne détestais pas sentir les regards qui se portaient sur moi quand, de mai à octobre, je me promenais en bikini sur la plage, à Toulon ou dans les Landes. » Tout son argent de poche lui sert à s'habiller : « J'aime ce qui est beau, mon côté artiste. Les beaux objets. Les belles maisons. Les beaux tissus. Maman ne pouvait trop rien dire : elle est très coquette elle aussi ! »

Il n'y a pas que les jambes dont il faille faire le deuil, il y a le reste aussi, ce dont on ne parle guère, et d'abord l'humiliante perte du contrôle sphinctérien. Pendant les trois semaines qu'Éléonore passe à l'hôpital, la famille, les amis se pressent autour d'elle, leur tendresse est le plus efficace rempart contre le désespoir. On la prend par son point faible. Pour remplacer les chemises de nuit d'hôpital pas vraiment sexy, la mère d'Éléonore lui achète des nuisettes, de jolis débardeurs. Ses copines lui apportent des magazines féminins, des produits de beauté. Ses quatre sœurs ne savent qu'inventer pour la soulager, appliquent des crèmes sur le visage, l'aident à se maquiller, lui massent les jambes. Reste un petit pincement au cœur quand Éléonore les voit entrer dans sa chambre toutes belles et bronzées : « Entre deux passages à l'hôpital, elles allaient faire les soldes d'été. Un jour, Maïlys [kiné dans les Landes, elle n'avait même pas pris le temps de repasser chez elle après avoir appris l'accident] est arrivée avec un de mes petits twin-sets sur le dos. Ça m'a fait mal au cœur. Elle marchait, elle était insouciante. Le soir, j'ai pleuré dans mon lit. Jamais devant la famille : handicapée, on ne peut pas s'offrir le luxe de déprimer. »

Vers la fin août, Éléonore rejoint un centre de rééducation sur la presqu'île de Giens, à proximité de ses bases familiales. C'est là, auprès d'autres jeunes de son âge, qu'elle retrouvera vraiment le goût de vivre. De rire. De s'habiller et de se faire belle. À Giens, Éléonore va réapprivoiser ce corps qu'elle n'osait même plus regarder sous la douche à l'hôpital : « Non seulement on se retrouve coupé en deux, mais c'est tout le corps qui change : faute d'exercice, les jambes maigrissent, les chevilles gonflent, les muscles des fesses fondent, la taille épaissit… J'ai eu l'impression de vieillir d'un coup. » Une impression toute relative quand on regarde cette fille dans le vent, avec ses cheveux retenus par une drôle de barrette à fleurs et striés de petites mèches cuivrées, « pour délirer un peu », ses baskets noir et rouge, son pull vert sans manches à col roulé, assorti à un pantalon de velours côtelé taille basse et « pattes d'éph ». « Dans le temps, je préférais être en minijupe ou en short, histoire de montrer mes jambes, j'en étais très fière. » Et Éléonore d'avouer, rougissante, que c'est une des premières choses qu'elle a confiées aux infirmières à l'hôpital : « J'avais besoin qu'elles sachent comment j'étais. Thomas aussi, je n'ai cessé de l'embêter avec mes photos anciennes. » Qu'il constate au moins de visu la beauté de son aimée, le galbe parfait de ses jambes aux chevilles fines et aux cuisses fuselées !

Car Thomas il y a désormais. Dès son arrivée au centre de Giens un mois après elle, Éléonore a repéré ce garçon un peu sauvage, le menton et la tête enserrés dans un corset : « Plus tard, on le surnommera pour rire "Tortue Ninja". » Seule fille du groupe – les accidents de moto, de sport, c'est plutôt pour les garçons –, Éléonore pourrait avoir la tentation de se prendre pour la petite reine. Sa lucidité l'en empêche :

« Même si les garçons handicapés vous font des frais, se font mignons pour vous, ils rêvent tous au fond de retrouver une fille valide... ». Tous, sauf un : « Un jour que nous prenions, Thomas et moi, l'apéro dans sa chambre – on avait débouché une bonne bouteille de vin d'Arbois –, il m'a fait sa déclaration. J'ai trouvé ça courageux, on se sent si peu sûr de soi à ce stade, moi en tout cas je ne pensais plus pouvoir séduire qui que ce soit. »

Entendant parler de lui, Thomas rapplique du fond du couloir sur son fauteuil, son tee-shirt sans manches révélant de solides biceps. Avec lui, c'est une autre histoire qui s'invite dans la conversation. Celle d'un enfant qui, mal remis du divorce de ses parents l'année de ses 15 ans, a compensé son mal-être en flirtant avec le danger, dévalant à skis les pentes les plus raides, escaladant les parois les plus abruptes, campé sur les cale-pieds de sa moto plutôt qu'assis sur la selle. C'est un autre rapport à l'apparence aussi, largement conditionné par l'ambiance de Chamonix – « le royaume de la frime » –, par sa mère, « une très jolie femme soucieuse de son élégance », par le rôle qui est le sien dans le restaurant qu'ils ont monté ensemble et où il fait aussi bien la cuisine que l'accueil des clients ou le service en salle : « J'ai toujours veillé à être bien fringué. » Un temps de silence, et Thomas laisse tomber : « Mais je dirais que mon physique m'a plutôt handicapé. » Drôle d'idée d'utiliser ce mot miné ! « J'aurais eu un physique ingrat, explique-t-il, j'aurais développé de la tchatche, de l'humour, j'aurais cherché à séduire les filles. Là, non : je me laissais un peu vivre. » Son accident ? Il l'a « vraiment cherché ». Il se féliciterait presque d'en être sorti « sans atteinte apparente » à son intégrité physique : « J'ai eu beaucoup d'accidents de ski, j'ai cassé quatre voitures, j'ai fait cette sortie de route à moto : jamais je n'ai eu la moindre goutte de sang. Ça, je ne supporterais pas. »

Deux histoires. Deux régions. Deux milieux. Deux ambiances familiales. « Valides, on se serait sûrement loupés », dit Éléonore. Avec son 1,75 mètre, Thomas aurait-il seulement trouvé grâce à ses yeux ? Mais le monde d'Éléonore a basculé un jour de juillet. Superficielle, elle l'est moins que jamais : « Je découvrais un être intelligent et sensible, un caractère romantique, sentimental, somme toute assez proche de moi. » Très vite, ces deux-là sentent que leur histoire, c'est du sérieux. Mais, si les cœurs s'emballent, les corps pèsent des tonnes. La souffrance est toujours là, en toile de fond, surtout pour Thomas qui, touché à la colonne vertébrale plus haut qu'Éléonore, doit avaler en permanence des antalgiques. Il n'est pas évident de dévoiler à l'autre ses infirmités, les jambes trop fluettes d'Éléonore, le petit ventre qui désole Thomas, privé de ses abdominaux. Et puis cette rage de ne pouvoir, empêtré dans ce maudit fauteuil, serrer comme tout le monde l'être qu'on aime dans ses bras ! De toute façon, la perte de sensibilité au niveau des organes génitaux rend tout acte sexuel complet impossible. Il faut développer autre chose, plus de caresses, plus de tendresse, plus de discussions aussi.

La vie à deux, ce sera pour plus tard, quand ils auront trouvé un nid adapté, réglé les problèmes d'indemnisation, retrouvé un équilibre professionnel. Car si Éléonore peut continuer son travail d'illustratrice, Thomas va devoir changer de métier : des cuisiniers en fauteuil, ça n'existe pas. Il vient d'entamer à Nîmes une formation pour devenir luthier. Éléonore, elle, a emménagé à Montpellier avec sa sœur Camille. On peut faire confiance aux amoureux pour se retrouver dès que possible. Et pour multiplier les escapades, comme ils l'ont fait ces derniers mois : « Le virus du bohémien ne nous quitte plus ! » lance Éléonore. Pas question, bien sûr, de jouer les routards insouciants comme jadis Thomas sur les routes d'Asie ou d'Afrique, tout devient tellement compliqué quand on ne tient pas sur ses pieds. Mais ces deux-là n'ont pas froid aux yeux. Et, dans un coin de la tête, ils commencent à rêver d'un projet commun, l'élaboration d'un guide de voyage qui testerait les lieux accessibles aux handicapés. L'autre rêve, c'est d'avoir des enfants bien sûr : « On les adore tous les deux. » Rien n'empêche Éléonore d'être enceinte. S'il le faut, ils passeront pour les concevoir par une fécondation *in vitro*. Quelle victoire ce serait sur d'autres frustrations !

« Car on peut dire ce qu'on veut, murmure Éléonore, mais on est un peu moins femme en fauteuil. Une femme, c'est joli de la voir marcher, de la voir danser. De la danse, j'en ai fait beaucoup, en parallèle à mes études, j'ai pris des cours de claquettes, de danse orientale, yiddish, mexicaine. Dès qu'on mettait de la musique, on ne me tenait plus. Qu'est-ce que je peux faire aujourd'hui, scotchée sur ma charrette ? » Et puis, il y a l'attitude des hommes qui change : « Personne ne pense à draguer une handicapée ! » Thomas sursaute : « Ça te manque ? » Éléonore, l'air espiègle : « Mon petit chéri ! Mais bien sûr que ça me manque... Heureusement, en voiture, je garde toutes mes chances ! » Plaisir des regards admiratifs et des gentils compliments captés au feu rouge, depuis sa Clio blanche à commandes manuelles : « Je prends toujours soin quand je roule d'enlever mon macaron "Handicapé", je le remets pour me garer ! » Cet été en Ariège, elle était assise à côté de Thomas quand le type du coin à qui il demandait sa route lui a lancé, jovial : « La petite dame, je la garderais bien pour moi ! » « S'il savait... », ajoute Éléonore en balayant ses jambes du regard.

L'heure avance. L'ami qui les héberge travaillant dans la journée, je m'enquiers de ce que les amoureux ont prévu comme programme pour leur premier jour à Paris : « Mais, répondent-ils en riant, on va aller se balader ! La voiture est dans le parking en dessous. On met les fauteuils dedans. Et on file rejoindre des copains pour déjeuner ! » « On n'a aucun moyen d'imaginer dans quel état on serait, Élé et moi, si on ne s'était pas rencontrés... », laisse tomber Thomas au moment de nous séparer.

Gueules cassées

Sitôt en voiture, je boucle ma ceinture. On n'a pas le choix, c'est entendu. Mais la seule idée de se retrouver le visage couturé après être passée par le pare-brise... Éléonore avoue que le moment le plus dur à l'hôpital fut celui où elle s'est vue pour la première fois dans une glace, tuméfiée de partout, avec un énorme œdème au niveau du cou : « On m'avait bien dit que ça n'allait pas durer, mais je n'y croyais pas trop. » Une fois rassurée, elle aura tout loisir de fantasmer sur la vie qu'elle aurait eue, défigurée : « À l'époque, il y avait pas mal d'articles dans les journaux sur les femmes vitriolées au Maghreb : j'imaginais ces femmes privées de visage, empêchées d'exprimer leurs sentiments, d'entretenir des relations sociales normales. Mieux valait mille fois être handicapée ! » C'est pour aller à la rencontre de ces gens sans visage que j'ai demandé un jour au professeur Mimoun de m'emmener à Saint-Antoine, dans son service des grands brûlés.

De derrière la porte vitrée, on voit deux pieds. Ou plutôt la plante de deux pieds. Des pieds roses et frais, avec seulement sur l'orteil droit une drôle de petite ampoule rouge allumée. « Vous voulez entrer ? Ça risque d'être dur, vous savez. »

« Monsieur Mimoun » fait sa tournée, suivi des autres médecins du service et du personnel infirmier, tous en pantalon et marinière de toile jaune ou verte, charlotte et sur-chaussures en non-tissé. Pour entrer dans la chambre, il faut encore mettre un masque devant la bouche, se badigeonner les mains et les avant-bras d'un liquide désinfectant. Sa barrière cutanée endommagée, le brûlé est une proie rêvée pour tous les microbes.

J'entre dans la chambre sur les pas du professeur. Ce n'est pas dur, c'est abominable. Un amas de chairs informes d'où surgit quelque chose qui en d'autres temps devait s'appeler un visage, là, un masque de carton noirci. Dans le cou, on voit les veines coagulées. Et, entre deux pansements, un sexe de femme. Car ce tas de viande carbonisée s'appelait il y a encore une semaine Joëlle, elle habitait un port breton, elle avait 42 ans et deux enfants. Blonde, brune ? Qui pourrait le savoir ? Les yeux clairs, foncés ? Jolie, qui sait ? Préoccupée comme tout le monde par ses kilos en trop ? Encore que... D'autres priorités sans doute. Une femme battue par son compagnon, un marin, ancien SDF. Abîmée déjà par la vie. Une dispute de trop, et elle s'est auto-immolée avec du white spirit devant sa fille de 15 ans. Brûlée à 65 %, sur la face, le cou, le thorax, les membres supérieurs. Des brûlures pulmonaires aussi. Un début de septicémie. Demain, on tentera des greffes. « Pronostic vital très engagé », a conclu tout à l'heure Mimoun dans son petit magnétophone à l'issue d'une longue discussion avec ses adjoints. En clair, ça veut dire « foutue » ? Pas forcément, « on a vu pire que ça ». Pire ?

Dans une chambre, le lit de silice prévu pour limiter les surfaces de contact, donc la douleur, s'agite tout seul sous l'effet de l'air pulsé : il accueillera bientôt un nouveau patient, extrait de sa voiture en flammes. Ce soir, dans cette bulle isolée du monde où l'on pénètre par un sas, protégé par un code secret, une bulle où l'on maintient en permanence une atmosphère chaude et humide pour limiter les risques de refroidissement et de déshydratation, les dix lits seront occupés. « J5 » (le nombre de jours écoulés depuis l'accident) pour cet artisan brûlé aux jambes par l'explosion d'un bidon de vernis, « J4 » pour cette dame de 68 ans, sous assistance respiratoire à domicile, brûlée au visage pour avoir approché trop près d'une bougie, « J6 » pour ce SDF de 36 ans qui a voulu à tout prix récupérer ses papiers dans sa cabane en feu, « J2 » pour cette femme de 41 ans brûlée au deuxième degré par une friteuse, dévastée d'inquiétude à l'idée de son visage boursouflé, méconnaissable : « Seul l'épiderme est touché, d'ici trois semaines elle sera comme avant », m'assure-t-on. Et puis il y a les « TS », les tentatives de suicide, « normal, c'est la déprime de l'automne », laisse tomber l'un des médecins : Joëlle bien sûr, et puis Françoise, une conseillère municipale de 55 ans – on n'en saura pas plus – qui, elle aussi, s'est immolée par le feu après un différend conjugal, un affreux hasard réunissant dans des chambres contiguës ces deux désespérées quand les femmes choisissent d'ordinaire des méthodes plus douces, soucieuses qu'elles sont de leur intégrité corporelle.

Paris dispose de cinquante lits pour les grands brûlés. Il en faudrait soixante-dix. Avec toujours cette question lancinante : ces trésors de technique, ces conditions de travail harassantes, cette infinie patience – car ce n'est que le début d'un long parcours –, tout cela en vaut-il la peine pour aboutir à ces pauvres vies massacrées ? « C'est une question qu'on ne se pose jamais », affirme Maurice Mimoun. Même devant ces grands brûlés de la face qui « se ressemblent tous », une gémellité monstrueuse qui ne s'effacera jamais tout à fait. Un sort atroce ? Pas plus, insiste l'équipe, que celui des amputés qui souffrent indéfiniment du membre absent. Pas plus que celui des porteurs d'anus artificiels avec les contraintes que cela suppose. D'ailleurs certains grands brûlés, maintenus des semaines, voire des mois, en coma artificiel, s'en sont sortis. Ils ont eu une vie après, parfois « plutôt meilleure » que celle d'avant, en tout cas pour ceux qui avaient voulu mettre fin à leurs jours. D'une certaine manière, ils ont réussi leur coup en neutralisant en eux le vieil homme. L'épreuve du feu : une catharsis. Puisque la mort n'a pas voulu d'eux, ils n'ont qu'un désir : renaître !

Mais pour les autres, l'écrasante majorité, la quasi-totalité des accidentés, il faut faire avec le deuil de leur visage, le deuil de leur vie d'avant : « Le retour à l'état antérieur est impossible, écrit Maurice Mimoun. Le brûlé doit le comprendre tout seul, et sa famille aussi. Point n'est besoin de le lui dire. Trop tôt, ce serait cruel et sans effet. C'est un mécanisme intime que l'on ne peut qu'accompagner. Six mois est une durée minimale[1]. »

Pas question d'entamer le programme de réparation avant ce délai : par chance, c'est le temps moyen de maturation des cicatrices. De toute façon, malgré les récentes avancées, le chirurgien réparateur n'est pas un magicien : « D'irregardable, de monstrueux, nous arrivons au terme de multiples interventions chirurgicales à rendre le patient laid. Est-ce suffisant pour aider ? La réponse est oui, sans équivoque. » Pour autant que le brûlé ait mis une croix sur son état antérieur. L'opérer immédiatement après son accident serait aller droit à l'échec : pour lui comme pour sa famille, la comparaison se ferait forcément avec le visage indemne de toute blessure, le visage reconstruit ne serait au mieux qu'une pâle réplique de l'autre. La seule et unique solution est de se faire une nouvelle échelle de valeurs : « Une échelle de beauté dans la laideur. Il suffit de changer les bornes. On peut être moche, laid, très laid, horrible, hideux, monstrueux. Dans cet univers, la limite est repoussée. Le moche devient beau, le vilain sublime, et le monstrueux acceptable... »

Il y a deux ans, on recevait à Saint-Antoine Frankie, 28 ans, transféré depuis Marseille où il s'était électrocuté sur une ligne à haute tension en volant des éléments de cuivre dans un transformateur désaffecté. Défiguré. Un bras amputé. Trois doigts en moins sur la main qui lui restait. « Faute de miroir, se souvient Nicole, l'un des médecins anesthésistes, il tentait désespérément d'apercevoir dans les éléments métalliques des lits ou les CD-Rom qu'on lui apportait le reflet de celui qu'il était devenu, nez amputé, yeux écarquillés, bouche étirée, oreilles racornies. » Depuis, il a subi plusieurs opérations pour lui reconstituer des narines, des lèvres, des oreilles... On n'en est pas encore à peaufiner l'esthétique, on améliore le fonctionnel. Mais ça n'empêche pas Frankie de sortir dans la rue, de soigner même un peu son *look*, grosses lunettes et cheveux tirés en catogan. Il était en couple lors de l'accident : il ne l'est plus. Mais il continue à voir son petit garçon de 3 ans. Drôle de papa qui ne ressemble à aucun autre : ça n'empêche pas Damien de sauter au cou de Frankie, ravi, quand il vient passer le week-end avec lui.

L'homme sans visage

Il y a des films qu'on n'oublie pas. Ainsi *La Chambre des officiers* de François Dupeyron, d'après le livre de Marc Dugain, un hommage de ce dernier à un grand-père gueule cassée de la guerre de 14-18, qu'il ne connut jamais qu'avec un trou béant à la place du palais, quand une photo de lui, prise avant que l'éclat d'obus ne le frappe, le montre beau, sûr de lui, légèrement arrogant, un physique à la Paul Newman. Il y a cette scène surtout à laquelle j'ai souvent repensé depuis, où la bande de copains croise dans un couloir de l'hôpital une femme elle aussi défigurée. Face à elle, le héros tente d'articuler des compliments, de la bouillie plein la bouche : « Vous avez un beau sourire, de beaux yeux, de beaux cheveux. » Compliments dérisoires impliquant un effort surhumain. Bouleversant, tout comme l'implacable lucidité de la femme : « Je resterai seule, dit-elle, et vous, vous retrouverez une femme. Elles ne s'attachent pas aux mêmes choses... »

À la différence de Frankie, à la différence des officiers de Marc Dugain, Marc ne s'est, à 48 ans, jamais rencontré lui-même. Il ne connaît pas son visage. Son vrai visage. Celui qui aurait été le sien si, lorsqu'il avait 2 ans, alors qu'il rendait visite à sa grand-mère, une bouteille d'alcool imprudemment entreposée au-dessus du poêle à bois ne lui avait explosé à la figure. Du drame, il ne garde aucun souvenir, rien que les marques inscrites dans sa chair : des brûlures profondes sur les mains, le côté droit du torse, mais surtout sur le visage où seuls les yeux ont été épargnés. L'enfant sera hospitalisé plus d'un an aux Enfants malades, puis envoyé en maison de repos avant de reprendre une vie « normale ». À condition d'entendre par « normale » un va-et-vient incessant entre la maison et l'hôpital pour cause d'opérations à la chaîne – une quarantaine au bas mot ! –, une scolarité chaotique (car à l'époque il n'y a pas comme aujourd'hui d'école à l'hôpital), une vie de famille dynamitée quelques années plus tard par le départ de la mère de Marc : « Mon père, ouvrier fondeur, nous a élevés seuls, mes deux frères et moi, je lui tire mon chapeau. Mais il rentrait souvent bourré le soir à la maison. » Il mourra encore jeune d'un cancer du poumon. Ultime coup du sort pour Marc : la mort de son frère aîné dans un accident de moto, à 33 ans.

De quoi laisser un être en morceaux. Pourtant, nulle trace de tragédie dans la villa de Villeneuve-Saint-Georges où Marc m'accueille. Un intérieur soigné, mezzanine surplombant le salon, meubles Henri-II dans la salle à manger. Un grand jardin avec des fleurs, un potager, un bassin où faire trempette aux beaux jours. Une jolie femme blonde qui file faire ses courses, deux enfants qui rentreront tout à l'heure de l'école. Et Marc là-dedans avec son visage-patchwork, tanné comme du vieux cuir, parsemé de cicatrices, un vrai visage malgré tout, avec une bouche, un nez bien en place, des yeux intacts, un bon sourire. Un visage qu'on n'a aucun mal à fixer.

Il revient de loin pourtant. Pas tellement à cause de cette apparence étrange, même si à l'école on l'a toujours appelé « le brûlé ». Plutôt à cause d'un parcours scolaire chaotique, fugue à 14 ans, embauche dans une usine de traitement de peaux à 16. Au chômage dix ans plus tard pour cause de récession, Marc s'associe avec un ami pour monter une affaire de jeux : « Je connaissais beaucoup de bars pour y avoir pas mal traîné. Je leur plaçais des flippers, des baby-foot, des billards. » Trente ans plus tard, il est toujours sur le même créneau, même s'il a confié les rênes de l'entreprise à sa femme Armelle pour se lancer dans l'immobilier.

Armelle, c'est la jolie blonde aux yeux verts, très mode en tailleur pantalon et boots pointus, que j'ai croisée à mon arrivée. Marc a 25 ans quand il fait sa connaissance au comptoir du Chamonix, le bar qu'elle a monté à Choisy : « Je l'ai remarquée tout de suite. J'ai toujours été très sensible au physique des filles. Dans la famille, il y a toujours eu un niveau élevé d'exigence esthétique. Mes parents formaient un beau couple, ma mère est d'ailleurs toujours hypercoquette. Moi, il m'est arrivé bien sûr d'être retoqué à cause de mon physique, mais pas souvent. Et jamais avec des mots méchants. » Du côté d'Armelle, le coup de cœur est moins immédiat : « Quand je l'ai rencontré, Marc menait une vie assez dissolue, il adorait se défouler, sortir en boîte, boire un peu trop, claquer son argent. Et puis, je n'avais jamais vu un brûlé, ça m'a fait un choc au début. À l'époque, il était nettement moins bien que maintenant. » À l'hôpital Foch de Suresnes, on lui a pourtant remodelé un nez et des lèvres en lui prélevant de la peau sur les cuisses et les bras : « Je me suis retrouvé avec des petits carrés de peau appliqués sur le bas des joues qui me faisaient comme un costume d'Arlequin. Affreux. Pendant dix ans, j'ai tout arrêté. »

Par chance, Armelle est formelle, quand je la confesse à son tour, quelques jours plus tard, dans un bar proche de l'Opéra : « L'apparence n'a jamais compté pour moi. Peut-être avais-je d'autres problèmes plus graves à résoudre du fait de mon enfance difficile. » Difficile, le mot est faible pour illustrer une série noire : un père, ancien para revenu démoli d'Indochine, qui meurt d'une crise d'asthme l'année de ses 8 ans ; un accident de voiture qui, deux ans plus tard, la prive de sa mère et de sa petite sœur. Élevée par une tante qui tient une boucherie dans un petit village de l'Yonne, Armelle se marie à 17 ans, enceinte, accouche à 18 d'une petite fille, divorce, devient serveuse pour élever son enfant, tombe régulièrement sur des types invivables, achète enfin le bar où elle rencontrera Marc. La fin de la galère. Le départ d'une vraie vie de couple avec un enfant, bientôt deux.

« J'ai vraiment eu une veine folle », reconnaît Marc, conscient que, sans le moindre diplôme, il n'était pas évident de se retrouver vingt ans plus tard petit chef d'entreprise avec une maison à lui, une famille équilibrée. « On s'entend vraiment bien », confirme Armelle, pas peu fière d'avoir réussi à stabiliser Marc. « La seule chose difficile à vivre avec lui, ajoute-t-elle, c'est qu'il a absolument besoin de plaire. » Aux commerçants du Sentier avec qui il était en affaires dans le temps. Aux patrons de bar corréziens ou auvergnats qui sont aujourd'hui ses clients. Aux femmes surtout. « C'est plus fort que lui, il fait du charme, il a déjà eu des aventures, c'est une façon pour lui de se rassurer. » Ce n'est pas un hasard si Marc cultive sa ligne – « 73,5 kilos pour 1,73 mètre, le poids de mes 20 ans » –, entretient sa forme athlétique par la pratique du sport – hier le karaté et le full-contact, aujourd'hui, le footing –, suit volontiers la mode, est sensible aux marques. Dans sa garde-robe, des costumes Hugo Boss ou Saint Laurent, des mocassins Weston, toute la panoplie du cadre dynamique, il est loin, le bleu de travail qu'il portait quand il travaillait en usine…

Le problème, c'est encore et toujours le premier regard des gens : « Avec Armelle, on voyage énormément, parfois en tête à tête, parfois avec les enfants. Cette année on était au Mexique, l'année d'avant en Guyane. J'ai un peu de mal quand je pars avec des inconnus, les gens du groupe me trouvent facilement froid. » Dans la rue, les passants se contentent de le regarder à la dérobée. Mais les enfants ! Leur regard fixe. Incrédule. Leur doigt qui se pointe. Les enfants sont sans pitié. « Parfois, ils me demandent ce qui m'est arrivé, je m'en tire par une plaisanterie, je leur dis que j'ai oublié de me laver. » « Si c'est un adulte qui met les pieds dans le plat et lui pose la question, dit Armelle, Marc change aussitôt de conversation. Même devant moi, il n'évoque jamais l'accident. Et je ne l'ai jamais vu en parler à ses enfants. – Ils ne m'ont jamais rien demandé : je n'ai pas devancé leurs questions », reprend Marc, tout en avouant que ça lui aurait fait « très mal » s'il avait eu l'impression que Jeremy (18 ans) cherchait à cacher son père à ses amis ou si Laura (12 ans) lui avait demandé de ne pas venir la chercher en classe. « Quand Maryline, ma fille aînée, a eu un enfant, confie Armelle, Marc avait un peu peur que le bébé ne pleure devant lui. Mais il ne s'est rien passé de tel. Aujourd'hui Axel a 5 ans et il est fou de son "papy". »

Ce non-dit. Cette élégance soignée. Ce besoin de séduire. Pas besoin d'être fin psychologue pour détecter dans ces signes autant de parades à l'insécurité. Une insécurité que révèle aussi la volonté de Marc de corriger encore et toujours son visage. En rencontrant il y a une dizaine d'années le professeur Serge Baux à l'hôpital Rothschild, il a retrouvé confiance dans les vertus de la chirurgie réparatrice. C'est Baux qui lui a refait la lèvre supérieure, redressé le nez, aplani le sourcil droit, c'est lui qui a gommé les plaques que Marc avait sur les joues, cassé la cicatrice qui coupait son menton en deux, prélevé de la peau sur le crâne pour effacer un peu l'autre vilaine cicatrice boursouflée qui barrait son cou. Depuis cinq ans, le professeur Mimoun a pris le relais. « Je dois le revoir dans dix jours, il y a encore quelques petits détails à peaufiner, retravailler la lèvre, l'ovale du visage. J'aimerais bien qu'il me recolle les oreilles, c'est pour les cacher que je porte les cheveux longs. On m'a parlé aussi à Rothschild de distendre, grâce à des ballonnets, la peau du cou pour la retendre sur le visage, mais ça, ça ne me plaît pas trop. »

« Il faudra bien s'arrêter un jour », suggère la sage Armelle. De toute façon, son homme, elle l'aime tel qu'il est. « Quand je me suis mise avec lui, ma tante m'a dit : "Vous allez vieillir, et un jour tu le verras avec d'autres yeux." Mais c'est tout le contraire : ses brûlures, il y a longtemps que je ne les vois plus. Quand je suis face à lui, ce n'est plus le visage qui compte, mais l'homme tout entier. Avec son bon cœur, sa gentillesse, son côté charmeur. Ses fragilités aussi. Et puis, vous savez.... » Armelle se tait un moment, elle a comme un chat dans la voix, une drôle de lueur passe dans ses yeux verts : « Moi, comment dire ? Oui, je le trouve beau. » Elle rit, un peu gênée, en mettant devant son visage ses jolies mains soignées. « D'ailleurs, il aurait été un homme normal, on ne se serait peut-être jamais rencontrés... »

Marc est fier de sa femme. « C'est pour lui, dit Armelle, que je suis devenue coquette. Il déteste quand je suis mal coiffée, mal habillée. Il me parle déjà de mon futur lifting, il a fallu que le professeur Mimoun lui dise l'autre jour que c'était vraiment trop tôt ! » Elle est sa revanche sur la vie, la part de beauté qui lui a été arrachée, tout comme les enfants superbes qu'elle lui a donnés. Car sur lui, Marc sait bien qu'on ne pourra pas faire de miracles. Il veut seulement être au mieux de ce qui est possible. À plusieurs reprises, par l'intermédiaire d'un ami acteur, il s'est vu proposer un rôle dans un film : « Une fois, je devais être passager dans un train ; l'acteur en face de moi m'arrachait le journal dans lequel j'étais plongé et découvrait avec effarement mon visage. Une autre fois, j'ai accepté de tourner dans une scène de guerre pour éviter qu'on ait à grimer un comédien. C'était il y a douze ans : sur ce, mon père est mort. Et je n'ai plus eu envie de faire le pitre. » Plus envie d'incarner Quasimodo : « Je ne me suis jamais vécu comme un monstre. » Peur tout simplement de se laisser bloquer dans un rôle. Quand il suit ses trois semaines de cure annuelle à La Roche-Posay près de Poitiers, il se refuse à faire ami-ami avec les autres grands brûlés : « La chance que j'ai eue par rapport à eux est d'avoir cet accident très tôt. Eux savent ce qu'ils ont perdu. Moi pas. Je ne me connais pas d'autre visage que celui que j'ai aujourd'hui. »

Sa mère a conservé une photo de lui, enfant, à califourchon sur la moto de son père, une photo noir et blanc. Une seule. « Mais j'ai encore l'air d'un bébé. Peut-être aurais-je ressemblé à mon frère aîné, qui était comme moi châtain foncé, avec des yeux marron, j'aime en tout cas l'imaginer. Plusieurs fois on m'a dit que je ressemblais à Claude François. Si ça fait plaisir aux gens… »

Percer le mystère de son vrai visage en regardant ses enfants, Laura surtout, brune aux yeux marron comme lui quand Jeremy aurait plutôt les couleurs d'Armelle ? « Ça n'a jamais été une obsession… »

NOTE

1. Maurice Mimoun, *L'Impossible Limite*, *op. cit.*

CHAPITRE 16

Suprême élégance

Dépasser les apparences : salutaire programme. L'âge vous y convie. Les accidents de la vie aussi. Ce n'est pas pour autant qu'il faille reléguer l'apparence au magasin des accessoires. Car elle aussi a son rôle pour aider les gens dans l'épreuve : il n'est pas anodin qu'Éléonore, vissée sur son fauteuil roulant, ait demandé à son coiffeur des petites mèches cuivrées ; ni que Marc, le grand brûlé, tienne à être musclé comme un athlète, sapé comme un prince. Dans Sarajevo bombardée, les filles continuaient à se maquiller avec les moyens du bord. À Paris, sous l'occupation allemande, les femmes se teignaient les jambes, allant parfois, l'histoire est connue, jusqu'à dessiner la couture du bas au pinceau. Et que dire de cette fine cheville gainée de noir, cerclée d'un léger bracelet d'or et juchée sur des sandales Prada à talons compensés, entrevue l'espace d'un instant à l'aéroport de Mascate, la capitale du sultanat d'Oman, sur une gazelle aux yeux ombrés de khôl, comme pour rompre son enfermement dans la longue *abaya* noire destinée à la protéger de la concupiscence des hommes ?

Garder la face

Si l'exactitude est la politesse des rois, le souci de l'apparence pourrait bien être celle de tous les damnés de la terre.

Revoyant *Diên Biên Phu*, le film de Pierre Schoendoerffer, je suis frappée par l'image de ces officiers de la Légion étrangère en train de se raser au petit matin entre deux déluges d'artillerie, dans l'invraisemblable cloaque qu'est devenu en mai 1954 le camp retranché. Ces mêmes hommes dont Geneviève de Galard, qui fut la seule femme à partager leur sort jusqu'à la chute du camp, raconte dans ses Mémoires[1] qu'en captivité dans les camps Viêt-minh d'une saleté immonde, ils avaient la volonté farouche de ne pas se laisser aller, s'obligeant, même épuisés, à descendre à la rivière pour y faire leur toilette et laver leur linge, à étaler aussi avant chaque repas sous leur bol de riz un carré de parachute en guise de nappe et à le laver après usage. C'est ce même souci dont témoigne Geneviève de Gaulle, affrontée à l'horreur des camps de concentration nazis, ces lieux « où des hommes [étaient] jetés dans la boue pour devenir de la boue », selon les propres paroles de Himmler, lorsqu'elle évoque la fraternité qui l'unissait à ses camarades : « Nous étions très liées, écrit-elle dans *La Traversée de la nuit*[2], lorsque l'une de nous lâchait, n'avait plus de force pour réagir, les autres prenaient le relais. C'était une sorte de chaîne, il ne fallait pas que la chaîne casse. On se dégradait physiquement très vite. Par exemple, lorsque essayer d'atteindre un robinet pour avoir de l'eau devient un tour de force, on finit par renoncer. Et pourtant ! Nous refusions ensemble de nous laisser aller complètement... Nous nous attachions à garder une apparence à peu près propre. C'était un combat permanent pour la dignité. Dans cette résistance contre l'humiliation et, pire, la destruction, j'ai rencontré ce qu'il y a de plus beau dans l'homme. »

Depuis ces heures sombres, nous n'avons pas eu à connaître pareilles tragédies, en tout cas sur notre sol. La guerre, les 78 % de Français nés après 1945 n'en ont guère vu que des images sur le petit écran. Mais d'autres drames couvent, plus individuels. D'autres occasions de sombrer pour de bon. Là encore, garder la face, faire bonne figure, apparaît comme un antidote efficace au tragique de l'existence.

« Pendant deux ans après la mort de Vadim, dit Marie-Christine Barrault, je n'ai plus eu de corps. Comme s'il était anesthésié. C'était vrai de l'âme aussi, mais l'âme, c'est moins lourd, d'autant plus que, tout de suite, j'ai décidé que la joie ne me quitterait pas. Que, lui mort, je resterais du côté de la vie. De ce côté-là, j'ai été incroyablement volontaire, pleine de force et de courage. Le corps n'a pas suivi. Pendant de longs mois déjà, j'avais vécu sa maladie dans mon corps aussi, ses opérations, ses chimiothérapies. Jusqu'au bout, j'ai respiré avec lui ; quand il était très faible déjà, il a mis sa main sur mon ventre, c'était un accouchement que sa mort. Il s'est éteint dans mes bras. Mon corps est resté traumatisé. La douleur était tellement extrême de ne plus l'avoir auprès de moi que, comme pour m'en protéger, j'ai laissé les kilos s'accumuler. Ces coussins, ces bouées, c'était ma manière de porter le deuil, mes vêtements noirs à moi. Entre nous, ce n'était pas une folie sexuelle, l'âge vient tempérer cela, mais une relation sensuelle complètement fusionnelle : là, pendant de longs mois, j'ai oublié que j'étais une femme. C'était l'époque où je jouais en tournée *Barrage contre le Pacifique*. De cette femme – une mère Courage résolue à arrêter l'océan avec ses mains, avec ses rondins de palétuvier –, on dit dès sa première apparition qu'elle est "énorme comme la mer". Grosse et mal fagotée, j'étais dans mon rôle ! »

Un an a passé. Marie-Christine renaît cette fois corps et âme. Elle est en plein régime, déjà dix kilos de perdus. Gourmande, oui, mais gourmande de vie : « Je me sens tellement nourrie par le regard de Vadim, c'est lui qui continue à me faire sentir une belle femme, pleine de possibilités. » Séduire encore ? Pourquoi pas si le nouveau venu accepte que Marie-Christine soit un peu bigame !

Dans sa résurrection a compté ce week-end passé l'été dernier à Venise dans les bras d'un bel Italien, qui avait en vain tenté de la séduire lorsqu'elle était mariée avec Vadim : « D'une certaine manière, c'était quelqu'un d'"avant", cela m'a aidée. Je retrouvais le sentiment d'avoir un corps et que ce corps pouvait vivre. Ces temps-ci, on me fait beaucoup de compliments, on me dit que je suis belle. Peut-être n'avais-je pas envie d'entendre cela alors que Vadim n'était plus là pour me regarder. C'était trop tôt... »

Souvent, dans un geste presque automatique, elle tâte les deux alliances accrochées autour de son cou à une chaînette d'or. Non seulement il faut vivre mais vivre pour deux. Face à Marie-Christine Barrault, je repense à cette phrase glanée chez Christian Bobin, pilule efficace contre le désespoir : « La certitude d'avoir été une fois aimé et c'est la fin définitive de toute misère… » Ou encore à cette autre, citée de mémoire : « Le vrai drame n'est pas de perdre l'amour de sa vie, c'est de ne l'avoir jamais rencontré. »

Parfois, c'est trop tôt encore pour revivre. Mais pas trop tôt pour faire comme si. Et ce n'est déjà pas si mal. Des silhouettes me reviennent en mémoire. François, confronté après un beau début de carrière dans le marketing à un chômage de longue durée, et pourtant attentif à se raser chaque matin de près, à s'habiller et à se cravater comme avant, pour combattre la dépression rampante. Hedwige, une architecte vivant dans la région lyonnaise, une femme qui avait tout pour elle, beaucoup de distinction naturelle, une belle réussite professionnelle et une vie de famille équilibrée, se retrouvant en l'espace d'une année privée de son emploi, de son père dont elle était très proche et de son mari très aimé, parti sur un coup de tête avec sa jeune attachée commerciale. Pantelante de douleur après ce trop-plein d'épreuves, mais attentive chaque matin à gommer les ravages d'une nuit sans sommeil, à appliquer un baume miracle sur ses yeux gonflés de larmes, se forçant à se maquiller, à s'habiller, à rester celle que les autres attendaient, élégante, lumineuse, pour ses trois enfants, pour ses amis, pour elle-même. Et grâce à l'amour de ses proches, grâce à un nouveau travail, mais grâce aussi à cette apparence préservée, forçant le destin, retrouvant le chemin de la vie.

François… Hedwige… Dominique Érignac aussi, la veuve du préfet assassiné, à qui son infinie dignité, son beau visage grave et son élégance naturelle ont, mieux que toutes les larmes et les plaintes, assuré un fort capital de sympathie dans le public, servant son combat pour la justice.

Il y a les deuils, les ruptures affectives, la perte d'emploi, qui vous minent au moral et parfois au physique. Et puis, il y a la maladie contre laquelle plus que jamais, le souci de l'apparence peut être une arme, puisque alors, le travail de sape opère en direct. Une autre image s'impose à moi, celle de l'ami Hervé, retrouvé un jour par hasard à l'Opéra-Bastille, à une représentation de *Don Juan*, assis dans un fauteuil roulant : « Tu t'es planté en voiture ? – Non, non, je t'expliquerai », me lance-t-il. Et le voilà qui, le lendemain au téléphone, m'apprend qu'il est atteint de SLA, de sclérose latérale amyotrophique. Une horreur que je ne connais que trop bien, puisque ma mère en est morte. Et qui le frappe, lui, la cinquantaine à peine franchie. Au fil des mois, on le verra affronter le mal, toujours souriant, toujours impeccable dans ses costumes chics de financier, cravates Hermès et chemises à col anglais. L'argent, il en a, ça aide bien sûr à tenir le coup. Vincent, un informaticien au chômage, est là à son côté pour l'assister, l'habiller, conduire sa Mercedes, aider à le porter dans les lieux inaccessibles aux handicapés. Mais cette belle humeur affichée, cette allure-là qu'Hervé gardera jusqu'au jour de sa mort, ce bras d'honneur à la fatalité, tout cela n'est pas affaire de gros sous mais de force morale, d'éducation aussi : pour cet aîné de six enfants, le laisser-aller n'a jamais été au programme.

Un diamant gros comme le risque

Tiens ! Voici de nouveau Laurence, notre *fashion victim*. Cette fois, elle porte au doigt un magnifique solitaire : « J'en rêvais depuis longtemps. Papa me l'a offert quand j'ai appris la récidive de mon cancer. Une façon comme une autre de conjurer la peur. D'autres auraient forcé sur l'alcool ou les antidépresseurs. J'ai préféré me barder de beauté. »

Laurence a 26 ans quand on lui découvre un cancer du sein. Deux mois plus tôt, sa mère a appris qu'elle était frappée du même mal. Irruption de la fatalité dans une vie jusque-là préservée, parents divorcés, certes, mais restés amis, mariage quatre ans auparavant avec un charmant *golden boy*, naissance il y a six mois d'un petit garçon, job stimulant d'attachée de presse dans une grande société de cosmétiques.

Fini le temps de l'insouciance : l'heure est au combat pour la vie. Première opération en 1994. Chimiothérapie. Côté caractère, Laurence a de qui tenir : à son âge, son garnement de père avait depuis déjà longtemps fui sa très bourgeoise famille pour devenir planteur en Extrême-Orient, avant de réussir brillamment dans la banque à Paris. De la force, elle pourrait en puiser, à l'image de sa mère, dans une quête intérieure, un certain mysticisme. Mais non, elle va choisir de s'appuyer sur ce qui déjà la motivait, un sens profond de l'amitié… et la frivolité !

La maladie n'a en rien diminué son immense appétit de mode. À la veille d'entrer en clinique, elle se fait faire des mèches chez le coiffeur, les ongles de pied dans un institut de beauté, elle s'achète de jolis pyjamas, pas question de traîner là-bas en survêtement et en « marcel », ou d'avoir les cheveux gras : « Je peux avoir 40° de fièvre, je me les laverai quand même. » Dès sa sortie, elle refait des courses de plus belle, et si elle manque une année – une seule ! – les soldes de Chanel, ce n'est pas à cause de sa chimio mais d'une grippe carabinée : « C'était ma manière à moi de fuir le quotidien, l'ambiance des hôpitaux. Ma manière à moi de me battre, c'était de remplir mes placards… »

Peine perdue. Trois ans plus tard, récidive. Cette fois, Laurence est amputée d'un sein. Elle n'échappe pas non plus à une chimiothérapie lourde, qui a toutes les chances, cette fois, de lui faire perdre ses cheveux : « Je ne pouvais supporter l'idée d'être chauve. Me voir comme ça dans la glace ! Affronter le regard des autres ! Maman voulait me faire acheter une perruque, comme elle l'avait fait pour elle. Je lui ai dit que je n'en aurais pas besoin. Et j'en ai pris les moyens. »

Toute une stratégie que Laurence la battante va mettre au point avec l'aide de ses médecins. Il existe des casques réfrigérants censés freiner la chute des cheveux ? Va pour les casques ! Mais ceux-ci perdent leur efficacité dès qu'ils se réchauffent ? On les remplacera ! Normalement, on garde le même casque pendant les deux heures de la chimio, Laurence, elle, en change toutes les dix minutes. Frédérique, une amie de sa mère qu'elle adore, est à ses côtés pour troquer un casque contre un autre, lui parler, lui apporter des cafés, masser ses pieds glacés. Car ce défi a un coût : Laurence n'oubliera pas ces six séances, une toutes les trois semaines, où, allongée sous perfusion, elle doit supporter la brûlure du froid sur son crâne, cette impression d'avoir la tête prise dans un étau, « une torture », « un calvaire », « une épreuve monstrueuse », « la pire des souffrances », les mots se bousculent pour évoquer cette abomination. « Une chance : ça a marché ! Je n'ai pas perdu mes cheveux. J'ai vraiment été fière de moi. »

Dérisoire pied de nez quand l'enjeu du combat est la survie ? Voire. Ne dit-on pas que, face au cancer, il est essentiel de conserver un bon mental ? D'ailleurs, si elle l'aide à vivre, la futilité fait bon ménage chez Laurence avec une étonnante lucidité : « Je n'ai jamais occulté la réalité, je savais qu'on est toujours seul face à l'épreuve, que la mort était peut-être au bout du chemin ; j'acceptais cette idée, même si elle me terrorisait pour mon petit garçon et pour mes parents. Mon mari ? Il était jeune, il se serait vite remarié. »

Après sa récidive, Laurence repart dans une boulimie d'achats : « Papa cherchait par tous les moyens à me manifester son amour. Ensemble, on est allés à Londres ou à Rome sous des prétextes vaguement culturels : nous passions en fait notre temps à courir les boutiques. Le diamant, j'en rêvais depuis longtemps, papa m'avait promis qu'il m'en offrirait un le jour où j'aurais une fille, et comme c'était bien parti pour que je n'aie jamais d'autre enfant… »

Des mois encore, Laurence devra se battre. Le sein amputé s'étant infecté, il faut opérer à nouveau. On lui pose une première prothèse, puis une seconde. Dans les deux cas, il y a rejet. Reste une solution : prélever un muscle du dos, le « grand dorsal », pour reconstruire le sein manquant. Une opération de cinq heures, avec des jours d'intense souffrance à la clé. En tout, Laurence passera six fois sur le billard avant de retrouver un joli buste. Étrangement pourtant, ce n'est pas cette mutilation, déjà difficile à accepter pour toute femme, qui aura été le plus insupportable à une fille obnubilée comme elle par l'apparence : « Le vrai choc dont je n'arrive toujours pas à me remettre – ce n'est pas pour rien que j'ai entrepris une psychothérapie –, c'est l'avortement thérapeutique qu'il m'a fallu subir lors de mon premier cancer. J'étais enceinte de deux mois et demi. J'en éprouve toujours une lourde culpabilité, l'impression d'avoir commis un crime. »

Pour avoir un nouveau bébé, elle est prête à tout – et même à endurer, si les tests génétiques de prédisposition s'avèrent positifs, une ultime opération, l'ablation préventive du second sein et sa reconstruction par implantation de l'autre « grand dorsal », malgré le traumatisme de la première expérience. Car il n'y a pas que le casque réfrigérant à lui avoir fait supporter gaillardement sa seconde chimiothérapie. Laurence est tombée folle amoureuse du brillant cancérologue qui l'a accompagnée ces dernières années dans son combat contre la maladie : « Je savais qu'il serait à moi. » Et ce que femme veut ! Trois ans s'écouleront avant que Laurence ne se jette à l'eau au beau milieu d'une consultation et lui déclare sa flamme malgré ses protestations – pensez, son médecin, treize ans de plus qu'elle, divorcé avec enfants ! Et Laurence qui a une famille, elle aussi ! « Un mois après, il quittait la femme avec qui il vivait depuis dix ans, deux ans après nous étions mariés… »

Sacrée Laurence ! Experte dans l'art de plier le destin à sa volonté, de narguer la mort avec son amant, son diamant ou sa dernière robe de chez Colette, amour vrai et fanfreluches ligués. Sûre d'elle, la rescapée ? « Ah non ! J'ai pris justement quelques kilos, je me sens d'un moche ! Parfois, je me dégoûte quand je me regarde dans la glace, c'est comme si mon corps avait des vers de terre en lui. » Laurence prend congé, elle court vers un rendez-vous, c'est une jolie jeune femme blonde souriante qui s'envole dans la rue, avec ses pantalons Chloé, son sac Fendi et ses doutes jamais guéris. « Comme si mon corps avait des vers de terre en lui… »

Une boutique pas comme les autres

Les petits vers, eux, ils les ont dans la tête. Tous ces adolescents sont rongés d'angoisse, ils vivent une lourde souffrance psychique. Pour les réconcilier avec leur image sévèrement écornée, leur permettre de retrouver une certaine estime de soi, une drôle de thérapie est sortie tout armée du cerveau inventif du professeur Marcel Rufo, le pédo-psychiatre marseillais.

À l'hôpital de la Timone, l'« espace Arthur », une petite unité de huit lits avec de jolies pièces aux couleurs vives et des dessins d'enfants sur les murs, a une allure de pensionnat anglais chic. C'est là que, poussant une porte, on découvre la « vêtothèque », avec ses armoires-cabines, son miroir mural et ses portants multicolores. Là que les jeunes pourront essayer des vêtements et en emprunter afin de soigner leur détresse. Deux fois par an, Maryline Bellieud-Vigouroux, la dynamique présidente de l'Institut Mode Méditerranée à qui Rufo a confié l'exécution du projet, fait le point avec l'équipe médicale de la Timone sur le nombre de patients potentiels, le pourcentage de garçons et de filles, les pathologies dont ils souffrent, avant de passer au stade suivant : la sélection de jeunes marques régionales, trois cents modèles environ qu'on commande en plusieurs tailles, en plusieurs coloris. Des vêtements à la portée des adolescents, correspondant à leurs goûts, à leur budget, des pantalons *baggy*, des blousons, des tee-shirts. Des vêtements de marque – à cet âge, la griffe, c'est important. Certains offerts par les fabricants, d'autres achetés au prix de gros. Dans cette boutique pas comme les autres qu'est la vêtothèque, les ados hésitent à entrer, tournent autour des portants, essaient furtivement les vêtements sans oser se regarder dans la glace. « Y'a rien pour moi là-dedans ! » lance Vanessa, agressive. Patiente, une infirmière lui conseille une chemise et un pantalon-trompette. Coup d'œil en biais dans la glace de l'intéressée : rien n'est encore gagné, mais un premier pas est fait.

Des beaux souvenirs vécus à l'espace Arthur, Maryline en a plein la tête. Elle parle d'Irène, une fille ronde ayant déjà fait plusieurs tentatives de suicide, au visage fermé, aux épaules rentrées : « Elle a fini par sélectionner un petit blouson vert amande et a planté son regard droit dans le mien : “ Je vous plais comme ça ?” Le reste de la matinée, elle l'a passé à faire le mannequin. » Elle parle de Julie, 15 ans, en dépression chronique, physique androgyne, jeans râpés sur godillots de motard, dont le visage s'est éclairé d'un sourire quand elle a accepté d'enfiler un chemisier un peu transparent. De Caroline, 14 ans, presque obèse, toujours habillée de robes-housses, de pantalons de jersey à la taille élastique, faute de trouver des vêtements qui lui plaisent en taille 48 ou 50, amorçant une lente métamorphose : « Non qu'elle ait beaucoup minci, mais elle a appris à se maquiller, elle s'est fait faire des mèches, elle affectionne désormais les petits sacs rigolos portés en bandoulière, autant d'attributs de féminité qu'elle ne se serait jamais autorisé avant. »

Et puis, il y a bien sûr les anorexiques, qui représentent quelque 60 % des patients de l'espace Arthur : « Le point de départ chez elles, c'est qu'elles s'interdisent tout, de manger bien sûr, mais aussi de s'habiller, de séduire, de prendre du plaisir. Voir les vêtements, les toucher, jouer avec eux, se les approprier, c'est une manière pour elles de retrouver goût aux choses. De réaliser aussi, quand il leur faut coincer la jupe *extra small* qu'elles essayent dans l'élastique de leur petite culotte pour éviter qu'elle ne tombe, qu'après tout elles ne sont pas si grosses ! »

Justement, une autre infirmière entre avec Line, maigre comme un clou, commence à farfouiller dans les armoires. Line essaie un 36 : elle flotte dedans. Flotte encore dans un 34. « On n'a pas plus petit », dit l'infirmière, désolée. Si déjà Line réalisait qu'il n'est pas normal de s'habiller en 10 ans quand on en a 16, ce serait un progrès...

Pour tous, choisir un vêtement à la vêtothèque, c'est au moins le moyen de se détacher des choix parentaux, d'affirmer pour une fille : « Je ne suis pas comme toi, maman ! » Et sa virilité naissante pour un garçon. Un œil qui se risque vers le miroir, un bout de tissu qui soudain vous va bien et vous donne envie de grandir, quelques grammes de douceur dans un monde dont on a peur : autant de légers miracles qui ne font pas une guérison, mais sont des signes encourageants. D'ailleurs, venue inaugurer l'espace Arthur en octobre 1999, Bernadette Chirac s'est emballée pour cette initiative, au point de vouloir implanter une seconde vêtothèque à Paris, dans la Maison des adolescents (que dirigera le même Marcel

Rufo), qui doit bientôt ouvrir à l'hôpital Cochin. Futile ? Utile ? On ne sait plus trop parfois où est la ligne de démarcation...

Beauté sur ordonnance

Sacrée Raymonde ! Marie-Pierre Chapelle, l'esthéticienne, lui avait donné rendez-vous dans sa chambre à 10 heures. On mettra un bon quart d'heure avant de la retrouver, arpentant les couloirs en pyjama rose fuchsia, trimbalant son drain au bout du bras, enfermé dans un sac en papier Christian Dior. Depuis trois jours qu'elle est hospitalisée à l'Institut Curie, dans le Ve arrondissement de Paris, Raymonde, une institutrice à la retraite de 70 ans, opérée d'un cancer du sein, s'est fait des amis à tous les étages.

Marie-Pierre, en blouse blanche, roule le chariot jusqu'à la chambre de Raymonde, l'installe dans un fauteuil, lui enserre la tête d'un bonnet en non-tissé, la démaquille, lui fait un léger gommage, passe sur son visage une crème parfumée. Raymonde est aux anges, il y a des années qu'elle n'avait plus mis les pieds dans un institut de beauté. Elle refuse le maquillage puisqu'elle n'attend personne aujourd'hui, ni son fils Francis, ni Denis, son compagnon. Mais trouve délicieux que Marie-Pierre lui masse les mains et les pieds après lui avoir posé un masque relaxant. Et elle parle, parle, même une fois transformée en Pierrot lunaire. Qu'importe si de fines craquelures se forment du coup autour de sa bouche ! L'essentiel de ces soins n'est-il pas de permettre aux malades de profiter d'un moment de bien-être, de s'évader un peu de l'hôpital ?

Un milieu que Raymonde connaît « par cœur », étant visiteuse bénévole à Lariboisière : « Mais ici, basta ! Je pense à ma pomme d'abord ! » Une bonne demi-heure s'est écoulée quand elle avoue, soudain moins crâneuse, n'avoir ces temps-ci « pas trop la pêche », deux opérations en un mois, c'est beaucoup pour cette solide Corrézienne qui ignorait jusque-là la maladie. Le psoriasis qui envahit ses jambes – et a même gagné la racine de ses cheveux – signe son état de stress. Le masque enlevé, le face-à-face avec le miroir redonnera pourtant à Raymonde son tonus : « C'est moi, ça ? Mais votre truc, c'est magique ! Dès que je sors d'ici, je prends rendez-vous dans un institut... », lance-t-elle en guise de remerciements à Marie-Pierre.

Le petit chariot distributeur de bonheur reprend son chemin. Dans la chambre 332, Constance, 45 ans, s'est inscrite pour les soins esthétiques. Il y a deux semaines, cette jolie brune aux yeux bleus, mariée et mère de deux enfants, directrice d'une galerie d'art, s'est retrouvée « en état de choc » après qu'on lui eut diagnostiqué une tumeur cancéreuse au sein gauche et une tumeur pré-cancéreuse au sein droit : « On a peur, peur de mourir. Peur de souffrir. Peur d'enlaidir. Je ne craignais pas trop pour mes seins, le chirurgien m'ayant promis de faire la reconstruction dans la foulée, juste après l'excision des tumeurs. C'était plus diffus, la terreur de devenir "grise et moche", selon les mots de Pauline, ma fille de 14 ans – après avoir entendu ça, je me suis ruée dans la salle de bains pour voir si j'avais changé de tête ! Il faut dire que la beauté pour moi est fondamentale, c'est une question d'harmonie, pas seulement une affaire de plastique mais un moyen de se plaire à soi et de plaire aux autres. Une forme de don. »

Constance ne se cache pas d'être « très coquette ». Les bains parfumés, les soins esthétiques, les séances chez le coiffeur, la passion du shopping, tout cela, qui faisait déjà partie de sa vie, est devenu plus que jamais nécessaire pour affronter la tourmente. Face à elle, Marie-Pierre a une patiente en or, tout heureuse de se retrouver entre des mains expertes, massée, chouchoutée : « Je revis ! » soupire, yeux mi-clos, Constance à l'issue d'un drainage lymphatique du visage, momentanément oublieuse de ses angoisses, de la chimio qu'on lui annoncera peut-être d'ici dix jours avec risque de prise de poids et de perte de cheveux. « Je vous maquille ? » Constance sursaute : « Ah non, pas ici ! – Pourquoi pas, ma chérie ? interroge sa mère, une belle femme élégante qui vient d'entrer dans la chambre, tu es quand même un peu pâllote aujourd'hui... » Accord conclu, pas de fond de teint, un peu de blush seulement, du gloss sur les lèvres, un trait léger au-dessus de l'œil bleu, un soupçon de mascara. « C'est mieux ? » : Constance se regarde dans les yeux de sa mère, et alors seulement dans le miroir de Marie-Pierre. « J'aime qu'on soit ici des femmes avant d'être des malades », dit-elle tout sourire en vaporisant derrière l'oreille un peu d'Eau du coq de Guerlain, son parfum de toujours. Dès que son médecin l'y autorisera, elle ira faire une thalasso pour se remuscler un peu. Et compte bien, la semaine prochaine, filer chez La Perla – le « top » de la lingerie italienne – s'acheter des dessous mignons, consciente qu'elle aura du mal avec ses seins corrigés à la baisse à remplir comme avant un 85 C.

En ce jeudi, Marie-Pierre verra ainsi sept patientes, son rythme habituel à Curie. Le fait que les soins soient gratuits change complètement la relation : « On se retrouve vraiment d'égale à égale », constate Marie-Pierre, consciente de l'avantage qu'il y a pour elle à être employée par le CEW – Cosmetic Executive Women –, l'émanation française d'une puissante association féminine américaine qui rassemble des femmes occupant des postes de direction dans le secteur de la beauté. Leur credo de base : la beauté aide à mieux vivre. Surtout quand le corps fait des siennes. « À la suite d'une intervention chirurgicale sur le sein, même s'il n'y a pas mutilation, explique Geneviève Borde-Müller, l'infirmière-chef du service de chirurgie de Curie, la grande majorité des patientes éprouvent un bouleversement de leur image corporelle, elles ont du mal à évoquer la partie de leur corps malade, elles se refusent à la regarder ou à la toucher. Ce déficit d'image est encore aggravé quand la chimiothérapie leur fait perdre cheveux, cils, sourcils. Pour le combattre, il faut retravailler les parties les plus visibles du corps, le visage, les mains, afin de changer le regard que l'on porte sur soi-même et que les autres portent sur vous. Il est bon aussi que ce corps blessé, meurtri, renoue avec un toucher qui ne soit pas agressif, invasif, comme celui de nous autres, infirmières – Dieu sait pourtant que l'on fait tout pour éviter de faire mal ! –, mais qui soit dans la douceur, le bien-être. »

Dans la même optique – réconcilier les malades avec leur propre corps –, on pense à recruter à Curie un visagiste, ou même carrément un conseiller en image – « comme les hommes politiques ! » : « Quand le teint jaunit, que le corps s'amaigrit, il y a des vêtements, des couleurs qui sont plus valorisants que d'autres. » Une balnéothérapie va par ailleurs être prochainement installée dans le service de chirurgie de Curie, un moyen efficace de lutte contre la douleur – mais aussi une activité ludique. En attendant, les patientes se voient déjà proposer tout un assortiment de perruques sur catalogue, de bandeaux garnis de cheveux. Laure, 42 ans, une longue fille très mode dont on a peine à croire qu'elle a quatre enfants, vient justement d'en choisir trois, dont l'un équipé de boucles châtain, l'autre de longues mèches d'un blond cendré descendant jusqu'à la taille : « Je démarre juste ma première chimio, lance-t-elle, ravie de son achat. Si ça se trouve, je garderai mes cheveux, mais je préfère préparer le coup. Je pourrai toujours utiliser ces bandeaux l'été pour rigoler un peu. » Rigoler un peu... Le vrai courage est là, dans ce refus des larmes, dans cette apparence revendiquée, dans cet avenir déjà programmé.

Parfois, il faut à Marie-Pierre une sacrée force de caractère. Pas question d'avoir les larmes aux yeux quand une pâle Élodie de 9 ans, hébergée pour une leucémie dans le service de pédiatrie cancérologique, demande à ce qu'on lui mette « un peu de bonne mine » en l'honneur de son papa dont c'est l'anniversaire. Ni de s'apitoyer sur le sort d'une Marie-José de 17 ans, atteinte d'un cancer à l'œil : faute de pouvoir maquiller ses paupières gonflées, Marie-Pierre massera longuement son visage et posera sur ses ongles un magnifique vernis violet, tout en lui racontant les derniers potins pêchés dans *Gala* – que Marie-José n'a même plus la force de feuilleter. Parfois, quand la fatigue est trop lourde, Marie-Pierre se contente d'un court bavardage : « Je repasserai demain », a-t-elle dit récemment à Delphine, une fille de 20 ans un peu forte, souffrant d'un cancer des os en phase terminale. Le lendemain, quand elle est entrée dans la chambre, le lit de Delphine était vide.

Il y a ces défaites. Mais aussi tant de petites victoires quotidiennes. Mollement allongée dans la jolie cabine de soins esthétiques récemment aménagée, lumière tamisée, murs bleu ciel décorés de peintures au pochoir, glycines en volutes, Aurore, 52 ans, rit aux éclats après que Marie-Pierre lui a soigneusement redessiné à la pince à épiler des sourcils qui avaient repoussé dans tous les sens après la chimio. Une infirmière passe le nez : « Tu aurais le temps d'aller voir Mme Aubert ? » Cette dame de 88 ans, une veuve qui a perdu son fils l'an dernier, vient de subir une ablation des deux seins. Quand l'esthéticienne débarque avec son chariot, Mme Aubert éclate en sanglots. « Pleurez, c'est important de pleurer, dit doucement Marie-Pierre en lui prenant la main, il sera temps de faire les soins après. » Au hasard des couloirs, elle décoche des bonjours, des sourires, elle incarne la vie du dehors, celle où les gens vont et viennent habillés normalement, sans perfusion attachée au bras, celle où ils courent dans la rue, attrapent leur métro, se demandent ce qu'ils vont faire pour dîner, la vraie vie, quoi ! Elle salue Thomas, un homme de 38 ans ayant un cancer du sein – mais si, ça existe ! « Lui aussi m'a demandé de passer, me confie-t-elle une fois franchi le coude du couloir, je lui ai massé le visage, fait les mains, il était tout heureux. »

À l'hôpital Raymond-Poincaré de Garches, où l'un des douze autres centres du CEW fonctionne dans le service de rééducation fonctionnelle qui accueille principalement de jeunes accidentés, en majorité des garçons, ceux-ci représentent 15 % des demandeurs de soins esthétiques. Pour eux aussi, la beauté peut être une thérapie…

Beauté ultime

Alitée dans sa maison d'Ingwiller dans le Bas-Rhin, son corps chétif comme englouti dans le grand lit aux montants de bois, son visage diaphane posé sur de gros oreillers, ma vieille amie Jeanne l'Alsacienne, 93 ans, née allemande en 1912, devenue française en 1918, avant de redevenir allemande en 1940, puis de nouveau française en 1945, a, comme on dit, fait son temps. La mort, elle l'appelle de ses vœux, confiante en ce qui l'attend. Mais la belle femme qu'elle a été – et dont témoignent quelques photos pâlies qui traînent sur les guéridons garnis de dentelles du salon – n'a pas dit son dernier mot. Et au moment de nous séparer, elle me confie comme un ultime secret, une lueur mutine dans ses yeux pâles, que, même si ses lèvres gercées, fissurées, la font souffrir, elle se garde bien de les enduire de crème avant d'être assurée que nul ne viendra plus la voir. Un soir, catastrophe, Théo, son jeune mari de 74 ans, est revenu l'embrasser une dernière fois avant d'aller se coucher : « J'avais la bouche toute grasse », dit Jeanne, l'air désolé.

C'est à elle que je pense en retrouvant Marie-Pierre, la gentille esthéticienne de l'Institut Curie, à l'hôpital Sainte-Périne, un établissement de gérontologie où elle se rend chaque jeudi. Dans ces lieux tristounets enchâssés dans un joli jardin en plein quartier d'Auteuil, dans le XVIe arrondissement de Paris, les soins esthétiques participent du confort matériel et moral des personnes âgées. En ce début mai, les massifs de fleurs commencent à prendre des couleurs. Derrière Marie-Pierre, en pull-chaussette rose sous la blouse blanche et lèvres peintes à l'unisson, c'est un peu du printemps qui pénètre dans l'établissement. Au programme de la journée, onze patientes (contre sept à Curie, il faut ici éviter de les fatiguer avec des soins trop longs), pour la plupart de vieilles connaissances.

Yvette, une petite dame boulotte aux cheveux roux, est assise sur une chaise roulante à côté de son lit. À notre entrée dans la chambre, son visage s'éclaire : pour cette femme de 72 ans, hémiplégique depuis treize ans, Marie-Pierre est une star, un ange de douceur, l'illumination de sa semaine. Son seul lien avec l'extérieur. Yvette est une coquette, ce n'est un mystère pour personne ici. Petite à la ferme – ses parents étaient éleveurs dans le Morbihan –, elle prenait déjà la crème du lait pour se la passer sur la figure, cela lui faisait la peau douce ; pour maigrir, elle buvait du vinaigre en cachette. Après, elle a travaillé comme serveuse à Paris, toujours en noir avec un petit tablier en nylon blanc qu'elle lavait le soir et repassait le matin avant de repartir au turbin. Après encore, il y a eu l'accident cérébral, et puis son mari qui l'a laissée tomber – « Il s'est mis avec l'assistante sociale qui suivait mon dossier » –, et puis ces longs mois passés à l'hôpital Henri-Mondor de Créteil, et puis

Sainte-Périne : « Mais jamais, affirme-t-elle, la mâchoire combative, je ne me suis laissée aller. » Le matin, Yvette s'habille avec soin – aujourd'hui, pour Marie-Pierre, elle a absolument tenu à enfiler sa belle robe rouge et son collier de perles. Chaque jour, elle fait sa rééducation avec Éric, le kiné, un petit gars de Guingamp comme elle ; se paie une semaine sur deux le luxe d'une visite à Élisabeth, la coiffeuse. Mais rien ne vaut, à ses yeux, ses soins de beauté hebdomadaires : « Sans ça, je ne vivrais pas ! » lance-t-elle avec flamme. La dernière fois, Marie-Pierre lui a fait une épilation du visage : « C'est plus joli et plus durable que de raser les poils très inesthétiques qui poussent souvent à cet âge. » Aujourd'hui, on se contentera d'un léger maquillage : « Tu peux regarder en l'air ? » demande Marie-Pierre, le temps de poser un trait de crayon sous l'œil. Pour appliquer plus commodément le mascara, elle passe derrière le fauteuil, se replace face à Yvette pour appliquer au pinceau du rouge orangé sur les lèvres. Du travail d'artiste, et un sacré gymkhana. Elle tend le miroir à Yvette : « Oh là là ! Mais on dirait la reine d'Angleterre !... La reine-mère, évidemment... »

Dommage que personne de la famille ne puisse la voir, ni son fils, ni ses trois petits-fils, ni ses quatre arrière-petits-enfants, tous en Bretagne. On prendra faute de mieux une photo, histoire de leur prouver qu'ils n'ont pas « une trop vieille mémé ».

Ce soir, c'est promis, avant de quitter Sainte-Périne, Marie-Pierre passera démaquiller Yvette à qui son bras paralysé refuse tout service. De tout l'après-midi, la vieille dame n'aura vu personne, à moins peut-être que Manu, l'aide-soignant martiniquais, ne soit venu lui faire un brin de causette – « Un beau garçon vraiment, dommage qu'il soit marié », s'esclaffe-t-elle. Mais, même si elle reste seule face à sa télévision, Yvette, grâce à Marie-Pierre, aura été ce jour-là la plus chouette.

À papoter avec Yvette, on en oublierait l'heure. Dans le couloir, l'esthéticienne salue une ombre courbée en deux sur son déambulateur, une patiente de 103 ans à qui elle fait régulièrement les mains. Tout comme à Mme Offenthal, qui a 88 ans et souffre de la maladie d'Alzheimer. Créatrice en maroquinerie, elle tenait boutique rue de la Paix : « Quand j'arrive dans sa chambre, elle est toujours impeccable, avec des chemisiers blanc neige, un très joli grain de peau. Sa dame de compagnie qui lui rend tous les jours visite lui applique sa crème, lui met du rouge à lèvres, de l'eau de toilette. Moi, je ne lui pose plus de vernis depuis déjà un moment, mais je lui coupe les ongles, je les lime, car elle risque de griffer. Elle est attachante, me reconnaît quand j'arrive, je lui donne un bisou, la prend par le cou. Quand j'ai fini, elle regarde ses ongles avec un léger sourire même si elle n'a plus sa tête. Quelque chose se passe qui est de l'ordre du bien-être... »

Changement d'ambiance en pénétrant dans la chambre de Mme Corti, 90 ans, visage massif, teint rose de vieille Anglaise, une râleuse de première qui se plaint de tout, du bœuf filandreux, de l'infirmière qui met un temps fou à venir quand on l'appelle, de la femme de ménage qui a oublié de vider sa poubelle. Sur la commode marquetée – chaque pensionnaire peut meubler sa chambrette à sa guise – trône la photo de son fils unique, mort à 11 ans. Est-ce pour parer à ce manque que Mme Corti a toujours pris grand soin d'elle ? « Encore une grande coquette », lance Marie-Pierre en lui faisant un petit compliment sur ses cheveux blonds soigneusement mis en plis et sa nouvelle robe-chasuble en cachemire. Chaque matin, Mme Corti se maquille toute seule en piochant sur la tablette où sont alignés en permanence ses produits de beauté, ses crèmes, ses fards à paupières, son rouge à joues. Au poignet gauche, elle porte montre en or et gourmette, ainsi qu'une bague sertie de petits diamants. Le bras droit est replié dans une gouttière, mais doté, comme son frère jumeau, d'ongles très longs et très rouges : « Quand mon petit garçon est mort, j'ai mis un temps du vernis incolore », dit Mme Corti en confiant ses mains à Marie-Pierre.

L'esthéticienne enfile des gants, déploie une serviette sur ses genoux, ôte le vernis, lime les ongles, les ponce, les crème, les vernit de nouveau. Mme Corti regarde ses mains, un peu tavelées, un peu déformées par l'arthrose. Mais de belles mains tout de même, aux ongles rouge sang, des mains qui signent la femme chic, des mains qui lui rappellent le temps du bonheur, celui qu'incarne la jeune femme là-bas sur la photo, en robe imprimée de soie bleue, couvée du regard par un monsieur en costume croisé, et donnant la main à un petit garçon en culotte de peau.

Au moment où nous partons, elle laisse échapper que c'est sa hantise de devenir centenaire, qu'elle en a assez de la vie. « Mais c'est faux ! commente Marie-Pierre, une fois la porte refermée. Moi, je sens quand les personnes ont vraiment envie de partir : elles s'arrangent moins, se détachent de leur apparence. C'est souvent le début de la fin. » De ce lâcher-prise Marie-Pierre garde un souvenir très personnel : « L'année de mes 15 ans, mes parents avaient offert pour Noël une écharpe à mon grand-père : il n'a pas ouvert le paquet. Un mois plus tard, on le conduisait au cimetière... »

NOTES

1. Geneviève de Galard, *Une femme à Diên Biên Phu*, Paris, Les Arènes, 2003.
2. Geneviève de Gaulle, *La Traversée de la nuit*, Paris, Seuil, 1998.

CHAPITRE 17

Une autre beauté…

Ahmed, 9 ans, a demandé à la dame de mettre son visage à hauteur du sien. La dame est la mère de son copain Adrien, un petit de 5 ans qu'il retrouve toutes les semaines à l'étage pédiatrique de Curie. Adrien a un cancer des surrénales, Ahmed une leucémie. La dame est grande et longue, elle est très belle aussi, mais ça, Ahmed ne le voit pas car il est aveugle de naissance. Il sait seulement qu'il adore retrouver Adrien et sa maman, ils jouent comme des fous dans la salle d'attente. La dame s'est agenouillée devant Ahmed. Il palpe son visage, sa bouche, le contour de ses yeux. Il ne lui demande pas si elle est jolie. Il lui dit : « Est-ce que tu as le regard gentil ? »

Fi des têtes de cuisiniers !

Inutile d'épiloguer sur cette évidence tant ressassée : la beauté est de peu d'attraits si elle n'est qu'une enveloppe vide. Mais avoir le regard gentil… Mieux vaut mille fois, on en est tous d'accord, une personne de qualité qu'un éphèbe sans cervelle, ou une sublime créature au cœur sec. Stephen Hawking, tout recroquevillé soit-il sur son fauteuil roulant, est l'un des plus grands physiciens de son temps, et le regretté Michel Petrucciani fut, malgré son corps difforme, un merveilleux jazzman. De là à dire que la beauté intérieure est la seule qui compte… Il n'y a guère que les mannequins et les actrices pour tenir de tels propos, cela vous donne tout de suite une autre dimension dans les interviews. Nous autres, pauvres mortels, savons bien que ces bonnes paroles sont de peu de poids pour consoler la lunetteuse sans grâce, tout adorable et maligne soit-elle, ou le jouvenceau boutonneux, complexé par sa petite taille et son torse maigrichon !

Réconfortante, en revanche, l'idée que c'est surtout la vie qui rend beau. Des gens qui ne l'étaient pas au départ. D'autres qui l'étaient mais ne le savaient pas. En tout cas, c'est elle – la vie – qui fait accéder les humains à une autre beauté, plus sereine parce que plus pérenne, une beauté qui est le reflet d'une personnalité, le produit d'une harmonie entre la forme et le fond.

« La beauté, lorsqu'elle est vraie, c'est-à-dire associée selon moi à la liberté, peut s'incarner dans un corps quels que soient sa forme ou son âge, dit Dominique Rolin. Mais pour cela, il faut avoir dépassé ses peurs. Et pour une femme, beaucoup plus liée qu'un homme à son physique, c'est difficile. Si le pouvoir de séduction ne vient que du corps, c'est infernal d'emblée parce que l'âge qui arrive le met en déséquilibre jusqu'à le faire sombrer[1]. »

Françoise Dolto, mamie aux rondeurs rassurantes, n'avait à l'évidence rien d'une beauté au jour de l'*Apostrophes* spécial que Pivot lui avait consacré : « Et pourtant, enchaîne Dominique Rolin, elle m'a subjuguée. Elle avait 78 ans, des cheveux tout blancs, une mise soignée, quelque chose d'éclatant fusait de ses yeux, de sa peau – c'est important, la peau, une vilaine peau peut tout gâcher. Elle délivrait surtout une parole vraie, n'appartenant qu'à elle, une parole faisant fi des modes et des préjugés. » De même, si l'écrivain garde un souvenir fasciné des apparitions de Paul Morand chez Florence Gould, la richissime Américaine, c'est parce qu'il était encore, à 70 ans passés, magnifique, grand, distingué, droit comme un i pour avoir fait beaucoup de cheval dans sa vie, mais aussi auréolé par son œuvre, pétillant d'intelligence et d'esprit. « C'est chaque fois, conclut Dominique Rolin, une question de relation entre le corps et l'esprit que chacun doit résoudre à sa façon, et qui sourd de l'intérieur, traverse la peau, nie le temps, nous auréole d'une lumière indéfinissable qui reste liée à l'inconscient. »

Il y a ainsi des réputés beaux qui sont laids, flasques, rabougris, peut-être pas sur le plan physique mais sur les plans moral et intellectuel, tout en eux est faux, hypocrite, raté : « On en voit des tas à la télévision ! » Pour cette curieuse impénitente qui n'aime rien tant que scruter les visages, c'est bien clair : « La laideur est du côté de la défaite, du refus de la vraie lumière. »

Dans *La Lumière du monde* [2], Christian Bobin rend, lui, hommage à la philosophe Simone Weil, morte en 1943 à 34 ans, à cet « alliage de fermeté et de douceur » qui la caractérise, elle qui, tout à la joie d'avoir découvert Dieu, poussée par son exceptionnelle charité à travailler en usine pour y partager le sort des plus démunis, développe dans *La Pesanteur et la Grâce* une métaphysique de l'abandon : « Il y a, écrit-il, une photographie de Simone Weil où elle a les épaules nues et sur laquelle elle est très belle. Sur les autres photographies, on ne retrouve plus cette beauté. Elle a éteint elle-même les feux de sa beauté par intelligence. Elle n'a pas voulu tromper avec son charme pourtant naturel. C'est l'effet de la vérité. La vérité chez elle entre partout : c'est par amour de la vérité qu'elle enlevait ce que la nature lui avait donné de rusé pour attirer. Je trouve ça magnifique. On donne presque toujours à la beauté un visage trompeur, égarant. En sacrifiant l'éclat de sa beauté physique, elle est allée de manière précipitée vers la beauté de l'amour. »

La beauté, marque de l'au-delà... Beauté des martyrs dont l'iconographie chrétienne souligne le visage illuminé d'une lumière divine, le corps préservé dans son intégrité : saint Sébastien, supplicié sous Dioclétien au IIIe siècle, offre à la piété des fidèles un corps jeune et beau vers lequel convergent les flèches, un corps glorieux sur lequel la joie du martyre a effacé les stigmates de la souffrance. Beauté des hommes et des femmes qui ont consenti à l'ultime sacrifice ou, simplement, qui n'ont plus rien à perdre, celle dont parle Antigone [3], la fille d'Œdipe, hurlant sa révolte à la tête de Créon : « Papa n'est devenu beau qu'après, quand il a été bien sûr, enfin, qu'il avait tué son père, que c'était bien avec sa mère qu'il avait couché, et que rien, plus rien ne pouvait le sauver. Alors, il s'est calmé tout d'un coup, il a eu comme un sourire, et il est devenu beau. C'était fini. Il n'a plus eu qu'à fermer les yeux pour ne plus vous voir ! Ah ! vos têtes, vos pauvres têtes de candidats au bonheur ! C'est vous qui êtes laids, même les plus beaux. Vous avez tous quelque chose de laid au coin de l'œil ou de la bouche... Vous avez tous des têtes de cuisiniers ! » La beauté, pour Antigone, ne saurait être que de l'ordre du gratuit : n'est beau que celui qui n'a plus aucun intérêt à l'être.

Atrocement beau

« Il est plus facile de mourir que d'aimer... » Au théâtre du Lucernaire en ce mois de juin 2003, Laurent Terzieff dit Aragon mais aussi Adamov, Hölderlin, Rilke, Robert Desnos... Il dit, ou plutôt il murmure, seul sur la scène, avec rien qu'un tabouret et quelques faibles jeux de lumière. Y a-t-il seulement un homme ? Il est maigre, si maigre, la peau sur les os, flottant dans un costume gris sans forme. Et ce visage émacié qui surgit du col de sa chemise noire, boutonnée bien haut, un visage aux pommettes saillantes, aux yeux enfoncés dans l'orbite. La salle retient son souffle. Le comédien a un regard clair, presque transparent, qui semble porter bien au-delà de la petite salle, vers sa compagne qui l'a quitté quelques mois plus tôt. C'est un homme en deuil qui laisse échapper une plainte : « Il est plus facile de mourir que d'aimer... »

Il avait 23 ans quand on a vu pour la première fois sa belle gueule dans *Les Tricheurs* de Marcel Carné : il a aujourd'hui triplé la mise. Quand on le croise dans la rue, dans ce quartier Saint-Germain où il habite depuis toujours, il a l'air d'un petit vieux, tout bossu, regard rivé sur le macadam. Sur scène, quand, pour marteler un texte, il avance la mâchoire, ses joues se creusent encore, ses dents trop grandes lui donnent un faux air de cadavre – il ne mange, m'assure-t-on, que des olives. Il pourrait être magnifiquement laid, il est atrocement beau. D'une beauté saisissante, presque irréelle.

Vers la fin, c'est sa voix enregistrée qui prend le relais, tandis que ses yeux s'embuent de larmes. La salle l'applaudit longuement, debout. Terzieff salue gauchement. Une-qui-n'a-rien-compris monte l'embrasser sur l'estrade, on a honte pour elle. Dans la plaquette du spectacle, Terzieff dit avoir été guidé par cette exhortation de saint Benoît : « Soyons présents à la psalmodie, de telle façon que notre homme intérieur s'accorde avec notre voix. »

L'amour aveugle

Une autre beauté... Celle qui jaillit de l'exceptionnel. Ou bien alors du quotidien, mais transfiguré par l'amour. « Regardez comme elle est belle ! » s'exclame ce monsieur plus tout jeune sur le plateau de Delarue, en désignant sa joviale moitié aux courbes dignes d'un Botero. Et l'air extasié de ce jeune marié, dans cette petite paroisse de campagne, voyant s'avancer vers l'autel au bras de son père sa promise, pas bien décorative pourtant, petite, râblée, avec sa robe blanche qui lui fait des épaules de camionneur, ses jupons en pagaille semés de rubans et de bouts de dentelle, et avec ça un genre de choucroute sur la tête ! « Même la plus laide a fait souffrir son amant », écrivait Aragon...

L'amour vrai s'en voudrait presque, à l'inverse, de rester attaché à une belle apparence. Dans *Cyrano de Bergerac*, Christian, le séduisant capitaine qui s'est paré de l'esprit de son ami Cyrano pour conquérir à coup sûr le cœur de Roxane, entend, épouvanté, celle-ci lui demander pardon de lui avoir, dans sa frivolité, « fait l'insulte de l'aimer pour sa seule beauté » :

Sois donc heureux. Car n'être aimé
Que pour ce dont on est un instant costumé
Doit mettre un cœur avide et noble à la torture.
Mais ta chère pensée efface ta figure,
Et la beauté par quoi tout d'abord tu me plus,
Maintenant j'y vois mieux... et je ne la vois plus !

Passé les premiers éblouissements de l'amour, ce travail de distanciation continue : « On est de moins en moins corps pour la personne avec qui on vit », note Gilles Lipovetsky. De fait, si l'apparence physique est un élément essentiel lors de la rencontre amoureuse, elle est peu souvent invoquée dans les ruptures – où l'on insiste plutôt sur les incompatibilités de caractère, les trahisons de tous ordres. Au départ d'une vie de couple, les rituels amoureux sont là pour stimuler le désir, contrôler la peur de l'autre aussi. Mais peu à peu, ils s'estompent : on se regarde moins dans le blanc des yeux en lissant avec adoration la chevelure de l'être aimé, on fait l'amour sans célébrer avec des mots doux et piquer de petits baisers chaque portion de la chair adorée. Les corps s'effacent, les visages aussi : « Tu n'as même pas vu que j'avais perdu trois kilos, accuse l'homme. – Tu aurais pu me dire un mot sur ma nouvelle coiffure », répond la femme. L'amour aveugle, on était pour... tant que cela revenait pour l'autre à ignorer vos défauts, voire à les travestir en éléments de séduction supplémentaire. Quand il vous donne le sentiment d'être transparent, il est nettement moins grisant.

Même si l'entente sexuelle du couple reste bonne, il n'est pas mauvais pour éviter la lassitude (et prévenir les ruptures) de prendre parfois un peu de champ – avec l'âge, c'est connu, on accommode mieux de loin que de près : « Des études récentes, dit Boris Cyrulnik, semblent montrer que les femmes qui travaillent, plus stimulées par le regard des autres, ont une espérance de vie sexuelle plus longue que celles qui ne travaillent pas, qu'elles restent corps plus longtemps... » Toutefois, même si elle peut être un piège pour le couple durable, cette dématérialisation des corps est aussi occasion d'aller de l'avant, de faire d'autres découvertes – ce n'est plus de la contemplation que naît l'enchantement mais d'une parole, d'un geste, d'un certain art de vivre... –, d'instaurer d'autres complicités essentielles – le souci du bien-être de l'autre, les soins donnés aux enfants, des projets matériels communs, un vrai partage spirituel. C'est non plus une image mais l'autre tout entier qu'on appréhende dans sa vérité. Et une autre beauté qui, elle, ne doit plus rien aux modèles en vigueur, une beauté forcément énigmatique puisqu'elle fait écho à une histoire unique.

La grâce des mères

Cette beauté-là que donne la certitude d'être aimé n'est pas réservée à un petit nombre de privilégiés. Pas plus que celle qui auréole la femme enceinte. « J'ai une amie proche qui n'a pas voulu avoir d'enfant pour ne pas déformer son corps, c'est pour moi incompréhensible, dit Inès de La Fressange. Moi, avant d'attendre Nine, j'avais dû subir un traitement très lourd à base de cortisone. Dès le début de ma grossesse, j'avais de gros seins, j'en rajoutais en portant des Wonderbra, je me trouvais sensationnelle, j'étais folle de mon corps. Je me souviens d'une première d'Alfredo Arias où les gens me regardaient avec des yeux écarquillés, les uns souriant, les autres vaguement terrorisés, à peine s'ils me reconnaissaient : "Inèèèès ! C'est toi ?" J'ai mieux compris en regardant les photos de la soirée : on y voyait une grosse dame hilare avec de bonnes joues rouges, un vrai hippopotame. Mais l'air tellement heureuse ! » Avec ses vingt kilos en plus, l'ex-« grande asperge noiraude » ne s'est jamais sentie aussi belle…

Me revient le souvenir émerveillé d'un bal qui me vit danser, tout juste un mois avant la naissance de mon premier enfant, dans une longue robe lamée très ample que j'avais cousue de mes blanches mains. J'avais 23 ans, j'aimais, j'étais aimée, je n'avais besoin d'autre miroir que ses yeux à lui, que demander de plus à la vie ? Hippopotame ou non, on ne peut dans ces moments-là que se sentir la reine du monde…

Dans l'attente d'un enfant, il entre de la fatigue bien sûr, parfois de la peur. Mais tant d'heures bénies aussi. Des heures que condensent à mes yeux ces lignes magnifiques écrites par France Quéré, l'amie trop tôt disparue, un alliage rare d'intelligence hors du commun et de totale féminité : « Ma taille s'est cambrée, je me sens plus grande, et ne riez pas, plus fine. Mon ventre est lisse et fort : je n'ai plus d'autre sensation que celles qu'inspire l'appétit de vivre : faim et soif. Je veux marcher, respirer, occuper mon esprit, mouvoir mes membres. Tout m'est une fête, à commencer par ma gêne. Mon corps s'est alourdi, mais mon poids m'a délivrée de la pesanteur : le temps ne m'entraîne plus vers la terre. Je vais vers un terme, ce n'est pas la mort, c'est le commencement. Pendant quelques mois, cette grâce m'est donnée, le temps ne me promet plus le déclin. Je remonte le fil de l'eau, je suis délivrée de sa chute. Les jours m'acheminent à la source. Que savent les hommes de cette étonnante liberté ? Le temps les incline à la mélancolie. Ils n'échappent pas, même pour un jour, à sa dure étreinte. La mort serre leur nuque. Moi, je cingle vers la vie promise. Mon corps s'est paré de jeunesse et de clarté, pour fêter sa prodigieuse offrande…[4] »

« Connaissez-vous la fresque de Fra Angelico, *L'Annonciation* ? Elle est à Florence. J'ai scruté ce tableau à m'en tordre le cou. J'ai longuement dévisagé la Vierge, emplie d'un bonheur tout intérieur, j'ai vu le doute et la crainte au coin de sa bouche. J'ai reconnu sous sa peau diaphane tant de visages familiers de la maternité… toute la grâce des mères. » Cette fois, c'est un homme qui parle. Un « homme-cigogne » qui a choisi de se poster au début de la vie – « C'est là qu'on a la plus belle vue… » : le professeur René Frydman, le chef du service de gynécologie-obstétrique de l'hôpital Antoine-Béclère à Clamart. Le pionnier de l'assistance médicale à la procréation mais aussi un incurable sentimental qui n'a pas son pareil pour dire le sourire qui fleurit sur un visage lorsqu'il fait l'annonce magique d'une grossesse à celle qui l'attendait parfois depuis des années. Pour décrire aussi ce « paysage féminin tout en rondeurs et en courbes apaisantes », lourd d'une promesse, qui va se dévoiler au fil des rendez-vous. Pour conter ce moment de la naissance enfin où il ne se rassasie pas du spectacle de l'enfant, encore tout visqueux, collé contre sa mère, « comme s'il fallait d'urgence adoucir la coupure du cordon en aimantant [leurs] chairs ». Tout le touche, jusqu'à la vision d'une brosse à cheveux, d'un tube de crème, d'un peu de poudre, disposés sur la tablette à côté de la femme qui vient d'accoucher : « J'aime voir là ces accessoires de beauté, ils témoignent, écrit-il à l'intention de ses patientes, de vos va-et-vient entre la femme et la mère. Ils me rassurent. Il est important qu'une femme reparte aussi belle qu'elle est arrivée, je tiens à la rendre telle qu'elle était. » « J'ai dans ma mémoire, dit encore Frydman, une galerie de tableaux glanés comme ça, en ouvrant la porte d'une chambre de la maternité, imprégnée des odeurs de lait, de selles et de crème. Cette femme d'âge mûr, les cheveux blancs, qui mettait son bébé au sein sur sa peau blanche, elle avait l'air d'une madone. Cette toute jeune adolescente, à peine séparée de ses poupées, je l'ai regardée telle une enfant qui se demande comment on porte un autre enfant[5]... »

La fiancée de l'Invisible

Beauté des bénis de l'amour. Beauté de celles qui donnent la vie. Beauté des élus de Dieu aussi. Le premier livre de Samuel dit qu'envoyé par Dieu pour choisir un roi à son peuple, le prophète tomba en arrêt devant Éliab, l'un des fils de Jessé : « Mais le Seigneur dit à Samuel : "Ne considère pas son apparence ni sa haute taille car je l'ai écarté. Dieu ne regarde pas comme les hommes, car les hommes regardent l'apparence, mais le Seigneur regarde le cœur." » Jessé présenta ainsi à Samuel ses sept fils, mais aucun ne faisait l'affaire. On envoya, en désespoir de cause, quérir le plus jeune qui gardait le troupeau : « Le garçon était roux, il avait de beaux yeux, il était beau. » Le Seigneur dit alors : « C'est lui ! Donne-lui l'onction. » C'est ainsi que David devint, après Saül, le second roi d'Israël. Un poids plume en comparaison d'Éliab le costaud. Mais rien d'un laissé-pour-compte : un être beau et charmant, poète à ses heures, aimé des femmes. Rien d'un avorton non plus, pour être capable de vaincre Goliath, le géant philistin, l'incarnation de la force brutale. Avec David, c'est le triomphe une fois encore d'une autre beauté, une beauté hors des normes – « Le garçon était roux... » –, une beauté qui renvoie à autre chose.

La voix est douce, bien timbrée: « Ne vous souvenez plus d'autrefois, ne songez plus au passé. Voici que je fais un monde nouveau : il germe déjà, ne le voyez-vous pas ? » En ce dimanche de l'Avent 2003, le livre d'Isaïe retentit sous les hautes voûtes de l'église Saint-Gervais, chef-d'œuvre du gothique flamboyant, la plus ancienne église paroissiale de la rive droite de Paris. Sœur Anne-Claire poursuit sa lecture. De cette longue fille enveloppée dans sa cape blanche je ne connais pas encore le nom, rien que la voix et le visage éclatant de jeunesse. Rien que l'appartenance aux Fraternités monastiques de Jérusalem, cette nouvelle communauté qui, depuis 1975, a fait de Saint-Gervais un lieu de haute spiritualité.

Une semaine plus tard, elle m'embrasse comme du bon pain quand je la retrouve sur le pas de sa porte, une vieille maison un peu de guingois comme celles qui peuplent ce quartier du Marais. Étrange monastère que celui-ci, adapté au choix de ces moines citadins qu'aucune clôture ne sépare de leurs contemporains. « Ne vous souvenez plus d'autrefois… » : tant pis pour Isaïe, on commencera par là ! Il était une fois une fille de la bourgeoisie brestoise, aînée de quatre enfants, père marin, mère au foyer. Une fille sérieuse, bonne en classe. Pour avoir croisé plusieurs juges pour enfants, elle s'est dit que peut-être l'École de la magistrature… Elle optera donc pour des études de droit. Sportive, elle fait de la voile, du tennis, du ski. Coquette, oui, mais sans excès, prémunie contre la futilité par une famille avant tout soucieuse d'authenticité, mais aussi par l'expérience du scoutisme, qui lui a fait rencontrer des filles moins favorisées qu'elle, visiter des handicapés : « Cela m'a empêchée de tourner à la minette », lance Anne-Claire en riant. On l'imagine au sortir de l'adolescence avec son 1 m 72, ses longues jambes, son visage fin aux jolis yeux bleus et à la bouche bien dessinée : une touche de maquillage, une tenue un peu aguichante, et elle devenait à coup sûr la petite star de son groupe d'amis. Mais non, Anne-Claire est plutôt classique d'aspect, timide, même si elle adore sortir et danser. Des amoureux ? « Des petits coups de cœur comme tout le monde ! »

Cependant, une autre exigence grandit doucement en elle. Dès sa plus tendre enfance, encadrée par des parents profondément chrétiens, Anne-Claire a été marquée par la vie monastique, l'abbaye bénédictine de Landévennec est à deux pas de chez elle : « Mais elle rassemblait surtout des hommes plus tout jeunes, je n'étais pas très concernée. De toute façon, à 15 ans ou 16 ans, j'aurais plutôt dit : "Bonne sœur, quelle horreur !" Et puis, j'ai rencontré de jeunes moniales, j'ai été frappée par leur visage rayonnant, on pouvait donc être heureux en donnant sa vie à Dieu ! » À Noël 1998 – elle est alors en deuxième année de droit –, Anne-Claire part en pèlerinage au Sahara sur les traces du père de Foucauld. L'ambiance est saine, fraternelle, rien à voir avec le côté un peu toc d'un certain milieu brestois. « Là, j'ai réalisé que Dieu et moi, nous étions devenus comme un vieux couple qui se côtoyait sans trop se parler. Je sentais mon cœur aussi fendillé que les sables du désert, j'ai vraiment crié vers lui : soit on faisait quelque chose de très grand ensemble, soit j'allais voir ailleurs ! »

Quelques mois plus tard, la rencontre avec la communauté de Saint-Gervais décide Anne-Claire à franchir le pas. Une conversion de tout l'être. Prime au spirituel sur l'intellectuel. Découverte décapante de la solitude et des contraintes de la vie en communauté. Acceptation d'une existence pauvre et rude, lever à 5 h 30 du matin, cinq heures au moins de prière par jour, un travail à mi-temps pour n'être à la charge de personne, les repas pris en silence, l'après-midi du dimanche comme seul temps de repos, le lundi, jour de « désert », consacré à la prière personnelle.

Dans ce contexte, la coquetterie n'a plus lieu d'être. Déjà en troisième année de licence à Assas, Anne-Claire se sentait parfois très loin des préoccupations de ses camarades, des filles toujours au top de la mode : « De plus en plus, je recherchais la simplicité, je n'étais plus là à changer tous les jours de petit sac, à assortir mes colliers à mon pull. Mais je n'ai pas vraiment modifié mon *look*. Non par désir de séduire – l'homme de ma vie, je l'avais rencontré ! –, je refusais juste de donner l'image qu'on attendait d'une future bonne sœur – jupe écossaise, croix pectorale et semelles crêpe. Le dernier été avant d'entrer à Saint-Gervais, il y a eu plein de mariages en Bretagne. Je me souviens du dernier, celui d'une de mes amies avec un Saint-Cyrien dans une propriété au bord de la mer, j'avais soigné la mise, là encore pour faire envie plutôt que pitié. » Anne-Claire peut encore parfaitement se décrire ce jour-là, toute bronzée dans sa robe blanche trapèze, avec une petite veste en lin rose clair, de grosses boucles d'oreilles et des colliers style ethnique : « On ne met pas son corps au placard en se consacrant à Dieu », dit-elle, l'air malicieux.

La petite sœur rajuste son voile, elle a des mains longues et fines, un ravissant sourire. Depuis un an, après cinq mois passés comme postulante, elle est devenue novice et a revêtu l'habit monastique. Le voile blanc, qui marque la consécration au Seigneur ; la robe taillée dans du jean, avec son scapulaire, le pan d'étoffe qui tombe devant, « en fait un tablier nous rappelant à tout moment que nous sommes là pour servir les autres » ; les sandales qui évoquent le pèlerin, celui qui porte la Bonne Nouvelle ; la ceinture, signe d'obéissance et aussi de chasteté ; la longue cape liturgique pour aller à l'office, évocation de la robe de baptême et annonciatrice des noces à venir. Cet habit, Anne-Claire en aime la symbolique. Et jusqu'au fait que le scapulaire, lorsqu'elle étend les bras, rappelle la dimension de la croix et du linceul.

On s'étonne : à 23 ans, n'est-ce pas un peu violent de voir ainsi évoquer sa propre mort ? Le sourire d'Anne-Claire s'élargit : « Cela n'a rien de triste puisque, pour le chrétien, il n'y a pas de mort sans résurrection ! » On insiste en lui rappelant qu'elle se refusait à « mettre son corps au placard » : « Je voulais dire par là, répond elle, que la virginité consacrée n'implique pas de renoncer à sa féminité. C'est vrai qu'au moment de la vêture [la prise d'habit] notre corps est enveloppé, qu'il s'efface pour ne plus laisser que les mains et le visage découverts – les mains pour travailler, le visage pour garder le regard tourné vers les autres hommes. Mais on ne devient pas des anges pour autant. »

Femme on était, femme on reste. « L'un des plus grands renoncements pour moi, au moment d'entrer ici, a été de me dire que je ne serais jamais maman », laisse échapper Anne-Claire, si attachée au modèle offert par ses parents, jeunes (son père avait 21 ans au jour de son mariage), amoureux. Dur aussi de ne jamais voir son amoureux à elle, ce Christ des Évangiles qui n'a rien d'éthéré pourtant : « On n'est pas là pour une idée qui nous rassemble, mais parce qu'on est à la recherche d'un visage. » Et ce visage, ce corps qui se dérobe, c'est plus que dur, « crucifiant », avoue la petite fiancée. Au point d'« en vouloir parfois au Seigneur », même si, mieux que quiconque, elle peut comprendre cette présence-absence : « Papa, étant sous-marinier, partait régulièrement pour des campagnes de deux mois et demi sans qu'on ait la moindre idée de l'endroit où il se trouvait. » Anne-Claire parle aussi du désir charnel toujours vivace : « Bien sûr que le combat pour la chasteté peut être violent. Celui qui n'a pas de lutte à mener de ce côté-là n'a pas sa place ici ! » lance-t-elle, soudain péremptoire.

Quand d'autres sœurs – enseignante, ébéniste, médecin, infirmière... – partent le matin en civil, c'est en habit qu'Anne-Claire se rend à son travail, un emploi à mi-temps de secrétaire de rédaction à la Conférence des évêques de France. Sur le coup de 8 heures, elle emprunte la ligne de métro 4, puis la 10. Étonnante confrontation pour une contemplative ? « On n'a pas choisi de rentrer au Carmel mais de rester dans la ville : tous ces visages des gens dans le métro, je les porte dans ma prière », dit Anne-Claire. Si elle a plus d'une fois plongé le nez, mal à l'aise face à une publicité un peu osée, elle n'a jamais été en butte à des remarques malveillantes ou à des gestes déplacés : « En habit, je me sens à l'aise. Au moins, les choses sont claires, les gens savent d'emblée que j'appartiens à Dieu. » Même transparence dans les rapports de travail avec ses collègues hommes, tous des laïcs, souvent de jeunes pères de famille. Et avec les fidèles ou les curieux qui affluent à Saint-Gervais. L'habit fait la moniale ; faute de clôture, il est une utile armure. Il a également son sens au sein même de la communauté monastique où, foin de tout angélisme, hommes et femmes ne voisinent que pendant les offices et lors des cours qui scandent les deux années de noviciat :

« En pèlerinage en Terre sainte, au bord du lac de Tibériade, on n'aurait pas eu l'idée d'aller se baigner ensemble. » Pas plus que de se montrer sans voile, même entre sœurs, histoire non de gommer l'identité de chacune mais d'affirmer qu'une fois consacrée, on l'est pour de bon.

D'ailleurs, sous le voile, Anne-Claire a gardé ses cheveux longs, et des amples manches de sa robe dépasse un bout de chandail marine et de chemisier rayé, comme du temps où elle régatait avec ses copains. Rester naturelle, ne pas en rajouter dans la mortification : « Quand il fait froid, j'enfile des chaussettes et trois pulls plutôt qu'un. Le jeûne, je ne le pratique en fait que le vendredi saint, le jour de la mort du Christ : on ne va pas risquer l'hypoglycémie quand on part travailler. Et puis, l'enjeu de notre vie n'est pas là. S'aimer les uns les autres, combattre les affinités qu'on peut avoir pour certaines sœurs, proches par l'âge, l'éducation, le caractère, s'ouvrir à celles qui sont plus loin de vous, c'est autrement difficile ! »

Que reste-t-il du poids des apparences, dans une communauté qui ne néglige pas le beau pour parvenir au vrai et sait l'attraction qu'exerce sur les fidèles le spectacle magnifique de cette cinquantaine de moines et moniales en cape blanche qui peuplent le chœur, de cette liturgie très inspirée de l'Orient, attentive aux chants, aux rituels, les cierges allumés, l'encens à profusion, l'évangéliaire apporté en procession ? Quelle place occupe encore dans ce contexte la beauté d'une Anne-Claire ? « Honnêtement, je ne crois pas que Dieu porte sur moi ce regard-là. Il s'en fiche bien que je sois jolie ou non ! » On rappelle à l'humble petite sœur la parabole des talents, après tout la beauté est un don comme un autre, n'est-il pas écrit dans l'Évangile qu'il convient de le faire fructifier ?

« D'où vient cette beauté ? C'est la seule question qui importe. Si elle n'est que vernis de façade, bof ! Mais si elle est luminosité liée à la foi, expression d'une joie de vivre, d'une sérénité, alors oui, bien sûr, elle peut attirer les gens, leur donner envie de cheminer vers le Christ. Ce fut mon cas, j'ai été comme portée par le beau visage de certaines moniales. »

La foi appelle à cette conversion du regard, qui seule permet de voir plus loin que le bout de son nez. Ces derniers temps, Anne-Claire a appris, bouleversée, le cancer d'un être très proche : « Une femme encore toute jeune astreinte à une lourde chimiothérapie, l'angoisse, bien sûr, mais aussi l'humiliation de devoir arborer désormais les stigmates de son mal, la perte des cheveux, la peau abîmée, impossible de cacher plus longtemps aux autres l'épreuve traversée... » La petite sœur cherche à comprendre. Pour elle, pas de doux bavardages en famille dans le soir qui tombe, pas de copine à l'oreille compatissante. Mais, agenouillée sur les dalles au milieu de sa communauté, ou dans le silence de sa cellule, la rencontre éblouie avec un homme « à qui elle peut tout confier, qui lui parle le langage de l'amour ». Un homme qu'elle reconnaît dans le psaume 45, quand on y parle du « plus beau des enfants des hommes », et retrouve, méconnaissable, dans le livre d'Isaïe, « sans beauté ni éclat ni apparence aimable ». Entre les deux, l'expérience de la souffrance, Jésus, le solide charpentier de Nazareth, le charismatique meneur d'hommes, devenu un être seul, misérable, abandonné de tous. Et malgré tout, à l'heure même où le visage déformé par la douleur il subit l'humiliation de la Croix, plus proche que jamais de sa Résurrection, de sa transfiguration.

Dans un an la petite fiancée de l'Invisible prononcera ses vœux temporaires, trois ans plus tard ses vœux définitifs. Mais elle a déjà fait bien du chemin pour « quitter la vieille femme [23 ans et 3 mois !], l'Anne-Claire attirée par le brillant, le côté "classe" ». Elle a éduqué son regard à reconnaître chez les êtres d'autres richesses qu'elle ne soupçonnait pas. À voir dans les fragilités, dans les blessures, dans l'infinie faiblesse des hommes, une promesse de salut. « La foi, dit-elle, ce n'est rien d'autre que la croyance en la promesse de choses invisibles. »

« Voici que je fais un monde nouveau. Il germe déjà, vous ne trouvez pas ? »

Notes

1. Dominique Rolin, *Plaisirs*, entretiens avec Patricia Boyer de Latour, Paris, Gallimard, 2002.
2. Christian Bobin, *La Lumière du monde*, Paris, Gallimard, 2001.
3. Jean Anouilh, *Antigone*.
4. France Quéré, *La Femme Avenir*, Paris, Le Seuil, 1976.
5. René Frydman, *Lettre à une mère*, Paris, L'Iconoclaste, 2003.

Épilogue

Qui disait déjà que « le plus profond chez l'homme, c'est la peau » ? Intuition confirmée à l'issue de cette longue enquête. Tant d'insatisfaits sur la planète des beaux, tant de souffrances chez ceux qui ne le sont pas, tant d'incroyables efforts pour passer du bon côté de la pioche. Et la beauté serait alliée à la futilité ? Allons donc ! Entre le contenant et le contenu s'opèrent de subtiles interactions.

Je vois d'ici les critiques : ils n'ont rien d'autre à faire, tous ces gens-là, que de se regarder le nombril ! ou le bouton qu'ils ont sur le nez ! Imaginez, madame, que pendant ce temps des gens meurent sous les bombes, qu'il y a toujours des famines en Afrique, et que, même sous nos latitudes, nombre de miséreux se demandent comment ils finiront le mois. Je le sais : ce n'est pas un hasard si la plupart des gens que j'ai interrogés appartenaient à des milieux favorisés. Il m'est arrivé de le regretter. Le souci de l'apparence reste un luxe, même s'il s'est depuis cinquante ans incroyablement démocratisé.

Certains de mes interviewés ne sont pas de la prime jeunesse. Et alors ! J'aime qu'une histoire s'inscrive sur un visage. Et puis, pour jauger du poids de l'apparence physique dans une vie, mieux vaut avoir un peu de recul. De toute façon, mon propos était de me pencher sur une beauté « normale », celle qui fait dire de quelqu'un qu'il est « bien physiquement », sur les inquiétudes « normales » qui naissent d'un physique insatisfaisant. Je n'ai cherché à rencontrer ni d'hallucinantes créatures, ni des monstres affreux ; j'aurais pu, bien sûr, présenter un Narcisse énamouré de lui-même, une bimbo folle de son corps, mais je doute qu'ils auraient beaucoup apporté à ma réflexion. De même, dans le souci de comprendre ceux et celles qui étaient passés par la chirurgie esthétique, j'ai volontairement choisi – avec la précieuse complicité du professeur Mimoun – des gens ordinaires, pas spécialement obsédés par leur apparence, rien que soucieux de vivre mieux.

Pour les besoins d'un autre livre, j'ai écouté des gens qu'une épreuve majeure avait frappés : des paroles fortes, déchirantes parfois, que je ne suis pas près d'oublier. Mais étonnamment, cette enquête-ci me laisse aussi un sentiment d'authenticité et d'urgence. En m'entretenant du rapport qu'ils avaient à leur corps, la plupart de mes interviewés ne se sont pas contentés de babiller aimablement sur l'accessoire, ils ont vraiment joué le jeu, me confiant parfois des choses qu'ils n'avaient jamais avouées à leurs proches – ni même peut-être jusqu'alors à eux mêmes. Il y a eu des silences qui duraient, des gorges qui se nouaient. À chaque fois, ce fut un beau cadeau que je recevais : l'intelligence d'Inès, la top model, ou d'Arielle, la comédienne, la fragilité dévoilée de la belle Alexandra délestée de ses kilos, ou de Marion, la petite prof d'allemand dont la poitrine avait oublié de pousser, la volonté de revanche de Marc, le grand brûlé.

Si, d'une certaine manière, j'ai voulu réhabiliter la beauté, c'est qu'elle a été trop souvent ridiculisée. À force de gloser sur cette obsession de l'apparence qui a envahi notre société, sur l'appétit de mode des lolitas de 10 ans, sur les lèvres siliconées, les seins comme des ballons de football, les fesses reformatées, on en oublierait que la beauté, ce ne sont pas ces caricatures. Que la beauté est ailleurs, dans cet enfant au visage lumineux, dans cette jolie femme souriante aux yeux clairs, dans ce grand type mince à la belle crinière et à l'élégance discrète. Des beaux, des vrais, pas du produit standard, une allure qui n'appartient qu'à eux et dont on garde longtemps le souvenir. Quant à la beauté intérieure, tarte à la crème mise en avant par les beaux patentés pour se faire pardonner leurs atouts sans rassurer pour autant les disgraciés, elle existe, bien sûr qu'elle existe. Mais appelons-la bonté, grandeur d'âme, générosité, clairvoyance. Ou intelligence, sens psychologique, intuition. Ou encore charme, peut-être même séduction. Mais ne jouons pas sur les mots : la beauté, c'est autre chose. Une beauté vraie, s'entend, pas un masque plaqué sur un visage, des muscles artificiellement gonflés : une beauté qui est signe d'harmonie, d'unité.

Cette beauté-là, source non d'angoisse mais de confiance en soi, devrait être une aide pour amorcer la traversée des apparences. Celle que tous, autant que nous sommes, devront bien faire un jour ou l'autre. Parce que telle mère très chérie, telle amie, a été emportée par un cancer ou toute autre méchante maladie qui, en quelques mois, lui a ravi sa beauté et sa vie. Parce que l'être aimé vous a quitté pour une jeunesse, ou, au contraire, pour une plutôt moins jeune, plutôt moins belle, et que, dans un cas comme dans l'autre, vous ne pouvez manquer de vous poser des questions. Parce que, très prosaïquement, vous qui prisiez tant l'élégance, vous vous désolez de ne pas retrouver ce souci chez vos enfants. Parce que courir les magasins vous fatigue quand, dans le temps, c'était le suprême amusement.

« L'essentiel est invisible pour les yeux », dit le Petit Prince. Au fil des années, des épreuves, on est de plus en plus d'accord avec lui. Certaines lectures vous y aident – quand Musset moque les femmes qui « prennent mesure de leur amant avec des aunes de tailleur », on se sent soudain un peu sotte de n'avoir jamais caché sa prédilection pour les hommes grands. Certaines rencontres aussi : à côtoyer comme je le fais nombre de gens exceptionnels qui se fichent bien de leur apparence, hommes ou femmes, créateurs, grands penseurs, scientifiques, gens habités d'une haute exigence spirituelle, il me faut bien admettre que l'essentiel est ailleurs.

L'actualité m'en apporte la preuve. Six ans après leur disparition à quelques semaines d'intervalle, trois cent mille personnes assistent, place Saint-Pierre à Rome, à la béatification de mère Teresa, un événement retransmis en direct par plus de cent vingt télévisions nationales, autant dire toute la planète, tandis que l'Angleterre volage semble en passe d'oublier sa « Princesse du peuple », la belle Diana : ses fils s'installent sous le même toit que la maîtresse de leur père, le fonds caritatif créé au lendemain de l'accident du pont de l'Alma est menacé de banqueroute, le Dianaland, comprenant magasin de souvenirs et musée, construit près de la demeure familiale d'Althorp où elle est enterrée, voit le nombre de ses pèlerins diminuer d'année en année. Pour entrer dans la légende, mieux vaut à l'évidence être une sainte – ou un héros – qu'appartenir à la planète des beaux !

« Retire-toi dans toi, Parais moins, et sois plus ! » : il serait peut-être temps de suivre l'injonction d'Agrippa d'Aubigné. À moins que, réflexion faite, pour se conformer à cet ambitieux programme, on n'attende encore l'année prochaine…

Les Ardias, février 2004.

REMERCIEMENTS

Mes premiers remerciements vont au professeur Maurice Mimoun sans lequel l'idée de ce livre ne me serait peut-être jamais venue. À Marie-Claire Pauwels et à *Madame Figaro* qui m'ont offert l'occasion de belles rencontres, matériau premier de cette enquête. À tous ceux qui ont accepté de témoigner sur le rapport qu'ils entretenaient à leur corps, à leur apparence physique, quel que soit le poids du non-dit qui règne encore souvent sur ce sujet, ainsi qu'aux éminents spécialistes qui, tel Boris Cyrulnik, m'ont fait l'amitié d'apporter leur contribution à cette réflexion.

Merci, une fois encore, à Jean-Claude Lamy et à ma sœur Catherine de Sairigné-Bon pour leur vigilante relecture de ces pages, à mon mari, Gérard Fabry, pour sa longue patience, à Laure Donnedieu de Vabres pour avoir pallié mon ignorance informatique. Merci enfin à Olivier Bétourné, mon éditeur, pour la confiance qu'il m'a toujours témoignée, à Hélène Guillaume dont l'œil exercé s'est avéré précieux au stade de la mise en forme finale du manuscrit, et aux maquettistes qui ont su faire de ce livre un objet attirant, comme l'était, je veux le croire, le thème que j'ai choisi de traiter.

TABLE

Achevé de composer par
PARIS PHOTOCOMPOSITION
75017 Paris

Impression réalisée sur CAMERON par
BRODARD ET TAUPIN
La Flèche

pour le compte des Éditions Fayard
en avril 2004

Imprimé en France
Dépôt légal : mai 2004
N° d'édition : 46696 – N° d'impression : 23928
ISBN : 2-213-61993-X
35-57-2193-7/01